KB140612

노래로 신과 통하다

향가가 가진 신성한 힘

본 출판물은 한국연구재단 2017년 저술출판지원사업
(과제번호 : 2017S1A6A4A01018968)의 지원을 받았습니다.

노래로 신과 통하다

향가가 가진 신성한 힘

황병익 지음

역락

서문

향가가 가진 신성한 힘

신라와 고려시대 사람들은 향가를 천지귀신까지 감동시킬 만큼 힘을 가진 노래로 숭상하여, 담벼락에 붙여 불교를 전하고 세상을 교화하는 수단으로 활용했다. 향가는 신라인들이 신분을 초월하여 소통하고, 국가적 재난 상황에서는 부처나 하늘을 향해 집단의 소망을 빌고, 평상시에는 개인적 일상과 애환과 기원을 담던 노래이자 대중의 다라니였기에 향가는 신라인에게 노래이면서 생활이었고 신앙이면서 소망이었다.

그러나 천 년이 훌쩍 지난 지금의 향가는 어떠한가? 향가 해독과 연구는 학자들의 손에 놓이고 대중의 관심과는 점점 거리가 멀어지고 있다. 김사엽, 박노준 교수는 고등 학력을 가진 사람들도 향가 해독이나 감상 능력을 갖추기는커녕 작품명조차 모른다는 사실을 개탄하면서, 그 책임은 온전히 학자들에게 있다고 통렬히 비판한다.

요즘의 몇 안 되는 향가 연구자들은 누구나 향가의 대중화라는 버거운 과제에 부채의식을 가지고 있다. 나 또한 그동안 학문 분야가 세분화되고 전문화되어 향가는 이제 대중들의 관심으로부터 멀어지고 겨우 중등 교육 현장에서나 명맥을 이어갈 뿐 세월이 갈수록 외면당하고 있으니 빨리 방법을 찾지 못하면 대중들은 아예 향가라는 장르를 잊어버릴지도 모른다는 조바심이 있었다. 모든 문명이 디지털화하고, 인공지능이 문명과 산업을 지배하는 시대에, 신라와 고려시대의 우리말 노래를 향찰이라는 낯선 한자로 옮겨놓은 향가가 과연 설 자리가 있을까 하는 생각에 사로잡혔다.

그러나 향가와 관련된 대중문화를 살피다 보니, 뜻밖에도 향가는 국악으로, 춤과 공연으로, 대중음악으로, 시와 소설과 연극, 지자체의 각종 공연으로 거듭나 대중들의 마음속에 자리 잡고 있었다. 이젠 갖가지 필요성에 따라 곳곳에 산재한 향가 콘텐츠를 한데 모으고, 기존의 것을 가다듬거나 새롭게 다시 만들고자 하는 노력이 필요한 시점이다. 예컨대, 신라향가 아카이브Archive를 운영하고, 테마파크를 만들 필요가 있다. 테마파크는 전시나 자료와 기록을 통해 교육·학습 기능을 가진 박물관, 전시관, 기념관의 장점을 살릴 수 있다. 아동과 청소년에게 화랑의 일상과 수련이나 활동, 사고방식 등을 가르치고, 그 모습을 보고 듣고 체험할 수 있게 하고, 불교신도에게 불교미술이나 조각, 불교음악 등에 대한 소양을 가질 수 있게 한다면, 문화콘텐츠와 관광문화 산업이 더욱 풍요로워질 것이다. 신라향가는 출판 만화 등 텍스트콘텐츠, 게임 등 디지털콘텐츠, 음반 비디오 등 시청각콘텐츠, 문화관광·공예 등 산업콘텐츠, 미술·공연 등 순수예술콘텐츠와 다양한 컨버전스Convergence가 가능한 장르이다. 이 가운데 애니메이션은 영상, 음성언어, 음향 등을 사용하여 기존에 경험하지 못한 문학적 상상 세계를 이미지로 보여줌으로써 텍스트에 대한 이해도를 높이고 문학적 상상력을 키울 수 있다는 장점이 있으므로 테마파크 운영에 필수적이다. 충분한 시간동안 향가 대중화에 필요한 데이터를 모으고, 여러 분야가 힘을 합하여 경주에 향가 테마파크를 만든다면, 그동안 여러 예술인들이 애써 만든 향가 문화콘텐츠가 흩어지지 않고 천년 고도의 예술혼이 현대예술로 승화하는 계기를 마련해 줄 것임이 분명하다.

향가 대중화에 대한 열망은 학계뿐만 아니라 내 주변에서도 강했다. 아내는 중등학교 때 향가의 낯선 표기 때문에 더욱 호기심이 생겼다며 일반인들이 한문인 듯 한문 아닌 향가를 처음 접하던 당시의 설렘을 상기할 수 있도록 친절한 대중서를 써야한다고 채근했다. 그러나 향찰로 표기한 데다 역사와 설화적 내용이 얽히고설킨 학술적 내용을 대중에게 쉽게 풀어주는 일은 여간 힘든 일이 아니기에 차일피일 세월만 보내다, 직전에 학술서 『신라향가 천년의 소망』(역락)을 내면서 용기를 내어 대중서에 도전하기로 맘먹었다. 자신의 마음이 곧 대중의 마음이라며 쉽게 이해할 수 없는 주제와 내용에 대해서는 걱정스런 눈초리로 매몰차게 고개를 가로저어 준 아내에게 고맙다. 간만에 시간이 나서 이 책의 내용을 처음부터 끝까지 꼼꼼히 교정하면서 어려운 문장을 정성껏 가려내준 맏딸 선진이에게도 고마운 마음을 전한다. 선진이는 어릴 적부터 감성이 풍부하여 작품에서 표현한 상황에 잘 몰입할 것 같아 더욱 미더웠다. 대학에서 건축학을 전공하게 되면, 하늘과 땅과 바람과 물과 햇살이 조화를 이루면서도 우리의 고유한 문화적 전통을 담은 집을 짓겠다는 다부진 꿈을 꾸고 있는 막내 연진이가 도전해 나갈 미래를 미리 떠올리며 손뼉 치고 응원한다.

책에 실은 사진들은 20여 년 동안 향가 관련 현장 답사를 다니며 찍었다. 국립 중앙박물관, 경주박물관, 익산박물관, 부여문화재연구소의 여러 선생님들은 내가 직접 얻지 못한 자료의 사용을 흔쾌히 허락해 주셨고, 최선웅·민병준 선생님은 채색한 대동여지도를 활용하도록 도와주셨으며, 주호민 작가는 웹툰과 만화 〈신과 함께〉 중 몇 컷을 주셨다. 이 모든 분들과 여타 좋은 자료를 만들어주신 연구자들께 고개 숙여 감사드린다. 어려운 시기에 출판을 결정해 주신 역락 출판사 이대현 대표님과 박태훈 이사님, 권분옥 팀장님께도 고마운 마음을 전한다.

2021년 봄, 황령산 자락에서, 팬데믹의 종식을 기원하며!

황병익

차례

향가를 새긴 노래비

1

2

1 **서동요薯童謠 시가비**
일연공원 비석에는 "밤에 알을 품고 간다"(김완진)라고 해독했는데, 위의 현판과 서동공원 비석에는 "밤에 몰래 안고 간다"(양주동)고 다르게 해독했다. 〈서동요〉에서 가장 논란이 많은 구절이다.
부여 궁남지 포룡정抱龍亭

2 **서동요 시가비**
부여 궁남지 주차장 뒤쪽

3

4

5

6

3 **모죽지랑가**慕竹旨郎歌 **시가비**

4 **헌화가**獻花歌 **시가비**

5 **제망매가**祭亡妹歌 **시가비**

일연공원

6 **찬기파랑가**讚耆婆郎歌 **시가비**

경주 계림鷄林

7

8

9

10

7 찬기파랑가 시가비
일연공원

8 안민가安民歌 **시가비**
보문관광단지 보문호반길 현대호텔 옆 산책길

9 도천수대비가禱千手大悲歌 **시가비**
일연공원

10 처용가 시가비
처용암處容岩

11

11 일연의 영정과 일연찬가一然讚歌

"일연 국존國尊의 휘는 견명見明이요, 자는 회연晦然이었으나 뒤에 일연으로 바꾸었다. 속성은 김씨요, 경주 장산군章山郡 출신이다."(《군위 인각사 보각국존普覺國尊 정조탑비문靜照塔碑文》)
"오라 화산華山 기슭 인각사麟角寺로 오라. 하늘 아래 두 갈래 세 갈래 찢어진 겨레 아니라 오직 한 겨레임을 옛 조선朝鮮 단군檀君으로부터 내려오는 거룩한 한 나라였음을 우리 자손만대子孫萬代에 소식消息 전한 그이 보각국존普覺國尊 일연선사一然禪師를 만나 뵈러 여기 인각사로 오라"(2002.07.07. 고은, 일연찬가)
군위 인각사 일연선사 생애관
경북 군위군 고로면 삼국유사로 250(고로면 화북리 612)

12 일연선사一然禪師 **부도탑**

고려시대의 승려 일연(1206-1289)은 고려 고종 때 대선사에 이르고, 충렬왕 때 국존國尊이 되었다.
군위 인각사

12

13

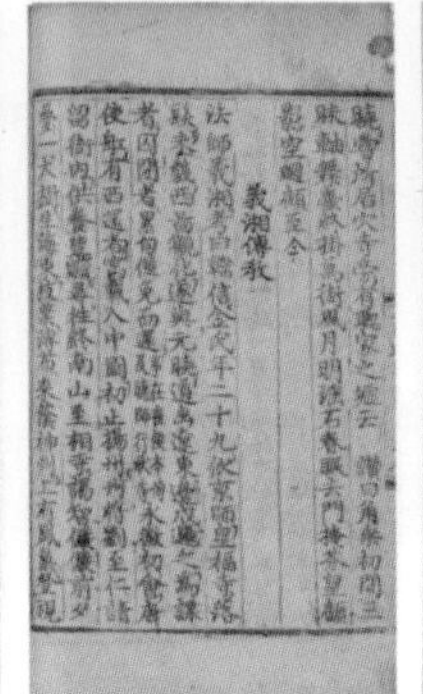

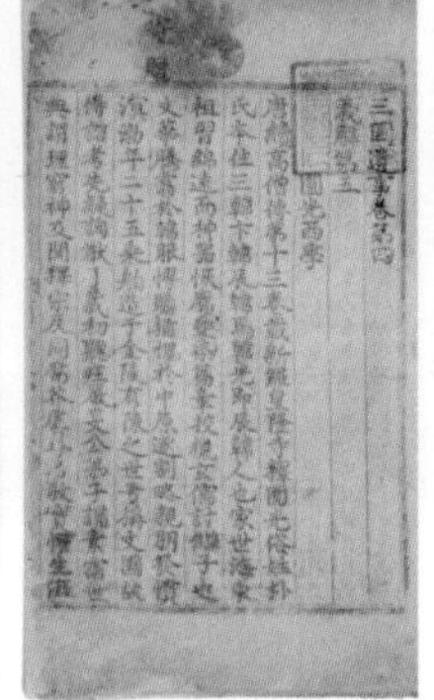

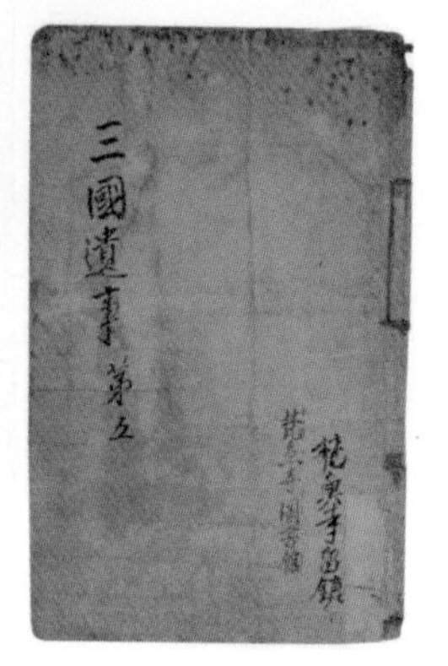

14

13 보각국사普覺國師 **일연**一然**의 동상과 기념비**

부근에 일연이 주지로 지낸 비슬산 대견사가 있다.
비슬산 자연휴양림 입구 소재사 消災寺 옆
대구광역시 달성군 유가읍 용리 산13

14 삼국유사 권4, 권5

일연 저, 1394년, 목판본 1책
경선스님, 범어사 성보박물관 신축기념 소장유물도록 범어사梵魚寺의 전적典籍, 범어사 성보박물관, 2018, p.14

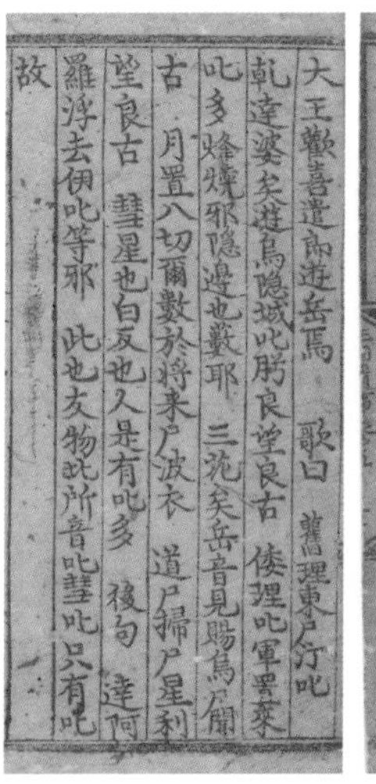

融天師彗星歌 眞平王代
第五居烈郞第六實處郞一作突處郞第七寶同郞等三
花之徒欲遊楓岳有彗星犯心大星郞徒疑之欲罷其
行時天師作歌歌之星怪卽滅日本兵還國反成福慶
大王歡喜遣郞遊岳焉 歌曰 舊理東尸汀叱
乾達婆矣遊烏隱城叱肹良望良古 倭理叱軍置來叱
多烽燒邪隱邊也藪耶 三花矣岳音見賜烏尸聞
古 月置八切爾數於將來尸波衣 道尸掃尸星利
望良古 彗星也白反也人是有叱多 後句 達阿
羅浮去伊叱等邪 此也友物北所音叱彗叱只有叱
故

15

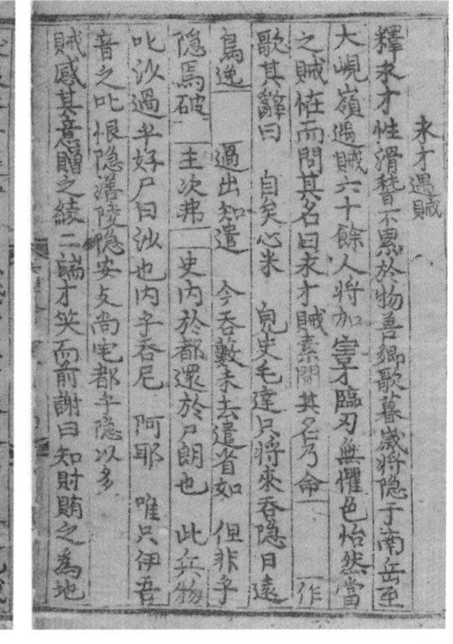

永才遇賊
釋永才性滑稽不累於物善鄕歌暮歲將隱于南岳至
大峴嶺遇賊六十餘人將加害才臨刃無懼色怡然當
之賊怪而問其名曰永才賊素聞其名乃命□
作歌其辭曰 自矣心米 皃史毛達只將來呑隱日遠
鳥逸□ 過出知遣 今呑藪未去遣省如 但非乎
隱焉破□主次弗□史內於都還於尸朗也 此兵物
叱沙過乎好尸曰沙也內乎呑尼 阿耶 唯只伊吾
音之叱恨隱繕陵隱安支尙宅都乎隱以多
賊感其意贈之綾二端才笑而前謝曰知財賄之爲地
獄根本將避於窮山以餞一生何敢受焉乃投之地賊
又感其言皆釋釼投戈落髮爲徒同隱智異不復蹈世
才年僅九十矣在元聖大王之世 讚曰 策杖歸山意
轉深綺紈珠玉豈治心綠林君子休相贈地獄無根只
寸金
勿稽子
第十奈解王卽位十七年壬辰保羅國古自國今固城史
勿國今泗州等八國倂力來侵邊境王命太子㮈音將軍
一伐等率兵拒之八國皆降時勿稽子軍功第一然爲
太子所嫌不賞其功或謂勿稽子曰此戰之功唯子而已

16

15 삼국유사 권5 감통感通 7 융천사혜성가融天師彗星歌

일연 저, 1394년, 범어사 목판본(영인) 국보 306-4호
14세기 말 경주 간행(범어사 성보박물관)
문화재청·금정구청, 범어사 소장 국가지정 전적 영인본, 아임커뮤니케이션, 2010.

16 삼국유사 권5 피은避隱 8 영재우적永才遇賊

일연 저, 1394년, 범어사 목판본(영인) 국보 306-4호
14세기 말 경주 간행(범어사 성보박물관)
문화재청·금정구청, 위의 책.

17

18

17 인각사麟角寺 극락전極樂殿

"우리 동방 삼국의 삼국사기와 삼국유사는 다른 곳에서는 새겨진 일이 없고, 다만 본부本府에서만 새겨졌는데 세월이 오래 지나 문드러지고 떨어져 나가 한 줄에서 겨우 네댓 글자를 읽을 수 있게 되었다. 생각하건대 이 세상에 선비로 태어나서 여러 역사책을 두루 읽어 천하를 잘 다스리거나 못 다스리는 것, 흥하고 망하는 것, 여러 신비한 자취까지도 널리 알고자 하면서, 이 나라에 살면서 이 나라의 일을 몰라서야 되겠는가"(이계복李繼福, 『삼국유사』 발문跋文, 1512.12)
어떤 스님이 "뿔이 세 개인 기린이 바닷속으로 들어가고, 공중에 뜬 조각달이 물속에서 떠오른다" 하니, 일연 스님이 "훗날 다시 돌아오면 상인上人과 더불어 거듭 한바탕 놉시다."라고 하였다.有僧 三角麒麟入海中 空餘片月波心出 師云 他日歸來 且與上人, 〈군위 인각사 보각국존 정조탑비문〉) 여기서 상인이란 지덕이 높은 스님, 성인聖人에 대한 존칭이다.
일연 스님은 "평소에 사람이 많이 모이는 번잡한 곳을 좋아하지 않아, 임금에게 노모를 곁에서 모시기 위해 운문사雲門寺 부근으로 돌아가겠다고 청했다. 사람들이 모두 드문 효심이라고 칭찬이 자자하였다. 충렬왕 10년(1284)에 노모가 96세로 별세하였다. 그해에 조정에서는 일연 스님을 인각사 주지로 보내 여생을 마무리하도록 했다."(이지관, 역대고승비문 -고려편 4, 가산불교문화연구원, 1997, pp.246~247). 인각사 맞은편 산 쪽에 기암괴석의 학소대鶴巢臺가 보인다.
경북 군위군 고로면 삼국유사로 250(고로면 화북리 612)

18 인각사 학소대鶴巢臺

학소대 앞을 흐르는 위천渭川. "화산華山의 동쪽에 바위 벼링이 우뚝 솟아 있는데, 민간에 전하기를 '옛날 기린이 이 바위 버랑에 뿔을 걸쳤다 하여 인각사라 이름 붙였다.' 하였다."(『신증 동국여지승람』 권27, 의흥현義興縣)

19

20

19 군위 인각사 보각국존普覺國尊 일연 스님의 정조탑비문靜照塔碑文

"어릴 적부터 속세를 벗어나려는 뜻이 있어서 9살이 되었을 때, (전남) 광주 무량사無量寺로 가서 공부를 시작하였는데 그 총명함이 비길 자가 없었다. 때때로 밤이 새도록 마치 말뚝처럼 똑바로 앉아 있으므로 사람들이 특이하게 여겼다."(이지관, 『역대고승비문』, 가산불교문화연구원, 1997, pp.237~238)

20 운문사 대웅보전大雄寶殿

1277년 일연 스님이 주지로 머물며 삼국유사의 집필을 시작했다고 알려진 곳이다.
"충렬왕 4년(1277)에 임금이 운문사 주지로 추대하여 청담淸談의 기풍을 크게 떨치게 하였다. 이로 말미암아 임금께서 스님을 공경하는 마음이 날로 깊어져 찬시를 지어 보냈다. "
"1282년, 겨울 12월에는 충렬왕이 수레를 타고 친히 스님을 방문하여 법문을 들었다. 다음해 봄 임금께서 여러 신하들에게 이르기를, '나의 선왕들은 모두 석문釋門 중에 덕이 높은 스님은 왕사王師로 모시고 더 큰 스님은 국사國師로 추대하였거늘 과인만이 어찌 그렇게 하지 않겠는가! 지금 운문화상雲門和尚(일연)은 도가 높고 덕이 커서 국민이 함께 숭상한다. 과인도 스님의 자애로운 은혜를 크게 입었으니 마땅히 모든 국민들과 함께 존숭하리라 하였다.(〈군위 인각사 보각국존普覺國尊 정조탑비문靜照塔碑文〉)
경북 청도군 운문면 운문사길 264

21

22

21 운문사 만세루萬歲樓의 벽화

원광국사가 처음으로 창건하고, 보양국사가 중창했으며, 현재의 건물은 1105년 원응국사가 3차 중창할 때 지은 것이라 전하나 정확하지는 않다고 한다. 정면 7칸, 측면 4칸의 팔작지붕 건물로 마주보고 서 있는 대웅보전과 자웅을 겨루는 듯 그 규모가 자못 크다. 면적이 200평에 이른다고 하니 이곳을 가득 채운 대중의 숫자가 많았음을 짐작케 한다. .(대한불교진흥원, 『호거산 운문사』, 눌와, 2011, pp.116~117).

아이들이 부처님의 설법을 듣고 있는 모습이다. 벽화의 내용이 흥미로운데, 보리수 아라에 석가모니 부처님이 자리하고, 그 주위로 2마리의 사슴과 수십 명의 아이들이 둘러싸고 있다. 무릎을 꿇고 두 손을 모아 정중히 합장하고 있는 아이가 있는가 하면, 서서 합장하는 아이, 형을 말 삼아 올라탄 아이, 사슴에 올라탄 아이 등 다양한 모습을 한 아이들이 할머니로부터 옛날 이야기를 듣는 듯 부처님을 향해 에워싸고 있다.(대한불교진흥원, 『호거산 운문사』, 눌와, 2011, pp.116~118).

22 비슬산琵瑟山 대견사大見寺

"크게 보고, 크게 느끼고, 크게 깨우치라"는 의미로 대견사라 이름 지었다 한다. 신라 헌덕왕憲德王(810) 때 보당암寶幢庵으로 창건했다 이름을 바꾸었다고 전한다.

대견사는 부처님의 진신 사리를 모신 사찰이다. 일연(1206~1289)이 22세(1227)에 승과에 급제한 후 처음으로 주지로 부임하여 22년간 주석駐錫한 곳이다.

일연이 대견사 아래 편 경사진 곳의 보당암에서 수도했다는 견해도 있다. 대견사 아래쪽에서도 수많은 기와 파편과 돌조각이 발견되는 것을 보면 비슬산 일대에 많은 수행 공간이 있었음을 짐작해 볼 수 있다.

대구광역시 달성군 유가면 용리 산1

23

23 부석사 안양문
극락으로 들어가는 마지막 관문

24

25

24 부석사 무량수전無量壽殿

국보 18호

25 부석사 소조아미타여래좌상

극락, 즉 서방정토에 이르면 아미타불의 설법을 듣고 깨달음에 이르게 된다.
국보 45호, 고려시대
사진제공, 영주시 부석면 부석사 종무소

불교 계열 향가의 신앙 대상이 되는 다양한 부처 형상

26

27

26 석가모니불, 좌우로 아미타불과 약사여래불

1684년, 용흥사 소장 괘불, 국립중앙박물관
국립중앙박물관, 2018 괘불전 세 부처의 모임 -상주 용흥사 괘불, 디자인인트로, 2018, p.14.

27 연가延嘉 칠년명七年銘 금동불입상

삼국 가운데 가장 먼저 불교를 받아들인 고구려의 현종 불상은 매우 드물다. 이 불상은 고구려의 재명在銘인데, 1967년에 신라의 옛 땅인 경남 의령군 대의면 하촌리에서 발견되어 주목된다.
우리나라에 현존하는 고대의 불상은 모두 다 내구성이 강한 금석 제품에 제한된다. 목조나 소조상塑彫像 등은 고려시대에 속하는 것도 드물고 거의 대부분이 조선시대에 속한다. 불상은 금, 은, 동, 철, 나무, 종이, 천, 흙, 돌, 옥 등 다양한 재료로 만들어진다.(장충식, 한국의 불상, 동국역경원, 2005, p.133, pp.161~163). 6세기 후반의 것고구려시대 불상으로서 강인하고 격렬한 양식은 새로운 특징을 잘 보여준다.(김부식 저, 이강래 옮김, 삼국사기 Ⅱ, 한길사, 2013)
고구려, 국보 119호, 539년, 국립중앙박물관 제공

28

29

30

28 원효암元曉庵 마애아미타삼존불입상

벽면 왼쪽에 대세지보살상, 오른쪽에 관음보살상을 새겼다. 대세지보살상 옆에 세존世尊 응화應化 2933년 4월이라 했으니, 1906년4월에 이 벽면에 부처상을 모시어 새겼음을 알 수 있다.
경남 양산시 상북면 천성산길 727-82

29 미타암彌陀庵 석조아미타여래입상石造阿彌陀如來立像

미타암은 원효대사가 창건했다고 전해진다. 머리는 소라 모양 머리카락의 나발螺髮과 상투 모양의 큼직한 육계肉髻로 표현되었다. 불상의 모습은 8세기에 만들어진 감산사 석조아미타여래입상과 전체적으로 닮아있어 통일신라 불상으로 추정한다.
양산(삽량주) 동북쪽 20리쯤 되는 곳에 포천산이 있는데, 석굴이 기이하고 빼어나 마치 사람이 깎아놓은 듯하다. 이곳에 비구 5명이 머물면서 아미타불을 염송하며 극락을 구한 지 거의 10년이 되었는데, 갑자기 보살들이 서방으로부터 와서 그들을 맞이하였다. 그러자 다섯 비구가 각기 연화대에 앉아 공중으로 올라가더니, 통도사 문 밖에 이르러 머물렀다. 그러자 하늘에서 음악을 연주하는 소리가 간간이 들렸다.(삼국유사 포천산 오비구 경덕왕대) 미타암 안내표지에는, 미타암이 곧 다섯 비구가 있던 곳이라 소개하고 있다.
경남 양산시 주진로 379-61

30 경주 남산 칠불암 마애불상군磨崖佛像群

경북 경주시 남산동 산36-4번지

31

32

31 경주 남산 칠불암 마애불상군 뒤쪽 신선암

32 선도산마애삼존불仙桃山磨崖三尊佛

서악리 마애석불상. 선도산성 거의 정상부에 남쪽을 향한 거대한 바위 표면에 높이 약 7m에 이르는 아미타불과 별도의 돌을 사용한 양 협시불의 보살입상은 통일신라시대의 작품으로 판단하고 있다.(조유전, 한국민족문화대백과사전 12)
경북 경주시 남산동 산36-4번지

33

34

33 경주 율동 마애여래삼존입상慶州栗洞磨崖如來三尊立像

벽도산碧桃山 소재. 높이 3.3미터인 중앙 본존불은 서방 극락세계의 아미타불이고, 벽면의 왼쪽은 대세지보살, 오른쪽에는 정병淨甁을 들고 있는 관세음보살이 모셔져 있다. 대세지보살大勢至菩薩은 지혜의 광명으로 일체 중생을 널리 비추어 3도의 고통을 여의고 위 없는 힘을 얻게 한다 하여 붙여진 이름이고, 관세음보살은 중생들이 보살의 이름을 부르며 도움을 청하면 즉시 구제한다는 뜻으로 붙인 이름이다.
경주시 율동 산 60-1

34 봉암사鳳巖寺 **마애보살좌상**磨崖菩薩坐像

고려 말. 불두佛頭 주위를 약간 깊게 파서 김실龕室에 계신 듯한 인상을 주는 것이 특징적이다.
경북 문경시 가은읍 원북리 산 54-1

35 경주 황복사지皇福寺址 삼층석탑 및 출토 사리장엄舍利莊嚴(금제아미타여래좌상)

3층 석탑(경주 구황동 낭산), 국보 37호, 통일신라, 7세기 말-8세기 초, 높이 7.3m
사리함과 불상, 국보 99호, 통일신라 706년, 국립중앙박물관 소장
국립익산박물관 개관기념 특별전 〈탑 속 또 하나의 세계, 사리장엄〉

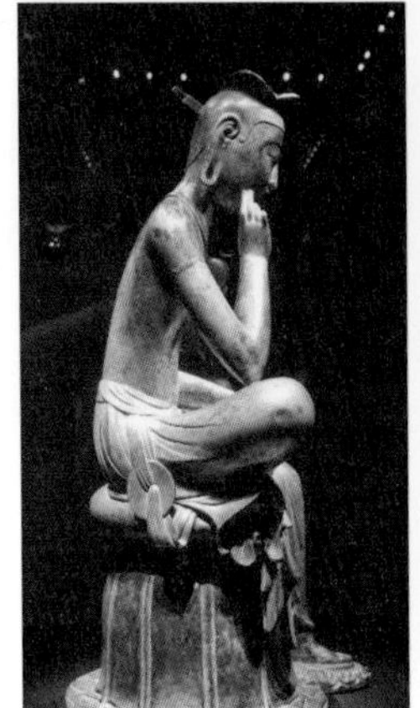

37

36 반가사유상半跏思惟像(전후)

한 다리를 다른 쪽 무릎 위에 얹고 손가락을 뺨에 댄 채 생각에 잠긴 상. 싯다르타 태자가 인간의 생로병사를 고민하여 명상에 잠긴 데서 유래하였다 한다.
국보 83호, 7세기 전반, 국립중앙박물관 소장

37 반가사유상半跏思惟像(좌우)

38 운주사雲住寺 **불상**佛像**과 불탑**佛塔

전남 화순군 도암면 천태로 91-44

39

40

39 운주사 와불臥佛

미완성 석불 좌상과 입상이다. 좌상과 입상의 다리 부분에 떼어 내려다 만 흔적이 있으나 주변 어디에서도 이 돌부처의 안치 자리인 대좌를 발견할 수 없어 정말 세우려 했는지에 대한 의문이 가시지 않는 영원한 화두의 하나이다.
이태호 외 글, 유남해 외 사진, 『운주사』, 대원사, 1994, pp.55~57.
전남 화순군 도암면 천태로 91-44

40 금산사金山寺 **미륵전**彌勒殿

국보62호. 중앙에 39척(11.82m)에 달하는 거대한 미륵존불과 좌우에 29척(8.79m) 보처불을 봉안한 불전으로, 일명 용화전, 장육전이라 부른다. 1층은 대자보전大慈寶殿, 2층은 용화지회龍華之會, 3층은 미륵전彌勒殿이라는 편액이 붙어 있다. 삼국유사에 의하면 금산사는 백제 법왕 1년(599)에 창건한 대찰로서, 신라 혜공왕 2년(766)에 진표가 중창한 것으로 되어있다. 현 건물은 1597년 정유재란 때 소실된 것을 1635년 재건하고 4차례 중수하였다.
전북 김제시 금산면 모악15길 1

신라향가 연주 현장을 짐작하게 하는 문화유산

41

41 쌍계사雙溪寺 진감선사비眞鑒禪師碑

"평소 범패를 잘했는데, 그 목소리가 금옥 같았다. 측조側調에 나를 것 같은 소리는 상쾌하면서도 슬프고 구성져서, 능히 천상계의 모든 신불로 하여금 환희케 하였다. 길이 먼 곳까지 흘러 전함에, 배우려는 사람이 승당을 가득 메웠는데, 가르치기를 게을리 하지 않았다."(최치원 찬, 최영성 校註, 『校註 四山碑銘』, 이른아침, 2014, p.208)는 쌍계사 진감선사眞鑒禪師, 774~850)가 범패를 잘했음을 알려준다.

〈도솔가〉에서 경덕왕 19년(760년) 해가 2개 나타나 열흘 동안 사라지지 않을 때, 관습적으로는 범패를 통해 그 재이災異를 없애고자 한 듯하다. 이를 통해 볼 때, 성범聲梵, 범패은 8세기 중반 이전에 이미 신라에 전해져서 재齋를 올릴 때 연주하고 불렀고, 향가가 범패를 대등하게 대체하기도 했음을 알 수 있다.(박노준, 향가와 인연이 있는 군주들이 남긴 자취, 『향가여요 종횡론』, 보고사, 2014, p.61).

향가의 가창 상황에 대한 자료는 거의 없지만, "남녀와 승려와 속인이 함께 절에 모여, 낮에는 강의를 듣고 밤에는 예불禮佛·참회를 하며 불경과 차제次第를 들었다. 모이는 승려 숫자는 40명이다. 불경의 강의나 예불·참회는 신라 풍속을 따른다. 황혼과 새벽에 있는 2차례 예불·집회는 당唐 풍속에 따르지만, 그 밖의 의식은 신라어로 한다.(『입당구법순례기入唐求法巡禮行記』)를 보면, 신라풍(향풍)의 범패와 당풍의 범패, 일본사회에서 불리던 일본풍 범패가 있었음을 알 수 있다. 宋芳松, 『韓國音樂史論攷』, 영남대학교출판부, 1995, pp.89~90) 839년 11월 22일에 행한 음곡音曲도 모두 신라의 것이었는데, "이 불경을 어찌할 것인가云何於此經", "바라건대 부처께서는 미묘함과 비밀스러움을 열어주소서願佛開微密"라는 구절을 외웠다 전하는 것을 볼 때, 향가는 다양한 불교 의례와 집회·참회·독경과 연관 지어 그 연행 방식을 확인해야 할 것으로 보인다.

42

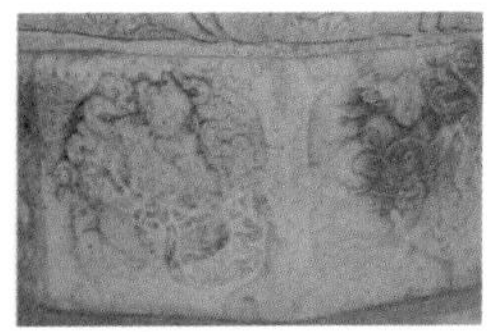

43

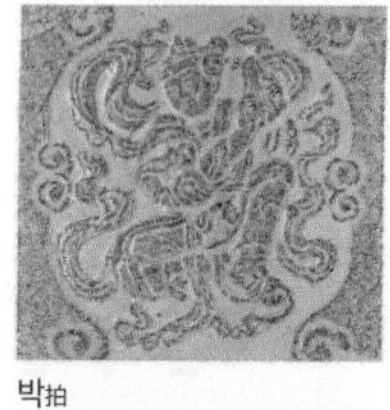

박拍

비파琵琶

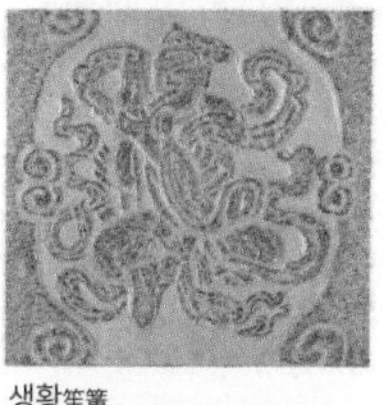

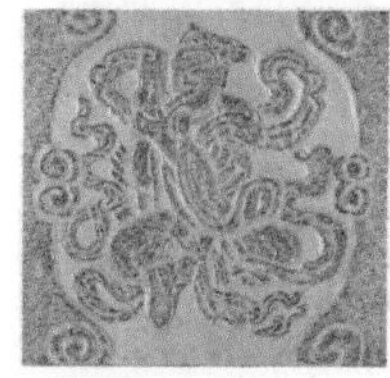

생황笙簧

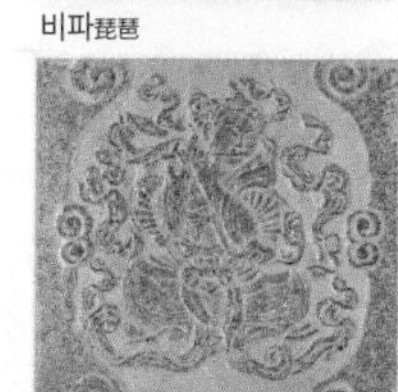

옆으로 부는 피리橫笛

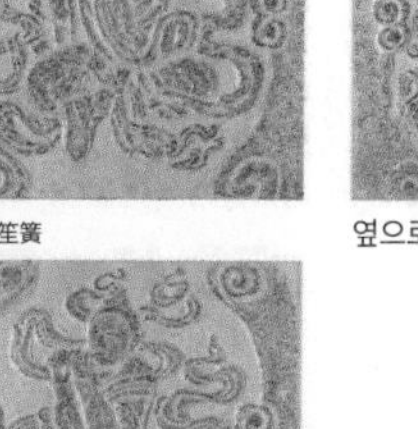

앞으로 부는 피리 종적縱笛

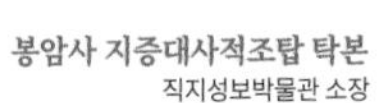

봉암사 지증대사적조탑 탁본
직지성보박물관 소장

44

42 봉암사鳳巖寺 지증대사적조탑智證大師寂照塔

지증대사智證大師(824-882)의 사리탑이다. 선사는 경주 김씨이고, 17세에 부석사 경의율사로부터 구족계具足戒를 받아 승려가 되었다. 헌강왕憲康王 7년(881년) 왕사로 임명되었으나 사양하고, 봉암사로 들어와 이듬해 세상을 떠났다. 헌강왕이 시호를 지증智證, 탑호를 적조寂照라 내렸다.
경북 문경시 가은읍 원북리 485

43 봉암사 지증대사적조탑

통일신라 지증대사의 부도 기단부 중대석 부분에 악기를 연주하고 있는 천인天人들의 모습이 새겨져 있다. 악기는 타악기인 박, 현악기 비파, 관악기 생황笙簧과 옆으로 부는 피리, 세로로 부는 피리 등이다.
국립중앙박물관·국립국악원, 『우리 악기, 우리 음악』, 통천문화사, 2011, p.60.
경북 문경시 가은읍 원북로 485

44 계유명 전씨 아미타삼존불비상 양측 주악상奏樂像

통일신라, 673년. 아미타삼존상 양 측면에는 나뭇가지 위에 앉은 채로 악기를 연주하고 있는 주악상이 있는데, 위 아래에 각각 2개씩 한 면에 모두 4개의 주악상이 배치되어 있다. 한쪽 면에는 요고 2개, 거문고, 피리가 표현되었고, 다른 면에는 소簫, 피리, 생笙, 비파가 새겨져 있다. 소와 피리 등의 크기와 연주 모습은 백제 금동대향로와 거의 같은 모습이다.
국립중앙박물관·국립국악원, 『우리 악기, 우리 음악』, 통천문화사, 2011, p.58.
경북 문경시 가은읍 원북길 313

45

46

47

45 감은사感恩寺터 서3층석탑 전각모양 사리기 내함

통일신라. 전각 모양 사리기의 네 모서리에는 악기를 연주하고 있는 천인들이 표현되어 있다. 악기는 비파, 동발, 옆으로 부는 피리, 요고 등인데, 연주하는 천인들의 모습이 매우 역동적이다. 동발은 오늘날의 심벌즈보다 작은 크기로 안쪽이 오목하게 들어간 형태로, 지금까지 확인된 삼국시대 금속 타악기로서 유일한 사례이다.
국립중앙박물관 소장
국립중앙박물관·국립국악원, 『우리 악기, 우리 음악』, 통천문화사, 2011, p.51.

46 감은사感恩寺터 서3층석탑 전각모양 사리기 내함에 만들어 둔 천인의 악기 연주 모습. 횡적(옆으로 부는 피리)/요고

통일신라, 국립중앙박물관 소장
국립중앙박물관·국립국악원, 위의 책, pp.52-53.

47 감은사感恩寺터 서3층석탑 전각모양 사리기 내함에 만들어 둔 천인의 악기 연주 모습. 비파/동발

통일신라, 국립중앙박물관 소장
국립중앙박물관·국립국악원, 위의 책, pp.52-53.
국립중앙박물관 소장
국립중앙박물관·국립국악원, 위의 책, p.51.

48 피리를 부는 천인天人

세로로 부는 피리를 불고 있는 천인상으로, 연꽃 대좌 위에서 결가부좌를 하고 있다. 손가락을 짚는 모습까지 세밀하게 그렸는데, 피리에 옆으로 그어진 선을 볼 때 피리의 재질은 대나무로 보인다.
통일신라, 국립중잉박물관 소장
국립중앙박물관·국립국악원, 위의 책, p.55.

49

50

49 서동공원薯童公園 **궁남지**宮南池

충남 부여군 부여읍 궁남로 52진평왕(579-632)대, 백제 무왕(600-641)대 〈서동요薯童謠〉

50 서동공원薯童公園 **궁남지**宮南池**와 포룡정**抱龍亭

진평왕대 〈서동요〉

51

52

53

51 익산益山 쌍릉 중 대왕릉(전북 익산시 쌍릉길 65)

재발굴 결과, 대왕릉에는 직사각형의 돌방(아래 안내판)이 있었다. 바닥에는 나무관을 올린 받침돌이 있었고, 화강암을 정밀하게 다듬고 부재 연결부에는 빈틈이 없었단다. 진평왕대 〈서동요〉

52 쌍릉雙陵 소왕릉 방향에서 바라본 대왕릉

쌍릉에 대한 가장 이른 기록물은 고려사(1451) 금마군 조이다. 금마에 후조선 무강왕과 비의 능이 있다고 적었고, 민간에서는 이를 말통대왕릉末通大王陵이라 부른다고 설명했다. 세종실록이나 신증동국여지승람에도 이와 같은 기록이 있다. 고려사 열전 정방길 조에는 1327년(충숙왕) 경에 무강왕릉이 도굴되었고, 도굴범들이 금을 많이 가지고 있다고 했다. 삼국유사에는 백제에 무강왕武康王이 없다 했지만, 관세음응험기觀世音應驗記에는 무광왕武廣王이 639년에 지모밀지(금마저)로 천도했다 했으므로 '무왕=무광왕=무강왕'이라는 등식에 무게가 실리고 있다.(국립익산박물관, 국립익산박물관, 반디컴피앤씨, 2020, p.134, p.148)
전북 익산시 쌍릉길 65
진평왕대 〈서동요〉

53 쌍릉 소왕릉(전북 익산시 쌍릉길 65)

진평왕대 〈서동요〉

54

55

54 쌍릉 대왕릉의 나무널

국립부여문화재 연구소가 2018년 대왕릉 돌방 재조사 때 출토된 102점의 인골을 분석한 결과, 나무널 속 시신의 주인공은 50-60대의 노년층으로서 키는 161-170.1cm이고 남성일 가능성이 높다고 했다. 또 고칼로리 식사 때문에 노인성 질환을 앓았음을 확인하여 대왕릉의 주인공을 백제 무왕武王으로 보는 주장에 힘을 싣고 있다.(국립익산박물관)
진평왕대 〈서동요〉

55 대왕릉 출토 인골 (국립부여문화재연구소 제공)

골반 결합 면이 거칠고 미세한 구멍이 뚫렸고 불규칙한 융기가 있다는 점, 목의 울대뼈가 있는 갑상연골(방패연골)이 상당히 석회화 했다는 점을 들어 주인공은 최소 50대 이상 60대 노년층이라 추정했다. 정강이 뼈에서 채취한 시료의 방사성탄소연대를 측정하여 사망 시점은 620-659년(신뢰수준 68%)로 산출했다. 따라서 재위 기간이 600-641년인 무왕이 대왕릉의 주인일 가능성이 높아졌다.(국립익산박물관, 국립익산박물관, 반디컴피앤씨, 2020, p.152)

56

56 서동 생가 터 앞의 마룡지馬龍池

전북 익산시 금마면 서고도리 383-12
진평왕대 〈서동요〉

57

57 미륵산성彌勒山城

삼국시대의 석축산성으로 둘레가 1,822m에 달한다. 일명 기준성箕準城, 또는 용화산성이라고도 한다. 이 산성은 기자조선의 마지막 왕인 준왕準王이 쌓았다고도 하나 양식으로 볼 때 백제시대에 축조한 것으로 추정한다.(전영래, 미륵산성, 한국민족문화대백과사전 8, 한국정신문화연구원, 1995, p.588.) 백제 무왕 때 세운 성으로 짐작하는데, 고려 태조 왕건이 여기서 후백제 신검을 공격해 항복 받았다고 전한다.높이 4-5미터에 폭 5미터에 이른다.(전북기념물 12호, 미륵산성 안내문)
전북 익산시 금마면 신용리 산 124-1

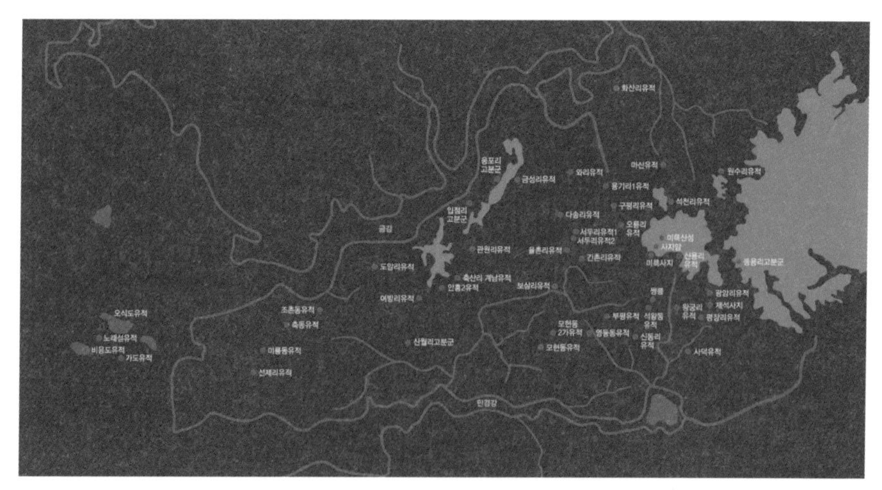

58 익산 주변의 자연환경과 유적 위치도

미륵사가 익산에 세운 것은 교통과 군사적인 점에서 익산이 가진 장점 때문일 것이다. 익산은 충청도와 전라도를 잇는 교통로 상의 중심지이다. 또 익산은 이 지역의 중심지였던 금마金馬를 중심으로 남쪽으로는 만경강이, 서북쪽으로는 금강이 흐른다. 북쪽에 둘러쳐진 미륵산 방면을 잘 막는다면 이 지역은 천혜의 요새지로서의 조건을 갖추고 있다고 할 수 있다. 익산은 군사적인 요충지였고, 넓은 평야를 가진 경제적인 기반이 풍부한 곳이었다. 이러한 경제적인 이유로도 익산이 백제 중앙의 중요한 관심의 대상이 되었을 것이다.(박현숙, 미륵사 금제사리봉안기의 출현과 선화공주의 수수께끼, 『우리시대의 한국고대사 2』, 주류성, 2017, p.64).

59

60

59 미륵사지 서탑

60 미륵산 사자사 부근에서 내려다 본 미륵사지 동서탑

"무왕이 왕비와 사자사에 행차하는데 용화산 아래 큰 연못에 미륵삼존이 나타났다."
왕비가 왕에게, "이곳에 큰 절을 세우는 것이 제 간곡한 소원입니다"
왕이 이를 허락하고 못을 메워 미륵사를 창건했다.
진평왕대 〈서동요〉

61

62

61 미륵사지 동서탑과 연못

극락세계에는 칠보로 장엄하게 꾸민 연못이 있어, 그 안에 청정한 물이 가득하고, 아름다운 연꽃이 미묘한 향내를 은은하게 내뿜는다고 말한다. 그래서 사찰에서는 극락 세계의 상징으로 연못을 만든다. 미륵사 입구 중앙도로에서 동서편에 있는 2개의 연못은 통일신라 초기에 당간지주, 남회랑과 함께 만들어진 것으로 알려져 있다.(미륵사지 안내문)
진평왕대 〈서동요〉

62 사자사지師子寺址에 복원한 사자사

신라 사자사의 위치에 대해서는 이견이 많지만, 1993년 발굴조사에서 '사자사'라는 명문이 있는 기와가 출토되었다.(사자사 설명문)
전북 익산시 금마면 구룡길 57-125
진평왕대 〈서동요〉

63

64

65

63 미륵사지석탑 금동사리함과 사리봉안기

백제인들은 사리를 모시기 위해 먼저 미륵사지 석탑 심주석의 가운데에 가로 25cm, 세로 25cm, 깊이 26.5cm의 구멍을 만들고 1cm 두께의 납유리 판을 깔고, 금동제 사리외호와 사리봉안기 주변에 유리구슬과 금판, 금구슬 등 갖가지 보석으로 에워쌌다. 이 공양물들은 사리 봉안의례에 참여한 관료나 귀족들이 시주한 것으로 추정한다.

64 미륵사지 중앙 목탑과 좌우 서탑 동탑을 복원한 〈완성된 미륵사〉의 축소 모형

삼국유사 무왕 조에는 "미륵법상 3개와 회전回殿·탑·낭무廊廡를 각각 세 곳에 세우고 절 이름을 미륵사라 하였다." 했는데, 미륵사지 발굴에서 확인된 중앙의 9층 목탑과 중금당, 서쪽의 9층 석탑과 서금당, 동쪽의 9층 석탑과 동금당 등 각각의 회랑으로 둘러싸인 3탑-3금당은 「삼국유사」에서 묘사한 가람 구조와 동일하다.
국립익산박물관
진평왕대 〈서동요〉

65 〈완성된 미륵사〉의 모습

미륵사지 입구 안내판
진평왕대 〈서동요〉

66 암탉이 알을 품고 있는 그림

"ᄡᅳᆫ ᄆᆞ숨으로 工夫(공부) 일우ᄆᆞᆯ ᄃᆞᆯ기 알 안ᄃᆞᆺ ᄒᆞ며 괴 쥐 잡ᄃᆞᆺ ᄒᆞ며"
切心做工夫를 如雞이 抱卵하며 如猫이
捕鼠하며, 선가귀감언해禪家龜鑑諺解 上에 "알 안다"라는 표현이 있다. 한자로는 포란抱卵이다. 그동안 "밤에 몰래 안고 간다"거나 "밤에 알을 품고 가다 " 라고 해독했던 〈서동요〉의 "夜矣卯乙抱遣去如"는 "밤에 알 안고 간다"라는 뜻으로, 선화공주가 서동을 마치 닭이 알을 품듯이 포근히 안고 간다고 서동이 가짜로 꾸며서 소문 낸 것이다.
그림 : Painting by Won hui, Heo.
Korea, Kyungsung University, Department of Painting, Junior
* 닭은 알을 항상 35~40도로 유지하여 21일이 지나야 병아리로 부화한다. 암탉은 모이나 물을 먹기 위해서만 잠깐잠깐 자리를 뜬다.
진평왕대 〈서동요〉

67

68

67 서동공원薯童公園 야외 무대의 상징조형물

"무왕武王의 이름은 장璋이고 , 법왕의 아들이다. 풍채가 빼어나고 체격이 컸으며, 품은 뜻과 기개가 호걸스러웠다."(삼국사기, 권27, 백제본기 제5, 무왕 원년)
충남 부여군 부여읍 동남리 187-2
진평왕대 〈서동요薯童謠〉

68 서동공원薯童公園의 무왕武王과 선화공주 형상

전북 익산시 금마면 동고도리 533-1
진평왕대 〈서동요薯童謠〉

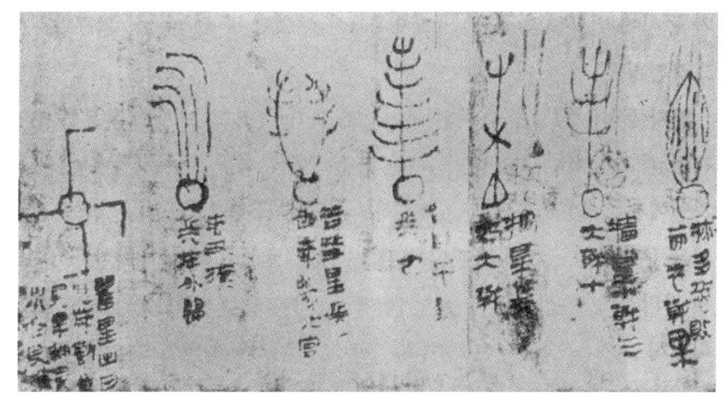

69

70

69 마왕퇴馬王堆 비단에 새겨진 혜성

중국 마왕퇴는 한묘漢墓는 옛 초나라 땅이었던 장사시 동쪽 교외에서 발굴되었다. 10세기 군소 정권의 하나였던 초나라 마은의 무덤이라고 생각해 마왕의 무덤, 즉 마왕퇴로 부르고 있다.
이처럼 생긴 혜성이 나타나면 "작은 전쟁 3번, 큰 전쟁 7번이 난다."거나 "임금에게 화가 있다"는 등의 경고를 적었다. 하늘의 변괴가 땅의 재앙으로 나타날 수 있다는 생각에 따라 이전의 경험을 후세에 알려 사전에 대비하라는 뜻을 담고 있다 하겠다(신수 사고전서, 마왕퇴백서천문기상잡점). 경주시 감포읍 동해안로 1480-12 진평왕(579-632)대 〈혜성가彗星歌〉

70 혜성彗星

NASA 홈페이지(http://photojournal.jpl.nasa.gov/catalog/PLA05578), Planetary Photo journal, Comet Wild 2-Jet Release
진평왕대 〈혜성가彗星歌〉

71

72

73

71 문무대왕文武大王 수중릉(경주시 양북면 봉길리 30-1)

진평왕대 〈혜성가〉

72 문무대왕 수중릉의 일출 장면

경주시 양북면 봉길리 30-1
진평왕대 〈혜성가〉

73 문무대왕비 수중릉 울산대왕암

문무대왕암공원(울산시 동구 일산동 산 907). 문무왕 21년(681), "동해의 용이 되어 왜군을 막겠다."던 문무왕의 유언에 따라 문무왕을 수중릉에 안장한 후, 왕비도 세상을 떠나 바다의 용이 되어서 이곳에서 나라를 지키고 있다는 전설이 생겼다.
울산광역시 동구 등대로 95
진평왕대 〈혜성가〉

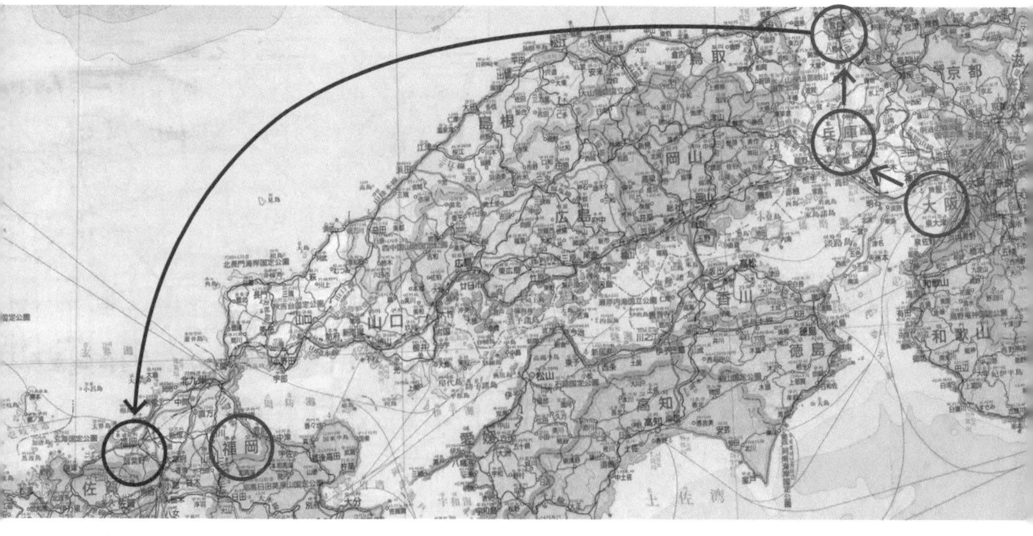

74 진평왕대 일본군사의 주둔지

진평왕대 〈혜성가〉와 관련 설화에는 왜군이 침략했다가 향가를 부르니 물러갔다고 했지만, 『삼국사기』에는 당시에 왜군이 쳐들어온 기록이 없다. 그러나 『일본서기』는 임나 지역을 합병한 신라에 대한 적개심과 침략 계획을 자주 적고 있다. 팩트를 체크해보니, 일본의 신라 정벌 계획은 주둔지 체류 기간이 길고, 군사들의 내부사정으로 인해 오사카大阪, 난바難破 宮-城, 大阪府 大阪市 中央區, 하리마播摩, 兵庫縣 加古郡, 아카이시赤石, 兵庫縣 豊岡市, 후쿠오카/츠쿠시筑紫, 福岡縣 筑紫野市를 넘지 못하였다.(일본군 동선 붉은 동그라미. 최종한, 일본전도, 지우사, 2002 활용)

75

75 불법의 수호자 8부중部衆 가운데 건달바乾達婆

건달바는 제석천의 아악을 맡은 신으로서, 악기를 연주하는 모습으로 나타난다. 지상의 보산寶山에 있으면서 술과 고기를 먹지 않고 향기만 먹고 부처님이 설법하는 자리에 나타나 정법을 찬탄하기도 한다.(장충식, 한국의 불상, 동국역경원, 2005, p.80)
통일신라, 국립중앙박물관 소장

76

76 경주 불탑사지佛塔寺址 3층 석탑과 건달바

"세 화랑의 무리가 금강산에 수련을 떠나려 하는데, 혜성이 나타나 심대성心大星을 침범하였다. 화랑의 무리들은 꺼림칙하게 여겨 수련을 그만두려 하였다. 그때 융천사가 〈혜성가〉를 지어 부르니 혜성의 변괴가 즉시 사라지고 일본 군사가 저희 나라로 돌아가 도리어 복이 되었다."
경주시 남산동 1030
진평왕대 〈혜성가〉

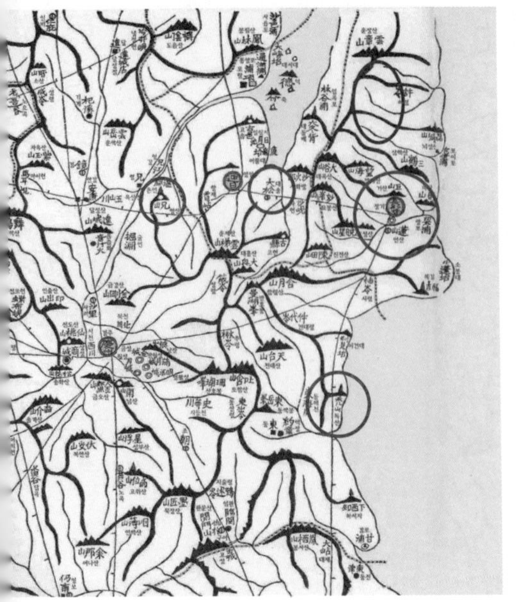

77

78

77 발산봉수대鉢山烽燧臺

보라색 동그라미로 표시한 부분이 구룡포해수욕장 부근 발산봉수대가 위치한 곳이다. 발산봉수대(오른쪽 사진)는 조선 중기에 생긴 것으로 소개하고 있다. 장기 아래의 복길 봉수는 남으로 경주 독산에 응하고, 북으로는 뇌성산에 응한다.(신증동국여지승람 장기현) 경주의 형산봉수는 영일의 사화랑산(대송 오른쪽) 봉수에 응한다.(동경잡기 권1, 봉수)
의운정倚雲亭은 객관의 북쪽에, 인빈당寅賓堂 은 의운정의 서쪽에 있다. "김종직의 기에 "동녘 바닷가에 고을이 있으니, 그 이름은 영일迎日, 혹은 임정臨汀이라 하는데, 대개 신라 동편 가에 위치한다.", "동북쪽으로 7리를 가면 큰 바다가 있는데, 거센 파도가 하늘에 맞닿았고, 신기루가 저자를 이루었으니, 곧 일본의 서녘 바다이다. 산과 바다 사이에는 전원이 넓고 크고, 내와 못이었으며, 겹겹이 쌓인 곳에 언덕이 있어 그 이름 피막皮幕이요 정자가 있으니 이름이 대송大松이다." 『신증동국여지승람』 권23, 영일현 누정) 〈혜성가〉에서 동쪽 물가에 신기루가 나타났다고 언급했는데, 위에서는 영일현을 신라의 동쪽 바다 끝東海之濱이라 했고, 여기에서 신기루가 시장을 이루었다고 했다. 또 영일의 대송은 위에서 언급한 대송정에서 유래한 지명일 가능성이 높다. 그러므로 〈혜성가〉에서 신기루를 보고 왜군으로 오해하여 봉화를 올린 해프닝을 일으킨 동쪽 물가는 영일迎日이나 장기長鬐 부근에 있는 봉수대를 말한 것으로 보인다.
포항시 남구 구룡포읍 구룡포리 산1번지
지도, 도편 최선웅, 해설 민병준, 해설 대동여지도, 진선출판사, 2017, p.216.
진평왕대 〈혜성가〉

78 왜구의 침략도

국방군사연구소, 민족전란사9 『 왜구토벌사 』, 국방군사연구소, 1993, p.33.
진평왕대 〈혜성가〉

79

80

79 발산봉수대

병조에서 왜적 침입에 대비하여 봉홧불을 드는 방법을 알리기를, "각 도의 봉화烽火는 무사하면 1번 들게 하고, 일이 생기면 2번 들게 하였으나, 지금부터는 왜적이 바다 가운데 있으면 봉화를 2번 들고, 경계선 근처로 오거든 3번 들 것이며, 병선이 서로 싸울 때는 4번 들고, 육지까지 침범하면 5번을 들 것입니다. 만일 육지에서 적변賊變이 일어날 때 지경 밖에 있으면 2번 들고, 지경에서 가까운 곳에 있으면 3번 들고, 지경을 범하였으면 4번 들고, 맞붙어 싸우게 되면 5번 들게 할 것이며, 낮에는 연기로 대신하되, 봉화를 드는 자나 그곳에 있던 관사官司가 정신 차려서 바라보고 있지 아니하면 법에 의하여 벌을 주게 하소서." 하니, 상왕이 그대로 따랐다.(『세종실록』 권4, 세종 1년(1419) 5월 26일 경오).
포항시 남구 구룡포읍 구룡포리 산1번지
진평왕대 〈혜성가〉

80 원적산圓寂山 봉수대

경남 양산시 상북면 석계리 산20
진평왕대 〈혜성가〉

81

82

81 발산봉수대 남동 방향 불암사(산길 3-4km)에서 바라본 동해

포항시 남구 구룡포읍 호미로 413번길 37
진평왕대 〈혜성가〉

82 발산봉수대에서 바라본 북쪽 바다 방향

진평왕대 〈혜성가〉

83 감은사지感恩寺址 금당터와 3층 석탑

문무왕이 왜병을 진압하기 위해 이 절을 처음 지었으나 완성하지 못하고 죽어 바다의 용이 되었다. 그 아들 신문왕이 즉위하여 682년에 완성하였다. 금당 섬돌 아래를 파고 동쪽을 향해 구멍 하나를 뚫었는데, 바로 용이 절 안으로 들어와 서리도록 마련한 것이라 한다.(『삼국유사』 민파식적)
신평왕대 〈혜성가〉

84

85

84 첨성대瞻星臺 국보 31호

첨성대瞻星臺. 부성府城의 남쪽 모퉁이에 있다. 당 태종太宗 정관貞觀 7년(633) 계사에 신라 선덕여왕善德女王이 돌을 쌓아 만들었다. 위는 네모 반듯한 모양이고, 아래는 원형으로 높이는 19척 5촌(약 6.26m), 위의 둘레는 21척 6촌(약 6.94m), 아래의 둘레가 35척 7촌(약 11.47m)이다. 그 가운데를 통하게 하여, 사람이 가운데로 올라가게 되어 있다.(『세종실록』 권150, 지리지 경상도 경주부).
국립중앙과학관, 2013 국립중앙과학관 소장품 도록 『천문 기상 지리』, 프레즈아이플러스, 2013, p.46.
* 조선시대의 도량형에 따라, 1척尺은 32.12cm, 1촌寸은 그 10분의 1로 계산한 결과이다.
경북 경주시 인왕동 839-1
진평왕대 〈혜성가〉

85 첨성대 관측도

"첨성대瞻星臺를 지났는데, 첨성대는 당시에 기상을 관찰하던 곳이다. 다듬은 돌을 쌓아서 높이가 수십 길이고, 형체는 둥글고 덮개는 네모나며 가운데는 넓고 목 부분은 좁다. 허리 쪽 구멍으로 들어가서 가운데에서 위로 올라간다. 아, 우리나라 좁은 땅에 삼국三國이 대치하여 각각 그 기상을 살피고 각자 닥쳐올 일에 대해 대응하였으니, 운수가 또한 반드시 그 사이에 있지 않을 수 없을 것이다."(이덕홍, 간재집 권7, 잡저雜著, 동경유록東京遊錄)
신라역사과학관
경북 경주시 하동 201번지
진평왕대 〈혜성가〉

86 석장사錫杖寺 벽돌과 불령사佛靈寺 벽돌탑

"양지良志 스님은 신기하고 괴이하여 다른 사람이 다 헤아리지 못했다. 잡다한 기예에 통달하여, 글씨에 뛰어나고 영묘사의 장륙삼존과 천왕상, 기와와 8부신장, 주불삼존, 금강신 등을 모두 빚었다. 영묘사와 법림사의 벽돌을 조각하여 하나의 작은 탑을 만들었다.(삼국유사 양지사석) 탑을 쌓는 벽돌 하나하나에 불상과 탑을 번갈아 새겨서 신앙의 깊음을 표현하고 있다.

불령사, 경북 청도군 매전면 용산3길 99-8(용산리 산367)

선덕왕(632-647)대 〈풍요風謠〉

87 **석장사지**錫杖寺址 **현장 사진**

"양지 스님의 조상과 고향은 자세히 알 수 없고 선덕왕 때에 자취를 나타냈을 뿐이다. 지팡이 끝에 포대 하나를 걸어두면 지팡이가 저절로 날아서 시주하는 집으로 가서 흔들리며 소리를 낸다. 그러면 그 집에서 스스로 재를 올릴 비용을 담아 되날아오기에 그가 머물고 있는 절을 석장사錫杖寺라 하였다.
(삼국유사 양지사석)
경북 경주시 현곡면 금장리
선덕왕대 〈풍요〉

88 **흥륜사적 이차돈 염촉순교 석당**興輪寺跡異次頓 厭觸殉敎石幢

경북 경주시 국당3길5(사정동 285-6)(흥륜사)
선덕왕대 〈풍요〉

89 영묘사靈廟寺 출토 수막새

양지 스님은 신기하고 괴이하여 헤아리기 어려웠는데, 잡다한 기예에 두루 통달하여 글씨도 잘 쓰고 영묘사 장륙삼존, 천왕상, 전각의 기와, 탑 아래 8부신장, 법림사의 주불삼존, 좌우 금강신 등을 모두 빚었다. 영묘사와 법림사의 현판을 썼으며 벽돌을 조각하여 하나의 작은 탑을 만들고 이와 함께 3,000여 개의 불상을 만들어 그 탑을 절 가운데 모시고 예를 올렸다. 영묘사의 장륙을 빚을 때 스스로 선정에 들어가 잡념 없는 상태에서 진흙을 주물러 만드니 온 성안의 남녀들이 다투어 진흙을 날라 쌓으면서 〈풍요〉를 불렀다."(삼국유사 양지사석)
국립경주박물관 소장, 신라의 미소
경북 경주시 국당3길5(사정동 285-6)(흥륜사)
선덕왕대 〈풍요〉

90 채유採油 사천왕상 전塼

천부중은 제석, 범천, 사천왕 등 소위 천부선신天部善神을 말한다. 이들은 주로 불법을 수호하는 천상계의 선신이고, 그 뜻은 광명, 청정, 자재自在, 최승最勝, 최선最善이다. 사천왕은 욕계 6천 가운데 그 첫 하늘인 사왕천의 천왕이다. 이들은 수미산의 중턱 사면에 살면서 불법을 수호한다. 이들은 제석의 외신으로서 무장武將의 모습을 취한다. 사천왕은 분노상으로 나타나지만 자세히 보면 험악하기보다는 자애로운 모습을 지니고, 주된 임무는 세계를 순방하면서 중생들의 권선징악에 목적을 두고 그 결과를 모두 제석천에 보고하는 기능을 한다.(장충식, 한국의 불상, 동국역경원, 2005, pp.72~75). 〈풍요〉를 지은 양지 수님이 이와 같은 불교 미술에 능했다.
678, 국립경주박물관 제공
선덕왕대 〈풍요〉

91

92

91 통도사通度寺 **극락대전**極樂寶殿 **뒤편 벽면의 〈극락으로 가는 배〉**

경남 양산시 하북면 통도사로 108
문무왕(661-681)대 〈원왕생가〉

92 극락으로 가는 배

국립중앙박물관 소장, 조선후기
문무왕대 〈원왕생가**願往生歌**〉

93 **백월산 남사**白月山南寺 **보살상**

밤이 끝나갈 무렵에 낭자가 불러 말하기를, "내가 불행하게도 산기가 있으니, 스님께서는 짚자리를 깔아주십시오."

부득이 그 모습에 측은한 생각이 들어 거절하지 못하고 촛불을 은은하게 밝혔다. 낭자는 해산을 마치자 또 목욕시켜 주기를 간청하였다. 노힐부득은 부끄러운 마음과 두려움이 엇갈렸으나 애처로운 마음이 더해져 거절하지 못하고 목욕통을 준비하여 낭자를 통속에 앉히고 더운 물로 목욕을 시켰다.

천보 14년 을미년에 신라 경덕왕이 제위에 올라 이 사실을 듣고는 정유년(757)에 사신을 보내 큰 절을 짓도록 하고 백월산남사白月山南寺라고 편액하였다.

이상 노힐부득과 달달박박 이야기는 광덕과 엄장의 서사와 매우 흡사하다.

문무왕대 〈원왕생가〉

94 **성덕대왕신종(일명 에밀레종)의 비천상**飛天像

통일신라 770년, 국립경주박물관 소장

문무왕대 〈원왕생가〉

비천飛天은 불교 회화나 조각에서 부처의 주위를 날거나 유영하며 예찬하는 천인天人을 가리키는데, 고대 서아시아에서는 왕권을 지키는 수호신으로서 사자의 몸에 날개를 단 공상의 영수靈獸 '그리핀', 즉 인간의 이룰 수 없는 꿈을 날개가 달린 유익인물도에 기탁하여 실현한 것이라 한다. 성덕대왕신종에는 구름처럼 피어 오르는 모란당초문 내부의 연화 위에, 무릎을 꿇은 채 향로를 받든 비천상이 당좌를 향하여 좌우대칭으로 묘사되어 있다. 영락과 천의는 마치 당좌에서 울려 퍼지는 범음에 휘날리는 듯 비천상을 감싸고 있어, 정적이면서도 종교적 염원을 우아하게 표현한 동아시아 비천상 조각의 최고 걸작이다.(민병훈, 실크로드와 경주, 통천문화사, 2015, pp.207~214).

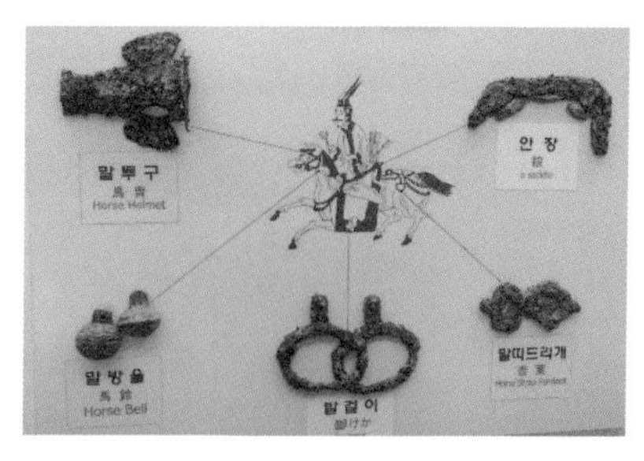

95 승마 기구, 모죽지랑가의 창작 배경 부산성

"죽지랑竹旨郞이 익선을 찾아가 득오의 휴가를 청하였으나 거절당하였다. 간진侃珍이 아랫사람을 귀하게 여기는 죽지랑의 마음을 귀하게 여겨, 걷어서 성 안으로 가져가던 세금 30석을 익선에게 주면서 도움을 청했으나 여전히 휴가를 허락하지 않았다. 이에 진절珍節이 말안장을 주니 그제서야 휴가를 허락하였다. 조정의 화주가 그 소식을 듣고 익선을 잡아다가 처벌을 내리려 했으나 익선은 달아나 숨으므로 익선의 맏아들을 잡아다 성 안의 못에 넣어 목욕시키니 그대로 얼어 죽고 말았다."
효소왕(692-702)대
〈모죽지랑가慕竹旨郞歌〉

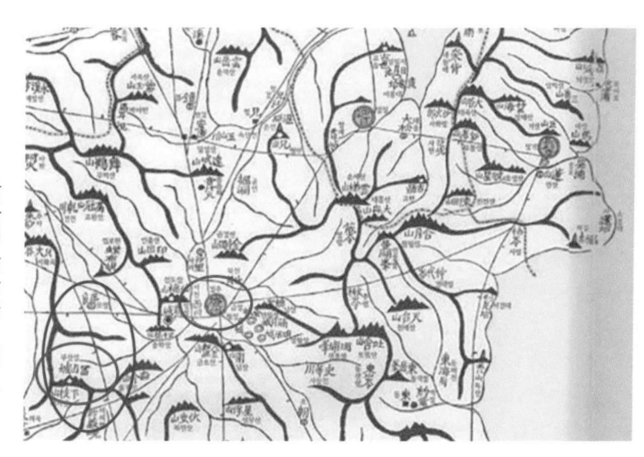

96 부산성釜山城의 위치도

6관등 익선이 화랑 소속 9관등 득오를 부산성으로 데려가 사적인 노역을 시키고, 득오에게 휴가를 달라는 진골 죽지랑의 청을 거절한 것을 보면, 당시 부산성은 모량리의 행정 관할구역이었음을 알 수 있다. (도편 최선웅, 해설 민병준, 해설 대동여지도, 진선출판사, 2017, p.216). 효소왕대
〈모죽지랑가〉

골품																		
진골 자색																		
6두품 비색																		
5두품 청색																		
4두품 황색																		
관등		1 이벌찬	2 이찬	3 잡찬	4 파진찬	5 대아찬	6 아찬	7 일길찬	8 사찬	9 급벌찬	10 대나마	11 내마	12 대사	13 사지	14 길사	15 대오	16 소오	17 조위
중앙관직	령(令)																	
	경(卿)																	
	대사(大舍)																	
	사지(舍知)																	
	사(史)																	
지방관직	도독(都督)																	
	사신(仕臣)																	
	주조(州助)																	
	태수(太守)																	
	장사(長史)																	
	사대사(仕大舍)																	
	소수(少守)																	
	현령(縣令)																	

97 신라의 골품과 17관등 관직 조직표

국립경주박물관 도판, 한영우, 다시 찾는 우리 역사 권1 -고대 고려 편, 경세원, 2013, p.125 참조
효소왕대 〈모죽지랑가〉

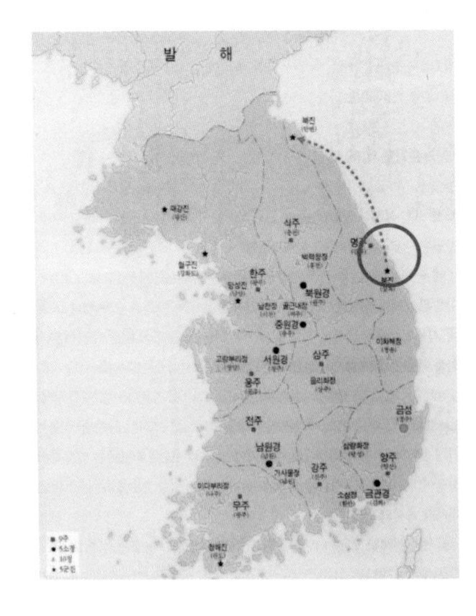

98 강릉 태수 순정공 당시의 신라 행정 구역, 9주 5소경

성덕왕 대에 순정공純貞公이 강릉(명주溟州) 태수로 부임하여 가다가 바닷가에서 점심을 먹었다. 옆에는 바위가 마치 병풍처럼 둘러쳐져 있었는데, 높이가 천 길이나 되었고 위에는 철쭉이 활짝 피어있었다. 순정공의 부인 수로水路가 그것을 보고서 주위 사람들에게 말하였다.

"누가 내게 저 꽃을 꺾어 바치겠소?"

따르던 사람이 말하였다.

"사람이 오를 수 없는 곳입니다."

다들 나서지 못하였으나 암소를 끌고 그 곁을 지나던 노인이 부인의 말을 듣고는 그 꽃을 꺾어 와서 노래와 함께 바쳤다.

(삼국유사 수로부인 조)

구효선, 통일신라 ; 조법종 외, 이야기 한국사 1 -고대편, 청아출판사, 2007, p.335.

성덕왕(702-737)대 〈헌화가獻花歌〉

99

100

99 소백산小白山 **철쭉**躑躅

"누가 내게 저 꽃을 꺾어 주겠소? "
"사람이 오를 수 없는 곳입니다."
다들 나서지 못하였으나 소를 끌고 가던 노인이 꽃을 꺾어와 노래 부르며 바쳤다.
* 비로봉 정상에서 연화봉蓮花峯 방향
성덕왕대 〈헌화가〉 참고 자료

100 소백산小白山 **철쭉**躑躅

성덕왕대 〈헌화가〉 참고 자료

101

102

103

101 경주 도량사道場寺 터 마애불

여기에서 "띠 줄기를 뽑으니 장엄하고 청허한 칠보난간과 누각이 나타나 그 속에 들어가니 그 땅이 돌연 서로 합해졌다."는 연기 설화(삼국유사 권4, 의해5, 사복불언)가 전한다.
경북 경주시 동천동 중리, 백률사栢栗寺(소금강산) 부근
성덕왕대 〈헌화가〉

102 부모은중경판화변상도 중 수미산須彌山

수미산須彌山은 4대주의 중앙, 금륜 위에 우뚝 솟은 산이다. 둘레에 7산 8해가 있고 철위산에 에워싸여 있어 물속에 잠긴 것이 8만 4천 유순이며 꼭대기 제석천 중턱은 사왕천이 사는 곳이라 한다. 수로부인이 해룡에게 잡혀갔다고 한 것은 부인을 어떤 실재한 신앙, 신비 공간으로 모신 일을 언급했을 가능성이 크다. 김정언金廷彦의 해룡왕사고원오대사비海龍王寺故圓悟大師碑에서 포천抱川의 해룡왕사를 언급한 것처럼!(남동신 외, 『대동금석서연구』, 한국학중앙연구원출판부, 2020, pp.762~763).
경기도 화성 용주사본, 조선 1976년 목판화, 허원희 채색

103 신비로운 불교 이야기 이차돈異次頓 순교비殉敎碑

이 석당기石幢記는 신라 법흥왕 14년(527년)에 불교 공인을 위해 자신을 희생했던 이차돈의 순교 정신을 기리기 위하여 그로부터 290여 년이 지난 818년에 세워진 것이다. 몸체는 육각기둥형으로, 한 면에는 조각을 새기고 나머지 5면에는 단정한 해서체楷書體로 그의 사적을 기록하였지만 마멸이 심해 읽기 어렵다.
조각은 이차돈이 불사를 일으키다 왕명을 거역했다는 죄로 참수형을 당하는 장면을 표현한 것으로, 아래쪽의 파도 모양의 무늬는 진동하는 땅을 표현한 것이며 이 위에 관을 쓴 이차돈의 머리가 굴러 떨어져 있고, 그 옆에는 두 손을 소매 속에 넣고 엉덩이를 뒤로 뺀 채 꾸부정하게 서 있는 몸이 보인다. 그의 목에서는 몇 줄기 피가 솟아나고 그 좌우로 꽃송이가 날리고 있다. 이에 감동한 왕과 신하들은 비로소 불교를 정식으로 인정했다고 한다.(네이버백과사전)
국립경주박물관 소장
성덕왕대 〈헌화가〉 서사 관련 비교 자료

104 105

104 흥륜사興輪寺 뒤뜰의 잣나무

효성왕이 아직 왕위에 오르기 전에 현사 신충信忠과 궁궐 마당 잣나무 아래에서 바둑을 두면서 일찍이 말하기를, "훗날이라도 경을 잊지 않고 저 잣나무와 같이 신의를 지키리라." 하니, 신충이 일어나 절을 하였다. 몇 달 뒤에 왕이 즉위하여 공신들에게 상을 주면서 신충을 잊어버리고 차례에 넣지 않았다. 신충이 슬퍼하는 마음 담은 노래를 지어 잣나무에 붙였더니 나무가 갑자기 누렇게 시들어버렸다.(『삼국유사』 권5, 피은 제8, 신충괘관)
경북 경주시 국당3길5(사정동 285-6)(흥륜사)
효성왕(737-742)대 〈원가怨歌〉

105 바둑도

국립중앙박물관 편, 조선시대 풍속화, 한국박물관회, 2002, p.126.
효성왕대 〈원가〉

106 107

106 단속사지斷俗寺址 당간지주

경덕왕 22년(763) 계묘에 신충이 두 친구와 서로 약속하고 벼슬을 그만두고 남악으로 들어가서 왕이 다시 불렀으나 나아가지 않고 머리를 깎고 스님이 되었다. 그는 왕을 위하여 단속사를 창건하고 살면서 종신토록 골짜기에서 대왕의 복을 빌겠다고 청하니 왕이 이를 허락하였다.(『삼국유사』 권5, 피은 제8, 신충괘관)
경남 산청군 단성면 운리 333(단속사지)
효성왕대 〈원가〉

107 단속사지 3층 석탑

경남 산청군 단성면 운리 333(단속사지)
효성왕대 〈원가〉

108 109

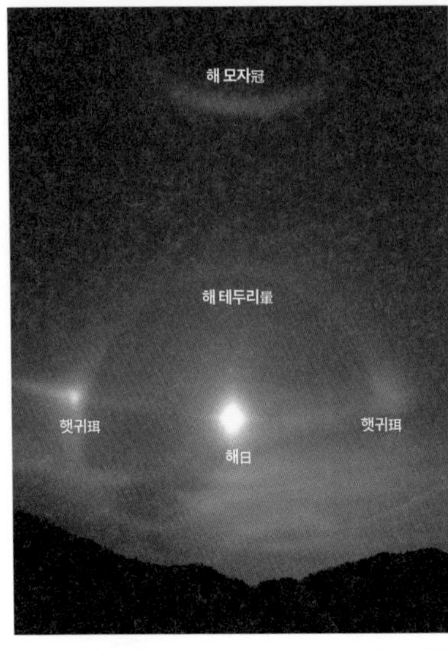

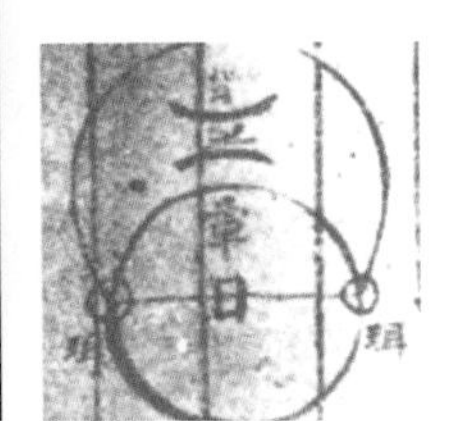

110 111

108 쌍계사의 명문 직심直心

"경덕왕 19년(760) 4월 초하루에 두 해가 나란히 나타나 열흘 동안 사라지지 않았다.이에 인연 있는 스님 월명사月明師를 시켜 노래 부르게 했더니, 해의 변괴가 곧 사라졌다."
경덕왕(742-765)대 〈도솔가兜率歌〉

109 환일幻日 현상

柴田清孝 저, 김영섭 김경익 역, 대기 광학과 복사학, 시그마프레스(주), 2002, 책머리 사진
양쪽 햇귀의 바깥쪽에 청색, 안쪽에 붉은색이 분명하게 식별된다. 빛의 삼원색이라면 가운데는 녹색이어야 하겠는데, 색깔이 약해서 고려사에는 청적백색이라고 묘사했다.

110 부석사의 환일幻日현상

「풍운기」의 기록을 바탕으로 그린 환일 현상의 세부 명칭. 가운데 해, 해의 왼쪽과 오른쪽에 햇귀, 해의 위에 해 테두리, 테두리 윗부분의 해 모자
2017.03.21, 부석사 박물관(유물관), http://www.pusoksa.org/05/photo/view

111 「풍운기」의 백홍관일

1748년 음력 10월 16일, 니넘 연구소 소장, 조선고대관측기록조사보고서, 스케치(안상현, 우리 혜성 이야기, 사이언스북스, 2013, p.148) 가운데 맨 위부터 각각 햇등背, 해 모자冠, 해 테두리/무리暈, 해日리 적었고, 해의 왼쪽과 오른쪽에 햇귀珥를 표시하였다.
경덕왕대 〈도솔가〉

112　　　　113

112 가무악歌舞樂 〈산화가散花歌〉에서 꽃을 뿌리며 미륵불을 청하는 장면

경덕왕 19년(760) 4월 초하루에 해가 둘이나 나타나 열흘이 되어도 사라지지 않자, 인연 있는 승려를 청하여 산화공덕을 해야 한다고 했다. 때마침 국선의 무리에 속해있던 월명사月明師가 나타나 향가 〈도솔가〉를 부르니 해의 변괴가 곧 사라졌다.(삼국유사 월명사 도솔가 조)

113 〈가무악歌舞樂 고대의 향기, 무천舞天 산화가〉 공연

서울예술단, 2005.03.11~13. 문예진흥원 예술극장 대극장
경덕왕대 〈도솔가〉

114

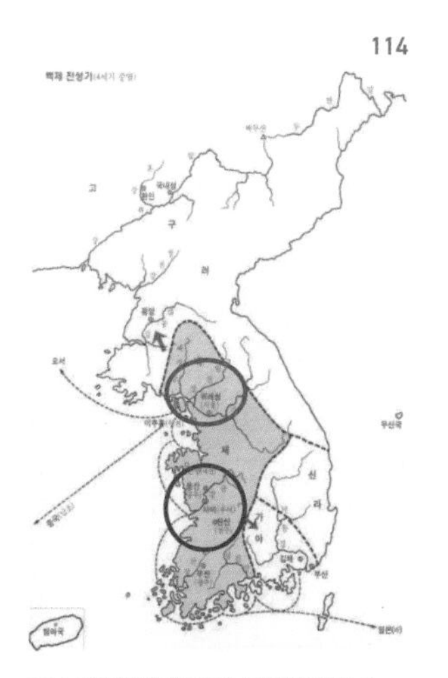

115

114 백제 전성기의 한반도 지도

4세기 중엽, 한영우, 『다시 찾은 우리 역사 1권 -고대·고려』(경세원, 2013), p.103.

115 백제금동대향로百濟金銅大香爐

국보 287호, 충남 부여군 부여읍 능산리 절터, 국립중앙박물관
백제역사문화관, 백제문화역사관, 학예사, 2006, p.81.
효소왕(692-702)대 〈모죽지랑가〉, 경덕왕(742-765) 〈찬기파랑가〉 관련 참고 자료 -백제 전성기 유적

116 낙화암落花巖

충남 부여군 부여읍 쌍북리
사진에서 붉은 색 동그라미로 표시한 곳에 '낙화암'이라 새겼다.
〈모죽지랑가〉〈찬기파랑가〉 관련 참고 자료 -백제 멸망 시기 유적

117

118

117 오녀산성五女山城에서 내려다 본 혼강渾江 (중국 길림성吉林省)

118 오녀산성 전경

고구려의 첫 도읍지인 졸본卒本 흘승골성紇升骨城으로 비정하는 곳이다.
중국 요녕성遼寧省(랴오닝) 본계시本溪市(번시) 환인현桓仁縣(환런)

〈모죽지랑가〉〈찬기파랑가〉 관련 참고 자료 -고구려 최초 도읍지

119

120

121

122

123

119 오녀산성五女山城 **중국 요녕성**遼寧省(랴오닝) **본계시**本溪市(번시) **환인현**桓仁縣(환런)

120 오녀산성 자연 성벽

121 오녀산성 인공 성벽

122 오녀산성

123 오녀산성

〈모죽지랑가〉〈찬기파랑가〉 관련 참고 자료 -고구려 최초 도읍지

124

125

124 **국내성**國內城

125 **통구하**通溝河**(퉁거우) 중국 길림성**(지린성) **집안현**(지안현)**을 흐르는 강**
중국 길림성吉林省(지린성) 집안현集安/輯安縣(지안현)

〈모죽지랑가〉〈찬기파랑가〉 관련 참고 자료 - 고구려 두 번째 도읍지

126

126 광개토대왕비廣開土大王碑

중국 지린성 지안현 퉁거우通溝에 있는 고구려 19대 광개토대왕비의 능비

127 광개토대왕비

고구려연구재단, 다시보는 고구려사, 고구려연구재단, 2005, p.58.

128 광개토대왕비

광개토왕비 입구의 비석 일부 복원본

〈모죽지랑가〉〈찬기파랑가〉 관련 참고자료 -고구려의 전성기 문화유산

129 광개토대왕비문廣開土大王碑文

고구려연구재단, 다시보는 고구려사, 고구려연구재단, 2005, p.92.

127

129

128

130

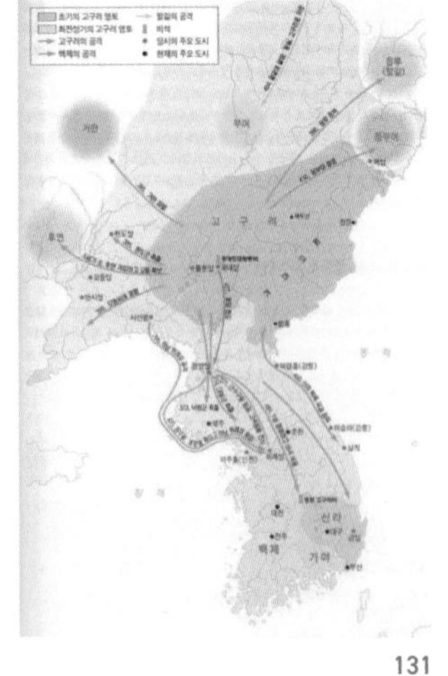

131

130 **장수왕릉**長壽王陵

중국 지린성 지안현 통구 토구자산土口子山 중허리에 있는 장수왕의 돌무덤

131 **광개토대왕과 장수왕 당시 고구려의 최대 영토 지도**

고구려연구제단, 다시보는 고구려사, 고구려연구재단, 2005, p.93.

〈모죽지랑가〉〈찬기파랑가〉 관련 참고 자료 -고구려의 전성기 문화유산

132 **진흥왕릉**眞興王陵

진흥왕은 나라를 흥성하게 하려면 반드시 먼저 풍월도風月道를 해야 한다고 생각하여, 다시 명령을 내려 좋은 집안의 남자 가운데 덕행이 있는 올바른 사람을 뽑아 화랑이라 고치고, 맨 먼저 설원랑을 받들어 국선으로 삼았다. 이것이 화랑 국선의 시초이다.(삼국유사 미륵선화 미사랑 진자사)
경북 경주시 서악동 산 92-1
〈모죽지랑가〉〈찬기파랑가〉 -신라의 전성기

133

134

133 입천卄川과 이어지는 대종천大鐘川의 모습

입천은 경주시 양북면 입천리이고 대종천은 양북면 어일리와 용당리 구길리로 이어져 이견대 앞바다에 이른다. 모두 자갈과 모래로 이루어져 흐르는 물이 갈라져 흐른다는 특징이 있다.

134 대종천大鐘川에 비친 구름

경덕왕대 〈찬기파랑가〉

화랑도를 육성하여
나라의 기둥으로 삼다

진흥왕은 넓어진 영토를 효율적으로 관리하고, 필요한 인재를 양성하고자 화랑도를 만들었습니다. 화랑도는 화랑과 낭도로 이루어졌습니다. 신망이 높은 진골 출신의 귀족 자제가 화랑이 되었으며, 휘하에 수백에서 수천에 이르는 낭도들을 거느렸습니다. 이들은 명승지를 유람하며 심신을 단련하고, 유학 등 학문을 열심히 배우고 익혔습니다. 602년 중국에서 돌아온 원광법사는 찾아온 귀산과 추항에게 다섯 가지의 계율 즉 세속오계를 가르쳤습니다. 이것은 화랑의 덕목이 되었습니다. 이런 내용은 임신서기석에 새겨진 두 청년의 다짐 속에도 잘 나타나 있습니다. 화랑은 평소의 다짐대로 충성스럽고 능력 있는 인물로 성장하여 나라의 기둥이 되었습니다.

135

136

135 진흥왕 대 원화와 화랑의 창시

제24대 진흥왕의 성은 김씨이고, 이름은 삼맥종彡麥宗이며 심맥종深麥宗이라고도 한다. 경신년(540)에 즉위하였다. 백부 법흥왕의 뜻을 사모하여 부처를 한결같은 마음으로 섬겨 널리 절을 세우고, 사람들을 이끌어 승려가 되게 하였다. 또 천성이 풍류를 좋아하고 신선을 매우 숭상하여 백성들 집안의 아름다운 처녀 원화原花로 삼았다. 이것은 무리를 모으고 효도, 우애, 충성, 신의를 가르치고자 함이었고, 또한 나라를 다스리는 큰 요체이기도 하였다.

이에 남모랑南毛娘과 교정랑姣貞娘 두 원화를 뽑고 무리 300~400명을 모았다. 그런데 교정랑이 남모랑을 질투하여 술을 준비해 남모랑에게 먹여 취하게 한 후, 몰래 북천으로 데리고 가서 큰 돌을 들고 그 속에 묻었다. 남모랑의 무리들은 남모랑의 소재를 몰라 슬피 울면서 흩어졌다. 어떤 사람이 교정랑의 음모를 알아치리고는 노래를 지어 어린아이들에게 부르게 했다. 남모랑의 추종자들이 노래를 듣고 그의 시체를 북천 가운데서 찾아낸 후 교정랑을 죽였다. 그러자 대왕이 명령을 내려 원화를 폐지하였다.(『삼국유사』 권3, 탑상 제4, 미륵선화 미시랑과 진지사)

〈모죽지랑가〉〈찬기파랑가〉 관련 -신라 전성기의 문화유산

136 원광圓光법사가 머물던 가실사加悉寺 추정지에 세워진 천문사 석불

경북 청도군 운문면 신원4길 19-30

〈모죽지랑가〉〈찬기파랑가〉 관련 -신라 전성기의 문화유산

137

138

137 화랑의 수련 장면

경주 화랑마을 전시관 내

경북 경주시 석장동 1272

138 화랑 수련 장면의 재현

경주 밀레니엄 파크 화랑 공연장

〈모죽지랑가〉〈찬기파랑가〉 관련 -신라 전성기의 문화유산 재현

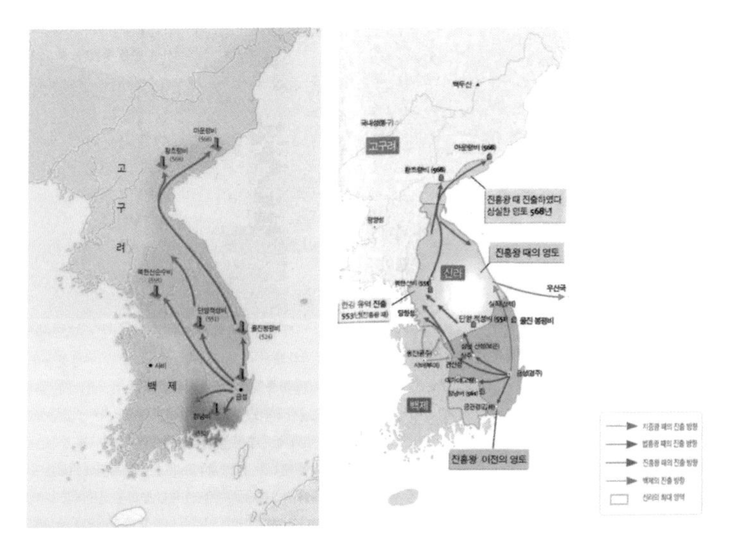

139 진흥왕 순수비의 위치도, 신라 전성기의 지도

정운용, 신라 ; 조법종 외, 이야기 한국사 1 -고대편, 청아출판사, 2007, p.243.
전국역사교사모임, 살아있는 한국사 교과서 1 -민족의 형성과 민족 문화, 2002, p.73.
〈모죽지랑가〉〈찬기파랑가〉 관련 자료 -신라의 전성기

140 창녕 신라 진흥왕 척경비新羅 眞興王 拓境碑

신라가 가야 비사벌국比斯伐國 지역을 합병한 후, 진흥왕 22년에 왕이 친히 가야 지역을 순시하며 국경지대를 얻은 것을 기념한 비석이다.
만옥정공원, 국보 33호. 경남 창녕군 창녕읍 교상리 28-1
〈모죽지랑가〉〈찬기파랑가〉 관련 -신라 전성기의 문화유산

141

142

143

(마모가 심하여 확인할 수 없는 부분)

真興太王及衆臣等巡狩△△之時記
△言△令甲兵之仿△△△△△覇主設△賞△△
之所用高祀西△△△△△相戰之時新羅△王△
徳不△兵故△△△△△建文大得人民△△
△是巡狩管△△民心 欲勞賚如有忠信精誠△
△可加賞△以△△△△△東路迴嵯 誠陟△
見道人△居石窟△△△△刻石誌辭
尺干內夫智一尺干沙喙另力智迊干南川軍主沙
夫智及干未智大奈末△△沙喙屈丁次奈
吾△指△空幽則水△△△△劫初立 造非△
巡狩見△△△△△△△△歲記井△△△

144

141 단양 적성산성赤城山城

충북 단양군 단성면 하방리 산3-1

142 단양 신라 적성비赤城碑

진흥왕 순수비 4기 중 최고 最古의 것으로서, 건립연대는 진흥왕 6~11년(545~550년)경으로 추정한다. 적성 지방은 고구려엔 신라 공격의 전초 기지이고, 신라엔 한강유역으로 진출할 수 있는 전초 기지이므로 전략상 중요한 위치였다. "550년, 고구려와 백제가 도살성과 금현성을 사이에 두고 싸움을 전개하고 있을 때, 이사부가 이끄는 신라 군대는 고구려의 적성과 고두림성을 공격하여 취하였고, 이를 전초기지로 삼아 거칠부 등 8장군이 이끄는 군대가 한강 상류의 10군을 완전히 영토에 편입하였다."(주보돈, 금석문과 신라사, 지식산업사, 2002, pp.170~190) 이 비석에는 공을 세운 인물로 이사부, 비차부, 무력 등 10명의 고관을 들고 있다.
국보 198호, 충북 단양군 단성면 하방리 산3-1

143 북한산 신라 진흥왕 순수비巡狩碑

진흥왕 16년(555)
서울 북한산北漢山 비봉碑峯

144 북한산 신라 진흥왕 순수비巡狩碑 **명문**銘文

북한산 순수비는 건립 연대 부분이 마멸되었지만, 진흥태왕이 여러 신하들과 관경을 순수할 때의 기록이라고 밝혔다. 기사의 전반부는 결자가 많아 구체적인 내용을 알기 어렵지만, 후반부에서는 관경을 순수하고 민심을 찾아 살펴서 위로하고 상을 내리고자 하며, 민일 충신하고 정성이 있는 자에게는 상을 더하겠다는 내용을 적었다.
김영하, 고대의 영토 의식과 진흥대왕순수비, 『우리시대의 한국고대사 2』, 주류성, 2017, p.18.

145 화랑 출신으로 신라에서 최고봉이었던 신라 태대각간太大角干 순충장열純忠壯烈 흥무대왕興武大王 김유신의 묘소와 신도비

김유신金庾信, 595-673은 금관가야의 마지막 왕인 구형왕의 증손으로 할아버지는 관산성전투에서 백제의 성왕을 사로잡은 김무력金武力 장군이다. 신라 진평왕 17년에 만노군에서 출생하였으며, 젊어서는 화랑으로서 수많은 낭도들을 이끌며 중악석굴 등 명산대천에서 수련하며 기상을 키웠다.
벼슬길에 나아가서는 탁월한 전략과 전술을 구사하여 밖으로는 백제와 고구려를 상대로 한 수많은 전투에서 승리하였고, 안으로는 비담과 염종의 반란을 진압하여 나라를 안정시켰다. 진덕여왕이 후사 없이 돌아가자 김춘추를 태종무열왕으로 옹립하였으며, 감국통일전쟁의 신라군 총수로서 백제와 고구려를 통합하고 당나라 군대를 몰아내어 삼한일통의 대업을 이룩하였다. 문무왕 13년에 79세의 일기로 세상을 떠난 후, 흥덕왕 10년(835)에 그 공덕을 기려 흥무대왕으로 추봉되고 조선 명종 18년에 서악서원에서 제향하였다.
〈모죽지랑가〉〈찬기파랑가〉 관련 -신라 전성기의 문화유산

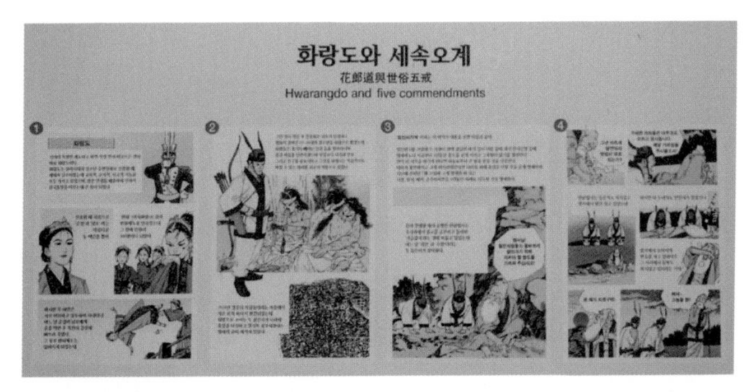

146 김유신 장군묘 앞의 안내판

경북 경주시 흥무로 71
〈모죽지랑가〉〈찬기파랑가〉 관련 -신라 전성기의 문화유산 재현

147

148

149

147 울주 천전리 암각화

국보 147호, 울산시 울주군 두동면 천전리 〈모죽지랑가〉〈찬기파랑가〉 관련 - 신라 전성기의 문화유산

148 울주 천전리 암각화

국보 147호, 울산시 울주군 두동면 천전리

149 울주 천전리 암각화와 서석誓石

왼쪽 아랫부분에 붉은색 동그라미로 표시한 부분이 화랑 영랑의 기념 기록이다.

〈모죽지랑가〉〈찬기파랑가〉 관련 - 신라 전성기의 문화유산

150 151

150 울주 천전리 서석誓石

화랑 영랑永郞이 무오년 6월 2일에 무엇인가 업業을 이루었음을 기념하였다. 일을 이루겠다는 다짐일 수도 있다. 戊午六月二日 永郞成業

151 임신서기석

"임신년(진흥왕 13년(552)이나 진평왕 34년(612)으로 추정) 6월 16일 두 사람이 함께 맹서하고 쓴다. 하늘 앞에 맹서하여, 지금으로부터 3년 이후에 충도忠道를 몸소 실천하고 과실을 범하지 않으리라 맹서한다. 만약 이 약속을 어기면 하늘로부터 큰 벌을 받겠다고 맹서했다. 나라가 불안하고, 세상이 크게 어지러워지면 가히 행하겠다고 맹서한다. 따로 신미년(임신년의 1년 전) 7월 22일에 크게 맹서하기를, 3년 안에 시경, 서경(상서), 예기, 춘추를 차례로 섭렵하겠다."고 했다.
壬申年 六月十六日 二人幷誓記 天前誓 今自三年以後 忠道執持 過失无誓 若此事失 天大罪得誓 若國不安大亂世 可容行誓之 又別先辛未年 七月卄二日 大誓 詩尙書禮傳 倫得誓三年
〈모죽지랑가〉〈찬기파랑가〉 관련 - 신라 전성기의 문화유산

152 신라 사신도使臣圖

붉은 옷깃을 두른 사람이 신라인이다
국립경주박물관
〈모죽지랑가〉〈찬기파랑가〉 관련 참고 자료

153 삼화령 미륵세존을 모시던 자리

삼화령 미륵세존께 차 공양을 드리고 오는 충담사에게 왕이 말하였다.
"그렇다면 짐을 위해 〈안민가〉를 지어보라."
충담은 왕명을 받들어 노래를 지어 바쳤다. 왕이 아름답게 여겨 왕사王師로 봉했으나 그는 삼가 절하며 간곡히 사양하고 떠났다.
용장사茸長寺 터에서 산 정상 방향에 위치하는 삼화령 연화좌대(경북 경주시 내남면 용장리 산1)
경덕왕대 〈안민가〉

154 남산삼화령석조삼존불상南山三花嶺石造三尊佛像

좌우의 보살입상은 그 얼굴 모습이 단아하고 복스러워 '아기 부처'라고도 불린다.
원래는 경주 남산의 북봉에서 옮겨온 것으로, 현존하는 삼국시대의 석조불상 중에서는 매우 큰 상이며 특히 머리와 손 부분이 불신에 비하여 큰 편이다.(한국민족문화대백과사전 2) 이 부처의 정식 명칭은 생의사生義寺 미륵삼존불이다. 이 3개의 석불은 본래 남산 삼화령 고개에 있던 것인데 1925년에 박물관으로 옮겨왔다. 기록에는 선덕여왕 13년(644)에 제작했다고 전한다.(유홍준, 여행자를 위한 『나의 문화유산답사기』 3 경상권, 창비, 2016, 29쪽) 충담사가 차를 끓여 공양하던 삼화령에 있는 연화좌대와 비교해볼 때 두 미륵부처의 크기에는 엄청난 차이가 있지만, 충담사가 찾던 삼화령 일대는 석조불상이 많은 신앙 공간이었음을 여실히 보여준다.
국립경주박물관 소장
경덕왕대 〈안민가〉

155

156

155 시민과 함께하는 불교문화 대축제

천도를 받고자 하는 영가가 불단에 나아가 부처와 보살께 예배와 공양을 드리고 극락왕생을 발원하는 의식을 행하는데, 이때 불단에 향 등 꽃 차 과일 쌀의 6가지를 공양한다.
범어사 삼광사 통도사 해인사 쌍계사 등 전국 시찰 조계종 천태종 등 종단 주최, 2019년 10월 20일 부산시민공원 잔디 광장
경덕왕대 〈안민가〉

156 시민과 함께하는 불교문화 대축제에서 행해진 육법六法 공양供養

불단에 향 등 꽃 차 과일 쌀 6가지를 공양하는 장면
범어사 삼광사 통도사 해인사 쌍계사 등 전국 시찰 조계종 천태종 등 종단 주최, 2019년 10월 20일 부산시민공원 잔디 광장
불전에 공양할 향, 등, 꽃, 차, 과일, 쌀 등 6가지 공양 의식구(글, 사진 홍윤식, 『불교 의식구』, 대원사, 1998, p.23)
불교에서 공양은 "공경하는 마음과 정성스러운 마음으로 불법승 삼보다 스승, 조상, 웃어른께 음식, 재물 등을 바치는 일", "각종 의식 거행 후에 참석자들이 음식을 먹는 일 " 을 다 말하는데, 위의 6법 공양은 이 중에서 전자에 해당한다.
경덕왕대 〈안민가〉

157

158

159

157 기림사祇林寺 천수천안관음보살千手千眼觀音菩薩

"경덕왕 때 희명希明의 아이가 태어난 지 5년 만에 갑자기 눈이 멀었다. 하루는 그의 어머니가 아이를 안고 분황사 왼쪽 전각 북쪽 벽에 그려진 천수대비 앞으로 가서 아이에게 노래를 지어 빌게 했더니 멀었던 눈이 떠졌다.
* 현재 분황사의 천수천안관음보살상은 남아 전하지 않는다.
경덕왕대 〈도천수대비가〉

158 불국사佛國寺 미륵전彌勒殿 천수천안관음보살상

경덕왕대 〈도천수대비가〉

159 11면 관음보살상

국립경주박물관
경덕왕대 〈도천수대비가〉

160

161

160 분황사芬皇寺 3층석탑

“경덕왕 때 희명希明의 아이가 태어난 지 5년 만에 갑자기 눈이 멀자 그 어머니가 아이를 안고 분황사 왼쪽 전각 북쪽 벽에 그려진 천수대비 앞으로 가서 노래를 지어 빌게 했더니 멀었던 눈이 떠졌다.”한 것으로 보아, 〈도천수대비가〉는 분황사에서 지은 작품이다.
경덕왕대 〈도천수대비가〉

161 운문사 지옥도

“(원성왕元聖王 때) 영재永才 스님이 90세의 나이에 지리산에 은거하려고 가다가 대현령大峴嶺에 이르렀을 때, 도적 60여 명을 만났다. 도적들이 영재를 해치려고 하였으나 영재는 칼이 닿아도 두려워하는 기색이 없이 태연했다. 도적들이 괴이하게 여겨 그의 이름을 물어보자 영재라고 답했다. 도적들은 평소에 그의 이름을 들어 알고 있었으므로 그에게 노래를 짓게 하였다.”
영재 스님이 〈우적가〉를 지어, 창칼로 악업을 만드는 일을 꾸짖고 재물은 지옥으로 가는 근본임을 깨우쳐주니, 도적들은 감동하여 칼과 창을 버리고 머리를 깎고 중이 되어 영재 스님과 함께 지리산으로 들어가 세상에 나오지 않았다.(삼국유사 권5 영재우적)
원성왕(785-799)대 〈우적가遇賊歌〉

162

163

162 만화 〈신과 함께〉의 지옥도

주호민, 만화 〈신과 함께〉, 애니북스, 2011, p.6.

163 만화 〈신과 함께〉 저승 편(중)의 지옥도

칼날이 우뚝 선 검수림劍樹林 지옥에서 덜 아프게 해주는 살살이 꽃으로 만든 약을 두고, 서로 나누려 하지 않고 독점하려고 싸우는 장면이다. 알고 보니 빈 약병이었다. 저승에서도 변치 않는 인간의 욕망을 적나라하게 그렸다.
주호민, 만화 〈신과 함께〉(중), 애니북스, 2011, pp.84~85.
〈우적가〉

164

165, 166

164 청도군 청도읍 상리

멀리 화악산華岳山이 보이는데, 이 지역은 영재가 도적을 만난 대현령大峴嶺의 유력한 후보지다.
원성왕대 〈우적가〉

165 통도사의 8정도正道

8정도는 정견正見, 정사正思惟, 정어正語, 정업正業, 정명正命, 정정진正精進, 정념情念, 정정正定을 말하는데, 중생들을 고통의 소멸로 이끄는 수행법이다. 차례대로 바른 견해(사물의 근본 이치를 바로 봄), 바른 결심, 바른 말, 바른 행위, 바른 생계(올바른 생업), 바른 노력, 바른 알아차림, 바른 삼매(명상·참선)를 말한다.
경남 양산시 하북면 통도사로 108

166 통도사의 8정도

중생들은 마음이 일면 원래의 청정한 마음을 유지하지 못하고 망념妄念·잡념雜念 등으로 흘러 번뇌, 망상이 들끓게 되어 있는데, 그렇게 되지 않고 본래 마음을 유지하도록 이끌어주는 것이 8정도이다. 8정도를 통해 사성제를 꿰뚫어 볼 때, 지혜와 생기와 통찰지와 명지와 광명이 생기게 된다.(마하시 아가 마하 빤디따 지음, 김한상 옮김, 「초전법륜경」, 행복한 숲, 2011, p.437). 8정도는 진리에 대한 통찰과 윤리적 행위, 그리고 바른 수행방식으로서, 훌륭한 인격을 갖추어가는 길이고 해탈로 이끄는 수행도이기도 하다. 이 가운데 가장 핵심은 바른 견해, 즉 정견正見이다.(이자랑·이필원 글, 배종훈 그림, 『도표로 읽는 불교입문』, 민족사, 2016, pp.70~71).

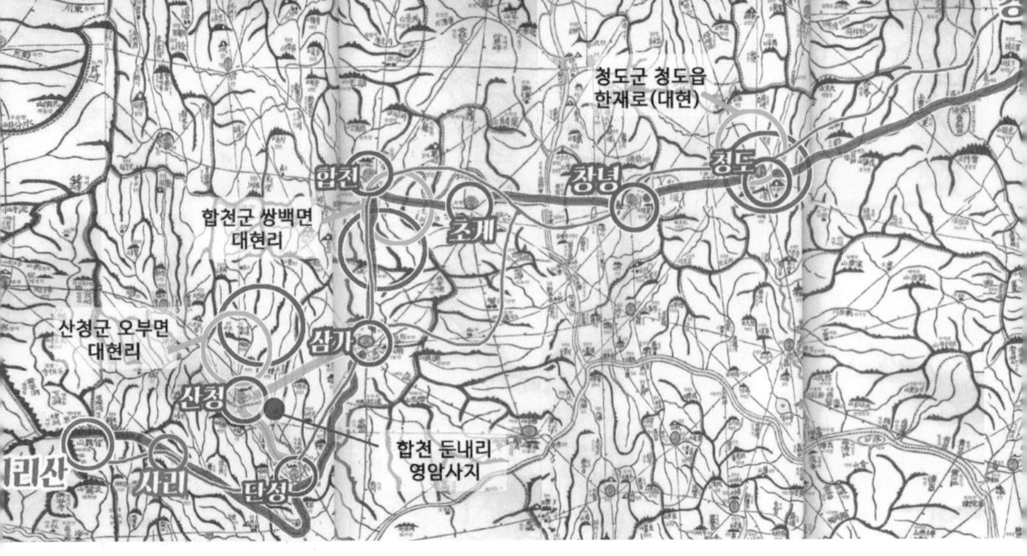

167 영재 스님의 이동 경로를 추정한 지도(확대본)

신라시대의 길을 정확히 밝히기는 불가능하다. 옆의 지도는 김정호 『대동여지도』에 표시된 길을 따라 경주부터 지리산까지 굵은 선으로 표시한 것이다. 보라색 가는 실선은 『새 문화유적지도』(부록, 한국문화재보호재단, 2003)에 표시된 지금의 길을 따라 표시한 것이다. 오른쪽 지도는 고산자 김정호의 대동여지도를 새롭게 편집하고 색을 입힌 자료(도편 최선웅, 해설 민병준, 해설 대동여지도, 진선출판사, 2017, pp. 216~230)를 활용하였다.
원성왕대 〈우적가〉
〈우적가〉를 지은 영재 스님은 늘그막에 남악(지리산)에 들어가 은거하려고 가다가 대현령大峴嶺에서 도적 60명을 만났다."(삼국유사 영재우적) 성호경을 비롯한 대부분의 학자들은 청도읍의 대현(한재)을 대현령이라 설명(성호경, 신라향가연구 -바른 이해를 위한 탐색, 태학사, 2008, pp.275-287)하고, 신재홍은 이 외에도 합천이나 산청의 대현리일 가능성을 제시한다.(신재홍, 향가 서정 여행, 월인, 2016, pp.119-125) 고동색으로 굵게 표시한 대동여지도의 통행로가 자연환경과 생활환경에 따라 이전부터 자연스럽게 발생하여 쭉 유지되어 왔다면, 경주에서 지리산까지 가는 길목에서 영재가 도적(강도)를 만날 가능성이 있는 곳은 청도와 합천의 대현령 두 곳 중 하나일 수 있다. 원성왕대 〈우적가〉

168 영암사지靈巖寺址 쌍사자 석등

"불국사 대웅전 앞 석등이 하나의 전형으로 완성되자 여기서도 변주가 일어났다. 쌍사자석등이 그것이다. 두 마리의 사자가 가슴과 앞발을 맞대고 화사석을 떠받치는 기발한 구조의 쌍사자 석등은 이 석등과 보은 법주사, 광양 옥룡사지, 공주 대통사지 등 4기가 있다. 사자는 불교의 신성한 동물로 인도, 중국, 일본의 불교 조각에 두루 나타났지만 쌍사자석등은 세계 어느 나라에도 없다. 우리나라에서도 통일신라시대에만 나왔다."(유홍준, 국보순례, 눌와, 2011, 160-161쪽)
경남 합천군 가회면 황매산로 637-97
통일신라 9세기, 원성왕대 〈우적가〉 참고 자료

169

169 개운포성지開雲浦城址

헌강왕이 개운포로 놀러갔다 돌아오려 하였다. 낮에 물가에서 쉬고 있는데 갑자기 구름과 안개가 자욱하게 덮여 길을 잃게 되었다. 왕이 괴이하게 여겨 주위 사람에게 물으니 일관이, "이는 동해에 있는 용의 변괴이니 마땅히 좋은 일을 해야만 풀립니다." 하여 용을 위해 근처에 절을 짓도록 명하니 곧 구름이 걷히고 안개가 흩어졌다.(『삼국유사』 처용랑 망해사)
헌강왕(875-886)대 〈처용가處容歌〉
울산시 남구 성암동 81

170 망해사望海寺 부도탑浮圖塔

왕은 돌아오자 곧 영취산 동쪽 기슭의 좋은 땅을 가려 절을 세우고 망해사라 하였다. 신방사新房寺라고도 했는데, 처용을 위해 세운 절이다.(『삼국유사』 처용랑 망해사)
울산 울주군 청량읍 망해2길 102
헌강왕대 〈처용가〉

171 처용공원處容公園 고가도로 기둥에 새긴 처용무와 처용암處容岩

처용의 아내가 매우 아름다워서 역신疫神이 흠모하여 사람으로 변하여 밤마다 그 집에 와서 몰래 자곤 하였다. 처용이 밖에 나갔다가 집으로 돌아와 역신이 아내를 범하는 것을 보고는 물러나 춤을 추며 〈처용가〉를 불렀다. 그때 역신이 형체를 드러내 처용 앞에 꿇어앉아, "제가 공의 처를 탐하여 범했음에도 공은 노여워하지 않으니 감동스럽고 아름답습니다. 맹세코 오늘 이후로는 공의 형상을 그린 그림만 보아도 그 문 안으로 들어가지 않겠습니다."
(『삼국유사』 처용랑 망해사)
헌강왕대 〈처용가〉

170

171

172

172 원성왕릉(괘릉)을 지키고 있는 무인상

8세기 말, 통일신라에 조성한 것으로 추정한다. 이 가운데 무인석武人石은 박진감이 넘치는데, 그 얼굴에 서역인西域人의 모습이 고스란히 담겨있어 통일신라시대에 서역과 활발한 문화교류가 이루어졌음을 보여준다.
경주시 외동읍 괘릉리 산17
헌강왕대 〈처용가〉

173

174

175

173 **악학궤범**樂學軌範 **〈처용관복**處容冠服**〉 조의 처용 화상**

허원희 채색
헌강왕대 〈처용가〉

174 **귀면와**鬼面瓦

국립경주박물관 소장
헌강왕대 〈처용가〉

175 **처용의 모습을 그린 모래 조각**

경주세계문화엑스포공원, 헌강왕대 〈처용가〉

176

177

178

176 〈평양감사향연도〉, 〈부벽루연회도〉 중 오방처용무(전 傳 김홍도, 18세기 후반)

국립중앙박물관 소장, 황의필, 처용 처용화, 울산대학교출판부, 2011, p.107.
헌강왕대 〈처용가〉

177 처용무處容舞

5명의 춤꾼이 각각 5방색의 복식을 입고 처용탈을 쓰고 오방으로 나누어 서서 호방하게 춤을 춘다. 처용은 역신을 물리치는 신으로 추앙했기 때문에 섣달 그믐날 열리는 궁중의 구나驅儺의식인 나례儺禮에서도 중요한 절차의 하나로 추었다.
국립중앙박물관·국립국악원, 『우리 악기, 우리 음악』, 통천문화사, 2011, p.96, p.120.
헌강왕대 〈처용가〉

178 처용무의 동작 중 우선회무右旋回舞

이홍구 글, 이상윤 사진, 처용무, 화산문화, 2000, p.211.
헌강왕대 〈처용가〉

179 신라시대 경주

"제49대 헌강대왕 대에는 서울로부터 동해 어귀에 이르기까지 집들이 즐비하게 늘어서있고 담장이 서로 맞닿았는데, 초가집은 한 채도 없었다. 길에는 음악과 노랫소리가 끊이지 않았으며 바람과 비는 사철 순조로웠다."(삼국유사 처용랑 망해사)
국립경주박물관의 경주 모형

신라 왕실 세계도世系圖와 향가

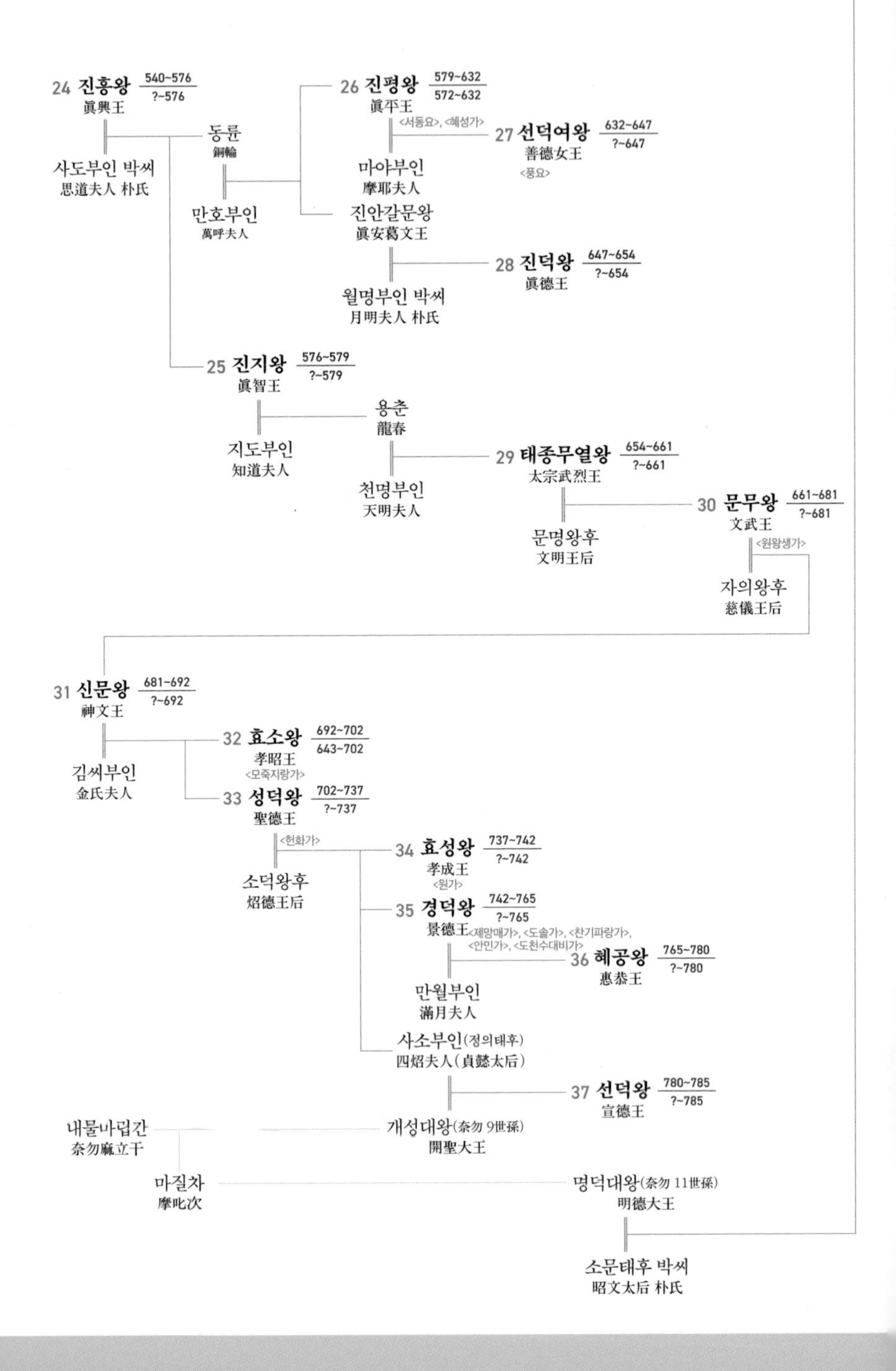

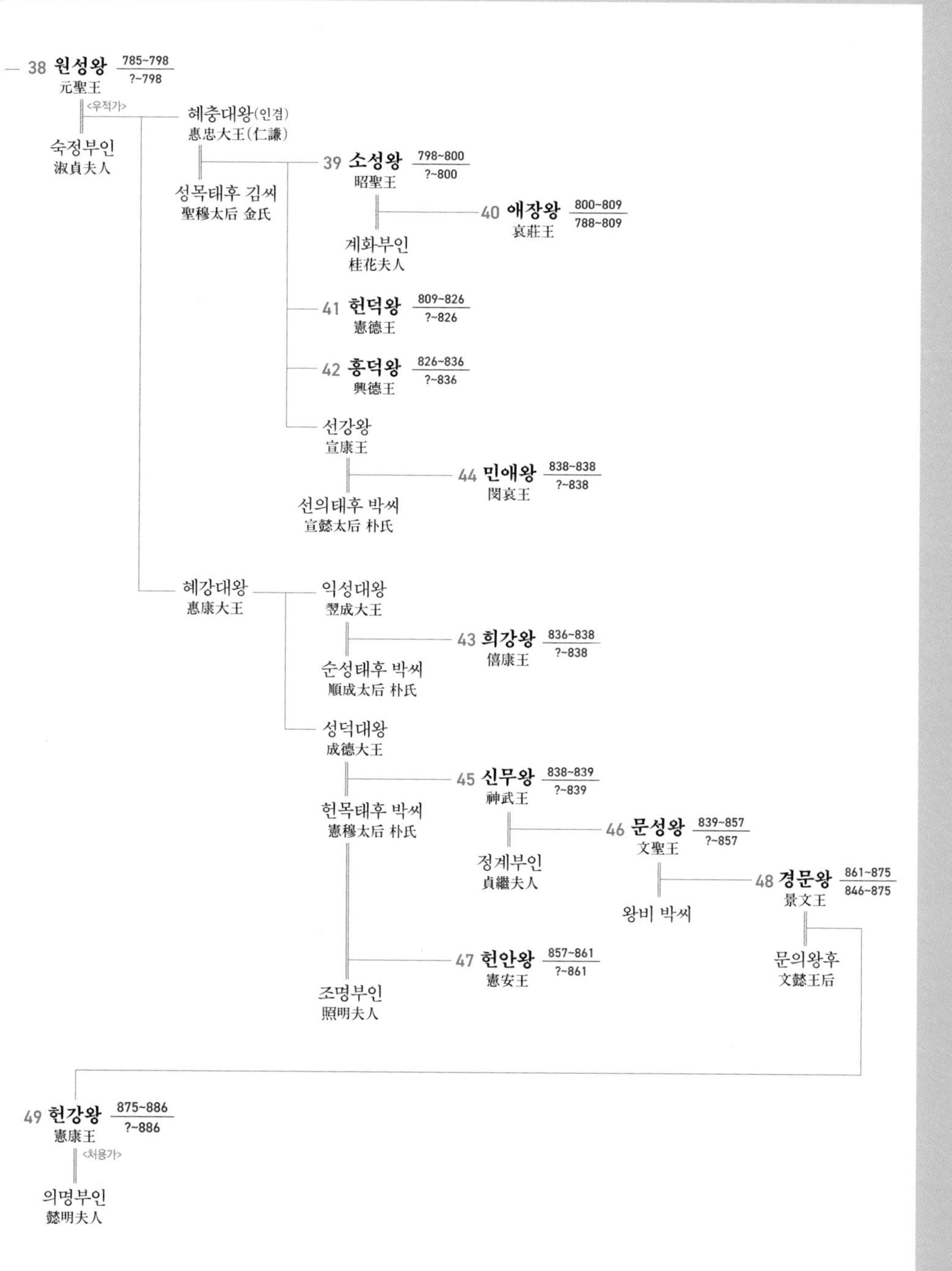

위의 세계도는 신라 24대 진흥왕부터 49대 헌강왕까지의 왕위 계승 과정 가운데 직계만을 추려서 그린 것이다.(출전 : 金貞培, 고대 편람, 『한국민족문화대백과사전』 26 연표・편람, 한국정신문화연구원, 1995, pp.11~13) 여기에 『삼국유사』의 기록에 따라, 해당 왕대에 창작된 향가 작품을 적어 넣었다.

1

향가鄕歌란 무엇인가?

—

1918년에 일본인 학자 가나자와 쇼자부로金澤庄三郞가 이두吏讀를 연구하는 와중에 〈처용가處容歌〉를 해독하면서부터 시작되었으니, 최초의 향가鄕歌 연구는 이제 막 100년이 지났다. "東京(동경) 밝은 달이라/밤드리 놀러 갔다가/들어사 寢所(침소) 보곤/다리가 넷이라/둘은 내 아래에 있고/둘은 뉘의 아래에 있는고/본디 내 아래 있다마는/빼앗긴 것을 어찌 하릿고!"(Tongkyöng parkeun tar ira/pam teur-i norra ka-taka,/teur-a-sa cham-eui po-kon/tari-i nöis-si ra/tureun nai arai öit-ko,/tureun nui-si arai ön-ko/pon-eui nai arai ita-ma-ö-neun,/spait-ta eur ötchi hă-ri ko)[1]가 향가 연구의 최초 성과인 것이다. 영문자를 써서 우리말을 소리 나는 대로 적었다. 오하어吾下於는 '내 해'로 읽히어 경상도 방언에서 "내 것"이라는 뜻인데, 이것을 "내 아래"라고 해석한 것이 특징적이다.

그러나 뭐니 뭐니 해도 향가 연구는 양주동 박사가 "우리 문학의 가장 오랜 유산, 더구나 우리 문화 내지 사상의 현존 최고원류最古源流인, 귀중한 '향가' 해독을 근천년래 아무도 우리의 손으로 시험치 못하고 외인의 손을 빌렸다는 민족적 부끄러움"을 가지고, "한 민족이 다만 총칼에 의해

서만 망하는 것이 아님을 문득 느끼는 동시에 우리의 문화가 언어·학문까지 완전히 저들에게 빼앗겨 있다는 사실을 통절히 깨닫게"됨으로써 본격적이고 심도 있는 탐구의 첫발을 뗐다고 보는 것이 마땅하다.

향가는 6세기부터 12세기 초중반까지, 즉 신라와 통일신라, 고려에 걸쳐 분포한다. 고려 충렬왕 7년(1281)에 일연이 편찬한 『삼국유사』에 실린 신라와 통일신라시대의 향가 14수, 『균여전均如傳』에 실린 고려향가 〈보현시원가普賢十願歌〉 11수, 『장절공신선생실기壯節公申先生實記』의 고려향가 〈도이장가悼二將歌〉 1수를 합쳐서 총 26수가 남아서 전한다. 새로 발견한 김대문의 『화랑세기花郎世記』에 실린 〈풍랑가風浪歌〉(=송출정가送出征歌)[2]는 문헌의 위작 논란으로 인해 인정을 유보하고 있다.

> "무신년(888 : 眞聖王 2년) 봄 2월 (진성)왕이 평소에 각간角干 위홍魏弘과 더불어 간통하였는데, 이때에 이르러서는 늘 대내大內에 들어와 용사用事하게 하였으며, 인하여 그에게 명하여 승려 대구大矩와 함께 향가를 수집하게 하였다.[3]

> 춘2월 "폐신嬖臣 위홍은 여주女主의 유모 부호부인鳧好夫人의 남편으로 벼슬이 상대등에 이르렀으며, 여주가 일찍부터 그와 간통하였으므로 항상 궁내에 들어와서 정권을 마음대로 하였다. 여주의 명으로 중 대구와 더불어 향가를 수집하여 편수하였는데, 이를 『삼대목三代目』이라 하였다. 위홍이 죽자 혜성왕으로 추시하였으나 여러 신하 중에 한 사람도 말하는 사람이 없었다."[4]

통일신라 진성여왕 2년(888) 봄 2월에 왕이 각간 위홍과 승려 대구 화상

和尙에게 수집, 편찬케 한『삼대목三代目』에는 많은 수의 향가가 들어 있을 테지만 현재까지는 그 존재 여부를 확인할 수 없다.

향가의 어원을 살펴보자. 동아시아의 여러 나라는 일찍이 한자를 전해 받아 사용했지만, 자기 나라 언어와 한문은 구문 배열 방식이나 독음이 서로 달라 한자를 빌려와 자기 방식으로 활용하는 차자표기법借字表記法을 고안해냈다. 예컨대, 신라에서는 "ᄂᆞᆷ 그슥(그ᅀᅳ기) 얼어두고(他-密只-嫁良-置古)"(진한 부분은 훈차/그 외는 음차, 〈서동요〉), "길 ᄡᅳᆯ 벼리 ᄇᆞ라고(道尸-掃尸-星利-望良古)"(진한 부분은 훈차/그 외는 음차, 〈혜성가〉)와 같이 향찰을 활용했고, 향찰 해독의 원리로는 "같은 글자는 같은 음으로 읽혀야 한다.(이숭녕, 1955)"는 일자일음一字一音의 원리, "뜻을 나타내는 글자를 머리에 놓고 다음 글자로 그 형태의 끝 부분을 나타내는 방식을 취하는" 훈주음종訓主音從의 원리, "단어란 유리되어 쓰이는 것이 아니고 문장 안에서 존재하는 것이므로, 타당한 해독이란 그 문맥에 일치되는 의미와 어형을 가져야 한다."는 맥락일치脉絡一致의 기준[5]이 있다. "ᄆᆞᅀᆞᆷ心音, 나리川理, 즈믄千隱"과 같이 띄어쓰기하는 단어를 기준으로 앞부분은 훈차訓借하고 뒷부분은 음차音借를 하고 있는 것 같지만, "ᄇᆞ즈리八切爾"(〈혜성가〉)나 "ᄉᆞ이예史伊衣"(〈모죽지랑가〉)를 보면 부사어 등에서 예외를 가진 듯 보이니 더욱 세심한 판단을 요한다.

다음의 도표는 다른 나라에서 차자표기를 한 예이다.[6]

도표 1 향찰과 같은 차자 표기법의 예

<table>
<tr><th colspan="2">종류</th><th>음절</th><th colspan="2">용례</th></tr>
<tr><td rowspan="5">일본어</td><td rowspan="2">음(音)가나</td><td>1자 1음절</td><td colspan="2">由岐(ゆき:雪) 波奈(はな:花) 安米(ぁめ:雨)
必登(ひと:人)</td></tr>
<tr><td>1자 2음절</td><td colspan="2">兼(けむ:조동사) 鬱瞻(うつせみ:空蝉)</td></tr>
<tr><td rowspan="3">훈(訓)가나</td><td>1자 1음절</td><td colspan="2">八間跡(ゃまと:大和) 名津蚊爲(なつかし:懷かし)</td></tr>
<tr><td>1자 2음절</td><td colspan="2">夏樫(なつかし:懷かし)
忘金鶴(わすれかねつる:忘わかねつる)</td></tr>
<tr><td>2자 1음절</td><td colspan="2">嗚呼(あ:감탄사), 十六(しし：4)</td></tr>
<tr><td rowspan="3">베트남어</td><td>음, 훈</td><td colspan="3">tài(才) mệnh(命) chính(正)</td></tr>
<tr><td>순수베트남어음</td><td colspan="3">một(沒) qua(戈) lại(吏)</td></tr>
<tr><td>훈</td><td colspan="3">vuốt(爪), trào nách(腋)</td></tr>
<tr><td rowspan="3">백족문자
(白族 文字)</td><td rowspan="2">음독</td><td>백문(白文)
한자(漢字)</td><td>백음(白音)</td><td>백어(白語)의 의미</td></tr>
<tr><td>雙
波
角</td><td>sv^{35}
po^{35}
ko^{44}</td><td>田地的量詞四畝多
祖父, 阳性詞尾
田地的量詞二畝左右</td></tr>
<tr><td>훈독</td><td>壇主</td><td>ko^{35} ku^{33}</td><td>壇主</td></tr>
</table>

"자국의 언어를 전면적으로 반영하는 차자표기를 두고 한국에서는 향찰鄕札, 일본에서는 가명(假名, kana)[7], 베트남에서는 자남(字喃, chanom)이라고 했다. 그리고 이와 같은 표기법의 시가를 한국에서는 향가鄕歌, 일본에서는 화가(和歌, waka), 베트남에서는 국어시(國語詩/國音詩, quocnguthi)라고 했으니 명명법이 서로 비슷하다. 향鄕·화和·국國이 모두 중국을 뜻하는 한漢에 맞서서 자기 나라를 지칭한다."는[8] 정의가 가장 합리적이다. 중국 문학에서 '향가'라 지칭한 작품까지 모두 수렴한다면,[9] '향가'를 "한시漢詩에 대응하여, 자기 나라나 지방(지역)의 고유한 구어鄕語로 된 노래"라고 정의할 수 있겠다. 향가는 신라시대부터 고려시대에 이르기까지 여러 지방과 다

양한 계층의 노래를 총칭하는데, 노래를 채록하여 문자로 기록하고자 하니, 우리나라 말과 한문은 어순이나 독음에 차이가 있으므로, 향찰이라는 차자표기 방식을 취했다. 향가는 우리말 노래를 한자의 음과 훈(뜻)을 빌려 우리말 발음과 어순에 맞추어 표기하고 배열함으로써 우리민족문화의 고유성과 전통성을 고스란히 담아냈다.

현재까지 전하는 향가 26수는 대체로 찬양讚揚과 찬미讚美, 염원念願과 기도祈禱, 제의祭儀와 추모追慕, 개인적 서정을 담고 있다.[10] 개인이나 국가의 정치사에 어려움이 생기면 부처와 하늘을 향해 문제 해결을 소망하는 마음을 담았고, 숭고하고 위대한 존재에 대해서는 아낌없는 찬사를 보냈다. 개인과 나라 전체의 소망이 이루어져 모두가 평온해지기를 희망했고, 숭고하고 신성한 대상을 널리 알리어 모두가 함께 추앙함으로써 그 숭고함과 신성함이 오랫동안 유지되기를 소원했다. 호국과 평화를 기원하는 마음은 향가의 저변에 깔린 생각이다. "신라 사람들이 향가를 숭상한지는 오래되었으니, 대개는 시송詩頌과 같은 종류라 할 것이다. 그렇게 때문에 때로 천지와 귀신을 감동시킬 수 있었던 일이 한둘이 아니다."[11] 했으니, 신라 사람들은 향가가 신과 통하는 강한 힘을 지녔다고 믿었음을 유추할 수 있다.

도표 2 **향가의 작품 세계**

번호	작품명	삼국유사 수록 편목	창작 연대	작가	작품의 주제
1	서동요 薯童謠	권2, 기이紀異, 무왕武王	진평왕 22년(600) 이전	서동 (무왕)	우회적 사랑 표현
2	혜성가 彗星歌	권5, 감통感通, 융천사혜성가 融天師彗星歌	진평왕 16년(594) 경	융천사 融天師	천변天變과 전쟁으로 인한 불안 해소 기원

번호	작품명	삼국유사 수록 편목	창작 연대	작가	작품의 주제
3	풍요 風謠	권4, 의해義解, 양지사석 良志使錫	선덕왕대 (632~647)	양지良志	공덕을 쌓고 극락왕생하기를 기원
4	원왕생가 願往生歌	권5, 감통, 광덕엄장 廣德嚴莊	문무왕대 (661~668)	광덕廣德	극락왕생을 위한 간절한 기원
5	모죽지랑가 慕竹旨郎歌	권2, 기이, 효소왕대 죽지랑 孝昭王代竹旨郎	효소왕대 (697~702)	득오(곡) 得烏谷	죽지랑에 대한 회상과 추모
6	헌화가 獻花歌	권2, 기이, 수로부인 水路夫人	성덕왕대 (702~737)	견우노옹 牽牛老翁	헌화를 통한 적극적인 환영
7	원가怨歌	권5, 피은避隱, 신충괘관 信忠掛冠	효성왕 1년 (737)	신충信忠	정치 현실의 안정 기원
8	제망매가 祭亡妹歌	권5, 감통, 월명사도솔가 月明師兜率歌	경덕왕 19년 (760) 이전	월명사 月明師	인생무상감을 극복하고 극락으로 가는 길, 수행修行
9	도솔가 兜率歌	권5, 감통, 월명사도솔가	경덕왕 19년 (760)	월명사	미륵불을 향한 호국護國 기원
10	찬기파랑가 讚耆婆郎歌	권2, 기이, 경덕왕 충담사忠談師 표훈대덕表訓大德	경덕왕 24년(765) 이전	충담사 忠談師	기파랑의 높은 지조志操 찬양
11	안민가安民歌	권2, 기이, 경덕왕 충담사 표훈대덕	경덕왕24년 (765)	충담사	정법正法을 통한 치국과 안민安民 기원
12	도천수대비가 禱千手大悲歌	권3, 탑상塔像, 분황사천수대비 芬皇寺千手大悲 맹아득안盲兒得眼	경덕왕대 (742~765)	희명希明	아이 눈병의 치유 기원
13	우적가遇賊歌	권5, 피은, 영재우적 永才遇賊	원성왕대 (785~798)	영재永才	도적을 향한 회유와 참회 유도

번호	작품명	삼국유사 수록 편목	창작 연대	작가	작품의 주제
14	처용가處容歌	권2, 기이, 처용랑 망해사 處容郞望海寺	헌강왕대 (875~886)	처용處容	질병 치료를 위한 조심스러운 기원
15 ~ 25	보현시원가 普賢十願歌 11수	『균여전均如傳』	고려광종 18년 (967)	균여均如	부처에 대한 예경禮敬과 계도啓導의 소청
26	도이장가 悼二將歌	『장절공신선생실기 壯節申先生實記』	고려예종 15년 (1120)	예종睿宗	순국한 두 장수의 충절 애도哀悼

향가의 근간을 이루는 축은 불교와 기원 의식이다. 먼저, 보현보살普賢菩薩의 열 가지 서원을 바탕으로 지은 고려 향가 〈보현시원가〉 11장은 부처에 대한 예경과 찬양과 공양을 표현하고, 부처가 이 세상에 머물면서 모든 중생이 참회하고 계율을 준수하여 깨달음에 이를 수 있도록 도와 달라고 청했다. "향가는 사람들 사이에 퍼져서 가끔 담벼락에 쓰여 지기도 했다."[12] 하므로 당시에 불교사상을 널리 알리는 데에 향가를 활용했고, 대중들도 불교에 대해 큰 관심을 보였음을 알 수 있다.

신라 향가에도 이치에 어긋남이 없는 부처님의 가르침을 전하고, 불성을 깨우치고 참회하는 길, 번뇌와 집착을 벗고 맑고 청정한 세계에 이르는 길을 제시한 작품이 여럿이 있다. 또, 인생의 윤회 원리와 삶의 이치를 전하고 불도 정진의 필요성을 강조한 작품도 있다.

"옛 사람은 중화中和와 지용祗庸으로 인격을 수양하고 효제孝悌와 충신忠信으로 행동을 성실히 하였다. 또 시서와 예악으로 기본을 배양했고 『춘추』와 『역경』의 상사象辭로 세상에 생겨나는 갖가지 변고까지 통달하여 천지의 올바른 이치와 만물의 갖가지 실정을 두루 알았다. 그리하여 마음속에 축적된 지식이, 대지가 만물을 짊어지고 대해가 온갖 물을 포용한 듯, 비가 쏟아질 것 같은 구름과 터져나갈 것 같은 우레가 서린 듯 끝내 그대로 축적하고만 있을 수 없는 것이 있었다. 이렇게 된 뒤 어떤 사물을 만나게 되면, 동감을 느낄 수도 있고 동감을 느끼지 않을 수도 있어 감동하기도 하고 격분하는 데 따라 이를 서술하여 밖으로 드러내는 것이 거대한 바닷물이 소용돌이치고 눈부신 태양이 찬란히 빛나는 것과 같아서 가까이는 사람을 감동시킬 수 있고 멀리는 천지와 귀신도 감동시킬 수 있다. 이것이 이른바 문장인 것이다.[13]

말은 주체와 대상 사이에서 소통하고자 하는 행위이다. 그 소통은 비단 사람들끼리만 한정되는 것이 아니라 초월적이거나 절대적인 존재와도 이루어졌다. 노래는 사람이나 귀신을 막론하고 소통을 통해 꿈을 이루어주는 통로가 된다.[14] 윗글은 정약용이 문장의 위력을 논한 것이다. 문장은 천지의 올바른 이치와 만물의 갖가지 실정을 전하고, 동감하고 감동하고 격분한 바를 밖으로 드러냄으로써 가까이는 사람을 감동시키고 멀리는 천지 귀신과 통할 수 있다고 했다. 향가는 불교의 심오한 세계와 개인과 국가의 간절한 기원을 전하고 숭고한 대상에 대한 존숭을 표현하여 가까이는 사람을 깨우치고 멀리는 부처나 천지 귀신과 교감하고자 했다.

예컨대, 〈도천수대비가〉를 노래하니 천수천안관음보살은 아이의 눈병을 굽어 살펴 달라는 희명의 소망을 들어주었고, 〈도솔가〉를 부르니 미륵이 나타나 2개의 태양으로 인해 생길 수 있는 재앙을 없애 주었다. 신충이 〈원가〉에다 자신의 정치적 고민을 토로하니 신께서 잣나무가 말라가는 이변을 만들어 정치 현실의 변화를 이끌어 주었고, 월명사가 〈제망매가〉를 불러 죽은 누이의 극락왕생을 소망하자 일순간 바람이 불어 지전을 서쪽 방향으로 날려주었다. 〈처용가〉를 부르니 역신이 마음을 고쳐먹고 처용에게 굴복하였고, 〈혜성가〉를 부르니 혜성도 사라지고 신라 침략을 꾀하던 왜군이 물러갔다. 향가와 관련 서사를 연관 지어 실현 가능성을 따지고 과학적이고 합리적인 시각에 따라 팩트 체크를 하는 일은 요즘의 우리가 해결해야 할 과제이지만, 최소한 당대에는 이 모든 신비한 일들이 언어이자 노래인 향가가 가진 위력이자 마력 때문인 것으로 여겼을 것이다.

현대의 어떤 가수는 지친 날, 외로운 날, 심심한 날 노래 부르며 살았다고 했다. 그리고 자신이 사람을 사랑하는 시간, 나를 찾아가는 시간, 서로 함께 하는 시간, 마음을 다독이는 시간, 인생을 공부하는 시간에 듣는 노래를 대중들에게 소개하고 있다.[15] 신라인에게 향가가 필요한 순간은 언제였을까? 향가 중에는 존경, 찬양하거나 추모, 사모하고 사랑하는 감정을 표현하고자 하는 서정적 작품이 여럿 있다. 그리고 하늘이나 부처 등의 신앙 대상을 향해 개인이나 집단의 기원과 소망을 빌고자 할 때도 향가를 필요로 했다. 신라인들은 향가에다 나라가 안녕하기를 바라는 집단의 소망도 담았고, 자신의 아이나 아내의 질병을 고쳐달라는 개인의 소망도 담았다. 신라인의 간절한 소망은 천지와 귀신을 감동시켜 개인과 집단의 바람을 실현시키는 신이한 결과를 만들어갔다.

과학이 발전한 요즘의 시각으로 보면, 시간만 지나면 자연스럽게 실현되거나 다른 힘에 의해서 이룩한 일도 당시 사람들은 모두 신앙의 대상인 신이나 하늘께서 이루어 준 고마운 결과라고 믿고 감사했다. 한편, 고려시대 향가 〈보현시원가普賢十願歌〉는 보현보살이 실천하고자 하던 『화엄경』 보현행원普賢行願, 즉 석가여래를 찬양하거나 모든 부처를 공경하고 예배하겠다는 마음가짐, 또 진심으로 공양하고 공덕을 닦으며 업장業障을 참회하겠다는 자세를 담고 있다. 그러므로 향가는 신라와 고려시대에 생로병사, 윤회의 굴레 속에서 전쟁, 질병, 재난 등 갖가지 고통에 시달리던 중생들이 부처를 향해 그 고통에 대한 해결책을 제시해줄 것을 소망하고, 자신들은 앞으로 깊은 신앙과 간절한 수행을 통해 부처와 그의 세계를 따르겠다고 다짐하던 노래이다.

2

아름다운 공주님 내게로 오시길

—

서동요

선화공주님은
남몰래 (서동과) 정을 통해놓고,
서동의 방을 향하여
밤에 꼭 껴 안겨 간다네.

끊임없이 존재를 의심받는 선화공주는 실존했을까?

국문학계와 역사학계에서는 『삼국유사』 무왕 조에 등장하는 신라 진평왕의 셋째 딸 선화공주善花公主의 존재를 끊임없이 의심해 여러 정황 증거들을 제시하고 있지만, 이에 대한 결론은 여전히 명확히 내려지지 못했다. 『삼국유사』에 "어머니가 과부가 되어, 못 속의 용과 통하여 장(璋, 서동)을 낳았다"하고, "사자사 앞에 금과 편지를 가져다 놓았더니 지명법사가 신력으로 하룻밤 동안에 그것을 신라 궁중으로 옮겨서, 진평왕이 그 신기한 일을 이상하게 여겼다.", "법사가 신력으로 하룻밤 사이에 산을 무너뜨려 못을 메워 평지로 만들었다.[1]"는 등 설화적 표현이 있다 보니, 선화공주는 설화적으로 가공된 인물이라는 주장에 힘이 실렸다. 그러나 "신라 영묘사 절터는 원래 큰 못이었으나 두두리豆豆里 무리가 하룻밤 사이에 못을 메웠다. 그리하여 불전을 세웠으나 지금은 없어졌다."와[2] 같이 불교를 신성시하고 신비하게 하려는 종교적 서술은 사찰의 연기 설화에 자

▲ 익산 서동 생가터 마룡지 옆 서동과 선화공주 조형

▲ 익산 서동 생가터 마룡지 옆 지명법사와 서동과 선화공주 조형

주 보이기 때문에[3] 이와 같은 서술 방식을 근거로 선화공주의 실존 여부를 결론짓기에는 선부른 감이 없지 않다.

2009년에 미륵사지 석탑의 복원을 위한 해체 과정에서 발견된 금제사리봉안기에서 다음과 같은 명문이 나옴으로써 선화공주의 존재를 인정하는 주장은 이제 벼랑 끝으로 내몰리게 되었다.

> 우리 백제 왕후께서는 좌평佐平 사택적덕沙宅積德의 따님으로, 지극히 오랜 세월동안 좋은 인과응보를 낳게 하는 착한 일을 많이 하셔서 금생에 뛰어난 보답을 얻어 만백성을 보살피고 불교의 대들보 역할을 하시어 깨끗한 재물을 기꺼이 내놓으시어 이 가람을 세우셨기에 기해년 정월 29일 사리舍利를 받들어 맞이했다.[4]

여기에는 무왕 40년인 기해년(639년)에 미륵사 석탑을 만들었고, 당시 무왕의 왕후는 백제 좌평 사택적덕의 딸이라 적었다. 그동안 『삼국사기』에 선화공주에 대한 기록이 없고, 진평왕 대에 무왕과 선화공주가 혼인을 했다는 기록도 없으니 선화공주는 가공의 인물이라는 주장도 나올 법하

▲ 사자사師子寺에서 내려다 본 미륵사지 부근

▲ 사자사 대웅전(전북 익산시 금마면 구룡길 57-125)

다. 여기에 대해서는 "아들이 없었던 진평왕의 큰 딸 덕만은 선덕여왕이고, 둘째 딸은 김용춘金龍春에게 시집가서 김춘추를 낳았다. 『삼국사기』는 특별한 경우를 제외하고는 왕의 부모만 기록하고 있기 때문에 셋째 딸 선화공주는 『삼국사기』에 기록될 까닭도 명분도 얻지 못했다."는[5] 반론도 꾸준히 제기되고 있다.

『삼국유사』 무왕 조에 설화적 서술이 넘치는 것은 사실이지만, 일연은 무강왕武康王의 존재를 실증하려고 하고, 『삼국사三國史』에는 무왕을 법왕의 아들이라 했는데, 어떤 곳에는 과부의 아들이라 했으니 알 수 없다고 합리적인 의심을 풀지 않았으므로, 『삼국유사』는 기존 문헌을 통해 기술 내용을 팩트 체크 하는 일에 매우 엄정했다고 보아야 한다.[6] 또, 무왕이 "법상 미륵 3회전回殿·탑塔·낭무廊廡를 각각 세 곳에 창건하였다."는 『삼국유사』 기록이 미륵사지 발굴에서 확인된 회랑으로 둘러싸인 3탑-3금당의 모습과 일치하고, 지명법사가 신통력으로 산을 무너뜨려 못을 메웠다고 했는데 못을 메워 미륵사 터를 만든 것은 요즘의 발굴, 지질학적 분석 결과와 딱 맞아 떨어진다. 미륵사지 석탑의 화강암 또한 삼기산과 미륵산 중턱 화강암과 일치한다.[7] 역사적 사실에 대한 사실 확인에 엄정하고, 무

▲ 미륵사지 서西석탑 출토 금제사리봉안기(국립부여박물관). 우리 백제의 왕후는 좌평佐平 사택적덕沙宅積德의 딸이라 적혀있다.

왕 조의 내용과 미륵사지 발굴 결과가 상당 부분 일치하는데, 유독 선화공주의 존재는 가공으로 만들어 넣었을까하는 의문이 드는 것이다.

이에 미륵사 창건의 주체는 무왕·선화공주·사택왕후 모두일 수 있다는 가능성을 제기하고, 미륵사 발굴 결과 중원中院이 서원西院보다 일찍 조영되었으므로 탑과 삼원을 창건한 주체가 달랐을 가능성도 높다는 의견이 제기되었다.[8] 무왕 조에는 선화공주를 언급하는 '공주公主'나 '주主'가 8회 반복되고, 사자사 행차와 미륵의 출현, 미륵사 창건 장면에서는 그 주체를 '부인夫人'이라 지칭했다. 선화의 존재 검증 결과에 따라 '공주=부인'이란 등식이 곧바로 성립하지 않을 수도 있다. 왜냐하면, 『삼국사기』나 『삼국유사』에서 '부인'호칭은 왕비나 왕모王母, 왕매王妹, 큰 공훈을 세운 일가의 부인에 국한하여 사용했기 때문이다.[9]

> 진흥왕 14년(553) 가을 7월, 백제의 동북쪽 변두리를 빼앗아 신주를 설치하고 아찬 무력武力을 군주로 삼았다. **겨울 10월, 임금이 백제왕의 딸을 맞아들여 작은 부인으로 삼았다.**[10]
>
> 성왕 31년(553) 가을 7월, 신라가 동북쪽 변경을 빼앗아 신주를 설치하였다. 겨울 10월, 임금의 딸이 신라로 시집갔다.[11]

위 두 자료는 신라와 백제가 양국의 긴장관계를 해소하기 위해 국제결

혼을 추진한 예이다. 이렇듯 적대국과의 왕실 결혼도 그리 불가능한 일은 아니었던 것이다. 성왕 31년 가을 7월에 신라가 동북변경을 빼앗아 신주를 설치함으로써, 성왕은 한강유역을 다시 빼앗기게 되었으니 백제로서는 분노가 들끓었을 것임에도 그 해 겨울 10월에 성왕은 자신의 딸을 신라에 작은 부인으로 보냈다. 그리고 다음해 32년 가을 7월에 성왕은 자신의 딸이 신라에 가 있음에도 불구하고, 신라에 대한 공격을 감행하다가 결국 전쟁터에서 죽음을 맞이하게 된다. 따라서 무왕 대와 시기상 근접해 있는 성왕 대의 사료들은 전쟁 상황 속에서도 백제와 신라 양국 왕실의 결혼이 정략적인 목적에서 이루어졌음을 보여준다.[12] 그러므로 선화공주와 무왕의 결혼 또한 전례가 없거나 불가능한 일은 아니다.

무왕과 선화의 결연은 무왕 이전 어느 때부터 무왕 초기 사이에 생긴 일이고, 사택적덕의 딸이 미륵사탑에 사리를 봉영한 시점(639년)은 무왕 재위 40년 이후이니, 40여 년이라는이 기간 동안 많은 변화가 생길 수 있다. 『삼국유사』 법왕금살法王禁殺 조에도 무왕이 수기數紀, 즉 몇 십 년을 지나 미륵사를 완공했다고 적었다. 미륵사지 서탑에서 〈금제사리봉영기〉가 나왔는데, 감은사지·금릉 갈항사지, 보림사 등 동·서로 2개의 탑이 있는 사찰의 경우에 두 탑 모두에서 사리기가 출토된 경우도 있으므로,[13] 미륵사의 세 탑 모두를 사택적덕의 딸이 완공했다고 단정하는 일, 서탑의 봉영기만을 근거로 선화공주의 존재를 부정하는 일 모두 판단에 매우 신중을 기해야 한다.

"돌궐에서는 혼인 동맹을 맺더라도 외국 왕녀 소생은 왕비 즉위 자격이 없다고 한다. 의자 왕자의 경우도 이러한 범주에서 결코 자유로울 수는 없었을 것"이라[14] 한 것은 백제에서 선화공주가 정비正妃로서의 처우를 받지 못했고, 의자왕은 선화공주의 소생이기에 왕위계승에 어려움이 생겼을 가능성을 높여준다. 무왕이 선화공주와의 혼인을 추진한 것은 막강하던 귀족세력들의 간섭을 피하려는 의도일 수 있다.

> "어리석은 이 오랑캐들이 섬에서 몰래 숨어살면서 천혜의 환경을 얻어 지세가 험준한 것에 기대어 감히 하늘의 도리를 어지럽히고, **동쪽으로는 가까운 이웃[親隣]을 쳐서** (중국의) 밝은 명령을 어기고 북쪽으로는 도리 없는 오랑캐와 연계되어 멀리 사나운 소리에 호응하였다. 하물며 밖으로 곧은 신하를 버리고 안으로는 요망한 계집을 믿어, 충성되고 어진 신하에게는 형벌을 내리고 아첨하는 자에겐 반드시 총애와 신임을 내렸으니, 표매標梅가 원망을 품고 저축杼軸이 슬픔을 머금었다."[15]

위의 자료는 660년(의자왕 20)에 신라와 연합하여 백제를 멸망시킨 당나라군이 정림사지 5층 석탑에 새긴 〈대당평백제국비명大唐平百濟國碑銘〉이다. 다분히 점령군인 당나라의 시각에서 백제의 죄상을 낱낱이 적었다. 동으로 가까운 이웃을 친 일도 죄목에 들어있다. 여기서 신라를 두고 친린親隣이라 했다. "수령이란 자는 부유한 상인에게 구부리고, 권세에 제어되는 무리라서…대납하는 사람으로 하여금 촌락을 제멋대로 하니, 발가벗기고 종아리를 때리는 등 이르지 않는 바가 없어, 집에 있는 것을 다 하여도 오히려 넉넉하지 못하면 책임을 친린에게까지 미치게 합니다."에서 활용한 것처럼,[16] 친린은 "피붙이, 일가친척"까지를 다 일컬을 수 있는 말이다.

> "가을 8월, 웅진의 취리산就利山 맹약문盟約文의 내용은 다음과 같다. 지난날 백제의 전 임금이 이치를 거스르는 일과 이치에 따르는 일을 분간하지

못해 이웃나라와 도탑게 지내지 못하고 인척끼리 화목하지 못했으며, 고구려와 결탁하고 왜국과 교통하여 함께 잔인함과 포악함을 일삼아 신라를 침략해 마을과 성을 도륙하니 거의 평안한 해가 없었다."[17]

위 글은 665년(문무왕 5) 8월에 당나라 주재 하에, 취리산에서 웅진도독 백제 부여융과 신라 문무왕이 맺은 화친의 굳은 약속, 〈취리산회맹就利山會盟〉이다.[18] 여기에도 당이 웅진도독인 부여융의 선왕先王을 성토하는 구절 중에 "친인親姻과 화목하지 못했다."는 죄목이 있다. 이웃나라와 도탑게 지내지 못하고 인척끼리 화목하지 못했다는 뜻이다.

〈대당평백제국비명〉의 친린과 〈취리산회맹〉의 친인은 혼인으로 맺어진 친척을 일컫는다. 여기서 친인은 소지왕(炤知王, 493년) 때나 진흥왕(553년) 때에 있었던 오래 전의 케케묵은 혼인관계를 언급한 것이라기보다는 인접한 시기인 진평왕과 무왕 대에 맺은 백제와 신라의 인척 관계를 말했을 것으로 보인다. 이는 동일한 서맹문에서 백제와 신라 사이를 "두 나라는 혼인으로써 약조를 맺어 맹세를 다졌으며, 짐승을 잡아 피로써 머금었으니 언제나 함께 친목하여야 하고 걱정을 나누고 환란을 서로 구제하여 형제나 다름없이 사랑하여야 할 것이다"[19]라고 한 것도 그 논거가 될 수 있다. 역시 당에서 작성한 〈대당평백제국비명〉에 따르면 의자왕의 실정을 거론하면서 "동쪽으로 친인을 정벌했다"고 했다. 여기서 '친'에는 '부모'의 뜻이 담겨있다. 그렇다면 동쪽으로 부모의 나라인 신라를 정벌했다는 해석이 된다. 신라는 의자왕의 어머니인 선화공주의 나라가 되므로 이러한 표현을 구사한 것이다. 따라서 무왕이나 의자왕이 각각 인척이요 어머니의 나라인 신라를 공격할 수 없다고 보아 무왕과 선화공주의 결혼 사실을 인정한 예로 볼 수 있는 근거가 될 수 있다.[20]

서동과 선화공주의 혼인을 두고, "무왕과 선화공주의 혼인은 고구려의 침략을 막기 위한 동맹으로, 백제는 신라와의 혼인동맹을 통해 고구려의 침략에 대처하려 했을 뿐만 아니라, 언젠가 있을지 모르는 신라의 침입을 어느 정도 늦출 목적을 가졌다."고 보는 주장도[21] 제시된 적이 있다. 결혼의 목적이나 의미에 대해서는 다양한 해석이 있을 수 있겠으나 분명한 것은 당시 백제는 신라가 한강유역을 독점한 데 대한 앙금을 털지 못하고 있었다는 것, 백제는 왕권이 극도로 미약해진 상태라서 신라를 공격할 힘이 없었다는 점이다. 위덕왕 25년(578)부터 백제와 신라 사이에 물론 전쟁 위험은 상존하고 있었지만 일단 분쟁이 멈춰진 상황이었다거나[22] "신라가 605년에 백제의 동쪽 변경을 공격한 이후, 백제가 611년에 신라의 가잠성을 포위 공격할 때까지 6~7년 동안 두 나라 사이에 군사 충돌이 없었고, 이를 혼인으로 맺어진 평화 무드" 때문이라는[23] 주장이 나온 것도 사실은 당시 신라가 백제보다 힘의 우위에 있었던 까닭에 나온 주장이다.

602년, 백제 무왕은 즉위한 지 3년 만에 군사 4만을 이끌고 신라를 선제 공격하여 치열하게 전투한 끝에 대패[24]한 것을 보아도 백제가 약해진 국력을 회복하는데 상당한 시간이 소요되었음이 분명하다. 국제 정세는 우세와 열세, 유리와 불리가 주안점이고 서로의 이익과 목적에 우선할 뿐, 양국의 혼인 관계가 전쟁을 억제하는 절대적인 힘으로 작용하지는 못했던 것으로 보인다.

〈서동요〉에서 "알을 안고 가다"는 무슨 뜻일까?

아유가이 후사노신鮎貝房之進이 "션화공쥬님은/나멀긔멀여두고/셔동방을/밤의 몰 안곈간다."(善化公主님은/남모르게 시집가두고/서동서방을/밤에 몰 안고 간다.)가[25] 〈서동요〉를 처음으로 해독한 자료로 보인다. 『삼국유사』에는 '원을夘乙'이라 표기하고 있는데, 이 후에 오꾸라 신페이小倉進平, 양주동 등의 연구자들이 '원夘'을 '묘卯'로 읽으면서 '원을夘乙=묘을卯乙=몰'로 읽고, "서동(맛둥)방을 밤에 몰래(不知·密·潛) 안고 간다."로 해석[26]한 이후에 학계와 교육 현장에서는 이 해독을 줄곧 통설로 삼아왔다.

그러나 이후에 김완진이 "서동薯童 방을/바매 알홀 안고 간다."로 해석하면서, 〈서동요〉의 이 구절 해독은 "몰래 안고가다"와 "알을 안고 가다"라는 매우 차별적인 해석이 함께 존재해 왔다. 김완진은 "'을乙'자는 원칙적으로 문장 안에서 체언이 서술어임을 표시하는 목적격 조사이므로 '원을夘乙'을 '알홀'로 읽고, '바매 알홀 안고 가다'라고 읽어야 해독이 순리에 맞고 문법에도 어긋남이 없으나 그 뜻이 구체적으로 무슨 내용인지를 말하기 어렵다. 어떤 은어 내지는 비유적 표현인 것 같으나, 지금으로서는 후고를 기다릴 수밖에 없다."[27]라고 했다.

최근에 와서 '원夘'을 형태상·통사상 '란卵'의 이체자로 보는 증거들이 많이 제기되었다.[28] 다만, 이 글자는 '묘卯'자의 이체자로도 쓰인 바가 있고, '원夗'자와 같은 글자라는 설명도 있으므로 의미파악에 더욱 신중을 기할 필요가 있지만, '원을夘乙=묘을卯乙=몰'의 등식은 15~18세기 국어사 자료에서 입증되지 않은 사실이고,[29] "도ᄎᆡ를 알 안ᄂᆞᆫ ᄃᆞᆰ의 둥주리"(以斧懸抱卯雞窠下, 현대어 : 도끼를 닭이 알 안는 둥지 아래에 두면)에서도[30] '난卵' 대신 '묘卯'로 표기하고[31] 있음을 볼 수 있다.

그러나 해독 "알을 안다"는 그 뜻이 불분명한데다 자칫 〈서동요〉 앞 구절의 "맛둥방을薯童房乙"과 함께 한 문장 내에서 2개의 목적어를 만든다는 문제점을 가진다.

▲ 미륵사지 석탑 사리호의 모습(미륵사지 유물전시관 소장, 전북 익산시 금마면 미륵사지로 362)

이에 "난卵은 어디까지나 남성의 고환睾丸이다. '도ᄐᆡ 불豚夗'(동의보감 液湯 1:52), '불夗子'(譯語類解 상35), '불ㅅ거웃卵毛'(譯語類解 상35)과 같이 수컷의 불(알)을 뜻한다. 따라서 '서동의 불알을 안아서'란 말이 된다.[32] 즉, 암탉이 알을 품듯이, "선화공주님이 서동의 알, 즉 고환睾丸·음란陰卵을 품고서 간다."로 이해하고, "알을 안다(품다)는 선화공주가 서동과 성행위하는 장면을 조류가 알을 품은 모습에 빗댄 중의적 표현"으로 읽기도 한다.[33] 반대로 "알은 바로 여성의 음부를 상징한다."고[34] 읽거나, 궁궐에서 쫓겨날 만큼 합당한 문맥이어야 하므로 "알몸의 알"[35]로 읽거나, '밤ᄋᆡ알夜矣卵'로 결합하여 "밤알[栗子]",[36] "신화에서처럼 '알'은 곧 태어날 영웅을 상징"한다는[37] 등으로 읽는 등 그 해석이 다양해졌다.

"하단下鴠 알낫타, 포단抱鴠 알 안다, 소단巢鴠 알 구울리다, 탁단啄鴠 알 ᄞᆞ다, 개단開鴠 알ᄞᆞ다"[38]

"하단下鴠. 알 안다(알 품다), 포단抱鴠, 알 안다(품다), 소단巢鴠, 알 구을리다(알을 품어서 굴리다), 탁단啄鴠, 개단開鴠 알 ᄭᆞ다(알 까다, 곧 부화하다)"[39]

"하단下蛋 알 낫타, 포단抱蛋 알 안다, 탁단啄蛋 알 ᄭᆞ다"[40]

"알 란夘, 알까다 난육夘毓/각殼, 알 낫타 난생夘生, 알 안기다 포란抱夘"[41]

이와 같이 새가 알을 품는 행위를 두고 갖가지 표현이 있다. 일찍이 "난

▲ 부여 궁남지宮南池(충청남도 부여군 부여읍 궁남로 52). 무왕 때 만든 궁궐의 정원이라고 추정하는 곳이다.

卵을 불睾丸로 읽고, 알안겨거다, 알안았다, 알안거다, 알안아겼다"(안동)로 보면서,[42] "돌아가셨다死를 돌아가겼다고 하는 것처럼 '-거'를 선어말어미로 분석하기도 하고,[43] "밤의 알 안고 가다"로 해석하고[44] "밤에 아이를/배를 안고가다"라고[45] 의역하기도 한다. 해석은 다양할 수 있지만, 원夘 자는 '난卵', '단鴠·단蛋'과 통용하여 "하단下鴠, 포단抱鴠"은 "알 안다, 알 품다"가 되므로, '포원抱夘', 즉 '포란抱卵', 우리말로는 "알 안다(품다)"에 대응한다고 보는 것이 합리적이다.

"ᄧᅳᆫ ᄒᆞᆫ ᄆᆞᅀᆞᆷ으로 工夫(공부) 일우ᄆᆞᆯ ᄃᆞᆯ기 알 안ᄃᆞᆺ ᄒᆞ며 괴 쥐 잡ᄃᆞᆺ ᄒᆞ며 주우리니 밥 ᄉᆞ랑ᄐᆞᆺ ᄒᆞ며 목ᄆᆞᄅᆞ니 믈 ᄉᆞ랑ᄐᆞᆺ ᄒᆞ며 아ᄒᆡ 어미 그려ᄐᆞᆺ ᄒᆞ면 반ᄃᆞ기 ᄉᆞᄆᆞᄎᆞᆯ 期約(기약) ㅣ 이시리라"[46]

"도ᄎᆡᄅᆞᆯ 알 안ᄂᆞᆫ ᄃᆞᆰ의 둥주리 아래 ᄃᆞ라 두면 ᄒᆞᆫ 자리 다 수ᄃᆞᆰ 되ᄂᆞ니라"[47]

앞의 예문에서는 "ᄃᆞᆯ기 알 안ᄃᆞᆺ ᄒᆞ며", 뒤의 예문에서는 "알 안ᄂᆞᆫ ᄃᆞᆰ"이 "포란계抱卵雞"에 해당한다. 『훈몽자회』에서도 '포菢'를 "알 아늘 포, 알 품을 포"鳥伏卵라고 주석했다. 『역어유해』(1690)나 『동문유해』(1748), 『국한회어』(1895) 등 15세기부터 19세기 문헌까지 "알 안다/알 안기다(抱鴨, 抱蛋, 抱卵)"로 쓰이다가 20C 초부터 "알 품다"라는 말이 더 많이 쓰이게 되었다.[48] 필자는 〈서동요〉의 '夘乙'은 '알+ᄋᆞᆯ/ㄹ'을 '알'로 생략·축약[49]한 것으로 보고, 뒤의 서술어 '안겨抱遣'와[50] 결합하여, "알 안다, 알 품다", 요즘 말로 "껴안다(두 팔로 감싸서 품에 안다)"라는 뜻으로 이해하고자 한다.

그럼 "닭이 알을 품듯"은 어떤 의미를 내포하는가.

> "닭이 알을 품는 것을 예로 들어 보건대, 알을 품어 준다고 해서 무슨 따뜻한 기운이 전해지겠느냐고 여길지도 모르겠지만, 닭이 언제나 그렇게 품어 주기 때문에 알을 깨고 나오게 되는 것이다. 만약 끓는 물을 가져다가 붓는다면 뜨거워서 바로 죽을 것이요, 품어 주는 일을 조금이라도 멈추면 바로 차갑게 식어 버릴 것이다.", "스스로 그만두려고 해도 그만둘 수가 없이 자발적으로 계속해 나가려고 할 것이니, 이는 그 자신이 이제는 이에 관한 즐거움이 어떤 것인지를 알았기 때문이다."[51]

"닭이 알을 품듯"이라는 비유는 주자가 "학문이란 자체의 즐거움을 알고 항상 꾸준히 항상성을 유지해야 함"[52]을 강조한 말로, 이후에 여러 학자들이 인용했다. 기록적 폭염에 병아리가 자연부화 했다고 할 때, 알은 20일 정도 최저 31도 이상을 일정하게 유지했다는 얘기다. 이에 부화기의 온도도 37도 정도에 맞추어진다. 그러므로 "닭이 알을 품듯"이라는 비유는 잠시도 떨어지지 않고 꼭 껴안고 있다는 의미를 지니고, 행위의 주체성, 혹은 자발성, 지속성과 항상성을 강조한 말이다.

> "모로매 ᄉᆞᆷᄉᆞᆷᄒᆞ야 괴 쥐 자봄ᄀᆞ티 ᄒᆞ며 ᄃᆞᆯ기 알아놈ᄀᆞ티ᄒᆞ야 긋닛이 업게 호리라"[53]

위는 불교에서 잡념을 떨치고 깨달음에 이르기 위해 정신을 집중할 때는 하나같은 마음으로 정진·참선해야 한다는 말씀을 닭이 알을 품는 일에 견준 것이다.[54] 중간에 끊김이 있어서는 수행을 완성할 수 없다는 말이니, 주자의 말씀과도 일맥상통한다. 〈서동요〉는 선화공주와 무왕이 밤에 애정 행위를 한다고 했는데, 밤이라는 시간 설정은 남의 이목을 아랑곳하지 않고 은밀할 수 있다고 여긴 까닭일 것이다. 풍수지리에서 금계포란金鷄抱卵은 "대가 끊이지 않고 자손이 번성할 길지"[55]이다. 닭은 한 번에 여러 개의 알을 포근히 감싸고 품기 때문에 나온 비유일 텐데, "모두들 말하길, 암컷과 수컷이 잘 어울리니 올해는 알을 많이 품으리라 하네."라고[56] 한 것을 보면, 닭의 암컷과 수컷이 어울리는 것을 병아리가 많이 부화할 예조로 보고 있다.

〈서동요〉에서 선화공주와 서동이 닭이 알을 품듯 안고 간다고 한 것은 자연스럽게 듣는 이들에게 2세에 대한 기대로까지 이어질 수 있기 때문에 공주에게는 더욱 치명적인 공격이 되었을 것이다. '알안겨'에서 '안겨'는 "안기다, 뜯기다, 담기다, 찢기다, 쫓기다."와 같은 '피동'의 접미사가 결합된 것으로, '선화공주님은'에 응하는 두 개의 서술어 "어러두고(어러노코)"와 "알안기다" 가운데 하나에 해당한다.

이상을 종합하면, 〈서동요〉의 1차 해독은

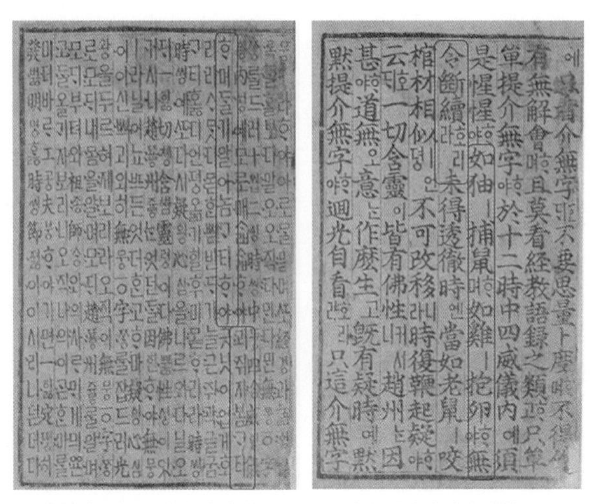

▲ 정우영, 역주 사법어언해 (동경대본), 세종대왕기념사업회, 2009, 98~100쪽.

선화공주님은

놈 그슥 어러두고(어러노코),

맛둥 방房올

바믹 알안겨가다.

가 되고, 이를 현대어로 풀이하면,

선화공주님은

(맛둥 서방과) 남몰래 정을 통해놓고,

맛둥의 집(막)을 향하여

밤에 꼭 껴 안겨 간다.

가 된다. '방'은 '집'이라는 뜻부터 "겨우 비바람을 막을 정도로 임시로 지은 거처"인 '막幕'에 이르기까지 다양한데, 후자가 노래의 정황에 더 잘 어울린다. 시집도 안 간 공주가 임의로 적국의 사내와 제 짝을 정하고, 밤이 되면 새가 알을 품는 것처럼 "알 안기어 간다."하였으니 이는 선화공주를 궁에서 쫓겨나게 할 만큼 치명적인 스캔들이 될 수 있다. '어러두고'는 성행위부터 결혼까지 포괄할 수 있으므로, 귀족들에게 "선화가 있으면 신라가 망하고, 선화가 없으면 신라가 성한다."[57]라는 부정적 여론을 형성하기에 충분했을 것이다.

얼래리 껄래리, 남을 놀리는 노래 〈서동요〉의 겉과 속은 어떠한가?

〈서동요〉를 지은 6세기 후반, 백제의 왕권은 극히 미약했지만, 신라에도 사정은 있었다. 6세기 이후, 신라는 영토 확장을 위한 정복전쟁을 끊임없이 수행하고, 그에 어울리는 통치조직을 통해 중앙집권화를 꾀했다. 초기에는 군신이 조화를 이루는 체제를 유지했지만 중앙집권화가 진전되면서 군권과 신권의 조화는 깨지고 마찰을 빚기 시작했다.[58] 지증왕智證王(500~513) 이후 법흥왕法興王(514~539)을 거쳐 진흥왕(540~575)대에 이르기까지는 대체로 왕과 신하의 권력이 균형을 유지했으나, 진지왕眞智王(576~578)이 재위 4년 만에 귀족들에 의해 폐위되면서 양자의 균형은 무너지고 이후 둘 사이의 갈등이 표면화되기 시작했다.[59] 진평왕도 진흥왕의 대내외 정책을 계승하여, 관제 정비를 통해 왕권 중심의 집권체제를 구축하고, 왕권 강화를 위해 석가불 신앙과 아울러 유교 정치이념을 강화하여 왕가의 위상을 더욱 견고히 하려 했다.[60] 이런 상황에서 선화공주에 대한 악의적 소문을 담은 〈서동요〉는 신라 귀족들에게 진평왕을 공격할 결정적 명분을 제공했을 것이다. "공주를 내쫓은 것은 들끓는 민심을 잠재운다는 미명하에, 선화를 희생양으로 삼아, 신료사회(백관百官)의 위력을 드러낸 극단의 처방"이라[61] 할 수 있다.

당시 백제는 신라에 비해 국력이 약했고, 서동은 법왕의 혈통을 이었다고는 하지만 방계로서 세력이 미약했다. 그러므로 〈동명왕편〉에서 "네가 만일 천제의 아들이고 내게 구혼할 생각이 있으면 마땅히 중매를 시켜 말할 것이지 지금 문득 내 딸을 잡아두니 어찌 그리 무례한가?"에서[62] 제시하듯, 왕실의 혼인이라면 중매를 거쳐 정식으로 구혼함이 마땅했지만, 서동은 백제 왕자의 입장에서 대등한 지위로 신라에 혼인을 청할 만큼의 신분적, 정치적, 경제적 여건을 갖추지 못했으므로 왕실의 전통에 따라 혼인을 할 수 있는 처지가 못 되었다.

〈서동요〉는 이 상황에서 나온 계략의 노래[63]이다. 만일 신라 왕실에서 〈서동요〉의 진원지를 찾아 소문의 진위를 가렸다면, 서동은 진실이 아닌 것을 진실인 것처럼 꾸며 세상에 퍼뜨린 〈허위 사실 유포죄〉, 악의로 특정인의 사회적 지위·인격 등에 해를 끼친 〈명예훼손죄〉로 당연히 처벌되었을 것이다. 게다가 스님으로 신분을 위장하고 백제 사람으로서 신라의 경계를 넘어와, 합리적 사리판단을 할 수 없는 미성년자들을 꼬드겨 부정적인 여론을 조작했으니 그 죄는 가중 처벌을 받게 될 요건을 다 갖추었다.

그러나 〈서동요〉는 동요로 유포됨으로써 그 배후와 계략을 밝히는 일이 쉽지 않았을 것이고, 요임금이 거리에 나가 동요를 듣고 순에게 왕위를 물려주었듯이,[64] 동요의 효험은 오래 전부터 인정해온 터라 합리적 의심조차 쉽지 않았을 것이다. 진흥왕 때, 원화原花 교정낭姣貞娘과 남모낭南毛娘 사이에 일어난 투기로 인한 살해와 유기 사건[65]을 해결한 결정적 단서를 제공한 것도 동요였으니, 항간의 동요는 "사람들의 인위 작용이 내포되지 않는 자연적인 천성에서 순수하게 우러나는 것", "미래의 예언이 되어, 하나도 틀리지 않는다.", "나라의 흥폐는 천명과 인심의 향배로서, 반드시 먼저 그 징조가 나타나니 옛날부터 그러한 것이다."처럼,[66] 사람들은 전통적으로 유지해 오던 동요의 권위, 즉 자연성과 순수성, 우러나온 조짐이나 예언이라는 믿음은 그대로 유지되어 무비판적으로 신뢰하려 했을 것이다. 미혼의 공주가 남자와 어울린 것만 해도 큰 흠인데, "밤에 닭이 알 품듯 안고 가더라."며 구체적이고 사실적으로 묘사한데다, 상대의 실명까지 거론했으니 동요의 파장은 커질 수밖에 없었을 것이다.

그러나 〈서동요〉를 부른 후로, 서동과 선화의 혼인 서사에서 일방적 약세에 놓여있던 서동의 입지는 급반등한다. 백관들이 악의적 소문을 믿고 힘껏 간청하여 공주를 먼 곳으로 유배 보내면서, 서동이 "상층계급의 선화를 하층으로 격하하여, 표면상 하층에 속하는 서동과 결연이 가능하도록, 간사한 꾀를 부린 까닭"이다.[67] 남풍현은 "(선화공주가) 서여(薯蕷, 마)를 안고 간다는 노래가 장안의 화제가 되어 소문이 궁궐에 이르렀을 때, 여러 신하들이 강력히 청하여 공주를 귀양 보낼 수 있을 만큼 당시에는 사실성이 강했을 것"이라[68] 했다.

〈서동요〉는 "무슨 소문을 듣고 누구를 놀리자고 부르는 동요의 짜임새",[69] 동요 "얼래껄래 얼래껄래/누구누구는 누구누구와 ○○했대요."와 같은 성격[70]이라 분석한다.

> "**얼라리 꼴라리**/이빨 빠진 갈강새/우물가에 가지마라/붕어 새끼 놀랜다"[71]
>
> "울퉁불퉁 모개야/아무따나 굵어라/니 치장은 내 해 주꺼이"[72]
>
> "누구누구는 오줌 쌌대요/누구누구는 오줌 쌌대요/**얼러리 꼴러리**/누구

누구는 오줌 쌌대요/얼러리 꼴러리"[73]

위의 자료는 차례로 〈이 빠진 아이 놀리는 노래〉, 〈못생긴 사람 놀리는 노래〉, 〈오줌 싼 아이를 놀리는 소리〉이다. 이 밖에도 〈빡빡이 대가리/까까머리 놀리는 소리〉, 〈울뱅이 찔뱅이/우는 아이 놀리는 소리〉 등이 더 있다. 아동을 놀리는 노래는 다음과 같다.[74]

도표 3 남 놀리는 노래의 종류

놀림 상대자	대상	노래의 종류
아동	외모	〈빡빡머리 놀리는 노래〉〈곰보 놀리는 노래〉〈버짐 난 아이 놀리는 노래〉〈이에 물린 아이 놀리는 노래〉〈앞니 빠진 아이 놀리는 노래〉
	행위	〈고자질하는 아이 놀리는 노래〉〈우는 아이 놀리는 노래〉〈오줌싸개 놀리는 노래〉

이상의 노래는 본디 개인 창작이라기보다는 특정 지역에 이미 보편화된 노래를 특정 목표를 전제로 등장인물만 살짝 바꾸어 전승한 것이다. 동요 가운데는 '얼래 껄래(얼러리 껄러리), 소문내 보자'나 '○○네 담 밑에/○떡을 내놓고/○춤을 춘다네.'처럼 아예 유언비어 살포 의도를 가지고 상대방을 곤경에 빠뜨리는, 전도된 연가戀歌가[75] 있다.

〈서동요〉는 빡빡머리, 곰보, 버짐 난 아이, 이빨 빠진 아이, 우는 아이, 오줌싸개를 놀리는 노래 등과 같은 유형으로서, 남의 행위를 놀리는 노래에 해당한다. 공주가 남몰래 서동과 부적절한 관계를 맺어놓고 밤마다 품에 안겨 그의 거처로 간다고 했으니 조신하지 못한 공주의 행실을 놀리는 노래이다. 그러나 서동은 〈서동요〉를 통해 공주를 곤궁하게 만들고, 궁궐에서 쫓겨난 뒤에는 자신이 접근하고자 하는 계획을 잡았으니 처음부터 계략적이다. 노래로써 단순히 놀리는 일 자체에서 그친 것이 아니라, 자신의 목적을 이루기 위한 전초 단계였다는 점은 이상 〈놀리는 노래〉와 〈서동요〉의 차이점이다.

이런 점에서 〈서동요〉는 "작은 앵무새가 짝을 찾아 운다./아무개(여인의 이름)는 나를 찾아 울고 또 운다./그녀가 내 보금자리에 들어와, 한 식구가 되고 싶어 울부짖는다."[76]라는 솔로몬군도 토인들이 부르는 사랑의 주문과 매우 닮았다. 자기가 사랑하는 여인이 자기의 청혼을 수락하기를 소망하는 마음을 미리 앞서서 표현하고, 그 일이 바람대로 이루어졌으면 하는 속마음을 노래 속에 숨겨두었기 때문이다. 〈서동요〉는 겉으로는 그 의도를 철저히 감추었지만, 큰 그림에서 본다면, "기만적이고 계략적인 구애시가",[77] 즉, "사랑을 획득한 것처럼 기정사실화하여, 여인과 주변 인물들을 향해 공개적으로 구애"하는[78] 노래의 성격을 가진다.

〈무왕〉 조의 '쫓겨난 여인→가난뱅이와 결혼→금 발견→부귀영화'라는 틀은 전라·충청 지역은 물론 양주시 남면이나 강원도 영월까지 전국적으로 분포함은 물론이고 중국·일본 〈마나노장자〉[79] 설화에서도 볼 수 있는 보편적 유형이다. 이 설화 유형은 〈내 복(덕)에 산다〉, 〈서민이 출세한 이야기〉, 〈쫓겨난 여인 복 터진 이야기〉, 〈숯구이 총각의 황금 구덩이〉生金場, 〈숯장수와 도사〉, 〈숯장이와 마퉁이〉, 〈삼공본풀이〉 계 설화를 취했다.[80] 〈서동설화〉는 "지룡池龍과 교통하여 서동을 낳았다는 야래자 전설이나 후백제 견훤 신화와 흡사한 전승도 있어, 한 인물이 태어나 왕이 되기까지의 과정을 이야기한 신화적인 속성을 가지고,"[81] 『잡보장경雜寶藏經』 〈파사닉왕波斯匿王[82]의 딸 선광善光이 걸인에게 시집간 전설〉도 이와 흡사한 서사구조를 가진다.

옛날 파사닉왕(=프라세나지트)에게 선광이라는 딸이 있었는데, 총명하고 단정하여 부모와 궁 안 사람들의 사랑을 독차지했다. 그 아버지가 선광에게, "너는 이 아비의 힘으로 말미암아 온 궁중 사람들이 사랑하고 존경하는구나."라고 하니, 선광은 "저에게 업의 힘이 있기 때문이지 아버지의 힘이 아닙니다."라고 답했다. 왕이 3번 거듭 다시 물었으나 딸이 항상 똑같이 답하니, 아버지가 화를 내며, "과연 너에게 업의 힘이 있는가 없는가를 시험해 보리라."하고, "이 성안에서 가장 빈궁한 거지 한 사람을 데리고 오너라."[83] 하려 짝을 맺어 주었더니, 선광이 스스로의 업을 증명해 보이더라는 이야기다.

현생에 따른 업業 관념을 가진 아버지 왕과 전생의 업이 현생의 결과로 나타난다는 공주의 생각 대립은 〈쫓겨난 셋째 딸 이야기〉에서와 같다. 이후에 선광이 남편과 함께 옛 집터로 가자 보물광이 나타나고, 궁인宮人과 기녀와 종과 하인들로 가득해지니 아버지 왕이 그제야 "부처님 말씀은 진실이다. 제가 선악을 지어 제가 그 갚음을 받는 것"임을 깨달았다는[84] 내용이다. 〈서동요〉 관련 설화는 "좋은 일을 하면 좋은 결과가 오고, 나쁜 짓을 하면 나쁜 과보를 받는다."는 이 내용에서 불교적 요소를 덜어내고 전승되었다.[85]

〈서동요〉는 고금에 보편적인 〈남 놀리는 노래〉 형식을 본뜨고, 관련 설화는 〈내 복에 산다〉·〈쫓겨난 셋째 딸 이야기〉·〈숯구이 총각 이야기〉 등을 본떴다. 설화는 선악의 업에 따라 과보를 받는다는 윤회 관념과 업의 인과 논리에 기반하는데, 이 공통의 모티프를 무왕 조의 분석에 대입하면 다음과 같이 정리할 수 있다.

백제의 몰락왕족 서동은 가난하게 태어나 마를 캐며 힘겹게 살아가다가 〈서동요〉로써 지략을 부려 선화공주를 만난다. 역으로, 선화공주는 서동이 꾸민 소문 〈서동요〉에 피해를 입어 궁궐에서 쫓겨나는 신세가 된다. 두 사람은 업과 인연으로 혼인을 맺은 다음, 금광을 발견하고 서동은 인심을 얻어 왕이 되고 미륵사를 창건함으로써, 그간의 시련을 깨끗이 극복하고 나제 양국은 일시적으로나마 평화를 되찾게 되었다. 이는 현재의 고달픈 삶보다는 미래적 삶을 지향하고, 구원받지 못하고 고통받는 중생에게 희망을 제공하는 것으로서, 종국엔 자신의 선행에 따라 좋은 결과로 보답받게 될 것이니 번뇌와 고통과 시련으로 가득한 현세에 낙망하지 말라는 희망의 메시지, 즉 미륵사상의 골간 위에서 이야기를 전개한다.

〈서동요〉는 서동의 계략이 담긴 노래로, 분명 선화공주에게 고난과 시련을 안기는 계기를 만들었다. 무왕 서사는 두 주인공의 삶에 고통과 시련이 계속되다가, "천지간에 한 가지 일 한 가지 사물의 성패와 생몰生沒에도 모두 미리 정해진 운명이 없다고 할 수 없는 것이다. 그러나 오묘한 이치를 알고 미미한 동기를 식별할 줄 아는 선비라야 앉아서도 앞일들을 헤아려 알 수 있는 것이다."처럼[86] 인과를 찾아 순간순간 변화해 변화무쌍한 반전을 이루어가는 신이한 삶을 그려나갔다. 갖가지 설화를 결합하여 기술한 것은 이 조에서 기이紀異를 강조하려는 일연의 서술방식이겠지만, 여러 가지 논거로 볼 때 이는 무왕 당시에 일어난 역사적 사실에 기반한 것으로 판단하는 것이 타당하다.

무왕 조는 무왕이 고난과 시련을 견디고 왕이 되어 신라와 화합하고, 연못에서 미륵삼존彌勒三尊이 출현하여 미륵사를 창건하게 된 신이한 사실을 서술하여, 백제의 흥기와 왕권 강화를 꾀하고, 미륵의 하생으로 백제에 새로운 미래가 올 것이라는, 구원과 희망을 향한 무왕의 꿈을 담았다.

〈서동요〉는 〈남 놀리는 노래〉나 남녀가 어울릴 때 부르는 〈놀림말〉[87] 노래의 틀 속에 선화공주를 음해하는 내용을 담았으니, 전체 서사에서 살펴보면 서동이 스님으로 변장하여 경주에 온 것이나 〈서동요〉를 지어 퍼뜨린 것은 "서동의 치밀한 계획, 간사하게 남을 속이는 꾀"를 담은 전략의 하나이다. 표면적으로는 선화공주가 남몰래 남자를 사귀어놓고 안고 다닌다고 부정한 행실을 깎아내리지만, 그 내면에는 아름답기로 소문 난 선화공주를 좋아하는 마음, '선화공주가 다른 사람이 아닌 내 사람이 되었으면' 하는 간절한 바람이 담겨있다. 모두 서동이 꾸미고 계획한 일이니, 서동의 마음속엔 앞으로 선화공주와 결연하고 포옹하는 주체는 노래의 내용대로 반드시 자신이 될 것이라는 확신과 속셈이 있었던 것이다.

3

죽음의 기운은 저리 썩 물러가라

—

혜성가

지난번에 동쪽 해변에 나타난
신기루를 잘못 보고서
왜군이 왔다고
봉화를 올린 봉수대가 있었습니다.
(이번에도) 세 무리 화랑들이 금강산으로 수련을 간다니,
달도 밝게 빛나는 터에,
길을 쓸어주는 별을 보고
불길한 혜성이라고 아뢴 사람이 있습니다.
아아! (혜성이야 곧) 저 산 아래로 떠나가 버릴 텐데,
어찌 (전쟁 등) 죽음의 기운이 있겠습니까!

혜성이 나타나면 온 나라가 긴장 상태

동양과 서양, 과거와 현재를 막론하고 비나 눈이 오거나 우박이나 서리가 내리는 등의 기후 변화는 인간의 삶에 큰 영향을 미쳐왔으므로 인간은 기후 변화에 대하여 늘 예민하다. 농경 사회에서는 그 민감도가 더욱 높아 기후 변화를 곧 신의 뜻이라고 여겼다. 일식이나 월식, 혜성의 출현과 같은 하늘의 변화에 대해서도 극도로 신경을 썼기에 고대와 중세의 사람들은 항상 이들 현상을 예의주시하며 즉각적인 반응을 드러냈다.

다음은 『입당구법순례행기』로서, 혜성 출현에 대한 옛사람들의 반응을 잘 담고 있다. 당시엔 어느 나라 할 것 없이 하늘의 변괴가 곧 땅 위의 재앙과 이어질 수 있는 어떠한 암시이거나 징조라고 여겼다. 이는 하늘과 땅은 같은 느낌으로 함께 움직인다는 천인감응天人感應 사상에 따른 것이다.

"혜성(살별)이 나타나면 국가가 크게 쇠퇴하거나 병란이 일어납니다. 동

해 왕인 곤鯤과 고래 두 마리가 죽었다고 하고, 점괘가 크게 괴이하여 피가 흘러 나루를 이룰 것이라 하니 이는 난리가 나서 천하를 정복하게 될 것이라는 뜻입니다.", "동쪽에서 살별이 나타나더니 10월에 재상의 반란이 일어났고, 상공相公인 왕씨 이하 많은 사람들이 음모를 꾸며 재상과 대관 등 모두 20명이 죽은 것을 비롯하여 이 난리에 모두 1만 명 이상이 죽었습니다."[1]

혜성이 나타나면 반란이나 병란, 왕이나 재상 또는 대관 등의 죽음으로 국가가 크게 쇠퇴할 조짐이라 여겼고, 나라에 생긴 갖가지 불길한 징조 또한 같은 까닭이라 여겼다.

〈혜성가〉 관련 기록에 따르면, 당시 신라의 화랑들은 혜성이 심대성을 범한 것을 보고 곧 왕 주변에 불길한 일이 일어날 징조라고 여기고 금강산으로 떠나려던 수련까지 뒤로 미루었다. "밤이 되고 나서 동이 틀 때까지 방을 나와 동남쪽에 있는 그 별을 바라보니, 꼬리는 서쪽을 향하였고 빛은 몹시 밝아 멀리서도 바라보였다. 빛의 길이는 모두 열 길이 넘었다. 모든 사람들이 입을 모아 '이는 병란이 일어날 조짐이다'고 말했다."[2] 했으니 중세의 사람들은 혜성 등 하늘의 움직임을 밤이 샐 때까지 신경이

▲ 다양한 시대, 다양한 문화에서 묘사한 혜성(칼세이건, 혜성, 해냄, 2003 화보 앤노시아 그림)

곤두서서 불안에 떨었음을 알 수 있다.

> "이에 앞서 임금이 오랫동안 놀이에 탐닉하여 조정과 백성들이 몹시 두려워하고 있던 차에 때마침 혜성이 나타났는데, 꼬리의 길이는 몇 장丈(1장≒3m)이나 되었고 그 빛은 땅을 비추었다. 혜성은 혹 치우기蚩尤旗라 일컫기도 하는데 전쟁의 조짐이라고도 하므로, 민심이 소란스러워, 도성 안의 사대부들 중에는 왕왕 가족을 데리고 시골로 내려가는 자가 있기도 하였고, 관서 지방에는 기근이 들어 달아나 떠돌아다니는 사람이 심히 많았다."[3]

위의 자료는 조선시대 자료이다. 이때까지도 백성들은 혜성의 출현을 정치 현실의 문제와 연결 짓고 있는데, 혜성 출현으로 민심이 교란되어 백성들은 삶의 터전을 버리고 떠나가 방랑하고 있는 것이다. "근래에 천재 시변이 없는 해가 없는데 이번 이 혜성의 이변으로 인심이 두려워하고 있으니 장차 어디에 허물을 돌리겠습니까."[4] 혜성은 반란, 전쟁, 죽음, 질병의 이미지, 난데없이 나타나 우주의 질서를 어지럽히는 존재라는 부정적 이미지를 가졌기에 향가 〈혜성가〉는 혜성의 출현으로 인해 동요하고 불안해하는 백성들의 마음을 수습하고 위로하려는 쓰임새를 가졌다.

바다의 용이 되어 왜적을 막으리라

그렇다면 왜병이 나타났다가 환국했다는 〈혜성가〉 조의 참뜻은 무엇인가? 혜성이 나타났다 사라지는 기간은 그렇게 길지 않으니, 신라 사람들이 모여 집단으로 기원을 올린 이후에 혜성이 사라지게 되면 신라인의

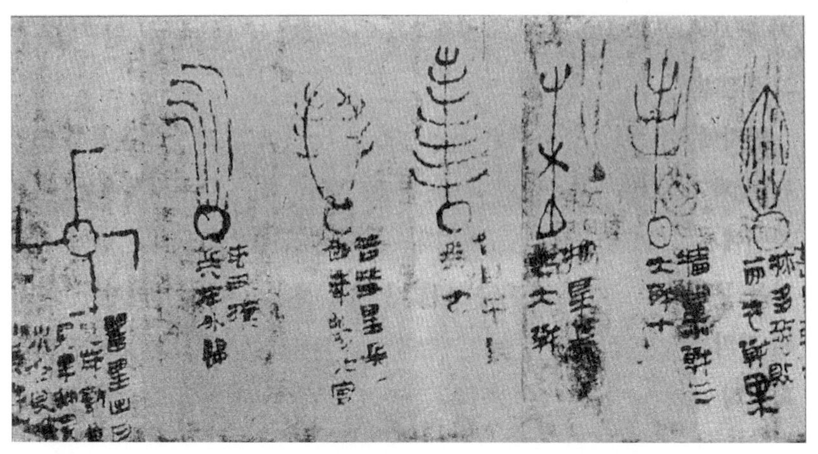

▲ 마왕퇴馬王堆 비단에 새겨진 혜성. 이와 같이 생긴 혜성이 나타나면 "작은 전쟁 3번, 큰 전쟁 7번이 난다."거나, "임금에게 화가 있다"는 등의 경고를 적어두었다. 하늘의 변괴가 땅의 재앙으로 나타날 수 있다는 생각에 따라 이전의 경험을 후세에 알려 사전에 대비하라는 뜻을 담고 있다 하겠다(신수사고전서, 마왕퇴백서천문기상잡점).

소망이 하늘과 통했다고 여길 수는 있다. 그러나 왜군이 왔다가 돌아갔다는 내용은 시간이 지난다고 그렇게 될 수 있는 일이 아니다. 그렇다면 어찌 된 일인가?

『삼국사기』에는 진평왕대(579~632 재위)에 일본이 신라를 침략했다는 기록이 없지만,[5]『일본서기』는 일본의 신라 침공이나 그를 계획했다는 기사를 여러 차례 실었다.

『일본서기』에는 자민족 중심의 과장과 왜곡이 많으므로 액면 그대로 사실처럼 받아들일 순 없지만 모두 조작된 기사라 할 수 있는 근거 또한 빈약하다.[6] 신라가 591년 7월에 남산성을 쌓고, 593년 7월에 명활산성明活山城과 서형산성西兄山城을 개축하고,[7] 문무왕(661~680)이 동해 호국룡이 되어 왜를 막겠다."[8]라고 하고, 682년에 완공한 감은사 창건 배경에도 문무왕의 호국사상이 담긴 것을 보면, 우리 역사서에서 일정 기간 왜병의 침략이나 그 조짐이 기록에서 누락 됐을 수도 있음을 짐작해볼 수 있다.

당시 신라는 왜에 대해 온건 정책을 썼던 것으로 보인다. 백제·신라는 임나를 차지하려고 서로 다툼을 벌였는데, 진흥왕 23년(562)에 신라가 임나를 완전 복속[9]하면서, 특히 왜는 임나에 대한 강한 집착을 보였다. 임나는 '백제-가야-왜'의 동맹 체제를 유지해주는 정치적, 군사적 요충지였고, 왜에게는 동북아 각국과의 경제적, 문화적 교류 창구 역할도 했다.[10] 한때 스에마츠 야스카즈末松保和가 『임나흥망사』에서 한반도 남부, 즉 경상도와 전라도, 충청도를 임나일본부가 통치했다는 억지 주장을 펴면서 광개토대왕 비문 신묘년 조의 기사를 왜곡하여 "일본이 바다를 건너와 백제, 가야, 신라를 공격하고 신민으로 삼았다."라고 한 적이 있다.[11]

그러나 가야 대성동 구릉에서 3~5세기 무덤을 조사한 결과, 출토된 금관가야의 유물, 대표적인 예로 철제 비늘 갑옷 등은 같은 시기 일본의 것을 압도할 정도의 기술력을 보여주었다. 이외에도 기마전에서 사용한 재갈, 발걸이 등 마구류와 철제 무기류는 일본을 압도하는 양과 기술을 보여주었다. 왜계 유물도 일부 출토되긴 하였으나 교류의 상징 정도에 불과했지, 왜가 한반도 남부를 군사적으로 지배했다는 사실을 뒷받침할 만큼의 유물이 결코 아니었던 것이다. 반면 일본 열도 곳곳에서 한반도 주민들이 무리를 이루어 건너간 흔적이 엄청나게 많이 발견되었고, 그 후 문명이 발전하는 양상이 뚜렷하게 드러났다.[12] 당시 일본이 한반도 남부를 지배했다면 일본 유물이 압도적으로 많아야 하는 것은 자명한 이치이므로, 이와 같은 발굴 결과 또한 임나일본부성을 뒤집을 만한 중요한 근거가 된다.

그러므로 임나일본부는 안라가야安羅伽倻[13] 등 지역에서 활동하던 일본사신,[14] 혹은 외교사절·행정사무內官家 기관,[15] '안라왜신관安羅倭臣館'·'친

백제계 왜인들로 구성된 백제의 대왜무역중개소'[16] 정도로 보고,[17] 임나가 멸망한 후에도 일본이 계속 임나부흥을 꾀한 것은 임나, 즉 왜 대표부의 기능과 권익을 회복하려는 노력[18]이었던 것으로 이해하고자 한다. 5세기 중엽까지 동맹 관계였던 신라와 백제의 관계가 파탄 난 상황에서, 왜·백제·고구려와 대립하면 신라의 대외적 입지는 그만큼 좁아지게 마련이다.[19] 왜가 신라에 강경한 자세로 임한 시기가 고구려와 왜의 관계가 긴밀했던 시기[20]임을 감안한다면, 당시 신라는 임나를 빌미 삼는 왜를 무조건적으로 홀대할 수는 없었을 것으로 보인다. 신라가 임나 통합에 따른 반대급부로 왜에게 제공했을 수 있는 '임나의 조調'(575, 600, 611, 622년)는 신라가 원만한 국제 관계 유지를 위해 취한 타협적 자세[21]의 한 단면이라 할 수 있다.

한편 『일본서기』에는 당시에 일본이 끊임없이 신라에 대한 침공을 준비하고 있었다고 적었다.

도표 4 일본의 신라 침공

숭준천황 4년(591)	11월 2만 명의 야마또 군대가 쯔꾸시까지 갔다가 그만 둠
추고천황 8년(600)	1만 명의 야마또 군대가 신라를 쳐서 5개 성을 함락, 6개 성을 복종시킴
추고천황 10년(602)	4월 2만 5천명의 야마또 군대가 쯔꾸시까지 갔다가 야마또 장군이 죽어 그만 둠
추고천황 11년(603)	7월 하리마까지 갔다가 야마또 군대 장군을 시종하는 처가 죽어 그만 둠
추고천황 31년(623)	수만 명의 야마또 군대가 신라를 치니 스스로 항복

당시의 신라침략(계획)[22]에는 몇 가지 공통점이 있다. 첫째, 한결같이 신라가 임나를 복속한 일을 문제 삼았고, 임나 부흥을 꾀하려 하였다. 둘째, 정벌 계획, 주둔지 체류 기간이 길고 군사가 수만에 이르지만 왜군의 동

선[23]은 "난바-하리마-아카이시-츠쿠시[24]"로, 최종 거점 츠쿠시를[25] 넘어서는 일이 드물었다. 셋째, 장군이나 동행하던 장군 처의 죽음[26] 등 내부 사정에 의해 신라 정벌 계획이 수포로 돌아갔다.

오사카는 도쿄와 더불어 일본의 2대 교통중심지로서, 고대와 중세시대부터 한반도를 비롯한 대륙문화를 받아들이는 문호로 발전한 도시이다. 일본의 아스카시대의 일본군은 신라 침략을 위해 오사카로부터 츠쿠시까지 움직였던 것이다. 그러나 이상의 정황을 종합해 볼 때, 일본이 신라의 임나 지배에 앙심을 품고 '츠쿠시'에 주둔하며 신라 공격을 계획 혹은 시도한 것은 사실이지만, 쉽게 신라를 칠 수 있는 상황은 아니었음을 알 수 있다. 일본에 비해 국력이 우위였던 신라 또한 당시 국제 정세를 고려하여 일본을 함부로 거칠게 다루지는 않은 듯하다. 그런데 『일본서기』가 "신라왕이 두려워하여 백기를 들고 장군의 깃발 아래 와서 섰다"라고 기록한 것은 천황 중심적 역사 기록이 부른 왜곡[27]이다. 당시의 위상으로 보아 왜에 승려를 바쳤다고 보기 어려운 고구려가 담징曇徵과 법정法定을

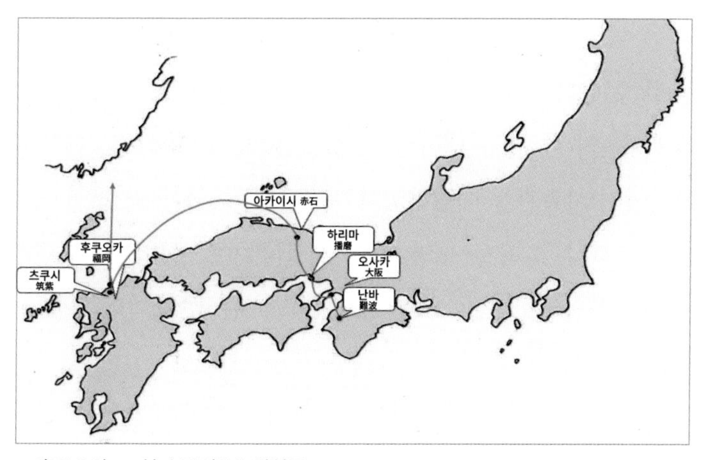

▲ 후쿠오카福岡현 츠쿠시筑紫 위치도

바쳤다[28] 하고, 왜를 '중국'으로까지 격상[29]시킨 기록이 그를 반증한다.

『일본서기』의 신라 정벌 기사는 '삼국 간 상호 견제'정세에 편승하여 신라의 임나 합병에 따른 외교적·경제적 손실에 버금가는 반대급부를 노린 일본의 가식적 군사 행동[30]을 담고 있다. 즉 『삼국유사』〈혜성가〉조에 "융천사가 〈혜성가〉를 부르자 별의 변괴가 사라지고 왜병이 환국했다." 한 것은 신라 침공을 시도하던 왜군이 대내·외적 이유 때문에 일본 근해에서 장기 주둔하다가 회군(철군)한 사건, 또는 신라가 왜와 백제·고구려 간의 친밀을 의식하여 일본군의 공격에 대해 싸움 없이 마무리한 전쟁 상황을 과장한 묘사이다. 왜병의 움직임에 따른 경계를 느슨히 한 채, 화랑들이 전국 성지를 순례하면서 재齋를 짓고[31] 수련하고 수양하는 가운데 견문·식견과 궁리를 넓히는 일체 행위[32]인 출유出遊를 계획하고, 왜병 환국 소식이 있자마자 아무런 주저 없이 풍악으로 행한 것도 당시 동아시아의 역학 관계에서 일본의 군사 행동이 신라에겐 그리 심각하게 받아들여지지 않았음을 증명한다.

물론 신라가 일본과의 전쟁을 싸움 없이 마무리한 것을 두고 "융천사가 노래를 부르자 왜병이 환국했다."라고 표현할 수 있는가가 반론의 여지를 남길 수 있다. 그러나 25일 왕이 환국하는 길에 욕돌역褥突驛에 머무르니 국원國原의 사신仕臣 대아찬大阿湌 용장龍長이 사적으로 잔치를 베풀고 왕 및 여러 시종관을 대접하였다."[33]나 "오늘에 이르러 적이 평정되니 주상이 환국하다."[34] 등을 보면, 왕이 서울(수도)로 돌아가거나 군사들이 주둔지에서 본거지로 되돌아간 것을 두고도 환국還國이라 칭했음을 볼 수 있다.

신기루가 사라지듯, 모든 불길한 징후들도 없어졌으면!

〈혜성가〉 첫 단락의 '녜'는 '녜-왜군, 지금-혜성'으로 혜성 출현(현재)과 왜군 침략(과거)의 시점을 규정짓는 말로, 전후 사건이 비교적 짧은 의미의 '이전(예전, 지난 번)에'로 풀이하는 것이 자연스럽다. 왜군 침략을 건달바乾達婆가 놀던 성城에 비유했다.

> "오백 명의 건달바가 있었는데 줄이 있는 악기琴를 아주 잘 타고 노래와 춤으로 음악을 만들어 밤낮을 가리지 않고 부처님께 공양하였으며", "노래하고 기악을 하며 노래와 춤을 즐기다가".[35]

건달바(乾闥婆, gandharva)는 인도 신화에 나오는 요정의 이름으로, 천계에 살며 신들의 음료인 소마주를 수호한다. 이것이 불교에 도입되어 긴나라緊那羅와 함께 제석천帝釋天을 모시고 음악을 연주하는 역할을 맡았다.[36] 건달바는 술과 고기를 먹지 않고 향기만 먹기 때문에 이렇게 부르고, 항상 부처님이 설법하는 자리에 나타나 불교의 바른 교법을 찬탄하고 불교를 수호한다. 이에 건달바를 하늘의 악사라고 말하고, 건달바의 성은 실재하지 않는 허망한 것의 비유로서 사용된다.[37] 그러므로 〈혜성가〉에서 건달바가 놀던 성은 곧 신기루로서, 그림자·아지랑이·꿈처럼 만물에는 자체의 본성이 없고 오직 순간의 형상, 즉 무자성無自性·공空·가유假有임을 강조하는 종교적 비유이다. 즉, 왜군의 출현(있는 현실)은 곧 사라질(있어야 할 현실) 허상임을 언급하기 위해 신기루를 끌어들였다. 삼국시대 언어에서 달達은 산山의 옛말이므로 "돌 아래 떠갯더라"는 신라인의 소망을 담은 명령 "혜성이 산 아래로 떠나갈 것이라"이고, 혜ㅅ기彗氣는 살벌하

▲ 불탑사지 석탑에 새겨진 아수라(阿修羅, asura)와 건달바(乾闥婆, Gandharva)(경주시 남산동 227-3). 아수라는 "항상 제석과 싸움한다는 신으로, 인도에서 가장 오래된 신이다. 남자 아수라는 추하고 여자는 단정하다 한다."(『한국불교대사전』4) 건달바는 악인樂人, 악신樂神의 이름인데, 술과 고기를 먹지 않고 오직 향香만 구하여 음신陰身을 보호한다. (『한국불교대사전』1)

▲ 운문사雲門寺 석탑에 새겨진 아수라와 건달바(경북 청도군 운문면 운문사길 264). 불법을 수호하는 8종의 영적 존재를 8부八部, 8부중八部衆이라 하는데, 아수라와 건달바는 그 중 하나이다.

고 불행한 기운이므로 "이 어우 므슴ㅅ 혜ㅅ기 이실꼬"는 "아! (혜성이 산 아래로 떠나가는데) 무슨 나쁜 기운이 있겠는가?"란 뜻이다.[38]

〈혜성가〉는 "이전에는 어떤 봉졸이 동해변에 나타난 신기루를 보고 왜군이 왔다고 봉화를 올리더니, 세 화랑의 무리가 금강산으로 가려하니 달까지 환히 비추는 터에, (이번엔) 재앙을 쓸어가는 별을 보고 누군가가 불길한 별이라고 아뢰는구나! (앞으로 혜성은 숫제) 산 아래로 떠나갈 텐데, (신라에) 무슨 나쁜 기운이 있겠는가?"이다. 이 작품이 역사적 사건·현상(있는 현실)을 허구로 전환, 간절한 기원을 담은 노래임을 감안해 의역하여 재구성하면, "이전에 봉화 올려 왜군이라 이른 일은 한낱 신기루일 뿐이길 바라고, 이번에 불길하다 사뢴 별은 재앙 없애주는 것이길 바랄 따름이네. 혜성은 곧 산 아래로 떠나가리니, 우리에겐 아무런 변고도 없을 것이라."가 된다. 여기엔 "왜군이란 자성이 없는 신기루처럼 순간의 인연으로 나타나 곧 소멸할 기운"이라는 종교적 비유와 "이번 혜성은 그리 두려워할 필요 없는 '길쓸별'에 지나지 않는다."는 사고 전환과 "혜성은 아예 사라져버리고 왜군과 혜성이 전쟁과 살기로 이어지지 않기를 바라는" 집단적 소망을 담고 있다.

4

서러운 자들아, 부처의 품으로 오라

—

풍요

오라 오라 오라
오라! (인생은) 서럽더라.
설움 많은 중생들아,
이곳으로 와서 공덕功德 닦으라.

불상의 위력과 영묘사의 불상 만들기

옛날과 지금의 온 나라 사람들이 직접 본 것을 가지고 말한다면, 나라에 장차 무슨 변고가 일어나려 할 때에는 장륙금상이 먼저 땀을 흘리게 되며 좌우의 진흙으로 빚은, 다음에 부처가 될 보살의 형상과 돌에 새긴 화엄경 속에 있는 모든 여래 세존·불상·보살이란 글자도 또한 다 젖으나, 그 밖의 글자는 그렇지 않았다 한다. 이것은 장륙금상이 우리 국가를 수호하여 사전에 깨우쳐 타이르는 것이다.[1] 이는 불상이 국가적 재난을 예고하여 대비하도록 했다는 신비한 믿음을 적고 있다.

불상이 없던 시대에는 세존과 인연이 있는 유물인 탑·금강보좌金剛寶座·보리수나무 등을 향해 예배했다. 불상에 예배하게 될 때까지 사람들은 세존을 대할 때처럼 이들을 진지하고 경건하게 모셨고, 불상이 제작된 후까지도 결코 소홀히 대하지 않았다.[2] 이후, "석가모니가 출현하여 불법이 처음 흥할 때, 모든 중생들은 도처에서 서둘러 그를 따랐다. 그러나 석가모니가 열반한 후에는 아무것도 존재하지 않고 그의 형상만이 무덤에 남아 혼란을 주는" 까닭에, "여래정토에서 부처를 만나지 못할까 걱정되어 사재를 털어 공양하고 전심전력으로 미륵하생석불을 조상하였다."라고 했다.[3] 조망희曹望憘 석각에는 불상을 만든 까닭과 필요성을 소상히 적고 있다.

> 그는 다시 생각하였다. '만일 내가 부처님의 모습을 조성했는데 그 모습이 부처님과 같지 않으면 반드시 나는 무량한 죄를 얻을까 두렵구나. 가령 세간에 지혜 있는 이들이 모두 함께 여래의 공덕을 칭송하여도 다하지 못할 것이다. 만일 어떤 사람이 분수에 따라 찬미할지라도 얻는 복이 무량하니, 나도 분수에 따라 조성하리라.'[4]

위의 기록을 보면 부처님 모습을 조성해도 부처님과 같지 못하면 석존에 대한 모독이 되어 무량한 죄를 얻을까봐, 장인들은 불상을 조상하는 일에 조심스러워하고 머뭇거렸음을 알 수 있다. 그러나 부처가 열반한 후, 5세기가 경과한 시기에 불교도들이 부처의 형상을 대하고 싶어하는 염원은 점점 강해졌고, 그 심정을 대변한 것이 일심으로 아미타불을 사념하면 아미타불을 볼 수 있다고 한 『반주삼매경般舟三昧經』이다. 부처를 볼 수 있는 삼매의 경지에 이르는 방법 가운데 '부처의 형상을 만들거나 그림을 그린다.'는 말이 있는 것을 보면 불상을 제작하는 일은 매우 긴요한 일로 여겨졌음에 분명하다.[5]

> 이때 부처님께서 형상을 향해 말씀하셨다. "너는 오는 세상에서 크게 불사를 일으키게 될 것이다. 내가 멸도한 후에는 나의 여러 제자들을 너에게

부촉하노라. 만약 어떤 중생이 부처의 형상을 만들어 놓고 갖가지로 공양하면, 이 사람은 내세에 반드시 부처님을 생각하는 청정한 삼매를 얻게 될 것이다."[6]

양지는 잡다한 기예에 통달하고, 천왕사天王寺 전탑의 기와, 법림사法林寺 주불삼존 등 갖가지 불사에 참여한 장인임에도 삼매의 경지에 이르러 부처의 형상을 뵙고서야 마침내 조상을 시작한 것은 당시에 붓다에 대한 철저한 이해와 신앙, 붓다를 사실과 같이 표현하려고 하는 지순한 발원, 일도삼례적一刀三禮的 경건한 태도, 탁월한 표현기술, 이러한 제요소가 혼연일체가 되어야만 최고의 불상이 탄생할 수 있다고 믿은 때문일 것이다.[7]

"양지는 스스로 마음이 동요하지 않는 삼매경에 빠져, 간사하거나 어지러운 마음을 털고, 잡념이 없는 오롯한 상태에서 뵌 부처의 형상을 본따 영묘사 장육삼존을 만들었다"는 말이 된다. "자장이 소상 앞에서 영감이 있기를 기도했더니 꿈에 소상이 자장의 정수리를 어루만지면서 범어로 된 게송을 주었다. 깨어나 해석을 못하더니 아침이 되어 한 기이한 스님이 와서 해석하고, 또 말하기를 '비록 만 가지 가르침을 배워도 이보다 나을 것이 없다.'라고 하고는 다시 가사와 사리 등을 주고 사라졌다."는[8] 일화처럼 양지는 삼매의 상태에서 부처의 계시를 얻어 영묘사 장육존상을 만들었던 것이다.

민심을 담은 노동요

『시경詩經』에서 풍요는 민요의 다른 말로 쓰였는데, 김구용金九容

(1338~1384)의 문집에도 "풍요風謠가 응당 사라지지 않을 테니, 자세히 채록하면 나랏일에 도움이 될 터"라[9] 했다. 민요는 세상 그 무엇에 대해서도 거침이 없고, 여럿의 입을 거쳤으니 백성들의 중론이라 할 수 있으며, 민요에는 사사로이 자기 이익을 구하는 마음도 없기 때문에 민심을 살피는 데 이만큼 유익한 것이 없다.

> 그때 사리불 존자가 이 말을 듣고서 고요한 곳에서 가부좌를 하고 앉아서 생각하기를 "다 같이 '오라'고 하여 제도하였는데, 어찌하여 세존께서 '오라'고 하여 제도하신 비구는 모두 법답고, 여러 비구들이 '오라'고 하여 제도하는 비구는 모두 법답지 못한가?"[10]

영묘사에 와서 부처님의 형상을 만들기 위해 흙을 나르는 일은 곧 불법에 귀의하는 것이요, 신앙을 향한 출발을 의미한다. 양지가 맡은 영묘사 장육삼존은 자그마치 4.5~5미터에 이르고, 조성 작업에는 쌀 23,700석, 요즘의 시세로 어림잡으면 1억이 넘을 만큼 많은 비용이 드는 국가적 작업이다.[11] 시주나 노동력 제공은 모두 "수보리야, 보살은 법에 머물지 않고 보시해야 한다.", "보살이 상相에 머물지 않고 보시한다면 그 복덕을 헤아릴 수 없기 때문이다."와[12] 같은 보시에 해당한다.[13] 이름난 장인이 불사를 맡은 데다, 양지의 꿈에 부처가 현몽했다하니, 영묘사 조상 작업에 대한 신비감은 한없이 높았을 것이고, 그로 인해 성안의 사녀들이 자발적으로 모여들어 진흙을 날랐을 것이다. 이는 그만큼 불상을 만들어 신앙하고, 깨달음을 기원하는 마음이 컸음을 뜻한다.

〈풍요〉는 영묘사의 장육존상丈六尊像을 빚을 때 불렀다. 주周, 당唐의 도량형으로 약 4m에 해당하는 1장 6척의 부처상을 만들었는데, 황룡사 장육존상은 신라 3보 중 하나였다고 전한다. 스스로 고요히 생각을 모아 잡념이 없는 상태에서 진흙을 주물러 만들었다니 노동의 집중력을 가히 짐작할 만하다. 온 성안의 남녀들이 다투어 진흙을 날라 쌓으면서 〈풍요〉를 불렀다. "큰 나무를 들어 올리는데 앞에서 '영차!'하고 소리를 내니 뒤에서도 따라 소리를 낸다. 이는 무거운 것을 힘 들여 들어 올릴 때 힘을 북돋는 노래"이다.[14]

〈풍요〉에서 '오다'라는 구절을 여러 번 반복한 것도 노동에서 손발을 맞추어 피로를 덜고 힘을 돋우기 위한 목적에서 불린 노래의 흔적일 것이다. 절에서 행하는 노동이 곧 이승에서 공덕을 쌓는 일이기도하니 일석이조의 효과를 얻는다.

> 현의 관리가 장계를 올려 왕에게 보고하니, 사자에게 명을 내려 그 현의 성 동쪽 탁 트이고 밝은 땅에 동축사東竺寺를 세우고 세 존상을 안치하게 하였다. 금과 철은 서울로 옮겨 대건大建 6년 갑오년(573) 3월에 장육존상을 만들었는데, 일이 일사천리로 진행되었다. 무게는 3만 5,007근으로 황금이 1만 198푼이 들어갔다. 두 보살에는 철이 1만 2천근, 금이 1만 136푼이 들어갔고 황룡사에 모셨다. 선덕왕이 절을 짓고 불상을 만든 인연은 모두 〈양지법사전〉에 실려 있다. 경덕왕 즉위 23년(764년), 장육존상에 금칠을 다시 했는데, 조租 2만 3,700석의 비용이 들었다. 〈양지전〉에는 불상을 처음 만들 때의 비용이라 하니 두 설을 모두 기록한다.[15]

금, 철, 흙 등 갖가지 재료에 엄청난 비용을 들여야 장육존상을 만들어 낼 수 있었다. 양지 스님은 영묘사의 장육 삼존 이외에도 천왕상 및 불전의 기와, 법림사 주불 삼존·금강신 등을 모두 빚었다 하는데, 현재 석장사

▲ 석장사지 탑상문전(동국대 경주캠퍼스 내 박물관 소장, 경북 경주시 동대로 123). 〈풍요〉를 지은 양지 스님은 영묘사의 장육 삼존 이외에도 천왕상 및 불전의 기와 만들기 등 많은 불사佛事를 행했다고 한다.

지의 유물에서 부처·불탑의 모습을 그려 넣은 벽돌을 볼 수 있고, 청도 불령사에서 흙을 구워 만든 기와를 하나하나 쌓아 만든 전탑의 모습을 볼 수 있다.

불사에서 불리던 〈풍요〉는 방아를 찧거나 다른 일을 할 때에도 불리었으니 후에 가창의 폭이 넓어졌음을 알 수 있다.

> "한 놈은 방아 타령을 하는데, 뫼에 올라 산전山田방아, 들에 내려 물방아, 여주(이천 밀따리방아, 진천 통천 오려방아, 남창 북창 화약火藥)방아, 각댁各宅 하님 용정舂精방아, 이 방아 저 방아 다 버리고 깜깜한 깊은 밤에 우리 님은 가죽방아만 찧는다. **오다오다 방아 찐ᄂᆞᆫ 동무덜ᄋᆞ** 방아 처음 ᄂᆡ던 사람 알고 찧나 모르고 찧나, 경신년 경신월 경신일 경신시 강태공의 조작造作방아, 사시장춘 걸어 두고 떨구덩 찌어라 전세田稅 대동大同이 다 늦어간다, **오다오다 방아 찐ᄂᆞᆫ 동무덜ᄋᆞ** 방아 처음 ᄂᆡ던 ᄉᆞᄅᆞᆷ 알고 찐나 모르고 찐나, 경신년 경신월 경신일 경신시 강ᄐᆡ공의 죠작방아, ᄉᆞ시쟝츈 걸어 두고 ᄯᅧᆯ구덩 찌여라 전셰 ᄃᆡ동이 다 느져간다."[16]

이는 판소리 〈변강쇠가〉의 한 대목인데, 임과의 애정 행위를 언급하는 가운데 별의별 방아 종류를 다 늘어놓고 있다. 그 중 "오나오다 빙아 찐ᄂᆞᆫ

▲ 와우정사 내 장육존상(경기도 용인시 처인구 해곡동 산43)

동무덜아"는 분명 〈풍요〉의 '오다오다'에 그 내력이 있으니 신라의 노동요 〈풍요〉는 오랫동안 구전되며 생명을 유지해 다른 문학 작품에 녹아들었음을 볼 수 있다.

고통 받는 중생에게 수행공덕을 권유하다

〈풍요〉는 영묘사의 장륙존상을 만들 때 불린 노래로, 짤막한데도 반복구절('내여來如')이 많은 민요 형식을 취했지만, 공덕 쌓기를 권유하는 내용을 담은 전형적인 불교가요이다. 5번 반복하는 구절은 공덕을 닦으러 오는 백성들 행렬이 한없는 이어지는 모습을 상상하고 권유하고 기원한다.

〈풍요〉는 "셔럽다→오라→공덕 닦아라"로 단계적이고, 주제가 담긴 핵심 구절은 "공덕 닷ᄀᆞ라 오다"이다. '셔럽다'를 흔히 "종래까지 추구해온 세속적인 지상의 복락이 덧없음을 고백"했다 하거나 민중들이 노동에 시달리는 서러움을 말한다 하지만, 실상은 윤회의 삶 속에서 업을 쌓고 그 업보를 받는 인간의 끊임없는 순환 고리를 "슯프다·슯허ᄒᆞ다·슬흐다(悲, 哀, 惻愴)"라고 표현한 것이다. 즉, 〈풍요〉의 슬픔은 우리 삶의 본질에 대한 감정이다. 마지막 행의 "공덕 닦으러 오다."는 수미상관의 답이요, 중간의 모든 과정을 포괄하는 마무리이다.[17] '공덕 닦기'는 인생의 원래적 슬픔을 극복해가자는 방향 제시이기도 하고, 부처의 모습을 조상하는 궁극적인 까닭이기도 하다.

지금까지의 〈풍요〉 연구는 서사 단락에 담긴 불사의 과정과 시가 작품을 동일시하거나 〈풍요〉의 형식적인 틀에 주목하여 노동요로 간주한 경우가 많았다. 그러나 불상을 조성하는 까닭, '내여來如'가 가지는 의미, '애반다라哀反多羅'의 원인, 공덕 닦기修가 뜻하는 바를 불교적 측면에서 제대로 이해할 때 〈풍요〉가 가지는 의미를 무리 없이 분석할 수 있을 것으로 보인다.

〈풍요〉에서 "내여"를 반복한 것은 "중생들이여, 부처에게로 오라! 너희를 깨우치고 구제하여 극락(서방정토)으로 인도하리라."가 된다. 요즘의 대중음악에서도 표준화된 음악의 확산을 위해 흔히 '플러깅plugging'을 활용한다. 플러깅이란 "플러그를 갈아 끼운다는 뜻으로, 사람들의 머리에 플러그를 끼우듯이 반복하고 주입한다."는 뜻이다.[18] 여러 번 듣게 함으로써 친숙하게 만들고, "듣는 사람들이 동일한 것에 사로잡혀서 탈출할 수 없게, 잊을 수 없게 만드는 것"이다.[19]

짤막한 4구체 향가 〈풍요〉에서 '오다 오다 오다'를 5번이나 거듭하여, 신도들이 무한으로 오기를 상상한 것도[20] 대중을 향한 플러깅에 해당한다. 세속의 사람들에게 근심 걱정과 슬픔은 근원적인 것이다. 부처가 계시면 그 근원적인 근심과 슬픔을 달랠 수 있다고 여겨서 부처의 형상을 만들어 공양하고 예배했음을 알 수 있다. '비悲'란 'karunā'의 역어로서, 본래 '신음'을 뜻한다. 근심하고 슬퍼하여 눈물 흘리는 것은 중생들의 고통이자 신음이다. 신음이란 인간 슬픔의 표현이다. 그 신음을 듣고, "아, 그도 역시 인간으로서의 괴로움을 걸머지고 있구나."하고 공감하는 것이 '슬픔'의 정신이다. 중국의 주석가는 이를 가엾고 슬프다는 뜻을 가진 '측창惻愴'이라 했다.[21]

인간은 기쁠 때보다 슬픔 속에서 진정한 공감을 나눌 수 있는 것이므로 〈풍요〉에서 말하는 슬픔은 단순히 고된 노동으로 인한 괴로움과 슬픔이라기보다는 부처의 시선에서 중생들의 삶을 공감한 표현이다. 즉, 번뇌와 집착, 탐욕과 성냄, 어리석음 등으로 인하여 인간의 삶이란 근원적으로 슬픈 것이니 불상을 조성하여 그 근원적인 슬픔을 알고 깨달아 그 번뇌와 슬픔에서 벗어나라는 보편적인 사랑을 담고 있다. 공덕을 닦는다는 것은 자신의 신념을 입증하는 행동을 의미한다. 내가 신성하다고 여기는 일을 행하는 것, 전보다 높아진 통찰력으로 행하고 성취하는 것이 곧 공덕을 쌓는 것이다. 공덕은 결점을 상쇄시키는 효과를 가지고 있기에 우리가 공덕을 쌓을 때마다 지금까지 짐으로 작용했던 결점 하나가 사라지게 되는 것이다.[22]

〈풍요〉는 중생들에게 공덕 닦기를 권유하는 노래이다. 중생들이 스스로 불사 공덕을 행하고, 이후에 수행공덕을 쌓음으로써 자연 그동안의 고통과 슬픔의 요소와 카르마가 사라지고 깨달음에 이르러 죽음 이후의 삶이 편안해지기를 바라는 소망을 담았다.

5

왕생往生을 왕생을 바라나이다

원왕생가

달님이시여,
서쪽의 극락세계를 지나쳐 가십니까?
(그러시다면) 아미타불께
(제가) 고뇌 많다고 사뢰어 주소서.
(그래서) 다짐 깊으신 아미타불을 우러러,
두 손 모아 간절히
"극락정토에 가길 바란다! 극락정토에 가길 바란다!"라고
소망하는 사람이 있다고 사뢰어 주소서.
아아! (법장비구 시절, 아미타불께서는 다른 중생을 모두 구하고 난 후에 부처가 되겠다고 맹세하셨으니) 이 몸을 남겨두고서야
(어찌) 대원大願을 이루시겠습니까?

두 남자의 서로 다른 수행과 극락왕생, 그리고 여인의 도움

〈원왕생가〉는 서방에 계신 무량수불, 즉 아미타불을 신앙의 대상으로 잡아 자신도 서방정토에 이르고 싶다는 염원을 노래했으니 아미타신앙을 담은 작품이다. 『삼국유사』의 광덕엄장 조는 광덕과 엄장이 수행을 통해 극락에 왕생하는 과정을 드러내 보인 왕생담往生譚인데, 죽은 후에 이상 세계인 극락에 가는 것이 최종 목표이지만 죽은 이후에 극락에 가는 일을 우리의 감각기관으로는 확인할 수 없다. 왕생담이나 천악天樂의 소리, 빛 등은 살아있는 사람들에게 죽은 이가 극락에 가는 모습을 연상케 함으로써 극락왕생이 허황된 일이 아님을 깨닫게 하려는 한 방편이다.[1]

광덕廣德의 처는 엄장에게, 광덕은 "밤마다 단정히 앉아 한결같은 마음으로 아미타 부처님을 외면서, 때론 16관觀을 닦는데, 관상觀相이 무르익고 밝은 달이 창에 비치면 그 빛 위에서 가부좌를 틀었다." 하였다. 『무량수경』에는 극락에 이르는 수행법으로 상배上輩·중배中輩·하배下輩를 들

▲ 노힐부득과 달달박박 이야기가 전승되는 백월산 양성성도기의 남사(경남 창원시 의창구 북면 월백리 산23)

고 있다.

상배는 욕심을 버리고 출가하여 수행하는 승려이고, 중배는 승려가 되지는 못했더라도 계를 지키며 불상·탑을 조성하고 승려를 공양하는 등 재산으로 공덕을 쌓는 재가신자在家信者들이다. 그리고 하배는 공덕을 쌓을 수도 없어 단지 무량수불을 생각하며 극락왕생을 원하는 사람들이다.[2]

『관무량수경』에서 제시한 16관법을 정리하면, 1관 일상관日想觀~7관 화좌관華座觀은 극락의 모습을 생각하는 것이고, 8관 상상관像想觀에서 11관 세지관勢至觀까지는 아미타불과 대세지 두 보살의 모습을 생각하는 것이고, 12관 보관普觀과 13관 잡상관雜想觀은 극락의 연못 속에 자신이 왕생하는 모습과 불보살이 나투신 모습을 생각하는 것이며, 14관~16관까지 상중하 3배관輩觀은 중생이 극락에 왕생하는 모습이다. 즉, 16관이란 수행의 구체적인 방법으로 극락의 모습, 극락의 아미타불과 관세음·대세지 보살, 그리고 극락에 왕생하는 자신과 여러 중생들의 모습을 관찰하는 것이다.[3]

광덕이 매일 밤 단정히 앉아 소리 내어 아미타불의 이름을 부른 것은 칭명稱名 염불인데, 온갖 악업을 지은 사람이라도 아미타불에 귀의하여 지극한 마음으로 소리가 끊어지지 않게 하여 10번 아미타불을 부르게 되면[十念], 부처님의 명호를 부른 공덕으로 80억 겁 생사윤회의 죄를 멸하고 극락에 왕생할 수 있다고 하였다.[4] 광덕의 처가 엄상에게 전한 이야기

▲ 두륜산頭輪山 대흥사 관음 33응신전 관음상(전남 해남군 삼산면 구림리 산 8-1). 응신을 응신여래應身如來라고 달리 부르기도 한다. 응신은 중생을 구제하기 위하여 부처가 여러 가지 모습으로 나타나는 자비로운 상을 말한다.

로 보아 광덕은 철저히 인간적 욕망을 초월한 삶을 살았음을 알 수 있다. 이것이 광덕이 취했던 수행길이다.

광덕이 서방으로 가고난 후, 엄장은 광덕의 처에 대한 세속적 욕망을 감추지 못하고 정을 통하려 했으니, 엄장은 종교적 초월성에 이르지 못하고 여전히 속세의 인간세계에 머물렀던 것이다. 엄장은 광덕의 처에게 광덕이 그동안 어떻게 수행했는지를 다 듣고서야 광덕의 처에게 욕심을 품은 자신을 부끄럽고 무안하게 여기면서 원효元曉(617~686)를 찾아가 다시 가르침을 청했고, 원효의 가르침을 다시 받아 몸을 깨끗이 하고 잘못을 뉘우쳐 일심으로 불도를 닦아 끝내 극락정토에 가게 되었다.

원효의 본전은 전하지 않고, 여기서 말한 『해동승전』으로 추정하는 『해동고승전』에도 원효의 '삽관법鍤觀法'[5] 관련 기술은 남아있지 않으므로 삽관법의 개념을 확정하기란 그리 쉽지 않다. 『삼국유사』 〈원효불기〉에 따르면, 원효는 중생의 마음은 융통하여 걸림이 없고 평등하여 차별상이 없다고 했다. 민중 속으로 파고들어 노래하고 춤추며, 뽕나무 농사를 짓는 늙은이와 옹기장이나 무지몽매한 무리에게도 부처를 알고 나무아미타불을 부르도록 교화했다. 아무것에도 구애됨이 없이 부처의 가르침을 전했으니 삽관법은 농사를 생업으로 하던 엄장을 자신의 일을 통해 불도를 깨우쳐 준 방법론의 하나가 아닐까 한다. 원효의 삽관법은 여인에 대한 탐욕을 가졌던 엄장을 일깨워, 선정禪定·관상觀想하여 탐욕의 번뇌를 멸하는 관법으로, "죄를 반성하고 부처나 다른 사람 앞에서 고백하고 허락을 구하는" 참회懺悔·회과悔過의 수행법이었던 것이다.

"네가 아까 묻기를 '선근을 끊은 사람에게도 불성이 있습니까?'라고 하였는데, 여래의 불성도 있고, 후신後身 불성도 있다. 이러한 두 불성은 장애 때문에 아직 오지 않았으므로障未來故 없는 것이라 말할 수 있으나, 필경은 얻고야 말 것이기 때문에 '있는 것'이라고 말할 수도 있다."[6]

"중생이 여래가 있는 곳에서 나쁜 마음을 내어 부처님 몸에 피를 내며 다섯 역죄逆罪를 짓거나 잇찬티카icchāntika가 되는 것을 보임은 … 여래에게 본래 죽이려는 마음이 없었으면 비록 몸에 피를 냈더라도 그런 죄업은 경하고 중대하지 아니한 것과 같이 여래도 그와 같아 오는 세상에서 중생을 교화하기 위하여 업의 과보를 보이려는 것이니라."[7]

불교 경전에는 부모를 죽이고, 아라한을 죽이고, 부처님 몸에 피를 낸 오역죄인에게까지도 개선의 여지를 남기고 있다. 본래부터 죄를 지을 마음이 없었다면, 비록 부처님의 가르침을 믿지 않고 그것을 비방하는 사람, 즉 이교도(잇찬티카icchāntika, 一闡提)까지도 성불할 수 있다고 희망적인 메시지를 주고 있다. 즉, "내 이름을 듣고 나를 정성껏 부르면 누구라도 서방정토 극락세계로 맞이하겠네. 가난한 자도 부유한 자도 구별하여 차별하지 않으시고, 지혜로운 자도 우둔한 자도 가리지 않으시네. 많이 배운 자도 배우지 못한 자도 구별하지 않으며, 계율을 잘 지키는 자건 죄를 지은 자건 죄가 없는 자건 가리지 않으셨네. 오직 나의 죄를 깊이 반성하고 오로지 아미타부처님의 이름을 부른다면 이 세상의 기와 조각을 저세상의 황금으로 변하게 하네."라면서[8] 모든 대상에 대하여 포용력을 보이고 성불할 수 있는 가능성을 열어주고 있다.

〈광덕엄장〉 조에는 광덕과 엄장을 돕는 존재로 한 여인을 등장시켰다. 여인은 먼저 광덕을 돕고, 세속적 욕망에서 벗어나지 못한 엄장을 꾸짖어 뉘우치게 했다. 그녀는 관음보살의 19응신應身 중 하나이다. 부처의 몸은 그 성질상으로 변치 않는 만유萬有의 본체인 법신法身, 과거 수행에 의해 쌓은 공덕으로 이상적인 덕을 갖춘 보신報身, 보신불을 보지 못하는 중생을 이끌어 교화하기 위해 대상에 맞추어 변화해 나타나는 응신으로 나뉜다.

응신은 『삼국유사』의 〈백월산양성성도기白月山兩聖成道記〉에도 등장한다. 이는 신라의 스님 노힐부득과 달달박박이 백월산白月山 남쪽의 사자암師子岩에서 수도하여 부처가 된 이야기를[9] 담았다. 처자를 데리고 농사를 지으며 속세를 초월할 수양을 하던 두 스님 앞에 어느 날 자태가 곱고 몸에서 난향과 사향을 풍기는 스무 살 여인이 나타나 해산과 목욕을 도와 달라는 청까지 맑은 맘으로 수행할 만큼 세속적 욕망에서 벗어나 높은 믿음과 덕행을 갖춘 노힐부득을 먼저 성불케 하고, 하룻밤 묵어가기를 청하는 여인을 향해 "이곳은 청정함을 지키려고 애쓰므로 당신이 가까이 할 곳이 못 됩니다. 지체 말고 여기를 떠나주세요!"라며 응신을 내치던 달달박박을 깨우쳐 무량수불이 되도록 돕는다는 이야기다.

광덕은 분황사芬皇寺 서쪽에서 신 삼는 일을 업으로 삼고, 엄장은 남악南岳에 암자를 짓고 농사를 지으며 살았다 했다. 노힐부득과 달달박박은 둘 다 농사를 짓고 살았다. 이 두 이야기는 생업에 매인 하층민이 속세를 초월해 성불하는 과정을 그렸다.

번뇌를 이겨내고 깨달음에 이르는 길

〈원왕생가〉에서 가장 난해한 구절은 "뇌질고음惱叱古音 다가지백견사립多可支白遣賜立"인데, 대체로 "닐곰다가 ᄉᆞᆲ고샤셔(일러다가 사뢰소서)/ᄀᆞᆺ곰 함ᄌᆞᆨ ᄉᆞᆲ고쇼셔(보고報告의 말씀 빠짐없이 사뢰소서)/ᄀᆞᆺ곰 다갑 ᄉᆞᆲ고시셔(스스로 번뇌함 다구어 사뢰시셔)/뇟곰 다ᄀᆞ기 ᄉᆞᆲ고시셔(되뇌임 가져가서 사뢰소서)"로[10] 번역하므로 해독의 편폭이 너무 넓다. 어석의 성과를 더 기다려야 하겠지만, 지금으로서는 향찰 중 의미 글자인 '惱'와 '白'을 감안하여, 화자의 번뇌를 아미타부처에게 사뢰어 달라는 의미인 "ᄀᆞᆺ곰 다갑 ᄉᆞᆲ고시셔"를 선택하고자 한다. 이 부분을 음독이 아닌 훈독으로 보아, "번뇌ㅅ惱叱 말씀 많다多"라는 의미, 즉 수행자의 번뇌와 고뇌를 하소연한 부분으로[11] 이해하고자 한다.

번뇌는 "마음이 어지럽고 괴롭다"(『잡아함경』), "지나간 일을 떠올려 추억하거나 혹은 현재의 일이 내 마음에 만족스럽지 못하여 스스로 괴로워하는 정신작용"이다. 원시불교에서 번뇌는 좋은 대상에 대한 집착, 즉 '탐貪', 좋지 않은 대상에 대한 반감·혐오·불쾌를 뜻하는 '진瞋', 현상과 도리에 마음이 어두운 '치癡'를 일컫는다. '잡된 번뇌에 매인 생각' 때문에 이이

서一心相續 부처님의 상호相好를 관하고, 입으로 염불을 하는 것이다. 마음이 오욕에 끌리는 것이 잡된 번뇌에 매인 생각이다.

염불은 순수하고 청정한 마음이므로 번뇌와는 서로 어긋나는 것이다.[12] 『중아함경』에는 "재가在家 수행자는 금은 등과 목축과 곡식 등이 불어나지 않기 때문에 번뇌에 시달리고,[13] 출가 수행하면 걸식하므로 의식주에는 신경 쓰지 않지만 탐진치로부터 자유로울 수는 없기 때문에 번뇌한다."고[14] 했으니 인간은 언제 어디서나 번뇌와 함께하는 것이다. 광덕은 신발을 만들며 살아가는 재가승이었으니 의식주의 해결을 위해 몸과 마음이 겪는 고통, 그리고 생사해탈을 얻지 못하고 생사의 바다를 헤매는 것이 번뇌의 근원이었을 것이다. 설사 의식주 해결에 아무런 부족함이 없었다 할지라도 세속적인 집착과 망상이 번뇌가 되었을 수 있다.

〈원왕생가〉에는 "서원誓願 깊으신 부처님을 우러러 바라보며,/두 손 곧추 모아/원왕생願往生 원왕생願往生/그리는 이 있다 사뢰소서."라고 수행자의 간절한 마음을 그렸고, 이 몸을 남겨두고는 결코 48대원大願을 이룰 수 없다는 과감한 멘트를 날렸다. '원왕생'은 극락(서방정토)에 가서 태어나기를 바란다는 말이다. 달을 향해 무량수불(아미타불)께 자신의 간절한 염원을 전해 달라고 부탁했다. 48대원은 아미타불이 법장비구로 있을 때에 세자재왕世自在王 부처님 처소에서 세운 맹세와 기원을 말하는데, 210억 모든 불국토를 부처님의 힘에 의지하여 보고 가려서 뽑은 큰 소원이므로 선택본원이라고도 한다.

각각의 소원에 대한 이름은 『석문의범』·『무량수경초』에 따라 조금씩 다르지만 광명이 끝이 없고 수명이 영원하며 염불하면서 극락왕생하기를 소망한다는 점이 공통적이다.[15] 예컨대, 48개 바람 가운데 제8번째 '실지심행원悉知心行願'은 자유자재로 다른 사람의 마음을 볼 수 있는 지혜를 갖기를 바란다는 것이다.

법장비구는 "만약 제가 부처가 될 적에, 그 나라 중생들이 다른 사람의 마음을 볼 지혜를 얻지 못하여 백천억 나유타(지극히 큰 수)의 모든 불국토에 있는 중생들의 마음을 알지 못한다면, 저는 차라리 부처가 되지 않겠습니다."라고 약속했다. 12번째 '광명보조원光明普照願'은 "만약 제가 부처가 될 적에, 저의 광명이 한량이 있어서 백천 억 나유타의 불국토를 비출 수 없다면, 저는 차라리 부처가 되지 않겠습니다."[16]이다. 화자는 아미타불이 한 48대원을 거론하면서, 자신의 마음을 헤아려 큰 은혜를 베풀어야 부처가 될 수 있을 것임을 지적한 것이다.

> "**원합니다. 원합니다. 극락왕생을 원합니다.** 극락세계 어디 가서 아미타불 친히 뵙고 마정수기摩頂授記 받기를 원합니다.", "아미타불의 회중좌에 왕생하여 향과 꽃을 집어 언제나 공양하기를 원합니다.", "연화세계 어서 가서 너도나도 다 함께 일시에 불도를 이루기를 원합니다."[17]

> "왕생하기 원하옵고 왕생하기 원하오니 / 극락정토에 태어나서 아미타불 친견하고 / 저의 이마 만지면서 수기하게 하옵소서. / 왕생하기 원하옵고 왕생하기 원하오니 / 아미타불 극락정토 회상 가운데 자리하여 / 언제든지 향꽃 들어 공양하게 하옵소서. / 왕생하기 원하옵고 왕생하기 원하오니 / 연화장의 극락세계 모두 함께 태어나서 / 너나없이 한꺼번에 성불하게 하옵소서."[18]

위의 두 자료를 보면, 광덕이 오롯이 자신의 발상만으로 〈원왕생가〉를 지은 것 같지는 않다. 연화세계에 가서 불도를 이루고 극락왕생을 희구하는 마음은 이들 작품과 일맥상통한다. 흔히 운문으로 설한 부처님의 가르침, 또는 선승들이 깨달음의 세계를 읊은 시구를 게송이라 하는데, 위의 게송과 〈원왕생가〉는 매우 흡사하다. 다만 〈원왕생가〉가 달을 아미타불과 시적 자아를 매개 짓는 존재로 등장시켜 기원을 우회시킨 것, 법장비구의 본원을 상기시킨 것, 아미타불을 향한 자신의 마음을 솔직히 드러내 표현한 것 등은 차별화된 부분이다.

다음 『찬아미타불게』 "나는 서방정토에 계신 아미타불 세존께 극락왕생하기를 바라 몸과 마음을 불도에 의지하여 예배합니다. 현재 (사바세계에서) 10만 억찰億刹이나 떨어진 안락국에, 명호가 아미타이신 불세존이 계신지라 나는 극락왕생하기를 바라 몸과 마음을 불도에 의지하여 예배합니다. 여러 중생들이 모두 지극한 마음으로 귀의하여 안락국 부처님이 계시는 서방정토에 왕생하기를 발원합니다."도[19] 위의 두 게송과 비슷하게 수행자의 소망을 직접적으로 드러내고 있다.

6

그리움과 아쉬움으로 가슴 조이던 순간

모죽지랑가

작년 봄, (저를) 찾아주셨을 땐
함께할 수 없어 시름하며 울었는데,
아름답고 정정하시던
낭께서 (이젠) 세월이 흘러 돌아가시었구나.
짧은 시간 안에야
어찌 만나 뵐 수 있으랴.
낭을 추모하여,
다북쑥 구렁에서 다비식 행하리.

죽지랑의 환생에 얽힌 이야기

서양은 호메로스 시대Homeric Age까지만 해도 사후세계에 대한 개념이 없었기에 그리스 문학에서는 '죽은 아킬레스보다는 살아있는 노예가 낫다.'라고까지 표현했다. 용감한 자든 범죄자든 죽고 나면 모두 똑같은 운명이라고 생각했던 것이다.[1] 이렇듯 서양이 영혼윤회설metempsychosis을 비교적 근래에 받아들인 데 비해, 동양에서는 일찍부터 윤회와 환생에 대한 믿음을 가져왔다.

사람이 죽어서 넋이 흩어지지 않았을 때 종종 그 혼을 나타내는데, 비록 그 남아있는 시간의 길이는 서로 다르지만 지각은 언제나 그대로 있다고 여겼다. 이는 귀신이 다니는 길에서 잠시 보이는 것이고, 결국은 흩어지고 마는 것이다. 이렇듯 귀신이 흩어지지 않고 사람의 몸에 붙거나 죽은 혼이 산 사람의 몸에 의탁한 데서 환생설還生說이 생겼다고 이해하기도 했다.[2] 그런데 이는 사람이 죽어서 다음 생을 받기 직전까지의 중유

中有 세계를 언급한 것이다. 보다 보편적인 환생의 개념에서는 인간을 크게 2가지 구성 요소, 즉 필멸의 육신과 불멸의 영혼으로 분류한다. 이는 인간은 육체에 불과하며, 특정한 형태의 '물질'적 존재라고 설명하는 일원론과는 구별되는 이원론적 사고방식에 따른 것이다.

인생은 불멸의 영혼이 일정한 수명을 가진 육신으로 잠시 옷을 입었다가 떠나는 상태라고 비유한다. 시간이 흘러 육신이라는 옷이 낡아 떨어지더라도 영혼은 사라지지 않는다는 생각이다. 육신은 인간이 죽으면 사라지는 부분으로, 활성체의 신경계, 감정 체계의 일부, 하위 정신을 포함한다. 하지만 육신이 사라진다고 해서 인간이 사라지는 것은 아니고, 다만 육신이 죽은 후에는 남은 인간의 본질이 객관적 상태인 육신에서 주관적 상태인 영혼으로 전환될 뿐이라는 논리이다.[3] 이원론적 사고에 따르면, "엄격히 말해서 인간은 영혼과 육체의 조합이 아니다. 인간은 원래 영적인 존재다. 즉, 나라고 하는 존재는 영혼 그 자체이며, 그 이상도 이하도 아니다. 그렇기 때문에 육체적 죽음은 나의 일부가 손실되는 것을 의미하지 않는다. 육체적 소멸은 나에게 어떤 의미 있는 영향을 미치지 못한다. 이는 내 집이 나에게 대단히 중요한 일부이지만, 그 집이 사라진다고 해서 나의 일부가 소멸되지 않는 것과 같다."[4]라고 설명한다.

이후에 서양에서도 "사후에 모든 것이 끝난다면 현생에서 배우고 경험한 것들을 어디에 써먹는가?", "아무리 많은 돈, 권력, 명예를 손에 넣었다 해도 죽은 후에 모든 것이 끝난다면 다 무슨 소용인가?"라는 의문과 문제 제기가 이루어지면서 사후세계에 대한 관심이 확장되었다. 사후세계에 대한 인식을 현생에서의 선악을 귀결 짓는 전제로 삼고, 전생에 저질렀던 실수를 다음 생에서 바로잡고 매듭지을 수 있다는 명제와 결합하여 도덕과 윤리체계를 명확하게 했다.[5]

인과관계의 법칙에 따라 환생의 원인이 해소되기 전까지는 환생을 반복해야 하며, 모든 원인이 정리된 후 비로소 물질 세상으로부터 완전하게 해방될 수 있다는 환생의 교리는 이제 동양인 소수의 전유물이 아니라 오늘날 지구상 10억 이상의 인구가 신봉하고 있는 보편적인 믿음이 되어 가고 있다.[6]

『삼국유사』 죽지랑 조에 따르면, 술종공이 일찍이 삭주도독사가 되어 지금의 춘천에 해당하는 임지로 가려고 할 때, 마침 삼한에 병란이 일어나 기병 3천 명으로써 그를 호송하는 도중에 일행이 죽지령에 이르자 고갯길을 닦고 있는 한 처사를 만나게 되었다 한다. 술종공은 그것을 보고 감복하였고 처사도 역시 술종공의 빛나는 위세에 마음으로 감탄했다고 했다. 술종공이 춘천에 간 지 한 달 만에 한 처사가 자기 방에 들어오는 꿈을 꾸었는데, 그의 부인도 똑같은 꿈을 꾸었으므로 더욱 이상하고 놀랍게 생각하여 이튿날 사람을 시켜 죽지령에서 만난 처사의 안부를 알아보았더니 사람들이 그 처사는 죽은 지가 벌써 여러 날이라고 하였다.[7] 이는 죽지랑의 탄생설화이다. 불교에서 거사居士는 출가하지 않고 가정에 있으면서 불가에 귀의한 사람을 말하는데, 죽지령 거사가 죽지랑으로 환생했으니 죽지랑은 탄생하는 순간부터 전생에 죽지령의 거사가 쌓은 공덕을 지니고 태어난 셈이다.

환생은 전생을 겪고 다시 미혹한 세계에 태어난다는 의미와 일단 계율을 어기고 파계한 사람이 참회해서 다시 계율을 받들게 된다는 의미를 함께 가진다.[8] 여기서 미혹한 세계라 함은 마음이 무지함에 가려져 번뇌 망상이 일어나고 사리에 어두운 것, 주색잡기에 빠져 정신을 못 차리는 것, 다른 사람을 나쁜 길로 유혹하는 것을 뜻한다.[9] 죽지랑의 환생은 전자의 의미로 쓰였을 것이다. 즉, 전생을 살았던 죽지령 거사의 영혼이 현세에 죽지랑한테로 이어졌음을 뜻한다. 환생의 교리에 따르면 영원한 극락을 누릴 정도로 착하거나 영원한 지옥 불의 형벌을 받을 정도로 나쁜 인간은 없다고 한다. 대다수의 사람은 그 중간 어딘가에 있다. 그렇다면 이 중간자들은 천국과 지옥이 아닌 다른 운명을 맞아야 한다.[10] 죽지랑의 환생 또한 이와 같은 수많은 영혼의 윤회 가운데 하나를 보인 것이다.

죽지랑이 부산성으로 간 득오를 찾은 까닭?

〈모죽지랑가〉의 창작 배경은 부산성富山城으로, 『신증동국여지승람』 권21에 따르면, (경주)부의 서쪽 32리에 있다고 기록되어 있다. 돌로 쌓았으며, 둘레가 3천 6백 척, 높이가 7척이었는데, 조선시대에 반이나 무너졌다

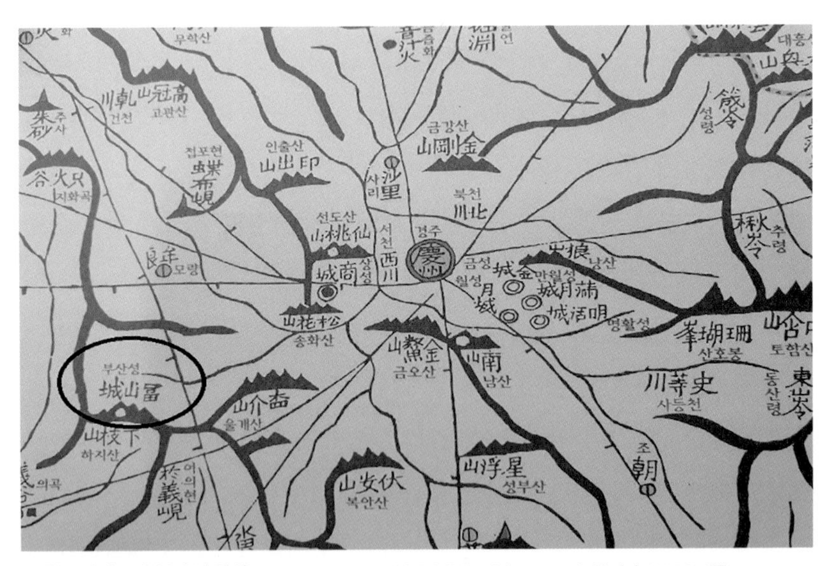

▲ 대농여시도의 부산성 위치(최선웅 도편, 민병준 해설, 『해설 대동여지도』17-1, 진선출판사, 2017, 216쪽)

고 했다. 성 안에 네 개의 냇물, 한 개의 못, 아홉 개의 샘이 있고, 군창軍倉이 있다 하였다.

▲ 부산성富山城 내의 계곡, "부산성은 경주 서쪽 32리에 있으며, 문무왕 3년(663)에 쌓았다. 성 안에는 개울 4개와 연못 1개, 9개의 샘이 있다. 군창軍倉이 있었으나 지금은 없어졌다." 했다.(민주면 이채 김건준 지음,『국역 동경잡기』, 민속원, 2014, 84~85쪽)

죽지랑은 진골 귀족으로, 지위 높은 화랑 또는 화랑 출신의 관료였을 것으로 보인다. 『삼국유사』 기이紀異는 "문무왕文武王-만파식적萬波息笛(신문왕 神文王)-효소왕대孝昭王代 죽지랑-성덕왕聖德王-수로부인(성덕왕대)-효성왕孝成王-경덕왕景德王 충담사忠談師 표훈대덕表訓大德"처럼 순차적으로 기술하고 있기에 유독 '효소왕대 죽지랑' 조만 순서를 거슬러 잘못 편입된 것으로 보기는 어렵다.

『삼국유사』 편제의 잘못을 입증할 결정적인 논거가 확보되지 않는 한 이 기록을 신봉할 것을 전제하는 것이 마땅하다. 죽지랑의 아버지 술종공은 진덕왕(647~653) 때 알천, 유신 공과 더불어 남산 우지암亐知巖 회의에 참석할 만큼 지위가 높은 인물이다. 더구나 이 회의에 참석한 6명을 출생연도에 따라 호림공(579), 염장공(586), 유신공(595)의 순으로 나열했으므로 호림공 바로 앞에 기록된 술종공은 579년 이전에 태어났을 것으로 짐작한다. 거기다 통계와 전례를 볼 때, 도독을 지내는 나이는 35~40세경이므로 삭주도독 술종공은 615~620년경에 죽지랑을 낳았을 것이다. 죽지랑과 득오의 서사는 효소왕(692~702) 초기인 692~696년에 발생한 일이므로 당시 죽지랑은 70~75세 이상의 고령에 이르렀을 것으로 가늠해볼 수 있다.[11]

죽지랑은 진덕왕5~무열왕5에 집사부執事部 중시中侍를 지냈고, 진덕眞德

~신문神文에 걸쳐 총재직冢宰職을 수행했다. 집사부는 왕에게 가장 중요한 핵심적 업무에 참여하는 직속기관으로, 국왕의 행정을 대변하는 역할을 담당한다. 죽지가 득오를 찾아 부산성으로 향한 것은 사적으로는 부하 화랑에 대한 온정에서 비롯되었지만, 죽지랑의 정치적 입장과 연관 지어 이해한다면, 어린 나이에 왕위에 오른 효소왕이 독자적 정국 운영능력을 갖추지 못한 상태에서, 요역徭役의 정당성과 관리의 청탁淸濁 등의 동정을 살피려는 감찰, 왕권을 보호하려는 국가적 충정의 성격을 띠고 있었을 것으로 보인다.

익선은 모량부의 당전幢典으로서, 모량부 부사部司 내지 감전監典이므로 중고기 왕경인의 역역 동원, 군역의무자 징발의 주체였다.[12] 익선이 죽지의 소청을 당당히 거절했을 때, 당시 하급 관리이던 사리使吏 간진侃珍도 그런 익선을 그저 "융통성 없다鄙宣暗塞不通"고만 한 것을 보면, 당시 익선과 득오는 모량부의 지배세력과 소속부원이라는 전통적 관계 때문에 부역赴役했던 듯하다.[13]

이 부역은 부역部役이나 부역賦役과 달리 "(어떤 병사나) 늘 하던 대로 (대장의) 밭에 일하러 갔다"는 관습적 노역일 수도 있고, '역록力祿' 형태의 관인급여제일 수도 있지만 당시에 모량부 당전이던 익선이 가졌던 합법적 권리였음은 분명한 것으로 보인다.[14] 관등으로 따지자면 당연히 진골인 죽지랑이 6관등 익선보다 우위이지만, 신라의 화랑제도는 삼국통일 이후에 조직의 긴밀함이나 구성원들의 소속감이 점점 느슨해지던 때였고, 익선은 합법적 권리를 가졌으니 죽지랑은 익선에게 더 이상 반론을 펴지 못하고 돌아서 나왔을 것이다.

득오 차출과 모량부 처벌의 배경

신라는 사량부沙梁部(사훼부沙喙部), 훼부喙部를 중핵으로 집권체제를 구축했는데, 사량부는 부의 성격이 변화한 후에도 여전히 세력을 유지했다.[15] 사량부 김씨 왕족은 직접적 지배기반과 세력 확대를 도모하는 한편, 혈연을 통해 훼부와 연합하고 모량부의 박씨와는 혼인 관계를 맺어 연대했다. 지증마립간비智證麻立干妃 연제부인延帝夫人(등흔이찬登欣伊湌의 딸), 지철로왕비智哲老王妃(모량부牟梁部 상공相公의 딸), 법흥왕비法興王妃(보력부인保刀夫人), 진흥왕비眞興王妃(사도부인思道夫人), 진지왕비眞智王妃(지도부인知刀夫人, 기오공起烏公의 딸)가 모두 그 예이므로 중고시대 왕비는 모량부(왕비족) 박씨가 독점하다시피 했다.[16]

혼인을 통한 연합지배체제는 중고기 김씨 왕통이 지닌 한계를 암시하고, 왕권의 성장과 함께 극복되어야 할 문제이기도 했는데,[17] 이후 선덕·진덕 여왕이 연이어 즉위하게 되자 왕비족의 존재 가치가 점점 희미해졌고, 사륜계舍輪系와 김유신계金庾信系(사량부)가 결합하여 김유신의 누이 문명황후文明皇后 문희文姬가 태종무열왕太宗武烈王의 비가 됨으로써 모량부 세력은 점점 약화되었다. 이런 경향은 신문왕(681~692)대 이후에도 지속되었다.

모량부에서 더 이상 왕비를 배출하지 못하면서 그간에 누려오던 세력은 약화 되었고 불만은 점점 커져 갔다.[18] 게다가 모량부 구성원들은 왕실이나 여타 화랑세력과 달리 미륵상생신앙을 신봉했다. 모량부牟梁部 사람들은 그들의 영산靈山인 단석산 정상을 극락, 즉 도솔천이라 믿고 육도윤회六道輪廻를 여의고 이곳에 상생하여 부처가 되길 기원했다.

〈단석산斷石山 신선사神仙寺 조상명기造像銘記〉는 "현세에 죄를 소멸하여 복을 받고, 죽어선 도솔천에 올라 미륵의 법문을 듣고자 참회하는"『미륵상생경』[19]에 기초한 기록이다. 모량부는 미륵상생신앙에 따라 그들의 존장尊長을 왕과 같은 '보살계菩薩戒 제자弟子'로 칭[20]하면서 왕실과 대등함을 자처했다.

반면 죽지랑 출생담[21]은 "석가불釋迦佛로부터 팔관재법八關齋法을 수지受持하여 미륵불의 처소에 왔다."[22], "사바세계에 의탁할 부모를 정해 하생한 뒤 국토를 교화"한다는[23]『미륵하생경』에 기초하고, "화랑(미륵)을 자신들의 염원을 실현시켜 줄 미륵의 현신으로 모시는" 미륵하생신앙에[24] 기반을 두고 있으므로 모량부의 신앙과는 크게 다르다.

이상을 종합할 때, 익선이 득오를 데려가 창직倉直이란 임무를 부여한 것은 미륵상생신앙을 신봉하던 모량부가 그동안 견지하던 왕비족으로서의 전통적 권위가 약해지고 사량부에 비해 상대적 약세에 몰림으로써 사량부·왕실·화랑세력을 향해 불만[25]을 표출한 행위이다. 죽지랑이 137명이나 되는 많은 낭도들을 대동한 것도 의아하지만, 말을 타는 데 쓰이는 장비를 뇌물로 받은 익선이 달아나자 그 아들을 잡아다 못에서 얼어 죽게 하고 모량리 사람들은 아예 벼슬할 수 없게 하고, 덕이 높은 원측에게도 승직을 주지 않은 것을 보면 불합리하고 가혹한 처사에[26] 의아한 느낌이 든다.

이와 같은 연좌제적 성격의 과민반응은 새 시대 왕비족인 사량부 김씨가 구시대의 왕비족이라는 오랜 권세에 편승하여 분수를 넘어 전횡하는 모량부 세력을 견제한 처벌이라 보는 것이 합리적이다.[27] 즉 사량부 사람들이 도전과 수뢰를 빌미삼아 모량부 전체를 억눌러,[28] 모량부의 지역적 결속과 전통적 지배력을 와해하려는 의도적 처벌인 셈이다. 이상 "죽지랑과 익선 사이의 갈등은 단순한 인격상의 갈등을 넘어, 죽지·화주花主도

대표되는 화랑 세력과 지역 세력 사이에 벌어진 사회세력 간의 갈등"[29]이었던 것이다.

야속한 세월에 대한 탄식, 〈모죽지랑가〉

〈모죽지랑가〉에는 아름답고도 정정하시던 죽지랑의 과거와 그리워도 이제 쉽게 만나지 못하는 현재 상황을 대조적으로 그렸다. 『화랑세기』에 묘사한 풍월주나 화랑의 모습을 보면, 화랑 선발에서 아름다운 풍모는 필수적 기준으로 보인다.

> 보종공이 "무엇을 아름답다고 합니까?" 하니, 궁주가 "너와 같은 사람이 아름답다. 얼굴은 옥과 같이 아름답고, 입술은 마치 붉은 연지와 같으며, 눈은 아리땁게 빛나고, 말에 정情의 뿌리가 있는 자이면 또한 가하지 않겠느냐" 하였다. 공이 답하기를 "정의 뿌리는 갈래가 많고, 아리땁게 빛나는 것은 속기 쉬우며, 붉은 연지와 옥과 같은 아름다움은 몸을 지키는 보배가 아닙니다." 하였다.[30]

위의 글을 보아도 그렇고, "단아한 아름다움과 멋진 풍채를 가졌다."(6세 풍월주 세종), "얼굴이 아름답고 아양을 잘 부려 두 태자 또한 총애하였다."(10세 풍월주 미생랑), "얼굴이 백옥과 같고 온화한 말씨로 말을 잘하였다."(18세 풍월주 춘추공)에도 화랑의 아름다움에 대해 언급하고 있다. "공이 열 살 때에 승사僧舍로 나아가 배웠으며 성품이 민첩하고 총명하여 글을 배우면 곧장 그 뜻을 통달하였다. 용모는 그림 같았고 풍채는 뛰어나게 우아하였으므로 보는 사람 모두가 그를 아꼈으며 말머리가 이르는 곳에 학이 그늘을 만들었다. 충렬왕이 듣고서 궁중으로 불러 국선國仙으로 지목하였다."라고 한 기록(고려시대, 최해崔瀣, 『졸고천백拙藁千百』)을 보면 화랑의 미모는 고려시대까지 중요한 선발 기준이었음을 알 수 있다.

그러나 젊은 날의 아름다움이란 세월의 힘을 이기지 못하고 늙어가는 것이 자연의 섭리이므로 "세월 지나가니 (이렇게) 돌아가시었구나."라는 구절에 가서는 애틋한 마음과 무상감이 극대화된다. "짧은 시간 안에야 어찌 만나 뵐 수 있으랴"라고 한 것은 이응양李鷹揚 원부元富의 죽음을 애도하며 지은 시 "청산 적막하고 계곡물 냉랭할 제, 하늘의 별이 지하의 혼백이 되시었네. 점점 멀어져만 가는 상여소리, 이승에선 다시 멋진 자태 못 보겠네."[31]에서와 같은 추모와 애도를 드러낸 것이다.

이와 같은 관점에서 〈모죽지랑가〉의 구절 흐름을 다시 짚어보면, 제1행은 죽지랑이 익선을 찾아가 득오의 휴가를 청하여 데려오려고 한 일을 회고한 표현이다. 제2행은 창졸간에 모량부 창직으로 차출당하여 화랑들과 함께 생활하지 못하던 지난 해 봄의 애달픔과 설움, 죽지랑에 대한 고마움을 담고 있다. 제3행은 그동안 건강하고 수려한 풍모를 유지하던 죽지랑이 세월의 무게를 이기지 못하고 늙어 돌아가신 데 대한 안타까운 심정을 담아내고 있다. 제4행은 죽지랑이 돌아가심으로써 더 이상 만날 수 없는 데 대한 아쉬움과 통한을 담고 있다. 제5행에서 '봉차질항蓬次叱巷'은 봉숙蓬宿·봉호蓬戶·봉거蓬居·봉문蓬門 등이 한결같이 "쑥이나 풀을 엮은, 가난한 사람이나 세상을 등진 은자의 집"을 뜻하므로, 그 자체로 무덤墓里과 같은 뜻으로 보긴 어렵다.

결국은 마지막 구절인 숙시야음유질하시宿尸夜音有叱下是의 해석에 관심을 집중할 수밖에 없다. 거의 대부분의 학자들이 "잘 밤 이사리"로 해석하고, 현대어로는 "잘 밤 있을 것입니다."라는 기약의 구절로 이해해왔다. 반대로 "잘 밤이 있겠습니까?"라고 읽은 것은 함께 민촌에서 숙박하며 다니던 그 시절을 그리워하며 그와 같은 시절이 다신 없을 것임을 아쉬워한 애상적 낭만을 노래했다고 해석한 것이다.[32] 그러나 '숙야宿夜'는 '대야大夜, 태야太夜, 태야迨夜, 체야逮夜,[33] 반야伴夜, 증별야贈別夜'[34]와 같은 말로, 다비荼毘(火葬) 바로 전날 밤을 뜻한다는 사실에도 주목할 필요가 있다. 열반이나 입적하는 것, 즉 멸도滅度에 드는 것을 두고 입열반入涅槃 또는 입멸入滅이라고 한다. 한마디로 삶과 죽음의 괴로움이 있는 세계, 즉 고계苦界에서 벗어나 열반으로 들어간 자의 죽음을 말한다. "멸도滅度에 들어 열반涅槃으로 가는 의례에서 3일째에 다비를 행한다. 앞서 두 번째 날 늦은 밤을 대야라 일컫는데, '대야'라 하는 까닭은 이날 하루를 머무르고 다음 날에 나가면 돌아오지 못하기 때문이다. 이러한 이유로 제자들이 정중하고 공손한 자세로 공양을 드리면서 밤새도록 잠을 이루지 않고 영가 곁을 둘러싸고 있기에 '반야伴夜'라고 하고, 이날은 오직 『금강경金剛經』을 왼다."[35]

요컨대, 〈모죽지랑가〉의 마지막 구절은 죽지랑의 죽음으로 인하여 영혼이 육체에서 분리됨으로써, 산 자와 죽은 자의 입장으로 만나고 헤어지는 전환점에 이르렀음을 언급한 것이다. 아랫사람에 대한 온정, 연로한 몸으로 왕권을 보호하려던 충정, 생시의 자비와 음덕을 마음속에 간직하며 이젠 낭의 영혼이나마 모시고 따르겠다는 아쉬움과 추모의 정을 담고 있다.

〈모죽지랑가〉는 효소왕 초기(692~696)에 왕권 보호와 국정 안정을 위해 힘쓰던 죽지랑이 돌아가자, 지난 추억을 회고하며 지은 득오 낭도의 추모시다. 시점은 영혼이 육체에서 분리되는 전환점인 다비(화장) 전날이고,

창졸간에 모량부 창직으로 차출된 당시의 통한과 근심·눈물, 죽지랑이 왕실을 보호하고 자신을 구제하기 위해 모량부를 찾은 데 대한 고마움·애달픔·설움의 정한을 담았다. 아름답고 건강하시던 죽지랑이 늙어, 이젠 이승과 헤어져 쉽게 만날 수 없으므로 추모의 정은 더욱 곡진하지만, 지난 시절에 대한 회고와 이별에 대한 아쉬움을 아주 담담한 어조로 서술했다는 점에서 다분히 종교적(불교적) 색채를 지녔다고 할 수 있다.

7

꽃을 꺾어 바치옵니다

—

헌화가

자줏빛 바위 곁에
손에 잡은 암소를 두고,
(부인께서) 저를 부끄럽게 여기지 않으신다면,
꽃을 꺾어 바치겠습니다.

민요 계열의 향가, 〈헌화가〉

『삼국유사』 수로부인 조에서 소를 몰고 가던 노옹이 수로에게 꽃을 바친 일을 구애 행위로 보고, 〈헌화가〉를 세레나데로 보는 시각은 줄곧 있었다.

> "사방 들 밖을 마음껏 바라보면서,/한가롭게 혼자서 우두커니 서 있는데,/향기로운 난초 혜초는 맑은 시내를 따라 자라고/무성한 꽃들은 푸른 모래톱을 덮고 있네./고운사람 여기 없으니/이 꽃을 따서 누구에게 주나." "아름다운 꽃을 따러 산에 오르니/깊은 골짜기에 향기로운 난초 넘치네./따도 따도 한 움큼을 못 채우고/사랑하는 그 사람 생각만 하염없네."
>
> (서릉, 『옥대신영』 권2, 3)

남성이 여성에게, 혹은 여성이 남성에게 꽃을 바치는 일을 흔히 사랑,

그리움, 혹은 구애로 이해하는 것은 사실이다. 〈최고운전崔孤雲傳〉에서 경노鏡奴가 나승상羅丞相의 딸이 꽃을 즐겨함을 알고, 꽃을 꺾어 바치며 "낭자께서 꽃을 즐기시기에 싱그러운 꽃을 꺾어 왔사오니 받아 감상하옵소서."라고 하자 승상의 딸이 놀라 머뭇거리다가, 결국 꽃을 받아 들고 부끄러워하는 장면[1]도 꽃을 바치는 일이란 상대에게 애정을 갈구하거나 표현하는 일임을 보여준다.

중국 서남부에 위치하는 소수민족인 이족彝族 민속에 〈헌화가〉와 흡사한 구애 노래가 있어 눈길을 끈다.[2]

> "남 : 높고 높은 산 바위벽 위에 마앵화馬櫻花 한 그루 활짝 피었구나. 이족 중에 가장 예쁜 그대여, 부디 저에게 예쁜 꽃 하나 꽂아 주오.......
>
> 여 : 높은 산 바위 위에 예쁜 꽃이 활짝 피었네. 꽃을 따러 높은 산에 오르지 않으면, 어찌 높은 산의 꽃이 제 발로 오리오."[3]

> "산에는 꽃들이 흐드러지고, 사람들은 생황 불며 노래하네. 이월 초파일 삽화절揷花節! 기쁜 노래 즐거운 얘기 집집마다 가득한데, 앵화櫻花는 붉어지고 다화茶花는 향기롭네. 처녀들 암벽 올라 꽃을 꺾누나. 다화는 뜯어 머리에 꽂고, 앵화는 꺾어 낭군에게 바치네."[4]

앞의 자료는 중국 이족이 봄의 삽화절에 산과 들에 핀 마앵화馬櫻花, 산다화山茶花, 두견화杜鵑花를 꺾어 마음에 드는 이성에게 바치면서 부르는 노래이고, 뒤의 자료는 삽화절의 정경을 묘사한 것이다. 삽화절에 이족 청년남녀들은 지금까지 마음에 담아두었던 사랑을 고백하고, 서로 꽃을 꽂아주며 혼인을 약속한다. 남자들은 산다화를 낭자의 머리 위에 꽂고, 여자들은 남자애들이 가진 생황이라는 악기에 마앵화를 꽂으며, 진지하고 순수한 사랑을 표시한다.[5]

중국의 이족 풍속에서 높고 높은 산 위의 암벽에 기어올라, 붉고 향기로운 꽃을 꺾어다가 이성에게 바치고, 그 과정에 노래를 불렀으니, 모든 일의 진행이 『삼국유사』 수로부인 조와 매우 흡사하다. 높은 산, 암벽에 핀 붉은 꽃을 꺾어다 바치는 것은 상대방의 마음을 얻기 위해서 어떤 어려움도 감수하겠다는 다짐과 간절함이 들어있다. 모두 붉은 꽃으로 설정한 것은 정열적인 마음을 뜻하고, 높은 산 바위벽에서 그 꽃을 꺾어 온다는 것은 어떠한 고난이 있더라도 상대를 향한 마음은 결코 변하지 않겠다는 다짐이다. 귀하고 어렵게 구한 꽃일수록 더욱 깊은 마음을 담고 있을 터이니 말이다.

〈헌화가〉에 담긴 마음?

소를 몰고 가던 노인과 수로부인은 일단 신분적 격차가 많이 나는데다가 그 순간 처음 보는 사이이니 친근감도 전혀 형성되어 있지 못하다. 그 곁에는 강릉의 태수로 부임하는 남편 순정공이 있으니 자리가 그리 만만치도 않다. 수로부인 조에서 순정공의 역할을 미미하게 그려놓는 바람에 순정공을 하찮은 인물 정도로 여기는 시각도 있었으나 이는 이 조목을 수로부인에 집중하여 서술하다 보니 자연 순정공에 대한 소개는 약해지거나 생략한 것으로 보인다.

경덕왕의 비 삼모부인三毛夫人을 이찬伊湌 순정順貞의 딸이라[6] 했고, 진골 귀족 김순정에 관한 기록은 『속일본기續日本記』에도 실려 있다. 『속일본기』는 성덕왕 25년(726년), 신라 사신이 일본에 가서 김순정이 전년에 죽었음을 알리자, 성무천황聖武天皇이 애도하는 조서와 함께 황색 비단과 면綿을 보냈다고 적었다.[7] 후손 김옹金邕이 김순정의 상재上宰 직職을 이었다 하고,[8] 일본 조정에서도 순정의 죽음을 애도한 것을 보면 김순정은 국내외적으로 정치적인 입지가 상당히 높았던 인물이었을 것으로 짐작한다.[9]

그러므로 〈헌화가〉를 오롯한 구애 노래로만 보기는 어려울 듯하다.[10] 수로부인은 이찬 김순정 공의 아내이고, 노옹은 속세를 떠난 은자隱者(智者)이며, 주선晝饍은 귀족들의 풍성한 점심을 뜻하고, 해룡海龍은 독자적인 부와 권력, 신앙 체계를 구축한 강릉 지방의 토착 호족으로 이해하고자 한다. 수로부인 조에서 해룡이 수로를 납치한 일련의 과정은 수로가 수미산須彌山(帝釋宮)으로 형상화되고 믿어지는 강릉 인근의 사찰寺刹·선문禪門 등을 둘러 본 느낌을 기록한 것이거나 그 신앙 공간에 얽힌 연기설화를 부연한 것으로, 큰 마찰 없이 해결된 지방과 중앙세력 간의 갈등을 그려내고 있다. 노옹과 백성들이 수로 일행을 도운 것은 민심이 지방 호족보다 중앙세력을 향한 기대를 가졌음을 뜻한다.

〈헌화가〉의 '자포암紫布岩'은 철쭉이 핀 암벽 위의 자색紫色 기운을 은자의 신비 공간에다 비유한 것이고, '방우放牛'는 전쟁 없이 마소를 키우는 안정된 일상을 의미한다. 〈헌화가〉는 구애노래(세레나데)의 기본 틀에다 지방관 일행을 환영하는 마음, 아름답고 고귀한 수로에 대한 호의와 관심, 그리고 지역과 백성들의 안녕과 무사·태평에 대한 기원 등을 담고 있다. 즉, 〈헌화가〉는 태수를 맞이하는 축제로, 상층민과 하층민, 중앙과 지방민, 지배층과 피지배층의 자연스러운 만남에서 불렸다.

S

잣나무가 신라의 앞날을 근심하다

—

원가

싱싱한 잣나무는
가을에도 시들지 않는데,
'너를 어찌 잊을까!' 하시던,
우러러 모시던 임금께서 낯빛을 바꾸실 리야!
달이 그림자 내린 연못에 비친
(내 모습) 흐르는 물결에 휩쓸리는 모래와 같아,
(임금님) 모습을 멀리서 바라보며,
속세의 모든 것을 피해 숨었도다.

〈원가〉의 쟁점 점검

〈원가〉는 아직까지도 해독에 어려움이 많은 작품이다. 작품 내용 중에 "흐르는 물결의 모래"는 논자마다 특히 많은 견해차를 보인다. 왕이 세자 시절에, 잣나무 아래에서 신충과 바둑을 두면서 등용하겠다고 한 약속을 지키지 않는 까닭에, 신충이 잣나무에 〈원가〉를 지어서 붙이자 곧 나무가 누렇게 마르다가, 신충에게 벼슬을 주고 난 다음 다시 잣나무가 소생했다는 관련 서사가 전하니 〈원가〉를 두고 주술적 가요로 볼 것인가 아니면 서정적 가요로 볼 것인가를 놓고도 해석이 분분하다.

〈원가〉를 왕에 대한 원망의 노래라고 보는 시각이 가장 많지만, 자기 신세에 대한 탄식인지, 무정한 것을 원망하면서도 한편으로는 그를 사모하는 감정인지, 아니면 문득 찾아온 슬픔인지는 좀 더 세밀하게 살펴야 그 속내를 파악할 수 있다. 자기감정을 솔직하게 드러냄으로써 나무의 혼령을 움직여 명분을 얻고 뜻을 이루었으니 당시엔 천지 귀신과 감통하는

▲ 신충이 세상을 피해 은둔하던 단속사지(경남 산청군 단성면 운리 333)

마력의 언어로 여겨졌을 것이다. 이에 〈원가〉의 난해 구절을 해결하여 작품 성격을 명확히 밝히는 일은 아주 긴요하다.

은둔인가, 참여인가?

『삼국유사』 권5 피은避隱 '신충괘관信忠掛冠' 조에 실린 〈원가〉는 해독부터 의미 해석까지 비교적 견해차가 크다. 〈원가〉는 거의 모든 행에 걸쳐 해독 차이를 보이고 있어 해독을 유보한 채 논의를 진행한다는 경우도[1] 있다. 〈원가〉 독해상의 격차를 해소하지 못한 상태에서 그 내밀한 의미 구조를 밝혀내는 일은 지극히 어려운 작업일 뿐더러, 설령 만용을 부린다 해도 그 결과를 오래 수용하기는 어렵다는[2] 조심스러운 비판을 제기할 정도이다.

〈원가〉에서는 특히 향찰 ‘추찰시부동이옥지타미秋察尸不冬爾屋支墮米’, ‘행시낭아질사의이지여지行尸浪阿叱沙矣以支如支’, ‘세리도은지질일오은제야世理都隱之叱逸烏隱第也’에 대한 풀이와 해독이 어려운 부분으로 꼽힌다. 이 가운데 첫 구절은 “잣나무는 가을이 되어도 떨어지지 않는다.”처럼 잣나무의 속성을 언급했다는 해석과 “잣나무가 가을도 안 되어 떨어졌다.”처럼 잣나무의 이상 현상으로 보는 견해가 양립하고, 둘째 구절에 대해서는 대체로 ‘물결 속의 모래’를 어떻게 이해하는가에 따라 시각차가 커진다. 셋째 구절은 화자의 태도나 지향을 담은 부분으로서 여전히 의견일치를 보지 못하고 있다.

신충이 〈원가〉를 지어 나무에 붙이자 잣나무가 누렇게 마르다가 효성왕孝成王이 신충을 불러 등용하자 다시 소생하였다는 〈원가〉 관련 서사는 매우 주술적인데 반해, 작품의 내용은 서정적이므로 궁극적으로 어디에 주안점을 두고 작품의 성격을 파악해야 하느냐 하는 문제도 난제 중 난제이다.

이 가운데 ‘행시낭行尸浪~’은 〈원가〉에서 시적 화자의 감정 상태를 특히 잘 드러낸 대목인데, “가는 물결을 애달파하듯!”부터 “못 속의 달그림자 물결이 일면 일그러지듯 세상이 이래서야 야속도 하지”[3]에 이르기까지 참 다양한 해석이 있어서 분명한 작품 이해에 어려움을 주고 있다. 이에 〈원가〉 풀이의 키워드인 ‘추찰시秋察尸~’와 ‘행시랑行尸浪~’, ‘세리世理~’를 실증적으로 접근하여 풀이와 의미 해석의 간극을 조금이나마 줄여나가는 일이 중요하다. 이에 여기서는 효성왕대의 정치 현실과 구절 풀이에 입각하여 작품이 담고 있는 의미를 고찰해 나가고자 한다.

신충은 당시에 무엇을 고민했나?

『삼국유사』 신충괘관 조에 실린 〈원가〉 관련 서사는 다음과 같다.

> 효성왕이 아직 왕위에 오르지 않았을 적에, 어질고 지혜로운 인재인 신충과 더불어 궁궐 마당의 잣나무 아래에서 바둑을 두면서 말하기를, '훗날에 만약 경을 잊는다면 저 잣나무와 같으리.'라고 하니 신충이 일어나서 절을 하였다. 몇 달 뒤에 왕이 즉위하여 공신들에게 상을 주면서 신충을 잊어버리고 차례에 넣지 않았다. 신충이 원망하며 노래를 지어 잣나무에 붙였더니 나무가 갑자기 누렇게 말랐다. 왕이 괴상스럽게 여겨 알아보고 나무에 붙은 노래를 가져다가 바치자 왕이 깜짝 놀라 말하기를, '정사에 바쁘다 보니 골육 같은 사람을 잊어버릴 뻔했구나!'라고 하고는 곧 불러서 작록을 주니 잣나무가 곧 소생했다."[4]

이 서사를 요약하면, "효성왕이 등극 전에 잣나무 아래에서 훗날 신충에게 벼슬을 내릴 것이라 약속하다." → "등극한 뒤에 신충에게 벼슬을 주지 않다." → "신충이 잣나무에 향가 〈원가〉를 붙인다." → "잣나무가 누렇게 마른다." → "신충에게 벼슬을 내린다." → "잣나무가 소생하다."이다.

효성왕이 세자 시절에 신충과 한 약속을 잊었다고 기술했지만 신충이 정계에서 떠났다가 다시 복귀한 일은 효성왕 당시의 정치 현실과 연관지어 이해할 필요가 있다. 신라 34대 효성왕은 성덕왕聖德王의 둘째 아들이고, 35대 경덕왕의 동복형이다. 효성왕은 원년(737년)에 이찬 정종貞宗을 상대등으로 삼았고, 아찬 의충義忠을 중시中侍로 삼았다가, 3년 봄 정월 중시 의충이 죽고 나서 신충信忠을 중시로 삼았다.[5] 경덕왕 16년(757년) 봄 정월에 상대등 김사인金思仁이 병으로 면직하면서 이찬 신충을 상대등으로 삼았으니,[6] 신충은 후에나마 중시와 상대등 등 신라의 주요 관직을 두루 거친 중요 인물이다.

이에 신라 중대에 신충이 맡았던 중시, 상대등이 가지는 정치적 입지를 면밀히 살펴야 한다. 중시中侍(=侍中)는 집사부執事部의 장관이다. 집사부는 행정 임무나 일을 나누어 맡아서 처리하는 일반 관부와 국왕 사이에 중간자적 역할을 맡는다. 위로는 왕명을 받들고 아래로는 여러 관부를 통제하는[7] 벼슬아치이다. 집사부 중시는 중앙 제1급 행정관서인 제부諸部·부府를 유기적으로 통제함으로써 국가권력을 국왕에게 일원적으로 귀속시킨다.[8] 그러므로 왕의 측근에서 기밀사무機密事務를 관장하는 국왕의 행정적 대변자이자 국정을 총괄하는 관직이다. 그러므로 이 자리에는 대체로 왕과 혈연적으로 가까운 인물(왕족)이 임명되어 실제로는 관직상의 권한 이상을 가지게 되는 자리이다.[9] 중시는 혈연적으로 왕의 동생, 손자, 숙부, 질종제姪從弟 등 7촌 이내의 부계친을 비롯해 왕의 지극한 근친들이 임명되어 왕의 보조자 내지 안전판 역할을 하였다.[10] 중시를 역임한 지경智鏡과 개원愷元(禮元)은 문무왕의 동생, 대장大莊은 신문왕의 종형제從兄弟(문무왕 3子의 아들), 신충은 효소왕의 종숙從叔(성덕왕의 4촌 동생)이었던 것이[11] 그 예이다.

상대등은 신라 최고의 관직으로 귀족 전체의 결합을 위한 매개이자 상징적인 존재로서, 왕과 귀족의 마찰을 극복하면서 원만한 국정집행을 조정하는, 귀족의 대표이면서 전제화해 가는 왕권과 조화하는 양면성을 지녔다.[12] 그러나 대체로 왕과 가까운 혈연이나 왕을 추대한 공로자를 상대등에 앉힌 것, 상대등이 임금의 정치에 지나치게 관여하고, 나아가 왕위를 계승하기도 한 예를 볼 때 상대등은 왕족이나 그 피붙이의 대표자 같은 느낌을 준다.[13] 중대의 상대등 중 김유신이 무열왕의 처남, 개원은 효소왕의 중조부, 신충은 경덕왕의 당숙, 김양상金良相은 혜공왕의 고종 형제 등으로 당시 왕과 지극히 가까운 친척이었다.[14]

신라 중대와 하대에 중시와 상대등은 정치권력에 깊숙이 관여되어 있었다. 신라 중대 왕실은 전제왕권을 유지하기 위해 하나의 특정가문과 결속하기보다는 2~3개 가문과 연합하고 타협하며 왕통을 유지했다. 동시에 가장 유력한 가문과는 왕비나 시중, 상대등의 관직을 통해 공존관계를 갖게 된다. 그러므로 왕통은 2~3개의 가문과 정치적 협조를 하거나 불교 관계사업의 추진, 경덕왕의 한화정책漢化政策과 같은 개혁으로 불만을 가진 귀족세력을 억압하기도 했다. 다시 말해 왕의 정치적 개혁이나 새로운 정책 실시가 특정 가문과의 협조 내지 타협으로 이룩되었기 때문에 왕위의 교체와 개혁 정책의 성패 및 새로운 귀족세력의 등장은 일정한 관련성을 갖는다. 동시에 전제왕권의 유지는 귀족세력의 정치적 타협이 우선될 때 가능하므로 특정 가문의 득세는 도리어 전제왕권을 제약하기도 한다. 그러므로 전제왕권 시기에는 빈번한 시중의 교체와 왕권의 출궁이 뒤따르게 되는 것이다.[15]

효성왕 2년 봄 2월, 당나라에서 사신을 보내어 조서를 내려 왕비 박씨를 책봉하였다.

효성왕 3년 3월, 왕이 이찬 순원의 딸을 맞아들여 왕비로 삼았다.

효성왕 4년 봄 3월, 당나라에서 사신을 보내어 왕비 김씨를 책봉하였다.

효성왕 4년 8월, 파진찬波珍飡 영종永宗이 모반하였다가 형벌을 받아 죽었다. 이에 앞서 영종의 딸이 후궁으로 들어갔는데 왕이 심히 사랑하여 은총이 날로 더하니 왕비가 이를 질투하여 그 족당과 더불어 죽이려고 꾀하였다. 이에 영종이 왕비와 그 족당을 원망하여 드디어 모반하게 된 것이다.

효성왕 2년에 왕비 박씨를 책봉하였다가 다음 해에 다시 김순원金順元의 딸을 혜명惠明 왕후로 책봉하였으니 이는 김순원의 정치적 활동과 불가분의 관계에 있었음을 밝히고 있다.[16] 효성왕 4년, 효성왕의 후궁을 제거한 것도 김순원 세력이 주도한 것으로 파악한다.[17] 결국 효성왕대는 왕권의 안정에 협력하는 박씨 세력과 후궁 세력, 그리고 김순원 세력의 세력다툼이 치열하여 극심한 대립과 갈등을 겪었음을 알 수 있다.[18]

요컨대, 효성왕은 16세가량의 나이에,[19] 직전의 임금인 성덕왕이 마련해 놓은 정치적 안정을 바탕으로 즉위했지만 6년이란 짧은 재위 기간 동안 지속적으로 정치적 혼란을 겪었다.[20] 신라 중대의 왕실은 가장 유력한 2~3개의 가문과 왕비나 시중, 상대등의 관직을 통해 연합하고 타협하면서 왕통과 전제왕권을 유지하고 공존관계를 유지했지만, 외척 세력인 김순원 계의 권력이 비대해지면서 약관의 나이에도 채 미치지 못한 효성왕은 별다른 영향력을 발휘하지 못하고 있었던 것이다.[21] 영종의 모반이 실패한 2년 후에 효성왕은 아무런 이유도 밝혀지지 않은 채 갑자기 죽음을 맞이한다. 이에 대하여, 효성왕은 자신을 둘러싸고 조성된 당시의 긴박한 분위기에 크게 영향을 받았을 것이라는[22] 진단이 나왔다.

〈신충 괘관〉 조는[23] 효성왕의 친족인 신충이 벼슬길에서 벗어났다가 복귀하는 과정을 담은 것으로서, 효성왕이 즉위 이전에는 신충에게 저 변치 않는 잣나무와 같이 훗날에도 경을 잊지 않겠다고 굳게 약속해놓고, 즉위한 후에는 신충을 잊어버리고 차례에 넣지 않았다는 기록의 내용 그대로 효성왕이 무심하여 약속을 여겼다기보다는 당시 왕과 태자를 정점으로 하여 극히 좁은 범위의 근친 왕족들이 상대등, 병부령, 재상, 어룡성御龍省

사신私臣, 시중 등의 요직을 두고 경쟁하는 과정에서[24] 신충 세력이 힘의 우열에서 밀려났다가 다시 세력을 회복해 가는 과정을 그렸다고 보는 것이 옳을 것이다.

〈원가〉 해독을 위한 전제

〈원가〉의 제 5 · 6구 '월라리영지고리인연지질月羅理影支古理因淵之叱 행시낭아질사의이지여지行尸浪阿叱沙矣以支如支', 즉 "ᄃᆞ라리 그르메 ᄂᆞ린 못굿(달이 그림자 내린 연못 갓)/녈 믌겨랏 몰애로다(지나가는 물결에 대한 모래로다)"(김완진)에서 "녈 믌겨랏 몰애로다"에 대한 풀이와 해독은 가장 어려운 부분으로 손꼽힌다.

이 대목에 대한 풀이 가운데 대표적인 몇몇만 제시하면 다음과 같다.

> "녈 믌결 애와타ᄃᆞᆺ"(가는 물결 애원하듯)(양주동, 최학선, 김상억)
>
> "녈 믈 슴ㅅ사 히히ᄃᆞ히"(지나가는 물결이 언덕을 할퀴듯이)(서재극)
>
> "녈 물앗 모래 씨기닷기"(흐르는 물에 씻기는 모래처럼)(정열모)
>
> "닐 믌결 믈굿ㅅ 모래이 이치다비"(지나가는 물결이 물가의 모래에 흔들리듯이)(금기창)
>
> "녈 믌겨랏 ᄉᆡ이기 다히"(오고가는 물결에서 새어나감 같이)(신재홍)
>
> "녈 믌결가즛몰게 이다빙"(출렁거리는 물결에서 모래가 도태되듯이)(강길운)

특히 6구 "녈 믌겨랏 몰애"가 비유적 표현이다 보니, 그 뜻이 아주 모호하다. 여기에 논자마다 서로 다른 서술어 "애원하듯", "할퀴듯이", "이겨내듯이", "흔들리듯이", "도태되듯이" 등을 넣어 해석하면서, 뜻이 더욱 애매해졌다. 물결에 쓸리고 있는 모래의 처지와 마음을 잡지 못하고 방황하는 자기 모습을 은연중에 일체화하여, 모래인 듯 자신인 듯, 둘 모두인 듯이 "모습일랑 바라보지만 세상 모두를 잃은 처지여라"라는 자책으로 읽고, 물살에 쓸리고 있는 모래는 모습(뚜렷한 지향)을 바라보지만 지향처(=누리)를 잃었고, 작자도 왕의 모습을 바라보지만 헛된 그림자일 뿐 모든 것을 잃은 처지임을[25] 표현한 것이라는 주장이 가장 적절하다.

일렁이는 물결 때문에 달그림자가 드러나기 어려우므로 "모습이야 바라보지만, 세상 모든 것을 잃어버린다."는 말 속에는 "못에 비친 달, 곧 왕의 모습조차도 뚜렷이 바라볼 수 없다"는 의미로 보기도[26] 하므로 "물결의 모래"를 어떻게 해석하느냐에 따라 탄식, 안타까움, 좌절 등 다양한 정서로 이해한다.

이 외에도 "물 아래에 모래가 흔들림 없이 출렁이는 물을 이겨내듯이, (자신이 왕과 맺은) 전날의 믿음을 지키고 있다는 안타까운 마음을 담고 있다."는[27] 해석은 이 대목을 효성왕이 자신과의 약속을 반드시 지킬 것이라는 믿음으로 보았고, 또 "물결은 지배계층 간 권력 쟁취의 장이다. 상승적 화합을 지향했던 잠저 시의 태자가 왕위에 나아간다는 것은 오히려 파란에 휩쓸리는 것"이라는[28] 주장도 이 대목을 정치적 격랑에 비유한 것이다. "'돐그림제 녯 모샛 / 녈 믌결 애와티듯'은 인간 세상의 변덕스러움을 시적으로 비유한 것이다. 못에 갑자기 물결이 높아졌다는 표현은 (정치적) 격동과 파란을 뜻한다. 물결이란 바깥 세계로부터 가해 온 변수이다. 그것은 신충에겐 이롭지 못한 정치 세력의 준동이 될 것이다. 이것을 신충은 서정시의 리듬으로 차분하게, 그러나 조금은 감상적인 음성으로 읊조리고 있는 것"이라는[29] 견해도 비슷한 관점이다. 나아가 "물을 이기는 모

래"처럼 변치 않는 강인함으로 세상을 본래 상태로 회복하리라는 의지를 담은 구절로 해석하기도 한다.[30]

비유와 상징에 대한 견해도 논자들마다 달라서, "'달그림자 고인 못'에서 달은 왕비를 상징하고, 달그림자는 왕비의 허상, 즉 외척 김순원을 표상한 것이고, '달그림자 고인 못'이란 곧 외척 김순원의 전횡에 눌림을 받는 당시 정치적 상황의 표상이며, '지나가는 물결'이란 김순원의 전횡으로 일어나는 파상적 힘의 표현이니, '모래'는 외부의 파상적 힘에 할퀌과 부대낌을 당하는 대상물일 수밖에 없다. 이는 곧 정치권에서 소외된 시적 자아의 비애를 모래에 투사시킴으로써 모래와 시적 자아를 동일화하고 있는 것"이라고[31] 본 견해가 있다면, 바라보는 주체는 '모래'이고, 객체는 임금을 표상하고 있는 하늘의 '달'이므로 이 구절은 아래에 침잠해 있는 모래가 일렁이는 물결을 통해 흐릿하게 바라보는 '달'을 표현한 것이라는[32] 관점도 있다. 또 "궁원의 연못으로 흘러 들어가는 물과 새어 나오는 물을 구분하여 자신을 후자의 신세에 비유"하면서[33] 처량함을 더했다고 보는 견해도 있다.

〈원가〉 6구 '행시낭아질사의이지여지行尸浪阿叱沙矣以支如支'에 대한 해석은 〈원가〉의 의미 해석에 매우 중요한 만큼, 근거 자료를 통해 좀 더 실증적으로 접근할 필요가 있다.

> 멀리서 보면 흡사 눈꽃이 날리는 듯
> 자기 몸도 못 가누는 허약한 체질이라
> 조수 물결 까부는 대로 모였다 흩어지고
> 바다 바람 부는 대로 높아졌다 낮아지네.[34]

궁내부 특진관 김철희가 상소하기를,

"돌아보건대 신이 평소에 앓고 있던 병은 뿌리가 이미 깊어서 약을 써도 효과가 없으니, 비유하자면 썰물에 밀리는 모래가 이리저리 정처 없이 흩어지고 서리 맞은 풀이 시들어 다시 싱싱해지지 않는 것과 같습니다. 그런즉 차라리 평화로운 시대에 성상의 명을 거스르는 죄를 지을지언정 감히 오늘날 신이 조정에 나아갈 생각은 하지 못하겠으니, 지은 죄가 자연 커서 스스로 속죄하기가 어렵습니다."[35]

위의 예문은 최치원의 〈모래섬沙汀〉, 즉 '물가 모래톱'이라는 제목의 한시로, 물살에 휩쓸리는 모래의 모습을 묘사적으로 그렸다. 바람에 날리는 모래를 눈꽃에 비유하면서 자기 몸을 가누지 못하는 허약체질이라 했다. 조수 흐름에 따라 모였다 흩어지고 바람이 부는 대로 높아졌다 낮아졌다 하므로 모래는 허약하고 주체적이지 못하며 외부환경에 따라 이리저리 휩쓸린다 했다. 아래 예문은 김철희金喆熙가 자신의 병세가 위중함을 들어 본인에게 제수한 벼슬을 고사하는 상소문이다. 병세를 "썰물에 밀리는 모래가 이리저리 정처 없이 흩어지고", "서리 맞은 풀이 시들어 다시 싱싱해지지 않는 것"에 견주었다. 병으로 인해 자기 몸도 가눌 수 없고, 도저히 기운을 차리기도 어렵다는 점을 썰물에 밀리는 모래, 서리 맞은 풀에다 견주고 있다.

"역로에서 이별을 하고서는 의지를 잃은 것 같아 마음의 방황을 금할 수 없었습니다. … 나는 곧 시끄러운 도회지로 들어와서 여러 가지 바쁜 일을 감수하다 보니 마음도 따라서 방자하여 전도되므로 두려워서 어찌할 바를 모르겠습니다. 그런데 게다가 거센 물결에 날리는 모래와 같은 비방이 아직 끝나지 않아, 마음을 어지럽히고 눈살을 찌푸리게 하는 여러 말들이 때때로 귀에 들어오니, 하늘의 온화하고 화목한 분위기를 함양하는데 크게 방해가 됩니다."[36]

여기선 마음을 어지럽히고 눈살을 찌푸리게 하는 비방의 말을 거센 물결에 날리는 모래에 비유했다. "비석이 새겨진 이듬해 최유청崔惟淸과 정서鄭敍가 함께 참소 되어 유배 가거나 벼슬에서 쫓겨났는데, 당시 조정의 신하들이 우리를 미워하여 온갖 욕설로 공격하면서 반드시 죽인 다음이라야 적개심이 풀릴 듯하였다."는 경우처럼[37] 빗발치는 비방과 욕설을 물결이나 바람 속의 모래에 견주고 있다.

이상을 종합하면, 〈원가〉의 '녈 믌겨랏 몰애'는 "자기 뜻에 따라 주체적으로 살지 못하고 외부환경에 이리저리 휩쓸리는 신세", "몸을 가누어 스스로를 주체하지 못할 만큼 극심한 공격이나 비방에 시달리는 난감한 처지"에 대한 비유적 표현이다.[38]

자연의 변화를 바라보는 경건한 시선

고대·중세에 궁정 잣나무의 고사를 바라보는 시선은 진지하다 못해 자못 엄숙하다. 단종 계유癸酉에 버드나무가 갑자기 죽으니 혹자가 유성원柳誠源에게 '재앙은 반드시 버드나무로부터 시작될 것이다.'라고 했는데, 얼마 지나지 않아 과연 징조가 나타났다.",[39] "말라죽은 대추나무가 다시 살아나거나 거듭 무성하니 왕의 탄생이 있다."는 기록[40]은 고대·중세 사람들이 자연물의 변화를 인간 세상이나 정치 변화와 연관 지어 심각하게 예의주시했음을 알려준다.

대성전의 나무가 부러진 일로 예조에서 위안제慰安祭를 지내자고 주청한 일,[41] "대궐 안의 큰 느티나무가 저절로 말라 죽고, 연이어 좌보左輔 흘우屹于가 죽으니 왕이 매우 슬피 울었다."는[42] 기록은 <원가> 서사에서 잣나무가 누렇게 말라 죽은 나무의 이상 현상을 신이나 하늘의 반응으로 여기어 크게 근심했을 것이라는 추측에 힘을 싣는다.[43] 더구나 효성왕과 신충의 언약을 옆에서 지켜본 잣나무가 누렇게 말라가는 일은 더욱 묵과하기 힘든 걱정거리가 되었을 것이다.

싱싱하던 잣나무가 갑자기 누렇게 마르다가 신충이 벼슬을 받은 후에 소생했다 하니, 당시 신라의 정치 세력들은 <원가>의 신통력에 크게 주목했음에 틀림이 없다. 이는 유충에 의해 잣나무의 잎, 신초, 줄기, 가지, 구과 등이[44] 고사 기미를 보이다가 방제 또는 회복된 일일 수도 있고, 중종 때 조광조 등에 앙심을 품고 남곤南袞이 여러 나뭇잎에다 꿀로써 '주초위왕走肖爲王'이라 쓰고서 벌레를 모아 나뭇잎에 발라둔 달콤한 즙을 갉아먹게 하고선 마치 한漢나라 공손公孫인 병기病己의 일처럼 어떤 계략을 꾸며 자연이 만든 사건으로[45] 가장한 정략일 수도 있다.

약관의 나이도 못 되어 왕위에 오른 효성왕이 김순원 계의 강대화로 인해 정국에서 별다른 영향력을 발휘하지 못하고, 효성왕 잠저 시에 정치적 유대가 깊었던 자신 또한 효성왕과 뜻을 합하지 못하고 정치권력에서 소외되어 속세를 떠나게 되었으니 정치 국면의 전환을 위해 자연물의 변화를 유도하고 이용했을 수 있다. 신충의 간절한 바람에 자연물이 신령스러운 힘을 실어준 격이 되었고, 효성왕에게도 신충을 불러들일 명분이 생겼으니 신충은 중시 직을 맡아 정계 구도의 변화를 이끌었던 것이다.

나라의 미래에 대한 근심과 걱정

신충이 지은 〈원가〉의 1 · 2구는 가을이 되어도 시들지 않는 잣나무의 속성에 견주면서 '임금이 헛말을 날려선 안 된다'는 당위성을 강조하는 전제를 만들었고,[46] 3·4구는 언약이 지켜지지 못하는 정치현실에 대한 안타까운 심정을 표현했다. 자연의 불변성과 인간 세상의 가변성을 대조시키면서 아쉬운 마음을 더욱 크게 만들었다. 5·6구에서는 자기 처지를 물결에 휩쓸리는 모래에 견주어, 주체적이지 못하고 불안하며 외부 환경에 따라 이리저리 휘둘리는, 자신의 빈약한 정치적 입지를 그렸다. 7·8구는 왕을 곁에서 모시고 싶지만 속세를 떠나 지내야 하는 현실을 적었다. 3 · 4구가 원인이고, 5 · 6구와 7 · 8구는 결과이다. '후구망後句亡'[47]이라 했으므로 9·10구의 내용을 알 길 없으나 정치 상황의 변화와 질서 회복을 촉구하는 내용으로 마무리했을 것이라 추측한다. 1~8구의 내용이 주로 정치 현실의 문제, 처량한 마음으로 은둔하고자 하는 슬픈 마음을 표현했으니, 망실한 후구 9·10구는 현실의 국면 전환을 기대하는 마음을 담았을 것이다. 이는 전제 정치에 힘을 싣고, 당시에 득세하던 외척 세력인 김순원 일파가 세력화해나가는 정계 구도의 전환과 변화를 촉구하는 메시지가 이어졌을 것으로 보인다.

〈원가〉는 왕과의 사전 언약이 있어 전제왕권을 위한 협조를 약속했었지만 당시의 정치 현실에서 자신의 입지를 찾지 못하고, 흐르는 물결 속의 모래와 같이 주체성을 갖지도 못하고 이리저리 흔들리며 갖은 비난에 시달리다가 세상일에서 벗어나 지내는 신충의 처량한 신세를 그렸다. 다시 말해, 효성왕이 시중, 상대등과 연합하여 질서와 타협 속에 전제왕권을 유지하는 것이 '있어야 할 현실'이라면, 외척세력인 김순원 계의 일방적 힘의 우위로 효성왕조차도 정치 현실에서 별다른 영향력을 발휘하지 못하는 상황은 '있는 현실'이다. 〈원가〉는 있어야 할 현실과 있는 현실의 괴리 속에서 자신의 입지를 찾지 못하고 있는 신충의 착잡한 심정을 담고 있다.

효성왕이 왕위에 오르기 전에 효성왕과 신충이 맺은 언약이 〈원가〉를 짓게 하는 1차 계기였다고 한다면 〈원가〉를 붙여 잣나무가 누렇게 마르는 이상 현상이나 중시 의충의 죽음은 신충의 정계 복귀에 또 다른 명분을 제공하여 권력 구도를 재편할 수 있는 2차 계기를 만들어주었다. '신충괘관' 조는 신충이 귀족들 간에 존재한 힘의 우위에서 밀려나서 잠시 은퇴했다가 중시 의충이 죽음에 따라 권력 구조재편의 계기가 만들어지고, 지난날의 약속을 증명이라도 하는 듯이 잣나무가 누렇게 마르는 목이 현상이 뒤따르자 대의명분과 민심을 얻어 정계에 복귀하는 일련의 과정을 세세히 담았다.

〈원가〉를 왕과 신하의 굳은 맹세와 그 약속의 깨뜨림을 노래한 작품으로 읽거나, 왕의 사랑을 받던 신하가 실의에 빠져 말년을 노래로 자위한 것으로 이해[48]하거나 연군류 시가의 전통을 만들었다고[49] 해석하는 관점은 〈원가〉와 관련 서사를 문면 그대로 읽은 것이므로 대체로 공감을 얻고 있다.

그러나 〈원가〉를 주술, 혹은 서정 가운데 무엇으로 보느냐 하는 문제는 숙고를 요한다. 〈원가〉를 지어 붙인 것을 "원시시대의 의례ritual처럼 욕구충족을 위한 상징적 제의"로[50] 보기도 하고, 주술적 숭고미 속에 맹약은 반드시 지켜야 한다는 소극적인 명령법을 담은 노래로[51] 해석하기도 한다.

신충과 효성왕이 바둑을 둔 것을 두고 왕권 획득을 위한 밀사密祀 내지 상징으로 보고 왕의 식언食言을 신군神君으로서의 자격, 즉 신성성을 상실한 것으로 보면서 〈원가〉를 지어 붙인 것을 제의적 행위로[52] 해석하려는 시도도 있었다. 이 작품을 "예로부터 내려오던 토속적 원시 신앙 가운데 수목정령 신앙에 바탕을 두고 이루어진 주술적 향가"로[53] 보거나 "실제화, 곧 효과에 있어서 주문과 다를 바가 없고 첩帖으로 볼 때는 주부적呪符的"이라 한 것도[54] 〈원가〉의 주술적 기능을 강조한 해석이다.

한편 〈원가〉를 서정 가요로 보는 시각도 만만치 않다. 〈원가〉는 "무정한 세상일을 탄식하는 서정 가요"이고,[55] "〈모죽지랑가〉와 더불어 종교적 요소를 지니지 않은 순수 서정시, 자연과 정신의 병렬적인 대비에 의한 구조"라고[56] 분석한다. 〈원가〉에 주술적 의도가 내포되어 있으나 적어도 내용상으로는 서정이 전부이고, 주술적 요소가 없으니 〈원가〉의 주술성은 외연으로 따로 떼서 거론해야 한다.",[57] "〈원가〉는 주술적인 힘으로 무언가를 극복하려는 주술적 가요가 아니라 개인적 정서가 세련된 비유와 상징으로 드러난 서정시의 진수"라[58] 한 것은 〈원가〉를 서정이 우세한 작품으로 본 견해이다.

〈원가〉는 분명히 서정적 내용이지만 잣나무에 노래를 붙인 것은 단순한 전달의 차원을 넘어 주술적 성격을 가진다. 서정은 보편적 장르의 문제이지만, 주술은 신앙·의식의 문제이므로 그 범주가 다르다. 작품 내용에 창작 의도가 담기는 경우가 많은데, 〈원가〉는 그렇지 않은 것이 특징이다. 〈원가〉는 잣나무의 수목 정령[59]을 향해, 자기의 심정과 처지를 드러내어 현실 문제가 개선되기를 희망했다는 점에서 분명 '주구呪具'로 활용되었다. 분명 "강한 신, 불의 신이여, 그들의 마력을 깨뜨려주세요."나 "너의 가슴병과 황달은 태양으로 올라가라. … 원컨대, 이것이 손상 없이 노란색에서 해방되기를!"과[60] 같은 주술적 언술은 없지만, 마지막 2구의 내용을 확정할 수 없으니 섣불리 그 성격을 단언하기도 힘들다. 서정적 내용을 담았으나 〈원가〉가 원인이 되어 잣나무가 갑자기 고사하면서 주술적 쓰임이 생겨났다. 노래에 주목하면 서정이고, 서사에 주목한다면 주술성을 지닌, 복합성을 지닌 작품이다.

그간 〈원가〉의 성격 이해는 각양각색이었다. "누리도 싫은지고(양주동)", "세상은 지지리 더러운 데구나.",[61] "세월(=세상의 인심)인즉 마저 함부로 달아난 것이로구나." 등은[62] 〈원가〉의 '원怨'을 왕에 대한 원망으로 보지만, "세상 모든 것 여희여 버린 처지여"(김완진)는 원망이 외부보다는 자기 내면을 응시하는 체념적 진술로[63] 보았다. "감성적 서정을 곁들여 자탄하는 가운데 절망적인 상실감을 노래"한 작품으로[64] 보거나 왕보다 세상과 지배층에 대한 원망으로[65] 본 시각도 있다. "〈원가〉가 자연-인사를 반복으로 제시하고 과거-현재를 대비시키면서 자신의 원망스런 심정을 담았을 뿐 왕에 대한 직접적 원망은 드러내지 않으면서 자기 처지에 대한 체념적 차탄으로 일관했다"고 이해하기도 하고,[66] "고려가요 〈정과정곡〉이 속기俗氣 어린 슬픈 읍소를 담았다면 〈원가〉는 노래 이름과는 달리 원망이 없으며 시종 담담한 음성으로 무정한 세상사와 각박한 인정세태를 탄식하고 체념한다."고[67] 보기도 한다.

"만장萬章이 물었다. 순임금이 밭에 가서 하늘을 부르며 우셨으니 어찌하여 부르짖으며 우신 것입니까? 맹자가 말씀하시기를, 슬퍼하고 사모하신 것이라고 했다."에서[68] 순임금이 부모에 대해 가졌던 감정도 원모怨慕라고 적었다. "나는 힘을 다해 밭을 갈아 공손히 자식 된 직분을 할 따름이니, 부모께서 나를 사랑하지 않음은 나에게 무슨 죄가 있어서인가."라고[69] 했으니, 순임금이 부모의 사랑을 받지 못한 신세를 슬프게 여기면서 깊은 사모의 정을 가졌던 것을 말한다.

〈원사怨詞〉, "소첩이 가지고 있는 비단옷은 진왕秦王이 계실 때 만들었지요. 봄바람 속 자주 춤추었는데, 가을이 오자 차마 입기 어렵네요."는[70] 궁녀가 예전에 입던 비단옷을 입고 진왕에게 총애를 받던 옛 시절을 회상한 작품이니 자기 연민에 가깝다. 또 〈원가행怨歌行〉은 한나라 궁녀 반첩여班婕妤가 총애를 받지 못하는 자신을 비단부채에 가탁한 것으로, 총애를 받을 때는 부채가 군주의 품속과 옷소매 사이를 드나드는 것과 같다가 사랑이 쇠하고 나면 하루아침에 서늘한 가을바람이 불어 상자 속에 버려둔 부채와 같이 은혜와 사랑이 끊어진다는 내용이다.[71] 〈원가행〉 또한 왕의 총애를 잃은 서글픈 자기 신세를 한탄한 것이다. "음악이 실상을 잃으면 그 음악은 즐겁지 아니하고, 음악이 즐겁지 않으면 그 백성이 반드시 슬프고 그 생업이 꼭 근심스럽게 된다. 고유高誘가 주하기를 '원怨'은 슬픔이라."[72] 했는데, 당시가 군주제 사회였던 점이나 신충이 곧 중시로 복귀한 사실을 감안하면 〈원가〉의 '원이작가怨而作歌'는 원망보다는 "슬퍼하며 노래를 지었다."로 보는 것이 타당할 것으로 보인다.

〈원가〉 1~8구의 내용이 주로 정치 현실의 문제, 처량한 마음으로 은둔한 슬픔을 담았다. 이에 망실한 후구 9~10구는 정치 현실이 달라지기를 기원하는 내용이었을 확률이 가장 커서, 전제 정치에 힘을 싣고 외척 세력인 김순원 일파가 세력화하는 정계 구도에 변화를 촉구하는 메시지였을 것으로 추정한다. 〈원가〉를 잣나무에 붙이자 곧 나무가 누렇게 말랐고 신충에게 벼슬을 주고 난 후에 다시 소생하였으니, 이는 목이 현상이 당시 정계 구도를 재편하는 계기가 되었음을 말한다. 이런 측면에서 본다면, 〈원가〉는 현실적 목적성이 강한 작품이다.

〈원가〉는 자신과의 언약을 지키지 않는 왕에 대한 원망의 노래라기보다는 언약을 지킬 수 없는 정치적 권력구도에 대한 반론이고, 효성왕 곁에서 사랑을 받지 못하는 자기 신세를 탄식하는 원모와 슬픔을 담은 노래이다. 자기감정을 진솔하게 드러냄으로써 수목의 정령을 움직여 명분을 얻고 뜻을 이루었으니 사람들에겐 천지 귀신과 감통하는 마력의 언어로 여겨졌을 것이다. 8구에서 세상 모든 일을 떠날 것처럼 표현한 것은 역으로 세상에 대한 아쉬움과 미련이 그만큼 크다는 뜻이다. "녈 믌겨랏 몰애"라는 비유에도 화자의 마음이 잘 담겨 있는데, 이는 당시에 신충이 자기 뜻에 따라 주체적으로 살지 못하고 외부 환경에 따라 휩쓸리면서, 자신을 감당하고 가눌 수 없을 만큼 극심한 공격이나 비방에 시달리는 처지였음을 말해준다. 〈원가〉는 자신의 뜻과 상반되게 흘러가는 정치 현실에 대한 비애와 자탄을 담아 향후 정치 구도의 변화를 꾀한 작품이다.

9

도道를 닦으며 극락에서 만날 날을 기약합니다

—

제망매가

극락에서 삶과 죽음의 길은
이승에 있어 되풀이되기에
'나는 갑니다.' 하는 말도
못 다 말하고 간다네.
어느 가을 이른 바람에
여기저기 떨어지는 잎처럼
(우리는) 한 부모에게서 나고도
(서로) 가는 곳을 모르는구나.
아아, 나(우리) 극락에서 만나기 위해,
도 닦으며 기다릴 것이라.

제2구 차힐이견次肹伊遣에 대한 견해 차이

그동안 〈제망매가〉 제2구의 '차힐이견'을 '저히다, 머뭇거리다'로 읽고 죽음에 대한 두려움이나 머뭇거림으로 풀이하고 제1~4구는 누이에 대한 정과 누이의 죽음으로 인한 인간적 고뇌를 그렸다고 설명해 왔다. 그러나 승려 월명사가 삶과 죽음에 대하여 초연하지 못하고 유독 누이의 죽음에 대해서는 두려워하고 머뭇거렸다는 해석이 옳을까를 의아해하는 견해가 적지 않았다.

'차次'의 중심 의미는 '버금가다'이고, 글자가 놓인 위치나 앞뒤 문맥으로 볼 때 음보다는 뜻으로 읽힐 확률이 높은 글자이다.

> "그 묻ᄌᆞ오매 당當과ᄒᆞ시고 해解와롤 둘헤 아니ᄒᆞ샤 곧 비로자나毗盧遮那ㅣ시니 삼성三聖이시니 그럴ᄉᆡ 문수文殊ᄭᅴ 버그시니라"(故次文殊, 圓覺 上一之二 69)[1]

"도ᇰ道애 드로ᄆᆞᆫ 셩性 보ᄆᆞ로 근원根源 삼고 법法 아로미 버그니 비록 셩性을 보아도 만법萬法을 아디 몯ᄒᆞ면…"(了法 次之, 楞解 4:1)[2]

『원각경언해』나 『능엄경언해』의 "문수文殊ᄭᅴ 버그시니라", "법法 아로미 버그니"에서 '차'가 서술어로 기능한 점을 논거로 삼아, 이 구절을 '버그리고, 버글이고'로 읽어서 생사윤회에 대한 불교의 보편적 원리를 표현한 것으로 이해하고자 한다.[3] 불교 교리에 따르면, 삶은 죽음 다음에, 죽음은 삶 다음에 이어져 삶과 죽음은 서로 버금이요, 버그는 관계이다. 깨달음을 얻어 열반에 이르면 윤회의 업은 끝나게 되겠지만, 열반에 들지 않은 대부분 사람들의 혼은 태어났다가 죽고 죽었다가 다시 태어나는 육도의 윤회를 계속하는 것이니 삶과 죽음은 이승에서 서로 버그는 것이다.

생전에 지은 각자의 업에 따라 모태에 잉태되는 순간을 생유生有라 하고, 출생 후 죽음에 이르기까지 생전의 존재를 본유本有라 하며, 죽는 순간을 사유死有, 그리고 죽어서 다시 태어나기 전까지의 존재를 중유中有라 하는데, 윤회를 근간으로 하는 1회의 삶을 이 4유의 단계로 설명한다. 사람이 죽으면 몸과 분리된 영혼이 일정한 기간을 거친 후 육도六道 중 하나의 존재로 윤회하니, 일회적인 삶을 다한 후에도 끊임없이 생과 사를 되풀이하여 불교에서 사후세계는 무한히 열려 있다.[4]

『능엄경』에 "나고 죽는 것은 서로 이어져 태어나서는 죽고, 죽어서는 또 다시 태어나고, 태어나고 또 태어나고, 죽고 또 죽는 것이 마치 화륜火輪이 빙빙 도는 것과 같아 쉼이 없다."고[5] 했다. 생사란 일체의 중생들이 업의 부름에 따라 태어나서는 죽고, 죽은 자가 또 태어나는 것이고,[6] 위에서는 이 생사의 길을 '생사도生死道'라 했으니, 윤회에서의 생사도와 〈제망매가〉의 생사로生死路는 동일한 의미가 된다. 위에선 생과 사의 길을 떠나

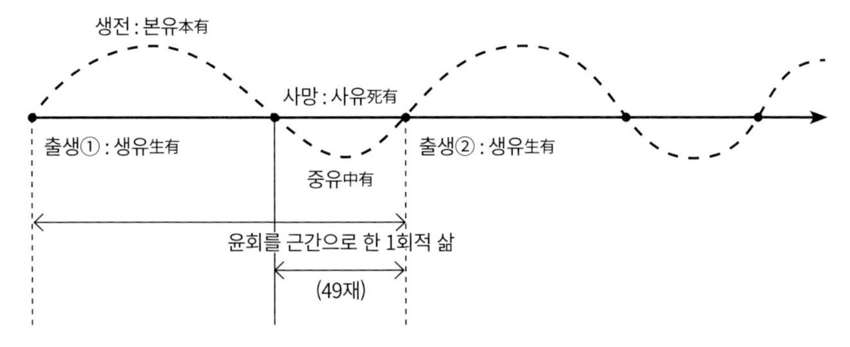

▲ 윤회를 근간으로 한 일생의 불교적 인식 구조[7]

깨달음의 언덕에 이른 부처님을 경배한다고 했다. 깨달음의 언덕을 '피안彼岸'이라 하는 반면 생과 사의 인생길을 '생사도·생사로'라 했다. 『대지도론』 12에 "바라는 진언秦言으로 피안이다.", "생사는 차안이 되고, 열반은 피안이 된다."[8] 했고, 『유마경』 불국품에 머리를 조아리고 피안에 이르렀다 하며 주에 "조肇가 말하기를 피안은 열반안涅槃岸이라[9]했다.

삶의 원리를 깨닫기 위해 불도에 정진하다

생사윤회生死輪廻 반복의 이치

'차힐이견'은 '버그다(버글다)'의 활용으로, 생과 사가 번갈아 계속됨을 뜻한다. 누이의 죽음에 대한 슬픈 마음의 표현이라기보다는 생사윤회의 보편적 원리를 기술한 것이다.

왕은 물었다. "나아가세나존자여, 그대가 말씀한 윤회란 무엇을 뜻합니까?" "대왕이여, 이 세상에 태어난 자는 이 세상에서 죽고, 이 세상에서 죽은 자는 저세상에 태어나며, 저세상에서 태어난 자는 저세상에서 죽고, 저세상에서 죽은 자는 다시 딴 곳에 태어납니다. 이것이 윤회입니다." "비유를 들어주십시오." "어떤 사람이 잘 익은 망고를 먹고 씨를 땅에 심었다고 합시다. 그 씨로부터 망고나무가 성장하여 열매를 맺을 겁니다. 다시 그 나무에 열린 망고를 따 먹고 씨를 땅에 심으면 다시 나무로 성장하여 열매를 맺게 될 겁니다. 망고나무는 이렇게 끝없이 계속될 것입니다. 윤회도 이와 같은 것입니다."[10]

윤회전생輪迴轉生에 따르면, 인간은 전생의 업에 따라 다음 생의 6갈래가 결정되는데, 이 중 '지옥'에선 죄를 지은 중생이 무수한 고통을 받고, '아귀'에선 탐욕에 사로잡힌 중생이 굶주림을 받고, '축생'에선 어리석어 진리를 믿지 않고 비방하던 중생이 짐승으로 산다. '인간'에선 선·악, 고통·기쁨이 혼재하고, '수라'에선 분노·폭력·무질서가 난무한다. 생사란 영원한 사멸이 아니고 새로운 태어남의 전단계이다.[11] 〈제망매가〉 1·2구는 생과 사의 윤회가 무한 반복하는 원리를 담담하게 기술한 것이다.

애별리고愛別離苦와 갈애渴愛, 덧없음과 번뇌煩惱

〈제망매가〉 3·4구의 "나ᄂᆞᆫ 가ᄂᆞ다 말ㅅ도/몯다 니르고 가ᄂᆞ닛고"는 황황遑遑히 떠난 누이의 매정함에 대한 원망이고,[12] 8구의 '가논 곳 모ᄃᆞ온뎌'는 "삶의 유한성과 무상, 죽음에 대한 고뇌",[13] "삶의 유한성, 즉 현세의 한계에 대한 체념"[14]으로 파악하는 것이 그동안 통설을 이루어왔다.

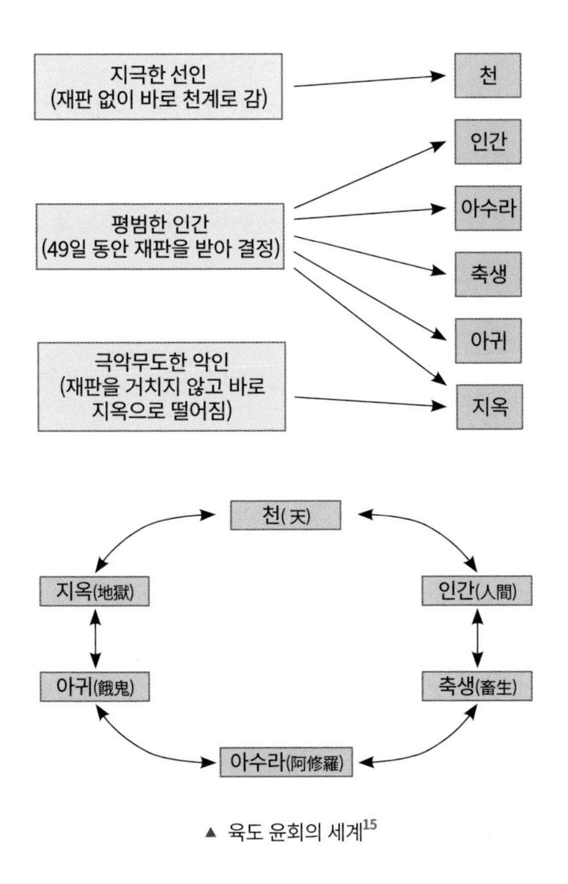

▲ 육도 윤회의 세계[15]

"비록 몇 겁 동안을 머문다 해도
마침내는 갈리어 이별하리니
다른 몸이면서 서로 모인 것
언제나 함께할 수 없는 이치이니라."[16]

그러나 위와 같이 아무리 오랜 세월을 머문다고 해도 존재가 만난 후 이별하게 되는 것은 피할 수 없는 삶의 단계·원리이다. 서로 이별하고 없어지고 서로 떠나 모이지 못하며, 멀리 떠나 함께 있지 못하고 모이지 못하여 괴롭고 사랑하는 이와 떠나 슬프고 괴로운 것이다.[17] 원효元曉는 사복蛇福의 어머니가 세상을 떠나자 그의 집으로 가서 고인에게 계율을 주고, 그 앞에서 "태어나지 말라, 죽는 것이 괴롭다. 죽지 말라, 그 나는 것이 괴롭다"라고 하자, 사복이 말이 너무 번잡하다고 하니 원효는 다시 고쳐서 말하기를 "죽고 사는 것이 모두 괴롭다"[18]고 했다 하므로 죽고 사는 일은 늘 힘들고 괴로운 일로 여겼음을 알 수 있다. 〈제망매가〉의 3구와 4구는 사랑하다가 이별하는 괴로움, 맺어진 관계를 쉽게 버리지 못하는 애착, 그로 인한 번뇌와 덧없음을 강조한 부분이다.

고집멸도苦集滅道의 깨달음과 삶의 방향 제시

〈제망매가〉 제1~2구는 생사윤회의 원리를 제시했고, 3~8구는 이별에 대한 갈애와 탐착, 죽음에 대한 무상과 번뇌를 담았다. 무상無常이란 이를 나위도 없이 영구적인 것, 불변하는 것은 세상에 존재하지 않는다는 것이다.[19] 그로 인하여 모든 것이 덧없이 여겨지는 것이다. 오래 함께 하고 싶은 것들까지 다 떠나보내야 하고, 이대로 유지하고 싶은 것도 내 마음 같지 않게 하루하루 변해가니 영원과 불변을 염원하는 것은 모두 덧없는 꿈이다. 제9구는 극락, 곧 멸성제를 제시하는데, 윤회도 스스로 청정본성을 찾으려고 너와 나를 경계하는 집착을 버리면 자연 소멸됨을[20] 강조한다. 집착과 번뇌를 끊고 마음을 청정하게 닦으면 육도의 생사경계가 해탈의 경계가 되는 것이다.

〈제망매가〉에서 제시한 과정은 곧 부처가 깨달은 진리, 고집멸도의 사성제이다. 윤회는 모두 괴로움이라는 진리가 '고苦'이고, 그 괴로움의 근본 원인은 '집集'이고, 괴로움은 소멸될 수 있다는 진리가 '멸滅', 괴로움의 소멸에 이르는 길에 대한 진리가 '도道'이다.[21] "식별작용 → 눈의 접촉觸 → 감수受 → 갈애[愛] → 집착[取] → 생존[有] → 생겨남[生] → 늙음·죽음·비애·쓰라림·실망 → 괴로움"인데, 역으로 눈과 형상이 없는 곳에는 눈의 식별작용이 없고, 눈의 식별작용이 없는 곳에 감수가 없고, 감수가 없는 곳에 갈애가 없고, 갈애가 없는 곳에 집착이 없고, 집착이 없는 곳에 생존 일반이 없고, 생존 일반이 없는 곳에는 생겨남이 없고, 생겨남이 없는 곳에는 늙음과 죽음과 비애와 비통과 쓰라림과 실망 등이 없다. 이리하여 모든 괴로움은 끝난다는 원리다.[22]

〈제망매가〉 3·4구 "나ᄂᆞᆫ~가ᄂᆞ닛고"에 나타난 비애와 비탄, 7·8구 "ᄒᆞᄃᆞᆫ~모ᄃᆞ론뎌"에 나타난 불안정한 탄식은 죽은 자에 대한 '갈애'이자 '번뇌'를 언급한 것으로서, 1·2구에 담은 생로병사 윤회의 근원을 일컬음이다. 월명사는 누이의 죽음을 계기로, 갈애와 번뇌는 생과 사의 괴로운 윤회를 반복하는 근원임을 깨달았을 터이다. 불변의 실체란 있을 수 없다는 무아를 깨닫고, 인연에 따라 형성된 모든 현상은 순간 생멸하게 되므로 제행이 무상함을 절감했을 것이다. 무상과 무아는 있는 그대로의 진실을 보지 못하는 어리석음이 근원임을 느껴, 9·10구에서 팔정도를 닦고 '아라한 도의 지혜' 사성제를[23] 꿰뚫는 열반을 지향한다. 이를 "알아야 할 것[苦諦], 버려야 할 것[集諦], 실현되어야 할 것[滅諦], 계발되어야 할 것[道諦]에 한발 앞선 지혜"라[24] 설명한다.

고제와 집제는 "현실 세계의 모습"이고, 멸제와 도제는 "열반의 상태와 거기에 이르는 방법", 곧 깨달음의 세계에 해당한다. 이 4성제를 관찰하고 실천하면 영원한 삶에 이른다.[25] 〈제망매가〉는 49재 등 죽은 누이를 위한 천도재薦度齋에서 독경이나 염송과 같은 기능을 한 공양·기원 행위의 하나로서, 누이의 죽음을 계기로 새삼 확인하게 된 생사윤회의 괴로움, 갈망과 무상과 번뇌의 실상을 꿰뚫어 보고, 불교의 이상인 깨달음과 극락세계를 지향해 수도한다는 방향성을 제시하고 있다. 부처가 깨달음에 이른 것처럼, 월명사가 삶의 원리를 깨달아 초월적 이상 세계를 추구하는 과정을 드러냄으로써 '죽음'에 대해 모두가 견지해야 할 태도를 제시한다. 물론 〈제망매가〉에 죽은 누이에 대한 인간적 추모와 슬픔, 왕생 기원이 왜 없을까마는, 이 감정보다는 당연한 윤회의 이치·원리, 불교적 진리를 깨달아, 궁극적인 지향점을 찾아가는 모습에 초점을 두고 이해하는 것이 마땅하다.

불교를 통해 초월적 세계를 지향하다

그간 〈제망매가〉 '차힐이견'을 죽음에 대한 두려움·머뭇거림으로 읽어 1~4구는 누이에 대한 정과 그 죽음으로 인한 번뇌를 그렸다고 했지만, 앞에서 살핀 것처럼 이를 '버그리고·버글이고'로 읽어 생사윤회라는 보편 원리로 이해하면 작품의 전반적 흐름이 달라진다.

> "**아, 슬프다!** 누님이 갓 시집가서 새벽에 단장하던 일이 어제처럼 선하다. 나는 그때 막 여덟 살이었는데 응석스럽게 누워 말처럼 뒹굴면서 신랑의 말투를 흉내 내어 더듬거리며 은근하게 말을 했더니, 누님이 그만 수줍어서 빗을 떨어뜨려 내 이마를 건드렸다. 나는 성을 내어 울며 먹물을 분가루에 섞고 거울에 침을 뱉어댔다.", "**눈물을 흘리며** 누님이 빗을 떨어뜨렸

던 일을 생각하니, 유독 어렸을 적 일은 역력할뿐더러 또한 즐거움도 많았고 세월도 더디더니, 중년에 들어서는 노상 우환에 시달리고 가난을 걱정하다가 꿈속처럼 훌쩍 지나갔으니 남매가 되어 지냈던 날들은 또 어찌 그리도 촉박했던고."[26]

위의 글은 박지원이 누나를 떠나보낸 후 어릴 적 일화를 떠올릴 때 생기는 미안한 마음, 우환과 가난에 시달린 누나의 삶에 대한 애처로움, 남매로 산 세월이 너무 짧게 여겨져 안타깝다는 심정을 토로했다. 지난날을 반추하고 슬퍼하고 눈물 흘리는 모습이 요즘 우리가 가족의 죽음에 직면했을 때의 일상과 크게 다르지 않다.

그러나 〈제망매가〉는 "부처님이 이 자리에서 정법正法을 설하리니 이른바 온갖 것은 늘 괴로운 것이라는 진리苦聖諦, 모든 괴로움의 원인은 번뇌라는 진리集聖諦, 괴로움을 여읜 열반에 대한 진리滅聖諦와 열반에 도달하는 수도의 진리道聖諦를 설하리라.",[27] "석가모니는 자신의 아버지 정반왕淨飯王이 세상을 떠난 후, 그를 화장하여 불타는 모습을 보고 제자들이 슬퍼하자, 세상의 모든 것은 무상하며, 고苦이고 공空이고 무아無我이다. 견고함이 없어 허깨비와 같고, 타오르는 불꽃과 같고, 물속의 달과 같다. 오래 살지 못한다. 이 불이 뜨겁다고 보지 마라. 모든 욕망의 불꽃은 이보다 훨씬 더 뜨거우니, 너희들은 마땅히 생사에서 영원히 벗어나는 일에 힘써서 마음의 평화를 얻어야 할 것"이라는[28] 가르침과 같은 것으로, 담담하게 인생의 원리를 전하고 있으므로 월명사 〈제망매가〉의 정조가 죽은 누이에 대한 인간적인 슬픔이라고 하긴 어렵다.

〈제망매가〉 제1~2구는 생로병사의 윤회 원리, 제3~4구는 갑작스러운 죽음으로 인한 이별의 실감, 제5~8구는 헤어짐에 따른 상실감과 덧없음, 제9~10구는 깨달음에 이르기 위한 방향 제시와 수행에 대한 다짐이다. 제3~8구는 월명사가 갈애와 번뇌에 빠진 까닭이라기보다는 생사윤회의 원리와 수행이라는 지향점을 제시하는 전제에 해당한다. 9~10구는 제1~8구까지에 드러낸 생사윤회, 이별에 대한 갈애와 탐착, 죽음에 대한 무상감, 사후세계에 대한 번뇌 등에서 벗어난 초월적 지향을 표현하고 있다. 즉, 순간의 인연이 만든 만남과 헤어짐에 연연하지 않고 초월적이고 이상적인 서방정토를 지향하고 있으므로 〈제망매가〉 주제 분석의 초점은 제9~10구에 두는 것이 옳다. 누이의 죽음에 대해 왜 추모하고 명복을 비는 마음이야 없을까마는, 그 마음보다는 부처가 고집멸도를 깨달은 것처럼 월명사가 윤회원리와 삶의 이치를 실감하여 더욱 불도에 정진한다는 방향 제시에 주안점을 두어야 한다는 것이다.

제9·10구 "아야 미타찰에 맛보올 나/도 닷가 기드리고다"는 미타찰, 즉 서방정토西方淨土(涅槃)를 희구하는 이상을 담았다. 궁극 목표인 깨달음에 이르면 윤회의 굴레에서 벗어나 생사에 얽매이지 않는데, 49재에서 거론되는 극락은 의례를 통해 이에 다다르고자 하는 것이다.[29]

> 어찌 남음이 있는 열반涅槃이라 이르는가. 마땅히 그 함이 없는 경계[無爲界]에 이를 것을 말함이다. 어찌 마땅히 함이 없는 경계에 이를 것이라 이르는가. 여러 괴로움의 근본이 일체 끊어짐을 말함이다. 그러므로 수행하는 이가 일체 극심한 번뇌를 버리려고 할진대 늘 마땅히 오로지 정진하여 딴 행을 일으키지 않고 교법과 계율을 헐지 않아 적정한 관법을 세워야 한다.[30]

일체 괴로움의 근본을 끊고 번뇌를 버려야 열반에 이를 수 있다. 윤회의 탁류를 건너 저쪽 세계이니 '피안'이라 하는데, "아무 것도 소유하지 않고 욕망에 집착하지 않는다. 번뇌의 강물을 넘고, 생과 노쇠를 뛰어넘는" 궁극의 경지, '최고의 것'이라 부른다.[31] 열반과 해탈을 추구하는 자세만이 "출생과 죽음의 괴로움에서 벗어나 슬픔을 극복하는 길임을 알린다. 열반에 이르면 더 이상 지나간 과거와 다가오지 않은 미래에 대해 근심하지 않아도 되므로, 오로지 지혜와 실천을 통해 감각적 욕망(갈애)과 집착을 제거하고 업을 쌓는 번뇌를 멸하는" 최종 목표이다.[32]

순간의 인연이 만든 만남과 헤어짐에 연연하지 않고 초월적이고 이상적인 서방정토를 지향하고 있으니 〈제망매가〉의 주제는 윤회의 원리와 삶의 이치를 실감하고 깨달아 더욱 열심히 불도에 정진한다는 다짐에 주안점을 두고 작품의 성격 분석이 이루어지는 것이 마땅하다. 〈제망매가〉는 죽은 누이를 위한 천도재에서 독경이나 염송과 같은 기능을 한 공양·기원 행위의 하나이다.

10

미륵이시여 우리를 지켜주소서

—

도솔가

오늘 (이렇게) 산화가를 부르면서
뿌리는 이 꽃들아,
(우리들의) 거짓 없고 진실한 마음을 받들어
미륵부처님을 우러러 모셔라.

2개의 태양은 역사적 사건의 은유나 상징?

지금까지 합리적이고 과학적인 사고로는 도저히 하늘에 해가 둘일 수 없으므로, 〈도솔가〉 서사의 '이일병현二日竝現', 즉 '두 해의 출현'은 사실을 기록하는 것이 아니라는 시각이 대체로 주를 이루어왔다. 그 결과, 이를 한 순간 암흑으로 변해버린 지상 세계를 상징적으로 지칭한 것이거나 정치적으로 어려운 정황을 은유적으로 표현한 것으로 보기도 하였고 왕과 관계된 상징적 의미 또는 점성술적 용어로 이해하기도 했다.

> 태양의 병출은 왕권에 대한 도전의 사전 조짐으로 인식되었던 것 같다. 혜공왕 2년에 두 해가 출현한 것은 대공大恭과 대렴大廉 두 사람의 모반을 알릴 예비 징험이었고, 문성왕 7년에 세 개의 해가 출현한 것은 궁복弓福과 양순良順과 흥종興宗 등 세 사람의 모반을 알린 예비 징험이므로 두 개의 해나 세 개의 해가 곧 모반자의 수와 일치함을 알 수 있다. 경덕왕 19년의 이일병

현도 역시 이처럼 왕권 도전의 사전 조짐으로 인식되었을 개연성이 있다.[1]

월명사가 〈도솔가〉를 지은 것은 왕당파와 반 왕당파 사이의 치열한 싸움이 시작되기(764년) 4년 전의 일이었다. 그때 이미 반 왕당파 김양상金良相 쪽의 도전은 치열했으리라 생각한다. 해가 둘이 나타나 열흘 동안 없어지지 않는 변괴는 그런 상황과 관련해서 심각한 의미를 지녔다고 생각되는 것으로 보아 마땅하다. 해는 군주를 상징한다. 해가 둘이 나타났다는 것은 왕위에 대한 도전이 생겼다는 뜻이다.[2]

문제는 경덕왕대의 이일병현 기록은 760년에 있었던 일이고, 왕당파와 반 왕당파의 치열한 싸움은 그보다 4년 뒤에 본격화된다는 점이다. 『삼국사기』나 『삼국유사』가 예언서의 성격을 가지는 꼴이 되어버리는 것이다. 또 왕위에 대한 도전으로 해석하게 된다면, 연구자의 주관적 판단에 따라 서로 다른 모반 사건과 대응시킬 수 있다는 한계를 가지기 때문에 논거의 객관성을 확보하기 어렵다는 점도 커다란 걸림돌이 된다.

2개의 태양이란?

다음 기록들은 기존 논의에서 생겨나는 의문점을 해결하고 '이일병현'의 의미를 파악하는 데 중요한 실마리를 제공한다.

의종毅宗 13년 정월 병진일에 일훈日暈이 있었으며 청적백색의 햇귀가 서북쪽에 두 개 있었고, 3중의 배기背氣가 있었는데 모두 태양으로부터 몇 자 떨어지지 않았다. 뭇사람들이 이것을 바라보고 세 개의 태양이 같이 떴다고

모두 말하였다.(『고려사』 권47, 지1, 천문1)

공민왕 5년 정월 갑오일에 붉은 기체 사이에 해가 끼어 있었는데 기체의 길이는 수척이 넘었으며 그 안에 또 일륜日輪이 있었다. 그리하여 사람들은 세 개의 태양이 함께 떴다고 하였다.(『고려사』 권47, 지1, 천문1)

이 두 자료에서 배기背氣가 3중으로 되어 있다는 것, 옆에 청적백색의 햇귀 2개가 있었다는 것, 뭇 사람들이 이를 두고 2개, 또는 3개의 태양이 떴다고 말했다는 단서는 이일병현의 실체를 파악하는데 매우 유용하다.

환일幻日(parhelion ; mock sun, sun dog)이란 태양의 고도가 낮을 때, (태양빛이) 대기 중에 있는 얼음 결정에 반사됨으로써 태양 안쪽의 무리와 해의 둘레가 교차되는 부분이 한층 더 밝게 빛나 보이는 현상을 말한다. 환일 현상은 태양과 같은 고도에서 좌우 양측에 출현하는데, 대개 흰색이나 붉은 색을 띠게 된다. 태양의 고도가 0~20°일 때는 환일과 태양의 각거리角距離가 22°되는 지점에 내부 무리가 위치해 있지만 고도가 40°일 때는 약 28°, 50°일 때는 약 32°되는 지점에 무리가 위치하게 된다. 그러나 태양의 고도가 60°이상일 때는 출현하지 않는다. 이와 같은 현상은 달빛에 의해 밤에 일어나기도 하는데, 그를 환월幻月·환월환幻月環이라 부른다.[3]

환일은 태양의 고도가 낮을 때 대기 중에 있는 얼음 결정에 햇빛이 반사됨으로써 태양 안쪽의 햇무리와 해의 둘레가 교차되는 부분이 한층 더 빛나 보이는 천문 현상이다.[4] 『승정원일기』에도 "진시(오전 8시 경)에 해무리가 생기고 양쪽에 햇귀가 있었다. 오전 10시 경과 정오 무렵에 해무리暈와 양쪽에 햇귀가 있었다. 해무리 위에는 해 모자冠가 있었고, 해 모자 위에는 햇등背이 있었다. 햇등의 안쪽은 붉은색이고 바깥은 파란색이었다. 흰 무지개가 해를 꿰뚫었다."라고[5] 하여 환일에 대해 자세히 묘사했는데, 여기서도 안쪽의 붉은색, 바깥의 블루색의 태양 스펙트럼까지 적혀있다.

당시 임금이 이와 같은 태양의 변괴를 두고, 자신의 통치 행위나 국가 안위에 중대한 긴장 요소가 생길까 긴장하여 신중하고 경건한 자세로 주변 상황을 점검한 것은 사실이지만, 두 개의 태양이 출현했다는 기록 자체가 아예 있을 수 없는 상징이나 비유적 기록인 것은 아니다.

불교와 인연

걸공傑公의 말로는 검정 베옷을 입은 중이 문 앞에 와서 밥을 빌었다고 하고, 지금 불도를 닦고 있는 늙은이들의 말로는 공이 날마다 중 한 사람씩을 만나 밥 대접을 하는데, 종에게 시키기를, "네가 나가서 중을 찾아올 때는 제일 먼저 만난 중이 인연 있는 중이니, 반드시 그 사람을 맞아 오너라." 하였다. 어느 날 종이 나가서 중을 찾는데, 옷이 남루하고 형상과 얼굴이 지극히 추하게 생긴 중이 있기에 그를 피하여 다시 다른 중을 찾다 보니 또 그 중이 나타났다. 이렇게 하기를 너덧 번 거듭하였으나 종이 그의 추한 것을 싫어하여 선뜻 맞아 오기를 즐기지 아니하고 돌아와 공에게 상황을 아뢰니, 공이 성내어 말하기를, "그 사람이 바로 내가 말한 인연 있는 중이다. 너는 빨리 가서 맞아 오너라." 하였다. 종이 나가 보니 또 그 중이었다. 즉시 집으로 맞아들이어 공이 음식을 주었다고 한다.[6]

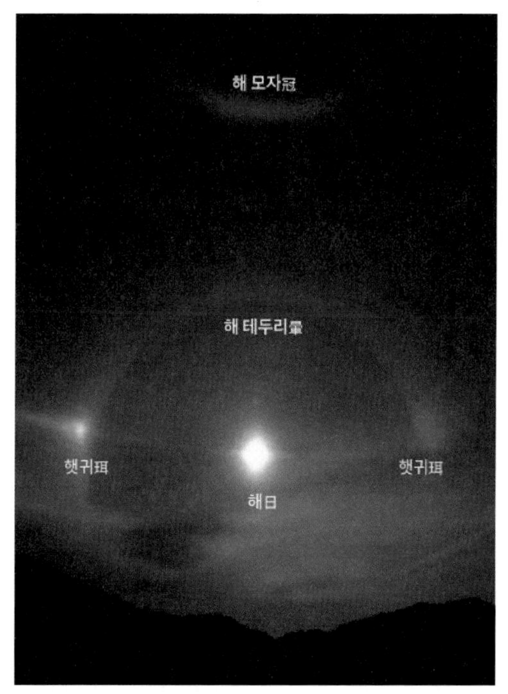

▲ 「풍운기」의 기록을 바탕으로 그린 환일 현상의 세부적 명칭(가운데 해, 해의 왼쪽과 오른쪽에 햇귀, 해의 위에 해 테두리, 테두리 윗부분의 해 모자)

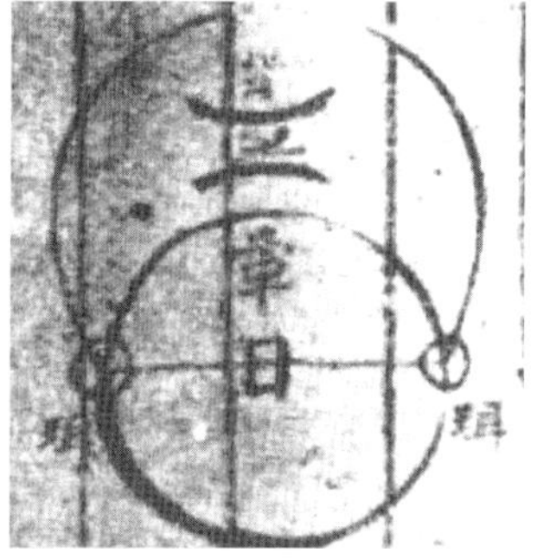

▲ 「풍운기」에 그려진, 1748년 음력 10월 16일 백홍관일(니넘 연구소 소장, 『조선고대관측기록조사보고』) 스케치(안상현, 『우리 혜성 이야기』, 사이언스북스, 2013, 148쪽) 가운데 맨 위부터 각각 햇등背, 해 모자冠, 해 테두리/무리暈, 해日라 적었고, 해의 왼쪽과 오른쪽에 햇귀珥를 표시하였다.

〈도솔가〉 서사에서도 때마침 지나가는 인연 있는 스님을 청하여 〈도솔가〉를 노래 부르게 했다. 이렇듯 불교에서는 그 순간의 인연을 매우 중시한다. 불교에서는 세상 모든 일이 일시적 인연에 따라 만들어졌다가 사라진다고 믿기 때문이다. 석가모니도 "세상의 모든 것은 무상하며, 고苦이고 공空이고 무아無我이다. 견고함이 없어 허깨비와 같고, 타오르는 불꽃과 같고, 물속의 달과 같다. 오래 살지 못한다. 이 불이 뜨겁다고 보지 마라. 모든 욕망의 불꽃은 이보다 훨씬 더 뜨거우니, 너희들은 마땅히 생사에서 영원히 벗어나는 일에 힘써서 마음의 평화를 얻어야 할 것"이라[7] 했다.

〈도솔가〉 서사에서 인연 있는 스님, 즉 연승緣僧은 크게 두 가지 의미를 지닌다. 첫째, 연승은 재변을 일으키는 모든 악신들을 다스릴 수 있는 미륵을 부르는 중재자로 기능한다. 둘째, 연승은 불교의 만유萬有 원리를 체득·실천하는 주체로 자리매김한다. 불법에 따르면 세상 모든 것은 자성自性이 없는 가유假有이자 가명假名의 상태이고, 만유와 상황의 변화를 일으키는 것은 오직 '인연'[8]이므로, 마침 이 상황과 인연을 맺게 된 연승을 통해 두 해의 변괴라는 '자연의 일시적 악연'을 없애려 하였던 것이다. 월명사는 인연의 이치를 깨달은 연각승으로 기능하고 있다.

하늘의 이상 징후에 대한 옛사람들의 반응

고대와 중세의 사람들은 하늘의 변화가 곧 인간 세상의 어떠한 재앙을 예고한다는 믿음 때문에 혜성이 출현하거나 태양이 여러 개 나타나는 등의 변고가 생기면 늘 불안해했다. 이와 같은 불안감은 곧 일정한 후속 행위로 이어져, 고려 성종은 혜성이 나타나자 노약자를 보살피고 도왔고, 외롭고 헐벗은 사람을 구제하고, 공로가 많은 사람을 등용하고, 효자와 절부節婦를 표창하였다. 또 세금을 범포한 자를 용서하고 체납한 세금까지 경감하였고, 그 후에 혜성이 사라지면 이와 같은 정책을 펼쳤기 때문에 혜성이 재앙으로 되지 않았다[9]고 생각하였다. 고려 현종은 혜성이 사라지고 나서야 궁궐로 돌아와 반찬 수를 종전과 같이 늘렸고,[10] 혜공왕惠恭王은 해 두 개가 나란히 뜨자 죄수들을 크게 방면하였다.[11] 고대와 중세의 사람들은 하늘의 변화에 지극히 민감하여 변괴가 나타나면 항상 왕의 주변을 살피고, 왕도 스스로의 통치 행위를 성찰하며 경건한 태도로 자중하고 반성했다.

하늘의 변화가 몰고 올 수 있는 재앙을 없애버리고자 불교 의례나 신앙 행위를 베푼 경우도 많았다. 헌강왕憲康王은 운무雲霧가 행차를 가로막는 이변이 생기자 일관日官의 말에 따라 용신龍神을 위한 사찰을 창건할 것을 명하였다.[12] 또 천지가 괴이하여 28수二十八宿와 해와 달이 때를 잃고 법을 잃으면 『인왕경仁王經』을 강독할 것[13]을 강조한 것이나 가뭄이 들자 유가종瑜伽宗의 대현大賢이 『금광경金光經』을 강설하여 우물물이 일곱 길쯤 솟아오르게 하였다는 기록[14]도 천변과 불교 의례의 긴밀한 상관성을 강조한 예일 것이다.

김부식이 쓴 〈소재도량소消災道場疏〉에 "해에 이변이 생기자 재앙을 예방하기 위해 불가에 의탁하고, 불사의 의식을 베풀고, 향공香供하고, 불경을 강독하였다."라고[15] 한 것을 보아도 천변이나 자연재해가 있을 때 의례를 통해 불문에 의탁하는 것은 이미 일반화된 관례였음을 알 수 있다.

그러나 삼국시대 기록에 보이는 불교 도량은 의외로 적어서, 호국경전, 『금광명경』, 『인왕경』, 『법화경』을 돌려 읽으며 천부天部와 8부八部 신상神象의 호국신護國神을 청하고, 적국의 내침, 질병 등의 질운疾運에서 왕실과 백성을 수호하려고 베풀었던 백고좌강회百高座講會,[16] 흉년으로부터 백성들을 보살펴 줄 것을 기원하고 왕의 통치 행위를 성찰한 인왕도량[17] 등을 베풀었다. 고려시대에는 불정도량佛頂道場, 금광명경도량金光明經道場, 제석도량帝釋道場, 소재도량消災道場 등 더욱 다양한 도량이 베풀어졌다. 이는 고려시대에 이르러 불교 의례에 대한 지칭이 더욱 세분되고, 그 횟수도 잦아졌음을 의미한다.

고려시대 이규보의 〈소재도량소〉나 김부식의 〈금광명경도량소〉, 〈소재도량소〉를 보면, 이들 불교의례의 세밀한 면면과 진행 과정을 짐작할 수 있다. 이에 따르면 천변 때문에 행하는 고려의 불교의례는 "의례를 주재하는 왕 자신의 부덕함을 반성하고, 눈앞에 펼쳐지는 하늘의 이변이나 자연재해를 소개하고, 이 변괴가 인간 세상의 재앙으로 이어지는데 대한 두려움·불안함을 표출하고, 불법의 가호로 기상이 순조로워 풍년이 들고 백성들이 화평할 것을 기원하는"[18] 식의 내용적 흐름을 가지는데, 성격상으로 보아 삼국시대에 하늘의 재앙을 예방하기 위해 베푼 소재消災 의례나 〈도솔가〉의 가창 현장도 이와 유사한 목적과 흐름을 가졌을 것으로 보인다.

▲ "직심直心으로 부지런히 수행하면 이리二利가 모두 원만히 이루어진다(直心勤修行 二利俱圓成)" 했으니, 여기서 직심이란 "진리를 바르게 보는 마음, 한결같은 마음, 정직하고 거짓 없는 마음"을 뜻한다. '이리二利'란 자리自利와 이타利他를 말한다. 자리란 스스로의 힘으로 수행하는 것이고, 이타란 부처의 마음으로 다른 사람의 복까지 빌어주는 것이다. 부처는 이 둘을 모두 이루었으니, 수행자들도 직심으로 수행하라는 격려와 희망의 메시지다.

곧은 마음은 무엇이고, 왜 미륵좌주를 모셨는가?

〈도솔가〉에서는 꽃에게 "곧은 마음으로 시키는 (우리들의) 명을 듣고 미륵좌주를 모셔오라."고 명령했다. 곧은 마음, 직심直心은 심심深心·대비심大悲心과 함께 3종의 발심發心 가운데 하나이다. 이 가운데 직심, 곧 곧은 마음이란 오로지 진여법眞如法을 생각하는 마음을 뜻한다. 현상의 객관 경계에 끌려가 세속적 환경에 파묻혀 신심을 잃지 않는 것을 말한다.[19] 오

▲ 쌍계사雙磎寺(경상남도 하동군 화개면 쌍계사길 59)에 모신 세 분의 부처상.

로지 진여를 생각하는 곧은 마음을 직심이라고 규정한다. '진여眞如'라고 말한 것은, 보낼 것이 없음을 '진眞'이라 하고 세울 것이 없음을 '여如'라고 하니, 『기신론소기회본』(2권 4장)에서 "이 진여의 체는 보낼 만한 것이 없으니 일체법이 다 참되기 때문이며, 또한 세울 만한 것도 없으니, 모든 법이 다 같기 때문이다. 그러나 일체법一切法은 말할 수도 없고 생각할 수도 없기 때문에 진여라고 이름하는 것임을 알아야 할 것이다."라고 했다.[20] 또 "마음과 연관된 조건을 떠나서는 어떠한 차별도 보이지 않으며, 변하거나 달라지는 일도 없는, 부서지지 않는 한마음,[21] 즉 참되고 한결같은 마음을 '진여'라고 한다.

"거짓을 행하지 않고, 바른 행行을 일으키는 마음", 『유마경』 주에 따르면, "바탕이 곧고 아첨이 없는, 만행의 근본이 되는 마음"을 직심이라 했다. 성실한 마음을 두고 직심이라 한 구절도 있다. 또, "직심이라고 한 것은 굽지 않았다는 뜻이다. 만약 진여를 생각하면 곧 마음이 평등하게 되어 다시 다른 갈래가 없을 것이니, 무슨 어그러지고 굽음이 있겠는가? 그러므로 바로 진여법眞如法을 생각하기 때문'이라 말하였다.[22]

요컨대, 직심이란 부처를 믿는 마음을 일으키는 3종의 마음, "이치를 향하는 마음(오롯한 한 길을 향하는, 이행二行의 근본)인 '직심', 많은 선행과 덕행을 갖추는 것으로서 참된 마음으로 돌아가는 것(스스로의 이익이 되는 행行의 근본)을 뜻하는 '심심深心', 욕망과 괴로움을 없애고 불도를 구하게 하는 마음(이타행의 근본)인 '대비심大悲心'"[23] 가운데 하나이다. 즉, '심심'이 깊은 마음으로 일체 선행 모으기를 좋아하는 것, '대비심'이 대비의 마음으로 일체 중생의 고통을 덜어주는 것이라면 '직심'은 "왜곡되거나 편협하지 않고, 차별이나 대립을 일으키지 않는 마음",[24] "바탕이 곧고 거짓이나 아첨이 없이 오롯이 한길을 향하여 바른 행을 일으키는 마음가짐"을 뜻한다.

▲ "마음이 곧은 것을 지계라 하고, 마음이 굽은 것을 훼범이라 한다"(心直名持戒 心曲名毁犯) '지계'란 계율을 엄히 지키는 것이고, '훼범'이란 계율을 어기는 것이므로, 결국 "마음이 곧아야 계율을 지킬 수 있고 마음이 곧지 않으면 계율을 어기게 된다."는 말이다. 이 또한 수행자란 자고로 마음을 곧게 하는 것이 가장 중함을 강조한 말이다.

좌주座主의 불교적 쓰임은 다음과 같다.

"그해 초겨울에 등루를 세우고 11월 4일에 이르러 공산公山 동사桐寺의 홍순 대덕弘順大德을 초청하여 좌주로 삼고 재를 베풀어 준공을 축하하는 불사를 베풀었다. 이때 태연 대덕泰然大德과 영달선대덕靈達禪大德과 경적선대덕景寂禪人德과 지념대덕持念大德과 연선대덕緣善大德과 흥륜사興輪

寺의 융선주사融善呪師와 같은 고승들이 모두 참여하여 법회를 장엄하게 하였다"[25]

839년 11월 16일. 적산원에서 『법화경』의 강의를 시작해 다음해 정월 보름까지 한다. 주위의 여러 곳에서 온 승려들과 인연이 있는 시주들이 모여 뜻을 맞추었는데, 그들 중 성림화상聖琳和尙이 불경을 강의하는 좌주이다. 그 외에도 돈증頓證과 상적常寂 등 두 사람이 더 강론을 했다. 남녀와 승려와 속인이 함께 절에 모여, 낮에는 강의를 듣고 밤에는 예불·참회를 하며 불경과 차제次第를 들었다. 승려들이 모이는 숫자는 40명이다. 불경의 강의나 예불·참회는 신라의 풍속에 따른다.[26]

위의 자료에서 좌주는 여러 대덕大德(高僧) 가운데서도 재齋나 법회를 주관하는 인물을 뜻하고, 아래 자료에서 좌주는 여러 스님들 가운데 불경을 강의하는 주체를 뜻한다. "서기 838년 7월 24일. 오전 8시경에 서지사西池寺에서 『대승기신론』을 강의했다. 좌주 겸 스님은 전임, 후임의의 삼강三綱 등과 함께 배를 찾아와 멀리서 온 두 승려를 위로했다. 대화는 필담으로 나누었다"에서도[27] 같은 활용을 볼 수 있다.

그러므로 "좌주란 높은 자리를 뜻하는데, 전하는 말에 따르면 중요한 일을 맡아보는 사람을 뜻한다. 불교에서는 학문이나 경지 등이 깊고 풍부하여 남보다 빼어난 자를 좌주라 이름하고 한 자리의 주관을 맡긴다. 설법을 하는 학덕 높은 스님을 고좌高座라 하고, 혹은 고좌의 주관자라고도 했다."는[28] 자료는 좌주의 기본 개념을 잘 정립하고 있다. 요컨대, 불교식 재나 법회를 주관하거나 강의나 예불이나 참회를 주도하는 고승을 좌주라 부르는 것이다.

그러면 '미륵'과 '좌주'를 합하면 어떤 의미가 될까?

"제수라시帝殊羅施를 좌주로 하여 중심에 대연화좌大蓮花座를 편다. 좌주는 바로 석가여래정상釋迦如來頂上에 있는 화불化佛로서 불정불佛頂佛이라고 부른다. 만일 불정을 좌주로 삼지 않으면, 마음속으로 생각하는 모든 부처님과 보살로 바꾸어도 된다. 그 좌주를 제외하고 그 밖의 모든 부처님과 보살들은 모두 본위本位에서 공양을 받는다. … 중심에 좌주의 자리를 안치하고 나서 내원內院의 동쪽 면의 중앙에 반야바라밀다화좌般若波羅蜜多華座一를 안치하고, 이어 우변右邊에 석가모니불좌釋迦牟尼佛座二를 안치하고, 이어 좌변에 일체불심불좌一切佛心佛座三를 안치하라. 그리고 북면의 바로 문 가운데에 대세지보살좌大勢至菩薩座四를 안치하고, 이어 우변에 관세음모좌觀世音母座五를 안치하고, 이어 좌변에 관세음보살좌觀世音菩薩座六를 안치하고,…"[29]

"단의 중심에 십일면관세음을 안치하여 좌주坐主로 삼고 연화좌 위에 수레바퀴 형상을 안치합니다. 다음에 내원의 동쪽 면 중앙에 아미타불을 안치하고 오른쪽 변에 석가모니불을 안치하고 왼쪽 변에 반야바라밀般若波羅蜜을 안치합니다."[30]

위의 두 자료를 보면, 좌주를 제외한 모든 부처와 보살은 본래의 자리에서 공양을 받고, 좌주는 부처 가운데 부처, 즉 불정불佛頂佛의 예우를 받아 가장 가운데 자리에서 공양을 받는다. 좌주는 단 중심 가장 높은 자리에 앉고, 다른 부처와 보살은 연화좌 위에 수레바퀴 형상으로 둘러앉는다. 단의 중심에 앉는 부처가 재나 법회 예불의 상황에 따라 다르고, "불정을 좌주로 삼지 않으면, 마음속으로 생각하는 모든 부처님과 보살로 바꾸어도 된다."라고도 했다.

의례의 목적과 필요성에 따라 단의 중심 가장 높은 자리에 좌주를 위치하게 했는데 〈도솔가〉 조에서는 '미륵'을 좌주로 세웠으니, 그 자체로 〈도솔가〉를 부른 목적의식이 바로 드러난 셈이다. 이전에 "미륵불을 '미륵좌주'라 함은 혹 당시의 속칭일 것이지만 본조의 용례는 미륵강彌勒講을 위하여 미륵보살을 도솔천으로부터 단상고좌壇上高座에 요치邀致(불러들임)함으로 특히 '좌주'라 이름하였다."는[31] 이론은 좌주의 정확한 쓰임은 살피지 않았으나 미륵의 존재를 정확히 잡고 있다.

〈도솔가〉와 그 산문 전승에서 미륵을 좌주로 삼은 이유는 무엇인가. 미륵은 현세불인 석가모니가 구제하지 못한 중생을 빠짐없이 구제한다는 대승적 자비에 근거한 다음 세상의 부처이다. 경전에는 "이렇게 하여 오랜 시간이 흐른 뒤에 미륵불이 세간에 내려와 부처님이 되면, 그제야 천하가 태평하고 독기가 녹아 없어질 것이다. 이때는 비도 꼭 알맞게 내려서 오곡이 무성하고 수목은 장대하여진다.",[32] 미륵의 세상은 "나라가 모두 넉넉하고 번성하며,/형벌도 없고 재액災厄도 없으며/그곳의 모든 남녀들은 /선업으로 말미암아 태어날 것이다."라고[33] 했다. "처음에 자심삼매慈心三昧를 얻고(화엄경)", 미륵을 자씨慈氏로 번역하는 것은 과거의 왕 담마유지曇摩流支가 나라 사람들을 사랑으로 다스리어 받은 지칭이 상명常名이 된 것(天台 淨名疏)[34]이라 했으니 미륵을 낙토樂土, 즉 즐겁고 행복하게 살 수 있는 땅의 이상을 이루어줄 자비로운 존재로 여겼음을 알 수 있다.

〈도솔가〉에 담긴 의미?

〈도솔가〉는 불교식 산화공양에서 부른 노래이다. 도를 행하지 않고 각각 그 자리에 앉아서 순서에 따라 가타伽陀(아름다운 글귀로써 묘한 뜻을 읊어 놓은 게송)를 읊으며 꽃을 뿌리는 것을 차제산화次第散華라 하고, 도를 행하며 하는 것을 행도산화行道散華라 한다. 대표적인 가타로는 "원하옵건대 내가 도량에서 부처님께 향화香花로 공양하게 하여 주옵소서."가 있다.[35] 월명사는 법회 때에 꽃을 뿌리는 일을 맡은 산화사散華師 역할을 했다. 이색李穡이 보법사報法寺의 불사를 거론하며 "늘그막에 부처가 있어 귀의할 만하여라 … 백일청천 설법 속에 번뇌 털어내면, 뿌리는 꽃들이 옷에 붙지 않으리."[36]라 하여 부지런히 도를 닦아 번뇌를 털지 않으면 이때 뿌린 꽃이 몸에 달라붙는다고 했다.

〈도솔가〉와 산문 전승은 미륵을 향해, 두 개의 해가 나타난 하늘의 변괴를 사라지게 해 주시고, 하늘의 변고가 연이어 땅의 재앙으로 이어지지 않기를 바라는 신라인의 간절한 소망을 담았다. 환일이라는 실재 천문현상을 인간 세계의 재앙과 경고로 인식한 중세 사람들의 불안한 심리를 바탕으로, 왕이 자신의 통치 행위를 성찰하고 늘 경건한 태도로 자중하고 반성하는 모습을 담았다.

〈도솔가〉는 신라의 호국護國·주밀呪密 신앙에 근거하여 창작된 주문, 즉 다라니 진언眞言으로, 불교식 제의 과정 속에서 국가적 재난을 없애고 군주와 국가의 안녕을 회복하기 위해 불렀다. 즉, 하늘의 변고를 해결해 줄 구세주로 미륵을 상정하고, 인연 있는 스님에게 산화공덕을 행하고 향가를 노래하게 함으로써 신라에 닥쳐올지 모르는 국가적 재앙을 미연에 방지하려는 마음을 담은 것이다.

11

잣나무 가지처럼 꼿꼿하신 그대여!

—

찬기파랑가

세찬 물살이 잔잔해진 뒤에
나타난 달,
흰 구름 좇아가는 모습이
모래톱으로 갈린 시냇물에 비쳤구나.
기파랑의 모습이 선한 숲,
스무내[廿川] 자갈벌에서,
낭께서 지니시던
뜻과 이상을 좇노라.
아! 잣가지처럼 높아,
(기파랑의) 판결은 눈서리도 시들게 하지 못할 만큼 명쾌하여라.

문학적 수사가 화려한 〈찬기파랑가〉

〈찬기파랑가〉는 다른 작품과 달리 작품을 짓게 된 동기에 대한 일체의 서사를 생략하고 다만 노랫말만 전한다. 경덕왕이 충담사에게 〈안민가〉를 지어달라고 요청하는 순간, 경덕왕은 충담사가 예전에 지은 〈찬기파랑가〉에 대하여 "그 뜻이 매우 높다其意甚高던데 사실인가?"를 확인하는 과정을 거쳤을 뿐이다.

이 말은 사실상 〈찬기파랑가〉의 성격을 알려주는 유일한 단서인 셈이다. 그러므로 이 작품을 풀이하고, 그 성격을 밝히는 일이 그리 쉽지 않기에 주제도 그저 범박하게 "기파랑의 고매한 인품을 예찬한 노래" 정도로 설명한다. 그 주제를 좀 더 구체적이고 명쾌하게 하려는 노력이 필요하다.

〈찬기파랑가〉는 교육현장에서의 중요도가 매우 높다. 〈찬기파랑가〉는 〈제망매가〉와 더불어 10구체 향가의 백미로서 시적 의미나 표현 기법에서 월등히 뛰어나다는 평가를 받고 있기 때문에[1] 중등 교과서나 학습 교재에 가장 자주 등장한다. 거기다 중등학교 학생들과 비슷한 또래인 화랑 집단의 사연을 담고 있기에 더욱 자주 다루어지는 경향도 있다. 〈찬기파랑가〉의 비유 등 문학적 수사는 작품의 우수성을 인정받는 결정적인 기준이지만, 동시에 작품 해독을 더욱 어렵게 만들어,[2] 중등학교 현장에서는 작품 지도에 난점이 많다고[3] 볼멘소리를 하고 있는 실정이다.

중등학교 향가 교육에서 양대 산맥으로 의존하는 양주동과 김완진 선생님이 해독한 〈찬기파랑가〉의 내용이 너무 큰 차이가 나므로, 중·고교생을 대상으로 출제하고 정답을 설명하는 데 어려움이 많은 것이다.[4] 이와 같은 어려움은 대학의 전공 교육에서도 똑같이 발생한다.

양주동이 "열치매((구름 장막을) 열어 제치매)"(1구), "나타난 달이"(2구), "떠가는 것 아닌가?"(3구), "새파란 내에"(4구), "서리 몯 누올 화판花判여"(서리 모를 화랑의 장長이여)(10구)[5]라고 풀이했다면, 김완진은 위의 구절을 차례대로, "흐느끼며 바라보매", "이슬 밝힌 달이", "떠 간 언저리에", "모래 가른 물가에", "눈이라도 덮지 못할 고깔이여."라고[6] 풀이했기 때문에 〈찬기파랑가〉는 해독의 간극이 비교적 크다.

물에 비친 달과 높은 잣가지라는 비유

이 가운데 물에 비친 달과 높은 잣나무 가지는 기파랑耆婆郎을 두고 한 찬사로서 글 전체의 흐름이나 주제 전달에 매우 중요한 단어이다. 먼저 '물에 비친 달'水中月은 어떤 경우에 쓰이는 말인지를 살펴보자.

> "이별의 눈물을 흘리지 않는대서, 반드시 모두 장부는 아니고말고.. 남아

있는 그대의 마음 상할까 봐, 억지로 즐거운 표정 지었을 뿐일세. 이미 오솔길로 문을 나온 뒤에는, 누가 날 자주 머뭇거리게 하는지 원, **깨끗하기 물속의 달 같은 임**이여. 잡으려다가 다시없음을 깨달았네. 인생이 서로 아는 이도 많건마는, 또한 다시 어찌해야 한단 말인가"[7]

"**마음이 물속에 비친 달**과 같으니, 구태여 오물을 씻어 낼 까닭 있을까. 차라리 맛 좋은 술이나 마시고, 돌 위에 누워서 노래나 부르리."[8]

위에서 물에 비친 달은 더 씻을 필요도 없이 깨끗한 이미지에 대응한다. 물속에 비친 달로 인해 기파랑을 떠올리던 화자는 심리적 연쇄 작용을 일으켜 과거 추억의 공간으로 빨려 들어간다. 그래서 이 단락은 이러한 추억의 공간에서 기파랑이 지녔던 내면의 고결성과 만나게 된다.[9]

제 2~5행은 "달이 흰구름(을) 좇아 떠가 숨어 지어(내리어, 下) 물 가운데 기파랑의 모습을 가졌구나(/지녔구나/갖추었구나)", 이는 곧 '물가운데(水平面/水中)에 기파랑의 모습(=달)이 있다'가 되면서, '수중지기랑모水中之耆郎貌=수중지월水中之月'이라는[10] 등식으로 설명한다. "좌승左丞 현형賢兄은 중용의 도리로 온후하게 대처하고 대아大雅의 인품으로 청렴하게 행하시어 마치 맑은 하늘을 떠받치는 산악의 정상에 구름 한 점 없고, 가을 풍경을 반사하는 못 속에 달이 비치는 것과 같으므로 화려한 관직을 두루 거치면서 아름다운 업적을 빛내셨습니다."에서도[11] 맑고 청렴한 인품을 갖춘 인물을 못 속에 비친 달에 비유하고 있다. '달'은 흔히 부처나 임금 등 숭고한 숭배 대상을 찬양할 때 활용하는 소재이다.

'높은 잣나무 가지'는 어떤가?

"저의 머리는 물버들과 같아서 가을을 바라만 보아도 곧 잎이 지지만, (임금의 머리는) 송백과 같아 눈과 서리를 겪으면 더욱 무성해지기 때문입니다."[12]

"소나무 잣나무가 무성하듯이 당신의 일은 끊임없이 이어지네. 정현이 주를 달기를, 송백의 가지가 늘 무성하고 푸른색을 유지하여 쇠락하지 않는 것이라 하였다."[13], "난을 만나도 덕을 잃지 않는 것은 하늘에서 추위가 닥치고 서리와 눈이 내릴 때 소나무와 잣나무의 잎이 무성함을 아는 것과 같다."[14]

백(柏, 栢)은 잣나무라고도 읽고 측백나무라고도 읽는데, 모두 상록수라는 사실이 중요하다. 앞의 자료에서 송백松柏은 항상 푸르다 하여 "곧고 굳센 지조, 불변"을 상징한다. 뒤의 자료에서 소나무와 잣나무는 어떤 어려움을 만나도 늘 푸르고 싱싱하다고松柏之茂 비유한다. "변하지 않는 굳고 곧은 절개"를 일컬어 '송백지지松柏之志'라 하고, "지사志士는 위기와 곤경 속에서도 끝까지 지조와 절개를 지킨다는 의미"를 담아 '송백후조松柏後凋'라 한다.

죽죽竹竹이 말하기를, "그대의 말이 마땅하지만 내 이름을 죽죽이라고 한 것은 바로 추운 겨울에도 시들지 않고 꺾이거나 굽히지 않는다는 뜻을 담고 있다. 어찌 죽는 것을 두려워하여 적군에게 항복하겠는가?"라고 한 뒤, 힘껏 싸우다 성이 함락되어 용석과 함께 전사하였다.[15]

"유신이 말하기를, 겨울이 찬 뒤에야 소나무와 잣나무의 절개를 아는 법[16]인데 오늘 사태가 위급하게 되었으니 그대가 아니면 누가 용감히 싸우며 특출한 일을 이룩하여 여러 사람의 마음을 격려하겠는가?" 하였다.[17]

이 두 자료에서 대나무, 소나무, 잣나무는[18] 모두 적과 싸워야 하는 위기의 순간에, 변하지 않고 더욱 꼿꼿한 지조와 절개를 강조하는 비유로 쓰였다. 〈원가怨歌〉에서도 "잣나무는 실하여, 가을이 되어도 시들지 않는다."는 비유를 활용하고 있다. 〈원가〉를 통해 볼 때, 〈찬기파랑가〉의 '고高'와 '호好'는 모두 잣나무와 기파랑에 대한 자질과 품격을 논하는 평어일 수도 있다. 눈 속에서도 잎의 빛이 변하지 않는 송백이라는 뜻의 '설중송백雪中松柏'에서 고난과 시련을 뜻하는 '눈'은 더욱 굳은 지조와 절개를 뜻한다.

▲ 품석品釋의 보좌관 아찬 서천西川이 성에 올라 백제 장군 윤충에게 "만일 장군이 나를 죽이지 않는다면 이 성을 넘기고 항복하려 한다." 하니, 윤충이 그러겠다고 약속했다. 그러나 죽죽은 "백제는 이랬다저랬다 하는 나라이니 믿을 수 없다. 윤충은 달콤한 말로 우리를 꾀이는 것이니 성 밖으로 나간다면 적의 포로가 될 것이다." 하였으나 품석은 성문을 열었고, 나간 신라 군사들은 백제의 복병들에게 죽임을 당했다. 죽죽은 군사를 수습하여 성문을 닫고 적을 방위하였다.(『삼국사기』권47, 열전7, 죽죽)

> "생각하건대, 경은 타고난 자품이 깨끗하고 마음가짐이 견고하며, 국가의 전례에 익숙하고 의리에 통달하며, 청백하고 검소한 것으로 백성을 다스려 일찍부터 선량한 관리로서 이름이 드러났고, 마음과 뜻이 뭇 사람보다 높고 크고 뛰어나서 재상의 체통을 지녔었다. 백부柏府의 장長이 되니 기강이 서고, 묘당廟堂에 들어오니 국책이 결정되었다."[19]

위의 글은 영돈령領敦寧 류정현柳廷顯에게 방석과 지팡이를 하사하는 교서의 내용인데, 여기서 '백부柏府'는 곧 사헌부司憲府이다. "충청도 관찰사로 나아가서는, 한 지방에 끼친 은택 흘러넘쳤네. 급기야 사헌부의 장관이 되어, 무너졌던 기강을 진작시켰네. 성균관서 후생들을 잘 가르쳐서, 청아의 교화를 크게 도왔네."에도[20] 사헌부의 장관, 즉 '장백부長柏府'가 등장한다. 잣나무의 이미지[21]와 서슬 퍼런 청렴과 소신으로 기강을 잡아야 하는 사헌부의 특징을 결합한 말이다.

> 여러 마귀가 가히 진실한 설법을 헐지 못하므로 진설眞說은 키 큰 잣나무가 뜰에 있는 것과 같으니라. 눈과 서리가 모든 나뭇잎을 떨어지게 하는 것을 몇 번이나 보았을까. 허공에 서리어 있으면서 대청기둥 바깥에 솟아나 다시 퍼렇도다.[22]
>
> 【주】 "뜰에 있는 잣나무가 서리와 눈에 꺾어짐을 입지 아니하여 혼자 푸르니, 진설이 이와 같아서 밖의 마귀들의 허물어뜨림을 입지 아니하여 그 체가 굳다는 것이다."[23]

잣나무에 부여하는 이미지는 이렇듯 늘 한결같다. 이에 "〈찬기파랑가〉는 여러 자연물의 색채가 '잣나무'로 집약되면서 맑고 밝은 색채 이미지와 원뿔형의 형상을 통해 기파랑이 지닌 인격과 이념의 고결함을 드러냈다", "기파가 남긴 말, 문도들이 좇는 마음의 끝, 잣나무를 두고 표명하는 화랑의 서원 등이 자연의 색채와 결합된 것"이라[24] 해석한다. 위의 예문에서는 변치 않는 진리와 깨달음의 이야기, 즉 진설을 뜰 앞에 서 있는 키 큰 잣나무에 견주었다. 마찬가지로 충담사가 기파랑을 잣나무에 견준 것은 어떤 어려움 속에서도 변치 않는 강직함을 유지하는 인물로 묘사하고자 함이다.

찬하여 이른다. "비량공比梁公이 남긴 기상이요, 위화랑魏花郎의 후손이로다. 적을 친 공이 컸으나 스스로 불모지만 택했도다. 저 청조산靑鳥山 가운데 송백처럼 길이길이 푸르리라."[25]

"세종은 홀로 깨끗한 절개를 지키면서 나가서는 장수가 되고 들어와서는 재상이 되었으나 담담하고 사사로운 뜻이 없었다.", "평생토록 한 사람도 책망하지 않았고, 한 소송도 그릇되게 판결하지 않았으니, 진실로 화랑 중의 화랑이었다." 찬하여 이르기를, "태후의 사사로운 아들이요, 정승의 후예로서, 맑고 곧으며 높은 행실은 화랑의 모범이로다."[26]

'우리 집안은 대대로 화랑을 이어받은 것으로 족할 뿐, 어찌 다시 관작이 필요하리오.'라고 말하며 물리쳤다. 보리공은 청렴과 결백으로 지조를 지켰으나 낭주는 태후의 사랑하는 딸이었기 때문에 내리는 재물이 심히 많았다."[27]

맨 위의 글은 사다함斯多含에 대하여, "적을 친 공이 컸으나 스스로 불모지를 선택한 삶을 칭찬하며, 청조산靑鳥山 가운데 송백처럼 길이길이 푸르리라."라고 송축하고 있다. 두 번째 글은 세종世宗에 대하여 장수와 정승으로서 깨끗한 절개를 지킨 삶이라 칭송하며 화랑의 모범이라 치켜올렸다. 세 번째 글은 보리공菩利公이 화랑으로서의 명예에 만족하며 관작을 물리치고 청렴과 지조를 지킨 삶을 살았다고 칭송했다. 기파랑의 청렴과 지조와 절개를 단적으로 규정한 말이 곧 '화판花判'이다. "높은 잣나무 가지가 눈이 내려도 시들지 않는 것처럼, 청렴하게 고고한 지조와 절개를 잃지 않은 판관判官"으로서의 기파랑을 칭송한 말이다. 『화랑세기』에 24세 풍월주 천광天光이 "사람은 3파를 고루 써서 사리사욕에 치우치지 않도록 하였고", "지극히 공정하고 사사로움이 없음을 알게 되었다."는[28] 기록이 있다. "불교의 게송 가운데 '저울에 파리 한 마리라도 앉게 해서는 안 된다. 일단 조금이라도 기울어지면 바르고 평평함을 잃는다.'라는 말이 있다. 저들이 들어가는 곳은 비록 바르지 않지만, 그 마음을 쓰는 것은 매우 높다."[29]고 표현했다.

경덕왕이 충담사를 향해 질문한 '기의심고其意甚高'가 〈찬기파랑가〉에 관한 평어이고 〈찬기파랑가〉는 기파랑의 높은 뜻을 찬양한 것이므로, 기파랑의 뜻이 매우 높다고 한 것과 일맥상통한다. 거기다 앞 구절에 "기파랑의 마음이 지향하는 바, 마음에 생각하는 바,[30] 즉 '마음의 끝'을 따르겠다고 하였으므로" '기의심고'는 기파랑의 지향(志向·指向)과 이상理想이 넓고 높았고, 경덕왕·충담사뿐만 아니라 그를 따르던 낭도들까지 다 인정한 인물평이었을 것이다. 일찍이 양주동은 기파랑의 꿈과 이상을 두고, "무한한 동경과 머나 먼 이상", "고고한 자태, 그 드높은 포부와 교양과 인격"이라 하고, "반드시 서방정토를 동경한 것이 분명하다. 현실의 세계를 초월한, 미지의, 쉽게 볼 수 없는, 영원한, 궁극적 피안의 세계를 말한다. 이는 기파랑의 고매한 정신을 표시한 것일 뿐 아니라, 실로 영원한 이상의 문제"라고[31] 설명했다.

〈찬기파랑가〉 '일오천'과 '화판'의 의미

그동안 '일오천리逸烏川理~'를 "이로부터 조약돌에 지니시던"(양주동), "일오내 자갈벌에서"(김완진), "일오逸烏 냇물의 자갈밭에서"(신재홍), "밀려내진 존재이기 때문에"(양희철) 등으로 다양하게 해석해왔다. 여기서는

"숨을 일逸"의 뜻訓과 '오烏'의 소리音를 차용하여 "숨오나리, 수모나리"로 지금의 '수모내'를 칭한다는 주장에 동의하고자 한다.[32]

> "이견대利見臺에서 이십내리二十乃里까지를 사동이四同二라 하고, 내아리乃兒里에서 월내동月乃洞까지를 오동五同이라 한다." "영남 여러 고을에 한 해 농사의 풍흉에 따라 서원書員들이 맡은 한계를 동同이라 한다."[33]

위 『동경잡기東京雜記』에 따르면, 감포 대왕암 부근 이견대利見臺에서부터 이십내리(수모내)까지를 동해변 사동이四同二로 불렀다 한다. 경주 시내에서 감포 쪽으로 30km쯤 가면 '어일'이라는 곳이 있는데, 여기에서 서남쪽으로 대종천을 건너 형제봉 산봉우리에 이르는 계곡을 '시무내', '수모내'(입천)라고 한다.[34] 조선시대까지 '스무내리'라고 불리던 지명이 일제강점기인 1914년 행정구역 통폐합으로 스물, 이십을 스물 입廿자로 바꾸고 내乃를 천川으로 바꾸어 '입천리廿川里'로 기록한 것으로 보인다. 주민들의 공통된 이야기에 따르면, "물이 땅 밑으로 숨어 흐르는 내"이기에 수모내라 하였고 옛날에는 이곳이 대종천의 뱃길과 맞닿으며 동해와 남녘으로 넘어가는 육로의 요충지였다고 한다. 지금도 비가 오면 수모내의 계곡물이 흘러 대종천으로 합쳐진다.[35]

▲ 대종천의 자갈 하천이 갈라져 흘러가는 모습(위의 사진은 두산대교에서 바라본 대종천의 모습인데, 자갈과 모래로 뒤섞인 하천의 폭이 구역에 따라 수십에서 100여 미터에 이른다. 동경주의 대종천은 '수모내'와 이어져 있다.)(경북 경주시 양북면 어일리)

〈찬기파랑가〉의 '화판'은 기파랑을 지칭하는 말

이라는 것에는 논자들의 의견이 대체로 일치한다. 그러나 그 풀이에 대해서는 분명한 결론이 없다.

> "서리 몯누올 화판花判여"(양주동)
>
> "서리 몯ᄂᆞ올 곶ㅂ한國仙여"(이탁)
>
> "누니 모ᄃᆞᆯ 두폴 곶가리여"(김완진)
>
> "눈이 모ᄃᆞᆯ 녀리올 곶갈야"(양희철)

화판에 대해서는 이상과 같은 다양한 해석이 나왔다. "아아 자싯栢가지 높ㅎ호 눈이 모두 ᄃᆞ비올 곶ᄀᆞᄅᆞ여"(아아, 잣 가지 높이 눈이 모이어 필 꽃가루여(눈이 모이어 필 꽃가루 같은 은빛 달빛이여)처럼[36] 비유적 해석을 내놓기도 했다. "사원寺院과 화원花院을 같은 의미로 보아, 화판은 일체 사무를 주재 통괄하던 진골출신의 화랑으로서, 화원의 총 주재자, 즉 화랑집단의 우두머리",[37] "화랑장花郎長"[38]이라는 주장을 가장 많이 따랐고, 생명의 신 또는 창조의 신으로 설명하거나[39], 불교 경전의 용례에 따라 "명命, 장명長命, 긴 목숨"으로[40] 보고 "불가 미륵보살의 화신으로서 이런 인물이 곧 왕세자로 탄생되기를 기원한 것"[41]으로 이해하기도 한다.

> "붓은 오화판五花判이었고, 관冠은 한 뿔이 더 높았다. 문묘에서 사람을 가르치자 70제자들이 놀라울 만큼 빠르게 스승을 닮아 예조에서 선비를 뽑았으니 어찌 30명의 사람만이 신선을 얻었을 뿐이랴."[42]

> "당나라에서는 관리를 선발하되, 다음과 같은 네 가지 기준이 있다. 신언서판身言書判[43]에서 "판判은 문리우장文理優長, 즉 자신의 판단력을 담은 문

장을 지을 때 뛰어난 판단력으로 문장 표현을 조리 있게 한다는 의미이다.", "독서와 문장 실력을 갖추지 못하면 관리가 될 수 없었다. 조정의 대신들도 공문서나 상주문上奏文 등을 작성할 때 반드시 수십 구의 대우를 사용해야 했다. 지금까지 전해지는 정전鄭畋의 칙서勅書와 당판堂判도 모두 대우를 사용하였다. 세상 사람들이 소소한 이야기를 좋아하기에 판결문에 해학적인 말이 삽입되기도 하였는데, 이런 판결문을 '화판花判'이라고 한다. 화판은 내용도 충실할 뿐만 아니라 읽는 재미도 있다."[44]

앞의 예문은 이인로가 금의琴儀를 평하여 '오화판五花判'이라 칭한 글로서, '오화판'은 '오화판사五花判事'의 준말로서, 실제 벼슬 명칭이라기보다는 금의가 그와 같은 속성을 지녔음을 설명한 것이다. 뒤 예문은 당나라 때 관리 선발 기준인 신언서판 가운데 "뛰어난 판단력, 조리 있는 문장 표현"을 뜻하는 '판'을 설명한 부분으로서, "해학적인 말이 들어간 판결문" 일컬어 '화판'이라 했다.

"당 태종이 좋은 정치를 구현하려고 정력을 기울이면서 군국대사軍國大事에 대해서는 중서사인中書舍人으로 하여금 각자의 소견을 가지고 그 이름 아래에 뒤섞어 써넣게 하였는데, 이를 오화판사라 하였습니다. 그리하여 중서시랑中書侍郎과 중서령中書令이 자세히 살피고 급사중給事中과 황문시랑黃門侍郎이 반박하여 바로잡게 하였으므로 일을 망치는 경우가 드물었습니다."[45]

오화판사는 당나라 때 중서성中書省에서 군사나 국가의 중요한 일이 있을 때 중서사인中書舍人들이 각기 자기의 소견에다 이름을 다양하게 서명한 것을 말한다. 여러 재상이 함께 결재한 글자 모양이 마치 꽃과 같아서 붙인 이름이라 한다. 오화판사는 공정한 태도로, 사건을 자세히 살피고 반박하여 바로잡게 하였다 하므로, 신중한 의사 결정방식을 취했음을 알 수 있다.

> "내사의 소임은 사인舍人이 중요하기 때문에 **오화판사란 미명**을 얻게 되고, 하나의 부처가 세상에 나왔다는 말이 있게 된 것이니, 진실로 그런 사람이 아니면 어찌 그 소임에 맞겠는가. 그대는 문장이 훌륭하고 지조가 높아, 모든 청렴한 벼슬을 거치되 언제나 빼어난 명성을 드날려, 사헌부의 기강이 떨치게 되매 조정 반열들이 모두 칭찬하였으며, 사사로운 마음이 없기에 규탄이 모질지 않아도 두려워하고 의논이 막힘없어 결단하기를 물이 흐르듯 했다."[46]

위는 이규보(1168~1241)가 중서사인 김변양金弁讓에 관해 쓴 글이다. 중서사인은 고려시대 중서문하성의 판관직으로, 임금의 잘잘못에 대하여 간언을 올리는 책임 있는 낭사郎舍로서 사간원이나 사헌부의 구실을 했고,[47] 내사內史란 나라의 법전을 맡은 벼슬을 말한다. 김변양의 문장이 훌륭하고 지조가 높아 모든 중요하고 청렴한 벼슬을 거쳐 대강臺綱(사헌부[48]의 기강)을 떨쳤다고 했다. 이에 그를 '오화판사'라 칭했다.

이 또한 실제 관명이라기보다는 빼어난 문장, 책임감 있는 태도, 청요한 태도로 인해 오화판사라는 미명을 얻었다 했다. 기파랑의 인격과 품성을 한마디로 정의한 '화판花判'을 "사건을 판결하고 그것을 집행할 수 있는 관직, 말하자면 판관이나 혹은 지방의 수령 같은 것"이라는[49] 주장이 있었는데, 지방 수령으로 보이진 않고 판관이나 그에 해당하는 역할을 언급한 것이라는 시각이 합리적이다.

"성현의 글을 공부하는 선비는 귀중한 것, 청렴과 재능은 세상에서 어질게 여기네. 화판 찍어 국론에 참예를 하고, 흰 종이만 넣은 편지를 받들어 조정을 맑게 하였네. 좋은 벼슬 지내어 이름 더욱 나타났고, 천하를 맑게 할 뜻이 더 굳어졌네."에서도[50] "화판 찍어 국론에 참예를 하고判花參國論"라는 표현을 찾을 수 있다.

> "지금 세상에 석천자石川子 있는데, 그 사람됨은 절개와 지조를 유지하네. … 돌아가 옳고 그름 분명히 하며, 그 절개 잃지 않았도다. 비록 굶주려도 헛말을 않으니, 사람들은 그의 높은 도를 더욱 인정했네. 그의 빼어난 지혜와 가르침을 숭상하여, 사무치는 그리움에서 헤어날 길 없네."[51]

이 작품은 남명南冥 조식曺植이 임억령林億齡(1496~1568)을 두고 쓴 글이다. 임억령은 동생 임백령林百齡이 윤원형尹元衡 무리의 정치세력에 가담하여 사화를 주동하자 자책감을 느끼어 군수직을 사퇴하고 해남에 은거했다. 그는 천성적으로 도량이 넓고 청렴결백하고, 문장에 탁월하여 당시 현인들의 존경을 받았다. 높은 도를 유지하고, 헛된 말을 않았기에 위의 시에서 "옳고 그름을 분명히 유지하는 절조 있는 모습으로 돌아왔다.歸來花判事"고 한 것이다.

"포송령蒲松齡의 『요재지이聊齋志异』 소사小謝에 따르면, 추용秋容은 본디 글을 알지 못했고, 도아塗鴉는 분별할 수 있는 능력이 없어서 비평하여 옳고 그름을 가리는 일이란 애당초 어려워, 스스로 소사小謝보다 못한 것을 부끄러워했다. 그 주석에 화판花判은 오화판사와 같은 것으로 아름다움과 추함(잘남과 못남, 좋음과 나쁨)을 나누어 판단하는 것"이라[52] 했다.

▲ 경주 계림鷄林 찬기파랑가 비석 옆의 잣나무

그러므로 〈찬기파랑가〉의 '화판'은 기파랑의 인격과 품성을 한마디로 정의한 평가로서, 실제 관직명이라기보다는 "붓은 오화판五花判"처럼 "중서사인 판관判官의 역할에 견줄 만큼, 옳고 그름을 분명히 가려내고 사리事理에 대한 판단력을 갖춘 기파랑을 추켜세운, 비유적 찬사"로 보인다. 조리를 갖춘, 빼어난 문장은 그 토대가 되는 능력이다. 이에 이 구절을 "아아, 잣가지처럼 높아, (기파랑의) 판결은 눈서리도 시들게 하지 못할 만큼 명쾌하여라."라고 읽고자 한다.

신라 화랑은 어떤 사람들인가?

높은 화랑 중에는 외모 조건이 출중한 경우가 많다. 『화랑세기』에 따르면, 1세 풍월주 위화랑은 얼굴이 백옥과 같고 입술은 마치 붉은 연지와 같으며, 맑은 눈동자와 하얀 이를 가졌는데 말이 떨어지면 바람이 일었다 했고, 4세 풍월주 이화랑은 피부가 백옥같이 부드럽고 눈은 미소 짓는 꽃과 같고, 음률과 문장을 잘했다고 했다. 6세 풍월주 세종도 단아한 아름다움과 멋진 풍채를 지녔고, 21세 풍월주 선품공善品公도 용모가 매우 절묘하고 언행이 매우 아름다웠다고 적고 있다. "그 풍류는 신라 때부터 일어났다. 공이 열 살 때에 승사僧舍로 나아가 배웠으며 성품이 민첩하고 총명하여 글을 배우면 곧장 그 뜻을 통달하였다. 용모는 그림 같았고 풍채는 뛰어나게 우아하였으므로 보는 사람 모두가 그를 아꼈으며 말머리가 이르는 곳에 학이 그늘을 만들었다. 충렬왕이 듣고서 궁중으로 불러 국선國仙으로 지목하였고, 한 나라의 호걸로 삼아 국사國士라 불렀다."는[53] 기록을 보면, 용모를 중시하는 화랑의 전통은 화랑의 존재가 미미해지는 고려시대에도 지속적으로 유지되었음을 알 수 있다.

화랑의 선발에 외적 조건이 중요하게 작용한 것 같긴 하지만 전부는 아니었던 것으로 보인다. 5세 풍월주 사다함은 16살에, 미생랑은 36살에, 문노는 30살, 염장공은 36살에 풍월주가 되었으므로,[54] 나이가 절대적 기준이었던 것 같지는 않다. 한편 뭇사람들에게 받는 신망이나 개개인의 인격도 중요한 요건이었다.

> 태후가 곧 궁중으로 불러들여 음식을 주면서 그가 사람 포용하는 길을 물으니 사다함이 말하기를, "사람 사랑하기를 내 몸같이 할 뿐이며 그들의 좋은 점을 좋게 여길 뿐입니다." 하였다. 태후가 이를 기특히 여겨 대왕에게 말하여 귀당貴幢으로 삼아 궁궐의 문을 관장하게 하니 그 무리 일천 명이 충성을 다하지 않음이 없었다.[55]
>
> 공은 용맹하고 문장에 능했으며, 아랫사람 사랑하기를 자기 몸처럼 하여

▲ 창녕 진흥왕 척경비拓境碑. 대가야 정벌에 화랑 사다함斯多含이 참전하였다 하므로, 화랑도의 제정은 진흥왕(540~576) 초기였을 것으로 추정한다. 제정 당시 화랑은 군대를 보충하는 의미, 인재 양성을 위한 교육기관의 성격을 띠었다.

선한 사람 악한 사람을 가리지 않고 귀속하는 사람들을 모두 포용하였으므로 명성을 크게 떨쳤다. 낭도들이 서로 격려하여 죽음으로써 공을 세우기를 바라니 이 때문에 화랑도의 기풍이 크게 일어나 일찍이 통일대업이 공에게서 싹튼 것이 많았다.[56]

두 예문 모두에서 다른 사람을 내 몸처럼 사랑하는 포용력을 이들 화랑의 빼어난 점이라 칭찬하고 있다. 13세 풍월주 용춘공은 성품이 온화하고 공손하였으며 탐욕스럽고 방탕한 놀이에 끼지 않았다 하고, 14세 호림공虎林公은 마음가짐이 청렴하고 곧았으며 재물을 풀어 무리들에게 나누어주었다 했다. 20세 예원공禮元公은 성품이 단아하고 따뜻하고 자상하였으며 자신을 굽혀 다른 사람보다 낮추었고 도로써 자신을 다스렸고, 22세 양도공良圖公의 성품은 사람 섬기기를 잘하고 일의 추이에 밝았으며 지극한 효성으로 부모를 섬겼다고 했고, 25세 춘장공春長公[57]은 성품이 너그럽고 어질고 덕을 좋아하였으며, 윗사람을 받드는 데 지성으로 하고 자기의 뜻대로 일하기를 고집하지 않았다고 했다. 화랑제도를 만든 진흥왕도 나라를 흥성하게 하려면 반드시 먼저 풍월도를 행해야 한다고 생각하고, 좋은 집안의 남자 가운데 덕행이 있는 올바른 사람을 뽑아 화랑이라 고치고 먼저 설월랑薛原郞을 받들어 국선國仙으로 삼았다.[58]

이상의 평가들을 보면, 『화랑세기』 등의 기록에서 일부러 풍월주의 장점만을 부각시켜 적은 것은 아닐까 의심해 볼 수 있지만, 26세 진공眞功에 대해서는 "여색을 좋아하였고 마음이 탐욕스러웠고 사사로운 비밀을 많이 행하여 인망人望을 얻지는 못했다"라고 적은 것을 보면 꼭 그렇지만은 않았음을 알 수 있다.

『삼국사기』에는 김대문의 『화랑세기』를 들어, 신라 사회에서 "어진 재상과 충성된 신하들이 화랑 중에서 나오고, 좋은 장수와 용맹스런 군사들이 이로 인하여 배출되었다." 했고,[59] 『신라국기』에 이르기를, "귀인들의 자제 중 아름다운 자를 가려 뽑아 분을 바르고 곱게 단장하여 받들었으며, 이름을 화랑이라 하고 나라 사람들이 다 받들어 섬겼다. 이는 대개 왕의 정치를 돕기 위한 방편이었다. 선랑이었던 원화로부터 신라 말에 이르기까지 무릇 2백여 명이 나왔는데 그 중에서 사선四仙이 가장 어질었으니, 저 『세기』에서 설명하는 바와 같다."고[60] 한 것을 보면, 인격과 능력을 인정받은 화랑들을 관직에 등용했음을 알 수 있다.

화랑에 대한 평어로는 "온화한 말씨, 큰 뜻, 겸양"(춘추공), "인정, 신의, 인심, 충성, 너그러움, 어짊"(흠순공), "단아, 온화, 자상"(체원공) 등으로 다양하다. "성품이 활달하여 맑고 탁함을 가리지 않는 사교성"(흠순공)을 가졌음을 부각시키기도 한다. 충담사 관련 서사와 〈찬기파랑가〉에서 형상화한 기파랑의 이미지를 추리면 맑음, 청렴함, 공정함, 판단력, 높은 뜻, 지조, 절개 등이 될 것이다. 즉, 〈찬기파랑가〉는 옳고 그름이나 좋고 나쁨을 명쾌하게 가리어 한쪽으로 치우치지 않고 공명정대한 판단력을 유지하는 판관, 또는 그 역할을 담당하던 기파랑을 높이 치켜세워 찬양한 작품이다.

충담사는 승려낭도로서 국선과 화랑의 무리들을 시종하고 보호·보좌

하는 가운데 운영과 지도의 임무를 받았을 터이므로,[61] 화랑에게 불교에 대한 관심을 유도하고, 인격과 성품이 중요한 화랑 사회에서 인물 됨됨이를 살피고 바른 인격체를 선양함으로써 인재를 발굴하고, 화랑 사회의 가치와 품격을 높이고, 집단의 바른 지향점을 제시하려 했을 것이다. 기파랑에 대하여 "낭이 지니시던 마음의 가心際를 좇겠다."고 했는데, 여기서 '마음의 가'는 "삼매의 여러 가지 크신 위덕과 묘한 신통 넓은 지혜 끝단 데 없고, 크고 넓은 마음과 그의 경계가 모두 다 깊고 깊어 측량 못하리.(『대방광불화엄경』)에서와 같이 마음에 생각하는 바, 즉 마음이 머무는 지향점을 뜻하므로 기파랑의 성품과 인격은 넓고도 높아 완성된 인격체에 가까우니 그의 세계를 따르겠다는 말이다. 이는 비단 충담사만의 다짐이 아니라 화랑집단의 공론이었을 것으로 보인다.

충담사가 〈찬기파랑가〉를 지은 것은 승려낭도로서의 역할로 보인다. 승려낭도는 화랑 소속으로서 "주가呪歌를 짓고 집회가 신앙하는 부처를 받들고 때로는 교훈과 지도를 하는 일도 있었을 것"이다.[62] 『화랑세기』에도 "14세 풍월주 호림공虎林公은 마음가짐이 청렴하고 곧았으며 재물을 풀어 무리들에게 나누어주었다. 선불仙佛은 하나의 도이니 화랑 또한 부처를 알지 않으면 안 된다. 우리 미륵선화彌勒仙花와 보리사문菩利沙門 같은 분은 모두 우리들의 스승"이라고 하였다. 공은 보리공에게 나아가 계를 받았고, 이로써 선불이 점차 서로 융화하였다고 했다. 화랑들은 당대 명망이 높은 승려들을 모셔와 배우는 일에 힘을 쏟았다. 특히 승려들 가운데서 중국에 유학하였거나 혹은 학문적 지식이 높은 이들을 초빙하여 소양을 쌓아나갔다.

승려들은 화랑도들에게 불교를 가르치기보다는 그들과 함께 생활하는 가운데 불교에 대한 관심을 가지도록 유도하였고, 그것이 결국 신라 사회에 불교를 퍼뜨릴 수 있는 바탕으로 작용했다. 승려들이 낭도들과 함께 지내면서 불교의 기본적인 원리라든가 혹은 일상생활 속에서 불교를 어떻게 이해할 것인가 하는 것을 자연스럽게 익히도록 했을 가능성이 점쳐진다.[63]

> "세종은 홀로 깨끗한 절개를 지키면서 나가서는 장수가 되고 들어와서는 재상이 되었으나 담담하고 사사로운 뜻이 없었다.", "평생토록 한 사람도 책망하지 않았고, 한 소송도 그릇되게 판결하지 않았으니, 진실로 화랑 중의 화랑이었다." 찬하여 이르기를, "태후의 사사로운 아들이요, 정승의 후예로서/맑고 곧으며 높은 행실은 화랑의 모범이로다."[64]
>
> '우리 집안은 대대로 화랑을 이어받은 것으로 족할 뿐, 어찌 다시 관작이 필요하리오.'라고 말하며 물리쳤다. 보리공은 청렴과 결백으로 지조를 지켰으나 낭주는 태후의 사랑하는 딸이었기 때문에 내리는 재물이 심히 많았다.'[65]
>
> "사람은 3파를 고루 써서 사리사욕에 치우치지 않도록 하였고", "천관공이 지극히 공정하고 사사로움이 없음을 알게 되었다."[66]

위 예문은 차례로 풍월주風月主 6세 세종世宗, 12세 보리공菩利公, 24세 천광공天光公에 대한 기록이다. 사사로운 뜻을 가지지 않고 깨끗한 절개를 지키는 것은 화랑에게 요구하던 매우 중요한 덕목이다.

〈찬기파랑가〉는 기파랑이 남다르게 갖춘 자질을 칭송한 추천사로서의 성격이 짙어 보인다. "사다함斯多含은 진골에 속하였고", "그는 본시 문벌이 높은 귀족 출신으로 풍모가 청수淸秀하고 의지와 기개가 방정하여 당시 사람들이 그를 화랑으로 추켜올리매 마지못하여 화랑 노릇을 하였는데 그를 따르는 무리가 무려 1천 명에 달하였고 그들 전체의 환심을 끌었

▲ 원광圓光법사가 머물던 가실사加悉寺 추정지에 세워진 천문사 석불. 화랑 귀산貴山과 추항箒項이 벗이 되어, "우리가 군자들과 더불어 교유하면서 먼저 마음을 바로잡고 수행하지 않는다면 남들로부터 욕을 당하지 않을까 두려우니 현명한 사람의 곁에서 도道를 배우는 게 좋지 않겠는가?"하고 원광법사를 찾아 배움을 청하였다. 원광이 불가의 계율에 견주어, 세속의 다섯 가지 계율을 내려주었으니 이것이 바로 "임금을 충성스런 마음으로 섬기고(事君以忠), 부모를 효성으로 섬기며(事親以孝), 벗을 믿음으로 섬기고(交友以信), 전장에서는 물러나지 않고(臨戰無退), 산 것을 죽임에는 가림이 있어야(殺生有擇) 한다." 등의 세속오계이다.(『삼국사기』 권45, 열전, 귀산)

다."는[67] 화랑 사다함의 자질을 들어 찬양하고 있는데, 이는 충담사가 기파랑을 칭송하는 마음과 매우 닮았다. 충담사가 〈안민가〉를 통해 "왕이 어진 정치를 하기 위해서는 정법正法, 왕법정이론王法正理論 등 불교의 가르침에 따라 바른 도리를 지켜나가야 한다는 뜻",[68] "정법을 행하면 여러 백성들에게 칭찬받는 바가 되고, 죽어 천상계에서 좋은 응보를 받아 부귀와 즐거움을 누리고 공경을 받는다."는[69] 마음을 전하고, 경덕왕은 이 가르침을 가상하게 여겨 그를 자신의 스승 자리에 앉히고자 한 것을 보면, 김유신을 용화낭도라 칭송한 것처럼,[70] 〈찬기파랑가〉는 화랑의 정신적 지주격인 충담사가 기파랑을 찬양하는 노래를 통해 기파랑의 자질과 성품을 널리 알리어 낭도들에게 외경감을 갖게 하고 화랑 집단의 단합을 꾀하려는 의도에서 비롯한 것으로 보인다. "아름다운 용모의 사내를 (화랑으로) 뽑아, 도의를 연마하게 하고, 그 무리 중에 바르고 바르지 않는 이를 살펴본 후, 착한 인재를 가리어 조정에 천거"[71]하였다는 내용은 『삼국사기』, 『해동고승전』,[72] 『화랑세기』[73]에 공통으로 기록하고 있다. 경덕왕이 〈찬기파랑사뇌가〉를 익히 알고 미리 언급하고, 그 뜻을 높이 평가했다는 점은 인재를 가리어 천거한 충담사의 혜안이 경덕왕에게 이심전심으로 통했을 것으로 짐작하게 한다.

▲ 선덕여왕 11년(642) 8월 백제 장군 윤충이 군사를 거느리고 대야성(大耶城, 합천)을 공격했을 때, 도독 김품석(金品釋, 김춘추의 사위)이 항복하려 하자, 화랑 죽죽竹竹이 "아버지가 나를 죽죽이라 이름한 것은 추운 겨울에도 퇴색하지 않고, 꺾어도 굴하지 않게 함이다. 어찌 죽음을 겁내어 살아서 항복하겠는가?"하며 장렬히 싸우다 죽음을 맞이하였다.(『삼국사기』권47, 열전7, 죽죽)

〈찬기파랑가〉의 문학적 가치

〈찬기파랑가〉는 달과 구름이 물에 비치고, 물에 비친 달로 인해 자동적으로 '기파랑'을 추억하고 회상하는 계기가 되고, 그가 추구하던 마음의 지향점을 떠올리고, 겨울에도 시들지 않는 잣나무에 비유될 정도로, '화판花判'으로서의 그의 모습, 즉 강직하고, 명쾌한 판단을 갖추었으며, 고

▲ 대야성 터 연호사(경남 합천군 합천읍 죽죽길80). "의자왕 2년(642) 8월, 백제 장군 윤충이 군사 1만을 거느리고 신라의 대야성을 공격했을 때, 성주 품석이 처자를 데리고 나와 항복하매 윤충이 그들을 모조리 죽여 서울(사비성)에 전했다. 왕이 윤충의 공을 표창하여 말 20필과 곡식 1천 석을 주었다."(『삼국사기』권28, 백제본기6, 의자왕) 김품석이 김춘추의 사위이니 이 때 김춘추의 딸 고타소古陀炤도 함께 죽었던 것이다. "그녀는 몹시 아름다웠고, 춘추가 매우 사랑했다"(『화랑세기』 18세 춘추공)고 전한다. 연호사는 김춘추의 딸 고타소와 함께 전몰한 2,000여 군사들의 넋을 기리기 위해 만들었다.

고한 지조와 기개를 겸비한 모습을 숭상하고 찬양한 작품이다.

1~4구는 자연 경치를 표현하여 숭상의 마음을 은근히 담았고, 5~8구는 수풀과 자갈 벌에서의 회상과 추종의 마음 자세를 담았다. 9~10구는 잣나무 가지에 견주어 숭고한 대상의 자질을 더욱 명료하게 했다.

화랑에 속한 낭승이 한 인물을 설정하여 찬양하는 마음을 표현하는 것은 당시 미륵으로까지 추앙하던 '화랑'의 본보기를 치켜세워, 하나의 지향점을 제시하고 그를 중심으로 결집력을 강화하려는 의도였을 것이고, 전제왕권과 귀족들의 유대 강화를 통하여 정치사회를 안정시키려는 목적을 가졌을 것으로 생각한다.

화랑으로 활약하는 연령대가 15세 전후였기에 중등교육에서는 〈찬기파랑가〉를 비교적 자주 언급한다. 지금까지 〈찬기파랑가〉를 어구를 풀이하는 일이나 시적 화자의 정서와 태도를 찾는 일에 집중해왔다면, 앞으로는 화랑의 존재와 정치·사회적 입지, 수련 과정, 사고체계 등 문학과 역사의 측면을 강조하여 교육함으로써 청소년들이 공감하고 공동체 의식을 제고할 수 있어야 한다. 뿐만 아니라 작품 연구에서는 논증을 심화하고 명료하게 하려는 노력과 중등교육 현장을 위해 그간의 논의를 보편화하고 표준화하려는 노력이 동시에 이루어져야 할 것이다.

12

저마다 본분을 다하면 온 나라가 평안하리라

—

안민가

임금은 아버지이고
신하는 어머니라.
백성은 철부지 아이라 여기면
백성들이 그 (크고 높은) 사랑을 알게 될 것이라.
삶의 터전 풍요롭고
만물이 번성하여 (잘) 먹고 살 수 있다면,
백성들은 이 땅을 버리지 않고,
나라는 잘 유지될 것이라.
아아! 임금답게 신하답게 백성답게 본분을 다하면,
나라는 늘 태평할 것이라.

충담사가 〈안민가〉를 짓게 된 까닭?

〈안민가〉는 경덕왕 24년(765년) 3월 삼짇날, 왕이 위엄을 갖춘 승려를 찾던 중에 마침 삼화령三花嶺 미륵세존께 공양을 마치고 돌아오던 충담을 만나, "나를 위해서, 백성들이 편안히 살 수 있는 길을 알려주는 노래를 지어 주시오."라고 요청하여 짓게 한 작품이다.

경덕왕은 왕권이 미약하고 정치적 혼란이 극심했던 효성왕(737~742)의 뒤를 이어 즉위하였다. 경덕왕이 즉위했을 때 왕권은 외척과 진골 세력의 영향 아래 놓여 있었다. 이에 경덕왕은 감찰기관을 신설하고 왕과 관련된 관부와 관원을 늘려 왕권 강화를 꾀했다.[1] 경덕왕은 중국의 제도와 문화를 적극적으로 수용하는 한화정책漢化政策 등을 통해 신라 중대에 형성되어왔던 지배체제의 모순을 제거하고, 나아가 관료 체제의 재정비를 시도했는데 사실상 이렇다 할 실효성을 거두지 못했다.[2] 경덕왕은 즉위 후 외척을 배제하고 새로운 진골귀족들을 등용하여 왕권을 강화시키려 했지만 김순원金順元·김사인金思仁 계, 김옹金邕 등이 독자적인 세력을 만들어 왕권을 견제하였기[3] 때문이다. 이후 763년에는 상대등 신충信忠과 시중 김옹을 동시에 면직했고, 국왕의 총신이던 대나마 이순李純까지 돌연 관직을 버리고 입산하여 승려가 되었다. 시중侍中의 비정상적인 퇴임과 시중직의 비정상적 공백 현상, 그리고 상대등 김사인이 당시 정치의 득과 실을 철저히 따지고 든 것은 왕의 정책에 대하여 반대하는 외척, 진골귀족과의 갈등을 의미한다. 그 결과 역사학계에서는 경덕왕 후반기를 전제정치가 기울어져 가는 시기라고 분석한다.[4]

녹읍제祿邑制는 신라시대에 귀족 , 관료들에게 복무의 대가로 지급한 급여제도 가운데 하나로서, 세조歲租 또는 월봉月俸으로 지급하는 녹봉제와 구별된다. 녹읍은 원칙적으로 군현을 단위로 지급되었으며, 그것을 지급받은 관리들은 녹읍지에서 조세를 거두어 녹봉으로 충당하였다.[5] 신문왕神文王 대에 관료 체계를 정비하면서 녹읍제를 폐지했었는데, 경덕왕 16년(757년)에 이를 부활한 것도 개혁이 그렇게 순조롭지 못했음을 방증한다.[6] 전제적 왕권 대 귀족 관료의 미묘한 힘의 대립 관계 속에서 국왕의 전제권력이라 할지라도 귀족 관료의 요망을 소홀히 할 수 없었기에 녹읍을 부활했다고 보는 것이다. 그 결과, "녹읍의 부활을 전제 왕권에 대한 진골귀족들의 반항의 결과로 보는"[7] 관점이 통설로 받아들여졌다. 이를 근거로, 경덕왕 대에는 갖가지 갈등 속에 귀족 세력이 다시 대두하여 전제왕권이 쇠퇴했다고 결론 내려졌다.[8]

그러나 당대에 이루어진 주군현의 영속관계를 새롭게 조정하는 일이나 지명과 관제의 명칭을 한나라의 방식으로 바꾼다는 것은 강력한 왕권의 뒷받침이 전제되지 않으면 힘든 일인데, 이 같은 개혁을 단행한 경덕왕 때에 녹읍을 부활했다고 해서 이 일을 두고 진골귀족을 위시한 세력들이 전제왕권에 대해 정치적으로 승리했다고 해석할 수 있는가 하는 반론이 제기되었다.[9] 녹읍의 부활은 중앙재정이 궁핍해졌을 때 그것을 해소하기 위해 내려진 하나의 방안일 수도 있다는 것이다.

녹읍은 바로 녹봉을 지급하는 대신에 일정한 지역에서 곡물을 수취할 수 있는 권리를 지급하는 것이므로 녹읍을 부활함으로써 중앙재정의 지출을 크게 줄일 수 있기 때문이다. 더구나 이 당시에는 농민들의 도산으로 국가의 수취 체계가 문란해졌으므로 조세의 징수도 곤란해졌을 것이다. 이때 녹읍을 부활하면 귀족 관료들이 녹읍지에서 세금을 받는 것이므로 신라 정부의 입장에서는 조세 징수에 따른 갖가지 어려움을 해소할 수 있다. 게다가 조세를 거두거나 또는 그것을 운반할 때 소요되는 비용과 행정력의 낭비도 줄일 수 있다.[10]

"천보天宝의 난 이후 국가 재정의 빈곤에 따라, 지덕(唐 肅宗, 至德 756~757) 이후 내외 관료들에게 요전料錢을 지급하지 않았고, 군부현에서 관급으

▲ 삼화령 〈한 잔 차에 안민安民을 노래하고〉 안내판

로 주는 녹봉을 반으로 줄이고, 건원(唐 肅宗, 乾元 758~760) 원년에 지방에서 근무하는 벼슬아치들에게는 급료를 반만 주고 나머지는 토지로 나누어 주었다. 서울에서 근무하는 벼슬아치들에게는 급료를 아예 주지 않는"[11] 등의 예는 중앙 재정의 궁핍에 따라 녹읍을 줄이거나 폐지한 구체적 사례이다.

후한 시대 말, 혼란기 속에서 조세 수입이 격감하고 군비 지출이 증가되면서 재정이 고갈되자, 관리들에게 녹봉을 지급할 재원이 부족하게 되자 중앙에서는 그것을 타개하기 위하여 국가 소유의 토지를 지급하였고 관리들은 그 토지에서 얻어진 이익으로써 녹봉을 삼은 것도 그 예에 해당한다. 그리고 위진남북조와 수나라 상나라 때에도 국가가 재정적 압박을 받으면 녹봉 지급이 줄거나 폐지되는 경우가 종종 발생했다.

이와 같이 국고의 재정 형편은 급여제도의 변동과 매우 깊은 관련이 있을 수 있다.[12] 고려후기, 강화도로 천도한 이후 수십 년 동안 전쟁으로 농토가 황폐해지고, 조세의 수취가 제대로 이루어지지 않아 관리들에게 제대로 녹봉을 지급할 수 없게 되자, 국가가 관리들에게 녹봉 대신 토지를 분급하는 분전대록分田代祿의 녹과전 제도를 실시한[13] 것도 같은 경우이다.

그러므로 경덕왕 대에 녹읍이 부활된 것은 경덕왕 왕권과 진골 귀족의 갈등 끝에 귀족들에게로 힘의 균형추가 쏠린 때문만이 아니라, 경덕왕이 사원에 과도하게 물품이나 재화를 기부하고, 사찰 건립에 재정을 많이 지출하였으며, 동왕 대에 전면적인 행정구획 정비를 실시함으로써 행정비가 증가하고, 왕의 친족들에 대해 녹읍에 상응하는 조租를 지급한 데 따른 재정적 궁핍이라는 경제적 측면[14] 때문이었을 수 있음을 고려해야 한다.

경덕왕이 위의威儀를 갖춘 승려를 데려오라고 해서 좌우 신하들이 깨끗하게 차려입은 대덕大德 한 명을 모셔왔으나 경덕왕은 "(이 사람은) 내가 말한 영승榮僧이 아니라."며 돌려보냈다. 경덕왕이 말한 위의를 갖춘 승려, 즉 영승은 위엄 있게 깨끗이 차려입은 스님을 뜻하지 않는다.

『법화경』 서품, 『관무량수경』에 따르면 위의는 "앉고 서고 나아가고 물러남에 위덕威德과 의칙儀則을 가진 것"을 뜻한다. 이는 곧 동작과 행위를 갖춘, 규율에 맞고 위엄 있는 기거동작을 갖춘 상태를 말한다. 충담사는 세상 사람들이 버린 여러 가지 낡은 헝겊을 모아 누덕누덕 꿰매어 만든 납의衲衣를 입고 다녔다. 경덕왕은 민심을 온전히 전해줄 만한 인물을 원했기에 화려한 옷이 아닌 남루한 옷을 입은 충담사를 택했을 것으로 보인다.

충담사는 신실한 신앙을 갖추고, 이미 뜻이 깊고 높은 〈찬기파랑가〉를 지을 만큼 덕을 갖춘 스님으로 알려져 있었으므로, 규율에 맞는 위엄과 모범적 행실을 갖추었을 것으로 인정하여 왕과 국가가 앞으로 가야 할 정치적 도리와 방법을 물었을 것이다. 국가가 재정적으로 궁핍한 상황이었으므로 경덕왕은 신하와 백성들의 진심어린 소리를 들으며 자신의 통치 행위를 성찰하고 경건한 태도로 자중자애 하려는 태도를 가졌을 것으로 보인다. 이는 민심을 위무하고 백성들과 소통하는 출발점이었을 것이다.

〈안민가〉의 난해 구절?

그동안 "구믈ㅅ다히 살손 물생物生"이라 풀이한 구절은 〈안민가〉에서 가장 난해하다. 아예 미상이라 하기도 했고, 제시한 풀이는 참으로 다양한데, 이 가운데 "꾸물거리며 살아야 할 백성"이 현재까지 가장 보편적으로 인정받고 있다.

구물窟理은 무엇의 훈차인가? 이는 실로 '준준蠢蠢'의 뜻 '구믈구믈'의 부사형어근을 표기한 것이다. "구믈어리ᄂᆞᆫ 함령含靈에 니르리乃至蠢動含靈"(금강경 9), "구믈구믈ᄒᆞᄂᆞᆫ 중생이"蠢動含靈(蒙山法語畧錄 10), "ᄒᆞᆫ무렛 사ᄅᆞ믄 ᄒᆞᆫ갓 구믈어리ᄂᆞ니"流輩徒蠢蠢(두시언해 권5, 38)에 쓰인 의미와 같다고 하였다. 균여가 가운데는 이 말을 바로 '구물질丘物叱'로 음기하였다. 이로써 '굴리질窟理叱'이 곧 '구물질丘物叱'임을 확지할 수 있다. '준준, 준동蠢動'은 불전에 흔히 일체 함령含靈을 형용하는 말이다. '구믈'은 아랫말 '물생'을 형용한다. '물생'은 인생이란 말보다 좀 더 광의적인 불교적 속어일 것이다.[15]

『금강경』 등의 불경에 나타나는 "구믈구믈ᄒᆞᄂᆞᆫ 중생이"를 '굴리窟理'로 이해하고 있다. 그러나 불경에서의 '준준', '준동'을 왜 '굴리'로 표기하고, '구믈ㅅ 다히, 구무릿 ᄃᆡ흘'로 연결 짓고 있는지에 대한 설명은 없거나 연결성이 약하고 자연스럽지 못하다. 그리고 '물생物生'을 생물生物이나 중생衆生과 일치하는 단어로 활용한 예를 찾기 어렵다. 이를 두고 백성들의 민생과 관계된 말이라는 점만 논자들마다 공통적이다.

'굴窟'의 사전적 개념을 찾아보면, "굴 굴窟(類合 하56), 교窖(倭上 8), 굴 동洞(漢 27c), 굴堀"로, "짐승이 사는 구멍, 나아가 사람이 많이 모이는 곳", 즉 "움집, 토굴집, 몸을 굽히고 들어가는 구멍"의 뜻이다.

"굴窟안 생사生死ㅅ 굴혈窟穴이라"("굴은 죽살이를 하는 굴이라", 『남명』 하69)

"동굴 가온ᄃᆡ 도적글 피ᄒᆞ여서避賊石窟中"("동굴 가운데에서 도적을 피하여", 『동신속삼강』 열 3:57)

"그 뫼해 ᄒᆞᆫ 선인仙人ᄋᆞᆫ 남南녁 굴堀애 잇고 ᄒᆞᆫ 선인ᄋᆞᆫ 북北녁 굴애 잇거든 두 산山 ᄊᆞ시에 ᄒᆞᆫ ᄉᆡ미 잇고"("그 산의 한 도사는 남쪽의 굴에 있고, 다른 한 도사는 북

쪽 굴에 있으며 두 산 사이에 샘이 있고", 『석보상절』 11:25)

위에서는 사람이 머무르거나 몸을 피할 수 있는 굴, 신선이나 협객이 머무르는 곳을 굴窟이라 불렀다. 또 굴실窟室은 토굴이나 석굴의 방을 뜻하는데, "요 임금 때에 물이 역류하여 홍수가 나니 뱀이나 용 때문에 백성들은 살 곳이 없어 낮은 지역 사람들은 보금자리巢를 만들었고, 높은 지역에 사는 사람들은 굴을 파고 살았다." 하였으니,[16] 낮은 지역 사람들이 사는 곳을 보금자리라 칭하고 높은 지역 사람들이 사는 곳을 굴이라 부르고 있다. "거처하는 굴營窟이란 높은 곳에 판 굴로, 땅에다 흙을 쌓아서 만든다. 보금자리橧巢에서 증橧이란 섶을 끌어 모아 만든 집이다.",[17] "옛날 왕들에게 아직 궁실이 없을 때, 겨울에는 굴에서 거처하고 여름에는 증소橧巢에서 살았다."[18] 했으니 굴이 궁실을 대신하기도 했음을 알 수 있다. 이에 〈안민가〉의 '굴리질窟理叱'은 '구리ㅅ', 즉 굴(窟, 窨, 洞, 堀)"을 말하고,[19] 삶의 터전인 보금자리를 의미하는 것이 중심 의미이다.

삶의 터전, 보금자리, 즉 집은 사람들이 살면서 생리적인 항상성을 얻는 공간이다. 그래서 우리는 집의 느낌을 묘사할 때 편안함이나 안정, 안전과 같은 단어들을 사용한다.[20] 침팬지도 V자형 나무나 수평으로 놓인 나뭇가지 2개 등 든든한 받침대를 고르고, 잎이 많이 난 잔가지들을 한 웅큼 집어 머리나 몸의 다른 부위 밑에 받쳐놓고 나서 잠을 청한다고[21] 하고, 고릴라나 오랑우탄도 흡사한 습성을 지녔으니[22] 안락한 보금자리를 찾는 것은 비단 인간만의 특성은 아니고 동물의 태생적 본능이라 할 수 있다. 인간을 비롯한 동물의 뇌가 가장 중요시하는 것은 개체의 생존과 번식이다. 그래서 음식을 찾고, 잡아먹히지 않으려고 하고, 병이나 나쁜 사고를 피하려 하며, 나쁜 기후 조건에서 몸을 지키려 하고, 이성을 찾아

교미를 시도하며, 자기들이 누리던 것들을 자손들에게 물려주려 한다.[23] 집은 동물들의 이 치열한 생존 경쟁에 필요한 아지트이다.

다음 구절 '물생物生'을 대체로 '중생'[24]으로 풀이해 왔다. 그 결과, 물생은 백성을 대칭하는 표현으로서, 백성을 다스리는 책무를 수행해야 할 왕의 과업이 매우 중요하고 막대함을 암시하는 함축적 표현이라고[25] 하였다. 또는 "불교에서 말하는 중생을 끌어들이되, 그것을 '물생'으로 바꾸어 표기함으로써 조금도 그러한 냄새를 풍기지 않았다. 부처의 자비는 사람에 한하는 것이 아니라, 이 땅에서 생을 누리고 있는 일체의 생명체를 다 포함하는 것으로 생각한 것"이라[26] 하기도 했다.

> "하늘이 백성들을 낳으시고 사물에 법칙 있게 하셨네./백성들 일정한 도를 지니어 아름다운 덕을 좋아하네."[27]

> "궁은 임금이요, 상은 신하요, 각은 백성이요, 치는 사事요, 우는 물物이라. 이 다섯이 어지럽지 않으면 음조가 막혀 고르지 못하고 어지러움이 없다."[28]

위의 첫 번째 글에서는 하늘이 백성을 낳으시고, 사물의 법칙을 만들었다 했고, 두 번째 글에서는 궁상각치우宮商角徵羽를 각각 임금, 신하, 백성, 사·물에 비유하였으며, "천지가 있기 전에는 형상이나 형체가 없었지만 천지가 생긴 이후로 이와 같은 이치가 행해져 천지음양天地陰陽과 군신민물君臣民物의 이치는 한시도 사라지지 않았다."[29]

〈안민가〉에서 군신민, 다음에 물物이 등장했으니 이 또한 천지음양과 같이 조화를 이루며 살아야 하는 만물, 즉 "세상의 온갖 사물들"을 뜻하는 말이다. "궁宮은 토土에 해당하여 중앙에 놓이어 사방을 통괄하니 바로 임금의 모습이고, 상商은 임금 다음에 신하가 있으니 임금에 버금가는 것이라. 각角은 봄으로, 물物이 함께 자라는 것이니 각각의 백성을 뜻이고, 치徵는 여름으로서 물이 성한 까닭에 사事도 많으니라. 우羽는 겨울로 물을 모음인데, 수水가 되어 가장 맑은 까닭에 물이 된다."고[30] 하였다.

'물物' 자와 '생生' 자가 결합되어 의미를 이룬 예도 있다.

> 장씨張氏가 말하기를, 생겨나 자라난다는 것은 점점 나아감을 말한다. 무릇 **만물은 나면 나아가 커지게 되므로** 생겨난 것은 나아갈 뜻을 가진 것이다.[31]
>
> "『통전通典』에 이르기를, 『설문해자』에는 생황을 정월의 소리라 했는데, (정월에) **만물이 생성되기** 때문에 그렇게 일컬은 것이다."[32]
>
> "천지의 기운이 화목하게 합해져야만 초목에 싹이 트기 때문이다. 장자가 말하기를, 음이 지극하면 삼가 조용하고 양이 지극하면 환하게 빛난다. 삼가 조용함은 하늘에서 나오고, 밝게 빛남은 땅에서 나온다. (음양이) 통하고 화합하여야 **만물이 생겨난다.**"[33]

첫째, 둘째 글은 온갖 사물들이 생기어 자라는生長 일을 두고, 물생이라 했고, 셋째 글은 천지와 음양의 기운이 통하고 화합할 때 생겨나는 것을 두고 물생이라 했다. 만물 생육生育의 덕은 천지, 천도天道에 '원형리정元亨利貞' 등 네 덕과 같다 했다. '원'은 봄으로 만물의 시초이므로 인仁이고, '형'은 여름으로 만물이 자라나니 예禮가 되고, '리'는 가을로 만물이 이루어져 의義가 되고, '정'은 겨울로 만물을 거두게 되어 지智가 된다는 것이다. 그러므로 "『문언文言』에 이르기를, 원元이란 길하고 좋은 것이 자라난 것이요, 형亨이란 경사스럽고 좋은 것이 모인 것이라. 음과 양이 화합을 이루면 만물이 생겨나 좋은 것을 이룬다."[34]에서의 쓰임과 같이 '물생'은

"천지 음양의 기운이 통하고 순조롭게 화합하여 온갖 사물이 나고 자라는 것"을 의미한다.

이에 〈안민가〉의 이 대목은 향찰 "굴리질대힐생이지소음(窟理叱大肹生以支所音) 물생차힐식악지치량라(物生此肹喰惡支治良羅)"와 같이 '물생'을 뒤 구절에 연결하여 읽는 것이 합리적이다. "구리ㅅ 크ᄒᆞᆯ 살이ᄉᆞᆷ", 또는 "구리ㅅ 한사리(큰 사롬)이ᄉᆞᆷ"으로 읽어, 천지 음양의 조화가 순조로워 백성들이 삶의 보금자리를 꾸리어 안락을 누리며 장수하기를 바라는 기원을 담은 부분으로 이해하고자 한다. 즉, 인간의 삶에서 보금자리의 중요성을 강조한 대목으로, 삶의 터전이 안정되어야만 민생이 안정되고 백성들이 나라를 저버리고 동요하는 일 없이 국가의 균형을 유지할 수 있을 것이라는 말이다.

그러므로 〈안민가〉를 내용의 순서에 따라 재구성하면,

도표 5 〈안민가〉의 작품 구성

내용의 현대어 재구성	의미 마디	향찰 구(句) 순서
❶ 임금은 아버지,	제1마디	1구
❷ 신하는 사랑하는 어머니,		2구
❸ 백성은 어린아이라고 여기(고 자애와 사랑을 베풀)면		3구
❹ 백성들이 (임금과 신하들의) 사랑을 알게 될 것이라.		4구
❺ 풍요로운 삶의 보금자리 만들고,	제2마디	5구
❻ 만물이 번성하여 먹고 살 수 있게 해주면,		6구
❼ 백성들은 이 땅을 버리지 않고		7구
❽ 나라는 잘 유지될 것이라.		8구
❾ 임금과 신하와 백성이 각기 그 직분을 지키면,	제3마디	9구
❿ 나라는 태평할 것이라.		10구

❶❷❸과 ❹, ❺❻과 ❼❽, ❾와 ❿이 조건절과 결과절로 이루어져 있으니, 〈안민가〉는 현재의 정치 현실에서 이루어지지 못하는 일의 실현을 가정으로 삼아 왕을 향한 충언을 던진 작품이다. 그 가정이 이루어진다면 원하는 온 백성이 원하는 결과를 이룰 수 있을 것이라 했으니 지배층과 백성, 정치와 민심이 소통을 이루지 못하고, 임금과 신하와 백성이 각자의 위치에서 본분에 충실하지 못하여 태평한 세월을 이루지 못하는 현실에 대한 안타까운 심정이 들어 있다고 할 수 있다. ❾와 ❿은 〈안민가〉 전체를 포괄하면서 다시 조건절과 결과절로 끝맺음 하고 있다.[35] 작품 전체를 의미상으로 살펴보면, ❸과 ❺+❻, ❾가 미래의 국가 발전을 위한 조건을 달고 있다. 백성들을 어린아이로 여기고 사랑을 베푼다면, 백성들 삶의 보금자리를 풍요롭게 하면, 임금과 신하와 백성이 맡은 바 소임을 다하면 나라가 안정되고 태평할 것이라고 한 것은 역으로 만약 이 조건을 이루지 못한다면 나라가 위태로울 것이라는 경고 메시지를 담고 있다고 말할 수 있다.

〈안민가〉는 유교적인가 불교적인가?

〈안민가〉의 대략적 의미는 큰 차이가 없으나 세밀한 성격 분석을 위해서는 다각적인 관점과 유연한 시선을 가져야 한다.

> 신이 듣기를, "아버지는 하늘과 같고 어머니는 땅과 같고, 자식은 만물과 같다고 했습니다. 그러므로 하늘이 평정하고 땅이 안정되면 음양이 조화를 이루고, 만물이 힘차게 자랍니다. 아버지는 인자하고, 어머니는 사랑하니

> 집안에서는 자식들이 부모의 뜻을 잘 따릅니다. 음과 양이 조화롭지 못하면 만물은 일찍 죽어버리고 부모와 자식이 조화롭지 못하면 집안이 망하는 까닭에 부모가 부모답지 못하면 자식도 자식답지 못하고 임금이 임금답지 못하면 신하 또한 신하답지 못합니다."[36]

여기선 하늘과 땅, 음과 양이 조화를 이루어 만물이 생성되는 것처럼 하늘과 땅이 안정되어야만 만물이 힘차게 자란다 했다. 음양이 조화를 이루지 못하면 만물이 죽고 부모와 자식이 조화롭지 못하면 집안이 망하는 것처럼 임금이 임금답지 못하거나 신하가 신하답지 못하면 나라가 위태로워진다는 사실을 경계하고 있다. 군신의 도리를 부모 자식에 비유하고, 음양의 조화를 만물의 생성과 연관 지은 것이 〈안민가〉의 비유나 내용 흐름과 흡사하다.

> 제 나라의 경공景公이 공자에게 정치에 대해 묻자 공자가 대답하기를 "임금은 임금다워야 하고, 신하는 신하다워야 하고, 어버이는 어버이다워야 하며, 자식은 자식다워야 합니다." 하니 경공이 "좋은 말씀입니다. 참으로 임금이 임금답지 못하고, 신하가 신하답지 못하고, 어버이가 어버이답지 못하고, 자식이 자식답지 못하면, 비록 곡식이 있은들 내 어찌 무엇인들 먹을 수 있으리오?" 하였다.[37]

위는 『논어』의 내용으로 〈안민가〉를 분석할 때 가장 많이 적용해 왔다. 공자는 임금은 덕으로 다스리고, 신하는 그 도리를 지키며, 어버이는 자식에게 엄함과 자애로 대하고, 자식은 효성으로 부모 뜻을 따르면서, 도를 넘지 않고 맡은 바 본분을 다하면 자연히 사회질서가 유지된다 했다.

그동안 이 말에 근거하여 〈안민가〉에 담긴 유교사상을 논해왔다. 공자는 당시 사회가 이름이 바르지 못해서 어지러워졌다고 생각했기 때문에 이름을 바룸으로써 당시의 폐단을 구제하고자 한 것이다.[38] 공자의 이 같은 생각을 '정명正名'이라 한다. 정명이란 겉으로 내세워진 이름과 실재가 부합하는 것이니 직분에 충실하는 것을 말한다. 자로子路(542~480 B.C)가 공자에게 "위나라 임금께서 선생님께 정치를 맡기면 무슨 일부터 하시겠습니까?"라고 했을 때도 공자는 "그야 물론 이름을 바르게 하는 정명이다."[39] 했다. 인간이 타자와 생활하면서 사회적 관계나 부여된 직책에서 요구되는 역할을 올바로正 알맞게中 구현할 때 비로소 정명이 이루어진다.[40]

지배체제의 모순을 제거하고 관료 체제를 정비하여 왕권을 강화하려 했던 경덕왕의 개혁 정치는 사실상 만족할 만한 성과를 거두지는 못했다. 왕과 진골귀족세력과의 갈등은 여전했고, 경제적인 어려움도 생겨났다. 〈안민가〉의 "군君다이 신臣다이 민民다이 ᄒᆞᄂᆞᆯᄃᆞᆫ君如臣多支民隱如"는 이와 같은 정치 상황에 대한 해법의 하나로 정명론正名論(正明主義)을 제시한다. 어지러운 세상을 바로잡아 정상 상태를 회복하려면 무엇보다 각각이 천자·제후·제후·대부·배신陪臣·백성의 역할을 다하지 않으면 안 된다. 즉, 이름에 부합하는 역할이 중요시되는 것이다.[41] 군신과 백성을 부모와 어린아이에 비유하면서 백성을 항상 보살펴야 할 어린애에 견주는 일은 매우 보편적으로 오래된 유교적 전통이다.

한편 〈안민가〉의 이와 같은 비유나 내용 흐름은 불경에도 오롯이 담겨 있다.[42]

> 왕이 말하기를 "대사大師는 저 모든 왕들을 무슨 까닭에 왕이라 합니까?" 대사가 말하기를 "대왕이시여, **왕이란 백성들의 부모**이니, 능히 법에 따라 중

생을 도와 편안하게 하는 까닭에 왕이라 합니다. 대왕께서는 이를 아셔야 합니다. 왕은 민초를 부양하기를 마땅히 갓난아기赤子와 같이 할 것이니, 마른 자리를 물려주고 젖은 자리를 없애줘야 함은 말할 필요가 없을 것입니다.[43]

"대왕이시여, 마땅히 아옵소서. 왕이란 백성으로써 나라를 삼아야 설 수 있는데 백성의 마음이 편안하지 않으면 나라는 곧 위태로워집니다. 그러므로 왕이란 백성의 일을 근심하되 갓난아기와 같이 하여 마음에서 떨치지 말아야 합니다."[44]

위의 두 글은 왕과 백성의 관계를 부모와 자식 관계에 비유하면서, 왕은 백성에게 마른자리를 물려주고 젖은 자리를 없어야 하고, 마음속으로 항상 백성에 대한 근심을 떨치지 말아야 한다는 당위성을 강조한다. "왕과 백성의 관계를 세상 사람들이 자식을 낳아 기르는 일에 비유하자면, 부모가 자식을 불쌍하게 여겨 사랑함은 보물을 아끼는 것과 같고 갖가지 편의를 보아 항상 즐겁게 하려는 것과 같다. 자식이 장성하면 효도와 공경이 생기는 것처럼 왕의 마음이 자애로우면 백성도 같은 것이다. 모든 백성들은 다 자식 같은 것이니 왕이 백성을 사랑하고 생각함은 부모가 자식을 사랑하고 생각하는 것과 같아서 항상 사섭법四攝法[45]을 행해야 한다."고[46] 했다. 이는 불도를 실천하는 사람이 사람을 유인하여 여러 중생들의 마음을 인도해가는 방법이기도 하다.

"악인을 멀리하고 바른 법을 닦아서, 중생들을 편케 할지니, 모든 착한 법에서 가르치고 악을 막아서 나쁜 일은 멀리 여의도록! 이렇게 하면 나라 안은 편안하고 풍성하고, 임금도 마찬가지로 위엄과 덕망을 갖추어 얻으리.",[47] 『금광명최승왕경』 왕법정론품王法正論品에도 국왕이 제정한 법령과 규율이 가야할 바른 길, 나라를 다스리는 길에 강령이 될 만한 요점을 나열해두었다. 여러 나라에서 왕이 된 이에게 만약 바른 법이 없다면 나라를 능히 다스려 중생들을 편안하게 하고 그 자신도 훌륭한 왕위에 오래 있을 수 없을 것이라고 힘주어 말한다.[48] "정법을 행하면 여러 백성들에게 칭찬받는 바가 되고, 죽어 천상계에서 생전의 행위에 대하여 마땅한 갚음을 받아 부귀와 즐거움을 누리고 공경을 받는다."[49] 하였고, 왕이 정법을 행해야 모든 국가를 귀순·복종시킬 수 있고, 부모가 자식을 사랑하듯 백성들을 자애롭게 보살펴야 백성들이 왕을 자식이 아버지를 우러르듯 한다고[50] 하였다. 신라 중대 왕실은 불교를 적극 신앙했고, 국왕들의 신앙 또한 독실했다. 궁중에 별도로 사찰 내원內院이 있었고, 국왕은 고승을 초청하여 설법을 듣거나 정치적 자문을 구했다. 〈안민가〉는 고승 충담사가 경덕왕에게 전하는 설법이었던 셈이다.

〈안민가〉의 임금이 백성을 어린 아이처럼 정성껏 보살펴야 한다는 말은 불교에서 말하는 정법의 왕론王論, 즉 국왕이 행해야 할 바른 도리를 제시하고 있다. 이는 왕이 덕이 높은 스님에게 법을 듣고 나라를 다스리는 바른 법을 찾아가는 과정이다. 정법이란 진정한 도법, 즉 부처의 가르침이다. 이치에 어긋남이 없는 것을 정正이라 하고, 삼보 중의 법보法寶로써 교리행과의 넷을 체體라 하였고, 『무량수경』 상에도 "정법을 널리 편다." 하였다.[51]

세상 사람들은 저마다 허물이 있으니, 왕도 예외가 아니라는 말도 잊지 않았다. 이들 경전의 〈왕론품〉에서 왕론이란 왕이 해야 할 일을 논의한다는 뜻이니, 왕은 앞서 정법을 실천해야 하고, 어떤 어려운 경우라도 자비심을 가지고 나라를 다스려야 함을 강조하고 있다. 정치 체제의 기본 구조는 다스리는 사람과 다스려지는 사람 간의 관계이며, 체제가 안정과 균형을 이루기 위해서는 긍정적 상호작용이 필요하다. 즉, 동질적인 사유

구조를 바탕으로 피지배집단이 지배집단의 권위를 승인하고 재생산되어야만 치자의 권위가 확보됨은 물론 정치체제가 안정된다. 치자와 피치자를 연결시킬 수 있는 동질 논리가 바로 정법치국正法治國의 이념이다.[52] 정법에 의해 모든 인민의 이익과 안락을 증진해야 하는데, 이 같은 정법치국 이념은 불교의 수용과 함께 신라 정치제도에도 자연스럽게 수용될 수 있었다.[53]

충담사는 〈안민가〉를 지어 경덕왕에게 부처의 교법을 전하면서 동시에 어려운 정치현실에서 신라의 정치가 앞으로 나아가야 할 길을 충간하기도 했다. 즉, 왕이 정명과 정법치국을 통해 이상적 군주가 되고 정치적 안정을 이루어 극락왕생하기를 바라는 간절한 기원을 담고 있다.

경덕왕은 재위 후반기로 가면서 승려들의 다양한 능력과 영향력을 통해 기존의 불교신앙 뿐만 아니라 대중을 교화할 수 있는 여러 가지 방법으로 사회의 안정과 통치에 힘을 얻고자 했다.[54] 그리고 당시 신라는 지정학적인 토착성과 후진성을 면해보고자 중국과의 통교를 위해 서학을 유입하는 일에 적극적이었다. 유학승들이 불교뿐 아니라 유교 등 중국 선진문화에 대한 욕구가 커서 사신의 내왕과 동반하여 출입하면서 새로운 문물을 들여오는 선구자적인 역할을 하였기 때문이다.[55]

당시 신라는 다양한 경로로 유입한 선진 사상을 도입하여 사회 변화를 꾀하려 했을 것이므로, 〈안민가〉의 배경사상을 불교의 '왕법정이론'으로만 특정하는 것은 다소 단정적일 수 있겠으나 다만 충담사가 왕에게 전하려는 충간의 핵심 논리는 불교에 있음이 분명하다. 앞에서 살핀 것처럼, 〈안민가〉에는 공자의 사상에 볼 수 있는 유교적 정명사상도 함께 배어있으므로, 향후에도 다각적 시선으로 〈안민가〉의 작품 성격을 규명하여 보다 보편타당한 결론에 이를 필요가 있다.

13

제 아이의 눈을 지켜주소서

—

도천수대비가

무릎을 곧추 세우고
두 손 모아
천수관음보살 앞에
기원하는 말씀 드립니다.
천 개의 손, 천 개의 눈으로
굽어 살피시어 하나라도 고쳐주시옵길!
두 눈 다 위태로운데,
한쪽 눈에는 군날개翼狀片[Pterygium] 돋았습니다.
아아! 온정 베풀어 주신다면
그 자비로움 얼마나 크겠습니까.

천수천안관세음보살은 어떤 존재인가?

관세음보살은 죄악들로 고통 받는 존재를 자비심을 가지고 지켜보는 신, 높은 곳에서 내려다보는 신이라는[1] 어원을 가지는 존재로, 서방정토의 통치자 아미타불의 두 보조자 가운데 하나이다. 다른 하나인 대세지보살은 민간 종교에서는 아무 역할도 하지 않는다. 관음은 살아있는 모든 중생을 구제할 때까지 부처가 되지 않겠다고 맹세했다. "만일 모든 존재를 구제하는 일을 하면서 단 한순간이라도 절망을 느낀다면 내 머리는 열 개로 쪼개질 것이다." 했다니 그는 정말로 대자대비하다. 그는 천 개의 눈과 천 개의 팔을 가지고 지옥의 망령들을 구하고, 말의 머리를 하고서 축생을 구제하고, 11개의 얼굴로 아수라 사이에 있으며, 신들 사이에서는 여의륜관음如意輪觀音이 된다. 이것이 6관음인데 모든 중생과 함께 생사육도生死六道의 하나하나에 각각 참여한다. 그러나 그들은 여섯 개의 별개의 인격이 아니라 자신의 초자연적인 힘을 모든 중생에 대한 자비심에서

동시에 취하는 여섯 형태이다.[2]

관세음보살은 티베트의 기도문 〈옴 마니 반메 움om mani padme hum〉을 주는 자다. 이는 티베트 불교의 오랜 주문, 즉 진언眞言으로서 "옴은 연꽃 속의 보석이다"라는 뜻이다. 연꽃은 진흙에 뿌리를 내리고 물속에 있으면서도 물에 젖지 않는다. 이에 연꽃은 이 세상의 모든 것으로부터 정신적으로 자유로움을 나타낸다.[3] 관세음보살은 2개, 4개, 6개, 8개의 수많은 팔을 가지고, 그 모든 손바닥엔 눈이 달려있고, 그 눈들은 세계의 슬픔을 꿰뚫어보고 동정심에 구원의 눈물인 타라를 흘린다.[4] 11면 관음보살과 천수천안관음보살은 우리나라뿐만 아니라 중국, 인도 등에서 자주 볼 수 있다. 서로 다른 방향을 쳐다보는 11면 보살, 1,000개의 손에 달린 1,000개의 눈은 중생들의 고통을 빠뜨리지 말고 굽어 살핀다는 뜻이고, 천 개의 손은 중생들의 고통을 어루만진다는 의미다. "분황사 관음보살과 단속사 유마상은 모두 솔거가 남긴 작품인데, 세상에 전하기를 신화神畵라고 한다."고[5] 전한다.

건강한 눈은 모든 사람의 소망

"눈 밝은 것은 달 밝은 것과 같은데,/나같이 조그만 사람이/**동자 안에 흰 막까지 끼어서**/하찮은 장애가 마치 구름 덮인 듯하네./의원의 말에 용뇌향龍腦香이 아니면/끝내 치료될 수 없다고 하므로/여기저기서 구해 봤으나 얻지 못하고/며칠 동안 심란하여 걱정만 하다가/뜻밖에 그대 집안에서 얻게 되어/처음에는 매우 기뻤는데,/의원의 말이 이는 진짜가 아니고,/모양만 진짜를 닮았다고 하네./**그럼 끝내 치료될 수 없단 말인가**/저 달은 먹혔다가도 다시 밝아지는데,/하기야 달은 본시 신물인데/어찌 나와 비교가 되겠는가./이러다간 습주부習主簿와 같이/죽을 때까지 이 모양 되고 말리./하늘이 혹 버리지 않는다면/혹 옛 눈을 찾을지도 모르지./다만 부르짖으며 하늘에 기원할 뿐,/약으론 가망이 없는 일이야."[6]

이규보가 눈동자 안에 흰 막이 낀 눈병을 고치지 못할까봐 안달하는 마음을 담고 있는 글이다. 용뇌향은 용뇌수라는 식물로부터 얻은 결정체로, 방향성芳香性이 있으며 중풍이나 담, 열병 따위로 정신이 혼미한 데나 인후통 따위의 치료에 쓰인다. 이 한약재를 구하지 못하여 더욱 애를 태우고 있다. 달이 지구 그림자에 가리어 먹힌 듯 보이는 월식은 금세 다시 풀리거늘 자신의 눈병은 쉽게 낫지 못할지도 모른다는 불안하고 다급한 마음을 그대로 드러냈다. 달은 신물이니 자신과 같을 수 없다는 넋두리, 하늘에 기도하는 수밖에 없다는 다짐은 더욱 애달픈 마음을 자아낸다.

내 눈병에 대해서도 이러하거늘, 부모 입장에서 내 아이의 눈이 점점 실명 위기에 놓여있다면 어떻겠는가? 좋다고 하는 모든 약을 쓰고, 영험하다는 모든 곳을 찾아 비는 일은 당연하지 않겠는가. 〈도천수대비가〉에서 희명의 마음은 이와 같은 맥락에서 이해해야만 할 것이다.

아이가 실명 위기라더니 어떻게 금세 눈병이 나았을까?

〈도천수대비가〉 8행의 향찰 '일등사은사이고지내호질등사一等沙隱賜以古只內乎叱等邪'는 "경덕왕 대에 희명希明의 5세 아이가 갑자기 눈이 멀자 분황사 천수대비 앞에서 이 노래를 불렀더니 마침내 아이가 눈을 뜨게 되었다"는 서사의 비밀을 푸는 매우 중요한 열쇠다. 그러나 그동안 '고기古只'를 음이 흡사한 '고티다(醫, 療)'로 보아 "고쳐주시길 비옵니다"로 번역했다. 그러나 'ᄒᆞ기ᄉᆞᆷ爲只爲, 기오ᄃᆡ只乎矣, 다ᄆᆞ기並只', 〈혜성가〉의 '혜ᄉ기彗叱只', 향명鄕名 '五獨毒只(오독ᄯᅩ기)', '衰也只(소야기)' 등을 보면 '只'는 '기'이고, '드ᄂᆞ다入內如, 두ᄂᆞ다在內如'를 보면 '내內'는 'ᄂᆞ(내)'이므로 이 부분은 '고기 ᄂᆞ(내)옷ᄃᆞ라(古只 內乎叱等邪)'로 읽어야 한다. 한편 이를 훈차하게 되면 ᄂᆞᆰ(古)+기(只), 예컨대 "亭子ᄂᆞᆫ 놀가(亭古)"(초간 두시언해 21:28) 즉, '날개翼들옷ᄃᆞ라納'가 될 수도 있다.

"ᄯᅩ 누니 믌物에 샹傷커나 시혹 ᅀᅲᆨ肉고기 내왇거든 고툐ᄃᆡ 이ᄅᆞᆯ ᄡᅳᆯ디니 싱生띵地붕膚ㅅ삯 닷 량兩ᄋᆞᆯ 조히 시서 디허 집汁을 ᄎᆔ取ᄒᆞ야 상沙햅合애 담고 구리 져로 ᄌᆞ조 눉 가온ᄃᆡ 디그라 겨스렌 ᄆᆞᄅᆞ닐 글혀 집汁을 ᄎᆔ取ᄒᆞ야 디그라 ᄯᅩ ᅘᅢᆼ杏ᅀᅵᆫ仁을 ᄆᆞᄅᆞ ᄀᆞ라 사ᄅᆞᄆᆡ 졋 집汁에 불워 ᄌᆞ조 디그라"[7]

【현대어 풀이】 "또 눈이 이물질로 상하거나 혹 눈에 군살이 자라거든 이것을 써서 고칠 것이니, 생 댑싸리의 싹 다섯 냥을 깨끗이 씻어, 찧어서 즙을 내어 사기그릇에 담고 구리젓가락으로 눈 가운데 자주 찍어 넣으라. 겨울에는 데쳐 말린 것을 끓여 즙으로 넣으라. 또 살구 씨를 곱게 갈아 사람의 젖에 불려 자주 찍어 넣으라."

위의 『구급방언해』의 한 구절인 "ᄯᅩ 누니 믌에 샹커나 시혹 ᅀᅲᆨ肉고기 내왇거든 고툐ᄃᆡ 이ᄅᆞᆯ ᄡᅳᆯ디니"나 "간의 ᄇᆞᄅᆞᆷ으로 눈 즌므르며 막킨 고기 나고"[8]는 "눈구석에서 삼각형의 군살이 자라나 각막 쪽으로 자라 들어가는 질환"인 익상편翼狀片(군날개, Pterygium)과 명칭·증상이 일치한다. 즉, "여러 가짓 거세 그슥ᄒᆞᆫ ᄃᆡ 고기 그처디닐 고툐ᄃᆡ"(구급방언해 24)에서처럼 눈 가장자리 잘 보이지 않는 곳에 감춰진 질병, 즉 은질隱疾·은병隱病을 말한다.

익상편은 실명에까지 이를 수 있는 치명적인 눈병임에 반해, 의학서에 제시된 그 치료 과정은 그리 복잡하지도 심각하지도 않다. "눈에 돋은 군살, 핏발에는 웅작분雄雀糞 가루를 인유즙人乳汁에 개어 자주 넣으면 곧 삭아진다.", "살구씨 알맹이杏仁 14매를 껍질과 끝을 버리고 생으로 씹어 손바닥에 뱉은 다음 식기 전에 젓가락 끝에 솜을 감은 것에 묻혀서 군살이 돋아난 곳에 바르기를 3~4회만 정도만 하면 낫는다." 하였고,[9] 안약을 넣으면 곧 낫는다 했으며, 아침에 먹으면 저녁에 효력을 본다고도 하였으니 익상편 치료에 관한 민간의학에서의 자신감은 매우 높은 편이다.

『관세음보살여의마니다라니경』에도 "웅황雄黃·건강乾薑 등의 약재들을 찧어 가늘게 갈고 용뇌향과 사향을 섞어 약을 만들어 두고, 심주心呪·수심주隨心呪·근본주根本呪를 1,008번씩 외고, 손에 약을 집어 관세음보살상의 발에 댄 다음 그 약을 바로 눈에 바르면 이미 걸린 모든 눈병, 청맹靑盲과니, **태노육**胎努肉**까지 모두 낫는다.**"[10]는 처방전을 제시하고 있다.

희명은 보살의 앞에서 청원하는 일과는 별도로, 전통적인 민간의 치료 행위, 혹은 『관세음보살여의마니다라니경』 등 불경에서 제시하는 갖가지 눈병 치료법에 따랐을 것이다. 숭고한 모성은 천수대비의 힘으로 실명 위기를 극복할 수 있다는 신념과 이상으로 가득하다. 그 정성스러운 치료 행위, 아이의 간절한 기도에 대한 보답으로 마침내 아이가 눈을 뜨게 됨으로써 희명과 아이의 기쁨은 배가 되고, '노래를 지어 부르며 기도드린' 대상이 천수천안관세음보살이다 보니 아이의 득명은 모두 천수천안관음보살의 자비와 공덕으로 여겼을 것임에 분명하다.

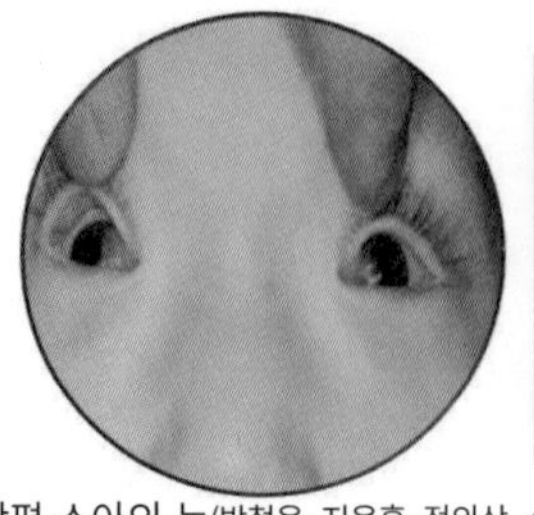
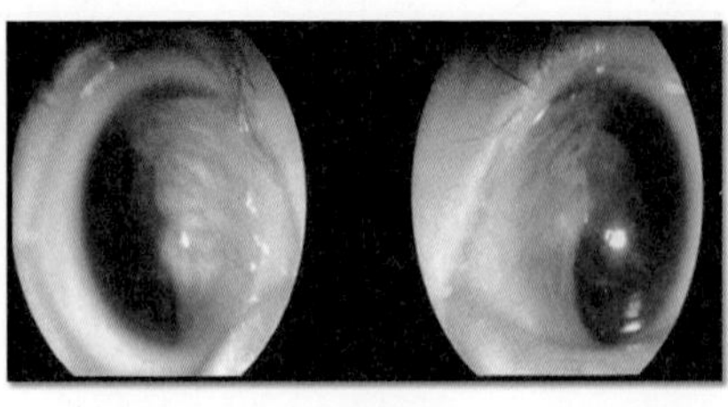

▲ 익상편 소아의 눈(박철용·지용훈·정의상, 소아 익상편 절제술 후 발생한 각막 켈로이드 1예, 『대한안과학회지』 44권 9호, 대한안과학회, 2003, 2172쪽)

치병治病을 바라는 다라니, 〈도천수대비가〉

〈도천수대비가〉는 "아이의 병을 치유하기 위해 무릎을 꿇고"(1·2행), "자비로우신 천수천안관음보살께 간절히 비옵나이다."(3·4행)라고 하여 기원의 대상을 설정하고 간절한 마음을 토로하였고, "천 개의 눈 가운데 하나만이라도 시야를 넓히시어,(5·6행) 아이의 딱한 질병을 굽어 살피시는 자비를 베풀어 달라(9·10행)" 하면서 익상편이라는 아이의 질병을 구체화하면서 청원하는 까닭을 제시하고, 간절함을 더욱 강조하려 하였다. 마지막 구절에서 자비와 이어지는 단어 '근根'도 단순히 "크다"라는 서술어의 어간으로 볼 것이 아니라, "원하옵나니, 세세토록 공양하고 영원토록 다함없어서 이 선근善根을 노잣돈 삼아 대왕폐하의 수명은 산처럼 견고하고 치세는 천지와 함께 영원하여, 위로는 바른 가르침을 넓히고 아래로는 백성들을 교화하게 하소서"[11]에 나오는 것처럼, '근기根機' 즉 "교법을 듣고 닦아 얻는 능력"이란 뜻으로 해석하고자 한다.

결론적으로, 〈도천수대비가〉는 〈관음세안결觀音洗眼訣〉 "관세음이시여, 구원해주소서./저에게 큰 안락을 주소서./크게 저를 인도하시어,/저의 어리석음과 어둠을 멸하여 주옵소서./모든 거리낌을 없애 주시고,/모든 악업을 지워주소서./**저의 눈을 어둠 속에서 꺼내시어**/**제게 만물의 빛을 보게 해주옵소서.**/지금 제가 이 게偈를 말함은/제 안식眼識(=시각)의[12] 죄를 뉘우치기 위함이니/널리 광명을 베푸시어/사물의 오묘한 형상을 보여주옵소서."[13]와 같이 천수천안관음보살에게 눈병을 고쳐줄 것을 기원하는 다라니神呪이다. 즉, "매번 첫새벽에 맑은 물 한 그릇을 받쳐 들고 물을 향하여 이 안결眼訣을 7번이나 49번을 외운 후에 이 물로 눈을 씻으면 **여러 해 묵은 각막의 병**障翳**과 종기**赤腫까지 안 낫는 일이 없다"고[14] 한 〈관음세안결〉의 가르침, 혹은 앞 『관세음보살여의마니다라니경』의 처방전처럼, 천수천안의 무한한 시야로 실명 위기에 놓인 아이의 슬픔을 꿰뚫어 보고 눈을 고쳐주시기를 바라는 마음을 담은 간절한 주문이다.

천수대비를 향해 기도하고 향가를 가창함으로써 아이의 눈병을 고쳤다는 『삼국유사』 '분황사천수대비 맹아득안盲兒得眼' 조의 이야기는 아이 눈에 생긴 군날개(익상편)를 치료하려는 희명의 물리·의료적 노력과 정성, 천수대비에 대한 독실한 믿음, 아이와 희명의 경건한 기도가 이끌어낸 쾌거이자 신앙치료의 한 단면을 온전히 보여주고 있다. 비밀교秘密敎, 즉 "비밀이 설해져서 표면에서 알 수 없는 가르침", "부처님의 마음속에 감추어져 있던 것으로서 스승과 제자 사이에만 은밀하게 전수되는 비밀스런 가르침"[15]을 밀교密敎라 한다. 주술적인 밀교의 근본사상이 재앙을 없애고 복을 부르는 양재초복攘災招福과 병을 치유하고 근심을 없애는 제환유병除患愈病 등의 비법에 있음에, 일반 무격신앙과도 일맥상통하는 것이어서, 밀교는 신라사회에서 성행을 이루어 밀교의 다라니가 널리 민간에까지 보급되어 상식화 되었는데,[16] 〈도천수대비가〉는 밀교적 다라니의 성격을 가진다.

14

죄 많은 중생들을 살피지 못한 게 나의 한이라!

—

우적가

내 마음가짐
모질게 갖던 날,
멀리 새 깃드는 숲을 지나쳐
이제야 수행 도량을 찾아 나선다.
계율 어긴 그대들도
다음 생에 윤회의 고통 거듭 받겠지만,
창칼로써 숱한 죄를 지었으니,
어찌 좋은 말로 대할까?
아아! 오직 (내게) 남는 한恨은,
선업善業만이 편안한 집(정토)에 이르게 하는 길임을!
(그대들에게 못 다 전한 탓이라.)*

* 아아! 다만 아쉬움으로 남는 바는
(그대들도) 선업을 쌓으면 편안한 극락정토에 이를 수 있음이라.
(=그럼에도 너희들은 이와 같이 악업을 짓고 있으니 그저 안타까울 따름이라.)

원성왕元聖王 대의 정치사회적 배경은 어떠했나?

원성왕대(785~798) 〈우적가〉는 신라 하대[1]의 작품이다. 상대의 왕은 성골, 그 이하의 왕은 진골이고, 중대의 왕은 순수한 무열왕 계통, 하대의 모든 왕은 먼 조상대의 주된 혈통에서 벗어났다. 부계 혈통에 따라 상중하대를 구별한 것 같지만 이는 국가·정치 세력의 변천단계와 맞물려있다.[2] 신라 하대는 귀족들이 권세나 세력을 멋대로 휘두르고, 왕위 쟁탈전이 심하였으며, 음모·반역·골육상잔이 극심했다. 이런 상태는 중대 혜공왕부터 49대 헌강왕까지 계속되다가 진성여왕 때에 극에 달한다. 혜공왕(765~780)은 8세에 등위해 태후의 섭정을 받다, 장년에는 음탕성색에 빠져 절도를 잃고, 기강이 문란하고 이재가 빈번했기에, 인심은 배반하고 사직이 위태로웠다.[3]

785년에 선덕왕宣德王(780~785)이 죽자 귀족회의에서는 김주원金元周을 공식적인 왕위 계승자로 추대한다.

▲ 경주와 창녕昌寧의 교통로 가운데 하나인 청도淸道의 남산과 화악산. 청도 화악산華岳山(930m)과 남산南山(870m)의 모습(경북 청도읍 상리 한재마을), 경주에서 이곳을 지나 창녕을 거쳐 지리산을 향할 수 있다.

김주원金周元. 당초에 선덕왕이 죽고 후사가 없으니 여러 신하들은 정의태후貞懿太后의 교지를 받들어, 주원을 왕으로 세우려 하였다. 그러나 조카인 상대장등上大長等 경신敬信이 여러 사람들을 위협하고, 먼저 궁에 들어가 왕이 되었다. 주원은 화가 두려워 명주로 물러나고 서울에 가지 않았다. 2년 후 주원을 명주군 왕으로 봉하고 명주 속현인 삼척·근을어斤乙於·울진 등 고을을 떼어서 식읍으로 만들게 하였다. 자손이 인하여 부府를 관향으로 하였다.[4]

선덕왕이 죽고 아들이 없어 신하들이 왕의 조카뻘 되는 주원을 옹립하려 했다. 이때 주원은 서울 북쪽 20리에 살았는데, 폭우로 인해 물을 건너지 못했다. 누군가 '임금의 큰 지위란 본시 사람이 도모할 수 없는 것인데, 오늘의 폭우는 하늘이 주원을 왕으로 세우려 하지 않는 것이다. 임금의 아우 상대등 경신은 본디 덕망이 높아 임금의 체통을 지녔다.' 하니, 여러 사람들의 의논이 단번에 일치되어 그를 왕으로 삼았다. 얼마 후 비가 그치니 나라 사람들이 모두 만세를 불렀다.[5]

김주원과 김경신의 계보를 볼 때, 김주원에게 왕위계승의 우선권이 가 있었다. 선덕왕이 임종할 때 주원을 후계자로 지목한 것은 무열왕계 왕통을 유지하기 위함이다. 무열왕계가 소멸될 시점에 선덕왕이 외손으로서 왕위를 이었지만 후사가 없이 죽으니 무열왕계의 방계인 주원에게 왕위를 계승할 것으로 생각했던 것이다. 반면 김경신은 중대왕실과 혈연관계가 없으므로, 후계 선상에 오르지 못할 입장이었다.[6] 위 첫 번째 예문은 "경신이 여러 대신들을 위협하고, 먼저 궁에 들어가 왕이 되었다."하고, 두 번째 예문은 알천閼川의 폭우를 하늘의 명으로 여기고, 상대등 경신의 덕망과 체통을 명분삼아 경신을 왕에 앉혔다 했다. 이에 "궁에 들어간 김경신 세력이 천명을 빙자하여, 김주원을 추대한 세력들을 협박하고, 폭우를 하늘의 명이라고 부회한 것"이라 한다.[7] 뒷날(헌덕왕14년 3월) 주원의 아들 김헌창金憲昌이 같은 이유로 반란을 일으킨 것[8]을 보아도 이 당시에 왕위 다툼이 아주 치열했음을 알 수 있다.

김경신의 덕망이나 체면을 언급하고 선덕왕과의 혈연을 강조한 것은 최종적으로 결정된 왕권에 힘을 싣는 방식의 유교적 표현이고, 경신이 왕위에 앉는 꿈을 꾸고 북천신의 비호를 받았다 함은 변칙적 즉위를 합리화한 수식이라고[9] 보는 것이 합리적이다. 즉, 군사 행동에 의해 왕위에 오른 원성왕은 애초에 정통성을 결여해서[10] 때 맞추어 내린 폭우를 유리한 방향대로 해석하거나 무열왕계를 상징하는 만파식적萬波息笛 등을 통해

자신들의 왕권을 정당화했다는 논리이다.[11]

그럼에도 불구하고 다음 사실들을 살피면 원성왕대의 정치사는 불안감에서 벗어나지 못했음을 알 수 있다. 당시 실시한 독서삼품과(788년)는 지지 세력이 없던 원성왕이 자기세력을 선발하려고 꾀한 일이고, 당시까지 적대적이던 발해에 사신을 파견한 것도 내부의 불만과 높은 정치적 관심을 외부로 이전하려는 발상에 따른 것이다.[12] 당나라에서 그를 책봉해주거나 외교적으로 승인해주는 액션을 취하지 않았으니 불안은 더욱 가중되었을 것이다.

신라 중대에서 하대로 가면서 귀족들은 왕권의 전제주의에 반항해, 신라는 귀족연립적인 방향을 걷게 되었다. 집사부 중시 대신에 상대등이 다시 각광을 받고, 시대 조류에 대한 반동이 일어났다.[13] 원성왕의 증손인 애장왕哀莊王은 아우 체명體明과 함께 숙부 헌덕왕憲德王에 살해되었다. 중앙의 어지러움은 직간접으로 지방에까지 영향을 끼쳐서 중앙에서 뜻을 잃은 왕족이 지방에 웅거하며 난을 일으키기도 했다. 김헌창金憲昌 부자의 난, 흥덕왕興德王의 사촌동생 균정均貞과 4촌 형제의 아들인 제융悌隆의 계승 다툼에서 제융이 승리하여 희강왕僖康王이 되고, 희강왕은 김명金明의 반란에 자살하고, 김명은 자립하여 민애왕閔哀王이 되고, 김균정金均貞의 아들 우징祐徵이 장보고의 도움을 얻어 민애왕을 박해하여 신무왕神武王이 되는 등, 당시 지방 대 중앙의 대립, 귀족사회의 부패와 기강문란은 매우 극심했다.[14]

원성왕 때에는 자연 재해가 잦고 정치·사회적 변동이 많았으므로 민심도 불안을 느끼어 동요했다. "가을에 나라 서쪽지역에 가물이 들었고 곤충 떼인 누리가 생겼으며 도적이 늘어 왕이 사신을 보내 민심을 위로할"[15] 정도였다. 왕 3년 2월에는 경주에 지진이 나고, 5월에 태백성이 출현하였으며, 4년 가을에는 나라 서쪽에 가뭄이 들고 누리가 생겼으며 도적들이 많아져 왕이 사신을 파견해 안정시키고 위무했으며, 5년 춘정월에는 한산주 백성들이 굶주려 곡식을 내 주었고, 가을 7월에는 서리가 내려 곡식이 상했다. 6년에서 13년까지 갖가지 재난이 이어졌다.[16] 누리·가뭄·역질·홍수·서리 등 잦은 재해로 원성왕은 굶주린 백성들을 구휼하고, 죄수를 사면하거나 친히 관리했다. 원성왕 4년의 도적떼는 특히 눈길을 끈다. 이와 같은 재앙은 바로 백성들의 생활을 위협하여 생활을 파탄케 만들고, 사회의 바탕을 뒤흔들었을 것임에 틀림없기 때문이다.[17]

원성왕 5년 준옹의 참여를 계기로 원성왕 직계가 정국운영을 주도했는데, 이는 원성왕 4년의 도적, 동왕 5년 정월 한산주의 기근이 왕권의 위기의식을 높인 데 따른 사회적 변동으로[18] 본다. 재해로 촉발된 사회적 변동은 원성왕 반대세력의 역공을 불렀을 것이다. 왕위계승에 집착이 강하거나 왕권에 대한 도전이나 쟁탈전이 심하면, 그 자체로 심각한 사회불안을 조성한다.[19] 힘들게 정권을 잡은 원성왕은 이와 같은 상황이 되자 안정적인 후계구도를 만들기 위해 온갖 힘을 쏟았다. 원성왕은 즉위와 동시에 왕자 인겸仁謙을 태자로 책봉하여 왕위계승자로 확정했다.

그러나 지에(791) 태자가 갑자기 죽자, 이듬해 의영義英을 다시 태자로 책봉한다. 의영태자도 곧 죽자, 고故 인겸태자仁謙太子의 장자인 준옹俊邕(훗날의 昭聖王)을 태자로 책봉했다. 원성왕은 왕과 태자를 정점으로 하여 극히 좁은 범위의 근친왕족들에게 상대등·병부령·재상·어룡성사신御龍省私臣·시중 등의 요직을 맡겼다. 이에 원성왕 때 재상제도가 갖는 권력집중의 기능이 충분히 발휘되었다고 해석한다.[20] 원성왕은 재위기간 동안 장자·차자·적장손에 이르기까지 3차례의 태자책봉을 단행하며, 순조로운 왕위 계승을 이루겠다는 목적의식을 가졌다. 원성왕과 태자가 권

력의 정점에 두고 왕실과 근친들을 요직에 배치하여 배타적 권력 집중을 꾀했던 셈이다.[21]

지방사회에 대한 원성왕의 관심은 정법전政法典의 정비에서도 볼 수 있다. 정법전은 원성왕 원년에 정비했는데,[22] 이는 승정기구로서 불교계의 정비와 함께 지방통제를 목적으로 한다. 즉, 중대 말부터 유행한 중앙귀족들의 불사활동으로 이들이 지방에서 영향력을 확대하자 원성왕은 정법전을 정비했다. 이렇듯 원성왕은 제도적 차원에서 지방정책을 추진하면서 지방사회의 혼란을 극복하려고 했다.

그러나 이러한 노력과 달리 원성왕 4년에는 지방사회의 이탈을 의미하는 도적이 발생하자, 지방통제를 위한 수단을 강구했던 것이다.[23] 신라 하대는 통일 후 국토가 확대되고 다스려야 할 이질적 백성들이 많아졌다. 신라는 골품제 귀족정치에 의존했기에, 새로운 역사·사회 발전을 저해했다. 비대해진 귀족들은 융합보다는 분열을 일삼았고, 누구든지 힘이 강대해지면 일약 왕좌에 오르기 위해 권력을 놓고 투쟁하는 악순환을 되풀이했다. 이러한 와중에 골품제의 희생자인 육두품 이하 출신들의 사회적 불평불만, 부패한 사회에 대한 서민들의 개혁 의지, 이러한 것들이 하나로 뭉쳐, 당시의 시대와 사회에 순응하지 않으려는 사람들이 도둑이나 반란자가 되었을 가능성이 높다.[24]

〈우적가遇賊歌〉는 어떤 의미인가?

〈우적가〉는 영재스님이 지리산으로 가는 중에 도적을 만나 부른 향가이다. 작품에서 향찰을 띄어쓰기 하고, 앞 뒤 문맥에 맞추어 다시 해독하

면 다음과 같다.[25]

제 ᄆᆞᄉᆞᄆᆡ(내 마음의)	自矣心米
즈ᇰ 모딜이 디니단 날(자세를 모질게 지니던 날)	皃史 毛達只 將來呑隱日
머리 새 숨온 수플 디나티고(멀리 새 숨어드는 숲을 지나쳐,)	遠 鳥逸林乙 過出知遣
이제ᄃᆞᆫ 수페 가고쇼다(이제야 수행 도량으로 가노라.)	今呑 藪未 去遣省如
다만 외온 파계주(破戒主)(계율 어긴 그대들도)	但 非乎隱焉 破戒主
버그볼 사리사 ᄂᆡ어도 돌올 량이야 (次生에 윤회는 거듭 할 것이라.)	次弗生史 內於都 還於尸 朗也
이 잠갯 사과(沙過)오(창칼로 만드는 숱한 허물에)	此兵物叱 沙過乎
됴ᄒᆞᆯ 말사야 ᄂᆡ호ᄃᆞ니(어찌 좋은 말이 나오리!)	好尸曰沙也 內乎呑尼
아야, 오직 이 내 소릿 한(恨)ᄋᆞᆫ(아아! 오직 나의 恨은)	阿耶 唯只 伊吾音之叱恨隱
선릉(潽陵)ᄋᆞᆫ 안택(安宅) 모돈이다. (善業만이 편안한 집(정토) 이르는 길이라!)	潽陵隱 安支尙宅 都乎隱以多

이를 다시 더 자세히 의역하여 풀면, “내 맘을 굳게 먹고, 새들 깃드는 숲을 멀리 지나쳐, 수행의 도량을 찾아 나선다. 계율을 어긴 그대들도 생사의 고통스런 윤회를 계속하겠지만, 창칼로 만드는 숱한 악업에 대해 좋은 말을 하긴 어렵다. 아아! 다만 아쉬움으로 남는 바는 ‘(그대들도) 선업을 쌓으면 편안한 정토에 이를 수 있음’이라.”이다. 마지막 구절은 그럼에도 너희들은 이와 같이 악업을 짓고 있으니 그저 안타까울 따름이라는 마음을 담았다.[26]

제 3구에 대해서는 여러 견해가 있고, 향찰의 끊어 읽기 또한 각양각색이지만 ‘일日’자를 앞 구절에 붙여 해독하는 견해에 따르고자 한다. 여기서 “머리/멀리遠”는 뒤의 “디나티고過出知遣”를 꾸민다. 문장구조상 가운데의 ‘鳥逸林乙’의 ‘鳥(주어)+逸(서술어)’는 “林乙”를 꾸미는 관형절이고,

'㊐乙'는 목적어이다. 앞 문장부터 이어오는 주어는 '스스로自'이다. 앞뒤 문맥상 '林乙'은 '수플을·수플(林/森/叢[27]乙)'이 되어, "멀리 새들이 숨어드는 수풀을 지나치고", "새가 둥지를 찾아드는 (속세의) 숲을 멀찌감치 지나치고"가 된다. "날던 새가 쉬려 할 때는 반드시 쉴 만한 숲을 잘 선택해야 하고, 사람이 배우기를 구할 때는 스승과 친구를 잘 선택해야 한다. 수풀과 나무를 선택하면 쉬는 것이 편안하고, 스승과 벗을 잘 선택하면 그 배움이 높아진다."에서처럼[28] 수행할 곳을 찾는 사람과 둥지를 찾는 새는 자주 견줌의 대상이 되곤 한다.

제 6구의 "차불생사(次弗㊀史)"은 문맥상 주어이고, "환어시랑야還於尸朗也"는 서술어에 해당한다. ○에는 '生'이어야 자연스럽다. 삼생(三生, 三世轉生)은, 과거·현재·미래, 전생(前生)·금생(今生)·내생來生, 전생·이승·저승을 뜻한다. 삼생을 지나 해탈을 얻는다는데, 초생初生에 종자를 심고, 차생次生에 성숙하고, 제3생에 성도에 들어간다는[29] 수순이다. 다음번의 삶, 즉 내생來生·후생後生·증입생証入生이다. "최후의 몸은 가장 마지막 몸이니 다시 죽살이를 하지 아니하여)"(月釋1 : 31), "살殺은 번뇌 도적을 죽이는 것이다. 또 불생不生이라 함은 나지 않는다는 뜻이니 다시 죽고 사는 괴로운 윤회를 하지 않는 것이라)"(月釋2 : 20)에서와 같은 쓰임을 보이고, 삶의 윤회를 말한다. 〈우적가〉에서 영재 스님은 도적들에게, "악업을 쌓은 그대들도 다음번의 삶次生은 반드시 다시 돌아와 또 다시 윤회의 고통을 밟게 될 것"임을 일깨워 준 대목이다.

재물은 지옥으로 가는 지름길

"중생이 인간에 나서 부모에게 효도하지 않고, 사문沙門이나 바라문婆羅門을 존경할 줄 모르며, 실다움을 행하지 않고 복업을 짓지 않으며, 후세의 죄를 두려워하지 않으면, 몸이 무너져 영원히 쇠하고 아주 멸하여 없어지고 목숨이 끝난 뒤에는 염라왕의 경계에 나서 죄를 받는다."[30] 한 것처럼, 이승에서 지은 업에 따라 사후에 심판을 받고 벌을 받는 까닭은 참으로 많다. 반대로 부모에게 효순하고 진실 그대로를 실천하며 복덕의 업을 지으며 후세의 죄를 두려워하면 기억하고 싶고 기뻐할 만한 과보를 받아 마치 허공에 있는 신의 궁전 속과 같다고 하였으니[31] 사람들을 타일러 가게하려는 곳이 아주 명확하다.

지옥은 그 심판에 따른 극단의 결과를 말한다. 도적들은 재물을 빼앗으려는 마음을 가지고 영재를 위협했지만, 영재는 목숨까지 하찮게 여길 정도로 초월자적 모습을 보였다. 〈우적가〉를 불러준 것이 고마워 도적들이 건네준 비단까지도 "재물은 곧 지옥 가는 근본"이라며 내동댕이쳤다. 현세에 집착하는 적도들에게, 이는 말로써 표현하기 어려운 강한 설득력이 있었을 것이다.[32]

> "재물을 아끼고 탐하는 사람은 악마의 무리에 불과하고, 자비로운 마음으로 베푸는 사람은 부처의 제자이다."[33]

> "재물과 여색의 화는 독사보다 더 심하니 자기를 반성하고 그름을 살펴서 항상 반드시 멀리 여읠지니라."[34]

"송頌하여 읊기를 재물의 이익과 색욕은 염라대왕의 지옥으로 인도함이요, 청정한 행은 아미타불이 연화대로 안내함이니라. 옥쇄로 끌어서 지옥에 들어가면 고통이 천 가지요, 반야용선을 타고 올라가서 연화대에 태어나면 즐거움이 만 가지니라."[35]

불교에서 모든 고통의 원인은 탐욕이다. 탐욕을 멸하면 온갖 고통을 멸한다.[36] 승만勝鬘 부인이 대승불교의 정수인 여래장사상을 설한 경전인 『승만경』에는 "저는 오늘부터 깨달음에 이를 때까지, 자신을 위해서 재물을 쌓아두지 않으며, 전부 가난한 중생들을 성숙시키는데 쓰겠습니다."[37] 했다. "탐욕과 분노, 어리석음은 각기 물감을 푼 물, 끓는 물, 이끼 낀 물과 같다. 그런 물에 얼굴을 비출 수 없는 것처럼, 중생들의 마음이 번뇌로 덮여 진리를 못 본다는 것이다. 이에 번뇌가 없는 깨끗한 마음을 닦는 것이 불교의 수행"이라[38] 했다.

영재는 위의 가르침에 따랐을 테지만, 도적들이 건넨 비단 2필을 바닥에 던졌을 때는 일순간 긴장감이 흘렀을 것인데, 긴장감이 도리어 도적들에게 "재물은 길이 아님"을 깨닫게 하고, 각자의 불성을 자각하는 계기를 마련했을 것이다.[39] "영재는 도적들을 직접 꾸짖기보다 젊은 시절 자신의 심적 혼란을 보임으로써 도적들을 올바른 삶, 수행의 길로 이끌 수 있었다."[40] 비단은 영재에게도 시험적 성격을 가진다. 도적들은 자신들과 상반된 가치 지향을 가진 영재에게 경이와 경외감을 느꼈을 것이고, 이에 자극되어 새 삶을 선택했을 것이다.

도적들도 뉘우치면 깨우칠 수 있다는 희망

〈우적가〉에서 영재스님은 도적들이 병물兵物, 즉 병기兵器로 만든 많은 허물에 대해 지적한다. 경전에는 "보살은 설사 부모를 죽인 자에게도 원수 갚지 아니하거늘 중생을 죽여서야 되겠느냐. 중생을 죽이는 도구를 준비하지 말지니",[41] "불자들아, 일체의 칼과 몽둥이와 활과 창과 도끼 등 싸움에 필요한 온갖 기구를 비축하지 말며, 그물과 올가미와 덫 등 산 것을 잡거나 죽이는 기구는 무엇이라도 비축하지 말아야 한다." 하여[42] 생명을 죽이는 기구를 비축하지 말라고 신신당부한다.

그럼에도 불구하고 도적들은 수없이 많은 허물을 만들었다. 재물을 탐내어 무기로써 사람을 위협하고 죽이려했기 때문이다. "흉악하여 참을성 없고, 나중에 후회하고, 사람들이 사랑하지 않고, 나쁜 소문이 퍼지고, 죽어서 나쁜 길에 빠지는 허물"은 인욕을 참지 못한 5가지 허물에[43] 속하고, "안색이 나빠지고, 몸에 힘이 빠지고, 눈이 어둡고, 성이 잘 나고, 재물을 잃는다."는[44] 술로 인한 허물에 속한다. "악한 일로 속이고, 혐의를 받으며, 괜히 중생을 죽이고, 남의 재물을 도적하며, 악한 사람과 가까이하는" 것도[45] 다 허물이 되고, "불을 쪼이는 것도, 속인의 집에 왕래하는 비구도"[46] 다 죄가 있다고 하니 허물의 종류도 참으로 많다.

석釋 영재가 〈우적가〉를 지었다. 석은 석가의 간칭으로 동진東晋의 도안道安이 불제자를 일컬어 석이라 하면서 널리 퍼졌다.[47] "혜공왕惠恭王 2년(永泰 2년) 병오丙午 7월 2일에 석 법승法勝·법연法緣이 석조 비로자나불을 조성하여…"에[48] 그 쓰임을 보인다. 〈우적가〉의 내용에 따르면, 영재 스님이 지금 숲으로 간다고 했다. 숲을 뜻하는 글자는 수藪이다. '수'는 "산에 돌아가 마음을 닦지 못한다 하더라도 자신의 능력에 따라 선행

▲ 운문사(雲門寺, 경북 청도군 운문면 신원리 호거산) 외벽에 그려진 지옥도

을 버리지 말아야 한다."[49]나 "사람이면 누군들 산에서 도 닦고 싶어 하지 않으랴만 애욕에 얽히어서 하지 못할 따름이다."[50]에서와 같이 이 글자는 흔히 산이나 숲으로 번역한다.

> 그때 사리불이 이 뜻을 거듭 펴려고 게송으로 말하기를, "나는 이미 번뇌 다하였지만, 듣고는 역시 걱정 없나니, **산골짜기 숨어서나 수풀 속을 찾아가서**, 앉거나 거닐 적에, 항상 이 일 생각하며, 내 스스로 책망하길, 어찌 자신 속였던가.",[51]

그 결과, 영재가 찾아가던 〈우적가〉의 '수藪'는 "사찰이나 암자가 있는 숲" 또는 "스님들이 은거하는 산속"을 가리키는 것으로 보인다. 신라 〈불상조상명佛像造像銘〉에서[52] 그 쓰임을 볼 수 있다. 석남암은 이 불상을 안치한 내원사內院寺와 산등성이를 사이에 두고 있던 절로, 산청 석남리石南里로 추정한다. 관음암觀音巖은 현재 '보선암터'라고 하는 암자지의 본 이름이다. '암巖'은 암자庵子로, 굴혈窟穴이란 뜻이 있으니 암자보다 더 소박한 수련처를 뜻한다.[53]

"높은 산은 지혜로운 사람이 머물 곳이요, 깊은 골짜기는 수행자가 깃들 곳이라. 배고프면 나무열매 따먹고 주린 창자를 달래고, 목마르면 흐르는 물을 마시며 갈증을 푼다. 메아리 울리는 바위동굴을 염불당 삼고, 슬피 우는 새소리를 기쁘게 벗 삼아라. 절하는 무릎이 얼음처럼 차더라도 따뜻한 불 생각 말고 주린 창자가 끊어질 것 같아도 밥 생각 말라."는[54] 수행자가 깃들 공간과 마음가짐을 일러주고 있다.

영재스님이 지리산으로 불도를 닦으러 간다고 했지만, 그의 비범한 행동이나 가르침을 볼 때, 그는 출가 이전에 이미 경지에 오른 불제자였음에 분명하다.

> "너희 불자들아, 모든 중생이 8계를 범하거나 5계와 10계를 범하거나 금계를 훼손하거나 일곱 가지 역적의 죄를 짓거나 8난에 태어날 죄를 짓거나 온갖 계를 범한 사람을 보면, 마땅히 참회하도록 가르쳐야 한다.", "보살이 이 같은 사람을 참회하지 아니하고 함께 지내면서 재물과 이익을 함께 가지고, 선을 기르고 악을 없애주는 계를 통해 그 허물을 지적함으로써 참회하도록 하지 않는 자는 가벼운 죄가 된다."[55]

불자들에게 계율을 어기고 재물과 이익을 탐하는 자들을 가르쳐야 한다고 전하고 있다. "온갖 선행에서 지혜는 배의 노를 잡는 것과 같다네. 맹인 백 천 명은 길을 잃어버리지만, 눈 맑은 사람 하나만 있으면 제 길을 찾을 수 있는 것과 같다네."에는[56] 지혜로운 자는 길을 잃고 헤매는 사람들을 이끌어야 한다는 사명감을 담았고, 계율을 어긴 자가 지은 죄를 참회하게 하지 않는 것도 죄라고 했다. 영재가 도적을 일깨운 것도 이와 같은 사명감에서 비롯한 것으로 보인다.

> "붓다여, 저는 오늘부터 깨달음에 이를 때까지, 생명을 잡아두거나 모든 악행, 계를 어기는 행위 등을 보았을 때는 결코 버려두지 않고, 제 힘이 미치는 한 그 자리에서 강하게 책망해야 할 사람에게는 강하게 책망하고, 그 잘못을 깨우쳐 주고 부드럽게 설득해도 알아듣는 자에게는 부드럽게 이야기하겠습니다. 강하게 책망하는 절복折伏, 부드럽게 타이르는 섭수攝受에 의해 세상의 길이 유지되는 까닭입니다."[57]

잘못을 항복받아야 할 사람에겐 항복받고, 부드럽게 설득해도 알아듣는 자에겐 타이르고 용서함으로써 가르침을 오래도록 머물게 할 수 있다고 했다. 『승만경』에도, 세존을 향해, "저는 오늘부터 깨달음에 이를 때까지, 계율을 범하고자 하는 마음을 일으키지 않을 것이고, 부모자식이 없거나 병들고 죄짓는 등 고난으로 괴로워하는 중생을 보면 외면하지 않고 반드시 조용하고 편안하게 하겠다. 재물로써 이익 되게 하여 고통에서 벗어날 때까지 외면하지 않겠다."는[58] 소원과 바람을 제시했다. "계율을 어기는 사람을 보면 구할 생각을 일으키고, 모든 바라밀을 부모의 생각으로 여겨야 한다. 37도품道品의 법을 한집안의 식구로 생각하느니라. 좋은 과보를 낳게 하는 착한 일을 수행할 때에는 적당하다는 한도가 있을 수 없느니라."에도[59] 계를 어긴 사람을 바른 길로 이끌어야 한다는 사명감을 담았는데, 불제자인 영재스님도 도적들을 바른 길로 이끌어 악도로 들어가는 사람을 줄이겠다는 사명감을 가졌던 것이다.

비록 작더라도 착한 업을 쌓아라

열반에 이르는 구체적인 8가지 방법을 8정도正道, 또는 8성도聖道라 한다. 올바른 견해正見, 올바른 생각正思, 올바른 말正語, 올바른 행동正業, 올바른 생활正命, 선을 키우고 악을 없앰正精進, 진실한 맘으로 집중하여 수행함正念, 번뇌를 지우고 마음을 안정시키는正定 8가지를 말한다. 불교에서는 인간의 삶이 괴로운 까닭은 갈애로부터 비롯되며 수행을 통해 마음속의 번뇌와 무명을 없애면 고요하고 평안하며 자유자재한 열반의 경지에 이른다고 한다.[60] 영재 스님이 도적들을 깨우친 것은 사실상 이 8정도를 가르친 것이다.

〈우적가〉 9~10구에 대한 해석은 매우 분분하다. "자신은 죽어도 여한이 없지만 착한 본심을 가지고도 도적이 된 그들이 안타깝다 했다."거나[61] "주체가 '나'가 될 수도 있고, '너'가 될 수도 있기 때문에 의미가 모호하다"라고도[62] 했다. 이 구절을 "오직 요만한 선업은 새집이 안 되니이다."로 해독(양주동)하여, 더욱 공덕을 쌓아야 열반에 오를 수 있음을,[63] "그대들이 나를 죽임으로써 내게 좋은 날(정토왕생)을 맞게 해주는 정도의 적선만으로는 너무 적고,[64] 그것도 그대들이 악업을 쌓는 일에 불과하다"[65]는 말로 이해(성호경)했다. 양주동은 선업의 주체를 밝히지 않았지만, 성호경은 요만큼의 적선이 도적의 살해 행위를 지칭한다고 설명하였다는 점에서 차별성을 가진다.

반대로 홍기문은 "오직 이 오름직한 선善두듥은 못 들어 갈 큰 집이 아니외다."[66]로 해석하면서 열반에 오를 수 있다는 희망을 제시한 구절로 이해하였다. 양희철은 "오직 내 소리에서의 한恨은 큰언덕에(/물들어) 숨어 높인(/오히려) 댁이 돌온(/모은) 것"[67]이라 해석하여, 도적질을 뉘우치고 개전改悛할 수 있도록 숨어들어가기를 유도한 것이라 했다. 열반에 가기 위한 노력을 강조하든, 열반에 오를 수 있다는 긍정 상황을 제시하든, 숨어서 피해 들어갈 것을 유도한 말이든, 미래적 상황을 제시한 말이다. 마지막 단락의 주체가 모호하게 드러나고 있는 것은 더 이상 영재와 도적이 너와 나의 타자로 대치되고 있지 않기 때문이다. 미래에는 영재도 도적도 상택을 향해 구도에 힘을 쓰는 한 존재라는 점에서 너와 나의 구분이 필요 없는 것"이라[68] 해석하기도 한다.

"만약 계율의 법칙을 가졌다면 파계할 수 있고, 이미 계율의 법칙이 없다면 어떤 계를 파하여 파계하겠느냐?"라고 하고,[69] "파계한 비구니라 할지라도 오히려 모든 외도外道, 즉 불교 이외의 다른 교학보다 낫다"(행사초行事鈔 3) 했다. 스스로 행한 잘못에 대하여 부끄러워하고 뉘우치고 반전할 수 있는 계기를 만들어주고 있다.

"학산수鶴山守는 온 나라에서 노래를 제일 잘 한다. 그가 산속에 들어가 소리를 익힌 적이 있었는데, 매양 한 가락을 마치면 모래를 주워 나막신에 던져서 그 모래가 나막신에 가득 차야만 돌아왔다. 일찍이 도적을 만나 죽게 되었을 때, 바람결에 맡기고 노래 부르니 뭇 도적들이 모두 감격하여 눈물을 흘리지 않는 자가 없었다. 이쯤 되면 '죽고 사는 것을 마음속에 두지 않는다.'라고 할 만하다."[70]

위의 학산수 일화는 노래로써 도적들을 감격시킨 예이다. 들보 위에 숨은 도적을 군자梁上君子라고 지칭한 진식(『후한서』 진식전陳寔傳)의 일화처럼, 노래나 이야기로써 서로 마음이 통했다. 도적도 양심과 도덕을 가진 사람이니, 진심을 담아 전하면 소통에 성공할 때도 있다. 영재가 도적들을 향해, '파계주破戒主'라 칭하며 "모든 사람은 불성을 가졌음"을 일깨우고, 도적들에게도 불제자가 되고 깨달음에 이를 가능성이 있음을 알려준 일은 인간적이고 따뜻한 감싸 안기이다. 도적들은 이 일을 통해 영재의 우월감을 높이 평가하였을 것이고, 자신의 열등함을 절실히 느끼는 계기가 되었을 것이다. "죽음의 위협적 상황을 반전시키고, 인간의 마음을 바꾸게 한 노래라는 점에서 〈우적가〉는 지속적인 관심의 대상이 될 만큼 매력적인 노래"임에[71] 틀림없다.

〈우적가〉의 작품성격을 규정하는데, 9·10구의 의미 파악은 매우 중요하지만, 워낙 어려운 구절이다. 도적들에게, "선업을 쌓으면, 정토에 왕생한 후에 수행을 통해 마음이 편안한 곳에 이를 것이라"는 매우 단순하고 보편적인 명제를 전하려고, 선업을 닦아야 한다는 전제를 달고, 극락정토를 최종적 공간으로 제시했다.

도표 6 〈우적가〉 9·10구의 의미 해석

<table>
<tr><td rowspan="3">이 ᄂᆡ 소리의
한(伊吾音之叱恨)</td><td rowspan="2">원인</td><td>A
선업(善業)/
선근(善根)/
공덕(功德)은</td><td>선업(善業)을 쌓으면/
선근(善根)을 심으면/
공덕(功德)을 닦으면</td><td rowspan="2">향찰 潽陵隱</td></tr>
<tr><td>↓</td><td>↓</td></tr>
<tr><td>결과</td><td>B
안택(安宅)
모도오니다(모도니다)</td><td>"정토에 왕생하고
나면, 수행하여 마음이
편안한 집 마당에
들어감"</td><td>향찰 安支尙宅
都乎隱以多</td></tr>
<tr><td>A(善業)</td><td colspan="4">① 살생하지 않음 ② 도둑질하지 않음 ③ 삿된 음행을 하지 않음
④ 거짓말하지 않음 ⑤ 이간질하지 않음 ⑥ 나쁜 말을 하지 않음
⑦ 발림말을 하지 않음 ⑧ 탐욕을 다스림 ⑨ 분노를 다스림 ⑩ 어리석음을 버리고 정견을 닦음</td></tr>
<tr><td>~A(惡業)</td><td colspan="4">① 살생 ② 도둑질 ③ 삿된 음행 ④ 거짓말 ⑤ 이간질 ⑥ 나쁜 말 ⑦ 발림말
⑧ 탐욕 ⑨ 분노 ⑩ 어리석음</td></tr>
</table>

A→B	“선업을 쌓으면, 정토 왕생하여 마음 편안한 집에 이를 것이라”(해解/신원伸冤/호음성好音聲/호어好語)
~(A→B)=~A→~B	“선근을 심지 않으면, 정토 왕생하지 못하므로 마음 편안한 집에 이르지도 못할 것이라”(한恨/결원번뇌結怨煩惱/오음성惡音聲/오어惡語)

심행心行(mental behavior)에는 두 가지 법이 있다. 하나는 정행正行, 즉, 진정한 행업行業, 바른 행동(correct behavior)을 알리어 가르치는 것이고, 다른 하나는 악행惡行, 즉, 선하지 못한 행동, 잘못된 행동(wrong behavior)을 꾸짖어 가르치는 방법이다.[72] 선근善根은 좋은 과보를 받을 만한 좋은 씨앗, 온갖 선을 나타내는 근본이라는 뜻이다. A→B는 “선근을 심으면, 정토왕생 하여 마음 편안한 집에 이를 것이라”는 도적들에게 정행을 가르치는 것이고, ~A→~B는 “선근을 심지 않으면, 정토 왕생하지 못하므로 마음 편안한 집에 이르지 못할 것이라”는 이들이 행한 악행을 꾸짖으며 가르치는 것이다. 영재스님은 이 가운데 A→B의 방법으로 가르쳤지만, 사실상의 의미는 ~A→~B와 같다.

영재스님은 도적들에게 이 가르침을 제대로 전하지 못한 것이 한恨이라 했다. 한은 “마음에 맺히어 풀리지 않고, 감당하지 못하여 정신적으로 어려운 상태”를 말하기 때문이다. 7~8구에서 “(너희들이) 무기로써 저지르는 숱한 허물(악업)”을 좋은 말로 할 수 없다“고 한 것도 이와 같은 까닭이다.

“우리는 스스로 이런 인과 사슬의 미궁 속으로 한 걸음씩 걸어 들어왔듯이 그 바깥으로 나가기를 선택할 수도 있다. 그처럼 사슬을 약화시키거나 중화하는 카르마Karma를 선업이라 하고, 더욱 강화하는 카르마를 악업이라 한다.” 카르마는 인간의식을 성장시키는 많은 인과법칙, 도덕률적인 주고받음으로써 “환생還生을 낳는 행위”이다.[73] 선업을 쌓는 것은 악업의 업인業因을 끊는 것에서 시작한다. 도적들에게 악업의 업인은 재물과 욕망이며, 더 나아가 모든 것을 재물로써 판단하는 세속적 가치관이다. 그래서 영재는 도적들이 세속적 가치관에서 벗어나 악업의 업인을 끊도록, 재물이 지옥으로 가는 근본이라 전했다. 영재는 도적들의 수준에 맞추어 〈우적가〉를 불러 각성케 하려고 유도했을 것이다.[74]

"중생이 나쁜 마음을 내어 부처님 몸에 피를 내는 5역죄逆罪를 지어도,"[75] 교화의 길을 열어두었다. 부처의 가르침을 믿지 않고, 비방하는 사람[이교도, icchāntika, 一闡提]까지도 성불할 수 있다고 한다. 선근을 끊은 사람도 불성이 있으니, 도적들에게도 분명 기회는 있는 것이다.

문제는 선택이다. 우리는 삶에서 항상 선택을 하고, 선택한 행위로 인한 결과(조건)을 얻는다. 새로운 조건 속에서 새로운 선택을 하고, 그것은 또 새로운 조건을 만든다. 카르마Karma(業)는 순간순간의 선택에 따라 계속 상황이 달라진다.[76] "내 이름을 듣고 나를 정성껏 부르면 누구라도 서방정토 극락세계로 맞이하겠네. 빈부도 구별, 차별하지 않고, 지혜롭거나 우둔한 자도 가리지 않네. 많이 배운 자, 못 배운 자를 구별하지 않고, 계율을 잘 지키는 자건 아니건, 죄를 지은 자건 죄가 없는 자건 가리지 않네. 오직 나의 죄를 깊이 반성하고 오로지 아미타부처의 이름을 부른다면 이 세상의 기와조각을 저 세상의 황금으로 변하게 하네."라[77] 하여 상당한 포용력을 가졌다.

도적들은 자신들의 위협에도 불구하고 영재 스님이 재물과 생사를 초탈하여 의연하게 대처하는 모습을 보고, 〈우적가〉에 담긴 따뜻한 마음을 이해하고, 크게 감동하여 칼과 창을 버리고 마침내 승려가 되어 지리산으로 숨어 다시는 세상에 나오지 않았으니 도적들은 이제 새로운 삶을 선택한 것이다. 착한 일을 하면 좋은 결과를 얻을 만한 좋은 까닭을 만드는 것이니, 착한 행업의 공덕, 선근을 심으면 반드시 선과를 맺는다. 『십선업도경十善業道經』에 "만일 살생을 여의면, 원수가 없어지고 뭇 원한이 저절로 풀린다."[78] 했다. 영재는 〈우적가〉를 통해, 도적들도 회개하고 참회하면 불성을 되찾을 수 있음을 깨우치려했고, 이에 반응하여 도적들은 지금까지와는 다른 새로운 미래의 인생길을 선택했다.

〈우적가〉의 작품 성격을 분명히 하기 위해 전체 흐름을 살펴보면 다음과 같다.

도표 7 〈우적가〉의 작품 구성

진행 상황
• 영재가 아흔에 불도 수행을 위해 먼 길을 떠남 • 대현령(大峴嶺)에서 도적 60여 명을 만남, 도적들이 영재를 향가 가창자로 앎(旣知, 친숙함) • 영재가 도적의 칼 앞에서도 두려워하지 않음 • 영재가 〈우적가〉를 불러 악업을 쌓은 도적을 회개(悔改)함 • 도적들이 노래에 감동하여 준 비단 2필을 내팽개침(재물은 지옥의 근본임을 깨우쳐줌) • 도적들이 감동하여 칼과 창을 버리고 승려가 되어 지리산으로 숨어 다시는 세상에 나오지 않음

도적 60명은 창칼을 버리고 승려가 되어, 최종적으로는 수행의 길을 선택했다. 악업을 일삼던 자가 불제자가 되는 일은 쉽지 않은데, 다음 요인들이 반전 계기를 만들었을 것으로 보인다. 첫째, 영재는 90세를 넘어서도 수행을 위해 나섰다는 점, 둘째, 도적들이 향가 가창자인 영재를 이미 알고 있었기에 그 친숙함으로 향가를 청하여 경청했다는 점, 셋째, 눈앞에서 칼로써 위협해도 영재가 두려움 없이 의연했다는 점(도적들이 당황했을 것)[79], 넷째, 〈우적가〉의 내용에 악업을 저지른 자라도 회개하고 선업을 닦으면 새 삶을 살 수 있다는 희망의 메시지를 담은 것, 다섯째, 재물을

탐하는 자신들에게 영재가 비난을 팽개치며 재물은 지옥의 근본임을 깨우쳐 준 것, 영재의 따뜻한 마음과 진심어린 충고가 도적들을 회개하고, 전향하여 불도에 심취하는 계기를 마련해준 것이다. 자신들이 최고의 가치로 여기던 재물을 하찮게 여기고 내동댕이치는 영재의 모습은 도적들의 가치관을 뒤흔들어 새로운 삶을 탐색하게 할 만큼 충격적으로 작용했을 것이다. 거기다 도적들에게도 여전히 정토 왕생할 수 있다는 꾸짖음과 깨우침에 깊은 사명감과 애정이 담겼으니 더욱 효과적이었을 것이다.

〈우적가〉 1~4구는 영재가 90세라는 고령에도 번뇌에 얽매인 속세의 삶을 버리고 수행의 길을 떠나는 자신을 예로 들어 수행의 필요성을 강조했고, 5~8구는 도적들에게 "계율을 어기고 무기로써 살생을 일삼으면 악업이 육도윤회의 인과를 만들어 다음 생에서도 지속적으로 고통 받을 것"임을 일깨웠다. 9~10구는 "그대들이 악업을 지은 것은 지혜롭지 못하고, 아무리 거슬러 올라가도 그 처음과 끝을 알 수 없는 탐진치貪瞋痴에 의한 것이니 지금부터라도 뉘우치고 선을 쌓으면 죄가 곧 소멸되어 본래대로 깨끗하게 될 것이라." 하여 새 삶의 방향성을 제시했다. 여기서 말한 탐진치는 삼독심三毒心으로, 지나치게 탐하고 욕심을 내는 탐욕심, 자기의 마음에 맞지 않는 것에 대하여 증오하고 미워하는 마음을 뜻하는 진에심瞋恚心, 무지하여 사리를 잘 모르는 어리석은 마음을 뜻하는 우치심愚痴心을 말한다. 이 셋은 갖가지 번뇌의 근원이고 모든 죄악의 뿌리이다.[80]

달관한 자가 도적을 깨우치다

설봉雪峯 허정은 허격의 조카이다. 어느 날 길에서 은자 100냥을 주워 그 자리에서 해가 저물 때까지 주인을 기다렸더니 그 주인이 헐레벌떡 찾아왔기에 은자를 되돌려주니 보따리를 풀어 그 절반을 주었다. 이에 설봉이 웃으며, "내가 은자를 탐냈다면 어찌 네가 돌아올 때까지 기다렸겠느냐?" 했다. 이 말에 주인은 은자 보따리를 내동댕이치며, "저는 도둑인데, 은자를 훔쳐오다가 술에 취해 길에서 잃어버렸습니다. 공께서는 은자가 절로 굴러 들어왔는데도 갖지 않으셨는데, 저는 어찌된 놈이기에 훔친 은자를 여기까지 찾으러 왔단 말입니까. 이 때문에 통곡합니다."라 했다. 이후 도둑은 설봉의 말대로 행하고, 행실을 고쳐 착한 사람이 되었다.(성대중, 『청성잡기』 권3, 성언)

허정은 길에서 은자 100냥을 주웠지만 남의 것이니 욕심을 부리지 않고 태연히 주인이 올 때까지 기다렸다. 그 은자는 도둑이 훔친 돈이었다. 자신은 탐욕으로 가득하여 남의 것을 훔치기까지 했는데, 허정은 가로챌 수도 있는 주운 돈까지 마다했다. 그의 무욕과 양심은 무감각하던 도둑이 양심을 일깨워 나쁜 행실을 고치고 착한 사람이 될 수 있도록 해주었다. 이 일화 또한 〈우적가〉와 같이 세속적 욕심에서 벗어나 높은 경지에 이른 사람이 부족한 사람을 깨우치게 하는 과정을 담고 있다.

영재 스님은 계율조차 모르던 도적을 덕으로 품고, 도적들에게 불교교리를 전달하였으며, 강한 책임감과 따뜻한 인간미를 발휘함으로써, 도적들이 불성을 깨우치고 악업을 멈추고 새 삶을 선택할 수 있도록 참회의 길을 열어주고자 했다. 〈우적가〉와 그 산문전승은 재물 등에 대한 욕망은 독사, 악마이므로 버려야 할 것이고, 이제부터라도 선업을 쌓아 지금까지의 악업을 지워야 함을 강조했다. 육도윤회의 인과와 회개와 적선의 중요성을 일깨웠다.

도적은 어느 시대에나 흔히 있을 수 있는 일이지만, 원성왕은 본인의 왕위계승, 후계 구도의 정립에 온갖 힘을 기울여야 했기에, 내치에 허점이 생길 수도 있었을 것이고, 거기다 잦은 재이災異와 정치적, 사회적 변동으로 인하여 불안정성이 매우 컸다. '영재우적' 조와 〈우적가〉는 생계의 문제이든 정치적 입장이든 간에 당시 불안정 상태에 있던 도적들에게 종교적 안정감, 삶의 목표와 지향점을 제시하여 올바른 방향으로 이끌었다는 효용적 가치를 가진다.

『우파니샤드』에서도 "내버림의 지혜를 가져 어느 누구의 재물도 탐내지 말라.", "선업을 쌓은 자들은 사제로 태어나거나, 무인으로 태어나거나, 바이샤로 태어난다. 그러나 악업을 쌓은 자들은 개나 돼지나 천민 등 나쁜 탄생을 하게 된다.", "전생의 업이 다 소멸되지 않는 한, 그는 늪에 빠진 뱀처럼 움직인다. 그러나 해탈을 얻은 자는 육신을 입고 있는 때라도 하늘에서 달이 어디에든 얽매이지 않고 다니는 것처럼 돌아다닌다." 했다.[81] 불교의 재물·업 관념, 윤회와 해탈에 대한 생각은 힌두교, 자이나교와 비슷한 면이 많다. 앞으로 〈우적가〉에 관한 고찰은 불교뿐만 아니라 다른 종교로까지 확장하여 종교의 보편적 성격을 찾아 나가야 할 것이다.

15

역신疫神은 조용히 물러가소서

—

처용가

경주의 밝은 달 아래
밤이 되도록 노닐다가
들어와 잠자리를 보니
가랑이가 넷이로구나.
둘은 내 아내의 것인데
둘은 누구의 것인가?
본디 내 것이지만
빼앗긴 것을 어찌 하리오!

역신의 정체는?

『삼국유사』 권2 기이紀異의 '처용랑處容郞 망해사望海寺' 조[1]는 신라 헌강왕憲康王(875~886) 때의 일을 적고 있다. 처용의 처는 매우 아름다웠는데, 역신이 그녀를 사모하여 딴 사람이 없는 밤을 틈타 그 집에 와서 그녀의 잠자리에 몰래 머물렀다고 했기에 그동안 역신의 존재와 행위를 이해하는 관점과 시각이 아주 다양했다.

그러나 역신의 상징적 의미를 밝히기에 앞서 역신의 문헌적 쓰임과 그 의미를 살피는 것이 마땅하다. '역신'은 흔히 '역귀疫鬼'와 같은 말로 쓰인다.[2] 역신에 대해서는 "(고대 중국의) 황제 전욱顓頊에게 세 아들이 있었는데, 나자마자 죽어가서 귀신이 되었다. 그 중 하나는 양쯔강 물에 살아 온귀瘟鬼라고 불리어졌고 그 중 또 하나는 약수若水에 살면서 요괴도깨비魍魎가 되었으며, 그 중 마지막 하나는 궁궐의 구석진 곳에 살면서 어린애들을 잘 놀라게 했다."고[3] 유래를 설명하고 있다. 전욱은 중국 상고의 제

▲ 헌강왕의 행차 시에 가득한 운무雲霧(망해사 벽면, 울산광역시 울주군 청량면 율리 222)

▲ 처용암處容岩 전경(울산광역시 남구 황성동 668-1)

왕 5제五帝 가운데 하나이다. 세 아들이 나자마자 죽는 바람에 돌림병, 귀신, 도깨비가 되었다는 것이다. 이에 우리의 무가에선 "손님네 삼 분이 우리 조선을 나오실나꼬/어주義州 압록강 당도하니/배 한 척이 전이 없네." 에서처럼[4] 손님의 근원을 늘 중국으로 설정하고 있다.

『화한삼재도회和漢三才圖會』에 추고천황推古天皇 34년(626)에 일본에 흉년이 들자 삼한三韓에서 미속米粟 1백 70소艘를 구해 싣고 낭화浪華에 정박하였다. 그때 배 안에 포창을 앓는 세 소년이 있었는데, 한 소년에게는 늙은 남자가, 또 한 소년에게는 여자 어른이, 또 한 소년에게는 수행하는 승려의 무리가 붙어있었다. 그들이 누구인지 몰라서 사람들이 그 이름을 묻자 붙어있던 역신이 "우리는 역신의 무리로서 포창의 병을 옮기는 역할을 맡았는데, 우리도 이 병을 앓다가 죽어서 역신이 되었다. 이 나라 사람들은 금년부터 이 병에 걸릴 것이다."라고 했다.[5]

『오주연문장전산고五洲衍文長箋散稿』에서는 포창疱瘡을 옮기는 신이 스스로를 역신의 무리로 칭하고 있다.[6] 포창을 다르게 '마마'라고 부르는데, 수포가 생겨 물을 싼 것 같이 된다 하여 붙여진 이름이다. 여기서 두창을 옮기는 역신의 무리를 마치 눈에 보이는 것처럼 묘사하고 있다. 세 소년에게 각각 노인, 부녀자, 수행승 무리가 붙었다 했고, 자신들이 누구인지 왜 역신이 되었는지도 친절히 답해주고 있다.

김생이 "자네는 이미 죽지 않았나? 그런데 어떻게 다시 인간 세상에서 다닌단 말인가"라고 물었더니, 친구는 이렇게 대답했다.

"난 죽은 뒤에 마마귀신이 되었다네. 인간 세상에 마마를 퍼뜨리고 있지. 지금 막 경기 지역을 돌고 이제 영남으로 가는 길일세. 그래서 지금 이 새재를 넘는 것이고. 여기에 함께 데리고 다니는 아이들은 모두 마마에 걸려 죽은 경기지방 아이들이야."[7]

여기에서도 글쓴이는 바로 눈앞에서 마마귀신을 보기라도 하는 듯이 기술하고 있다. "술과 찬을 신위 앞에 놓고 제를 올려 제문을 읽고 난 다음 불사르자, 얼마 후 죽어가던 아이가 갑자기 벌떡 일어났다.", "마을에서 죽어가던 아이들이 하룻밤 사이에 모두 의식을 회복하였다. 집주인이 김생이 일으킨 기적을 이웃 마을에 알렸더니 여기저기 단숨에 전해졌다. 그러자 사람들이 서로 앞 다퉈 김생을 찾아와 절을 올리며 신통한 사람으로 떠받들었다."고[8] 했다. 김생을 신인神人, 즉 신통神通·신령神靈한 사람으로 인정하는 것과 처용이 문신門神의 권위를 인정받는 것은 일맥상통한다.

이와 같은 신이담이 노리는 진정한 효과란 다름이 아니라 역병을 눈에 보이는 듯 하고, 사람처럼 보이도록 한다는 것이다. 바이러스나 세균을 통해 전염되는 역병은 눈에 보이지도 않을뿐더러 대상을 가리지도 않기 때문에 실제보다 더 큰 공포와 불안감을 불러일으킨다. 역병에 대한 신이담을 통해 역병을 가시화하고 인간화함으로써 그것이 불러일으켰던 막연한 불안과 공포를 진정시키려 했다.[9] 누군가 역신을 제압하는 모습을 본다면 그 진정효과는 더욱 커졌을 것이다. 마마귀신이란 예측불가능하고 냉혹한 존재가 아니라 도덕적이고 온정적인 존재라는 것을 강조함으로써 그것에 대한 공포를 완화하려 했던 것이다.[10] 귀신을 구체화하고 가시화함으로써 두려움과 공포에 떨기만 할 것이 아니라 미리 준비하고 적절히 대응할 것을 바란 때문일 것이다.

천연두라고도 하고 두창이라고도 하는 질병은 전염성도 강하고 치사율도 높아 여러 사람의 참혹한 죽음을 불러왔다. 치사율이 5~30%이니 유행과 질병의 종류에 따라 매우 큰 차이가 있다. 융합형은 50%, 출혈형은 80%, 가벼운 천연두(Alastrim, 白痘)는 1% 미만이다. 또 환자의 연령과도 상관성이 높아 어린아이나 노약자는 질병 이후의 경과도 좋지 않아 합병증의 유무가 또한 치사율에 영향을 미친다.[11] 이렇듯 두창은 최근까지 아주 높은 치사율 때문에 매우 두려운 질병으로 인식되었다.

역신에 대한 의료 민속적 인식과 현재적 변화

"무릇 역질 따위에는 귀신이 있어서 여역癘疫, 두역痘疫, 진역疹疫의 모든 귀신들이 집집마다의 사정을 다 아는 듯이 찾아가 전염시키고 있다. 아주 가깝게 통해 다니는 친척과 인당姻黨에는 번갈아 가면서 반드시 전염되도록 한다."는 자료를[12] 보면 지난날 민간에서는 질병이 바이러스나 세균이 아니라 귀신(악귀)의 해코지로 인해 생긴다는 의식이 팽배했음을 알 수 있다.

> "마마의 신은 깨끗한 것을 좋아하고 더러운 것을 싫어하며 조용한 것을 좋아하고 시끄러운 것을 꺼리며 때때로 훤히 빛을 드러내어 숙연하게 사람을 놀라게 하니, 마치 그 사이에 주재하는 신이 있는 것 같아 세속에서 크게 받들고 경건하게 섬기는 것이 오래되었다. 그러니 어찌 내가 그것이 없다고 단정할 수 있겠는가?"[13]

위의 글 다른 부분을 보면, 마마의 신이 있어서 그 은혜와 보살핌으로 인해 어린 딸이 살아났다 하였다.

두창에 걸리면 여러 가지 더러운 냄새, 볶고 달이는 기름 냄새, 부부간의 성행위까지도 피하고, 머리에 빗질하는 일도 삼갔다. 아직 붓지 않았는데 나쁜 기운을 마주하면 독기가 심장에 들어가 답답하여 죽는다고 여졌고, 불어 나온 뒤에 잘못 건드리면 헌데 앓기를 칼로 살을 베는 듯 하고 검고 짓무르게 된다고 크게 경계했다.[14] 겨드랑이 암내, 부인의 달거리 냄새, 술 취한 냄새, 마늘과 파를 먹은 냄새, 석유황으로 모기 없이 하는 약 냄새, 한결같은 비린내, 누린내며 머리 터럭 사르는 내 등 많은 일을 삼갔다.[15] 이는 두창이 사람의 기운 기운데 향내를 맡으며 널리 퍼져 다닌다고 여겼기 때문이다.

이 외에도 밖에서 온 사람, 동냥하러 온 중, 도사들의 경 읽기와 오고 감, 더러운 냄새는 물론 침향沈香과 백단향白檀香, 사향麝香 등까지도 일절 피하라 하였고, 마마의 딱지가 막 떨어져 아직 살이 연할 때 씻기기를 서두르지 말라 하였다.[16]

두창을 앓는 사람이 있으면 심지어 선조께 제사지내는 일도 그만두고 길쌈 등의 일상사까지도 폐하였다.[17] 율곡의 『석담일기』에는 왕자가 두창에 걸리니 임금이 유교적 예법을 강조하는 신하들의 강력한 반대를 무릅쓰고 제사지내는 일을 꺼려한 일을 적고 있다.[18]

그 결과, 근대 조선에 이르기까지 우리 조상들은 두창에 걸려 사경을 헤매는 일이 있더라도 절대 의사를 찾지 않았다. 선교사이자 의사로서 세브란스병원의 초대병원장을 지낸 에비슨(Oliver R. Avison, 1860~1956)이 조선에 와서 진료하는 첫 4년 동안 천연두 환자 때문에 왕진을 갔었던 경우는 단 2번밖에 없었다고 한다.[19]

> 내가 막 떠나려고 할 때, 나는 온몸에 천연두 종기가 나 있는 한 아이가 거의 발가벗은 채로 문 가까이에 서 있는 것을 보았다. 나는 한 주민에게 현재 이 마을에 이러한 질병을 앓고 있는 사람이 얼마나 있는지를 물어보았다. 대답을 간추리면, '어느 집에나' 그런 환자가 있다는 것이었다. "그렇다

면 왜 우리가 묵었던 집안에는 (그런 환자가) 한 사람도 없었지요?"라고 내가 묻자, "아, 그게 아니라, 당신들이 오던 그날 그 방을 당신들에게 내주려고 그들은 아이를 데리고 나왔습니다."라고 대답했다.[20]

당시 우리 조상들은 천연두 바이러스나 종기 세균에 대한 상식이 없어 이 질병에 대한 생각이나 대하는 태도가 순진하다 못해 해맑다고 할 수 있다. 언더우드는 "우리는 그 오염된 작은 방에서 먹고 잠을 잤으며, 담요를 펼쳐놓았고, 트렁크 가방을 열어놓았으며 우리가 가진 모든 것들을 그 전염병에 노출시켜버렸다. 우리의 짐 꾸러미가 도착하기에 앞서 우리는 심지어 그들의 부엌 용구, 수저와 밥그릇까지도 사용했던 것이다. 우리 부부는 자주 그 병균을 접촉하여 완전히 면역이 생겼다고 믿고 있다. 언더우드 씨는 가장 악성인 질병을 가진 사람도 간호한 적이 있으며 나도

▲ 처용가비處容歌碑(울산문화원, 1985년 제작, 울산광역시 남구 황성동 668-1)

환자들 사이에서 병균과 접촉을 가졌었지만 우리의 아들은 어쩌면 좋을까!"[21]라고 하며, 당시 조선의 열악한 위생 상태에 대해 놀라움을 금치 못하고 있다. 일본이나 중국보다 더 못하다고 평가할 근거는 없다고 한 것은 이 같은 위생관념이 동아시아 사회에 보편적으로 퍼져 있었음을 지적한 말이다.[22]

동서양 의학의 질병 인식과 처방이 다르니 대응이 다른 것은 당연하다. 다만 요즘의 시선으로 지난날을 바라보니 애가 탈 따름이다. 이렇듯 100여 년 전만 해도 우리 조상들은 두창에 걸려도 고작 정화수를 떠 놓고 떡을 바치며 기도하는 정도에 그쳤다. "세속에서는 어린 아이가 두역을 하면, 신을 신봉하면서 모든 일을 삼가고 약도 쓰지 않고 기도만 했기 때문에 많은 인명이 요절하여 애석하기 이를 데가 없다."라며[23] 민간의 의료 민속과 질병 인식에 대해 안타까운 심정을 드러낸 기록도 있다.

100여 년 전까지만 해도 우리 조상들은 역신(두창신, 마마귀신, 천연두)을 매우 극진히 대접했다.

> 손님네 대접을 하는데
> 방아품을 팔아서
> 중쌀애기를 받아서 아침이며넌 밥적게요
> 상쌀애가 받아서 지늑이며 촉촉개요
> 이렇게 절제를 해도 성의껏 대접을 하니
> 손님으는 저 노구 할머니 성의껏 대접하는지 안 하는지
> 벌써 알고 있는가불네라
> 성의껏 이렇게 대접을 착실히 하니
> 손님네가 거기서 사흘을 묵어서

사흘 만에 떠나는데~[24]

위의 글을 보면, 매우 가난한 살림인데도 불구하고 늙은 할미는 손님 대접을 위해 방아품까지 팔아서 극진히 모시니 결국 손님이 더 이상 다른 사람을 전염시키지 않고 사흘 만에 떠나더라고 했다. "대양푼에 갈비찜에 소양푼에 영계軟鷄찜에/네에 가서 욕심 많어 받으시던 내 별상님 아니시리/아무쪼룩 거믄 땅에 흔배서 오는 길에 명을 주구 가는 길에 복을 주구/너의 수원성추所願成就 무러 거들낭 장군 별상님이 다 도와주신다." 에도[25] 지극정성으로 모시니 두창신이 도리어 갖가지 일을 도와주고 감사를 표하며 떠났다는 믿음을 담고 있다.

한 손님신이 서울 김 정승 집에서는 천대를 받고, 이 정승 집에서는 융숭한 대접을 받는다. 이에 이 정승 집에는 많은 금은보화를 주고, 김 정승 집을 찾아서는 정승의 아들 철원이를 병신을 만든 다음 급기야 죽여 버리고 떠난다는 무가도 있다.[26] "젊은 분들으는 아들이고 딸이고/모도 조카네고 이래 키울 때는/아무리 지금 세월이 약이 좋고 주사가 좋다 해도/손님네를 잘 위해야지/손님네 잘못 삐끌어노면/참 자손들을 꼼보도 맨들 수 있고/병신도 맨들 수 있고/눈도 또 새따먹게도 맨드고 코빙신도 입비뚤이도 맨들고/뱅신을 모도 맨들어 노니"라고[27] 한 것도 두창신의 보복을 두려워한 때문이다.

이렇듯 중세에서 근대에 이르기까지 우리 민간에서는 두창신을 화나게 하면 그가 더욱 처절한 복수극을 펼치므로 절대 경계하는 태도를 보이거나 대립하는 모습을 보여선 안 된다는 생각을 두루 가지고 있었다. 이에 두창신을 아예 극진히 대접하거나, 아니면 최소한 살려달라고 저자세로 빌어야만 무자비한 공격을 피할 수 있다고 여겼다. 궁중과 민간에서 숙종 때 세자가 두창을 앓자 신증神甑을 설치하고, 두창신의 환심을 사기 위해 마마떡을 바친 일을 보아도 두창신을 매우 예민하고 까다로운 신으로 여겼음을 알 수 있다. 환자가 발생하면 지붕에 강남별성江南別星이라고 쓴 깃발을 올려 다른 사람의 출입을 막고 모든 행동을 삼가고 조심하며 조용히 지냈다. 잔치를 한다거나 집에 사람을 불러들인다거나 또는 중이나 무당을 불러들여 다른 신을 모시면 두신痘神을 성나게 할 것이라고 여겼다.[28]

이전에는 귀신이 옮기는 병으로 알았던 천연두의 비밀이 근현대 의학의 힘으로 비로소 벗겨졌다. 천연두바이러스는 감염되면 전신에 수포를 발생시키며, 치사율은 30%에까지 이를 수 있다. 생물안전등급에 따르면, 생물은 가장 위험성이 적은 1등급부터 인체에 감염되어 쉽게 전파되고 예방이나 치료가 어려운 4등급까지 총 4단계로 나뉘는데, 천연두바이러스는 4등급에 속한다.[29] 천연두바이러스는 1951년 한국전쟁 중에 한반도를 덮쳐 한국에서만 1만 명 넘는 사망자를 낸 주범이다. 천연두바이러스는 기원전 3세기 고대 이집트 왕국에도 기록이 남아있다. '총보다 무섭다'는 표현에 걸맞게 천연두바이러스는 오랫동안 끈질기게 인류를 괴롭혀, 20세기에만 수억 명의 목숨을 앗아갔다. 긴 시간 인류를 끊임없이 위협하는 천연두바이러스는 1978년 영국 사진사의 사망을 끝으로 더 이상은 발생하지 않아, 세계보건기구(WHO)는 1980년에 천연두바이러스의 종결을 선언했다. 인류가 바이러스와의 싸움에서 거둔 첫 승리다.[30]

천연두바이러스는 피부의 상처 부위에서 떨어져 나온 딱지에서도 수년 동안 살아남을 정도로 생존력이 뛰어나고, 단백질을 섞어 무기로 만들기도 쉽다. 더군다나 과거보다 훨씬 발전한 유전공학 기술로 악용할 경우 치사율을 더 높일 수도 있는데, 2017년 미국 하버드대 벨퍼과학국제문제

연구소는 북한이 비공식적으로 여러 생물학 무기를 개발하고 있고 그중 천연두바이러스도 포함됐을 것임을 추정하는 보고서를 낸 적이 있다.[31] 그러므로 천연두바이러스는 완전한 과거가 아니라 언제든 미래의 재앙이 될 수도 있는 질병이다. 전 세계적인 백신 접종 덕분에 천연두 바이러스의 종식을 선언하긴 했지만, 현재 일부 노인층을 제외하고는 대부분의 사람이 천연두바이러스 백신을 접종하지 않았기 때문에 위험성은 지구상에 여전히 상존하고 있는 것이다.

처용설화와 〈처용가〉의 의미

그동안은 이 상황을 체념,[32] 패배, 인욕忍辱, 관용 등으로 이해해왔다. 그러나 〈처용가〉 관련 설화에서 역신이 몰래 그녀(처용 처)의 잠자리에 들었다고 한 것은 처용의 아내에게 두창의 병증이 나타났음을 뜻하고, 이에 처용이 노래를 부르고 춤을 추며 뒤로 물러났다고 한 것은 두창신을 대접해야 한다는 민간의 질병 인식에 따라 금기를 지킨 근신 행위로 보인다. 처용이 두창의 징후를 보이는 아내를 두고 물러나 노래 부르고 춤을 춘 것은 공격 본능이 강한 두창신 앞에서 일체의 행동을 삼가고 금기에 충실할 터이니 질병이 스스로 물러가주기를 바란다는 조심스러운 태도를 반영한 것으로, 이 상황에 걸맞은 용어를 찾는다면 외기畏忌[33]나 외신畏愼, 혹은 기휘忌諱라고 규정함이 합당하겠다.[34] 과거에도 이 질병이 찾아들면 깨끗한 물, 솥밥, 마마떡을 갖추어 공손하게 기도하고, 무사히 지나게 되면, 종일 깃발과 귀신이 흠향할 물품들을 함께 보내면서 이를 '배송拜送'이라 했고, 질병이 시작될 때부터 흉하다고 여기어 꺼리고 삼갔기에 이를 두고 '구기拘忌'[35]라고 칭한 예시가 있다.

역신의 공격을 받은 아내를 사실상 포기하거나 체념한 것이 아님에도 불구하고, 처용은 물러나 노래하며 춤추었고 속으로는 역신이 자기 아내에게서 떨어져 스스로 물러나기를 바라면서도 겉으로는 용서한 듯 체념한 듯 공격성이 전혀 없는 듯이 대접했으니 처용의 춤과 노래는 일종의 속임 동작[feint]에 해당한다.

처용이 이와 같은 속임 동작을 행한 까닭은 역신의 공격성을 약화시켜 피해를 줄이고자 하는 유인책이다. 영향력이 큰 강자에게 직접 맞서지 않고 기운이 스스로 약화되기를 기다린 처용의 대응방식은 역신에 대한 당시의 의료민속을 그대로 수용한 것이다.

〈처용가〉 7·8구의 "본디 내 것이지만/빼앗긴 걸 어찌 하리오"는 두창신을 대접하듯 대하는 말로서, 내게 아내가 소중하지만 역신의 뜻을 거스를 의사는 전혀 없음을 명확히 함으로써 자신에겐 공격 의사가 없음을 보이고 역신의 경계심을 늦추고자 한 대접의 언술이다.

처용의 입장에서는 "두창신에게 공손히 대하면 재앙과 병마가 피해갈 것이라는 믿음"에서 비롯한 것이지만, 그 속마음을 알지 못하는 두창신의 입장에서는 처용의 온건한 대응이 "덕망, 관용/포용'[36]으로 보였을 수도 있겠다. 춤과 노래를 통하여, 두창신의 뜻을 거스르지 않고 즐겁게 함으로써 아내의 질병이 악화되는 것을 막고자 하였다는 점에서 처용무를 "신을 즐겁게 하려는 오신娛神"의 일종이라 볼 수도 있겠는데, 처용무가 황黃을 중심으로 좌우 청, 홍, 흑, 백의 오방 처용무로써 통일성과 안정성, 균형 잡힌 조형감을 추구하고, 춤의 대형이 동서남북의 방향과 봄, 여름, 가을, 겨울의 자연 순리에 따르는 것도[37] 이에 기인한 것이다.

'범처'를 "물과 불이 해를 입혀도 구제하기 어려운데, 하물며 하늘의 재앙은 어떻겠는가?",[38] "계자고季子皐가 아내를 장사지내면서 남의 논을 침범하자…"[39]에서 쓰이는 것처럼 "처용의 아내에게 질병 두창을 옮기어 해를 입히다(侵犯, 害)/처용의 아내에게 두창이 덤벼들어 해치다." 정도로 풀이하는 것이 나을 듯하다. 역신은 처용의 처가 빼어나게 아름다웠기에 그녀를 침범했다고 말했다. "병 귀신이 그녀의 아름다움을 시새움했음을 뜻하고, 함께 잤다는 것은 그녀를 병들게 했다는 것이다."[40]

또, 〈처용가〉 마지막 구절의 "빼앗긴 것을 어찌 하리."의 '탈奪'도 "처용 아내가 능욕을 당했다", "처용 아내의 정조를 빼앗다."는 등의 성적인 의미보다는 "(처용이 역신에게) 잠자리를 빼앗기다."로 읽고자 한다. 당연히 처용이 들어야 할 잠자리를 역신이 차지하고 있으니, "본디 내가 들어야할 잠자리이고 내가 품어야 할 아내이지만 역신에게 빼앗겼으니 도리가 있겠는가?"하며 역신을 공격할 의지도, 경계하는 마음도 전혀 없는 체하는 표현인 것이다.

질병을 옮기는 나쁜 신이 스스로 알아서 물러나기를 바라는 마음으로, 처용이 공격적 태도를 접고 뒤로 물러나서 노래를 하며 춤을 춘 일을 두고 처용을 무능하다고 나무라거나 탓하는 것은 이상과 같은 상황에 대한 이해 없이 현대적 잣대와 시각으로 신라 〈처용가〉를 읽은 까닭이다. 눈앞에서 벌어지는 문제를 일으키는 주체를 자극하고 공격할수록 문제가 더욱 커질 뿐이라면, 누구나 조심스럽고 신중한 태도로 그 주체를 대할 것이기 때문이다. 아무튼 처용은 당시에 보편화되어 있던 의료민속에 따라 온건한 방식을 취하여, 역신을 보고도 물러나 노래하고 춤을 추었고, 이에 손님(역신)이 그의 태도에 감탄하여 마침내 자신의 형체를 드러내어 처용 앞에 꿇어 앉아 앞으로는 문에 걸린 처용의 형상만 보아도 해를 끼치지 않겠다는 약속함으로써 처용은 중국 고대 문헌에 등장하는 문門의 신,

신도神荼와 울루鬱壘 형제와 같이 신격화된다.[41] 즉, 신도와 울루는 도삭산度朔山 위 복숭아나무 아래에서 여러 귀신들을 살피고 있다가 귀신들이 경우 없이 사람들에게 함부로 해를 입히면, 귀신들을 갈대 끈으로 묶어서 끌고 가 호랑이의 먹이로 내던져 주던 존재이다.[42]

문에다 그 초상을 붙여 잡귀를 물리치는 문신門神의 지위를 부여받은 처용이 신라 〈처용가〉처럼 수세적 자세를 취하지 않고 적극적으로 잡귀를 몰아내는 공세적 입장을 취하는 모습을 담은 노래가 고려 〈처용가〉이다. 고려 〈처용가〉는 역귀를 몰아내는 구나驅儺, 나의儺儀, 나례儺禮의 구성을 취한 작품으로서, 신라 〈처용가〉의 끝 구절 "본디 내 것이지만/빼앗긴 걸 어찌 하리오"를 아예 삭제해 버렸다. 〈처용가〉는 조선 세종 때 가사를 고쳐 〈봉황음鳳凰吟〉이라 했는데, 그 악보가 『세종실록악보』 권146에 전한다.[43] 아래 악보는 〈봉황음 1〉의 악보에 〈처용가〉 원 가사를 넣은 것으로, 순서대로 중엽, 부엽, 소엽에 해당한다.[44] 악부 아래의 숫자는 악보를 읽어나가는 순서에 따라 임의로 표시한 부분이다.

도표 8 정간보에 옮긴 〈처용가〉

	새	拍	㉠鼓	黃	黃	南	볼	拍	㉠鞭	南	南	太	동	拍	㉠鼓	姑 南 林	姑
				姑								姑					
姑	도			姑	姑	黃				黃	黃					太	姑
					姑						姑	太					姑
太																太	
				太	太	太	ᄀᆞᆫ			太	太					ᄇᆡ	太

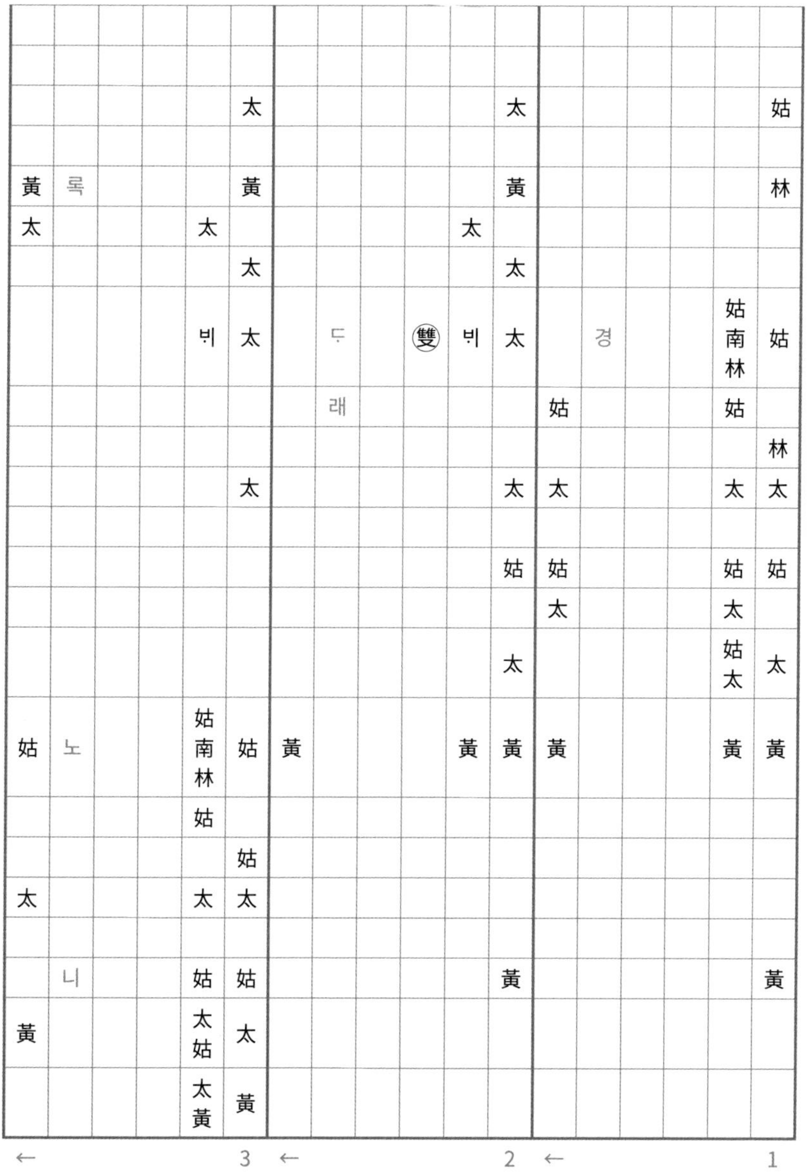

					太						太						姑
黃	록				黃						黃						林
太				太						太							
					太						太						
				비	太		두		㊫雙	비	太		경			姑 南 林	姑
							래					姑				姑	
																	林
					太						太	太				太	太
											姑	姑				姑	姑
												太				太	
											太					姑 太	太
姑	노			姑 南 林	姑	黃				黃	黃	黃				黃	黃
				姑													
					姑												
太				太	太												
	니			姑	姑						黃						黃
黃				太 姑	太												
				太 黃	黃												
←					3	←					2	←					1

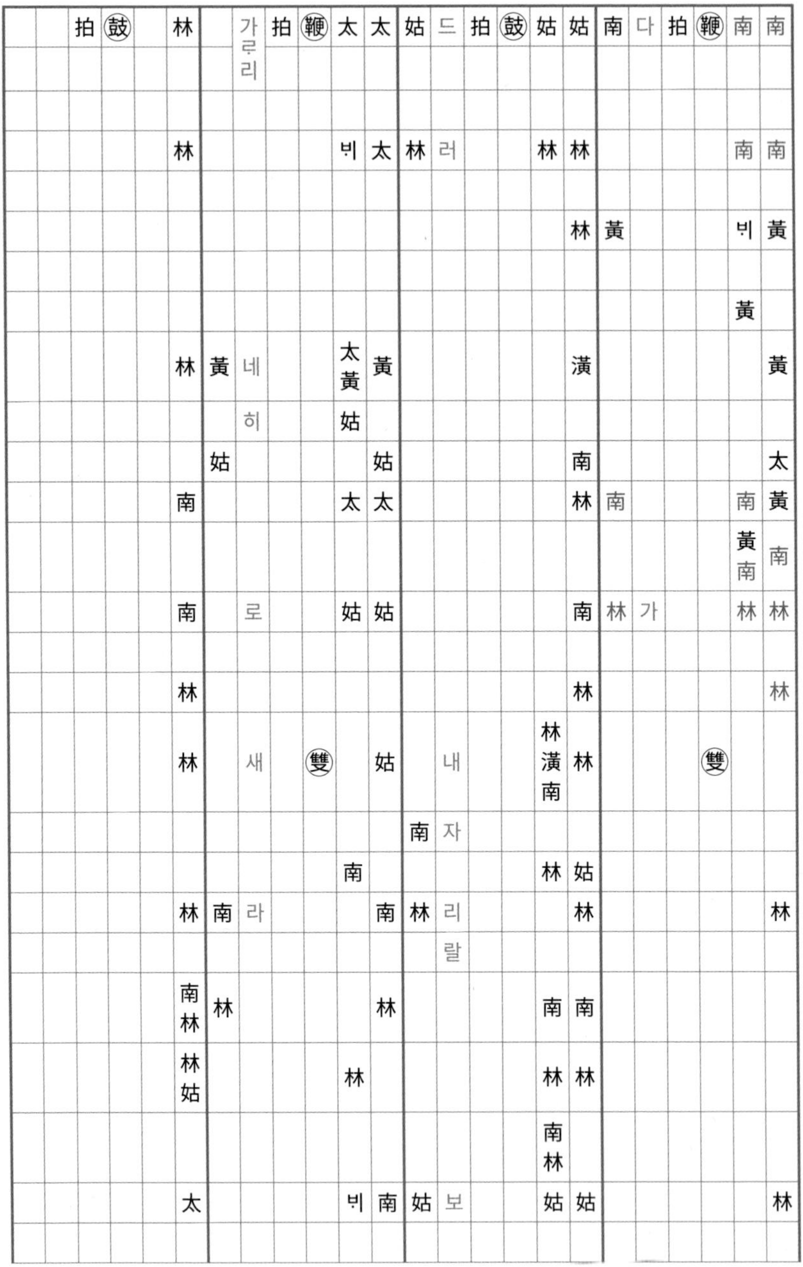

		拍	鼓		林		가루리	拍	鞭	太	太	姑	드	拍	鼓	姑	姑	南	다	拍	鞭	南	南
					林					ㅂㅣ	太	林	러			林	林					南	南
																	林	黃				ㅂㅣ	黃
																						黃	
					林	黃	네			太黃	黃						潢						黃
							히			姑													
						姑					姑						南						太
					南					太	太						林	南				南	黃
																						黃南	南
					南		로			姑	姑						南	林	가			林	林
					林												林						林
					林		새		雙		姑		내			林潢南	林				雙		
												南	자										
										南						林	姑						
					林	南	라				南	林	리				林						林
													랄										
					南林	林					林					南	南						
					林姑					林						林	林						
																南林							
					太					ㅂㅣ	南	姑	보			姑	姑						林

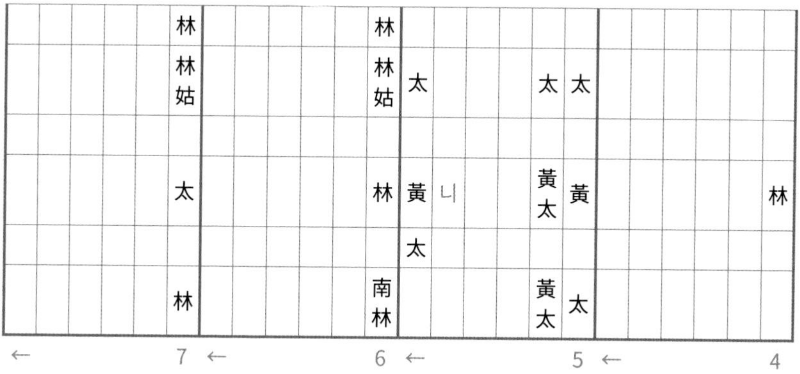

					林						林												
					林姑						林姑	太				太	太						
					太						林	黃	니			黃太	黃						林
												太											
					林						南林					黃太	太						

← 7 ← 6 ← 5 ← 4

林	둘	拍	㊀鞭	林	林	南	둘	拍	㊀鼓	南林	南			拍	㊀鞭		林
	흔					太	흔			太							
					林					黃太	太	黃	아			黃	黃
											太					南	
																黃	
										太							
南	뉘			南	南					비	太					黃	黃
	해																
					林												
					林姑						太						
林	어			林	太						姑						黃
																黃	
												南					
姑	니		㊀雙	姑南林	姑		내			姑南林	姑	黃	으		㊀雙	비	黃
				姑		姑	해			姑							
											姑						
林	오			林	林	太	어			太	太						黃

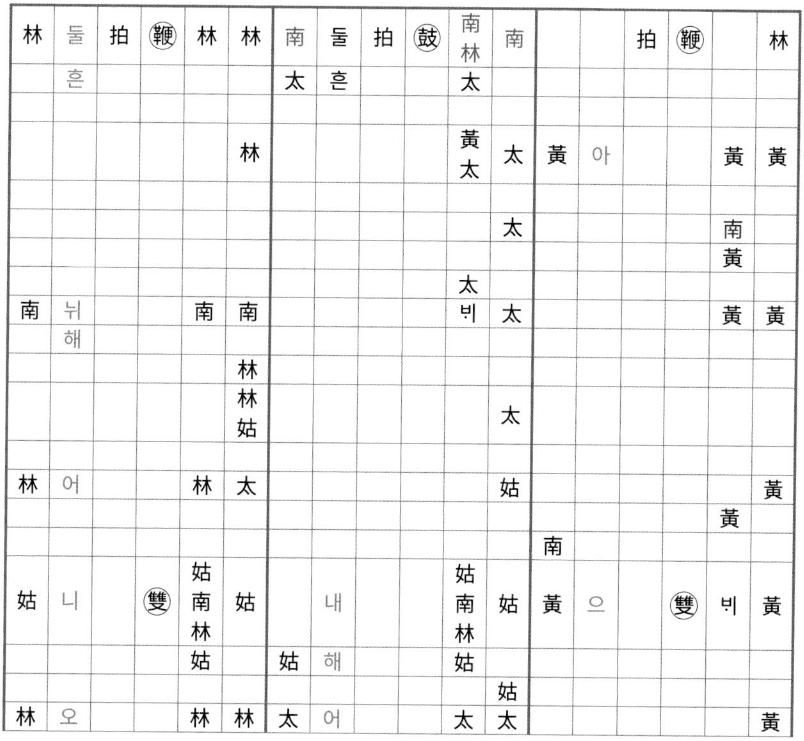

							니										
					林	姑				姑	姑						
						太				太							
				林						姑 太	太	南					
				비	南	黃	와			黃	黃	黃				黃	黃
					林											太	太
					林 姑							南				黃	黃
																南	南
					林	南				南	南	林				林	林
					南 林												
←					10	←					9	←					8

앞의 악보는 신라와 고려 〈처용가〉 중에서 겹치는 가사 부분의 국악보이고, 바로 위의 악보는 장사훈이 고려 〈처용가〉의 시작 부분을 현대 악보로 채보한 것으로서 이 두 악보는 〈처용가〉의 가창 분위기를 짐작해 볼 수 있게 한다.[45]

16

향가 대중화의 길을 찾아서

향가는 신라시대 대중문학이다

신라인들은 향가가 천지귀신을 감동시키는 힘을 지녔다고 믿었고, 맑고 고매한 노랫말로써 어려운 불교교리를 쉽게 풀어서 전달해 온 까닭에 이미 오래전부터 대중성을 획득했다. 향가는 신라의 불법회佛法會를 통해 대중에게 전파되고, 시주승들의 길거리 포교를 통해서도 대중 속으로 파고들었으며, 화랑도 조직의 활동과 무리들에게 회자되면서 대중적 향유가 이루어졌다.[1] "신라 사람들이 향가를 숭상한지 오래되었고,[2] 노래를 펴서 세상을 교화하였다歌行化世分者"(『균여전』 7) 하였으니, 향가는 신과의 소통, 종교적 일깨움에 소용되었음을 알 수 있다. 고려 향가 〈보현시원가〉 11수도 "사람들 사이에 퍼져서 가끔 담벼락에 씌었다"[3] 하고, 〈제망매가〉·〈도솔가〉와 그 작가 월명사가 "지극한 덕과 정성으로 대성大聖을 감동시킬 수 있음을 조정과 민간에서 모르는 이가 없었다."고 했다.[4] "대저 사뇌詞腦는 세인들이 놀고 즐기는 데 쓰는 수단이요, 원왕願王은 보살이 수행하는 데 근본 축”이라[5] 했는데, 여기서 말하는 “세간의 사람들”도 대중이다.

그러므로 향가는 신라인들이 신분을 초월하여 소통하고, 국가적 재난 상황에 부처나 신을 향해 믿음과 기원을 전하고, 개인적 일상과 애환과 소망을 담던 노래요 대중의 다라니였다고 특징지을 수 있다. 신라인에게는 노래·생활·정서·인생관·꿈이었는데, 지금은 “학자들의 손에 놓이고 대중과 거리가 멀어, 고교를 나온 학도들도 해독·감상은커녕 작품명조차 모르므로 일반이 이해·감상하는 것은 요원하다”는[6] 학자들의 지적과 반성은 일찍부터 이루어졌다. “소중한 유산을 학계의 전유물로 만들고, 일반인은 범접할 수 없게 방치해온 것은 온전히 학자들의 책임”이라는[7] 비판은 신랄하고 그 책임 소재 또한 명확하다.

앞으로 향가에 대한 대중들의 관심을 회복하고, 대중들이 향가를 이해하고 더욱 흥미를 가질 수 있도록 하는 일은 시급한 과제이다. 그림이나 음반, 공연 등 문화 예술적 측면을 살피면, 대중들은 이미 향가 장르에 깊은 애정과 큰 관심을 가지고 있었는데, 도리어 학자들이 그 측면에 주목하고 집중하지 못한 것 같은 느낌도 아주 강하다.

중등 향가 교육의 다변화

향가는 향찰이라는 독특한 표기법 때문에 예전부터 중등교육에서 상당한 주목을 받아왔지만, 요즘엔 중학교에서 〈서동요〉를 가르친 후, 고등학교에서는 〈제망매가〉·〈찬기파랑가〉 등 단 몇 작품만 집중하여 가르치는데서 그치고, 나머지 작품은 매우 드물게 가르친다.

도표 9 고등학교 교재에 실린 향가

	문학											국어	독서와 문법	화법과 작문	고전
Ⅰ. 상고시대	천재(김)	천재(정)	두산	미래엔	비상(우)	비상(한)	상문	신사고	지학	창비	해냄				
Ⅱ. 향가															
006 도솔가 // 월명사									●						
007 모죽지랑가 // 득오						●									
008 처용가 // 처용									●					천재 외	
009 제망매가 // 월명사	●	●						●	●	●	●	천재(김) 외		비상	
010 원왕생가 // 광덕	●						●								
011 찬기파랑가 // 충담사	●		●	●	●	●									
더 읽을거리															
012 서동요 // 서동												천재(김) 외		교학	
013 헌화가 // 견우노인												창비			
014 안민가 // 충담사															

▲ 『천재 해법』 고전운문(2014)

다음은 현재 우리나라 고교 향가 단원의 전형적인 교수안이다.[8]

2

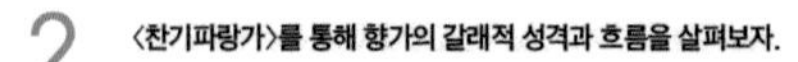
〈찬기파랑가〉를 통해 향가의 갈래적 성격과 흐름을 살펴보자.

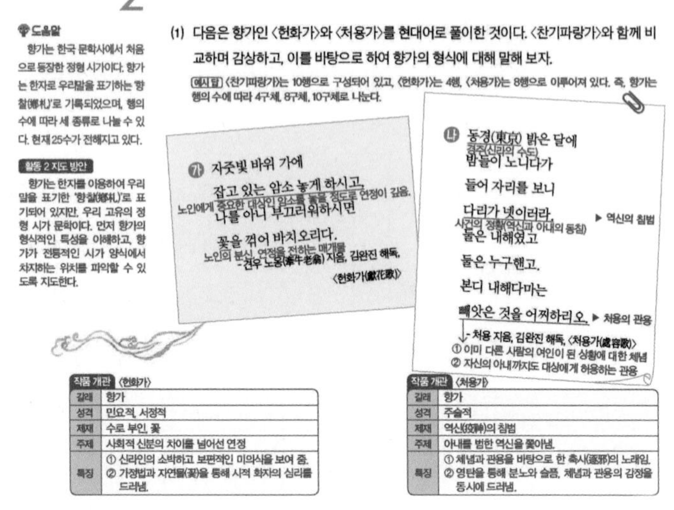
도움말
향가는 한국 문학사에서 처음으로 등장한 정형 시가이다. 향가는 한자로 우리말을 표기하는 '향찰(鄕札)'로 기록되었으며, 행의 수에 따라 세 종류로 나눌 수 있다. 현재 25수가 전해지고 있다.

활동 2 지도 방안
향가는 한자를 이용하여 우리말을 표기한 '향찰(鄕札)'로 표기되어 있지만, 우리 고유의 정형 시가 문학이다. 먼저 향가의 형식적인 특성을 이해하고, 향가가 전통적인 시가 양식에서 차지하는 위치를 파악할 수 있도록 지도한다.

(1) 다음은 향가인 〈헌화가〉와 〈처용가〉를 현대어로 풀이한 것이다. 〈찬기파랑가〉와 함께 비교하며 감상하고, 이를 바탕으로 하여 향가의 형식에 대해 말해 보자.

예시 답 〈찬기파랑가〉는 10행으로 구성되어 있고, 〈헌화가〉는 4행, 〈처용가〉는 8행으로 이루어져 있다. 즉, 향가는 행의 수에 따라 4구체, 8구체, 10구체로 나뉜다.

㉮ 자줏빛 바위 가에
잡고 있는 암소 놓게 하시고,
노인에게 중요한 대상인 암소를 놓을 정도로 연정이 깊음.
나를 아니 부끄러워하시면
꽃을 꺾어 바치오리다.
노인의 분신, 연정을 전하는 매개물
- 견우 노옹(牽牛老翁) 지음, 김완진 해독, 〈헌화가(獻花歌)〉

㉯ 동경(東京) 밝은 달에
경주(신라의 수도)
밤들이 노니다가
들어 자리를 보니
다리가 넷이러라.
시간의 정황(역신과 아내의 동침)
둘은 내해였고
둘은 누구핸고.
본디 내해다마는
빼앗은 것을 어찌하리오.
▶ 역신의 침범
▶ 처용의 관용
- 처용 지음, 김완진 해독, 〈처용가(處容歌)〉
① 이미 다른 사람의 여인이 된 상황에 대한 체념
② 자신의 아내까지도 대상에게 허용하는 관용

작품 개관 〈헌화가〉

갈래	향가
성격	민요적, 서정적
제재	수로 부인, 꽃
주제	사회적 신분의 차이를 넘어선 연정
특징	① 신라인의 소박하고 보편적인 미의식을 보여 줌. ② 가정법과 자연물(꽃)을 통해 시적 화자의 심리를 드러냄.

작품 개관 〈처용가〉

갈래	향가
성격	주술적
제재	역신(疫神)의 침범
주제	아내를 범한 역신을 쫓아냄.
특징	① 체념과 관용을 바탕으로 한 축사(逐邪)의 노래임. ② 영탄을 통해 분노와 슬픔, 체념과 관용의 감정을 동시에 드러냄.

(2) 시적 대상에 대한 화자의 태도나 정서가 어떠한지 파악해 보자.

예시 답 이 작품의 시적 대상은 화랑의 우두머리였던 기파랑으로, 화자는 기파랑의 고매한 인품을 찬양하고 기파랑을 따르고자 하는 예찬적 태도를 드러내고 있다.

고등학교 참고서·교사용지도서에서는 '양주동 해독, 김완진 해독'을 나란히 제시한 후, 본인이 이해하기 쉬운 해독을 참고하라고 유도한다. 실제 수업에서는 개인차가 있겠으나, 참고자료에는 화랑에 대한 설명 과정 없이 〈찬기파랑가〉부터 〈모죽지랑가〉를 연결하고, 현대시와 시적화자의 정서나 태도, 정조情調를 비교·분석하는 훈련으로 넘어간다. 위 도표처럼, 문학교과서에 자주 등장하는 작품이 적고, 수능 출제 빈도도 갈수록 낮아져 향가를 고루 가르치지 않으니 학생들은 향가 전반의 흐름을 알 만큼 충분히 접하지 못하고 있다.

향가와 관련하여 고등학생들을 대상으로 설문을 해 보니, 신라향가 14수 가운데 학생들은 〈서동요〉(80%), 〈제망매가〉(67.7%), 〈처용가〉(37.7%), 〈찬기파랑가〉(35.7%) 순으로 기억했고, 가장 인상 깊은 작품은 〈제망매가〉

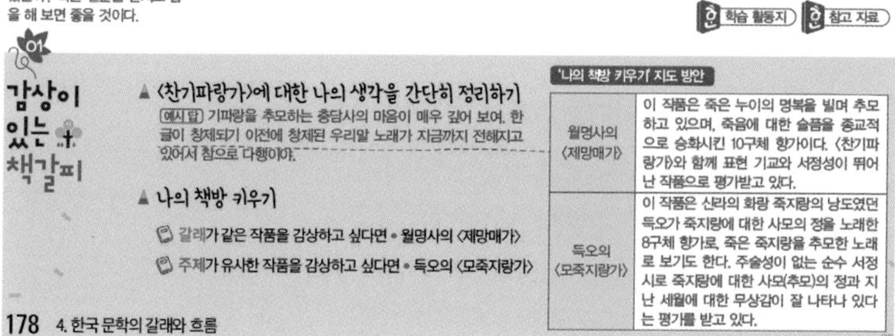

향찰이 없었다면 어떤 일이 있었을까?"라는 질문을 던지고 답을 해 보면 좋을 것이다.

한 학습 활동지 / 한 참고 자료

01 감상이 있는 책갈피

▲ 〈찬기파랑가〉에 대한 나의 생각을 간단히 정리하기

예시 답 기파랑을 추모하는 충담사의 마음이 매우 깊어 보여. 한글이 창제되기 이전에 창제된 우리말 노래가 지금까지 전해지고 있어서 참으로 다행이야.

▲ 나의 책방 키우기

갈래가 같은 작품을 감상하고 싶다면 • 월명사의 〈제망매가〉

주제가 유사한 작품을 감상하고 싶다면 • 득오의 〈모죽지랑가〉

'나의 책방 키우기' 지도 방안

월명사의 〈제망매가〉	이 작품은 죽은 누이의 명복을 빌며 추모하고 있으며, 죽음에 대한 슬픔을 종교적으로 승화시킨 10구체 향가이다. 〈찬기파랑가〉와 함께 표현 기교와 서정성이 뛰어난 작품으로 평가받고 있다.
득오의 〈모죽지랑가〉	이 작품은 신라의 화랑 죽지랑의 낭도였던 득오가 죽지랑에 대한 사모의 정을 노래한 8구체 향가로, 죽은 죽지랑을 추모한 노래로 보기도 한다. 주술성이 없는 순수 서정시로 죽지랑에 대한 사모(추모)의 정과 지난 세월에 대한 무상감이 잘 나타나 있다는 평가를 받고 있다.

178 4. 한국 문학의 갈래와 흐름

(202명), 〈서동요〉(196명), 〈처용가〉, 〈찬기파랑가〉(34명) 순이었다. 난이도에 대한 질문에는 어렵다는 응답이 50%에 육박했고,[9] 1학년은 어학적 풀이와 문학적 해석을 부족분으로 답했지만 전반적으로 향가 배경설화와 관련 역사·풍속·예술에 많은 관심을 보였다. 향찰이나 한자의 표기문자가 어렵다는데 의견이 일치하고,(42.9%) 현대어 해독까지 어렵다는(25.1%) 응답도 많았다. 향가의 해독이나 시어에 집중하여 '문학작품'으로 느끼고 감상하는 데까지는 이르지 못하는 것으로 보인다.

2. 향가는 다른 고전 시가에 비해 쉽거나 어려운 정도가 어떠합니까?

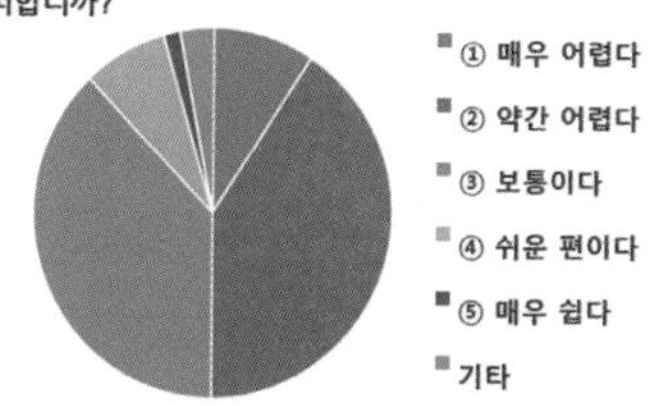

① 매우 어렵다	61	9.2%
② 약간 어렵다	270	40.8%
③ 보통이다	251	37.9%
④ 쉬운 편이다	50	7.6%
⑤ 매우 쉽다	10	1.5%
기타	20	3.0%

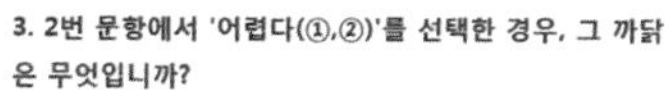

3. 2번 문항에서 '어렵다(①,②)'를 선택한 경우, 그 까닭은 무엇입니까?

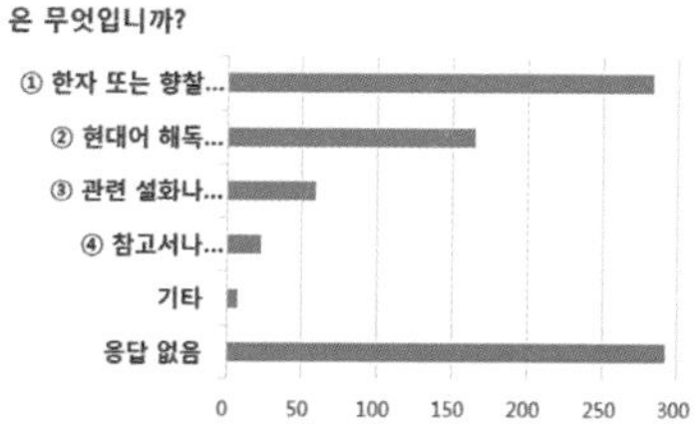

① 한자 또는 향찰 등 표기 문자 어려움	284	42.9%
② 현대어 해독 내용까지 어려움	166	25.1%
③ 관련 설화나 역사와 향가 작품을 연관 짓기 어려움	60	9.1%
④ 참고서나 해설서의 설명 어려움	24	3.6%
기타	8	1.2%
응답 없음	293	44.3%

4. 교과서나 참고서 등의 도서를 통하여 접한 다음 향가 가운데 기억에 남는 작품 셋을 고른다면 어떤 작품인가요?

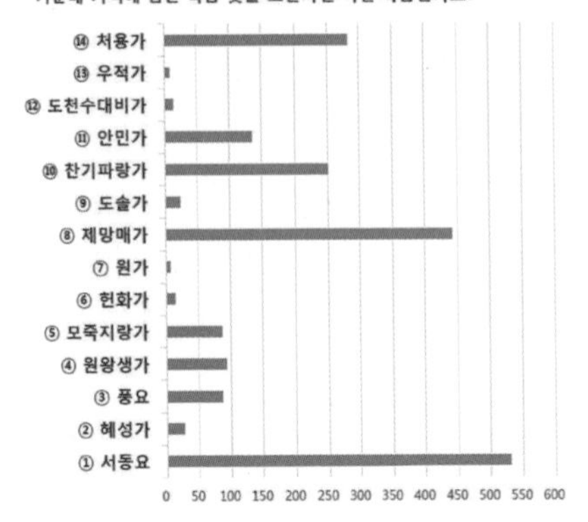

5. 앞으로 향가와 연관하여 더 자세히 알고 싶은 분야가 있다면 무엇입니까?

기타
⑥ 향가 관련...
⑤ 향가 관련...
④ 향가 관련...
③ 향가의 배경...
② 문학적 해석
① 어학적 풀이
0 50 100 150 200 250 300

항목	응답 수	비율
① 한자 또는 향찰 등 표기 문자 어려움	284	42.9%
② 현대어 해독 내용까지 어려움	166	25.1%
③ 관련 설화나 역사와 향가 작품을 연관 짓기 어려움	60	9.1%
④ 참고서나 해설서의 설명 어려움	24	3.6%
기타	8	1.2%
응답 없음	293	44.3%

▲ 서울예고, 수리고, 경화여고 등 서울·경기 지역, 경화여고 등 대구 지역, 가야고, 부산국제고, 동천고, 데라사여고 등 부산지역 고등학교 1~3학년 학생 662명을 대상으로 한 설문조사 결과이다

도표 10 **향가에 대한 고등학생들의 기억**

작품			
제망매가	누이의 죽음이 슬픔	인상적인 문학적 비유	극락에 가기 위해 도를 닦음
	책이나 문제집에서 자주 다룸	슬픔과 그리움 절절함	가족을 잃은 슬픔과 연결
	미타찰(극락)에 대한 궁금증	고등학교 첫 작품	죽음에 대한 안타까움
	불교의례에 대한 호기심	슬픔의 종교적 승화	〈제+망매가〉 발음 강조
서동요	초등학교 때 동화·만화로 읽음	중학교에서 처음 배움	백제 신라 왕자 공주의 사랑
	노래와 함께 배움	역사를 통해 배워서	향찰문자 배울 때 단골로 등장
	흥미로운 동요	관련 설화의 재미	짧고 쉬움
	내용 기억이 잘 됨	그 당시에 몰래한 사랑	드라마를 통해
처용가	귀신, 귀신 쫓는 이야기	아내를 침범(내용 충격)	어릴 적에 만화로 접함
	시험범위	그 상황에 처용이 물러나 춤춤	기억에 잘 남는 내용
	감동적 성취	처용이 한국인 아님	내용 외설, 야해서

향가 가운데 가장 인상 깊다고 응답한 작품과 그 까닭에 대한 설문 결과를 소개하면 다음과 같다.

〈제망매가〉에 대해서는 누이의 죽음에 따른 슬픔, 종교적 승화라는 의미를 기억하고, 〈서동요〉는 가장 일찍 배우고 흥미롭다고 기억한다고 했다. 〈처용가〉에 대해서는 귀신 이야기라는 점이 흥미롭고 역신이 처용의 아내를 침범한다는 행위가 충격적이라서 기억한다고 응답했다. 〈찬기파랑가〉을 통해 "오늘날 우리가 본받을 만한 인물"(예. 〈할아버지 찬가〉)을 소개하고, 그 까닭을 생각하게 하는 교육 프로그램도 드물게 있다.[10]

대학에서의 향가교육도 사실상 어려움이 많다. 처음에 학생들은 한자 기초능력, 향찰문자에 대한 기본적 이해, 향가의 역사·사회·문화적 배경에 대한 이해도가 매우 낮다. 입시 중심의 교육에서, 향가는 교육의 편폭이 좁았고, 해독이나 주제 파악에 몰입하다보니, 자연히 향가를 문학작품으로 이해하고 탐구하고 토론하는 수업방식을 기대하기도 어려워졌다. 문학으로서의 향가교육을 시도하더라도 단편적인 내용에 환상적·불교적 성격의 배경기사를 통해 설명하므로, 가슴에 와 닿는 문학임을 공감하기도 힘들다. 이에 "향가 하면 아득한 옛날 선조들이 남긴, 신비스럽고 종교적인 색채를 띤 고전시가쯤으로 인식할 따름"이라는[11] 지적이 나온다. 인문학은 다양한 논거와 시선을 이해하고 공유하는 것이 당연하지만, 다양한 관점을 내놓은 향가 연구는 입시위주의 교육현실에서 도리어 향가를 기피 단원으로 만드는 원인이 되고 있다.

교육은 세뇌가 아니다. "교육은 개인이 스스로 자신의 진리를 찾도록 도와주어야지, 진리를 일방적으로 강요해서는 안 된다. 개발저항적인 가치 체계에서 교육은 교리를 충실히 전파하여 순응주의자 혹은 추종자를 만들어내는 과정이 된다."[12] 인문학은 모든 목적과 가치를 인간적 입장에서 규정하는 정신과학으로, 인간의 가치와 삶의 궁극적인 의미를 탐구하고 인간의 정신을 고귀하고 완전하게 하는 일을 목표로 한다. 이에 "인문학은 사람이 자기 삶의 주인 노릇을 하며 사람답게 사는 실천을 지향한다는 점에서 주체성을 띨 수 있도록"[13] 해야 한다.

이에 중등 교과에서 다음과 같은 질문을 던지며 향가에 관련된 사고를 심화하는 것은 어떨까 제안한다.

1) 〈서동요〉에 근거하여, "만일 내가 선화공주의 입장이라면, 근거 없는 모함을 받고 귀양을 가게 되었을 때 어떻게 위기를 극복할 수 있을까요? 가능한 일을 생각해서 조리 있게 써 보세요."[14] 말의 품격을 갖추지 못하고, 단체 톡에서 누군가 자신의 험담을 올려서 문제가 되거나 연예인에게 사악한 댓글로 치명상을 입히는 경우가 빈번하다. "서동처럼 사랑하는 대상을 얻고자 하는 선한 목적에서 비롯한 루머라면 용서할 수 있는가?", "그 방법이 잘못되었다고 생각한다면, (1) 서동에겐 어떤 방법을 권해주고 싶은가? (2) 억울한 누명을 쓰고 쫓겨난 선화공주는 어떻게 행동했어야 하는가?"

2) 〈우적가〉나 〈제망매가〉·〈원왕생가〉에 근거하여, 불교에서는 사람이 죽으면 먼저 현생과 사후세계의 중간인 '중음(중유)' 세계에 가서 49일 동안 현생에서 행한 행위에 대해 7명의 재판관에게 재판을 받는다고 믿는다. 그래서 부처님은 "죽음과 함께 가지고 가는 것은 현생에서 지은 선행과 악행이라고 한다.(상응부 경전)"[15]

(1) 자신의 삶을 돌이켜 볼 때, 하늘을 우러러 한 점 부끄럼이 있다면 어떤 일인가?

(2) 〈제망매가〉에 나타난 극락(미타찰/서방정토)이라는 공간은 어떠할 것으

로 상상하는가? 본인이 극락에 간다면 지금의 삶과 무엇이 달라지면 좋겠는가?

(3) 웹툰이나 영화 〈신과 함께〉[16]를 보고, 본인의 삶을 대입할 때 가장 반성이 되었던 '지옥'은 어디이고 그 까닭은 무엇인가?

3) 〈우적가〉·〈원왕생가〉에 근거하여, 〈원왕생가〉에서 광덕은 10여 년 동안 단정하게 앉아 한결같이 아미타불을 외며 엄격한 계율 속에서 도를 닦은 덕분으로 극락으로 갔고, 엄장은 세속적 욕망을 이기지 못하고 광덕의 처에게 정을 통할 것을 청하다가 "그대가 극락정토를 구하는 것은 물고기를 잡으려는 자가 나무 위에 올라가는 것과 같다"는 따끔한 질책을 받은 후에 잘못을 뉘우치고 열심히 도를 닦아 극락으로 갔다. 〈우적가〉는 도적 60여 명이 스님 영재를 칼로써 위협하였으나 영재가 두려워하는 기색 하나 없이 태연히 대하니 도리어 도적들이 향가를 청하고, 그의 향가와 가르침에 감동하여 모두 칼을 놓고 창을 던지며 머리를 깎고 제자가 되었다는 이야기이다.

(1) 위의 두 작품을 통해 볼 때, 잘못을 저지르지 않으려고 애쓰는 것, 잘못을 깨달아 부끄러워하고 뉘우치는 것, 뉘우친 이후에 행동을 개선하고자 노력하는 것 가운데 무엇이 더 중요하고 그렇게 생각한 까닭은 무엇인가?

(2) 신문이나 방송 매체를 통해서나 주변에서 확인한 사건 기사 가운데 쉽게 용서해서는 안 된다고 생각하는 '잘못'은 무엇인가? 그렇게 생각한 까닭은 무엇인지를 토론해보자.

(3) 영재가 도적들에게 〈우적가〉를 불러준 데 대한 보답으로 받은 비단 2필을 즉시 땅에 던지며, "재물이란 지옥의 근본"이라 한 일을 어떻게 생각하는가?

삶의 구체적인 국면을 보여주어 현실감을 높이고, 삶의 가치와 지향점을 찾고 스스로의 삶을 성찰하고 설계하는 데 도움을 줄 수 있는 교육이 되어야 한다.

예컨대, 신라 화랑의 연령대가 15세 전후임을 감안하면, 〈모죽지랑가〉·〈찬기파랑가〉는 청소년기의 인간관계를 성찰하는데 유용하다. "화랑조직은 단순히 무사를 기르는 역할에 그치지 않고, 귀족자제들이 도의에 힘쓰고 전인적 인격을 갖추게 하여 나라를 이끌 인재를 양성"했고, 신라사의 이름난 재상과 충신, 장군 대부분은 화랑 출신이다. 그러므로 〈모죽지랑가〉·〈찬기파랑가〉에 대한 교육은 어떤 사람들이 화랑이 되는지, 신라사회 화랑의 존재와 정치·사회적 입지, 수련과정, 사고체계 등을 통해 청소년들의 공감능력과 공동체의식을 제고할 수 있다. 향가 작품을 통해 신라 청소년들의 생활과 생각을 창의적으로 상상하게 하고, 창의적 문제 해결능력을 갖게 하며, 당시의 역사·제도를 실증하게 해야 한다. 학생들이 향가 관련 서사와 역사적 사건의 인과관계를 밝히고, 그럴듯한 가설을 세우고, 자기 나름의 논거를 찾아 논리화하는 교육방법론은 그 자체로 발전적 의미를 가진다.

중등 교사들이 향가 연구 100년의 난만한 성과를 다 섭렵하지 않아도, 공신할 만한 이론을 얻을 수 있도록 그간의 성과를 모아 활용 가능한 자료로 정리해야 한다. 고교생을 대상으로 한 설문에서 68.0%의 학생들이 한자와 향찰의 지난함을 호소하고 현대어 풀이까지 어렵다고 응답했다. 그동안 양대 산맥이던 향가해독 기반 위에,[17] 최근 40년간에 축적한 역사·문학·어학 등 다양한 분야의 연구 성과를 집약하고, 관련 학자들과 중등 교사들의 협의와 심의 과정을 거쳐 작품 전체의 흐름과 관련서사를 망라한 명료한 표준 해독안을 마련함으로써 긴 세월동안 답보 상태에 있는 중등과정 향가 이론과 교육과정을 업그레이드하는 일이 선결과제이다.

이제 중등교육에서는 향찰해독에 집중하기보다는 작품의 창작배경과 가창동기, 신라인의 의식과 문화에 집중할 수 있도록 교수법에 방향전환을 이뤄야 한다. 이를 통해 미래 학문 후속세대들의 학습 동기를 유발하고 흥미와 의욕을 고취하는 혁신이 필요하다. "이 연결의 시대에, 교육은 상이한 분야의 충돌과 연결을 통해 새로운 에너지를 만들고, 복잡다단한 문제를 해결하고 새로운 방향을 설정하는 '생각의 힘'을 갖출 수 있도록"[18] 설계해야 할 것이다.

향가 관련 대중 도서의 지속적 개발과 간행

대중 도서로 인기를 누리는 최재천·유홍준은 하나같이 "아는 만큼 보인다.", "사랑하면 알게 된다."는 말을 한다. 개미, 거미, 원앙, 까치 등의 동물생태학으로부터 인간세계의 이야기를 이끌고(최재천) 여러 답사기를 통해 무관심 속에 방치된 문화유산의 객관적 가치를 밝히는(유홍준) 데 성공했다.

향가에 대한 대중들의 관심은 그리 낮지 않다. 일반인도 초중등교육에서 향가 이야기를 듣고 공부하면서 이미 상당한 인지도를 갖고있기 때문이다. 그동안 대중들에게 향가를 쉽게 전달하려는 책자도 꾸준히 발간되어 이젠 다 파악하기도 힘든 실정이다. 일반인을 겨냥한 책자도 있고,[19] 어린이와 청소년을 위한 책자도 있는데,[20] 향가의 대중화를 목표로 한 시가 연구자들의 노력은 가치가 높다. 세계한글작가대회를 기념하여 향가 작품과 요지를 압축하고 영어로 번역한 이임수의 저서도 대중서인데, "to

▲ 왼쪽부터 차례대로 〈헌화가〉, 〈우적가〉 서사의 한 장면(권영상 글, 황인옥 그림, "향가와 고려가요")이고, 〈안민가〉 서사의 한 장면(서정오, "이야기로 읽는 우리 옛 노래")이다.

the dock with smooth sand./There I see the woods in your image, my lord./I wish to see you/from the pieces of your heart/on the pebbles in the Sumo stream"은[21] 그 중 〈찬기파랑가〉 번역의 일부이다.

향가를 글감으로 하여 대중서를 발간하는 일은 "옛 노래를 찬찬히 살펴보니 옛사람들의 열정과 슬픔, 기쁨이 제 마음에도 전달되었지요. 미처 상상하지 못했던 세계와 만나기도 하고, 잊어버리고 있던 감성과 진실을 되살릴 수도 있었지요.",[22] "오늘날 우리와는 관점과 상상력이 다르지만, 차이를 인정하고 그들의 눈과 마음으로 음미해보면 그 당시 신라인들의 생각과 느낌, 그리고 지혜와 상상력을 고스란히 느낄 수 있다. 이제 오늘날의 눈으로 이 작품을 평가해 보면, 향가는 참으로 맛깔스럽고 지혜와 슬기가 담겨있는 노래임을 알게 될 것이다."에서처럼, 현대와는 시대와 문화, 생각과 행동 방식이 다른 문학작품을 현대적으로 풀어가는 과정이다. "어린 두 딸과 친구들에게 들려주고자 향가 이야기를 쓰기 시작했는데, 어느덧 딸들이 부쩍 자라버렸다."는[23] 고백에는 대중도서를 준비하는 사람들의 하나같은 고민이 담겼다.

다음 만화[24]는 원 서사대로 "선화·서동의 밀회→〈서동요〉 유포→선화의 귀양→무왕 등극과 미륵사 창건"의 순이다. 신라 사찰로 숨어든 서동이 우연히 선화를 만나고, 선화는 서동에게 마음을 뺏기는데 개연성의 고리를 만들지 못했다. 사실을 알 리 없는 진평왕은 선화의 신랑감으로 현랑을 점찍지만 선화는 현랑이 사람을 벌레 죽이듯 하는 잔인한 사람이라며 거절하고 귀양을 떠난다. 귀양 중에 서동이 현랑에게 납치당하려는 선화를 구하여 선화는 서동을 따른다. 서동은 백제 무왕이 되어 백성들을 위한 선정을 펼쳐 왕권을 강화한다.

『이야기 서동요』는 나제의 화친을 바라는 무왕이 선화공주를 데리고 법왕 앞에 나타나 그간의 자초지종을 실토하고, 법왕이 대신들에게 "성왕 전하의 원통함 때문에 아직도 신라를 미워하여 전쟁하려는 이들이 있지만, 그 일은 이미 지난 일이고 백제 왕실에 신라왕족의 며느리가 들어온 것은 하늘의 뜻이니 이제 화친을 맺어 백성들의 삶을 돌보자"며, 사죄의 의미로 신라 황룡사에 황금을 보내고, 선화공주는 진평왕에게 화친을 바라는 편지를 쓴다는 내용이다.[25]

맨 왼쪽 〈헌화가〉는 견우노옹이 수로부인의 아름다움에 반해 순식간에 절벽에 올라 꽃을 꺾어다 바치는 장면이고, 가운데 〈원왕생가〉는 엄장이 속세의 욕망을 못 이기고 응신應身인 광덕의 처를 취하려다 크게 면박당하고 나서 마침내 부끄러움을 알게 되는 장면이다. 끝은 〈모죽지랑가〉에서 익선의 죄에 연좌되어 원측 법사나 마을사람들까지도 함께 벌을 받는 장면이다.[26] 〈도솔가〉는 월명사가 꽃을 뿌리자 2개의 태양 중에 꽃을 싫어하는 사악한 태양이 사그라지는 장면으로 그렸다.

만화나 동화 등으로 만들어진 작품을 보면,[27] 단연코 선화공주나 수로부인, 처용의 처 등 미모의 여인을 주인공으로 한 작품의 수가 많다. 설문결과에 따르면, 중고등학생들에겐 만화 〈서동요〉가 오랫동안 각인되어 있다. 월명사와 누이를 의남매로 묘사하며, "밤에 오라비를 마중 나왔다가 호랑이를 만나, 서로가 자신을 잡아먹으라고 애걸하니 호랑이가 감동해 발길을 돌려 둘 다 목숨을 구했다"[28]는 〈제망매가〉의 서사는 매우 흥미롭다.

이상의 대중서는 이야기를 전달하는 데 주로 글과 그림의 상호작용을 활용한다. "아동들에게 이야기를 전달하기 위해 낯선 대상을 시각화할 필요가 있다. 그림은 글이 전달하는 정보를 더욱 쉽고 풍부하게 전달할 수 있기 때문이다.(Noddelman)[29]

"고전은 일반적으로 대중성을 띠기 힘들기에, 대부분 청소년들을 대상으로 초·중등학교 교육을 통해 그 의미에 대해 소통하고, 교과서 및 대중출판물을 통해 독서층을 넓혀왔다. 원전을 좀 더 쉽게 풀어쓰고, 읽고 싶은 마음이 생기도록 여러 방식으로 동기를 부여하여 독자층을 넓히고, 나아가 현실에서의 유용성을 확장해야 한다. 이른바 '시장 확대' 논리이다. 시장 확대란 고전의 상품화 가능성, 곧 고전을 테마로 한 '인문교양'에 대한 수요 발굴 및 상품 개발을 전제로 한다."[30] 대중도서가 초등·중학교 때부터 향가의 존재를 각인시킨 효과는 있으나 역사나 향가 관련서사에서 벗어나 혼동을 부추기거나 기존 이야기를 재현·모방함으로써 '그럴듯함'을 갖춘 탄탄한 서사로 거듭난 경우가 많지 않은 점은 아쉬운 측면이다.

향가 기반 대중예술에 대한 관심과 지원

향가를 음반이나 공연으로 감상하면 대중들은 시공을 초월할 수 있다. 그동안 향가에 대한 예술적 관심은 지속되어 이미 상당히 많은 음반 제작과 콘서트가 이루어졌다. 앞으로 더욱 주목을 끌만한 작품을 만들어 상시 혹은 특별 공연으로 이어갈 일이 해결과제다. "우리 조상들도 오늘날 우리들처럼 노래 부르기를 즐겼다. 삼국시대에는 향가라는 노래가 있었고 고려시대에는 고려가요가 있었다. 이후엔 시조·가사·판소리가 있었다. 조상들은 그 시대에 맞는 새 노래를 끊임없이 지어 부르면서 고단한 삶을 흥겹게 살아냈다. 우리는 흥이 많은 민족이다."라는[31] 소개 글로 옛 노래에 대한 대중들의 관심을 촉구하기도 한다. 전통의 음악 가운데 향가는 국가와 불교, 전체와 개인의 기원과 추모와 찬양 등 다양한 주제를 가지는데, 향가의 관련서사는 작품 창작의 배경을 잘 설명해주고 있으므로, 대중들이 향가 장르를 향유하던 신라인의 마음을 공감하는 데 많은 도움이 될 것으로 보인다.

대중음악과 국악공연

〈처용가〉를 대중가요로 만든 예는 여럿 있는데, 현대적 음률에 1절은 신라어로, 2절은 현대어법으로 가사를 붙인 노래가 있어 특히 눈길을 끈다. 1절은 김완진 교수가 해독하고 권재일 교수가 신라어 발음을 복원하여 불렀고, 2절은 현대어로 불렀다.[32] 작사가 최철호는 "그동안 향가는 학문의 영역으로만 여겨지고 관심을 받지 못했다며, 대중가요 멜로디로 부르는 향가는 전통의 단순 재현이 아니라 발전적 계승"이라 했다.

東京 불기 ᄃᆞ라ᄅᆞ
밤드리 노니다가
드러ᅀᅡ 자ᄅᆡ 보곤
가로리 네히러라.

두블른 내해엇고
두블른 누기핸고
본ᄃᆡ 내해다마ᄅᆞᄂᆞᆫ
아ᅀᆞ늘 엇디ᄒᆞ리고.

경주 밝은 달빛 아래
밤새도록 놀다가
들어와 잠자리 보니
다리가 넷이라네.

두 개는 아내 것인데
두 개는 누구 것인가
본디 내 아내이지만
빼앗긴 걸 어찌하리오.

▲ 〈처용가〉앨범, 노래 김명기, 2008.11.26. 발매 록/메탈 발매사-기획사KMK 뮤직

2012.11월에 Sony Music/비온 뒤에서 발매한 "김효영의 생황 두 번째 환생, 〈향가:향香〉"에서는 생황으로 〈서동요〉·〈혜성가〉·〈제망매가〉·〈찬기파랑가〉 등을 현대음악적인 요소를 담아 연주했다. 천 년 전에도 이미 있었던 생황이라는 악기로써, 천 년 전에도 후에도 이어질 변치 않는 인간사이자 영원한 주제인 사랑, 두려움, 슬픔, 관용, 용서, 고백을 연주한다. 다음은 향가를 두고 대중가요로 만든 음악을 담은 Melon 등의 목록이다.

김무한의 〈안민가安民歌〉[33]는 향가 작품 그대로, "임금은 아버지요 신하는 어머니라/백성을 어린아이로 여기면/그 사랑 알리라."로 시작하여, "진리를 따르면 잘 되게 마련이라"고 군신민이 각자의 역할에 충실하면 나라가 태평할 것이라는 내용을 충실히 반영했다. 이용탁 〈서동요〉[34]는 양주동 해독을 반영하지만 "님 그~윽히/일러주고"라 했으니, "시집가다/배필로 삼다嫁", "정을 통한다交合"는 뜻의 "얼다, 얼이다"를 다르게 변형하였다.

송골매-05-처용가 (처용의 슬픔)
시노래풍경-03-헌화가 (獻花歌) (노래_ ...
시노래풍경-12-처용가 (낭송_ 조성진)
어울림-05-천년의소리"향가" - 제망매가
유희성-07-천년의소리"향가"- 찬기파랑가
이동준-14-제망매가 (Je-Mang-Mae-Ga)
이소은-12-서동요

임미성 퀸텟-04-서동요 (백제 무왕이 지...
임미성-04-모죽지랑가
정미린-03-서동요
정미린-06-서동요 (MR)

이용탁-01-천수대비가
이용탁-02-풍요
이용탁-03-우적가
이용탁-04-원가
이용탁-05-혜성가
이용탁-06-안민가
이용탁-07-모죽지랑가
이용탁-08-헌화가
이용탁-09-찬기파랑가
이용탁-10-서동요
이용탁-11-처용가
이용탁-12-제망매가
이용탁-13-도솔가
이용탁-14-원왕생가

국악방송 향가
국악창작곡 제망매가
김다금 안민가 향가 공연
김마리 모죽지랑가 대전국악방송
김효영 생황연주 제망매가
분황사 도천수 문화유산 소개
비파 찬기파랑가
생황 연주 헌화가
서동요 동요공연
장희영 찬기파랑가 가야금
제망매가 낭송 양은심
잔기파랑가 공연
잔기파랑가 소개 방송
처용가 공연
콘서트 오늘 모죽지랑가
향가 제망매가 등 공연
향가 헌화가 공연

G-Masta-04-@ (신처용가2) (Feat. UMC)
G-Masta-06-新處容歌(신처용가)
Various Artists-01-서동요
강권순-14-잔기파랑가 (Ode To Knight K...
고은정, 구민, 박일, 정경애, 장혜선, 김성...
김나리-06-모죽지랑가
김무한-10-안민가 (Remaster Ver.)
김무한-11-안민가
김문주-06-잔기파랑가

김애경-02-헌화가
김애경-14-헌화가 (공연실황)
김애경-15-사랑의 노래 (공연실황)
김애경-16-헌화가 (박수진詩)
김효영-01-서동요
김효영-02-혜성가
김효영-03-제망매가
김효영-05-잔기파랑가
박재은-04-도솔가
새움-01-헌화가

송골매의 〈처용가〉(처용의 슬픔)는[35] 원 〈처용가〉 뒤에 "노래를 불러라 춤을 추어라"를 붙이고, "네가 나를 사랑하여 돌아서거라.", "슬픔을 감춰라 눈을 감아라/내 아픔을 아는 이는 나뿐이니". "네 마음의 문을 열고 들어서거라", "노여워 말아라 눈을 감아라/내 심사를 아는 이는 나뿐이니"를 덧붙여 처용이 자신의 슬픔과 분노를 안으로 감추고 역신이 스스로 돌아서기를 기원하는 내용을 적절히 묘사하고 있어서 향가 대중화를 위해 활용도가 매우 높다.

그러나 똑같이 〈처용가〉를 소재로 하면서도 다음 작품은 분위기가 완전히 다르다.

> "사건 당일도 꺼져있던 너의 전화기/하지만 별 의심 없이 논현동에/혼자 자취하던 너의 집으로/미리 준비했던 꽃다발/등 뒤로 감추고 계단 올라갔는데/문틈 사이로 새어나오는 x소리 어! 모야 ○발/문을 열고 들어갔어 침대 위에서"[36]

> "누가 (누가)누가 (누가)누가 (누가) 그녀와 잤을까? X4 verse.1 난 항상 너랑 어른 놀이하기 전에 지갑 속에 자고 있던 고무장갑을 꼈어 술에 떡이 돼도 언제 어디서라도 절대 잊지 않고 장갑은 꼭 꼈어 그런데 어느 날 코 꼈어 청천벽력 같은 임신했다는 너의 그 말 ×됐어 난 믿을 수 없어(아~미치겠네! 기억이 안나)[37]

위의 작품은 여러 남자와 음란한 행동을 벌인 여자 친구에 대한 분노와 보복 심리를 담고, 아래 작품은 여자 친구가 임신을 했다지만 사내는 절대 자신의 아이일 리 없다고 크게 의심하는 랩·힙합이다. 두 작품은 저급한 대중가요에 속한다. 역신의 존재와 행위에 관해 그동안 "질병, 부정적인 사회 현상, 신神, 간부奸夫, 병든 도시, 재난災難, 패륜아, 권력자(강자)"[38] 등 다양한 해석이 있지만, 둘은 모두 저열한 대중성에 영합하여 외설적 표현에 치중하고 있다.

나아가 향가 작품을 연극, 오페라, 가무악극歌舞樂劇으로 공연한 예도 여럿이 있다.

도표 11 **향가 공연**

향가 관련 공연 활동	단체	일시 및 장소	성격 및 내용
처용문화제 (~53회)	울산광역시 울산문화재단	10월, 11월 태화강 일원	해마다 다양한 프로그램으로 구성하는 지역문화축제. 52회 〈처용, 미래를 꿈꾸다〉, 〈처용, 찬란한 그대여〉(창작콘텐츠공모작), 관용과 화합이라는 주제로 실내악, 무용, 발레극, 놀이마당 등
경주의 음악 新신라의 향가 1, 2부	포항 MBC, 동국국악예술단 (단정 박상진)	2004.9.25., 2006.11.04	강릉태수로 부임하는 순정공의 행차와 그의 아내 수로부인을 환영하는 노래 〈헌화가〉, 지나가던 노인이 수로부인에게 철쭉을 꺾어 바치는 장면을 춤과 음악과 노래로 재구성
가무악, 고대의 향기, 무천(舞天), 산화가(散花歌)	서울예술단	2005.03.11. ~03.13. 문예진흥원 예술극장 대극장	향가 〈도솔가〉에 나타난 하늘의 재앙(2개의 태양)을 없애 달라 기원하고, 미륵이 현신하여 해결해주는 과정을 가무악으로 공연
가무악 〈서동요〉	충남국악단	2008.05.20. 서울국립국악원 예악당	국경과 신분 귀천을 초월한 극적 사랑. 서동요 열 마당, 〈마 캐는 아이들〉, 〈저잣거리 사람들〉, 〈서동의 집〉, 〈신라궁궐〉', 〈모자의 이별〉, 〈황룡사 금당〉, 〈인연의 등〉, 〈서동의 노래〉, 〈혼란〉, 〈소문의 소리〉
신(新) 신라향가와 수로부인	동국 국악 예술단 경주문화관광축제 조직위원회	2009.10.10. 안압지 특설무대	〈헌화가〉를 사람과 사람의 소통, 계층 간의 벽을 허물고 인간의 존엄성을 노래한 작품

향가 관련 공연 활동	단체	일시 및 장소	성격 및 내용
국악 뮤지컬 〈서동의 노래〉	부여군충남국악단 극단 '불'	2013.10.05. 백제문화단지 특별무대	위덕왕 붕어 장면과 강렬하고 화려한 군무, 무왕과 선화공주의 사랑 이야기
가무악 〈찬기파랑가〉	정동극장 경주세계문화엑스포	2014.03.20. 황성공원, 경주세계문화엑스포 문화센터	화랑 기파가 신녀 보국을 만나서 화랑을 배워가는 과정을 그린 이야기, 화랑의 기상을 보여주어 현대 청년들의 열정을 드높임
주제공연 가무악극 〈서동의 노래〉	부여충남국악단	2015.07.11. 서동연꽃축제	선화공주가 황룡사에서 서동이 악기 연주하는 모습을 보고 반함, 둘이 함께 전쟁 없는 평화 기원
오페라 〈죽지랑〉	경주세계문화엑스포 경주챔버오케스트라	2015.09.13. 경주세계문화엑스포 공원 내 문화센터 공연장	죽지랑을 사모하고 그리워하는 마음. 인생무상. 주술성이나 종교적 색채가 보이지 않는 순수 서정시로서의 〈모죽지랑가〉 공연
오페라 〈명랑 선화〉	경주챔버오케스트라 왕경오페라단	2016.11.17. 경주예술의전당 대공연장 2018.10.14. 월정교	백제 서동왕자와 신라 선화공주의 사랑이야기를 21세기 현대적 감성으로 재구성, 창작 실경 오페라
창작 오페라 〈처용's 처〉	경상북도, 경주시 경주챔버오케스트라 왕경오페라단	2017.12.02. 경주예술의 전당 화랑홀(대공연장)	처용과 그의 아내, 악귀(귀신대장), 카페 마담, 알바생, 바리스타 등이 현대를 살아가는 인간의 방황과 나약함, 외로움 등 직면한 문제들을 처용 아내의 지혜를 통해 풀어나감
창작 오페라 신라향가 〈마담수로〉	경주시 경주챔버오케스트라	2018.10.27. 경주 예술의 전당 화랑홀	헌화가의 수로부인을 오페라의 아름다운 선율에다 코믹요소를 적절히 가미하여 공연
삼척 판타지 –실경(實景) 미디어 퍼포먼스	삼척시	2019.09.12. ~09.14. 죽서루 오십천변 수상무대	삼척의 절경 죽서루 아래에서 미디어 영상, 플라잉 퍼포먼스 등의 무대연출로 기획, "수로와 신비한 꽃"(1장), "납치된 수로부인"(2장), 동네총각[3940]들이 꽃을 꺾어주려고 다투지만 순정공이 나서서 꺾어줌
무용극 〈처용〉	국립국악원	2019.10.10. ~10.11. 국립국악원 예악당	"용서로 완벽한 복수를". 아름다운 처용의 아내, 가야를 처용을 사랑하지만 역신에게 농락당하는 비련의 여인상으로 그리고, 사악한 욕망의 역신, 선으로 악에 맞서는 처용의 대립 구도를 만들어 미디어영상기술과 무용으로 펼쳐 나감

향가 관련 공연 활동	단체	일시 및 장소	성격 및 내용
수로부인, 향가 속에 녹다 –누가 그 꽃을 꺾어 주겠소	(사) 계림국악예술원	2019.10.19. ~11.16. 경주 양동마을 특설무대	노인이 철쭉을 갖고 싶어 하는 수로부인에게 꽃을 바치고 노래를 부르는 장면을 국악 반주와 무용과 곁들인 야외 공연

향가를 공연으로 재현하려는 노력은 지속적으로 이루어졌는데, 위에서 서울예술단 가무악 〈무천舞天 산화가散花歌〉[41]는 비교적 앞선 시기의 작품이다. 〈산화가〉는 곧 〈도솔가〉를 극화했다. "2개의 해가 나타나고, 가뭄이 들고 바람이 불어 흙먼지가 세상을 덮으니 백성들이 이름 모를 돌림병에 쓰러져갔다.", "왕이 남산 위에 올라가 하늘을 우러러 기도를 올리니 백학白鶴이 날아오고, 바위가 열리고 미륵과 천신이 나타나 황금빛 도솔천을 연출한다." 그리고는 곧 비가 내리고 2개의 태양이 사라졌다는 흐름이다.

이는 〈도솔가〉(원작 "차라투스트라는 이렇게 말했다")와[42] 견줄 수 있다. 이 연극은 "고행 중이던 짜라가 깨달음을 얻은 후 혼돈 세상에 나가 '초인' 사상을 설파하고 혁명을 이룩하게 되지만, 군중들은 사랑 없는 이미지 세계에 심취하고 그 혼란을 틈타 해가 둘로 나뉘는 이변이 생긴다. 결국 짜라가 황야로 떠나 다른 이들과 〈도솔가〉를 부르고 하나의 해를 먹는 최후의 만찬을 벌인다는 내용"이다.[43] 연출자는 "한 때 한국문화의 중심이었던 경주가 변방으로 밀려나, 거대한 박물관이나 박제된 유물전시장으로 방치되는" 일을 경계한다. "아무리 시를 써도 신라향가의 초월적 이미지를 따를 수 없고, 서구에서 이식된 한국의 모더니즘 미학이 향가를 따라잡을 수 없다"는 생각에 〈도솔가〉를 연출했단다.[44]

가무극 〈찬기파랑가〉[45]는 신라 화랑 기파의 열정과 도전정신, 그리고

〈서울예술단 산화가(도솔가) 공연의 시나리오〉

프롤로그. 옛날, 옛날, **나라에 두 개의 해(日食)가 나란히 나타나서 한 달 즈음이나 사라지지 않았다.** 가뭄이 들고 바람이 불어 흙먼지가 세상을 덮으니 백성들이 이름 모를 돌림병에 쓰러져갔다.(왕의 살풀이 춤)

음송 사람의 마음에 정욕과 탐심이 있어
그 혀로는 속임을 베풀며 그 입술에 독사의 독이 있으니
이 세상이 증오와 분쟁과 시기가 가득하여
파멸과 고통뿐이었더라.

하늘에 두 개의 해가 나란히 나타나 이글거리고
비가 없어 대지가 갈라져
들판에 이슬조차 내리지 않으니
암사슴이 새끼를 낳아 죽는 것을
어쩌지 못하네 어쩌지 못하네

왕의 기도. 왕께서 남산 위에 올라가 하늘을 우러러 기도를 올리니 어디선가 백학(山鶴)이 날아와 주위를 맴돌았다.

왕이 일어나 금관과 도포를 벗고 백학들과 춤을 추었다.(양산학춤과 동래학춤)

〈산화가(散花歌)〉 안개 속에서 불현 듯 솟아오르며 꽃잎을 뿌리는 동자(童子)들이 나타났다.

노래 **오늘 이에 산화가(散花歌)를 부르며 뿌린 꽃아,**
너는 곧은 마음의 명령을 심부름하여
미륵좌주(彌勒座主)를 모셔라.
용루(龍樓)에서 오늘 산화가를 불러
한 송이 꽃 천운(靑雲)에 뿌려 보내네.
은근하고 정중한 곧은 마음을 써서
이제 도솔대선(兜率大僊)을 맞이하리.

동자들이 머리에 연꽃을 쓰고 끈으로 연결된 작은 바라를 치며 범패를 부르니(불교 의례악)

〈도솔가(兜率天)〉 바위가 열리고 등수(燈樹), 보개(寶蓋)를 거느린 미륵님이 天神들과 함께 나타나니 아름다운 황금빛 도솔천의 장경이 연출되었다(비천무/천신들의 오나함과 요고의 연주)

〈만다라〉 황홀경에 빠진 왕이 법고를 두드리니 그 절정에 비가 내리며 2개의 태양이 사라졌다.

백성들이 부르는 노래 속에 북소리[舞鼓]가 가세되고, 미륵이 사라진 바위에서 폭포수가 흘러내렸다(음악 없이 조용한 물소리 들리며 왕이 새 옷을 입고 등장하여 산신(山神)들과 춤을 춘다. 백성들의 무고(舞鼓)는 만다라를 그린다)

▲ 서울예술단 산화가(散花歌, 도솔가) 공연 중 산화 장면

▲ 서울예술단 산화가 공연 중 미륵불의 출현 장면

신비로운 여인 '보국'과의 운명적 사랑을 역동적인 군무와 전통음악 선율, 화려한 무대로 선보인다.

> **제1장 신라의 아침**
>
> 천년의 고도 경주, 싱그러운 계림 숲 사이로 낭도들의 힘찬 함성이 신라의 아침을 깨운다. 순수하고 패기 넘치는 청년 기파는 풍월주가 떨어뜨린 깃털을 손에 쥐며, 화랑이 되고자 하는 꿈을 가슴 깊이 품는다.
>
> **제2장 황룡사**
>
> 대보름날, 소원을 비는 남녀들이 황룡사로 모인다. 기파는 밤새 탑을 돌며 화랑이 되기를 간절히 기원하고, 그의 앞에 아름답고 신비한 여인 보국이 나타난다.
>
> **제4장 월정교**
>
> 어느새 사랑에 빠진 기파와 보국. 그러나 보국은 화랑이 꼭 되어달라는 말과 함께 연기처럼 사라지는데…

보국이 떠난 후 깊은 그리움에 빠져있던 기파는 그녀가 준 황금보검을 안고 약속을 지키리라 굳게 다짐하고(제5장), 당당히 낭도로 뽑히어 화려한 축제를 연다.(제6장) 세월이 흘러 풍월주가 된 기파랑은 우연히 산화공덕을 하던 월명스님을 만나 보국이 오래 전 죽은 그의 누이임을 알게 된다. 먹먹한 기파랑 앞에 보국이 나타나 찰나동안 서로의 마음을 확인하지만 다시 가슴 아프게 이별한다.(제8장)[46] 그러나 신라의 명소를 소개하겠다는 의도가 개입되어, 서사구조의 긴장감을 이완시켰다는 흠이 있다.

위의 공연 목록에도 〈서동요〉, 〈헌화가〉 관련 국악 공연이 들어있다. 〈천년의 소리, 향가〉라는 국악 공연은 전반적 작품에 걸쳐서 이루어졌다. 경

▲ 국립국악원 문화유산 콘서트 〈천년의 소리, 향가〉 공연 장면

주문인협회와 군위문화원 주최로, 2016.12.12일 삼국유사문화관에서 〈도솔가〉, 〈헌화가〉, 〈서동요〉, 〈우적가〉, 〈원왕생가〉, 〈안민가〉 등의 향가를 재해석하여 가창했고, 향가문화연구원에서는 2012.12.25일에 "천년의 노래 신라 향가 발표회"를 하고, 2013.12.22에는 국제신문·부산문화예술시

민연대와 향가발표회(부산예술회관)를 열어 〈청조가〉, 〈원왕생가〉, 〈도천수대비가〉, 〈찬기파랑가〉, 향가와 대중음악의 어울림 〈처용가〉를 노래했다.

어린이를 대상으로 만든 향가 음반도 있다. 국악방송에서 어린이들이 국악을 쉽고 재미있게 즐길 수 있도록, "즐거운 이야기 여행, 향가에 그린 노래"를 기획했다. 어린이에게 향가란 신라인이 온 마음과 정성을 담아 신을 감동시키고 특별한 소원을 빌던 노래임을 널리 알렸다는 점에서 의미가 크다.

이 중 "노래는 힘이 세지"[47](〈우적가〉)는 영재 스님이 도적을 향해 부른 노래의 대강을 "단지 그릇된 도둑떼를 만나 두려움으로 다시 또 돌아가겠는가? 이 무서운 칼날의 위험이 지나고 나면 좋은 날이 고대 새리라."로 소개하고, 도적들이 이 노래를 듣고 깊이 감동해 창칼을 버리고 스님의 제자가 되어 지리산에 들어간 내용을 알려준다. 도적들이 육십 도적떼 번쩍 번쩍 칼날을 들이대고 "살고 싶으면 가진 것 다 내놓아라."라고

▲ 1. 〈노래는 힘이 세지〉(우적가) 2. 〈햇솜 같은 선화공주〉(서동요) 3. 〈달아 밝은 달아〉(처용가) 4. 〈빗자루 별〉(혜성가) 5. 〈붉은 꽃 붉은 마음〉(헌화가) 6. 〈하늘에 해님이 둘이라면〉(도솔가) 7. 〈보고픈 누이〉(제망매가) (2009년)

위협해도, 영재 스님은 맑은 하늘 둥근 해님처럼 편안한 얼굴로 사랑으로 달래고 미움을 사라지게 하는 노래를 부른다고 극적으로 설정했다. 도적들의 마음속에 잠자고 있던 착한 심성을 일깨워주었으니 "노래는 힘이 참 세다"고 했으니 향가가 가진, 까닭을 알 수 없는 이상한 힘을 잘 설명했다.

국립경주어린이박물관에서는 〈풍요〉·〈헌화가〉 등을 다시 작사·작곡하여 박물관을 찾은 어린이들이 헤드폰을 끼고 들을 수 있도록 했다. 희망자들이 따라 부르고, 자신이 부른 노래를 다운받을 수 있도록 한다면 더욱 기억에 남을 것이고 교육적인 효과도 높아질 것이다.

미술 전람회

동국대 김호연 교수의 학생 12명이 〈제망매가〉, 〈찬기파랑가〉, 〈혜성가〉, 〈헌화가〉 등의 향가 그림 24점을 그려[48] 〈그림으로 만나는 향가〉전을[49] 열었다. 건천애향청년회 주최 〈모죽지랑가 신라향가 그림그리기 대회〉도 있었다.[50] 이렇듯 향가를 현대적 공간에 불러내고 기억하려는 예술 활동은 매우 다각적이고 지속적으로 이루어지고 있다. 본고에서 다 파악하지 못한 활동이 더 많을 수 있다. 문학·음악·미술 등 정감의 민족을 추구하는, 주로 '미적인' 혹은 '우아함과 즐거움'을 추구하는 예술은 우리의 창의력과 상상력을 제고하는 데 큰 도움을 준다. "아이에게 괜찮은 이야기·노래·그림을 만날 수 있는 환경을 만들어주고, 본인이 직접 창작할 수 있는 기회를 주면, 아이들은 자연스럽게 은유나 비유적 언어형태를 만들고, 저마다 멋있고 상상력 넘치는 그림을 그리고, 자신의 춤과 노래를 개발하는데, 아이들의 이런 행동은 종종 지역사회 구성원들에게 특별한 매

〈누이를 보내며〉

(제망매가)

작곡 : 채치성
노래 : 채숙희

▲ 향가의 창조적 계승,
미래 문화자산의 개발

나고 죽는 갈림길에서
여기서 두려우니
가오리다 떠나리다
한 마디도 없이
가버렸구나

아~아~
해지는 땅에서 널
만나겠지.

아~아~
마음밭 일구며
기다리리라.

어느 이른
갈바람에
여기저기
지는 잎새
한가지서
태어났지만
너 가는 곳
알 수 없구나.
너 가는 곳
알 수 없구나.

아~아~
해지는 땅에서 널
만나겠지.
아~아~
마음밭 일구며
기다리리라.
기다리리라.

〈기파랑을 노래함〉
(讚耆婆郎歌)

작곡 : 함현상
노래 : 김율희

열치매
나타난
달~이여
흰 구름 좇아간
자리에도
흰 모래 펼쳐진
물가에도
기파랑 그 모습과
겹치네
아아~
잣가지 높아
어떤 서릿발도
덮지 못할 화랑이여
아아, 덮지 못할
화랑이여

일오천 조약돌에
맺혀져
그대가
떨치지 못했던
그 맘의 끝을
따르노라
따르노라

아아~
잣가지 높아
어떤 서릿발도
덮지 못할
화랑이여

아아, 덮지 못할
화랑이여

〈서동요〉

작곡 : 강상구
노래 : 안정아

선화공주님
셋째 공주님
남 몰래 사랑해선
짝지어 놓고,
선화공주님
셋째 공주님
남몰래 사랑해선
짝지어 놓았네.

선화공주님
셋째 공주님
남 몰래 사랑해선
짝지어 놓고,

선화공주님
셋째 공주님
남몰래 사랑해선
짝지어 놓았네.

맛둥서방을
안고 가시네.
밤에 몰래
밤에 몰래
맛동서방을
안고 가시네.
아~아
안고 가시네.

력을 발산한다."[51]

이렇듯 "예술은 사람들에게 영감을 주고, 가치를 부여하고 하나로 단결시키고, 더 나은 방향으로 사회를 이끌어가는 주체라는 자부심을 안겨주었다."[52] 향가가 종교를 통해, 또는 관계의 힘을 통해 국가적 난제에 공동 대응하고 단결해나가게 해 준 역할 또한 크다. 향가 관련 예술 활동은 이와 같은 향가의 사회적 기능을 일깨워줄 것이다.

향가 문화유산을 활용한 문화콘텐츠 관광

향가 문화유산으로 단속사지, 분황사, 석장사지, 사천왕사지, 삼화령 등이 있고, 향가 비석도 〈모죽지랑가〉(죽령), 〈처용가〉(경주엑스포공원, 처용암), 〈찬기파랑가〉(계림), 〈안민가〉(보문단지 홍도공원) 비석과 군위 일연공원 내 〈서동요〉, 〈헌화가〉, 〈처용가〉, 〈제망매가〉 등 7수를 새긴 비석은 좋은 관광·교육문화 자원이다. 삼척 수로공원은 〈헌화가〉 관련 공간문화콘텐츠이다. 미래 관광문화콘텐츠는 학술적 뒷받침을 통해 체계적 검증을 거쳐 단계적으로 기획해야 한다. 사찰이나 불탑에는 소를 끌고 가는 노인, 건달바, 천수천안관음보살 등 향가를 설명하기 위해 꼭 필요한 문화유산들이 매우 많다. 앞으로의 향가 교육이나 관련문화콘텐츠 관광(답사)은 문헌 자료와 유적 자료 등을 종합적으로 활용하여 입체적, 체계적으로 준비해야 할 것이다. 관련된 공간문화콘텐츠를 통해 향가와 『삼국유사』의 산문기록들을 함께 소개하고, 시가 전공자와 지방자치단체 또는 공공기관의 상호 협조 하에 새로운 문화콘텐츠를 만들고 교육한다면 향가에 대한 대중적 관심은 높아질 것이고, 장기적으로 관광, 교육에 미치는 긍정적 영향도 클 것임에 분명하다.

향가 관련 화랑 문화 유적

화랑 관련 유적[53]으로는 먼저 경주 흥륜사지興輪寺址가 있다. 진지왕 때, 흥륜사의 진자眞慈 스님이 법당 안의 미륵상 앞에서 "미륵불께서 화랑으로 변하여 세상에 나타나시면 제가 언제나 미륵의 얼굴을 가까이 대하고 받들어 시중을 들겠습니다."라고 빌었더니, 어느 날 저녁 꿈에 승려가 나타나 "네가 웅천熊川(지금의 공주) 수원사水源寺로 가면 미륵선화를 보게 될 것이다."했다고[54] 전한다.

효종랑孝宗郞이 남산 포석정鮑石亭에서 수련하려던 때에, 분황사 동쪽에 사는 효녀 지은知恩이 눈 먼 어머니를 극진히 봉양하는 이야기를 듣

▲ 김유신이 수련하던 곳으로 알려진 단석산斷石山 신선사神仙寺 마애불상군(경북 경주시 건천읍 단석산길 175-143). "신라 때 각간 김유신이 고구려를 치려고 신검神劍을 구해 가지고 몰래 월생산月生山 석굴에 들어가 검술을 단련하였다. 그가 시험 삼아 칼로 큰 돌을 자르니, 그 잘린 돌이 쌓여 산과 같았으며 그때의 돌이 아직도 남아있다. 그 아래에 절을 짓고 단석사斷石寺라 불렀다."(민주면 외 지음, 조철제 옮김, 『국역 동경잡기』, 민속원, 2014, 55쪽)

고 눈물을 흘리며 곡식 100곡을 보내고, 그 부모와 낭도 1,000명이 옷과 조 1,000석을 보내고, 진성왕까지 곡식 500석과 집 한 채를 내린.......[55] 일화는 화랑의 선행을 보여준다. "두 화랑이 충성과 학문 연마를 맹세한 비석"인 임신서기석壬申誓記石은 경주 금장리 언덕에서 발견되어, 현재 국립경주박물관에서 소장하고 있고, 동국대 경주캠퍼스 내에 기념비가 있다. 부산성富山城에는 화랑 죽지와 득오의 미담이 있다. "부산성은 경주 서쪽 32리(건천읍 서남쪽)에 있으며, 문무왕 3년(663)에 돌로 7척의 높이로 쌓았다. 성안에는 개울 4개와 연못 1개, 샘 9개가 있다. 군창軍倉이 있었으나 지금은 없어졌다"[56] 했다.

단석산斷石山 신선사神仙寺는 삼국통일의 큰 꿈을 꾸던 김유신의 수련 공간이다. 『삼국사기』에 "김유신이 17세에 난승難勝이라는 노인에게 눈물까지 흘려가며 예닐곱 번이나 방법과 기술을 간청하니, 난승이 '그대는 아직 어린데도 삼국을 아우를 마음을 가지고 있으니, 어찌 장하다 하지 않으랴?'하며 비법과 보검을 전해주었다."는[57] 일화가 전한다. 가슬갑사嘉瑟岬寺에는 원광법사의 이야기가 전한다. 원광법사가 수나라에 들어갔다가 돌아와 가슬갑에 머무른다는 말을 듣고 두 사람이 찾아가 "속된 선비들은 무지몽매하여 아는 것이 없으니, 한 말씀만 해주시면 평생토록 경계로 삼겠습니다."라고 하니, 원광법사가 "불교에는 보살계가 있고 거기에 따로 열 가지가 있으나 너희들이 다른 사람의 신하된 몸으로는 아마도 감당할 수 없을 것 같다. 지금 세속에는 다섯 가지 계가 있다."라고 했다.[58]

향가 관련 불교 문화유산

향가 중에는 불교적 내용이 많기에 향가는 불교의 대중화에 크게 기여할 수 있다. 먼저 독경이나 염불을 통해 소원과 기원을 말하고 비는 기원문은 〈도천수대비가〉와 닮았다.

> "관세음이시여, 구원해주소서./저에게 큰 안락을 주소서./크게 저를 인도하시어,/저의 어리석음과 어둠을 멸하여 주옵소서./모든 거리낌을 없애 주시고,/모든 악업을 지워주소서./**저의 눈을 어둠 속에서 꺼내시어/제게 만물의 빛을 보게 해주옵소서.**/지금 제가 이 게偈를 말함은/제 안식眼識의 죄를 뉘우치기 위함이니/널리 광명을 베푸시어/사물의 오묘한 형상을 보여주옵소서."[59]

위는 〈관음세안결觀音洗眼訣〉로, 『천수경』의 "천수천안관음보살 광대하고 원만하며 걸림 없는/대비심의 다라니를 청합니다./자비로운 관세음께 절 하옵나니 크신 원력 원만상호 갖추시옵고/천손으로 중생들을 거두시오며 천 눈으로 광명 비춰 두루 살피소서."와[60] 흡사하고, 〈도천수대비가〉의 기원과 같고, 약사여래 대진언이나 약왕보살진언, 문수보살 소제병고消除病苦다라니나 제일체질병除一切疾病 다라니 "다냐타 미마려미마려 바나구지려 시리말저 군나려수노비 인나라 의녕모에 사바하"와[61] 목적이 같다. 극락왕생을 위한 진언 무량수불설 왕생정토주往生淨土呪 "나무 아미다바야 다타가다야 다디야타 아미리도 바비 아미리다 싯담바비 아미리다 비가란제 아미리다 비가란다 가미니 가가나 깃다가례 사바하"는[62] 〈원왕생가〉·〈제망매가〉의 가창의식과 흡사하고, 불설소재길상佛說消災吉祥다라니 "나모 사만다 못다남 아바라지 하다사 사나남 다냐타옴 카카 카혜카혜 훔훔…사바하"는[63] 〈도솔가〉·〈혜성가〉의 창작상황과 같다. 향가와 진언을 연관 짓는 것은 불교와 향가 대중화에도 매우 유용하다.

11면 관음보살과 천수천안관음보살은 우리나라뿐민 아니라 중국·인도 등에서 자주 볼 수 있다. 서로 다른 방향을 쳐다보는 11면 보살, 1,000개의 손에 달린 1,000개의 눈은 중생들의 고통을 빠뜨리지 말고 굽어 살핀다는 뜻이고, 천 개의 손은 중생들의 고통을 어루만진다는 의미다. "분황사 관음보살과 단속사 유마상은 모두 솔거가 남긴 작품인데, 세상에 전하기를 신화神畵라고 한다."[64] 했으니, 〈도천수대비가〉에 등장하는 관음보살은 솔거의 작품인데, 현전하지 않는다. 기림사나 선운사, 불국사의 천수천안관음보살을 관람하면서 각각의 의미를 파악하고, 〈도천수대비가〉에 나타난 희명의 간절한 기원과 모성을 이해한다면 의미 있는 관광이 될 것이다.

향가는 죽음 이후 세계에 대해 생각해 볼 수 있게 하는 데도 유용하다. 극락으로 가는 배가 곳곳에 그려져 있어 불교도에게 마음의 지향점을 만들어 줄 수 있다면, 지옥도는 섬뜩한 경계를 준다. 〈판화로 보는 극락과 지옥〉(원주 세계 고판화문화제 특별전) 등이[65] 극락(서방정토)과 지옥을 알리고 일깨우며 체감하는데 유용하듯이, 〈우적가〉·〈제망매가〉·〈원왕생가〉도 이에 긴요하다. 극락은 아미타불이 계시는 서방정토를 말한다. 『아미타경』에는 "모든 즐거움을 누릴 수 있기에 극락이라 이름 붙였다고 했다.(但受諸樂 故名極樂)" 의역으로는 안양安養, 안락安樂, 청정淸淨이 있다. 극락은 아미타불의 전신 법장비구 이상실현의 국토로서 원만무결圓滿無缺, 자유안락의 이상향이다.[66] 사찰의 당우 중 극락전에는 아미타불을 주불로 모시고 관세음보살과 대세지보살을 좌우 협시보살로 봉안한다. 후불탱화로는 극락회상도極樂會上圖나 극락구품·아미타탱화를 봉안한다. 극락이 서쪽에 있기 때문에 극락전은 보통 동향이고 예배자들은 서쪽을 향한다. 우리나라에서는 극락정토왕생신앙이 강하여 극락전의 내부구조는 화려하게 꾸민다. 화려한 불단 외에도 여의주를 입에 문 용이나 극락으로 인

▲ **불국사 미륵전의 11면 관음보살과 천수천안관음보살상** 천수천안관세음보살, 천안천비관세음千眼千臂觀世音, 대비관음大悲觀音이라고도 함. 천개의 손과 눈이 있는 관음보살. 보통 천수상에는 두 눈 두 손 밖에, 양쪽에 각 20수가 있고 손바닥 마다 눈이 하나씩 있다. 40수는 자비로써 한 손마다 각기 25유(有)를 구제하므로 40×25는 천수가 되고 따라서 눈도 천안이 된다. 이것은 일체중생을 제도하는 큰 작용이 있음을 나타낸 것이다. 특히 지옥의 고통을 해탈케 하여 모든 원을 성취케 한다고 한다.

도하는 극락조 등을 조각한다. 축원과 향가의 내용을 잘 활용한 예이다.[67] 국립중앙박물관 등에서 〈극락에서 설법하고 있는 아미타불〉, 〈극락으로 가는 배〉를 보는 일은 백문불여일견이 될 것임에 틀림없다. 〈제망매가〉에서 월명사가 죽은 누이를 위해 서쪽으로 날린 지전紙錢[68]의 개념과 성격을 파악하는 일도 긴요하다.[69]

지옥을 구체적으로 알릴 필요도 있다. 지옥은 "고통·고문·가책苛責의 장소"를 뜻한다. 지옥은 불교 삼악도三惡道의 하나로, 중생들이 자기가 지은 죄업으로 말미암아 사후에 가서 나게 되는 지하의 감옥이다. 지옥도 각 경전에 따라 상이하나 『구사론俱舍論』에 의하면, 남섬부주의 아래로 2만 유순을 지나서 무간지옥無間地獄(阿鼻地獄)이 있단다. 가운데에 층층으로 규환지옥叫喚地獄, 중합지옥衆合地獄 등 8열지옥八熱地獄이 있다. 8열지옥의 각 지옥마다 사방에 네 문이 있고, 문 밖에 4소지옥小地獄이 있어 모두 136지옥에 이른다. 지옥들은 염라대왕이 다스리며 지옥중생에게 여러 가지 고통을 준다. 현재 우리가 사는 세계의 산이나 넓은 들에도 고독지옥孤獨地獄이 있다 한다.[70]

살생을 범한 자가 떨어지는 등활지옥, 살인·강도·도둑질을 한 자가 간다는 중합지옥衆合地獄, 거짓말을 한 자가 떨어지는 대규환지옥, 먹고 마실 수 없는 고통을 당하는 아귀도 등 여러 가지 지옥이 있다.[71] 지옥은 크게 "무척 무덥고 뜨거운 팔열지옥"과 "엄청나게 추운 팔한지옥"으로 나누어진다. 지옥의 파수꾼 옥졸이 지옥을 지키며 죄인을 괴롭힌다. 옥졸은 양·사슴·호랑이·사자의 머리를 했을 뿐만 아니라 여러 종류 새의 머리를 하고 있는데, 대표적인 옥졸은 소의 머리와 인간의 몸을 가진 '우두牛頭'와 말의 머리와 인간의 몸을 가진 '마두馬頭'이다. 옥졸은 쇠몽둥이와 갈고리를 가지고 지옥의 죄인을 찌르거나 때리며 고문을 가한다. 검림劍林, 검수劍樹 지옥은 "뜨거운 철환鐵丸이 달리는, 높은 칼 숲 지옥이다. 온갖 칼 숲을 오르내리다 죄가 소멸되면, 굶주림과 질병이 많은 세상에 태어난다. 어버이에게 불효하고, 스승과 어른을 존경하지 않고, 험구하고, 자비심이 없어 칼이나 몽둥이로 남을 괴롭혔던 이가 떨어지는 지옥"[72]이다. 그들은 지옥의 죄인에게 거의 영원에 가까울 정도로 긴 시간동안 고통을 준다. 시달림을 당하다가 죽는다고 해도 고통이 끝나는 것은 아니다. 고통을 당하다가 죽어도 곧바로 숨이 되돌아와 계속해서 형벌을 받는다.[73]

주호민의 웹툰을 원작[74]으로 한 영화 〈신과 함께 –죄와 벌〉(2017), 〈신과 함께 –인과 연〉(2018)은 지옥의 모습을 실감나게 그렸는데, 『수생경』·『시왕경』·『중아함경』· 천사경天使經 등의 경전내용을 반영하여 업경業鏡을 통한 심판[75]과 윤회와 지옥의 고통[76]을 대중성 있게 그렸다.

다음은 천사경에 실린 지옥의 형상이다.

"너는 일찍이 왕의 신하가 죄인을 잡아다가 그 죄를 다스를 때에 손을 끊고 발을 자르며 혹은 손과 발을 다 끊기도 하고 귀를 베고 코를 베거나 혹은 귀와 코를 베기도 하며 혹은 살을 저미고 수염을 뽑거나 머리털을 뽑거나 혹은 수염과 머리털을 모조리 뽑기도 하고, 혹은 우리 안에 가두거나 혹은 옷에 불을 싸서 지지며 혹은 모래로 파묻거나 불로 감아 태우기도 하며 혹은 쇠로 만든 나귀 뱃속에 넣거나 쇠로 만든 돼지 입속에 넣기도 하며 혹은 쇠로 만든 호랑이 입 안에 두고 태우거나 구리쇠 가마 속에 두기도 하고, 혹은 쇠 가마 안에 두어 태우기도 하며 혹은 동강동강 끊거나 날카로운 갈고리로 끌어당기기도 하고 혹은 갈고리로 달아매거나 쇠 평상에 눕히고 끓는 기름을 붓기도 하며 혹은 쇠절구로 찧거나 혹은 용과 뱀에게 물리게 하기도 하며 혹은 채찍으로 치거나 작대기로 때리고 몽둥이로 치기도 하고 혹은 산채로 드높은 가지 위에 꿰어 달거나 목을 베어 나무에 다는 것을 보지 못하였는가?"[77]

자르고, 베고, 뽑고, 태우고, 때리고, 물리게 하는 모든 형벌이 참으로 끔

▲ 운문사雲門寺(경북 청도군 운문면 신원리 호거산) 외벽에 그려진 지옥도
"사람이 죽어 망자가 되면 저승에서 49일에 걸쳐 일곱 번의 재판을 받게 된다. 저승의 일곱 시왕은 거짓, 나태, 불의, 배신, 폭력, 살인, 천륜을 심판하며, 모든 재판을 통과한 망자만이 다음 생으로 환생한다."(〈신과 함께〉 1 중에서)

찍하다. 불로 가득하지만 연기도 없고 불꽃도 없는데, 그 위를 걸으면 두 발의 껍질과 살과 피가 없어졌다가 다시 생겨나 혹독한 고통을 받게 된다는 봉암峯巖 지옥, 끓는 회탕灰湯, 칼 나무 가시가 손과 발과 귀와 코를 찌르는 철검수림鐵劍樹林 큰 지옥에 대한 묘사도 매우 자세하고도 잔인하다.

〈우적가〉에서는 영재 스님이 칼과 창으로 악업을 짓던 60명의 도적들을 회개시켜 수행자의 길을 걷게 하는데, 〈신과 함께〉의 대사처럼, "죄를 짓더라도 진심으로 뉘우치고 용서를 받는 일"은 언제 어디에서나 꼭 필요한 일이다. 〈신과 함께〉 저승 편 51화의 댓글에는 "이 작품을 보고 죽음에 대해 생각해 봅니다. 요새 하는 일마다 안 되고, 실패하고, 돈도 없고 나이만 먹어가고"(2017.12.18, Alb***)와 같이 두려움과 불안, 절망을 담은 것도 있지만, "엄마랑 아빠한테 효도할 거고, 언니랑 친구들한테도 다 잘 할 거야. 주인공처럼 살 거야"(2018.01.24, 하늘프*)와 같이 "인생을 돌아보게 하는 만화, 자신의 잘못을 반성하고 부모님과 가족들에게 사죄하며 앞으로 잘 살 것을 다짐하는 내용"[78]이 많은 것을 볼 수 있다.

향가 관련 체험 문화관광

강릉(명주)에 부임하던 순정공이 수로부인과 함께 행차하던 경주부터 강릉까지의 육상교통로를 검증[79]하고 그 길에서 철쭉이 활짝 핀 길이나 바닷가 임해정臨海亭을 확인하여 신과 사람이 하나 되는 '강릉단오제' 축제,[80] 헌화로獻花路나 해가사海歌詞 공원 지역문화제의 정통성을 밝혀나가는 일은 앞으로 지역관광산업의 발전을 도모하기 위해 꼭 필요한 일이다. 울산의 〈처용문화제〉는 오랜 역사를 자랑하고 있으나 여전히 정체성과 방향성을 놓고 의견이 분분하므로 학술적 연구결과에 대한 전문적 검증을 통해 일관성을 갖추어갈 필요성이 있다.

▲ 나태지옥(영화 〈신과 함께 1 -죄와 벌〉)에는 회전봉이 계속 돌고, 사람들은 그 봉을 피해 계속 달려야 한다.

경주 어린이박물관에는 신라시대의 문화와 역사에 대한 체험형 학습 프로그램이 많다. 성덕대왕신종(에밀레종) 모형을 직접 만들어 보기도 하고, 왕과 왕비를 꾸미는 체험도 있다. 토기 표면의 인화문印花文을 찍어보기도 하고, 석탑을 직접 만들어보기도 한다.

"양지는 그밖에도 잡다한 기예에 통달하여 그 신묘함을 비할 데 없었고 글씨에도 빼어났다. 영묘사의 장육丈六 삼존, 천왕상 및 불전의 기와, 천왕사 탑 아래의 팔부신장八部神將, 법림사法林寺의 주불 삼존과 좌우 금강신 등도 모두 그가 빚어낸 것이다. 영묘사와 법림사의 현판을 쓰고, 또 일찍이 벽돌을 조각하여 작은 탑 하나를 만들고, 3,000개의 불상까지 함께 만들어 그 탑을 절 가운데 모시고 예를 올렸다. 그가 영묘사의 장육존상을 빚을 때 스스로 고요히 생각을 모아 잡념 없는 상태에서 진흙을 주물러 만들었기 때문에 온 성안의 남녀들이 다투어 진흙을 날라 쌓으면서 〈풍요〉를 불렀다."[81]

〈풍요〉를 지은 양지 스님이 제작한 것처럼, 영묘사의 장육삼존모형을 100분의 1 정도의 크기로 만들어보는 틀을 만들거나 불상과 불탑이 새겨진 벽돌을 찍어보는 것도 즐거운 체험이 될 수 있다. 이렇게 흙을 빚어 작은 벽돌을 만들고 가족끼리 직접 전탑塼塔을 세워보는 것도 좋은 추억이

▲ 검수지옥의 모습(지옥의 죄인들이 '칼에 베어도 덜 아픈 약'을 서로 얻으려고 싸우는 장면이나 사실은 빈 약병이었다)

"이승의 모든 인간은 죄를 짓고 산다. 그들 중 아주 일부만이 진정한 용기를 내서 용서를 구하고 그들 중 아주 극소수만이 진심으로 용서를 받는다."(영화 영화〈신과 함께1 – 죄와 벌〉 중에서(2017, 리얼라이즈픽처즈)

될 것이다.

천수천안관음보살, 팔부신장이나 사천왕상, 또는 영묘사 수막새를 만들어 보는 일이나 향가와 관련 서사를 읽고 상상력을 더하여 직접 스케치를 하고 그림을 그려보는 일이나 스마트폰이나 그래픽을 통해서 "구체적이고 다양한 정보를 담을 수 있고, 등장인물과 동일시하기에 용이한"[82] 캐릭터를 만들고 서사를 재구성해보는 일도 의미 깊다. 체험 프로그램은 유행과 관심에 맞게 지속적으로 업그레이드해야 하고, 일정 기간의 작품 가운데 심의를 거쳐 우수작을 선별하고, 그 아이디어에 저작권이나 특허를 부여하여 이젠 전문가의 손으로 다른 관광객들이 구매할 수 있는 문화상품을 만드는 일도 필요한 일이다.

체험행사를 통해 짧은 시간 내에 만들 수 있는 경우도 있겠지만, 시일을 두고 단계적으로 만들어야 하는 작품이나 상품도 있을 수 있으므로 향가에 관심을 가진 어느 누구나 아이디어를 내고 완성품을 만들어 국내외 관광객들에게 기념할 만한 추억이 될 수 있도록 해야 할 것이다.

향가의 현대적 재현

향가에서 글감을 취하여 현대문학 작품으로 거듭나는 일은 지금까지도 꾸준히 지속되는 일로서, 향가를 영원히 살아 숨 쉬게 하는 방법 중 하나이다.

먼저 향가에 기반을 둔 현대시이다.[83]

처음 예문은 〈처용가〉, 다음 예문은 〈헌화가〉와 관련설화를 제재로 삼았고, "밤마다 나는 당신을 만난다./궁궐, 닫혀진 모든 방들을 지나/방안 가득히 묻어나는/사내 내음으로 다가오는,/그리하여 첫 새벽 닭 울기

헌강대왕(憲康大王)께선 이
마음 돌리려고
미인 아내에다 급간(級干)의
벼슬까지.
하기야 그런 미인 우리
고향엔 없고 말고
온 동해를 샅샅이 뒤진대도.

아내야 아내, 내겐 더없이
소중한 아내,
내가 밤늦게 흥청거리며
돌아왔다고 해서
미안한 생각이 없었던 건
아냐.
내가 슬퍼했던 기색을
죽이려고 그랬던 거야.

그런데 나는 정말 간이
콩알만해졌었다오.
피는 얼어붙고 머리칼은
곤두서고,
당신을 덮친 그 사나이가
어쩌면 나를
고대로 빼내다니, 엄지발가락
긴 것까지.
나는 그만 어이없는 웃음이
새나왔소.
도대체 어떤 개새끼가
이따위야,
처용(處容)은 빼낸 또 하나
다른 처용……
당신이 속은 것도 무리는
아니었소.
〈처용가〉

나는 이렇게 노래를 부르면서
밖으로 나오는데, 차라리
춤을 추며,
휘영청 달이 이끄는 곳이라면
다시 아무데나 따라나설
참이었지.

놈이 내 앞에 무릎을 꿇더군.
놈은 역신(疫神)이었다오.
"맹세코 이후로는 공(公)의
형용을 그린 것만 보아도 그
문에 들어가지 않겠나이다."

이렇게 그는 뉘우치고
사라졌소.
자 이젠 당신도 나를 따라
춤을 추소.
노래와 춤엔 귀신도
감동하고,
역신도 얼씬 않지.
사귀(邪鬼)도 달아나고.

(〈처용가(處容歌)〉)

바다에 솟은 천 길 낭떠러지
그 위에 철쭉꽃이 만발해
있다.
바야흐로 기운 햇살을 받아
한결 맑게 불붙는 홍옥(紅玉)
떨기,
천상의 등불이 켜진
듯하구나.

한참을 그렇게 넋 잃고
바라보던
수로부인(水路夫人)
얼굴에도 홍조가 떠올랐다.
"누가 저 꽃을 꺾어다
주겠느냐?"
종자(從者)들은 군침을
삼켰을 뿐,
아무도 감히 나서지
못하였다.

때마침 암소를 몰고 지나가던
노인이 한 사람 그 말을 듣자,
백발홍안에 미소를 띠더니
이렇게 노래했다, 소리도
낭랑하게.
자줏빛 바위 가에
잡고 있는 암소 놓고
나를 아니 부끄러워하신다면
꽃을 꺾어 바치오리다.

부인이 그저 고개를 한 번
끄덕인 건 사실이다. 노인을
의심하기도 전에. 그러자
모든 일은 일순에 이루어졌던
모양.

부인의 비취 팔찌가 무색하게
지금 그녀의 손에는 한아름
활활 철쭉꽃이 불타고 있다.
꽃을 바쳤을 때의 노인의
눈빛처럼.

(〈헌화가(獻花歌)〉)[84]

전,/홀연히 떠나는/그대 낭낭한 옷깃", "저자의 떠도는 노래가/조금도 거짓이 아님을 나는/너무나도 잘 안다./아버지 또 궁중의 모든 대신들/믿으려 하지 않아도/이미 당신의/뜨거운 한 점으로 불타는 나를/나는 조금도 부인하지 못한다."(〈선화공주의 말〉)는[84] 〈서동요〉를 글감으로 삼았다. 뒤의 예문에서는 수로부인에 대해서 어렴풋한 세레나데의 느낌으로 표현했지만, 앞의 예문에서는 역신이 처용과 똑같은 모습으로 변신하여 처용의 아내를 범하는 모습을 보고, 처용이 물러나와 춤을 추니 역신이 무릎을 꿇고 굴복하여 물러나는 〈처용가〉의 서사를 그대로 옮겼다.

> "그러나 어둠 속, 오늘도 역신의/건강한 남근男根을 은밀히 꿈꾸는 여자/가슴 깊이 보이잖게 욕망을 가두고/제 홀로 불타오르고 있는 여자/아예 이 밤 어둠이 되어,/또 다른 어둠으로 꿈틀이며 살아나고 있는 여자"(〈처용의 어둠〉)

"오늘도 그대 어둠의 역신에게/무참히 능욕 당하며, 더 많은 어둠/꿈꾸고 있나니,/그대 오늘도 황홀한 어둠이 되어/관능의 숲/은밀히 떨어져 반짝이는 별/꿈꾸고 있나니."(《처용의 노래》)

같은 시인임에도 위 두 작품은 처용 아내의 욕망과 관능을 불러내어 어둡고 음란한 여성으로 묘사하고 있다. "매일같이 휠체어를 타고/그는 이곳에 온다.", "지하철 계단을/무릎뿐인 다리로 기어 내려와/한 장의 빛바랜 담요,/그리고 깨어지지 않는 양재기", "잃어버린 두 다리마저도 잊어버린 듯/양재기 안으로 떨어지는 짤랑거림을/들을 수 있는 귀마저, 그는 버린 듯,/그는 차라리/하나의 바위로 굳어버린 듯,/그의 침묵으로부터 버려진 세상의/사람들은 오늘도/다만 그의 곁을 지나가고 있을 뿐이다."(《처용의 시대》)는[85] 아내를 범하는 역신을 방조하고, 물러나 춤을 추며 침묵한 처용을 속죄양의 모습으로 그려냈다. 위의 〈선화공주의 말〉은 "방안 가득히 묻어나는/사내 내음으로 다가오는", "이미 당신의/뜨거운 한 점으로 불타는 나를/나는 조금도 부인하지 못한다."라고 했으니, "서동과 남몰래 정을 맺은" 선화공주의 관능을 기정사실화해서, 처용 처나 선화공주를 성적 대상으로만 묘사하는 것이 단조롭다.

신곡조 향가 〈제망매가〉[86]는 죽은 누이가 제 올리는 오라버니를 향해 애틋한 마음을 전한다. "오라버님 도 닦아 올릴 때/나는 수미산 꼭대기 물을 길어요."처럼 대화한다. "나를 제사하는 그리운 밥상머리", "당신 품에 접혀 있던 저 노잣돈, 아직도 남아있는 세상의 온기"처럼,[87] 이승에서의 삶에 대한 죽은 누이의 그리움을 강하게 표현했고, "오라버니, 보세요 보세요 나 여기 있어요."[88]는 더욱 애절함을 자아낸다.

"학교 근처 주점 아래 노래방에 가/황성옛터 가시리와 황진이 시조/삼대목을 펼쳐보고 선곡했다네./한 시대를 휩쓸었던 노래 중 노래/향가 가요 시조 뽕짝 운동권 가사/이 모두를 아우르는 사랑의 지도"는[89] 향가와 『삼대목』을 "역사 안에서 기억되고 전승되며, 노래의 역사가 앞으로 걸어갈 길을 알려주는 사랑의 지도"라[90] 밝힌다.

현대향가를 지향하는 창작집 『노래 중의 노래(Song of Songs)』는 구약성서 '아가雅歌'를 모델로 삼아, 향가를 국가의 노래로 인식한다. 여기엔 향가의 정형성을 본받아, 4·8·10행의 현대향가를 창작했다. "고대·중세 이래 이 땅 시인들의 시의 형식과 정신을 조술祖述하고 계승하여 인공지능시대에 '자연지능', 즉 '지혜지능'의 노래로 불러 불성 인간으로서 최고의 가사이자 노래인 향가를 현대향가라는 이름으로 재현"한다며[91] 뚜렷한 창작 의식을 담았다.

〈수로부인의 얼굴 –미인을 찬양하는 신라적 어법〉을[92] 비롯하여 여러 시인들이 향가에서 취재한 시를 지었다. 하지만 〈헌화가〉를 "붉은 꽃은 관능, 헌화는 애욕의 발로"로 해석한다든지, 〈처용가〉 "아내를 멸시하는,/아내를 능욕하는/아내를 난도하는 그대 따라 일어선다./마땅히 돌로 쳐야지/돌아서서 정죄하고 옥석을 가려야지/웃는 척 무너지며 춤추는 것보다야 낫지/그러나 다시 한 번만 더 묻자, 처용 신랑./그대 도망쳤는가, 진정 그리하였는가./웃는 듯, 무너지는 듯, 춤추는 듯/귀신을 만났는가,/귀신을 달랬는가,"[93]에서 "겁탈과 묵과라는 특정행위만 부각하여, 외재적인 입장에서 가차 없는 힐난을 가하는 것"은[94] 향가의 진의나 다양한 스펙스럼을 단순화시킬 우려가 있다. 위 〈선화공주의 말〉도 그렇다. 서정주의 〈수로부인은 얼마나 이뻤는가?〉나 〈노인 헌화가〉는 수로의 미모에, 〈처용훈處容訓〉은[95] 외도에 집중하기에 원전 이상의 새로운 감동을 주기 어렵다. 처용 처에 대한 세속적 이미지, 구체적인 연관성을 피하고 언어

자체의 목적을 추구하는 김춘수의 무의미시[96]가 새롭다. 인기 있는 창작 소재인 처용 처, 선화, 수로에 대한 다각적이고 새로운 시선이 필요하다.

둘째는 향가를 희곡으로 거듭나게 한 경우이다. 이윤택의 희곡 〈도솔가〉는 향가 〈도솔가〉에서 제재를 취했다. "우주가 폭발하는 건가/아니면, 우린 다시 빙하시대로 들어가는 것인가./이때부터 대 환란이 시작되고/해가 둘로 나눠지는 이변이 발생한다./짜라, 눈먼 누이, 광대 이미지의 천국을 등지고 떠난다./차가운 이미지들이 부서지고 해가 둘로 나눠진다."에서 2개의 해가 함께 나타난 일을 우주의 환란과 이변의 발생에 대응시킨다. 희곡 〈도솔가〉는 니체 원전에 등장하는 차라투스트라를 '차라'와 '투스트라'라는 2명의 등장인물로 쪼개 해가 둘로 쪼개진 일에 견주어 상상력을 맞추어나갔다. 두 캐릭터는 서로의 분신으로, 이 환란에 대하여, "신들은 죽었소./그들이 깨우쳤던 거대한 허무의 세계를 받아들입시다./모두들 저마다의 생각과 느낌으로 이 세상 사랑하는 것들을 위한 노래를 지어 부릅시다./이것이 〈도솔가〉"라 하고. "저기 해가 둘이 떠 있습니다./하나는 필요 없지요./먹어 치웁시다./〈해를 먹다〉/해가 인간들의 입속으로 빨려 들어간다."로[97] 끝난다. 이를 통하여 세계는 영원히 반복된다는 니체의 영원회귀 사상과 상통하도록[98] 구성했다.

희곡 〈일식〉은 "굿을 우리 연극의 원천"으로 여기고, 일식이 나타나자 신화 속의 인물인 월명·이순신·최영·육환대사·제석·칠성 등을 불러 굿을 행하여 해결한다는[99] 줄거리이다.

셋째, 향가로부터 글감을 취한 현대소설은 더욱 풍성하다. 먼저 박범신은 『은교』의 〈서지우의 일기, 헌화가〉에서 은교와 시인 이적요를 〈헌화가〉의 수로부인과 견우노옹에 견주었다.

당신(이적요)은 한심하다는 듯이 나(서지우)를 한번 쏘아보고 나서, 곧 벼랑으로 몸을 돌렸다.

"뭐하시는 거에요, 선생님!"

내가 소리쳤고,

"할아부지, 괜찮아요. 내려가실 건 없어요!"

은교도 황급히 손을 저었다. 당신은 아무 대답도 하지 않았다. 60도가 넘는 경사면이니 절벽이나 다름없었다. 선생님은 바위틈에 손가락을 박아 넣고 시곗바늘처럼 암벽을 트래버스해 내려가기 시작했다. 정상에 앉아있던 사람들이 하나둘 몸을 일으키고 선생님을 보았다. 너무도 위험한 것이었다. 미끄러지면 적어도 오십여 미터가 넘는 암벽 아래로 쑤셔 박힐 터였다. 더구나 당신은 평소에 암벽등반을 경험해본 적도 없었다. 조마조마했다. 사람들도 손에 땀을 쥐고 선생님을 보고 있었다. 당신의 손이 마침내 바위 주름에 낀 손거울을 잡았다. 몇몇 사람들이 박수를 쳤다. 내려갔던 것에 비해 올라오는 것은 비교적 수월해 보였다.

"옛다, 엄마 선물인데, 소중하겠지!"

선생님이 그 애한테 거울을 내밀면서 말했다. …〈헌화가〉…

〈헌화가〉의 상황과 심리를 잘 반영했다. 서지우가 은교의 어깨를 툭 치는 바람에, 은교가 손거울을 바위 벼랑 아래로 떨어뜨렸다. 평소에 자신과 사이가 좋지 않던 어머니가 처음으로 준 생일선물이니 거울에 대한 은교의 애착을 짐작할 만하다. 이적요는 위험을 무릅쓰고 절벽 아래로 내려가 거울을 주워 와서, "옛다, 엄마 선물인데, 소중하겠지!"라는 말을 건네며 은교에게 전달한다. 경주에서 올라와 철쭉꽃에 매료된 수로부인에게 절벽 위에 핀 철쭉을 꺾어와 바치던 노옹의 마음도 이와 같았으리라.

그러나 서지우는 일기에 "웃기는 늙은이다. 뭐 〈헌화가〉의 주인공이라도 되고 싶은가. 그것은 얼마든지 다시 살 수 있는 평범한 거울에 불과하다. 선생님은 그 애 앞에서 내 코를 납작하게 눌러주고 싶었을지도 몰랐다. 그 나이에 겨우 과시욕 때문에 목숨을 걸다니"라[100] 했으니, 은교의 마음에 대한 공감은 전혀 없고, 이적요에 대한 시기와 질투로 가득하다.

『처용의 비밀학교』는 처용이 그 신통력을 무기 삼아, 지리산에 비밀 학교를 세워 전국의 겁쟁이와 깨비들, 그리고 외국 귀신들에게 용기를 가르친다는 설정이다. 요강귀신이 "우리처럼 시대에 뒤떨어진 낡은 깨비도 용기를 배우면 쓸모가 있을까요?"라고 묻자 "당연하지! 이 세상에 쓸모없는 존재란 없단다."라며 용기를 북돋우고, "단점보다 장점을 생각하렴. 컴퓨터는 사실 0하고 1밖에 모르는데도 그걸 이용해서 세상의 모든 정보를 다 알고 있잖니?"라며[101] 자신감을 부여한다.

현진건(1900~1943)의 미완성 소설 〈서동설화의 선화공주〉는 선화를 다음과 같이 그렸다.

> "선화공주를, 꽃 아가씨를 제 눈앞에 현실로 보고야 말았다. 백랍이라 하기엔 너무 생기가 돌고 옥으로 깎았다 하기엔 너무 따스한 그 살결을 현실로 보고야 말았다. 그 어여쁜 눈매, 그 연연한 뺨을 분명히 보았다. 가는 웃음이 실바람처럼 스쳐가는 듯한 입술을 분명히 보았다. 그 옻빛 같은 머리 맡에 뽀얗게 드러난 살쩍을 분명히 보았다.", "흐르는 비단 옷자락 위로 무수한 별처럼 번쩍이는 주옥과 금은의 혼란한 꾸밈 꾸밈이 정말로 그들의 눈을 어리게 하였다. 그 존귀한 모양 그 한아한 거동이 참말로 그들의 창자를 녹이게 하였다. 그들은 미칠 듯하였다."

신라 진골, 심지어 백제 젊은이들까지 선화공주를 탐낸다는 설정이다. 칠부漆夫·수품首品 등 진골 자제들은 선화를 짝사랑하여, 궁궐의 담까지 뛰어 넘는다. "'이놈! 게 있어라.' 호통을 치고 파수병이 등 뒤에 뛰어오는 것만 같았다."는 묘사가[102] 박진감 넘친다. 앞의 서사로 볼 때, 뒷부분에 신라의 젊은이에 앞서 서동이 선화를 쟁취하는 서사가 이어질 것 같지만, 현진건의 이 작품은 1941년『춘추』4월호부터 소설 〈선화공주〉로 연재하다가 9월호에서 중단했다.

김동리의 〈수로부인〉은 "12살 수로의 미모와 가무가 빼어났다"고 설정한다. 수로는 응신랑을 만나 사랑에 빠지지만 맺어지지 못하고, 이후에 성덕왕의 족제 순정공에게 청혼을 받아 혼인한다. 순정공이 강릉태수로 부임할 때, 웬 늙은이가 벼랑 위의 진달래를 꺾어다 바치며 월명거사가 지은 〈헌화가〉를 부른다. 순정공이 부임한 이듬해, 신라 전역에 무서운 가뭄이 들어 곡식이 타고 식수가 부족해지자, 성덕왕이 이효거사에게 기우제를 지내라는 특명을 내린다. 거사는 월명의 피리와 수로의 춤이 어우러져야 신명이 응감할 수 있다며 이들과 기우제를 지내고, 열흘 동안 비가 내린다.[103] 이효거사가 응신랑이고, 수로부인은 신통한 춤꾼 캐릭터이다.

김동리 소설 〈원왕생가〉는 엄장이 원효를 찾아 참회하는 장면부터 시작한다. 광덕과 엄장이 연하라는 소녀를 동시에 사랑하는데, 엄장이 혼인을 청하며 자신의 몸에 손을 대려 하자, 연하는 "장수좌(엄장)는 글렀어. 덕수좌(광덕)는 그러지 않았어. 그래서 난 덕수좌를 오빠처럼 믿어요."라 답한다. 결국 연하는 광덕과 혼인하고, 광덕은 꾸준히 정진하여 열반에 이른다. 이후 엄장이 또 연하를 범하려 하다가, "광덕은 주야로 아미타불을 부르며 정진할 뿐이었다."는 말을 듣고 머리를 수그리고 용서를 구하며 흐느낀다. 이때 극락에서 〈원왕생가〉가 들려오고, 연하는 무량수불 앞에 두 줄기 눈물을 흘리며 서 있다. 가난한 환경을 견디며 광덕의 높은 경지를 좇던 '연하'도 광덕처럼 아미타불에 이르고, '엄장' 또한 자신의 잘못을 뉘우치고 깨우침에 이르는 과정을 현실감 있는 애정스토리로 그렸다.[104]

앞으로 "문학은 문화 산업의 하나가 될 것이며 문학 작품은 비주얼과 오디오, 혹은 이미지와 게임의 그 숱한 문화 상품 중 허약한 하나가 될 운명을 앞두고 있다. 아날로그 시대의 독자들이 문학에 대해서 품었던 신비감, 진지성, 지혜에의 열망, 낭만적인 꿈, 비판적인 인식과 같은 덕성을 기대하기 어렵다.", "마치 전체주의적 세력 앞에서 지켜내야 할 자유의 정신처럼, 시장 경제의 타락 속에서 추구해야 할 평등의 이상처럼, 문학은 인간이 인간이기 위해 불가결한 덕성과 창조에의 열정을 내장하고 있기 때문이다. 그 문학은 인간을 사물화 하는 기능주의, 사람을 기계로 전락시키는 속도주의, 인류의 다양성을 파괴하는 획일주의에 대항하는 아마도 거의 유일한 휴머니즘으로서의 역할과 소명을 가지고 있다. 진지한 문학이 우리에게 일구어주는 반성적 사유, 창조적 영감, 초월에의 꿈, 인간다움의 덕성은, 달리 그리고 어느 곳에서는 얻어낼 수 없는 인류의 고결한 정신의 영원한 원천"이라 함은[105] 디지털시대에도 문학이 존재해야 하는 까닭을 강조한다.

"책을 읽는 사람보다 영화를 보는 사람이 훨씬 많으므로 영화가 지배적 문화로 부상한 것은 사실이다.", "하지만 책은 읽히고 또 읽히고, 또 인용되어 다른 책을 만들어내기도 한다."[106] 문학 작품을 창작하고 읽는 동안, 끊임없이 솟아나는 상상과 창의의 여백과 생산성은 그 어떤 예술 장르도 따르기 어렵다. 영화에 대해서는 "그 평면적 이미지의 한계는 문학의 유장한 깊이를 따르지 못한다."는 지적이 있고, 영상매체는 "재빨리 스쳐지나가는 사실들을 놓치지 않아야 하므로, 적극적으로 사유하고, 상상해나가는 공간은 남겨주지 않아"[107] 영상매체의 팽창과 확산에 대한 우려와 불만의 목소리도 많다.

그러므로 문학은 그러한 세계를 수동적으로 따라갈 것이 아니라,[108] 문학만이 보여줄 수 있는 고유한 영역을 십분 보여주어야 할 것이다. 이와 관련하여 소설가 이인성은 "영화의 시대니까 소설은 더 소설만의 소설이 되어, 영화가 따라올 수 없는 소설이 되라"고 주문한다.[109] 우리가 향가를 제재로 한 문학 작품의 창작이 지속될 수 있도록 기반을 조성해야 하는 이유도 여기에 있다. "전해 오는 이야기의 뼈대에 글쓴이의 상상력을 살로 붙여 이야기를 완성하자니 이 상상력이 이야기의 본모습에 흠집을 낼까 조심스러워"[110] 하지 말고, 창작 활동에서는 유지해야 할 역사적 사실, 이야기의 뼈대만 유지하면서 과감한 상상을 더해 박진감 있고 그럴듯한 이야기를 꾸며나가는 일에 더욱 과감해져야 할 것이다.

향가 테마파크 어트랙션

이에 중등교육과 연계한 향가 교육의 장, 향가를 제재로 한 문예·예술 창작의 공간, 음악·가무악·뮤지컬 공연을 상시로 감상할 수 있고 특별히 관람할 수 있는 공간, 향가 문화유산에 대한 사전 정보를 구하는 관광인문학의 장, 문화관광 상품을 직접 만들어보고 새롭게 가공·판매하기도 하는 문화콘텐츠 마케팅 공간으로서 "신라향가 테마파크" 조성을 제안한다.

향가콘텐츠를 짓고, 만들고, 그리는 중에 대중적 관심은 자연 높아질 것이고, 각각의 향가작품을 대변할 수 있는 보편적 내용이나 고갱이를 추출하여 〈향가 song〉을 만들어보는 것도 좋겠다. 테마파크를 구성하기 전까지는 향가 관련 콘텐츠를 분류하고 체계화할 수 있는 아카이브를 구축하여 대중적 관심을 제고하고 초중등교육에서 활용도가 높은 자료를 선택해나가야 할 것이다.

경제적 파급효과가 있는 문학공간이 문화콘텐츠 개발의 핵심으로 부상하면서[111] 2000년대 초부터 드라마·영화 세트장 붐이 일어, KBS 〈태조왕건〉(2000, 문경시), 〈토지〉(SBS, 2004, 하동), 〈태양의 후예〉(KBS, 2016, 태백), 〈안시성〉(영화, 2018, 구리시) 등의 영화·드라마 세트장을 만들었다.[112] SBS에서 인기리에 방영한 드라마 〈서동요〉(김영현 극본, 이병훈 연출, 2005~2006) 세트장도 부여와 익산에 조성했다. 이들 모두 대중적 관심을 지속적으로 유지할 수 있도록, 관련 콘텐츠를 지속 개발하고, 저작권이나 자막 등의 문제를 해결하고, 관련 영화나 드라마의 인기 장면을 시청하거나 증강현실로 체험하게 하는 일은 내외국 관광문화를 활성화하는 데 큰 도움이 될 것이다.

도표 12 **향가와 관련된 체험 공간**

장소	내 용	연관 작품
귀정문 (歸正門), 삼화령 (三花嶺)	① "(경덕왕)은 3월 3일, 왕은 귀정문 누각 위에 올라가 주위 사람들에게 위엄과 풍모를 갖춘 스님을 모셔오라고 말했다."(신라궁궐의 누각) ② "소승(충담사)은 매년 중3·9일에 남산 삼화령의 미륵세존께 차를 끓여 바치는데 지금도 차를 올리고 오는 길입니다."(불교 6법공양 중 茶공양)	〈안민가〉, 〈찬기파랑가〉
조원전 (朝元殿) 청양루 (青陽樓), 사천왕사지, 월명리	① "경덕왕 19년 4월 초하루에 두 해가 나란히 나타나 10일 동안 사라지지 않았다.", "조원전에다 깨끗이 단을 만들고 청양루에 행차하여 인연 있는 승려가 오기를 기다렸다."(신라 궁궐, 천변에 따른 제의 공간) ② "월명은 언제나 사천왕사에 살면서 피리를 잘 불었다. 일찍이 달밤에 피리를 불며 문 앞의 큰 길을 지나가자, 달이 그를 위해서 운행을 멈추었다. 이 때문에 이 길을 월명리(月明里)라 하였으며 월명사 또한 이 일로 이름을 드날리게 되었다."(월명사의 서정 공간, 월명재)	〈제망매가〉, 〈도솔가〉

장소	내 용	연관 작품
반월성 신라 궁궐 뜰, 단속사지 (斷俗寺址)	① "효성왕이 왕위에 오르기 전, 궁궐 잣나무 아래에서 현사(賢士) 신충과 바둑을 두면서, '훗날에 만일 당신을 잊는다면 저 잣나무가 증거가 될 것이다.' 하였다." (궁궐에서의 언약) ② "(경덕왕 22년) 신충은 왕을 위해 단속사를 짓고 살면서 죽을 때까지 속세를 떠나 대왕의 복을 빌기를 간청하니 왕이 허락하였다."(신충의 입문)	〈원가〉
분황사 북벽 천수대비	"(경덕왕 때) 희명의 아이가 태어난 지 5년 만에 갑자기 눈이 멀자, 아이를 안고 분황사 왼쪽 전각 북쪽 벽에 그려진 천수대비 앞으로 가서 아이를 시켜 노래 부르게 하였더니 멀었던 눈을 떴다."(불국사 관음전 천수천안관음보살 탱화, 기림사 천수천안관음보살상)	〈도천수대비가〉
처용암, 개운포 (開雲浦), 망해사 (望海寺)	① "대왕이 개운포(학성 서남쪽, 울주)로 놀러갔다 돌아오는 중에"(헌강왕의 행차) ② "영취산 동쪽 기슭의 좋은 땅을 가려 절을 세우고 망해사라 하였다." (헌강왕의 창사 공덕)	〈처용가〉
석장사지 (錫杖寺址), 석장사 유물 (경주 동국대 박물관)	① "지팡이 머리에 포대를 하나 걸어놓으면 지팡이가 저절로 시주의 집으로 날아가 자루가 다 차면 되돌아온다. 이 때문에 그가 사는 절 이름을 석장사라 하였다."(양지스님의 신통력) ② "영묘사 장육삼존과 천왕상과 전탑의 기와와 아울러 천왕사 탑신의 8부신장과 법림사 주불 삼존과 좌우 금강신 등이 모두 그가 빚은 것이다. 영묘·법림 두 절의 현판도 그가 썼다. 또 일찍이 벽돌을 조각하여 작은 탑 한 개를 만들고 이와 함께 부처 3천 개를 만들어 그 탑에 모시어 절 가운데 두고 예배를 하였다."(佛事 名匠 영재)	〈풍요〉
부산성 (富山城), 죽령 (竹嶺)	① "부산성에 이르러 문지기에게 득오실이 어디 있느냐고 물으니 그 사람이 대답하기를, '지금 익선네 밭에서 전례대로 일을 하고 있습니다.'라고 하였다.(죽지랑의 부산성 면회) ② "술종공(죽지랑의 父)이 삭주도독사가 되어 임지로 갈 때, 일행이 죽지령(竹旨嶺)에 이르자 한 처사가 나와 고갯길을 닦고 있었다."(처사가 죽지랑으로 환생)	〈모죽지랑가〉
미륵사지, 사자암, 서동공원	① "하루는 왕이 부인과 함께 사자사로 행차하고자 용화산 부근 큰 못까지 왔더니 미륵삼존께서 못 속으로부터 나타나므로 수레를 멈추고 치성을 드렸다."(미륵사 연기담) ② "미륵불상 셋을 모실 전각과 탑과 회랑을 3곳에 짓고 미륵사(국사에는 왕흥사)라는 현판을 붙였다.(미륵사의 창건)	〈서동요〉

이상에서 제시한 향가 관련 현장을 보면, 경주에는 "자연경관이나 온

천, 강, 산, 바다, 화산, 동굴 등의 자연자원을 소재로 하여 다양한 체험과 볼거리를 제공함으로써 휴식과 재미는 물론, 정신적·심리적 힐링까지 제공하는"[113] 향가 관련 자연테마파크(향가문화유산둘레길)의 조성도 계획할 만하다.

경주 시내를 비롯하여 남산 일대에 불교나 화랑 관련 유적이 산재하고, 화랑의 수련 공간은 전국적으로 분포한다는 점을 감안하면, 실내 테마파크는 물론 자연테마파크 조성도 가능하다는 뜻이다. 그러나 현재의 문화유산 보존 상태는 그리 좋지 못하므로, 향가연구자는 물론 지역 문화관광 사업팀, 전문 산악인이나 도시설계전문가 등 모두가 협력하여, 대중들이 향가 문화콘텐츠를 이해하고, 각자의 관심과 체력 단계에 맞도록 코스를 정하여 본래의 의미를 재현한 조형물을 제작하거나 관리해나가야 할 것이다.

향가 테마파크 후보지로는 국립경주박물관, 〈도천수대비가〉에 등장하는 천수관음보살이 모셔져 있던 분황사, 안압지, 경주화랑마을(석장동), 화랑교육원, 경주세계문화엑스포공원, 경주 밀레니엄 파크 등이다. 테마파크 내부의 어트랙션이나 시설물, 상품, 식음료 판매처 등이 통일된 콘셉트를 갖고 유기적인 관계를 맺으며 상호보완적으로 작용하여 시너지 효과를 낼 수 있어야 하며, 특히 오락이나 교육·문화·정보 등의 기능이 복합적으로 함께 발휘되어야 고객만족도가 크게 향상될 수 있다. 향가 테마파크는 관련된 형태로 건축과 환경을 축소시켜 만드는 '미니어처형 테마파크', '역사의 단면을 테마로 하는 파크', '예술과 예능을 테마로 하는 파크', '놀이와 스포츠를 테마로 하는 파크' 등[114] 다양한 방식을 구상할 수 있고, 향가와 연관되는 불교문화콘텐츠로 테마파크를 구상할 수도 있다. "배급적인 측면에서는 일종의 공공도서관과 같은 기능을 하는, 중소규모

인디 공연장, 독립 영화 전용관 같은 시설을 확충하는 일도 필요하다."[115] 21세기는 비언어적인 문화 활동이 만개하고, 향가콘텐츠는 중등교육의 필수 아이템으로 활용된다는 점을 감안하여 비상업적이고 대중적인 접근을 위한 새로운 공공 문화 기반 시설이 꼭 필요하다. 그렇다고 향가 테마파크에서 향가를 "고급문화로 행세하면서, 대중문화와 구분하거나 거리를 두는 것은 아니다." 모든 예술이 그렇듯 문학 역시 수용자(대중)와의 만남과 그 소통에 의해 비로소 완성될 수 있으므로 대중문화와 고급문화를 경계 짓는 일은 이제 모호하고 무의미하기 때문이다.[116]

영상·교육·지역문화 콘텐츠 분야에서 고전에 주목하고 있다. 대학의 문학·문화콘텐츠 전공자들은 향가 콘텐츠의 현장 활용능력을 키워야 한다. 이를 위해 인문학 기반 콘텐츠 제작과 관련 커리큘럼을 개발하고,[117] 콘텐츠 발굴·가공·제작과 스토리텔링 글쓰기까지 확장시킬 수 있어야 한다. "이를 위해 학회는 고전 대중화 연구 주제를 지속적으로 기획하고, 편성하고, 성과를 평가하고 논의를 공유할 필요가 있음"을 지적한다.[118] 창작·응용콘텐츠의 성격에 따라, 문학·만화·영화·게임 등 구현매체에 따라 서로 다른 스토리텔링 방식을 찾아야 할 것이므로 인문학 분야에서는 향가 관련 이야기 구조에 직접적인 영향을 미치는 모티프·플롯·캐릭터, 창작자에게 필요한 옵션을 가이드 하는 현장성과 실용성을 고루 갖춘 방안을 마련해야 할 것이고, 디지털콘텐츠·경영·역사·마케팅 분야와 실질적인 협의를 이루어 향가와 연관된 킬러(killer) 콘텐츠를 만들어야 할 것이다.[119]

신라향가 테마파크는 전시나 자료·기록을 통해 교육·학습 기능을 가진 박물관·전시관·기념관의 장점을 살릴 수 있고, 아동·청소년에게 화랑의 일상과 수련·활동·사고방식 등을 보고 듣고 체험하고, 불교신도에게 불교미술이나 조각, 불교음악 등에 대한 소양을 갖게 할 수 있다. 애니메이션은 "영상·음성언어·음향을 사용하여 경험하지 못한 문학적 상상의 세계를 이미지로 보여줌으로써 텍스트나 작품에 대한 이해를 돕고 문학적 상상력을 키울 수 있다는 장점"이[120] 있으므로 테마파크에서 활용도가 매우 높은 장르이다. 신라향가는 출판 만화 등 텍스트 콘텐츠, 게임 등 디지털콘텐츠, 음반 비디오 등 시청각콘텐츠, 문화관광·공예 등 산업콘텐츠, 미술 공연 등 순수예술콘텐츠[121] 등 다양한 컨버전스 융합이 가능한 분야이다.

이를 바탕으로 〈신라향가 테마파크〉의 가능성을 점검하면, '신라향가'라는 차별화된 개념, 거기에 작품마다 창작 배경스토리를 가지므로 '테마성'이 분명하고, 기존 이야기를 바탕으로 흥미로운 재창작을 할 수 있는

▲ 이임수, 『향가와 서라벌 기행』(박이정, 2007), 19쪽.

확장성이 높다. 이에 향가와 관련서사 속에서 두드러진 특징을 잡아 조형물을 만들어 관람공간을 조성하고, 향가 관련 연극·가무극, 가무악을 통해 보고 들을 거리를 만들고, 기존의 음반이나 새 음반을 통해 듣도록 하고, 향가나 관련서사에 등장하는 천수대비나 장육삼존 등 불상, 문전紋甎과 전탑塼塔, 사천왕사 녹유신장상, 건달바나 처용가면 등을 만드는 제작·체험프로그램을 구성하여 '통일성'과 '복합성'[122]을 유지한다면 흥미진진하고 유익한 대중문화산업으로 거듭날 수 있다.

거기다 향가와 관련서사엔 "지팡이 머리에 포대를 하나 걸어두면 지팡이가 저절로 시주를 받아왔다"든지, 지명법사가 주문을 통해 못을 메우고 백제의 금을 신라 궁궐까지 날려 보냈다는 이야기 등 불교와 부처의 위력과 신비함을 강조하려는 목적의, 현실에서 벗어나 꿈과 환상의 세계를 담은 설화가 많아서 '비일상성'이 강한 디지털 콘텐츠로 변모할 가능성도 높다. 그러므로 신라향가 테마파크는 새롭게 소비자의 다양한 욕구를 충족시켜 줄 수 있는 여가 공간으로, 소비자의 높은 주목을 받을 수 있을 것이다.

칼과 창으로 살생을 일삼다가 뉘우치고 불도를 닦는 〈우적가〉 도적 일화는 〈어서와, 저승은 처음이지〉(신과 함께 저승여행)와[123] 같은 체험전시에서 사후세계에 대한 염원을 담은 시왕도, 지옥도, 육도윤회도 등과 함께 다루기에 적합하다. 〈모죽지랑가〉·〈찬기파랑가〉을 통해 화랑의 연령대와 위계질서, 수련·교육과정, 공동체의식 등 정신세계를 알게 하고, 〈모죽지랑가〉에서 부역을 시킨 익선益宣의 권한, 익선이 죽지랑의 휴가 청원을 거절한 까닭, 세미稅米 30석이나 말안장을 선뜻 내놓은 관리들의 마음, 화주가 이 사실을 알고 익선 부자를 처벌하는 과정, 왕이 모량리 사람들에게 연좌제를 적용하여 벼슬에서 내쫓고 원측圓測 법사에게도 승직을 부여하지 않은 일 등의 의미를 역사적 접근을 통해 밝혀내고, 이 일련의 대립·갈등 관계를 박진감 넘치는 서사로 꾸며낸다면, 〈모죽지랑가〉는 그럴듯한 디지털 콘텐츠로 거듭 날 수 있다.

기존 향가에서 취재한 여러 시와 소설은 그 자체로, 의미와 가치가 높지만, 아직 대중적 인지도가 있는 작품은 전무하다 해도 과언이 아니다. 그러나 사회와 마음을 성찰하는 데 도움 되는 작품은 많고,[124] 〈처용가〉에서 취재한 배철수의 노래, 〈서동요〉에서 취재한 김세레나·김용임의 노래는 활용가치가 매우 높고, 김무한이나 이용탁의 향가는 테마파크에서 곧바로 공연해도 좋을 만큼 완성도가 높다. 국악방송의 "즐거운 이야기 여행, 향가에 그린 노래" 중에도 흥미 있고 유익한 작품이 많고, 현대향가집 『노래 중의 노래(Song of Songs)』에도 정제된 시어로 당시의 감정을 재현한 수작이 많다. 박범신의 소설 『은교』에서 〈서지우의 일기, 헌화가〉는 수로부인에게 꽃을 꺾어 바치던 노옹의 심정을 절절히 담아냈다. 현진건의 미완성 소설 〈서동설화의 선화공주〉는 테마파크의 관객들이 스스로 뒷이야기를 완성해보게 할 수 있는 좋은 글감이다.

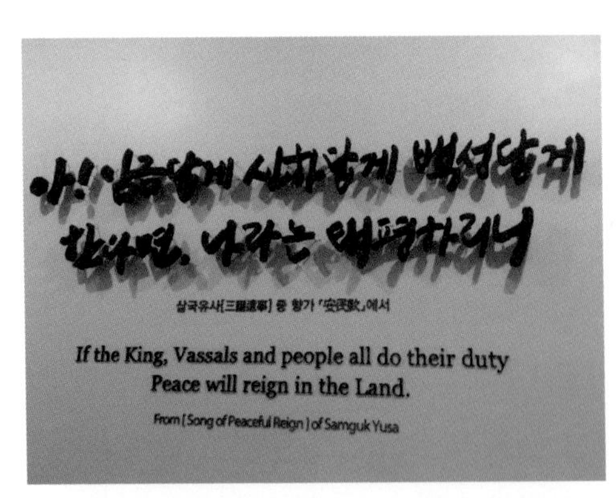

▲ 〈안민가〉 발췌 군민 슬로건(군위군청 계단), 민관民官이 본분을 다해야 한다는 작품의 메시지를 정치에 활용하고 있는 셈이다.

작가들이 특정한 작품에 치우치지 않고 향가 전편을 대상으로 창작 원천을 찾을 수 있도록, 향가라는 취재원에 대한 대중의 관심과 애정을 가질 수 있도록, 향가 관련 인프라를 확충해야 한다. 교육적, 문화콘텐츠로서의 가치가 높음에도 불구하고 그동안 향가 관련 문예나 음반 활동은 개인의 노력에만 의존해 왔다. 공연의 경우도, 지자체나 정부기관이 사전에 철저한 계획을 세운 후 여러 번의 심의를 거쳐 예산을 지원하지 않고 난립하는 기획·공연업체에 고루 나누어주는 방식을 취하거나 부정기적인 지원이 이루어지면서 대중성과 예술성 어느 하나에도 성과를 거두지 못하는 경우가 많았다. 대중들의 관심과 참여 속에 가능성 높은 작품을 예비 선정하고 단계적으로 지원하는 객관적인 시스템의 도입이 시급한 형편이다. 하나부터 성공해야 다음 문화 상품의 성공이 있을 수 있다.

부록

—

제가諸家의 향가 해독

서동요

선화공주님은
남모르게 정을 통하여 두고
맛둥방을
밤에 몰래 안고 가다

(양주동)

善化公主님은
남 몰래 짝 맞추어 두고
薯童 방을
밤에 알을 안고 간다.

(김완진)

선화공주님은
남모르게 어린아이 두고(or 시집가 두고)
서동방으로(or을)
밤에 알을(or 아이를 or 배를) 안고 가다

(양희철)

선화 공주님은

남 몰래 성숙해 있다가(or 시집갈 or 사랑할 마음을 두고는),

맛둥이 서방을

밤에 무턱(or덥석) 안을 거다

(신재홍)

혜성가

예 동쪽 물가
신기루 논 城을랑 바라보고
倭軍도 왔다고
烽燧 사르게 한 가[邊塞] 있어라.
삼화랑의 山岳 보실 것을 듣고
달도 바지런히 켜려 할 터에
길 掃除할 별을 보고
혜성이여 사뢴 사람이 있다.
아으 달이 아래 떠갔더라.
이 어와 무슨 彗ㅅ 별이 있을꼬.

(양주동)

옛날 東쪽 물가
乾達婆의 논 城을랑 바라고,
倭軍도 왔다
횃불 올린 어여 수풀이여.
세 花郎의 山 보신다는 말씀 듣고,
달도 갈라 그어 잦아들려 하는데,
길 쓸 별 바라고,
彗星이여 하고 사뢴 사람이 있다.
아아, 달은 떠가 버렸더라.
이에 어울릴 무슨 彗星을 함께 하였습니까.

(김완진)

옛날 동쪽 물가
건달바의 놀온 성을랑 바라아고
왜의 군대도 왔다
烽火 올린 변방이사 있소냐
세 화랑의 금강산 보사올을 듣고
달도 발긋이 헤어렬(思, 破) 결에
길 쓸 별을 바라아고
혜성야 사뢴사 사람이 있다
아야 산 아래 떠가 졌다야
이야 벗 뒤에(or 우물거리며) 있음의 혜성의 것 있을꼬

(양희철)

옛날이 새려는 물가(에서)

'乾達婆의 논 성'을 바라보고,

"왜군도 온다,

횃불 사르라"는 변방의 무리여!

세 화랑의 산 보시려 함을 듣고

달도 다좇아(or 바싹 다가와) 헤아리려는 바에,

'길 쓸 별'을 바라보고

"혜성이야(라고) 사뢰라"(는) 사람이 있다.

아아, 사무쳐서(or 거리낌 없이) 떠나가리로다.

이야 떨이(or 祓禳할 물건)인 바의 혜성 따위(혜성 같은 厄)가 있는 탓(or 까닭)

(신재홍)

풍요

온다 온다 온다
온다 서럽더라
서럽다 이 몸이여
功德 닦으러 온다

(양주동)

온다 온다 온다
온다 서러운 이 많아라.
서러운 衆生의 무리여.
功德 닦으러 온다.

(김완진)

오가? 오가? 오가?
오가? 서러운 것이구나!
서러운 것! 우리내야!
功德 닦아아 오가?

(양희철)

오다. 오다. 오다.

오다. 서러운 곳이라.

서러운 곳의 무리여!

功德 닦으러 오다.

(신재홍)

원왕생가

달아 이제

서방까지 가셔서

무량수불 전에

일러다가 사뢰소서.

다짐 깊으신 尊에 우러러

두 손 모두와

원왕생 원왕생

그리는 사람 있다고 사뢰소서.

아아! 이 몸 남겨 두고

48대원 성취하실까!

(양주동)

달이 어째서

西方까지 가시겠습니까.

無量壽佛前에

報告의 말씀 빠짐없이 사뢰소서.

誓願 깊으신 부처님을 우러러 바라보며,

願往生 願往生

두 손 곧추 모아

그리는 이 있다 사뢰소서.

아아, 이 몸 남겨 두고

四十八大願 이루실까.

(김완진)

달아 저 근본여(or 이제여)

西方 넘으며(or 생각하여) 가실 것인고

無量壽佛 앞에

스스로 번뇌함 다구어 사뢰시셔

다짐 깊으신 아미타불사 우러러

두 손(or 두 방법) 모두 곧추(or 많으오) 사뢰어

"願往生 願往生"

慕人(or 某人) 있다 사뢰시셔

아야 이 몸 남겨 두고

四十八大願 이루시가

(양희철)

달이 애오라지(or 아예)

西方(만을) 염원하면서 가시리오?

무량수불 전에

되뇌임 가져가서 사뢰소서.

“다짐 깊은 佛尊에 우러러

두 손 모아 곧추어

‘願往生 願往生’

그리는 사람 있다”(고) 사뢰소서.

아아, 이 몸 버려두고

四十八大願 이루실까?

(신재홍)

모죽지랑가

간 봄 그리움에

모두 울어 시름하는데

아름다움 나타내시온

주름살 가지려는구나.

눈 돌이킬 동안에

만나 뵈옵기를 지으오리.

그리운 마음에 가올

다복쑥 구렁에 잘 밤 있으리.

(양주동)

지나간 봄 돌아오지 못하니

살아 계시지 못하여 우올 이 시름

殿閣을 밝히오신

모습이 해가 갈수록 헐어가도다.

눈의 돌음 없이 저를

만나보기 어찌 이루리.

郞 그리는 마음의 모습이 가는 길

다복 굴헝에서 잘 밤 있으리.

(김완진)

간 봄(이) 다일 것이매

못 깃들어 울 것으로 시름(을 한다)

두두룩함 곧 좋기 주시온

얼굴(이) 해 헤어나감(을) 등지고 가려

눈안개 돌 것 질 것의

맛보오기 어찌 짓은 것이

낭여 그릴 마음 때문에 가올 길

다봊의 골에 잘 밤 있을 것이(ㅂ니다)

(양희철)

지난 봄 딸리었으매

모두 있어야만 소리 내어 통곡할 이 시름,

얼마 전까지도 좋으신 모습이

고령(or 時勢)에 나아가면서 축나 가겠구나.

(죽지랑의) 눈의 돌림(or 돌봄) 없이 이에

만나기 어찌 지으리?

낭이 그리워할 마음에 오고갈 길

다북쑥 거리에서 잘 밤 있으리.

(신재홍)

헌화가

자줏빛 바위 끝에
잡으온 암소 놓게 하시고
나를 아니 부끄려하시면
꽃을 꺾어 받자오리다.

(양주동)

자주빛 바위 가에
잡고 있는 암소 놓게 하시고
나를 아니 부끄러워하시면
꽃을 꺾어 바치오리다.

(김완진)

검붉은 바위 가에
잡아온 손(or 수단) 어미소 놓게 하시고
나를 아니 부끄리시단
꽃을 꺾어 받치(or 드리)오리이다

(양희철)

자줏빛 바위 가에

움켜쥔(or 오므린) 손(에서) 암소(를) 놓게 하시니

나를 아니 부끄러워하신다면

꽃을 꺾어 바치리이다.

(신재홍)

원가

무릇 잣나무가
가을에 안 시들매
'너를 어찌 잊어?'라고 하옵신,
우러러 뵈옵던 (왕의) 얼굴이 계시온데,
달그림자가 옛 못의
가는 물결 哀怨하듯이
얼굴사 바라보나
누리도 살기 싫은(or 귀찮은 or 밉살스러운) 때여!

(양주동)

質좋은 잣이
가을에 말라 떨어지니 아니하매,
너를 重히 여겨 가겠다 하신 것과는 달리
낯이 변해 버리신 겨울에여.
달이 그림자 내린 연못 갓
지나가는 물결에 대한 모래로다.
모습이야 바라보지만
세상 모든 것 여희여 버린 處地여.

(김완진)

물(이) 좋기(에) 잣나무(가)

가을(에) 아니 이울어 지매

'너-처럼 가져'라 하시인

울월던 낯의 고치이시온 겨울에야

달님이 비취어 여리인(蓋, 軟) 못에의

갈 물결엣 모래에 입(被, 蒙)듯이

즛이야 바라아나

세상도 밖엣 잃었구나

(후구 망)

(양희철)

물 좋은 잣이

가을에 아니 이르러 떨어지매,

'너하고 같이 다니고 싶구나' 하신,

우러르던 얼굴이 변하신 데에야.

달이 그림자 져서 닿은 연못에

오고가는 물결에서 새어나감 같이,

모습이야 바라보나

세상 아무데에 숨은 적에야.

(신재홍)

제망매가

삶과 죽음의 길은

여기에 있으매 두려워[被脅]지고

나는 간다는 말도

못 다 말하고 가십니까.

어느 가을 이른 바람에

여기저기 떨어질 잎과 같이

같은 가지에 나고

가는 곳을 모를망정

아으 미타찰에서 對面하올 나

도 닦아 기다리련다.

(양주동)

生死 길은
예 있으매 머뭇거리고,
나는 간다는 말도
몯다 이르고 어찌 갑니까.
어느 가을 이른 바람에
이에 저에 떨어질 잎처럼,
한 가지에 나고
가는 곳 모르온져.
아아, 彌陀刹에서 만날 나
道 닦아 기다리겠노라.

(김완진)

낳고 죽는 길은
이에 있아매 다음이고(or 두 번째고)
"난 가나가" 말도
모두(or 가볍게) 이르고 가나닛고
어느 가을 이르온 바람애
이에 저에 떠어질 잎같이
한 가지에 나고
가논 데 모르온져
아야 미타찰에서 맞보오
내 도 닦아 기드리이고다

(양희철)

生死(의) 길은

이에 있으매 애끓이거늘(or는데),

‘나는 간다’(는) 말을

어떻다(고)(or 어떻게) 이르고 갑니까?

어느 가을 이른 바람에

여기저기에 떨어질 (나뭇)잎같이,

한 가지에 나고

가는 곳(은) 모든 곳(사방팔방)이로다!

아아, 彌陀刹에서 만날 나(는)

道 닦으며 기다리겠노라.

(신재홍)

도솔가

오늘 이에 散花 불러
뿌린 꽃아 너는
곧은 마음의 명을 부리옵기에
미륵좌주를 모셔라

(양주동)

오늘 이에 散花 불러
솟아나게 한 꽃아 너는,
곧은 마음의 命에 부리워져
彌勒座主 뫼셔 羅立하라.

(김완진)

오늘 이에 산화가(or 흩어진 화랑) 부르어
잡아 사뢰온 꽃(or 화랑)아 넌
곧은 마음의 시킴을 행하여
미륵보살(or 경덕왕)을 뫼셔라아

(양희철)

오늘 이에 散花(歌를) 불러

날려 보내는 꽃아, 너는,

곧은 마음의 命에 부리워져

彌勒 座主 모셔라.

(신재홍)

찬기파랑가

열어젖히매

나타난 달이

흰 구름 좇아서 떠가는 것이 아닌가.

새파란 내에

기파랑의 얼굴이 있어라!

이로부터 조약돌에(or 沙場에)

낭의 지니시던

마음의 가[心際]를 좇으려 하노라.

아으 잣나무 가지 높아

서리 모를 화랑의 長이여!

(양주동)

흐느끼며 바라보매

이슬 밝힌 달이

흰 구름 따라 떠간 언저리에

모래 가른 물가에

耆郞의 모습이올시 수풀이여.

逸烏내 자갈 벌에서

郞이 지니시던 마음의 갓을 좇고 있노라.

아아, 잣나무 가지 높아

눈이라도 덮지 못할 고깔이여.

(김완진)

嗚咽이(or을) 잊으매(or 그치매)

나타난 밝은 달님이

흰구름(or 형관) 좇우 떠가 숨어 지샤

시파르은(or 곧바르온) 물가에

耆郞의 즛이 있으시도다

숨(or일)오 나리(or 날 것)의 자갈밭에서(or 밀려내진 존재이기 때문에)

郞여 디니입다시온

마음의 갓을 좇누아져

아야 잣나무 가지 높허

눈(or 雪怨)이 못 덮(or 나)올 곶갈(or 花判 or 判花)여

(양희철)

목메이며 곁하매
'이슬(에) 새벽이야'던 달이
흰 구름 좇아 떠나간 안식처만이
바탕한 물가에.
기랑의 모습인 무리들이
逸烏 냇물의 자갈밭에서
낭이 지니셨던
마음의 끝을 좇고 있구나.
아아, 잣나무 가지 높아서 좋으리.
모두 해 내야 할 화랑의 誓願이여.

(신재홍)

안민가

임금은 아비요

신하는 사랑하실 어머니요

民은 어린아이라 여기시면,

백성들이 사랑을 알 것입니다.

살 곳을 편히 해주면,

만물이 자라나서 이들을 먹여 다스리게 될 것입니다.

(백성이) 이 땅을 버리고 어디로 가지 않고,

나라 안이 편안할 것입니다.

아 君답게 臣답게 民답게 하면

나라 안이 태평할 것입니다.

(양주동)

君은 아비요

臣은 사랑하시는 어미요,

民은 어리석은 아이라고

하실진댄 民이 사랑을 알리라.

大衆을 살리기에 익숙해져 있기에

이를 먹여 다스릴리라.

이 땅을 버리고 어디로 가겠는가.

할진댄 나라 保全할 것을 알리라.

아아, 君답게 臣답게 民답게

한다면 나라가 太平을 持續하느니라.

(김완진)

임금은 아버지야!

신하는 사랑하실 어머니야!

백성은 경망한 아이고(?)

하실지? 백성이 사랑할 것을 알고다!

주린 배(or 理窟)의 큰 것을 살리기에 있음의(or을) 물건을(or 生物이)

이를 먹어 다스리도다(or 다스려지도다)!

이 땅을 버리고 어디로 가져?!

할지? 나라가 디니이기 알고다!

아야 임금답게 신하답게 백성답게

현재 할 것이면(or 현재 할 것인가는?) 나라 太平합니다!

(양희철)

임금은 아버지요

신하는 사랑하실 어머니요,

백성은 어린(or 어리석은)아이(라)고

하실진대, 백성이 사랑을 알리로다.

아궁이의 불을 살린 바 物生

이를 먹어서(or먹고는) 安定하여

이 땅을 버리고서 어디(로) 가리.

할진대, 나라가 (자기들을) 扶持함을 알리로다.

아아, 임금답게 신하답게 백성답게

한다면, 나라(가) 太平하니이다.

(신재홍)

도천수대비가

무릎을 가지런히 꿇으며

두 손바닥 모아서

천수관음 앞에

비옴[祈願]을 둡니다.

천 개 손에 천 개 눈을

하나를 놓아 하나를 덜겠사옵기에

둘 없는 내라

하나야 그윽이(or 아는 듯 모르는 듯, 은밀히)

아으, 내게 끼쳐주시면

놓되 쓸 자비여 얼마나 큰고!

(양주동)

무릎을 낮추며
두 손바닥 모아,
千手觀音 앞에
祈求의 말씀 두노라.
千개의 손엣 千개의 눈을
하나를 놓아 하나를 덜어,
두 눈 감은 나니
하나를 숨겨 주소서 하고 매달리누나.
아아, 나라고 알아 주실진댄
어디에 쓸 慈悲라고 큰고.

(김완진)

무릎을 고초며
두 손바닥 모옵나아
천수관음의 앞에
빌어 사뢸 것(을) 두나이다
천 손엣 천 눈을
하낫 놓… 하나를 덜어
두울 감으온 나라
하나아 그윽 주시게 지금 몹시 언짢아지게 하고 있다야
아야야 나아(를 or 에게) 장차 기티어(棄, 贈) 주신다면
(당신은 or 내가) 어디에 쓰올 자비야 큰고

(양희철)

무릎을 대며

두 손바닥 모아들여

千手觀音 앞에

빌어 사뢰(or 기도의 말씀)도 드리노라.

"천 개의 손에 천 개의 눈을!

하나를 놓아 하나를 덜어

둘 없어진 나라.

하나만은 줄까"라고 드리는도다.

아아, 나에게 끼치어 준다면

어디에 쓸 慈悲의 뿌리(or 根器 or 眼根 or 눈)일까?

(신재홍)

우적가

자기의 마음의

모습을 모르려하던 날

멀리 □□ 지나치고

멀리 숨어서 가고 있다.

오직 못된(or 不正한) 도적

두려워 할 형상에 다시 또 돌아가리.

이 칼을 겪으면

좋은 날 샐 것이더니

아으 오직 요만큼한 善(or 선업)은

아니 새로운 집 되었네.

(양주동)

제 마음의

모습이 볼 수 없는 것인데,

日遠鳥逸 달이 난 것을 알고

지금은 수플을 가고 있습니다.

다만 잘못된 것은 强豪님,

머물게 하신들 놀라겠습니까.

兵器를 마다하고

즐길 法을랑 듣고 있는데,

아아, 조만한 善業은

아직 턱도 없습니다.

(김완진)

스스로의 마음에

짓이 못 끼려던 날이 멀므로

잃은 때를 지나 알고

이제야 숲곳(or 은거처) 가고쇼다

"다만 그르오" 숨은 破邪主

다음번 있어도 돌아설 밝음(or 郞)여

"이 兵物사 지나오"

좋을 말씀사 여나오다니

아야 오직 내 소리에서의 恨은

선 큰 언덕에(or 물들어) 숨어 높인(or 오히려) 댁이 돌온(or 모은) 것이다.

(양희철)

제 마음의

모습 구하려거든

해 멀리 숨은 잘못을 알고

이제는 숲에서 떠나갈 것이다.

다만 그릇됨은, 해치는(or 후리는) 님,

채비 없이 들여도 환생할 승랑이

이 병장기야 지나치련?

좋을 것이라야 들이다니.

아아, 오직 나의 한은

아스라한 조용한 시골집 아무니라.

(신재홍)

처용가

서울 밝은 달에
밤 들이 노니다가
들어와 자리를 보니
다리가 넷이어라.
둘은 내 것이고,
둘은 누구의 것인고.
본디 내것이다마는
앗거늘 어찌하리꼬

(양주동)

東京 밝은 달에
밤들이 노니다가
들어 자리를 보니
다리가 넷이러라.
둘은 내해였고
둘은 누구핸고
본디 내해다마는
빼앗은 것을 어찌하리오.

(김완진)

동경이 밝기에 달에

밤들이 노니다가

들아사 잘 곳을 보니

다리 넷이로구나

둘은 내것인고

둘은 뉘것인고

본래 내것이지만

내가 장차 빼앗음을 차마 어찌 할 것인고

(양희철)

동경 밝은 달에

밤늦도록 놀며 다니다가,

들어서 자리(를) 보니

가랑이가 넷이러라.

둘은 내 것인데

둘은 누구 것인가?

본래 내 것이다마는

(도로) 빼앗아 옴을 (사람들이) 어떻다(고) 하리오?

(신재홍)

향가 해독 참고 문헌

梁柱東,『朝鮮古歌研究』, 博文書館, 1942 .
梁柱東, 增訂『古歌研究』, 一潮閣, 1965.
梁柱東,『註詳 國文學古典讀本』, 博文出版社, 1948.
徐在克,『新羅 鄕歌의 語彙 研究』, 啓明大學校 韓國學研究所, 1975.
徐在克, 增補『新羅 鄕歌의 語彙 研究』, 螢雪出版社, 1995.
金完鎭,『鄕歌解讀法研究』, 서울大學校出版部, 1980.
兪昌均, 補訂『鄕歌批解』, 螢雪出版社, 1996.
양희철,『삼국유사 향가연구』, 태학사, 1997.
고운기,『새로 읽는 한국 고시가』, 드림북스, 1998.
신재홍,『향가의 해석』, 집문당, 2000.
황패강,『향가문학의 이론과 해석』, 일지사, 2001.
姜吉云,『鄕歌新解讀研究』, 한국문화사, 2004.

향가를 완독한 저서가 더 많이 있지만 지면 관계상 다 싣지 못함을 해량해 주시기 바랍니다.

주석

향가鄕歌란 무엇인가?

1 金澤庄三郎, 吏讀の硏究, 『朝鮮彙報』(朝鮮總督府, 1918.4), 90~91쪽.

2 "바람이 분다고 하되 임 앞에 불지 말고, 물결이 친다고 하되 임 앞에 치지 말고, 빨리빨리 돌아오라 다시 만나 안고 보고, 아흐 임이여 잡은 손을 차마 물리라뇨."(정연찬 해독)風只吹留如久爲都 郞前希吹莫遣 浪只打如久爲都 郞前打莫遣 早早歸良來良 更逢叱那抱遣見遣 此好 郞耶 執音乎手乙 忍麼等尸理良奴)(김대문 저, 이종욱 역주해, 『화랑세기』, 소나무, 1999, 74~75쪽).

3 "戊申 眞聖王二年 春二月 王素與角干魏弘通至是常入內用事仍命與僧大矩修集鄕歌"(『三國史節要』 卷13).

4 "春二月 嬖臣 弘 主之乳母 鳧好夫人之夫也 官之上大等 主素與之通 常入內用事 命與僧大矩修集鄕歌 謂之三代目 及弘死 追諡惠成王 群臣無有言者"(『東史綱目』 第5 上, 戊申年 眞成女主 2년(당 희종 文德 원년(888년)).

5 金完鎭, 『鄕歌解讀法硏究』(서울大學校出版部, 1980), 12~26쪽.

6 BùI Duy Tân 저, 박연관 역, 베트남의 쯔놈(字喃)과 베트남에서의 쯔놈 연구, 『아시아 諸民族의 文字』(口訣學會 編, 태학사, 1997), 190쪽 참조 ; 徐琳 저, 梁伍鎭 역, 白族 文字에 관하여, 위의 책(1997), 40~41쪽 참조 ; 윤상길 외, 『新일본어학개설』(제이앤씨, 2012), 83~84쪽.

7 "일본에서는 가명(假名)을 일본에서 궁리한, 소리를 본떠서(寫音) 만든 글자", "한자의 전부, 또는 일부를 빌려서 그 음훈을 이용한 글자"라고 설명한다.

8 조동일, 신라향가에서 제기한 문제, 『한국시가의 역사의식』(文藝出版社, 1993), 18쪽 ; 조동일, 『세계문학사의 전개』(지식산업사, 2001), 105~107쪽.

9 "驚麏遊兔在我傍 獨唱鄕歌對僮僕"(張籍 768~830, 車遙遙, 『張司業集』 卷2), "一曲鄕歌齊撫掌 堪遊賞 酒酌贏杯流水上"(李珣, 855~930, 南鄕子, 『全唐詩』(下) 卷896), "鄕歌寂寂荒丘月 漁艇年年古渡風"(李咸用, 依韻修睦上人山居詩). 중국에서는 "지방의 풍토와 인정을 묘사하여, 생동감과 지방 색채가 선명히 부각된 작품"을 향가로 지칭했으니 村歌·民歌·樂府로 인식했음을 알 수 있다(김해명 감수, 『중국문학사전』 II 작가편(연세대 중국문학사전 편찬위원회, 1994), 450쪽 참조).

10 이임수는 신라 향가를 불교적 기원의 노래(〈풍요〉 〈원왕생가〉 〈제망매가〉 〈도천수대비가〉 〈우적가〉) 국가적 기원의 노래(〈혜성가〉 〈도솔가〉 〈안민가〉 〈찬기파랑가〉 〈모죽지랑가〉), 개인적 기원의 노래(〈풍랑가〉 〈헌화가〉 〈원가〉 〈서동요〉), 무속적 기원의 노래(〈처용가〉)로 분류하였다.(이임수 지음, 김혜나 번역, 『한국의 고대시가 –향가』, 나무기획, 2015, 35~106쪽). 향가를 분류하는 기준과 분류 결과는 학자에 따라 많이 다르다.

11 "羅人尙鄕歌者尙矣 盖詩頌之類歟 故往往能感動天地鬼神者非一"(『三國遺事』 卷5, 感通, 月明師 兜率歌).

12 "右歌播在人口 往往書諸墻壁"(『均如傳』 第7 歌行化世分者).

13 "古之人 中和祗庸 以養其內德 孝悌忠信 以篤其外行 詩書禮樂 以培其基本 春秋易象 以達其事變 通天地之正理 周萬物之衆情 其知識之積於中也 地負而海涵 雲鬱而雷蟠 有不可以終閟者 然後有與之相遻者 或相入焉 或相觸焉 撓之焉 激之焉 則其宣之而發於外者 渤潏汪濊 粲爛煜霅 邇之可以感人 遠之可以動天地而格鬼神 斯之謂文章"(丁若鏞, 五學論3, 『茶山詩文集』 卷11).

14 김대행, 꿈꾸기의 시와 언어문화, 『시와 언어문화』(역락, 2018), 228쪽.

15 김창기, 『노래가 필요한 날 –나를 다독이는 음악심리학』(김영사, 2020), 16~20쪽.

아름다운 공주님 내게로 오시길

1 "第三十 武王名璋 母寡居 築室於京師南池邊 池龍交通而生", "主作書 幷金置於師子前 師以神力 一夜輸置新羅宮中 眞平王異其神變", "詣知命所 問塡池事 以神力 一夜頹山塡池爲平地"(『三國遺事』 卷2, 紀異 第2, 武王).

2 "諺傳 寺址 本大澤 豆豆里之衆 一夜塡之 遂建此殿 今廢"(민주면·이채·김건준 저, 조철제 옮김, 〈佛宇〉, 국역 『東京雜記』 卷2, 민속원, 2014, 146쪽).

3 李乃沃, 「미륵사와 서동설화」, 『역사학보』 188(역사학회, 2005), 50쪽.

4 "我百濟王后 佐平沙宅積德女 種善因於曠劫 受勝報於今生 撫育萬民 棟梁三寶 故能謹捨淨財 造立伽藍 以己亥年 正月廾九日 奉迎舍利"(김상현 역, 〈금제 사리봉안기〉, ≪한국일보≫ 2009년 1월 20일, 1쪽, 28쪽 참조 ; 국립익산박물관, 『舍利莊嚴, 탑 속 또 하나의 세계』, 비에이디자인, 2020, 9쪽).

5 윤영수, 『한국사를 바꿀 14가지 거짓과 진실』(지식파수꾼, 2011), 108~109쪽.

6 "『삼국유사』를 야사(野史), 사찬(私撰)이라 매도하기도 하지만, 일연은 이야기(설화)로 전락할 뻔한 무왕/무강왕의 고사(故事)를 역사로 환원시키려 하는 등, 『고려사』나 『신증동국여지승람』 같은 책보다 더 정확한 안목을 가질 때도 있다."(신종원, 『삼국유사 깊이 읽기』, 주류성, 2019, 335쪽).

7 조규성·박재문, 「익산 미륵사지 석탑에 사용된 화강암에 대한 암석학적 연구」, 『과학교육논총』 27(전북대학교 과학교육연구소, 2002), 41~44쪽.

8 박현숙, 「무왕과 선화공주의 미스테리, 미륵사지 출토 금제사리봉안기」, 『금석문으로 백제를 읽다』(학연문화사, 2017), 257쪽 ; 국립부여박물관, 『서동의 꿈 미륵의 통일, 백제 武王』(씨티파트너, 2011), 38쪽.

9 "十一年 秋八月 封金庾信妻爲夫人 歲賜穀一千石"(『三國史記』 新羅本紀 第8, 聖德王 11年) ; 金興三, 「新羅 聖德王의 王權强化政策과 祭儀를 통한 河西州地方 統治(下)」, 『博物館誌』 4·5合輯, (江原大學校博物館, 1998), 72쪽.

10 "秋七月 取百濟東北鄙 置新興(恐州之訛 濟紀作州). 以阿湌武力爲軍主 冬十月 娶百濟王女爲

小妃”(『三國史記』 卷4, 新羅本紀4, 眞興王 14年).

11 “三十一年 秋七月 新羅取東北鄙置新州 冬十月 王女歸于新羅”(『三國史記』 卷26, 百濟本紀4, 聖王 31年).

12 박현숙, 앞의 책(2017), 60쪽.

13 박현숙, 미륵사 금제사리봉안기의 출현과 선화공주의 수수께끼, 『우리시대의 한국고대사 2』(주류성, 2014), 257쪽.

14 이도학, 『백제 사비성 시대 연구』(일지사, 2010), 161~162쪽.

15 “蠢玆卉服, 竊命島洲, 襟帶九夷, 懸隔萬里, 恃斯險阨, 敢亂天常, 東伐親隣, 近違明詔, 北連逆豎, 遠應梟聲. 況外棄直臣, 內信祆婦, 刑罰所及, 唯在忠良, 寵任所加, 必先諂倖, 標梅結怨, 杼軸銜悲”(권인한·김경호·윤선태, 〈大唐平百濟國碑銘〉, 『한국고대 문자자료연구』, 주류성, 2015, 541쪽, 555~556쪽).

16 “然守令者 類爲富商所俛 權勢所制…令代納之人 橫行村落 縱意收斂 裸剝鞭笞 無所不至 罄室所有 而猶不足焉 則責及親隣”(『世祖實錄』 卷46, 세조 14년 6월 18일 丙午 4번째 기사).

17 “秋八月 其盟文曰 往者百濟先王 迷於逆順 **不敦鄰好 不睦親姻** 結託高句麗 交通倭國 兵爲殘暴 侵削新羅 剽邑屠城 略無寧歲”(『三國史記』 新羅本紀 第6, 文武王 5年 秋8月).

18 양종국, 웅진도독 부여융과 신라 문무왕의 취리산 회맹지(會盟址) 검토 –현재의 취리산과 연미산을 중심으로, 『취리산회맹과 백제』(혜안, 2010), 124~125쪽.

19 “約之以婚姻 申之以盟誓 刑牲歃血 共敦終始 分災恤患 恩若弟兄”(『三國史記』 新羅本紀 第6, 文武王 5年 秋8月).

20 이도학, 앞의 책(2010), 161쪽 참조.

21 李鍾旭, 彌勒寺의 創建緣起, 『彌勒寺 – 遺蹟發掘調查報告書 Ⅰ』(文化財管理局 文化財研究所, 1989), 25쪽.

22 이도학, 앞의 책(2010), 106~107쪽.

23 노중국, 『백제정치사』(일조각, 2018), 451쪽.

24 “三年 秋八月 王出兵 圍新羅阿莫山城(一名 母山城) 羅王眞平遣精騎數千 拒戰之 我兵失利而還”, “王怒 令佐平解讎 帥步騎四萬 進攻其四城”, “餘兵見此益奮 我軍敗績 解讎僅免 單馬以歸”(『三國史記』 卷27, 百濟本紀 제5, 武王 3年 秋8월).

25 鮎貝房之進, 「國文·吏吐·俗謠·造字·俗字·借訓字」, 朝鮮史講座 『特別講義』(3)(朝鮮史學會, 1923), 208~212쪽.

26 ‘몰’을 “무얼〉무엇을”로 보고, 서동에게 건네줄 그 어떤 물건, 그래서 “맛둥의 방을/밤에 무언가를 지니고(품고) 가다.”로 해석하기도 한다.(김창룡, 『한국의 명시가』, 보고사, 2015, 262쪽).

27 金完鎭, 『鄕歌解讀法研究』(서울大學校 出版部, 1980), 96쪽.

28 고정의, 薯童謠의 ‘主隱’과 ‘夘乙’에 대하여, 素谷南豊鉉先生回甲紀念論叢 『國語史와 借字表記』(同刊行委員會, 1995), 81쪽 ; 鄭宇永, 薯童謠 解讀의 爭點에 대한 檢討 – 국어학자들의 연구 업적을 중심으로, 『국어국문학』 147(국어국문학회, 2007), 264~272쪽 ; 양희철, 『향찰 연구 20제 –동형의 이두와 구결도 겸하여』(보고사, 2015), 22~37쪽 ; 박재민, 『新羅 鄕歌 辯

證』(태학사, 2013), 45쪽, 177쪽. 고정의는 "夘乙은 명사구로, '抱遣'의 목적어로 보아, "선화 공주의 님(서동)은 남몰래 사귀어 두고 서동 방으로 △를 안고가다."라고 해석했다.

29 鄭宇永, 위의 논문(2007), 278쪽.

30 『胎産集要』 11b, 17세기.

31 『諺解胎産集要』; 金信根 編, 『韓國科學技術史資料大系』 醫藥學篇 33(驪江出版社, 1988), 170쪽.

32 徐在克, 薯童謠의 文理, 『清溪金思燁博士頌壽紀念論叢』(學文社, 1973), 264~265쪽.

33 鄭宇永, 앞의 논문(2007), 286쪽.

34 엄기표, 『백제왕의 죽음』(고래실, 2005), 179쪽; 이를 '음핵(陰核)'으로 풀이하고, 공주의 음란성을 더욱 강조한 말로서 "남모르게 밀약한 낭자가 서동의 방으로 밤이 되면 몰래 알(음핵)을 안고(가지고) 간다."고 풀이했다.(洪在烋, 앞의 책(1983), 137~139쪽).

35 이 경우 '알'은 "겉을 덮어 싼 것이나 딸린 것을 다 제거한"을 뜻하는 접두사로, 『표준국어대사전』에 '알밤. 알몸. 알토란'등의 용례가 있다(임홍빈, 「국어학과 인문학적 상상력」, 『국어국문학』 146, 국어국문학회, 2007, 7~34쪽).

36 정렬모, 『향가 연구』(사회과학원출판사, 1965), 115~116쪽.

37 최선경, 「서동설화의 영웅신화적 성격과 〈서동요〉의 의미」, 『향가의 수사와 상상력』(보고사, 2010), 283쪽.

38 『譯語類解』 下, 24b, 飛禽(弘文館, 1995), 194쪽.

39 李衡祥 저, 김언종 외 옮김, 역주『字學』(푸른역사, 2008), 321쪽.

40 『同文類解』 下, 飛禽; 『同文類解』 乾·坤(弘文閣, 1995), 208쪽.

41 韓國語學資料叢書 第1輯 『國漢會語』(太學社, 1988), 567쪽.

42 徐在克, 『新羅 鄕歌의 語彙 研究』(啓明大學校 韓國學研究所, 1975), 23~24쪽; 徐在克, 增補 『新羅 鄕歌의 語彙 研究』(螢雪出版社, 1995), 37~38쪽.

43 徐在克, 위의 책(1975), 24쪽; 徐在克, 위의 책(1995), 38쪽.

44 楊熙喆, 「薯童謠의 語文學的 研究」, 『語文論叢』 11(청주대 국어국문학과, 1995), 12~15쪽.

45 여기서 〈서동요〉의 여러 의미층위를 소개하면서, "선화공주가 남몰래 어린아이에게 시집갔다는 기본 의미에, 임신 내지 숨겨놓은 아이 하나 내지 둘을 가지고 있다는 것을 부가시킨 것"이라 했다(楊熙喆, 위의 논문(1995), 12~22쪽; 양희철, 『삼국유사 향가연구』, 태학사, 1997, 38쪽, 56~61쪽).

46 "切心做工夫를 如雞이 抱卵ᄒᆞ며 如猫이 捕鼠ᄒᆞ며 如飢이 思食ᄒᆞ며 如渴이 思水ᄒᆞ며 如兒이 憶母ᄒᆞ면 必有透徹之期ᄒᆞ리라"(『禪家龜鑑諺解』 上13ㄴ, 16세기; 『法語錄諺解 禪家龜鑑諺解』, 大提閣, 1987, 336쪽).

47 "以斧懸抱卯雞窠下 則一窠盡是雄雛"(『胎産集要』 11b, 17세기; 金信根 編, 『諺解胎産集要』: 『韓國科學技術史資料大系』 醫藥學篇 33, 驪江出版社, 1988, 170쪽).

48 鄭宇永, 앞의 논문(2007), 285쪽.

49 이와 같은 생략, 축약 현상은 "菩提 아ᄋᆞᆫ 길흘 이바"(菩提向焉道乙迷波)(〈懺悔業障歌〉), "善芽 모돌 기른"(善芽毛冬長乙隱)(〈請轉法輪歌〉)의 〈보현시원가〉나 "ᄀᆞᆺ 하ᄂᆞᆯ 밋곤"(際天乙及

昆)의 〈悼二將歌〉와 같이 앞뒤에 'ㄹ'음이 겹치는 경우에 나타나고 있다.

50 "遣을 '견'내지 '겨'로 읽고 그 기능은 句 연결인 것으로 파악하고자 한다."(황선엽, 「향가에 나타나는 '遣'과 '古'에 대하여」, 『國語學』 39, 國語學會, 2002, 7쪽, 20쪽) ; "遣은 연결어미 '-견'으로 굳어진 후, '-견>겨'의 변화과정을 거쳐 나타난 것이다."(장윤희, 「고대국어 연결어미 '遣'과 그 변화」, 『口訣硏究』 14, 口訣學會, 2005, 132~137쪽).

51 "如鷄抱卵, 看來抱得有甚暖氣, 只被他常常恁地抱得成. 若把湯去湯, 便死了. 若抱纔住, 便冷了", "自不解住了, 自要做去, 他自得些滋味了"(趙翼, 〈朱子論敬要語〉, 『浦渚集』 卷19, 雜著 ; 『韓國文集叢刊』(이하 『文叢』) 卷321, 104쪽 ; 한국고전번역원 이상현 역, 2004, 『性理大全』 卷43 學1),

52 "(學) 如鷄抱卵, 看來抱得有甚暖氣, 只被他常常任地抱得成. 若把湯去湯, 便死了. 若抱纔住, 便冷了"(『朱子語類』 卷8).

53 "須是惺惺ᄒᆞ야 如猫ㅣ 捕鼠ᄒᆞ며 如雞ㅣ 抱夘ᄒᆞ야 無令斷續호리라"("모름지기 또렷하게 깨어 마치 고양이가 쥐를 잡음같이, 닭이 알을 안음(품음)과 같이 하여 이어지다 그치는 일이 없도록 하야 할 것이다.")(慧覺尊者 譯訣, 『晥山正凝禪師示蒙山法語』 ; 鄭宇永, 역주 『牧牛子修心訣諺解 四法語諺解』, 세종대왕기념사업회, 2009, 185~187쪽).

54 鄭宇永, 역주 『사법어언해』(동경대본)(세종대왕기념사업회, 2009), 185~187쪽.

55 명당혈로는 비봉포란형(飛鳳抱卵形), 금계포란형(金鷄抱卵形), 비룡귀소형(飛龍歸巢形) 등이 있는데, "금계포란(金鷄抱卵)은 풍부하고 귀인이 나온다고 여긴다."(村山智順 저, 崔吉城 역, 『朝鮮의 風水』, 民音社, 1990, 626쪽 참조),

56 李山海, 〈翌日 張君希道以雌鷄見遺 又以詩謝之〉, 『鵝溪遺稿』 卷1, 箕城錄 ; 『文叢』 47, 447b쪽, "共說雌雄敵, 今年抱卵多".

57 "善花在新羅敗, 善花亡新羅昌"(李福休, 薯童謠, 『海東樂府』 卷1 ; 鄭求福 編, 『海東樂府集成』 2, 驪江出版社, 1988, 322쪽),

58 주보돈, 남북국시대의 지배체제와 정치, 『한국사 3』(한길사, 1994), 284쪽.

59 金瑛河, 「新羅 中古期의 政治過程試論 –中代王權成立의 理解를 위한 前提」, 『泰東古典硏究』 4(翰林大學校 泰東古典硏究所, 1988), 10~12쪽.

60 이정숙, 『신라 중고기 정치사회 연구』(혜안, 2012), 85쪽.

61 박노준, 『향가여요 종횡론』(보고사, 2014), 48쪽.

62 "汝若天帝之子 於我有求昏者 當使媒云云 今輒留我女 何其失禮"(李奎報, 〈東明王篇 并序〉, 『東國李相國集』 全集 卷3 ; 『文叢』 1, 316쪽).

63 "〈서동요〉는 내용보다는 기능적 측면이 강조된 노래이다"(박인희, 『삼국유사와 향가의 이해』, 월인, 2008, 145~146쪽).

64 "堯乃微服遊於康衢 聞兒童謠曰 立我蒸民莫匪爾極 不識不知 順帝之則 堯還宮 召舜 因禪以天下 舜不辭而受之"(『列子』 卷4, 4章 仲尼篇).

65 "貞(娘)者嫉妬毛娘 多置酒飮毛娘 至醉潛去北川中 擧石埋殺之", "有人知其謀者 作歌誘街巷小童 唱於街 其徒聞之 尋得其尸於北川中 乃殺"(『三國遺事』 卷3, 塔像 第4, 〈彌勒仙花 未尸郎 眞慈師〉).

66 “自古街巷童謠之興 初無意義 而出於無情 不容人僞之雜純乎虛靈之天 自能感通前定 讖應不爽”, “國之廢興 天命人心之所背嚮 必有先兆之見 自昔而然”(金安老 撰, 〈龍泉談寂記〉, 『大東野乘』 卷13 ; 국역 『대동야승』 III, 민족문화추진회, 1973, 119~120쪽, 488~490쪽).

67 “〈서동요〉는 서동이 아내로 맞이하고자 한 여인을 취하기 위한 궤계(詭計)”(尹榮玉, 『新羅詩歌의 硏究』,螢雪出版社, 1991, 145쪽). ; 金烈圭, 鄕歌의 文學的 硏究 一斑, 人文硏究論集 4 『鄕歌의 語文學的 硏究』(西江大學校 人文科學硏究所, 1972), 15쪽.

68 南豊鉉, 「薯童謠의 ‘夘乙’에 대하여」, 『韓國詩歌文學硏究』(新丘文化社, 1983), 382~386쪽.

69 조동일, 제4판 『한국문학통사 1 –원시문학-중세전기문학』(지식산업사, 2005), 158쪽.

70 정한기, 「〈서동요〉에 나타난 민요적 성격」, 『고전문학과 교육』 22(한국고전문학교육학회, 2011), 393쪽.

71 이정부, 경기도 김포시 월곶면 군하리 136(2009.02.03) ; 한국학중앙연구원, 『한국구비문학대계』, https://gubi.aks.ac.kr/web/Default.asp.

72 김복생, 경북 청송군 부남면 중기2리 경로당, 2009.07.29 ; 한국학중앙연구원, 위 사이트.

73 이복순, 경기도 성남시 분당구 서현1동 문정로 150 율동경로당, 2016.1.28, 한국학중앙연구원, 위 사이트.

74 강혜인, 「전래동요 〈놀리는 노래〉의 음악 분석 연구」, 『韓國民謠學』 17(韓國民謠學會, 2005), p.28.

75 李在銑, 『鄕歌의 理解』(三省美術文化財團, 1979), 188~189쪽.

76 “The parrakeet weeps for its mate ; So and so[naming the girl] weeps, weeps for me. She cries for my basket, cries for my kinsfolk”(Hogbin, H. Ian, THE PAST, Religion and Magic, “EXPERIMENTS IN CIVILIZATION”: The Effects of European Culture on a Native Community of the Solomon Islands, London : Routledge & Kegan paul, 1939/1969, 119쪽) ; 趙鄕, 「詩의 發生學」, 『국어국문학』 16(국어국문학회, 1957), 80~81쪽 ; 崔鶴璇, 『鄕歌硏究』(宇宙, 1985), 51쪽에 이 자료를 H.I.Hogbin 저서 중 〈未開社會에 있어서의 文明의 實驗〉라고 소개하였다.

77 李在銑, 「新羅鄕歌의 性格」, 『古典文學을 찾아서』(文學과知性社, 1976), 141쪽.

78 강혜선, 求愛의 民謠로 본 〈서동요〉, 『한국고전시가작품론 1』(集文堂, 1995), 37쪽.

79 “나라奈良의 다마츠히메玉津姬 공주가 얼굴에 큰 흠을 가짐→꿈에 신이 나타나, 숯쟁이 코고로炭燒小五郞와 결혼하면 행복할 것이라 알려 줌→남루한 코고로와 부부가 됨→공주의 금을 보고, 숯가마 근처의 금을 알려줌→금 거북이가 보물을 두고 떠나니 부자가 됨→공주 얼굴이 다시 아름답게 됨, 이후 코고로를 마나노장자라 부름”(金贊會, 「大分県の〈真名野長者伝説·物語〉と韓国」, 『ぽリグロシア』 第8巻, 立命館アジア太平洋大学, 2004.1, 100~101쪽 참조),

80 崔雲植, 「쫓겨난 女人 發福說話考」, 『韓國民俗學』 6(韓國民俗學會, 1973), 52~58쪽 ; 황인덕, 「‘내 복에 먹고 산다’형 민담과 〈삼공 본풀이〉 무가의 상관성」, 『語文硏究』 18(어문연구학회, 1988), 115~127쪽 ; 玄承桓, 「내 복에 산다系 說話 硏究」(제주대 박사논문, 1992), 1~69쪽 ; 현승환, 「서동설화와 무왕의 등극」, 耳勤崔來沃敎授華甲紀念論文集 『說話와 歷史』(集

文堂, 2000), 239~242쪽 ; 빈찬, 「서동실화 형성의 설화적 논리」, 『韓國言語文學』 50(韓國言語文學會, 2003), 29~43쪽 ; 羅景洙, 「薯童說話와 百濟武王의 彌勒寺」, 『韓國史學報』 36(고려사학회, 2009), 408~409쪽 ; 신종원, 『삼국유사 깊이 읽기』(주류성, 2019), 318~323쪽.

81 서대석, 『한국 신화의 연구』(집문당, 2002), 207~209쪽.

82 사위국(舍衛國)의 왕으로서, 왕의 제2부인이 승만(勝鬘)이다.

83 "昔波斯匿王 有一女 名曰善光 聰明端正 父母憐愍 擧宮愛敬 父語女言 汝因我力 擧宮愛敬 女答 父言我有業力 不因父王 如是三問答 亦如前 王時瞋忿 今當試汝 有自業力 無自業力 約勑左右 於此城中 覓一最下貧窮乞人"(『雜寶藏經』 卷2 ; 『高麗大藏經』 第30, 東國大 譯經院, 1975, 185~186쪽).

84 "善光便卽與夫 相將往故舍 所周歷按行 隨其行處 其地自陷地中 伏藏自然發出 卽以珎寶 雇人作舍 未盈一月 宮室屋宅都 悉成就 宮人妓女 充滿其中 奴婢僕使 不可稱計 王卒憶念 我女善光云", "王言佛言眞實 自作善惡 自受其報"(『雜寶藏經』 卷2 ; 위의 책(1975), 186쪽).

85 신종원, 앞의 책(2019), 328쪽 참조.

86 "是知天地間一事一物 成毁生沒 凡所云爲 莫非前定 惟覽玄識微之士 然後 可坐算而前知之也"(金安老 撰, 〈龍泉談寂記〉, 『大東野乘』 卷13 ; 국역 『대동야승』 III, 민족문화추진회, 1973, 119~490쪽).

87 사내아이와 계집아이가 한데 놀며 서로 사이가 좋음을 놀릴 땐, "머시매청 가시내청 속곳 밑에 손 넣고 아야지야 보×야"는 〈놀림말〉 민요 가운데 매우 유치하고 저급한 예에 속한다.(楊州地方 一致人, 놀림말(1)~(6), 『한글』 6-11/7-8(한글학회, 1938/1939), 502쪽, 148쪽).

죽음의 기운은 저리 썩 물러가라

1 "彗星出 卽國家大衰及兵亂 東海主鯤鯨二魚死 占爲大恠 血流成津 此兵革衆起 征天下"(圓仁, 『入唐求法巡禮行記』 卷1, 文海出版社, 1976, 10쪽), "彗星出東方 到其十月 應宰相反 王相公已上計煞宰相及大官都廿人 亂煞計萬人已上"(圓仁, 위의 책, 10쪽) ; 圓仁 저, 申福龍 역, 『入唐求法巡禮行記』(정신세계사, 1991), 45~46쪽.

2 圓仁 저, 申福龍 역, 위의 책(1991), 46쪽.

3 『순조실록』 권15, 순조 12년(1812) 4월 21일 계해 2번째 기사.

4 『현종개수실록』 권11, 현종 5년(1664) 10월 13일 신미 3번째 기사.

5 "〈신라본기(新羅本紀)〉에는 500년 이후 7세기 후반(670)까지 왜(倭) 관계 기사가 전혀 나타나지 않는다."(金澤均, 『三國史記』新羅의 對倭 關係記事 分析, 『江原史學』 6, 江原大學校 史學會, 1990, 6쪽).

6 이희진, 가야의 멸망과정과 '任那調', '任那復興'의 의미, 부산대학교 한국민족문화연구소 편 『한국 고대사 속의 가야』(혜안, 2001), 271쪽 ; "『일본서기』의 5~7세기 한국 관계기사 중 왜(倭, 九州王朝)와 가야/신라/백제 관계를 보면 대체로 사실이다. 그들의 힘이나 입장을 과시, 정당화하기 위한 다소의 과장(誇張)이나 수식(修飾)이 첨가되었을 뿐이다."(李鍾恒, 新羅의 伽倻 諸國 併合過程과 倭의 動向에 대하여, 南軒田鳳德博士古稀記念『法史學研究』6,

韓國法史學會, 1981, 48~49쪽) 참조.

7 "十三年 秋七月 築南山城 周二千八百五十四步 ; 十五年 秋七月 改築明活城 周三千步 西兄山城 周二千步"(『三國史記』卷4, 新羅本紀4, 眞平王 13年, 15年).

8 "群臣以遺言葬東海口大石上 俗傳王化爲龍 仍指其石爲大王石"(『三國史記』卷7, 新羅本紀7, 文武王 21年).

9 "二十三年 秋七月 百濟 侵掠邊戶 王出師拒之 殺獲一千餘人 九月 加耶叛 王命異斯夫討之 斯多含副之"(『三國史記』卷4, 新羅本紀4, 眞興王 23年), "新羅打滅任那官家"(『日本書紀』 卷19, 欽明天皇 23年 春正月).

10 李鍾敏, 『三國時代의 對日關係史』(螢雪出版社, 1980), 196쪽; 이희진, 『가야와 임나』(동방미디어, 1999), 242쪽 참조.

11 권오영, 『삼국시대, 진실과 반전의 역사』(21세기북스, 2020), 48~51쪽.

12 권오영, 위의 책(2020), 47~54쪽.

13 『일본서기』에는 임나지역으로 가라국(加羅國), 안라국(安羅國), 사이기국(斯二岐國), 다라국(多羅國) 등 작은 나라 10개국을 들고 있다.(『日本書紀』 卷19 欽明天皇 23年 春正月; 연민수 외, 『역주 일본서기』2, 동북아역사재단, 2013, 424쪽).

14 "임나일본부(任那日本府)에서 '부(府)'는 '왕의 사신[御事侍, 미코토모치]'을 의미한다. 일본의 스즈키 교수도 일본부(日本府)를 '외교(外交) 사신(使臣)'이라 주장하고 있다."(〈역사스페셜〉, 추적! 任那日本府의 正體(KBS, 2000.12.16일 방송분, 대본 VCR 3 · 4).

15 "中臣連國曰 任那是元我內官家 今新羅人伐而有之"(田溶新, 完譯 『日本書紀』, 一志社, 1989, 399~400쪽).

16 "가야 서남부지역에 군대를 주둔시켜서 신라의 진출을 일단 억제한 백제는 530년대 후반의 어느 시기에 안라(安羅)에다 친백제 왜인관료(倭人官僚) 인기미(印岐彌)를 파견하여 이른바 '임나일본부', 즉 '안라왜신관(安羅倭臣館)'을 설치했다. 그럼으로써 백제는 안라(安羅)·탁순(卓淳)을 거쳐 왜로 통하는 교역로를 잠정적으로 확보하고, 그러한 교역을 빌미로 하여 신라와의 마찰을 피하고 가야지역의 동향을 감시하면서, 백제에 가까운 지역인 '임나지하한(任那之下韓)', 즉 하동·함양·산청 등지에 군령(郡令)·성주(城主)를 파견하여 행정구역화해 나갔다. 그러므로 성립 초기의 '안라왜신관'은 백제가 안라에 설치한 왜국사절 주재관(駐在館)의 성격을 띠되, 실제적으로는 친백제계 왜인들로 구성된 '백제의 대왜무역중개소'와 같은 성격을 띠는 것이었다.(金泰植, 加倻史硏究의 現況, 『韓國史 市民講座』 11, 一潮閣, 1992, 136~137쪽).

17 부(府)의 훈이 "미코토모치(御事持)"인데, 다양한 의견이 있지만 대체로 기관·기구로 보는 시각과 사자(使者)·사신으로 보는 시각으로 대별된다.(신가영, 임나일본부 연구와 식민주의 역사관, 『한국 고대사와 사이비 역사화』, 역사비평사, 2017, 154쪽), 이재석은 임나일본부를 "외교사신적인 존재"라고 했다.(이재석, 『고대 한일관계와 일본서기-일본서기의 허상과 실상』, 동북아역사재단, 2019, 170쪽).

18 이희진, 가야의 멸망과정과 '任那調', '任那復興'의 의미 ; 부산대학교 한국민족문화연구소 편, 『한국 고대사 속의 가야』(혜안, 2001), 289~293쪽 ; 『가야와 임나』(동방미디어, 1999),

240쪽 참조 ; 이로 인하여 한반도에서 왜 열도로 가는 통로가 막혔다.(최진, 『다시 쓰는 한·일 고대사』, 대한교과서, 1996, 167쪽 참조).

19 이희진, 앞의 책(2001), 276쪽 참조.

20 李成市, 高句麗와 日隋 外交 – 이른바 國書 문제에 관한 一 試論, 碧史李佑成敎授定年退職紀念論叢『民族史의 展開와 그 文化』上(紀念論叢刊行委員會, 1990), 78쪽.

21 漢년 가야의 멸망 이후 642년까지 신라가 '임나(任那)의 조(調)'를 바친 것은 4회인데, 항상 이를 보내기 전에는 일본 측과 평화적 또는 무력적인 접촉이 이루어지고 있다."(金恩淑, 『日本書紀』'任那'기사의 기초적 검토, 『韓國史 市民講座』, 一潮閣, 1992, 39쪽 참조).

22 "是歲 新羅伐任那 任那附新羅 於是 天皇將討新羅 … 則不果征焉"(『日本書紀』卷22, 推古天皇 31年).

23 下中邦彦, 常用『日本地圖帳』(平凡社, 1985), 85쪽, 88~89쪽을 통해 위치를 확인하였다.

24 츠쿠시(筑紫)는 신라 공격의 거점이다. 동선은 난바(難破 宮-城, 大阪府 大阪市 中央區)-하리마(播摩, 兵庫縣 加古郡)-아카이시(赤石, 兵庫縣 豊岡市)-츠쿠시(筑紫, 福岡縣 筑紫野市)" 이다.

25 "秋七月 將軍等 至自筑紫"(『日本書紀』卷22, 推古天皇 2年 秋 7月), "丁未 遣驛使於筑紫將軍所曰 依於內亂 莫怠外事", 『日本書紀』卷21, 崇峻天皇 4年 11月 丁未), "十年 春二月 己酉朔 來目皇子爲擊新羅將軍 授諸神部及國造伴造等 幷軍衆二萬五千人"(『日本書紀』卷22, 推古天皇 10年 春 2月)을 보면 츠쿠시(筑紫)가 왜군(倭軍)의 주된 아지트이다.

26 "推古天皇 十一年 春二月 癸酉朔 丙子 來目皇子 薨於筑紫 夏四月壬申朔 更以來目皇子之兄當摩皇子 爲征新羅將軍 秋七月 辛丑朔癸卯 當摩皇子 自難波發船 丙午 當摩皇子到播磨 時從妻舍人姬王薨於赤石 仍葬于赤石檜笠岡上 乃當摩皇子返之 遂不征討"(『日本書紀』卷22, 推古天皇 11年).

27 이희진, 앞의 책(2001), 274쪽.

28 "十八年 春三月 高麗王貢上僧曇徵 法定"(『日本書紀』卷22, 推古天皇 18年 春3月).

29 "田狹旣之任所 聞天皇之幸其婦 思欲求援而入新羅 于時 新羅不事中國"(『日本書紀』卷14, 雄略天皇 7年), "自天皇卽位 至于是歲 新羅國背誕 苞苴不入 於今八年 而大懼中國之心 脩好於高麗"(위의 책, 同王 8年).

30 "率氏氏臣連 爲裨將部隊 領二萬餘軍 出居筑紫 遣吉士金於新羅 遣吉士木蓮子於任那 問任那事"(『日本書紀』卷21 崇峻天皇 4年 秋8月)는 일본군(日本軍)이 츠쿠시(筑紫)에 주둔하며 임나(任那)를 빌미로 신라에게 시위·협상하는 과정인 듯하다.

31 "견훤이 신라를 친 음력 11월에 야외에서 놀았을 가능성은 희박하다. '포석정'은 팔관회, 계욕(禊浴) 장소이고, 『화랑세기(花郎世紀)』에 포석사(鮑石祠)로 기록된 데다 아직도 여기서 동제(洞祭)나 당제(堂祭)를 행하는 점이 그 논거이다."(정종목, 포석정은 놀이터가 아니었다, 『역사스페셜』3, 효형출판, 2001, 35~49쪽 참조).

32 "(花郎) 或相磨以道義, 或相悅以歌樂, 遊娛山水, 無遠不至"(『三國史記』卷4, 新羅本紀4, 眞興王 37年) ; 위의 책, 卷47, 列傳7, 金歆運;"遂復入於百濟 告任子曰 奴自以謂旣爲國民 宜知國俗 是以 出遊累旬不返"(위의 책, 卷42, 列傳2, 金庾信) ; "(眞)表啓曰 勤修幾何得戒耶 濟曰

精至則不過一年 表聞師之言 遍遊名岳 止錫仙溪山不思議庵 該鍊三業 以亡身懺悔得戒”(『三國遺事』卷4, 義解5, 眞表傳簡). 신라 48대 경문대왕이 화랑이 되어 출유할 때, “다른 사람의 윗자리에 있을 만한데도 겸손하게 다른 사람의 아래에 앉아 있는 사람, 세력 있고 부유한데도 의복이 검소한 사람, 본래 귀한 세력이 있는데도 그 위세를 펼치지 않는 사람”을 보고 아름다운 행실임을 깨닫고 배웠다고 전하니, 헌안대왕이 그 말을 듣고 눈물을 흘렸다.(『삼국유사』권2, 기이 제2, 四十八 景文大王). 이를 보면 화랑의 출유에는 다양한 세상을 보고 듣고 익히며 수양하고 깨우치는 성격도 있었음을 알 수 있다.

33 “二十五日 王還國 次褥突驛 國原仕臣龍長大阿湌 私設筵 饗王及諸侍從 及樂作”(『三國史記』卷6, 新羅本紀6, 文武王 8年).

34 “元白樸『梧桐雨』第四折 ‘今日賊平無事 主上還國’”(羅竹風 編, 『漢語大詞典』10(漢語大詞典出版社, 1994), 1256쪽).

35 “有五百乾闥婆 善巧彈琴作樂歌舞 供養如來晝夜不離”, “作倡伎樂 歌舞戲笑”(『撰集百緣經』卷2, 乾闥婆作樂讚佛緣 ; 『大正藏』 卷4, 211 a~c쪽).

36 法顯, 『한국의 불교음악』(운주사, 2005), 38쪽.

37 金勝東, 『佛教 印度 思想 辭典』(釜山大學校 出版部, 2001), 44~45쪽.

38 황병익, 彗星歌의 爭點과 意味 考察, 『韓國詩歌研究』 17(韓國詩歌學會, 2005.2), 175~210쪽에 이와 같은 풀이 과정이 나와 있다.

서러운 자들아, 부처의 품으로 오라

1 “又以古今擧國人所嘗親見者言之 國將有變 丈六先出汗示之 丈六出汗 則左右補處泥塑像及石刻華嚴經中 凡如來世尊佛菩薩字 亦皆霑濕 餘字則否焉 是亦丈六所以護我國家 先之以警曉者已”(『東文選』 卷67 ; 민족문화추진회, 국역 『동문선』 6, 솔출판사, 1998, 152쪽).

2 진홍섭 글, 안장헌·손재식 사진, 『불상』(대원사, 1989), 30쪽.

3 “夫法道初興 則十方趣一 釋迦啓建 則含生歸伏 然神潛涅盤 入於空境 形坐玄宮 使愚迷”, “恨未逢如來之際 減己家珎 玄心獨拔 敬造彌勒下生石像一軀”(曹望憘 座臺 碑文, 彌勒下生石像; 고혜련, 『미륵과 도솔천의 도상학-“佛說觀彌勒菩薩上生兜率天經”에 근거하여』, 일조각, 2011, 208쪽).

4 “復生是念 若我造像不似於佛 恐當令我獲無量罪 復作念言 假使世間有智之人 咸共稱揚如來功德猶不能盡 若有一人隨分讚美獲福無量 我今亦然當隨分造”(『佛說大乘造像功德經』 卷上; 『新修大正大藏經』 第16卷 經集部3, 아름출판사, 1961, 790쪽).

5 진홍섭 글, 안장헌·손재식 사진, 『불상』(대원사, 1989), 39~40쪽.

6 “尔时 世尊而语像言 汝於来世 大作佛事 我灭度後 我诸弟子 以付嘱汝 空中化佛 異口同音 咸作是言 若有众生 於佛灭後 造立形像 幡花众香 持用供养 是人来世 必得念佛清净三昧”(『佛说观佛三昧海经』 卷7; 『新修大正大藏經』 第15卷 經集部2, 아름출판사, 1961, 678쪽).

7 홍윤식, 『한국의 불교미술』(대원정사, 1999), 130쪽.

8 “藏於像前禱祈冥感 夢像摩頂授梵偈 覺而未解 及旦有異僧來釋云 又曰 雖學萬教 未有過此

又以袈裟 舍利等付之而滅"(『三國遺事』 卷4, 義解第5, 慈藏定律).

9 金九容, 送鄭廉使, 『惕若齋學吟集』 상권 詩.

10 "世尊所度善來比丘威儀進止 左右顧視著衣持鉢 皆悉如法 諸比丘所度 亦名善來威儀進止 左右顧視 著衣持鉢 皆不如法", "爾時尊者舍利弗聞是語已 在閑靜處加趺而坐作是思惟 俱是善來 何故世尊所度善來比丘 皆悉如法 諸比丘所度善來比丘 皆不如法"(佛陀跋陀羅, 法顯 共譯, 『摩訶僧祇律』 卷23; 『大正新修大藏經』 제22권, 律部1, 아름출판사, 1963, 412쪽).

11 이 비용은 경덕왕 즉위 23년(764)에 다시 도금하는데 든 것이라고 한다.("景德王 卽位 二十三年 丈六改金 租二万三千七百碩 良志傳 作像之初成之費 今兩存之"(『三國遺事』 卷3, 興法 第3, 塔像, 靈妙寺丈六), "장육상은 보통 사람의 2배 크기인 16척에 해당하는 큰 규모의 불상으로, 唐尺을 참고하면 약 644톤에 해당하며, 영묘사의 장육상 조성 시에 투입된 비용이 23,700석이라 했으니 현 곡물 시세를 반영하면 약 1억 2천만 원에 해당한다고 할 수 있다."(김명준, 善德女王代 〈風謠〉의 불교정치적 의미, 『우리文學研究』, 우리문학회, 2013, 31쪽) 하였다. 우리나라에서는 주곡물인 쌀의 가격 안정화 정책으로 인해 다른 물품에 비해 쌀값의 상승폭이 계속 완만했음을 감안하면 그 이상의 비용이라 짐작한다.

12 "復次須菩提 菩薩 於法應無所住 行於布施", "若菩薩不住相布施 其福德 不可思量"(涵虛得通 편, 이인혜 역, 妙行無住分, 『金剛經五家解說誼』, 도피안사, 2009, 172~176쪽).

13 김병권, 신라 노래 〈풍요〉의 문화적 담론 읽기, 『退溪學論叢』 31(퇴계학부산연구원, 2018), 157쪽.

14 "今夫擧大木者 前呼邪許 後亦應之 此擧重勸力之歌也"(『淮南子』 道應訓).

15 『삼국유사』 권3, 탑상, 황룡사 장륙, 영묘사 장륙.

16 이희승·정병욱, 강한영 校注 『申在孝 판소리 사설집』(普成文化社, 1978), 546~547쪽.

17 신재홍, 『향가 서정 여행』(월인, 2016), 269~270쪽.

18 "원더걸스는 〈Tell me〉에서 동일한 구절이나 화음을 60회 이상 반복한다."(이수완, 『대중음악입문 –문화연구와 만나는 대중음악』, 경성대학교 출판부, 2014, 37~38쪽).

19 신혜경, 『벤야민 & 아도르노 대중문화의 기만 혹은 해방』(김영사, 2009), 103~105쪽 ; 이수완, 위의 책, 38쪽.

20 金雲學, 『鄕歌에 나타난 佛教思想』(東國大學校 佛典刊行委員會, 1978), 80쪽.

21 마스타니 후미오 지음, 이원섭 옮김, 『불교개론』(현암사, 1991), 180쪽.

22 Manly Palmer Hall 지음, 윤민·남기종 옮김, 『환생, 카르마 그리고 죽음 이후의 삶』(마름돌, 2019), 50~51쪽.

왕생往生을 왕생을 바라나이다

1 김영미, 삼국유사 감통편 광덕엄장 조와 아미타신앙, 『신라문화제학술발표외 논문집』 32(동국대 신라문화연구소, 2011.6), 173~200쪽.

2 『佛說無量壽經』 卷下 ; 불전간행회 편, 한보광 옮김, 『정토삼부경』(민족사, 2002), 67~69쪽.

3 『觀無量壽經』 正宗分 ; 『정토삼부경』, 위의 책(2002), 131~158쪽.

4 『觀無量壽經』 正宗分 ; 『정토삼부경』, 위의 책(2002), 158쪽 : 김영미, 위의 논문(2011), 192쪽.

5 『삼국유사』 판본에 따라 삽관(鍤觀) 혹은 쟁관(錚觀)으로 표기되어 있는데, 대체로 '징'을 뜻하는 후자보다는 농사짓는 엄장과 관련된 농기구인 '가래'를 뜻하는 전자를 선택하고 있다.(김영미, 앞의 논문, 197~198쪽) 이 글자를 아예 '정(淨)'의 잘못으로 파악하여 "사고의 더러움을 제거하고 번뇌의 유혹을 없애는 것"이라고 읽기도 한다.(일연 저, 김원중 역, 『삼국유사』, 을유문화사, 2002, 522쪽).

6 元曉 저, 黃山德 역, 『涅槃宗要』(東國大學校 佛典刊行委員會, 1982), 5쪽, 157쪽.

7 "有衆生於如來所生麁惡心 出佛身血起 五逆罪 至一闡提…於如來所本無煞心 雖出身血 是業亦介輕而不重 如來如是 於未來世爲化衆生示現業報"(北涼天竺三藏曇無讖 譯, 『大般涅槃經』 卷9, 如來性品; 『高麗大藏經』 卷9, 76쪽).

8 "彼佛因中立弘誓 聞名念我總迎來 不簡貧窮將富貴 不簡下智與高才 不簡多聞持淨戒 不簡破戒罪根深 但使回心多念佛 能令瓦礫變成金"(法然上人 撰述, 須摩提 옮김, 『아미타불의 본원을 선택하라 – 選擇本願念佛集』, 비움과소통, 2016, 94~98쪽).

9 『신증동국여지승람』 권32, 창원도호부.

10 차례대로 梁柱東, 詳註 『國文學古典讀本』(博文出版社, 1948), 233쪽 ; 金完鎭, 『鄕歌解讀法研究』(서울大學校, 1980), 118쪽 ; 양희철, 『삼국유사 향가연구』(태학사, 1997), 434쪽, 464쪽, 466~467쪽 ; 신재홍, 『향가의 해석』(집문당, 2000), 183쪽, 203쪽.

11 박재민, 『新羅鄕歌辯證』(태학사, 2013), 358쪽.

12 "不雜結使念者 唯須一心相續 觀佛相好 而若口念佛 心緣五欲者 是雜結念也 念佛是淳淨心與結使相違也"(원효 저, 혜봉 역주, 『유심안락도』, 운주사, 188~189쪽).

13 "出家 在家各有自在與不自在之苦樂 如在家以金銀 畜牧等不增長之不自在爲苦 出家以隨貪欲嗔癡自在任運爲苦"(『中阿含經』 卷36, 梵志品 何苦經) ; 『中阿含經』 卷36, 148 何苦經 ; 김월운 옮김, 『중아함경 3』(동국역경원, 2006), 206~209쪽

14 정암, 『在家修行』(하늘북, 2009), 37쪽.

15 韓國佛教大辭典編纂委員會, 『韓國佛教大辭典』 3(寶蓮閣, 1982), 122~123쪽.

16 『무량수경』; 불전간행회 편, 한보광 옮김, 『정토삼부경』(민족사, 2002), 36~37쪽.

17 "願往生 願往生 往生極樂見彌陀 獲夢摩頂授記莂 願往生~ 願在彌陀會中坐 手執香火常供養 願往生~ 往生華藏蓮華界 自他一時成佛道"(安震湖 편, 第7章 放生篇, 『釋門儀範』, 法輪社, 1982, 564~565쪽).

18 "願往生願往生 願生極樂見彌陀 獲蒙摩頂授記別 願往生願往生 願在彌陀會中座 手執香花常供養 願往生願往生 願生華藏蓮華界 自他一時成佛道"(『阿彌陀經』 正宗分 往生偈).

19 "南無至心歸命禮西方阿彌陀佛 現在西方去此界十萬億刹安樂土 佛世尊號阿彌陀 我願往生歸命禮 願共諸衆生往生安樂國 南無至心歸命禮西方阿彌陀佛"(曇鸞法師, 『讚阿彌陀佛偈』; 『大正經』 47, 諸宗部4, 大正新修大藏經刊行會, 1967, 420쪽).

그리움과 아쉬움으로 가슴 조이던 순간

1 Manly Palmer Hall 지음, 윤민·남기종 옮김, 『환생, 카르마 그리고 죽음 이후의 삶』(마름돌, 2019), 149~150쪽.

2 "人死而有魄氣未散者 種種顯靈 雖有久速之不同 知覺自在 此一時之鬼道 終歸乎遊散 "當其未散時 或有託人之身 而徵前說往 靈覺未昧故 遂乃藉口為還生之論 其實死魂之憑依生身也"(李瀷, 『星湖僿說』卷13, 人事門, 儒釋異迹).

3 Manly Palmer Hall 지음, 윤민·남기종 옮김, 앞의 책(2019), 163~165쪽.

4 Shelly Kagan 지음, 박세연 옮김, 『죽음이란 무엇인가』(엘로라도, 2012), 30~31쪽.

5 Manly Palmer Hall 지음, 윤민·남기종 옮김, 위의 책(2019), 150~161쪽 참조.

6 Manly Palmer Hall 지음, 윤민·남기종 옮김, 위의 책(2019), 6~7쪽.

7 『삼국유사』 권1, 기이 제2, 효소왕대 죽지랑.

8 金勝東, 『佛敎印度思想辭典』(부산대학교출판부, 2001), 2324쪽.

9 金勝東, 위의 책(2001), 536쪽.

10 Manly Palmer Hall 지음, 윤민·남기종 옮김, 앞의 책(2019), 155~156쪽.

11 黃柄翊, 삼국유사 죽지랑 조와 〈모죽지랑가〉의 의미 고찰, 『語文硏究』 135(韓國語文敎育硏究會, 2007.9), 187~211쪽에서 효소왕대와 죽지랑의 상관관계 입증을 시도하였다.

12 李文基, 『新羅兵制史硏究』(一潮閣, 1997), 255쪽.

13 盧泰敦, 「麗代의 門客」, 『韓國史硏究』21·22(韓國史硏究會, 1978), 43~44쪽 ; 李文基, 「신라 중고의 육부에 관한 일고찰」, 『歷史敎育論集』1(역사교육학회, 1980), 68~69쪽 참조.

14 全德在, 『新羅六部體制硏究』(一潮閣, 1996), 118쪽 ; 蔡雄錫, 『高麗時代의 國家와 地方社會 -'本貫制'의 施行과 地方支配秩序』(서울대학교출판부, 2000), 23~24쪽 참조.

15 全德在, 앞의 책(1996), 118~125쪽 참조.

16 辛鍾遠, 斷石山神仙寺 造像銘記에 보이는 彌勒信仰 集團에 대하여-신라 中古期의 王妃族 岑喙部, 『歷史學報』 143(歷史學會, 1994), 1~26쪽 ; 신종원, 『삼국유사 새로 읽기 (1)』-紀異篇(일지사, 2004), 187쪽.

17 李文基, 「新羅 中古의 六部와 王統」, 신라문화제 학술발표회 논문집8 『新羅社會의 新硏究』(동국대학교 신라문화연구소, 1987), 85~86쪽.

18 朴海鉉, 앞의 논문(1996), 56쪽 ; 南武熙, 앞의 논문(2002), 131~133쪽.

19 신종원, 앞의 책(2004), 192~195쪽 참조; "若一念頃受八戒齋 修諸淨業發弘誓願 命終之後"(「觀彌勒菩薩上生兜率天經」, 『大正藏』 14, 420쪽).

20 "佳有菩薩戒弟子岑珠"(金煐泰 編, 「新羅斷石山神仙寺(上人巖)造像銘記」, 『三國新羅時代佛敎金石文考證』, 民族社, 1992, 340쪽).

21 풍기읍(豊基邑) 수철동(水鐵洞) 권점봉(權占鳳)의 구연에 따르면, 죽지미륵각 터에 석탑이 있었고 수철동 사람들이 정월보름날 자정에 보살각과 미륵각, 산신각에 제사를 올렸다(최현, 「모죽지랑가를 찾아 30년」, 『榮州文學硏究』 창간호, 九曲詩文學會·榮州文學硏究會, 200, 8쪽) 하므로 죽지령은 경북 풍기와 충북 단양을 가르는 '죽령'이다.

22 “或於釋迦文佛所 受八關齋法 來至我所”(『佛說彌勒下生經』, 『大正藏』 14, 422쪽).

23 김승동 편저, 『佛敎·印度思想辭典』(부산대학교출판부, 2001), 529쪽.

24 李道學, 「新羅 花郎徒의 起源과 展開過程」, 『정신문화연구』 38(정신문화연구원, 1990), 16쪽 참조 ; 李基白, 『新羅思想史硏究』(一潮閣, 1986), 17~18쪽 ; 신종원, 앞의 책(2004), 192쪽.

25 一然, 최광식·박대재 역주, 『삼국유사』 1(고려대출판부, 2014), 441쪽.

26 “익선의 잘못으로 모량부원 전체에게 불이익을 주는 것은 중국을 비롯한 동양 전통사회에서 흔히 발견되는 지역적(地域的) 연좌제(連坐制)를 닮았다.”(朱甫暾, 「新羅時代의 連坐制」, 『大邱史學』 25, 大邱史學會, 1984, 30~32쪽).

27 李文基, 신라 중고의 육부에 관한 일고찰, 『歷史敎育論集』 1(역사교육학회, 1980), 70~85쪽 참조.

28 신종원, 앞의 책(2004), 203~205쪽 참조 ; “모량부(毛梁部) 세력은 중고말(中古末) 사륜계(舍輪系)와 김유신계의 등장으로 위축되면서 반 효소왕 세력이 되어, 모량부와 박씨족은 후에 성덕왕을 옹립하는 중심 세력이 된다.”(박해현, 「新羅 聖德王代 정치세력의 추이」, 『韓國古代史硏究』 31, 韓國古代史學會, 2003, 346~347쪽).

29 신동흔, 慕竹旨郎歌와 죽지랑 이야기의 재해석, 『冠嶽語文硏究』 15(서울대학교 국어국문학과, 1990), 190~191쪽 ; 최광식 외 역주, 『삼국유사』(고려대학교 출판부, 2014), 441쪽.

30 김대문 저, 이종욱 역주, 『화랑세기－신라인의 신라 이야기』(소나무, 1999), 161쪽.

31 “靑山漠漠水泠泠 天上星臨地下靈 一曲薤歌聲漸遠 此生無復見儀形”(李穡, 哭李鷹揚 元富, 『牧隱藁』 권30 ; 『文叢』 4, 425쪽).

32 황패강, 『향가문학의 이론과 해석』(일지사, 2001), 382~383쪽.

33 “세속에서 기일의 전날 밤을 大夜라 한다.”(한국불교대사전편찬위원회, 『한국불교대사전』 1, 寶蓮閣, 1982, 701쪽), “다비하는 전날 밤을 大夜라 하여 밤새도록 자지 않고 靈을 모시고 따르겠다는 의미를 담아 伴夜라고 한다.”(한국불교대사전편찬위원회, 『한국불교대사전』 2, 寶蓮閣, 1982, 366~367쪽), “‘체야(逮夜)‘에서 ’체(逮)‘는 ’급(及)‘의 뜻이니 명일 다비에 이르는 밤이라는 의미이다. 곧 다비의 전날 밤, 지금은 보통 금일(命日), 즉 기일(忌日)의 전날 밤을 말한다.”, “태야(迨夜)에서 ‘태’는 ~에 이른다는 뜻이니 ‘태야’는 다음날의 다비(화장)에 이르는 밤이라는 뜻이니, 화장 의례의 전날 밤을 뜻한다. 금일에는 법요의 전야라고 한다.”(한국불교대사전편찬위원회, 『한국불교대사전』 6, 寶蓮閣, 1982, 511쪽, 695쪽).

34 “증별야(贈別夜)는 다비식의 전날 밤으로, 떠나가는 사람을 보내드리는 밤”이란 뜻이다.(한국불교대사전편찬위원회, 위의 책(1982), 224쪽).

35 “入滅 第三日荼毘 先第二日晩夜 此時 名大夜 大夜之義 謂只此一夜之留 明日出而不歸也 故慇懃供養小師 圍繞 終夜不寐 名曰 伴夜 唯誦金剛經鳴磬”(『大鑑淸規』 ; 韓國佛敎大辭典編纂委員會, 『韓國佛敎大辭典』2, 寶蓮閣, 1982, 366~367쪽).

꽃을 꺾어 바치옵니다

1 “鏡奴外憂內喜 先試羅女 卽折花枝詣窓外 羅女悽然泣下 忽見壁上鏡裡 人影影之 牕隙視之 則鏡奴折抱花枝 獨立門外 羅女怪而問之 鏡奴曰 ‘娘子欲翫此花 故未衰之前折來 宜受一翫’ 羅女太息不受 鏡奴慰之曰 鏡裡影落之人 反使娘子無憂矣 勿憂速受此花 羅女聞其言 頗起之 掩面受花 羞愧而入 告父母前曰 …(後略)…”(崔孤雲傳 ; 林明德, 『韓國漢文小說全集』 卷4, 國學資料院, 1999, 443쪽).

2 普忠良·楊庆文·張柄廷, 中國少數民族風情游叢書 『彝族』(中國水利水電出版社, 2004), 63~64쪽.

3 男 “高高山上一道巖 巖上一朵馬櫻開 彝族最美的姑娘啊 請你給我一朵鮮花戴…”, 女 “高高山上一道巖 好花常在高山開 不上高山無花採 上得高山花自來”(汪玢玲·張志立 主編, 『中國民俗文化大觀』(上), 吉林人民出版社, 1999. 50~51쪽).

4 “芦笙響, 山花開, 曼兒馬若跳歌來 二月初八插花節 歡歌笑語滿彝寨 櫻花紅 茶花香 姑娘採花攀石巖 茶花採來頭上戴 櫻花採來送情郎”(汪玢玲·張志立 主編, 위의 책, 같은 쪽).

5 “插花節是當地彝族人民習俗中最隆重的節日 通過相互插花表示祝賀 标志一年一度的春天又來到了人間 人畜興旺 五穀丰登 在新的一年里人们生活將像春天一样的美好 而也是青年男女愛情的節日 在这一天 有許多鍾情的青年男女 互相插花爲訂婚禮 小伙子把一朵朵鮮艷的山茶花插在姑娘的包頭上 姑娘也把一朵朵馬櫻花插在小伙子吹的芦笙上 相互表示着眞摯純洁的愛情 他们邊插花邊唱道”(汪玢玲·張志立 主編, 위의 책, 같은 쪽).

6 “景德王立 諱憲英 孝成王同母弟 孝成無子 立憲英爲太子 故得嗣位 妃伊湌順貞之女也”(『三國史記』 新羅本紀 景德王 元年).

7 “貢調使薩湌金奏勳等奏稱 順貞以去年六月卅日卒 哀哉 賢臣守國 爲朕股肱 今也則亡 殲我吉士 故贈賻物黃絁一百疋 綿百屯 不遺尓績 式獎遊魂”(『續日本記』 卷9, 聖武天皇 神龜 3年 秋7月).

8 “本國上宰金順貞之時 舟楫相尋 常脩職貢 今其孫邕 繼位執政 追尋家聲 係心供奉”(『続日本紀』 卷33 宝亀 五年三月 癸夘); 鈴木靖民, 金順貞·金邕論-新羅政治史の一考察, 『朝鮮學報』 45, 朝鮮學會, 1967, 22~23쪽 참조.

9 金壽泰, 「統一新羅期 專制王權의 崩壞와 金邕」, 『歷史學報』 99·100(歷史學會, 1983), 133쪽, 137쪽.

10 황병익, 三國遺事 水路夫人 條와 〈獻花歌〉의 意味 再論, 『韓國詩歌研究』 22(韓國詩歌學會, 2007.5), 20~23쪽, 32~35쪽에 성덕왕대의 시대적 배경과 헌화가의 주제에 대한 상론을 제시하였다.

잣나무가 신라의 앞날을 근심하다

1 金聖基, 「怨歌의 해석」, 『한국고전시가작품론 1』(集文堂, 1992), 116쪽.

2 尹榮玉, 「信忠掛冠과 怨歌」, 『三國遺事의 문예적 研究』(새문사, 1982), Ⅰ-133쪽.

3 金尙憶, 『鄕歌』(한국자유교육협회, 1974), 457쪽 ; 朴喜璡, 『散花歌 신향가집』(佛日出版社,

1988), 21쪽.

4 "孝成王潛邸時 與賢士信忠 圍碁於宮庭栢樹下 嘗謂曰 他日若忘卿 有如栢樹 信忠興拜 隔數月 王卽位賞功臣 忘忠而不第之 忠怨而作歌 帖於栢樹 樹忽黃悴 王恠使審之 得歌獻之 大驚曰 萬機鞅掌 幾忘乎角弓 乃召之賜爵祿 栢樹乃蘇"(『三國遺事』 卷5, 避隱, 信忠掛冠).

5 "孝成王 聖德王第二子 母炤德王后 聖德王薨卽位, 以伊湌貞宗爲上大等 阿湌義忠爲中侍, 三年春正月 中侍義忠卒 以伊湌信忠爲中侍"(『三國史記』 新羅本紀 第9, 孝成王).

6 "十六年春正月 上大等思仁病免 伊湌信忠爲上大等"(『三國史記』 新羅本紀 第9, 景德王).

7 李基白, 「新羅 執事部의 成立」, 『新羅政治社會史硏究』(一潮閣, 1974), 152쪽.

8 李基東, 「新羅 興德王代의 政治와 社會」, 『國史館論叢』 21(國史編纂委員會, 1991), 99쪽.

9 신형식, 『新羅史』(이화여자대학교 출판부, 1985), 140쪽.

10 金昌謙, 『新羅 下代 王位繼承 硏究』(景仁文化社, 2003), 269쪽.

11 金昌謙, 위의 책(2003), 274쪽.

12 申瀅植, 『新羅史』(이화여자대학교 출판부, 1985), 136쪽.

13 李基白, 「上大等考」, 『新羅政治社會史硏究』(一潮閣, 1974), 123쪽.

14 金昌謙, 앞의 책(2003), 235쪽 ; 申瀅植, 『統一新羅史硏究』(한국학술정보, 2004), 162쪽.

15 申瀅植, 『統一新羅史硏究』(한국학술정보, 2004), 161~162쪽.

16 金壽泰, 『新羅中代政治史硏究』(一潮閣, 1996), 92쪽 ; 박해현, 『신라 중대 정치사연구』(국학자료원, 2003), 112~113쪽.

17 金壽泰, 위의 책(1996), 86쪽, 96~97쪽.

18 曺凡煥, 「王妃의 交替를 통하여 본 孝成王代의 政治的 動向」, 『韓國史硏究』 154(한국사연구회, 2011), 38쪽.

19 金壽泰, 앞의 책(1996), 90~95쪽.

20 李基白, 「統一新羅와 渤海의 社會」, 『韓國史講座』 古代篇(一潮閣, 1982), 310~311쪽, 314~315쪽.

21 金壽泰, 앞의 책(1996), 97쪽.

22 金壽泰, 「전제왕권과 귀족」, 『한국사』 9(국사편찬위원회, 1998), 101~104쪽.

23 "후한(後漢) 봉맹(逢萌)이 왕망(王莽)의 신하 되기를 꺼려 동도(東都)의 성문에 의관을 걸어놓고 요동으로 떠났다는 고사와 남조양(南朝梁)의 도홍경(陶弘景)이 시독(侍讀)을 지내다가 집이 가난하여 지방 수령으로 보내줄 것을 청하였으나 받아들여지지 않자 조복(朝服)을 신무문(神武門)에 걸어놓고 떠난 고사에서 유래한 말이다."(晉 袁宏 『後漢紀』 光武帝紀 5 "(逢萌) 聞王莽居攝 子宇諫莽殺之 萌會友人曰 三綱絶矣 禍將及人 卽解衣冠 挂東都城門 將家屬客於遼東", 檀國大學校 附設 東洋學硏究所 編, 『漢韓大辭典』 5, 檀國大學校出版部, 2002, 1169쪽).

24 李基東, 『新羅骨品制社會와 花郞徒』(一潮閣, 1984), 153쪽.

25 황패강, 『향가문학의 이론과 해석』(일지사, 2001), 424쪽.

26 성호경, 『신라 향가 연구 –바른 이해를 위한 탐색』(태학사, 2008), 100~101쪽.

27 류렬, 앞의 책(2003), 194쪽.

28 尹榮玉,『新羅詩歌의 硏究』(螢雪出版社, 1991), 212쪽.

29 朴魯埻,『新羅歌謠의 硏究』(悅話堂, 1982), 159쪽.

30 서철원,『향가의 역사와 문화사』(지식과교양, 2011), 181쪽.

31 김승찬,『신라 향가론』(부산대학교 출판부, 1999), 186~187쪽.

32 "말간 달빛이 비치는 곳은 밝은 세상, 곧 임금의 세상이고, 어둡고 침침한 수면 아래의 세상은 버림받은 신충의 세상이며, 그 사이에 가로막힌 일렁이는 수면은 바로 현실정치인 것이다."라고 하였다.(박재민,「怨歌의 재해독과 문학적 해석」,『民族文化』34, 한국고전번역원, 2010.1, 261~262쪽).

33 신재홍,「원가와 만전춘별사의 궁원 풍경」,『국어교육』138(한국어교육학회, 2012), 214쪽.

34 "遠看還似雪花飛 弱質由來不自持 聚散只憑潮浪簸 高低況被海風吹"(崔致遠, 沙汀,『桂苑筆耕』卷20, 詩).

35 "顧臣素有貞疾 源委旣深 藥餌無效 譬如退潮之沙 演漾無定 經霜之草 委靡不振 則寧犯明時逋慢之罪 不敢爲今日呈身之計 獲戾自大 難以自贖"(『承政院日記』고종 38년 12월 ;『승정원일기』고종 191, 민족문화추진회, 2003, 178~179쪽).

36 "歷路辭別 不禁屏營 … 鏞遽投闤闠中 消受諸般滾汨 恐此心隨卽放倒 惶懼不知所出 兼之駭浪飛沙 尙未妥帖 種種亂心皺眉之說 時來入耳 此于涵養天和 大有妨礙"(『茶山詩文集』卷19, 書, 與蔓溪).

37 "碑旣鐫石之明年 臣與叙 俱爲讒邪 所搆 或流或貶 朝士 皆忌惡臣等 百喙攻擊 必欲置之死地以滿 讎"(崔惟淸, 先覺國師碑陰記,『先覺國師碑銘』, 奎章閣 microfilm 81-103-455-G, 6쪽).

38 해석은 다르지만 '이지여지(以支如支)'를 "-이기 다히", "이기다히"라는 독법(홍기문,『향가해석』, 조선민주주의인민공화국 과학원, 1956, 288쪽 ; 신재홍,『향가의 해석』, 집문당, 2000, 281쪽)이 이와 같은 구절 풀이의 근거가 될 수 있겠다.

39 "端宗癸酉柳忽枯或戱柳誠源曰禍必自柳始 未幾果驗"(『增補文獻備考』卷11, 象緯考11, 草木異).

40『增補文獻備考』卷11, 象緯考11, 草木異.

41 "禮曹啓 昨日風雨 聖廟東庭松栢各一株折傷 請慰安祭 來十二日設行 允之"(『영조실록』권109, 영조 43년(1767) 8월 9일 경오 4번째 기사).

42 "二十一年 春二月 宮中大槐樹自姑 三月 左輔屹于卒 王哭之哀"(『三國史記』百濟本紀1 多婁王 21年).

43 허영순,『우리 고대사회의 무속사상과 가요』(세종출판사, 2007), 219쪽 참조.

44 신상철,「잣나무 해충의 생태와 방제법」,『잣나무의 생태와 문화』(숲과 문화, 2006), 144쪽.

45『선조실록』권2, 선조 1년(1568) 9월 21일 정묘 2번째 기사.

46 李丞南,「삼국유사 신충괘관 조의 의미소통과 향가 원가의 정서적 지향」,『韓國思想과 文化』46(한국사상문화학회, 2007), 167~168쪽 참조.

47 成武慶,「〈怨宮庭栢歌〉가 亡失한 後句의 시적 가능성에 대하여」; 반교어문학회,『신라가요의 기반과 작품의 이해』(보고사, 1998), 519쪽 참조.

48 이은상,「향가의 가요사적 지위」,『현대평론』1929.3 ; 李基白, 景德王과 斷俗寺 怨歌,『新羅

政治社會史硏究』(一潮閣, 1974), 224쪽.

49 金鍾雨, 『鄕歌文學硏究』(이우출판사, 1980), 172~174쪽 ; 윤영옥, 信忠掛冠과 怨歌, 『삼국유사와 문예적 가치 해명』(새문사, 1982), 118~139쪽.

50 金烈圭, 「怨歌의 樹木(栢) 象徵」, 『국어국문학』 18(국어국문학회, 1957), 110쪽.

51 金學成, 『한국고전시가의 연구』(원광대 출판국, 1980), 244~245쪽.

52 黃浿江, 「信忠怨樹譚의 神話的 考察」, 『韓國敍事文學硏究』(단국대출판부, 1972), 196~198쪽.

53 허영순, 앞의 책(2007), 211쪽.

54 林基中, 『新羅歌謠와 記述物의 硏究－呪力觀念을 中心으로』(半島出版社, 1981), 119쪽.

55 全圭泰, 『論註 鄕歌』(정음사, 1976), 275쪽.

56 이재선, 「신라 향가의 어법과 수사」, 『향가의 어문학적 연구』(서강대, 1972), 149쪽.

57 朴魯埻, 『新羅歌謠의 硏究』(悅話堂, 1982), 156~157쪽.

58 김혜진, 「〈원가〉의 서정성 연구」, 『태릉어문연구』 14(서울여자대학교 인문과학대학 국어국문학과), 18쪽.

59 J.G.Frazer, 장병길 역, 『황금가지 Ⅰ』(삼성출판사, 1990), 163쪽.

60 J.G.Frazer, 위의 책(1990), 50쪽.

61 정열모, 『향가연구』(사회과학원출판사, 1965), 251쪽.

62 徐在克, 『新羅 鄕歌의 語彙 硏究』(啓明大學校 韓國學硏究所, 1975), 48쪽.

63 金榮洙, 怨歌, 『鄕歌文學硏究』(一志社, 1993), 386쪽.

64 황패강, 『향가문학의 이론과 해석』(일지사, 2001), 427쪽.

65 尹榮玉, 「信忠掛冠과 怨歌」, 『三國遺事의 문예적 硏究』(새문사, 1982), Ⅰ-139쪽 ; 金榮洙, 怨歌, 『鄕歌文學硏究』(一志社, 1993), 390쪽.

66 金聖基, 怨歌의 해석, 『한국고전시가작품론 1』(集文堂, 1992), 121쪽.

67 朴魯埻,『新羅歌謠의 硏究』(悅話堂, 1982), 160~161쪽.

68 "萬章問曰 舜往於田 号泣於旻天 何爲其号泣也 孟子曰 怨慕也 怨慕 怨己之不得其親而思慕也"(『孟子』 萬章 上).

69 "我竭力耕田 恭爲子職而已矣 父母之不我愛 於我何哉"(『孟子』 萬章 上).

70 "妾有羅衣裳 秦王在時作 爲舞春風多 秋來不堪著"(沈德潛 엮음, 서성 옮김, 『당시별재집』 5, 소명출판, 2013, 264쪽).

71 "漢宮班婕妤寵眷旣衰 託興於紈扇 謂其得寵之時 如扇出入於君之懷抱衣袖間 一旦愛衰 則如秋至風凉 廢棄於篋笥中 恩愛絶矣"(『古文眞寶』 卷2).

72 "失樂之情 其樂不樂 樂不樂者 其民必怨 其生必傷 高誘注 怨 悲"(『呂氏春秋』 侈樂).

도道를 닦으며 극락에서 만날 날을 기약합니다

1 "故로 當其問ᄒᆞ시고 行解不二ᄒᆞ샤 卽是毗盧遮那ㅣ시니 是爲三聖이시니 故로 次文殊ᄒᆞ시니라"(『圓覺 經諺解』 上一之二 ; 『역주 원각경언해』, 세종대왕기념사업회, 2004, 71~72쪽).

2 "入道ᄂᆞᆫ 以見性ᄋᆞ로 爲本ᄒᆞ고 了法이 次之ᄒᆞ니 蓋雖見性ᄒᆞ야도 不了萬法ᄒᆞ면..."(『楞嚴經諺解』 卷4 ; 『능엄경언해』, 大提閣, 1985, 185쪽).

3 황병익, 〈祭亡妹歌〉의 의미 재고찰, 『어문론총』 61(한국문학언어학회, 2014), 202~203쪽.

4 구미래, 『한국인의 죽음과 사십구재』(민속원, 2009), 360~361쪽.

5 "生滅相續 生死死生生生死死 如旋火輪 未有休息"(唐天竺沙門般剌蜜帝 譯, 『楞嚴經』 卷3).

6 韓國佛敎大辭典編纂委員會 編, 『韓國佛敎大辭典 3』(寶蓮閣, 1982), 500~501쪽.

7 구미래, 위의 책(2009), 360~361쪽.

8 "生死爲此岸 涅槃爲彼岸 而不能渡檀之彼岸"(『大智度論』 卷12, 大智度論釋初品中檀波羅蜜法施之餘).

9 韓國佛敎大辭典編纂委員會 編, 『韓國佛敎大辭典』 6(寶蓮閣, 1982), 875쪽.

10 서경수, 『밀린다왕문경』(동국역경원, 1983), 367쪽.

11 배영기, 『죽음에 대한 문화적 이해』(한국학술정보, 2006), 217~218쪽.

12 尹榮玉, 『新羅詩歌의 硏究』(螢雪出版社, 1980), 71쪽.

13 李在銑, 「新羅鄕歌의 語法과 修辭」, 『鄕歌의 語文學的 硏究』(西江大人文科學硏究所, 1972), 166쪽.

14 김수경, 「향가에 나타난 죽음인식의 두 양상-〈모죽지랑가〉와 〈제망매가〉를 중심으로」, 『이화어문논집』 11(이화여대 이화어문학회, 1990), 227쪽.

15 허암, 『불교에서의 죽음 이후, 중음 세계와 육도윤회』(예문서원, 2015), 39쪽, 87쪽.

16 "正使經劫住 終歸當別離 異體而和合 理自不常俱"(김달진, 大般涅槃品 제26, ; 金達鎭全集 9 『붓타차리타』, 문학동네, 2008, 464쪽).

17 『佛說四諦經』; 월운, 『佛說泥洹經』(東國譯經院, 1995), 516쪽.

18 "曉布薩受戒 臨尸祝曰 莫生兮其死也苦 莫死兮其生也苦 (蛇)福曰 詞煩 更之曰 死生苦兮"(『三國遺事』 卷4, 義解 第5, 蛇福不言).

19 마스타니 후미오 지음, 이원섭 옮김, 『불교개론』(현암사, 1991), 86쪽.

20 BBS 편성제작국, 『알기 쉬운 불교』(불교방송 출판부, 1992), 312쪽 참조.

21 서정형, 철학사상 별책 제2권 2호, 『밀린다팡하 –철학텍스트들의 내용 분석에 의거한 디지털 지식 자원 구축을 위한 기초적 연구』(서울대학교 철학사상연구소, 2003), 70쪽.

22 서경수, 『밀린다왕문경』(동국역경원, 1983), 342쪽.

23 김종우는 일찍이 〈제망매가〉를 사제, 8성도와 연관 지어 설명하였다. "고제(苦諦)와 집제(集諦)는 현실무상의 과(果)와 인(因)을 말하고, 멸제(滅諦)와 도제(道諦)는 이 무상(無常)의 현실을 지양하고, 상락(常樂)의 세계로 전환하는 방법과 목적을 말한다." 이어령도 〈제망매가〉의 구절을 '사제의 언설'로 설명한 바 있다.(김종우, 『鄕歌文學硏究』, 二友文化社, 1983, 74~82쪽 ; 李御寧, 新羅人의 Glocalism-〈제망매가〉의 분석을 모형으로, 제1회 동아시아 비교문학 국제학술대회 발표요지 2쪽, 『불교신문』 235, 1997.7.1.).

24 마하시 아가 마하 빤디따 지음, 김한상 옮김, 『초전법륜경』(행복한 숲, 2011), 137~138쪽, 423쪽.

25 이자랑·이필원 글, 배종훈 그림, 『도표로 읽는 불교입문』(민족사, 2016), 72~73쪽.

26 "嗟乎 姊氏新嫁 曉粧如昨日 余時方八歲 嬌臥馬驟效婿語 口吃鄭重 姊氏羞 墮梳觸額 余怒啼以墨和粉 以唾漫鏡", "泣念墮梳 獨幼時事歷歷 又多歡樂 歲月長 中間常苦離患 憂貧困 忽忽如夢中 爲兄弟之日 又何甚促也"(朴趾源, 伯姊贈貞夫人朴氏墓誌銘,『燕巖集』 卷2; 신호열, 김명호 옮김, 국역『연암집』, 민족문화추진회, 2005, 237~239쪽).

27 "佛於此座轉正法輪 謂是苦 苦聖諦 謂是集 集聖諦 謂是滅 滅聖諦 謂是道 道聖諦"(三藏鳩摩羅什, 456『佛說彌勒大成佛經』;『大正新修大藏經』14, 431쪽).

28 "爾時世尊 告衆會曰 世皆無常 苦空非身 無有堅固 如幻如化 如熱時炎 如水中月 命不久居 汝等諸人 勿見此火 便以爲熱 諸欲之火 極復過此 是故汝等 當自勸勉 永離生死 乃得大安"(512『佛說淨飯王涅槃經』;『大正新修大藏經』14 經集部1, 大正新修大藏經刊行會, 1971, 783쪽).

29 구미래, 앞의 책(2009), 360쪽.

30 『수행지도경』 제1 집산품;『維摩經 外』(동국역경원, 1986), 153쪽.

31 中村 元 저, 鄭泰爀 옮김,『原始佛敎 - 그 思想과 生活』(東文選, 1993), 134쪽.

32 정준영 외,『죽음, 삶의 끝인가 새로운 시작인가』(운주사, 2011), 66~78쪽.

미륵이시여 우리를 지켜주소서

1 林基中,『新羅歌謠와 記述物의 研究』―呪力觀念을 중심으로(半島出版社, 1981), 281쪽.

2 조동일, 제2판『한국문학통사』(지식산업사, 1989), 152쪽 ; 제3판(1994), 165쪽 참조.

3 吉野正敏 外,『氣候學·氣象學辭典』(二宮書店, 1985), 166쪽.

4 黃柄翊,『三國遺事』 二日竝現과 〈도솔가〉의 의미 고찰,『語文研究』 115(韓國語文教育研究會, 2002.9), 151~164쪽에서 이에 대한 상론을 펼쳤다.

5 "辰時 日暈兩珥 巳時午時 日暈兩珥 暈上有冠 冠上有背 色皆內赤外靑 白虹貫日"(『승정원일기』 영조 24년(1748) 10월 16일 정유).

6 "傑公之言 則曰有緇褐僧到門乞食云云 業門者舊今之所說 則云公每趂日飯一僧 屬其奴曰 汝出求僧 先遇者是有緣僧也 必以是邀之 奴一日出求僧 有僧衣裳襤褸 形貌極醜 奴避而不邀 更覓他僧 則又其僧出見之 如是者數四 奴嫌其醜 便不肯邀之 還以狀白於公 公怒曰 是吾所謂有緣僧也 汝速去邀之 奴出見 又其僧在焉"(『동문선』 권67 ; 민족문화추진회, 국역『동문선』 6, 솔출판사, 1998, 152쪽).

7 "爾時世尊 告衆會曰 世皆無常 苦空非身 無有堅固 如幻如化 如熱時炎 如水中月 命不久居 汝等諸人 勿見此火 便以爲熱 諸欲之火 極復過此 是故汝等 當自勸勉 永離生死 乃得大安"(512『佛說淨飯王涅槃經』;『大正新修大藏經』14 經集部1, 大正新修大藏經刊行會, 1971, 783쪽).

8 "謂因緣生之法也 因緣所生之法如鏡花水月 無其實性 雖無實性 然非虛無之法 因之對於龜毛兎角之無法 比於眞如法性之實有 而名之爲假有"(中國佛書刊行會 編(1975),『佛教辭典』, 寶蓮閣, 1222쪽 참조).

9 "成宗 八年九月甲午 彗星見 赦 王責己修行 養老弱恤孤寒 進用勳舊 褒賞孝子節婦 放逋懸蠲欠負 彗不爲灾"(『高麗史』 卷47, 志1, 天文1).

10 "十一月癸亥 輔臣 以彗星已滅 表請御正殿 復常膳 從之"(『高麗史』 卷4, 世家4, 顯宗1).

11 "惠恭王 二年(766) 春正月 二日並出 大赦 二月 王親祀新宮"(『三國史記』 卷9, 新羅本紀9, 惠恭王 2年 春正月).

12 "大王 遊開雲浦 王將還駕 晝歇於汀邊 忽雲霧冥曀 迷失道路 怪問左右 日官奏云 '此東海龍所變也, 宜行勝事以解之.' 於是 勅有司 爲龍創佛寺近境 施令已出 雲開霧散"(『三國遺事』 卷2, 紀異2, 處容郎望海寺2).

13 "天地怪異 二十八宿星道日月失時失度 多有賊起大王 若火難水難風難一切諸難 亦應講讀此經"(姚秦三藏鳩摩羅什譯, 護國品, 『佛說仁王般若波羅蜜經』 卷下 ; 大正新修 『大藏經』 卷8, 般若部4, 大正一切經刊行會, 1924, 830쪽).

14 "景德王 天寶十二年癸巳 夏大旱 詔入內殿 講金光經 以祈甘霔 …及晝講時 捧爐默然 斯須井水湧出 高七丈許與刹幢齊"(『三國遺事』 卷4, 義解5, 賢瑜珈 海華嚴).

15 "顧惟凉德 叨據丕基 不能體春秋之一元以養萬物 不能用洪範之五事以調庶徵 夙夜思惟淵冰恐懼 況又日官有諗 天象可驚 赤枝偃蹇以干霄 白暈輪囷而逼日 不識令玆之異 終爲何所之災 數有未通 疑誰能決 欲豫防於厄會 須仰託於法門 式展妙科 祇陳香供 禮金仙之睟相 繙寶藏之微言 翼此精誠 通于覺照"(金富軾, 消災道場疏, 『東文選』 卷110).

16 洪潤植, 「三國時代의 佛教信仰儀禮」, 崇山朴吉眞博士 華甲記念 『韓國佛教思想史』, 圓光大 出版部(1975/1986) ; 『韓國密教學論文集』, 大韓佛教眞覺宗, 855쪽 : "王疾 醫禱無效 於皇龍寺設百高座 集僧 講仁王經 許度僧一百人"(『三國史記』 卷5, 新羅本紀5, 善德王 5年, 春正月).

17 "第三十三 聖德王 神龍二年丙午歲 禾不登 人民飢甚 …(中略)… 王爲太宗大王創奉德寺 設仁王道場七日 大赦"(『三國遺事』 卷2, 紀異2, 聖德王1).

18 "言念眇冲 夙叨艱大 政未張於琴瑟 動味變通 民方隨於溝坑 罔圖 拯濟 紀綱所紊怪異滋彰 忽遭赫赫之災精 大掃陳陳之積稟 萬民生命 一旦寒灰 此尙疚於中懷 而未遑於假寐 矧靈臺之觀象 多星度之失躔 熒惑入羽林而迕行 大陰與木曜而同舍 未識如玆之譴 終爲何等之祆 旣往之災 雖甘受天威之難避 未然之患 庶確憑佛力以逆消 玆扣勝門 覬蒙眞蔭 結香泥之界 虔敞梵筵 繙玉軸之文 特宣密藏 熏功纔集 慧鑒已通 伏願五緯徇常 八風協候 干戈韜戢 坐臻萬戶之晏眠 禾稼豊穰 遄復千囷之露積 胡虜絶窺窬之志 邦家延攸久之基"(李奎報, 「消災道場疏」, 『東文選』 卷110).

19 馬鳴 지음, 지안 옮김, 『대승기신론』(지식을 만드는 지식, 2011), 136쪽.

20 "言眞如者 無遣曰眞 無立曰如 如下文云 此眞如體無有可遣 以一切法悉皆眞故 亦無可立 以一切法皆同如故 當知一切法不可說不可念 故名爲眞如"(원효 저, 은정희 역주, 앞의 책, 51~52쪽).

21 "離心緣相 畢竟平等 無有變異 不可破壞 唯是一心 故名眞如"(馬鳴 지음, 지안 옮김, 앞의 책, 16쪽).

22 "第二顯發心之相 … 初中言直心者 是不曲義 若念眞如 則心平等 更無別岐 何有迴曲 故言正念眞如法故"(원효 저, 은정희 역주, 앞의 책, 335~336쪽).

23 "直心者 謂向理之心 無別岐路故 即二行之本", "深心者 備具萬德 歸向心源 即自利行本", "大悲心者 廣拔物苦 令得菩提 即利他行本"(『起信論疏記會閱』 卷9, 大乘起信論疏筆削記會閱 卷9).

24 조현설, 두 개의 태양, 한 송이의 꽃-월명사 일월조정서사의 의미망,『민족문학사연구』 54(민족문학사연구소, 2014), 137쪽.

25 “其年孟冬 建燈樓已 至十一月四日 邀請公山桐寺弘順大德爲座主 設齋慶讃 有若泰然大德 靈達禪大德 景寂禪大德 持念緣善大德 興輪寺融善呪師等 龍象畢集 莊嚴法筵”(崔致遠, 新羅壽昌郡護國城八角燈樓記,『孤雲集』卷1 ;『文叢』1, 166쪽).

26 “十六日 山院起首講法花經 限來年正月十五日 爲其期 十方衆僧 及有緣施主 皆來會見 就中聖琳和尙 是講經法主 更有論義二人僧頓證 僧常寂 男女道俗 同集院裏 白日聽講 夜頭禮懺 聽經及次第 僧等其數卌來人也 其講經禮懺 皆據新羅風俗”(圓仁,『入唐求法巡禮行記』卷2, 文海出版社, 1976, 39쪽 ; 圓仁 지음, 申福龍 역,『入唐求法巡禮行記』, 정신세계사, 1991, 118쪽).

27 “廿四日辰時 西池寺講起信論 座主謙幷先後三綱等 進來船上 慰問遠來兩僧 筆書通情“(圓仁, 위의 책, p.5) ; 圓仁 지음, 申福龍 역, 위의 책(1991), 30쪽).

28 “是名上座 座主 摭言曰 有司谓之座主 今释氏取学 解優贍颖拔者名座主 謂一座之主 古高僧呼講者爲高座 或是高座之主”(『釋氏要覽』上).

29 “以帝殊羅施爲之座主 當中心敷大蓮花座 座主卽是釋迦如來 頂上化佛 號佛頂佛 如其不以佛頂爲主 隨意所念諸佛 菩薩替位亦得 除其座主以外諸佛及菩薩等 皆在本位 而受供養”, “中心安置座主位已 次於內院東面 當中安般若波羅蜜多華座 次右邊安釋迦牟尼佛座二 次左邊安一切佛心佛座三 次於北面正當門中安大勢至菩薩座四 次右邊安觀世音母座五 次左邊安觀世音菩薩座六...”(大唐天竺三藏阿地瞿多譯,『佛說陁羅尼集經』卷12).

30 “於壇中心 安十一面觀世音以爲坐主 蓮華座上 安置輪形 次內院東面中央 安阿彌陁佛 佛右邊安釋迦牟尼佛 左邊安般若波羅蜜多”(『佛說陁羅尼集經』卷4, 觀世音 卷上, 十一面觀世音神呪經).

31 梁柱東, 訂補版『古歌硏究』(博文書舘, 1960), 538쪽.

32 “如是之後數千萬歲 彌勒當下世間作佛 天下泰平 毒氣消除 雨潤和適 五穀滋茂 樹木長大”(『佛說法滅盡經』卷1).

33 “國土咸富盛 無罰無災厄 彼諸男女等 皆由善業生”(『佛說彌勒下生成佛經』;『大正新修大藏經』卷14, 經集部1, 아름출판사, 1971, 426쪽).

34 韓國佛教大辭典編纂委員會,『韓國佛教大辭典』2(寶蓮閣, 1982), 296쪽.

35 韓國佛教大辭典編纂委員會,『韓國佛教大辭典』3(寶蓮閣, 1982), 223쪽.

36 “老年有佛可歸依 雷驚白日初麾塵 花散淸風未著衣”(李穡, 漆原尹侍中在報法寺 大作佛事 穡欲往觀 以病不果,『牧隱藁』卷22 ;『文叢』4, 295쪽).

잣나무 가지처럼 꼿꼿하신 그대여!

1 이완형, 〈讚耆婆郎歌〉에 숨겨진 의도와 노래의 기능,『어문학』96(한국어문학회, 2007), 221쪽.

2 이현우, 경덕왕대 향가 5수의 사상적 배경과 의미 분석 - 배경설화와의 관련 양상을 중심으로,『국제어문』73집(국제어문학회, 2017), 278쪽.

3 염나리, 〈찬기파랑가〉 이해를 위한 학습 활동 구성 연구 - 상징을 중심으로, 『국어교과교육연구』 29(국어교과교육학회, 2017), 57~59쪽.

4 서정목, 〈찬기파랑가〉 해독의 검토, 『서강인문논총』 40(서강대학교 인문과학연구소, 2014), 328~329쪽.

5 梁柱東, 訂補版 『古歌研究』(博文書舘, 1960), 318~372쪽 ; 梁柱東, 詳註 『國文學古典讀本』(博文出版社, 1948), 246~247쪽.

6 김완진, 『향가해독법연구』(서울대학교출판문화원, 1980), 81~92쪽.

7 "別離不下淚 未必皆丈夫 恐傷居者意 强顔作歡愉 旣已徑出門 誰使頻蜘蹰 皎如水中月 欲捉還覺無 人生多結識 亦復胡爲乎"(黃玹, 途中有懷寄茂亭, 『梅泉集』 卷2 ; 임정기 역, 도중에 회포가 있어 무정에게 부치다, 『매천집』 1, 한국고전번역원, 2010, 366쪽).

8 "心如水中月 汙泥何敢涴 不如飮美酒 長歌石上臥"(車天輅, 奉呈藥圃東皐 二首, 『五山集』 續集 卷1, 五言古詩 ; 『文叢』 61, 472쪽).

9 박수밀, 〈讚耆婆朗歌〉의 文學的 意味와 世界觀, 『東方學』 2(한서대 동양고전연구소, 1996), 69쪽.

10 양희철, 唐代批評으로 본 其意甚高와 〈찬기파랑가〉, 『韓國詩歌研究』 18(韓國詩歌學會, 2005), 43~76쪽.

11 "賢兄左丞 中庸處厚 大雅含淸 柱晴空而嶽頂無雲 瑩秋色而潭心有月 是得歷游華貫 輝綽令猷"(崔致遠 저, 이상현 옮김, 盧紹給事에게 보내는 글, 『桂苑筆耕集』 卷7, 別紙 ; 『계원필경집』 1, 한국고전번역원, 2009, 301쪽).

12 "顧悅與簡文同年 而髮蚤白 簡文曰 卿何以先白 對曰 蒲柳之姿 望秋而落 松柏之質 凌霜猶茂"(劉義慶 撰, 林東錫 譯註, 『世說新語』 1/4, 동서문화사, 2011, 212쪽).

13 "如松柏之茂 無不爾或承, 鄭玄箋 如松柏之枝葉常茂盛 靑靑相承 無衰落也"(『詩經』 小雅, 天保 ; 『詩經集傳』 卷9).

14 "臨難而不失其德 天寒旣至 霜雪旣降 君是以知松柏之茂也"(『莊子』 讓王).

15 "君言當矣 而吾父名我以竹竹者 使我歲寒不凋 可折而不可屈 豈可畏死而生降乎 遂力戰 至城陷 與龍石同死"(『三國史記』 卷47, 列傳7, 竹竹).

16 "歲寒然後 知松柏之後凋也"(『論語』 子罕).

17 "(庾信)曰 歲寒然後 知松栢之後彫 今日之事 急矣 非子誰能奮勵出奇 以激衆心乎"(『三國史記』 卷47, 列傳7, 丕寧子).

18 "是則竹柏異心而同貞 金玉殊質而皆寶也"(『文心雕龍』 第47, 才略).

19 "惟卿稟資精純 秉心堅確 諳練國典 識達義理 淸儉治民 夙著循吏之風 磊落出衆 蔚有宰相之體 長柏府而紀綱張 入廟堂而謀猷定"(『세종실록』 권26, 세종6년(1424) 12월 10일, 辛亥 2번째 기사).

20 "(初四月) 二十七日 辛酉 王世子 遣兼輔德李慶徽諭祭曰", "出按湖節 澤流一方 及長栢府 振肅頹綱 國子教胄 化贊菁莪"(金堉, 潛谷 年譜, 『潛谷遺稿』, 51쪽).

21 金聖基, 怨歌의 해석, 『한국고전시가작품론 1』(집문당, 1992), 117쪽.

22 "衆魔ㅣ 不能壞眞說이니 眞說ᄋᆞᆫ 長如栢在庭ᄒᆞ니라 幾見雪霜ᄋᆡ 凋萬木고마ᄅᆞᆫ 盤空聳檻ᄒᆞ

야 更靑靑ᄒᆞ도다" = "衆魔ㅣ 어루 眞說ᄋᆞᆯ 허디 몯ᄒᆞᄂᆞ니 眞說ᄋᆞᆫ 기리 자시 ᄠᅳᆯ헤 이숌 ᄀᆞᆮᄒᆞ니라 몟 마 눈과 서리의 萬木ᄋᆞᆯ ᄢᅥ러디게 호ᄆᆞᆯ 보아뇨마ᄅᆞᆫ 虛空애 서리며 軒檻애 소사나 가ᄉᆡ야 퍼러ᄒᆞ도다"(이유기, 역주『南明集諺解』, 세종대왕기념사업회, 2002, 232~233쪽).

23 "ᄠᅳᆯ헷 자시 서리와 눈과ᄋᆡ 것거디요ᄆᆞᆯ 닙디 아니ᄒᆞ야 ᄒᆞ오사 퍼러ᄒᆞ니 眞說이 이 ᄀᆞᆮ하야 魔外ᄋᆡ 허로ᄆᆞᆯ 닙디 아니ᄒᆞ야 그 體 구들시라"(이유기, 위의 책, 233쪽).

24 신재홍, 『향가의 연구』(집문당, 2017), 35쪽.

25 "比梁遺氣 魏花之孫 征虜功高 自居不毛 靑鳥山中 松柏長靑"(金大問 저, 이종욱 역주, 5세 斯多含, 『화랑세기 –신라인의 신라 이야기』, 소나무, 1999, 241쪽).

26 "世宗公終始獨守淸節 雖以美室之意 出將入相 淡然無私意", "自以爲一生事 平生未嘗責一人 誤一訟 眞花郎中花郎也", "贊曰 太后私子 相國寵胤 淸雅高標 花郎典型"(金大問 저, 이종욱 역주, 6세 世宗, 위의 책(1999), 247쪽).

27 "吾家世襲花郎足矣 又何用官乎 公淸潔自守 而娘主以太后愛女賞與甚多"(金大問 저, 이종욱 역주, 12세 菩利公, 위의 책(1999), 274쪽).

28 "人員均用三派 無至偏私", "而知公之至公無私"(金大問 저, 이종욱 역주, 24세 天光公, 위의 책(1999), 306~307쪽).

29 "釋家偈辭有云 秤頭不許蒼蠅坐 些子一傾失正平 彼類入頭 雖不正 然用意甚高"(柳重教, 大學說, 『省齋集』 卷24, 講說雜稿 ; 『文叢』 323, 570쪽).

30 "(기파랑의) 마음의 끝을 좇겠다고 한 것은 그 정신의 최고 경지, 그 정점에까지 도달하여 이를 자신의 삶의 지표로 삼겠다는 뜻이다."(박노준, 『옛사람 옛노래 향가와 속요』, 태학사, 2003, 148쪽).

31 梁柱東, 新羅歌謠의 文學的 優秀性, 『國學硏究論攷』(乙酉文化社, 1962), 28~29쪽.

32 이임수, 『향가와 서라벌 기행』(박이정, 2007), 140~141쪽.

33 "自利見臺 至二十乃里 爲四同二 自乃兒里 至月乃洞 爲五同", "嶺南諸邑 年分書員 所掌之界限 謂之同"(崔南善, 『東京雜記』, 朝鮮光文會, 1913, 23쪽 ; 민주면·이채·김건준 저, 조철제 옮김, 各同, 국역 『동경잡기』, 민속원, 2014, 224~225쪽).

34 "1991년 현지에 거주하는 노인들의 발음을 들어보면, '수모내, 수몬내, 시모내, 시무내' 등으로 다양하고, 또 '입천, 이십천'이라고도 한다."(이임수, 위의 책(2007), 140~141쪽).

35 이임수, 위의 책(2007), 141쪽.

36 권재선, 讚耆婆郎歌 語釋考, 『국어국문학』 89(국어국문학회, 1983), 84쪽.

37 金鍾雨, 『鄕歌文學硏究』(二友出版社, 1983), 95쪽 ; 尹榮玉, 『新羅詩歌의 硏究』(螢雪出版社, 1980), 45쪽.

38 梁柱東, 新羅歌謠의 文學的 優秀性, 『國學硏究論攷』(乙酉文化社, 1962), 26쪽.

39 지헌영, 善陵에 대하여, 『東方學志』 12(연세대 국학연구원, 1971), 147쪽.

40 梁柱東, 增訂 『古歌硏究』(一潮閣, 1965), 342쪽.

41 崔喆, 『鄕歌의 본질과 시적 상상력』(새문社, 1983), 198쪽.

42 "筆判五花 冠峩一角 誨人於泮宮也 驚七十子之東肖 取士於春官也 豈三十人之得仙"(李仁老, 琴儀爲銀靑光祿大夫 簽書樞密院事 左散騎常侍 翰林學士承旨 官誥, 『東文選』 卷25, 制誥).

43 『新唐書』 卷45, 志第35, 選擧志.

44 “唐銓選擇人之法有四 一曰身 二曰言 三曰書 四曰判 文理優長”, “非讀書善文不可也 宰臣每啓擬一事 亦必偶數十語 今鄭畋勅語 堂判猶存 世俗喜道瑣細遺事 參以滑稽 目爲花判 其實乃如此 非若今人握筆據案 只署一字亦可”(洪邁, 唐書判, 『容齋隨筆』 卷10 ; 홍승직 외 옮김, 『용재수필』 1, 학고방, 2016, 331~332쪽, 356쪽).

45 “唐太宗 勵精圖治 凡軍國大事 則中書舍人 各持所見 雜署其名 謂之五花判事中書侍郞 中書令省審之 給事中黃門侍郞駁正之 鮮有敗事矣”(『承政院日記』 고종 2년 5월 6일 경자).

46 “內史之司 舍人爲重 故得五花判事之美 至有一佛出世之稱 苟非其人 曷稱斯任 汝文章博贍 志節軒昂 凡歷位於淸華 輒揚聲於顯赫 臺綱所振 朝列皆稱 糾彈蔑私 不寒而慄 議論無滯 其決如流”(李奎報, 金弁讓中書舍人 不允批答, 『東國李相國集』 卷33, 敎書 批答 詔書).

47 邊太燮, 中書舍人, 『한국민족문화대백과사전』 21(한국정신문화연구원, 1995), 95쪽.

48 고려 초기에 당송(唐宋)의 관제를 받아들여 설치한 사헌대(司憲臺)를 고쳐서 어사대(御史臺)라 하다가, 1369년(공민왕18) 사헌부로 정착되어 조선으로 이어졌다. 이는 왕권강화를 위해 신권(臣權)을 계속 견제·제약하려는 국왕의 의도에서 비롯한 것이다.

49 芮昌海, 〈讚耆婆郞歌〉의 文學的 再構 및 解釋 試論, 『한국고전시가작품론』 1(集文堂, 1992), 149쪽.

50 “經術儒爲貴 廉能世所賢 判花參國論 捧簡肅朝聯 揚歷名尤著 澄淸志益堅”(李仁復, 送楊廣按廉韓掌令哲冲, 『東文選』 卷11, 민족문화추진회, 1998, 498쪽).

51 “今有石川子 其人古遺節”, “歸來花判事 其行不改轍 雖飢不食言 人益紅爐雪 尙君明逸戒 有懸非解紲”(曺植, 贈石川子林億齡號, ⊠南冥先生集⊠ 卷1, 五言古風; ⊠文叢⊠ 31, 467쪽).

52 花判. 猶評判. “秋容素不解讀 塗鴉不可辨認 花判已 自顧不如小謝 有慚色 何垠註 花判 如五花判事 猶言判其好醜也”(蒲松齡, ⊠聊斎志异⊠ 卷6, 小謝, 岳麓書社, 2019, 260~261쪽 ; 羅竹風, ⊠漢語大詞典⊠ 9上, 漢語大詞典出版社, 2008, 290쪽).

53 “東方故俗 男子幼年 必從習句讀 有首面姸好者 僧與俗皆奉之 號曰仚郞 聚徒或至於百千 其風流起自新羅時 公十歲 出就僧舍學 性敏悟 受書旋通其義 眉宇如畫 風儀秀雅 見者皆愛之馬首所至 鶴盖成陰 忠烈王聞之 引見宮中 目爲國仙 亦猶一邦豪傑 稱國士焉”(崔瀣, 故密直宰相閔公行狀, 『拙藁千百』 卷2, 文).

54 이종욱, 『화랑』(휴머니스트, 2003), 216쪽.

55 “太后乃召宮中 賜食問其懷人之道 斯曰 愛人如己而已 善其善而已 太后奇之 言於大王 以爲貴幢 以掌宮門 其徒千人 莫不盡忠”(『花郞世紀』).

56 “公好勇能文 愛下如已 不拘淸濁 歸之者盡懷之 故名聲大振 郞徒相勵 願以死効 士風以是起秀 統一大業 未嘗不萌于公也 公之時 署郞徒部曲 制度燦然備矣”(『花郞世紀』 8世 文弩).

57 “居位六年 而傳于眞功 擢入倉部 俄轉執事以稱其職 累遷至中侍 公常自謙曰 如我者可謂幸運之兒也 無有一能而只依父兄上仙之蔭澤 而已 未嘗以功績自居”(김대문 저, 이종욱 역주해, 25세 春長公, 『화랑세기 – 신라인의 신라 이야기』, 소나무, 1999, 212쪽, 308쪽).

58 “累年 王又念欲興邦國 須先風月道 更下令 選良家男子有德行者 改爲花郞 始奉薛原郞爲國仙”(『三國遺事』 卷3, 塔像 제4, 彌勒仙花 未尸郞 眞慈師).

59 "其後 更取美貌男子 粧飾之 名花郞以奉之 徒衆雲集 或相磨以道義 或相悅以歌樂 遊娛山水 無遠不至 因此 知其人邪正 擇其善者 薦之於朝 故金大問花郞世紀曰 賢佐忠臣 從此而秀 良將勇卒 由是而生"(『三國史記』 卷4, 新羅本紀 第4, 眞興王 37年).

60 "新羅國記云 擇貴人子弟之美者 傅粉粧飾而奉之 名曰花郞 國人皆尊事之 此蓋王化之方便也 自原郞至羅末 凡二百餘人 其中四仙最賢 且如世記中"(章輝玉, 『海東高僧傳』, 民族社, 1991, 179~180쪽).

61 金煐泰, 승려낭도고 – 花郞道와 불교와의 관계 일고찰, 『불교학보』 7(동국대학교 불교문화연구원, 1970), 266쪽.

62 三品彰英 著, 李元浩 역, 『신라 화랑의 연구』(집문당, 1995), 224쪽.

63 조범환, 신라 화랑도와 승려, 『서강인문논총』 33(서강대학교 인문과학연구소, 2012), 180쪽.

64 "世宗公終始獨守清節 雖以美室之意 出將入相 淡然無私意", "自以爲一生事 平生未嘗責一人 誤一訟 眞花郞中花郞也", "贊曰 太后私子 相國寵胤 清雅高標 花郞典型"(金大問 저, 이종욱 역주, 6세 世宗, 『화랑세기 –신라인의 신라 이야기』, 소나무, 1999, 247쪽).

65 "吾家世襲花郞足矣 又何用官乎 公清潔自守 而娘主以太后愛女賞與甚多"(金大問 저, 이종욱 역주, 12세 菩利公, 위의 책, 274쪽).

66 "人員均用三派 無至偏私", "而知公之至公無私"(金大問 저, 이종욱 역주, 24세 天光公, 위의 책, 306~307쪽).

67 "斯多含 系出眞骨 奈密王七世孫也 父仇梨知級湌 本高門華胄 風標清秀 志氣方正 時人請奉爲花郞 不得已爲之 其徒無慮一千人 盡得其歡心"(『三國史記』 卷44, 列傳 第4, 斯多含).

68 金相鉉, 7세기 후반 新羅佛敎의 正法治國論 – 元曉와 憬興의 國王論을 중심으로, 『新羅文化』 30집(東國大學校 新羅文化研究所, 2007), 100쪽 ; 황병익, 安民歌의 창작 배경과 의미 고찰, 『정신문화연구』 35권 3호(한국학중앙연구원, 2012), 194~201쪽.

69 "若王及臣棄背正法行非法者 於現世中人所輕謗 乃至身壞命終不生勝處 若王及臣捨離非法行正法者 於現世中人所稱讚 乃至身壞命終 生天界中受勝果報 富樂自在天人受敬."(『佛說勝軍王所問經』 ; 佛敎書局 編, 『佛敎大藏經』 第12冊, 方等部 10, 佛敎出版社, 1978, 150~151쪽).

70 "公年十五歲爲花郞 時人洽然服從 號龍華香徒"(『三國史記』 卷41, 列傳 第1, 金庾信 上).

71 "其後 更取美貌男子 粧飾之 名花郞以奉之 徒衆雲集 或相磨以道義 或相悅以歌樂 遊娛山水 無遠不至 因此 知其人邪正 擇其善者 薦之於朝"(『三國史記』 卷4, 新羅本紀 第4, 眞興王 37年).

72 "三十七年 始奉原花爲仙郞 初君臣病無以知人 欲使類聚群遊 以觀其行義 擧而用之", "其後選取美貌男子 傅粉粧飾之 奉爲花郞 徒衆雲集 或相磨以道義 或相悅以歌樂 娛遊山水 無遠不至 因此知人之邪正 擇其善者 薦之於朝"(章輝玉, 『海東高僧傳』, 民族社, 1991, 178~179쪽).

73 "古者仙徒只以奉神爲主 國公列行之後 仙徒以道義相勉 於是賢佐忠臣 從此而秀 良將勇卒 由是而生 花郞之史不可不知也" (金大問 저, 이종욱 역주, 序文, 『花郞世紀』, 소나무, 1999, 45쪽, 230쪽).

저마다 본분을 다하면 온 나라가 평안하리라

1 신정훈, 『8세기 신라의 정치와 왕권』(한국학술정보, 2010), 115쪽.

2 이기백, 신수판 『한국사신론』(일조각, 1990), 132쪽 ; 주보돈, 남북국시대의 지배체제와 정치, 『한국사 3』- 고대사회에서 중세사회로1(한길사, 1994), 326쪽.

3 신정훈, 앞의 책(2010), 75쪽, 102쪽.

4 이기백, 『한국고대정치사회사연구』(일조각, 1996), 331~332쪽.

5 서울대학교 역사연구소, 『역사용어사전』(서울대 출판문화원, 2015),

6 주보돈, 앞의 책(1994), 326쪽.

7 李基白·李基東, 『韓國史講座 1』(一潮閣, 1982), 346쪽.

8 이기백, 앞의 책(1996), 335쪽.

9 전덕재, 『한국고대사회경제사』(태학사, 2006), 354쪽.

10 전덕재, 위의 책(2006), 354쪽.

11 築山治三郎, 官僚の俸祿と生活, 『唐代政治制度の硏究』(創元社, 1967), 559쪽 ; 전덕재, 위의 책(2006), 345쪽.

12 全德在, 新羅時代 祿邑의 性格, 『韓國古代史論叢』10(駕洛國史蹟開發硏究院, 2000), 196쪽.

13 "祿科田 高宗四十四年六月 宰樞會議分田代祿 遂置給田都監", "元宗十二年二月 都兵馬使 言近因兵興 倉庫虛竭 百官祿俸不給 無以勸士 請於京畿八縣 隨品給祿科田"(『고려사』 권78, 지32, 食貨1, 田制), 魏恩淑, 祿科田의 설치, 『한국사』19 고려후기의 정치와 경제(국사편찬위원회, 1996), 263~268쪽.

14 盧泰敦, 統一期 貴族의 經濟基盤, 『韓國史』3(국사편찬위원회, 1978), 153~154쪽.

15 梁柱東, 訂補 『古歌硏究』(博文書舘, 1960), 276쪽, 281쪽.

16 "當堯之時 水逆行 氾濫於中國 蛇龍居之 民無所定 下者爲巢 上者爲營窟"(『孟子』 滕文公 下), "嚴陵方氏曰 孟子所謂下者爲巢 上者爲窟 是矣"(宋 衛湜 撰, 『禮記集說』 卷54, 禮運 第9).

17 "營窟者 地高則穴於地 地下則營纍其土而爲窟 橧巢者橧聚其薪以爲巢"(宋 衛湜 撰, 『禮記集說』 卷54, 禮運 第9).

18 "昔者先王未有宮室 冬則居營窟 夏則居橧巢", "孔穎達疏 謂於地上累土而爲窟"(『禮記』 禮運).

19 이 부분을 "고릿 다홀 내기솜 물생(物生)"으로 읽어 "보금자리에 터전을 이룩하게 된 중생(衆生)"이라 풀이한 경우가 있다.(兪昌均, 『鄕歌批解』, 螢雪出版社, 1996, 309~310쪽) ; "구리〉굴의 변화를 상정하여 '구릿'으로 읽을 수 있다. 『훈몽자회』에는 '囱 굴총, 堗 굴돌'이 나와 있는데, 이 '굴'은 '굴뚝'을 가리킨다. 굴이나 구멍의 뜻으로는 '굴(窟)'과 통하는 것이다." 라고 한 학설도 있다(신재홍, 『향가의 해석』, 집문당, 2000, 82~84쪽).

20 John S. Allen 지음, 이계순 옮김, 『집은 어떻게 우리를 인간으로 만들었나 -석기시대부터 부동산 버블까지, 신경인류학이 말하는 우리의 집』(반비, 2019), 55쪽.

21 제인 구달 지음, 최재천·이상임 옮김, 『인간의 그늘에서』(사이언스북스, 2001), 74~76쪽.

22 John S. Allen 지음, 이계순 옮김, 앞의 책(2019), 98~102쪽.

23 Richard Dawkins 지음, 홍영남·이상임 옮김, 『이기적 유전자』(을유문화사, 2013),

127~128쪽 참조.

24 이탁은 '물'을 '뭇'(물건), '생'을 '내'(만들다)', 즉 "물건을 만들어"라 했고, 홍기문은 '물'을 '갓', '생'은 '나히'로 '물생'은 '갓난이'라 하였고, 정렬모는 '뭍사리'로 '물생'을 우리말로 바꾼 것이라 했다. 한자 '물생'을 그대로 취한 경우가 가장 많으나, 풀이는 각각 다르다. 소창진평은 '물생'을 사람이라 했고, 양주동도 근고어(近古語)에 '鳥, 獸, 虫'을 '즘싱'이라 한데 대해, 나대(羅代)에 '서민, 인류'를 '물생'이라 한 것은 흥미 있는 일이라 했다. 김선기는 '생물'이라 했고, 서재극은 '무리(類, 群)'라 했다.

25 윤덕진, 안민가 해석의 새로운 방향 모색 ; 고가연구회 편, 『향가의 수사와 상상력』(보고사, 2010), 170쪽.

26 兪昌均, 『鄕歌批解』(螢雪出版社, 1996), 364쪽.

27 "天生蒸民 有物有則 民之秉彛 好是懿德"(『詩經』 大雅, 蒸民).

28 "宮爲君 商爲臣 角爲民 徵爲事 羽爲物하니 五者不亂則無怗滯之音矣니라"(국립국악원, 한국음악학 자료총서 40 『樂書正解 聖學十圖 初學琴書 玄琴譜』, 민속원, 2005, 39쪽).

29 "故未有天地 是理隱於無形 旣有天地 是理行乎 天地陰陽 君臣民物 事理之間 未嘗一日廢也"(陸費墀, 『西谿易說』 原序).

30 "宮 正義曰宮屬土하야 居中央總四方하니 君之象也니라, 商 次宮爲臣하니 次君者也니라, 角 王肅曰 春은 物이 並生하야 各別民之象也니라, 徵 王肅曰 夏에는 物이 盛故로 事多니라 索隱曰 徵屬夏하니 夏에는 生長萬物하야 皆成形躰하고 事亦有躰 故로 配事니라 羽 王肅曰 冬은 物聚라 索隱曰 羽爲水하야 最淸之象故로 爲物하니 用絃四十八絲⊠라"(국립국악원, 앞의 책, 39쪽).

31 "張氏曰 生生者 進進之謂也 夫物生則進而大 故生有進意"(黃倫 撰, 盤庚中, 『尙書精義』 卷20).

32 "通典曰 說文曰 笙 正月之音 物生 故謂之"(黃鎭成 撰, 笙, 『尙書通考』 卷6).

33 "故天地之氣和同 草木所以萌動也 莊周曰 至陰肅肅 至陽赫赫 肅肅出乎天 赫赫發乎地 兩者交通 成和而物生焉"(宋 衛湜 撰, 『禮記集說』 卷39).

34 "文言曰 元者善之長也 亨者嘉之會也 陰陽和而物生曰嘉"(蘇軾 撰, 『東坡易傳』 卷1).

35 황병익, 〈안민가〉의 창작 배경과 의미 고찰, 『정신문화연구』 128(한국학중앙연구원, 2012), 177~209쪽.

36 "臣聞 父者猶天 母者猶地 子猶萬物也 故天平地安 陰陽和調 物乃茂成 父慈母愛 室家之中 子迺孝順 陰陽不和則萬物夭傷 父子不和則室家喪亡 故父不父則子不子 君不君則臣不臣"(『前漢書』 卷63, 武五子傳 第33).

37 "齊景公問政於孔子 孔子對曰 君君 臣臣 父父 子子 公曰 善哉 信如君不君 臣不臣 父不父 子不子 雖有粟 吾得而食諸"(『論語』 제12편, 顔淵).

38 풍우란 저, 박성규 역, 『중국철학사』 상(까치, 1999), 103쪽 참조.

39 "子路曰 衛君待子而爲政 子將奚先"(『論語』 13:3).

40 임헌규, 孔子의 正名論에 대한 일고찰, 『哲學硏究』 118(大韓哲學會, 2011), 232쪽.

41 풍우란 저, 앞의 책(1999), 102쪽.

42 신영명,『월명과 충담의 향가』(넷북스, 2012), 146~149쪽.

43 "王言 大師 彼諸王等 何故名王 答言 大王 王者民之父母 以能依法 攝護衆生 令安樂故 名之爲王 大王當知 王之養民 當如赤子 推乾去濕 不待其言"(元魏 天竺三藏 菩提留支 譯,『大薩遮尼乾子所說經』卷3, 王論品 第5之1 ; 佛教大藏經事業會,『佛教大藏經』21, 民族文化, 1987, 490쪽).

44 "大王 當知 王者得立 以民爲國 民心不安 國將危矣 是故王者 常當憂民 如念赤子 不離於心"(元魏 天竺三藏 菩提留支 譯,『大薩遮尼乾子所說經』卷3, 王論品 第5之1 ; 佛教大藏經事業會,『佛教大藏經』21, 民族文化, 1987, 490쪽).

45 "(복과 이익 등 도움을 주는) 보시(布施), (온화한 얼굴과 사랑스러운 말로 다가가는) 애어(愛語), (자기는 뒤로 하고 남을 이롭게 하는) 이행(利行), (서로 도와 협력하는) 동사(同事) 등의 사종법(四種法)"을 말한다. 사종법, 혹은 사섭사(四攝事)라고도 한다.

46 "大王譬如世人生育一子 父母憐愛猶如珍寶 多設方便常令快樂 其子長大亦生孝敬 王心慈愛亦復如是 一切人民皆如一子 王所愛念猶如父母 常以四法而爲攝化"(『佛說勝軍王所問經』; 佛教書局 編,『佛教大藏經』第十二冊, 方等部 十, 佛教出版社, 1978, 150~151쪽).

47 "當遠惡人 修治正法 安止衆生 於諸善法 教勅防護 令離不善 是故國土 安隱豐樂 是王亦得 威德具足"(『金光明經』卷2, 四天王品 第6).

48 金相鉉, 7세기 후반 新羅佛教의 正法治國論 –元曉와 憬興의 國王論을 중심으로,『新羅文化』30(東國大學校 新羅文化研究所, 2007), 100쪽.

49 "若王及臣棄背正法行非法者 於現世中人所輕謗 乃至身壞命終不生勝處 若王及臣捨離非法行正法者 於現世中人所稱讚 乃至身壞命終 生天界中受勝果報 富樂自在天人受敬"(『佛說勝軍王所問經』; 佛教書局 編,『佛教大藏經』第十二冊, 方等部 十, 佛教出版社, 1978, 150~151쪽).

50『불설장아함경』권18, 세기경, 전륜성왕품.

51 韓國佛教大辭典編纂委員會 編,『韓國佛教大辭典』5(寶蓮閣, 1982), 868쪽.

52 조현걸, 불교의 정법치국의 이념과 신라정치체제에서의 수용 –신라의 삼국통일 이전 시기를 중심으로,『대한정치학회보』16집 3호(대한정치학회, 2009), 133쪽.

53 조현걸, 위의 논문(2009), 131쪽.

54 전보영, 경덕왕과 승려의 교류양상과 그 의미,『사학연구』112(한국사학회, 2013), 68쪽.

55 金福順,『新思潮로서의 신라 불교와 왕권』(景仁文化社, 2008), 66~67쪽.

제 아이의 눈을 지켜주소서

1 Joseph Campbell 지음, 홍윤희 옮김,『신화의 이미지』(살림, 2006), 385쪽.

2 앙리 마스페로 저, 신하령·김태완 옮김,『도교』(까치, 1999), 182쪽.

3 Werner Scholz 지음, 황선상 옮김,『힌두교 –한눈에 보는 힌두교의 세계』(예경, 2007), 145쪽.

4 Joseph Campbell, 앞의 책(2006), 385쪽.

5 『삼국사기』 권48, 열전 제8, 向德 외.

6 "眼郎若明月 大抵如我小 瞳中反有膜 微礙如雲繞 醫云非龍腦 此病終莫療 處處求未得 數日憂悄悄 忽從貴門得 得之初喜笑 醫言此非眞 其形但相肖 畢竟難理歟 月蝕猶復皎 月者是神物 而我亦何較 殆成習注簿 臨死作斯貌 天若不終棄 儻復舊睛瞭 哀號但祈天 藥石非所要"(李奎報, 眼病久不理人云瞳邊有白膜因歎之有題, 『東國李相國集』 後集 卷9, 古律詩).

7 "又方治眼爲物所傷 或肉努 宜用此 生地膚苗五兩 淨洗 右擣絞取汁 甕合中盛 以銅筋 頻點目中 冬月 煮乾者 取汁點之 又方以杏仁爛研 以人乳汁浸 頻頻點"(眯目第二十五 墮睛被物打附 : 『역주 구급방언해』(하)(2004), 세종대왕기념사업회, 93면).

8 "肝風眼爛生瘀肉"(『馬經抄集諺解』 상, 弘文閣, 1983, 77쪽).

9 "杏仁 二七枚 去皮尖 生嚼 吐於掌中 承煖 綿纏筋頭 點努肉上 不過三四度差"(眼生努肉, 『鄕藥集成方』 卷31).

10 "雄黃…乾薑 以前件藥 並擣研爲極細末 以龍腦香麝香和之 誦心呪一千八遍 隨心呪一千八遍 誦根本大呪一千八遍 以手取藥觸觀世音菩薩足 卽塗眼中已所有眼病 乃至有目靑盲胎努肉悉得除差"(唐天竺 三藏寶思惟 譯, 『觀世音菩薩如意摩尼陀羅尼經』 ; 『大正新修大藏經』 卷20, 密教部3, 大藏出版, 1965, 201쪽).

11 "願使世世供養劫劫無 盡用此善根仰資大王 陛下年壽與山岳齊固 寶曆共天地同久 上弘正法 下化蒼生"(익산 미륵사지 석탑 〈금제사리봉안기〉).

12 불교와 도교의 용어로서, 보고(見) 듣고(聞) 냄새 맡고(嗅) 맛보고(味) 닿고(觸) 아는(知) 六識의 하나이다. 안식은 모양과 빛깔 등을 분별하고 아는 작용인 시각을 말한다.

13 "觀音洗眼訣曰 '救苦觀世音 施我大安樂 賜我大方便 滅我愚癡暗 除却諸障礙 無明諸罪惡 出我眼室中 使我視物光 我今說是偈 洗懺眼識罪 普放淨光明 願睹微妙相' 每淸朝 持淨水一器 向水 誦此訣七遍 或 四十九遍 用以洗眼 凡積年障翳 近患赤腫 無不全愈"(柳重臨, 『增補山林經濟』 卷16, 雜方, 偶記 ; 古農書國譯叢書6 『增補山林經濟』 Ⅲ(농촌진흥청, 2004), 634쪽).

14 "每淸朝 持淨水一器 向水 誦此訣七遍 或 四十九遍 用以洗眼 凡積年障翳 近患赤腫 無不全愈"(柳重臨, 위의 책(2004), 634쪽).

15 김도중 편, 『알기 쉬운 불교』(BBS 불교방송, 1992), 84쪽 ; 金勝東, 『佛敎印度思想辭典』(부산대학교출판부, 2000), 537쪽.

16 목정배, 『삼국시대의 불교』(동국대학교 출판부, 1989), 264~265쪽.

죄 많은 중생들을 살피지 못한 게 나의 한이라!

1 시조 혁거세부터 진덕여왕까지 28왕을 상대, 29대 무열왕부터 36대 혜공왕까지 8왕을 중대, 37대 宣德王부터 56대 경순왕까지 20왕을 하대라 한다.

2 李丙燾, 『國史大觀』(白映社, 1954), 135~137쪽.

3 이기백, 『한국사신론』(일조각, 1999), 111~112쪽.

4 "宣德王薨 無嗣 羣臣奉貞懿太后之敎 立周元爲王 族子上大長等敬信 劫衆 自立先入宮稱帝 周元懼禍退居溟州 遂不朝請 後二年 封周元爲溟州郡王 割溟州翼領三陟斤乙於蔚珍等官 爲

食邑 子孫因以府爲鄕”(『新增東國輿地勝覽』 卷44, 江陵大都護府, 人物).

5 “及宣德薨 無子 群臣議後 欲立王之族子周元 周元宅於京北二十里 會 大雨 閼川水漲 周元不得渡 或曰 卽人君大位 固非人謀 今日暴雨 天其或者不欲立周元乎 今上大等敬信 前王之弟 德望素高 有人君之體 於是 衆議翕然 立之繼位 旣而雨止 國人皆呼萬歲”(『三國史記』 卷10, 新羅本記10 元聖王).

6 선석열, 『신라 왕위계승 원리 연구』(혜안, 2015), 232쪽.

7 권영오, 『新羅下代 政治史 硏究』(혜안, 2011), 134~135쪽.

8 “三月 熊川州都督憲昌 以父周元不得爲王反叛 國號長安”(『三國史記』 卷10, 新羅本紀10, 憲德王14年春三月).

9 선석열, 위의 책(2015), 226~234쪽.

10 한규철, 「남북국의 성립과 전개과정」, 『한국사 3 –고대사회에서 중세사회로1』(한길사, 1994), 258쪽.

11 권영오, 앞의 책(2011), 141쪽.

12 한규철, 앞의 책(1994), 258쪽.

13 이기백, 앞의 책(1999), 111~112쪽.

14 李丙燾, 앞의 책(1954), 136~137쪽 참조.

15 “秋 國西旱蝗 多盜賊 王發使安撫之”(『三國史記』 新羅本紀, 元聖王 4年).

16 “三年 春二月 京都地震 夏五月 太白晝見 秋七月 蝗害穀, 四年 秋 國西旱 蝗多盜賊 王發使 安撫之, 五年 春正月 漢山州民饑 出粟以賙之 秋七月 隕霜傷穀, 六年 五月 出粟 賑漢山熊川二州饑民, 十一年 夏四月旱 親録囚 至六月 乃雨, 秋八月 隕霜害穀, 十二年春 京都飢疫 王發倉廩賑恤之, 十三年 秋九月 國東 蝗害穀 大水山崩”(『三國史記』 卷10, 新羅本紀10, 元聖王).

17 尹榮玉, 「遇賊歌의 考察」, 신라문화제학술발표논문집7 『新羅文學의 新硏究』(동국대학교 신라문화연구소, 1986), 108쪽.

18 이기봉, 앞의 논문(2012), 304~305쪽.

19 尹榮玉, 앞의 논문(1986), 106~107쪽.

20 李基東, 『新羅骨品制社會와 花郎徒』(一潮閣, 1984), 152~153쪽.

21 이문기, 『신라 하대 정치와 사회 연구』(학연문화사, 2015), 52~53쪽.

22 “政官 或云 政法典 始以大舍一人·史二人爲司 至元聖王元年 初置僧官 簡僧中有才行者 充之 有故則遆 無定年限”(『三國史記』 卷40, 雜志9, 武官 下).

23 이기봉, 앞의 논문(2012), 300~301쪽.

24 崔聖鎬, 「遇賊歌의 時代的 背景攷」, 『東岳語文論集』 17(東岳語文學會, 1983), 330~331쪽.

25 황병익, 『삼국유사』 영재우적 조와 〈遇賊歌〉의 의미 고찰, 『韓國詩歌文化硏究』 43(韓國詩歌文化學會, 2019), 5~54쪽.

26 구미래, 『한국인의 죽음과 사십구재』(민속원, 2009), 360~361쪽.

27 “이 셤 우희 이 남기 잇고 그 숩 서리예 므리 잇ᄂᆞ니”(月釋 1 : 24), “뻘기 숩플에 수멋더니(匿於叢薄)”(東新續三綱, 烈 4 : 12). “가ᄉᆡ 수픐 가온ᄃᆡ(荊棘林中)”(南明上47), “수플 아래 돌입ᄒᆞ여 도적을 항거ᄒᆞ니(突入林下抗賊)”(東新續三綱 孝 6 : 86)(南廣祐, 『古語辭典』, 교학

사, 1997, 884~888쪽).

28 "鳥之將息 必擇其林 人之求學 乃選師友 擇林木則其止也安 選師友則其學也高"(Mu Bi, 自警文,『Admonitions to Beginners,『發心修行章)』, 조계종출판사, 2003, 67쪽).

29 金勝東, 앞의 책(2001), 931쪽.

30 『中阿含經』 卷12, 64 天使經 ; 김월운 옮김, 『중아함경 1』(동국역경원, 2006), 464~469쪽 ; 『중아함경』 권12, 64 天使經 제7 ; 이운허, 『한글대장경 3 –중아함경 1』(동국역경원, 1971), 284~295쪽.

31 『中阿含經』 卷12, 64 天使經 ; 김월운 옮김, 『중아함경 1』(동국역경원, 2006), 479쪽

32 尹榮玉, 앞의 논문(1986), 118쪽.

33 "慳貪於物 是魔眷屬 慈悲布施 是法王子"(元曉 지음, 무비 스님 강의, 『發心修行章』, 조계종출판사, 2015, 38~39쪽).

34 "財色之禍 甚於毒蛇 省己知非 常須遠離"(Mu Bi, 誡初心學人文, 『Admonitions to Beginners,『發心修行章)』(조계종출판사, 2003), 15~17쪽.

35 "頌曰 利慾閻王引獄鎖 淨行陀佛接蓮臺 鎖拘入獄苦千種 船上生蓮樂萬般"(Mu Bi, 自警文, 앞의 책(2003), 75쪽).

36 『妙法蓮華經』 卷2, 譬喩品.

37 일진, 『승만경을 읽는 즐거움』(민족사, 2014), 54쪽.

38 불교방송 편성제작국,『알기 쉬운 불교』(불교방송, 2006), 53쪽.

39 길태숙,「공간·구도자·도적, 그리고 〈우적가〉」,『향가의 수사와 상상력』(보고사, 2010), 406~416쪽.

40 김유경, 「노래와 이야기를 통해 본 향가의 주제」, 『향가의 깊이와 아름다움』(보고사, 2009), 305~306쪽.

41 "而菩薩乃至殺父母尙不加報 況殺一切衆生 不得畜殺衆生具"(李圓淨 編, 목정배 역, 四十八輕戒, 『梵網經菩薩戒本彙解』, 운주사, 2015, 267쪽).

42 "若佛子 不得畜一切刀杖弓箭矛斧鬪戰之具 及惡網羅罥殺生之器 一切不得畜"(李圓淨 編, 목정배 역, 四十八輕戒, 위의 책(2015), 266~267쪽) ; 太賢 저, 한명숙 옮김, 『梵網經古迹記』 卷4(동국대학교출판부, 2017), 449쪽.

43 "不忍辱人有五過失 一凶惡不忍 二後生悔恨 三多人不愛 四惡聲流布 五死墮惡道 是爲五"(『四分律』 卷59, 毘尼增1-3; 『高麗大藏經』 23, 高麗大藏經研究會, 1989, 626쪽).

44 "飮酒有五過失 無顏色 體無力 眼闇 憙現瞋 相失財物 是爲五 復有五事"(『四分律』 卷59, 毘尼增1-3; 위의 책(1989), 626쪽).

45 韓國佛敎大辭典編纂委員會, 『韓國佛敎大辭典』 5(寶蓮閣, 1982), 305쪽.

46 "向火有五過失", "常憙往反白衣家比丘有五過失"(『四分律』 卷59, 毘尼增1-3, 앞의 책(1989), 626쪽).

47 韓國佛敎大辭典編纂委員會, 『韓國佛敎大辭典』 3(寶蓮閣, 1982), 530~531쪽.

48 "永泰二年 丙午 七月二日 釋法勝法緣 二僧幷 爲石毘盧遮那佛 成內 ..."(惠恭王 2년(永泰2年, 766) 佛像造成記)(朴敬源, 「永泰二年銘 石造毘盧遮那坐像 – 智異山 內院寺石佛 探査始末」,

『考古美術』168(韓國美術史學會, 1985), 8~9쪽.

49 “然而不歸山藪修心 隨自身力 不捨善行”(元曉 지음, 무비 스님 강의, 『發心修行章』, 조계종 출판사, 2015, 114쪽).

50 “人誰不欲歸山修道 而爲不進 愛欲所纏”(元曉 지음, 무비 스님 강의, 위의 책(2015), 26~27쪽).

51 “爾時舍利弗 欲重宣此義 而說偈言, 我已得漏盡 聞亦除憂惱 我處於山谷 或除樹林下 若坐若經行 常思惟是事 嗚呼深自責 云何而自欺”(鳩摩羅什, 三藏 譯, 『妙法蓮華經』 卷2, 譬喩品 第3).

52 “石毘盧遮那佛 成內 無垢淨光陁羅尼幷 石南巖藪 觀音巖中 在內如”(永泰2年 佛像造成記, 766)(朴敬源, 위의 논문(1985), 9쪽 ; 부산박물관, 石南寺址 石造毘盧遮那佛坐像 蠟石舍利壺, 『부산박물관 소장유물 도록 珍寶』, 디자인인트로, 2013 ; 대원애드컴, 『부산의 문화재』, 부산광역시, 1998, 13쪽.

53 南豊鉉, 『吏讀硏究』(태학사, 2000), 300~301쪽.

54 “高嶽莪巖 智人所居 碧松深谷 行者所捿 飢湌木果 慰其飢腸 渴飮流水 息其渴情 助響巖穴 爲念佛堂 哀鳴鴨鳥 爲歡心友 拜膝如氷 無戀火心 餓腸如切 無求食念”(元曉 지음, 무비 스님 강의, 앞의 책(2015), 38~39쪽).

55 “若佛子 見一切衆生 犯八戒五戒十戒 毁禁 七逆八難 一切犯戒罪 應教懺悔”, “而菩薩 不教懺悔 同(共)住 同僧利養 而共布薩 一衆(住)說戒 而不擧其罪 教(令)悔過者 犯輕垢罪”(李圓淨 編, 목정배 역, 『梵網經菩薩戒本彙解』, 운주사, 2015, 244~247쪽), 太賢 저, 한명숙 옮김, 『梵網經古迹記』 卷4(동국대학교출판부, 2017), 431쪽.

56 “慧於諸善行 如船楫所持 百千盲失路 由一眼得存”(太賢 저, 한명숙 옮김, 위의 책(2017), 441쪽).

57 “世尊 我從今日 乃至菩提 若見捕養 衆惡律儀及諸犯戒 終不棄捨 我得力時 於彼彼處 見此衆生 應折伏者 而折伏之 應攝受者 而攝受之 何以故 以折伏攝受故 令法久住”(『勝鬘師子吼一乘大方便方廣經』 十受章第2, 『大正藏』 卷12, 寶積部 下, 涅槃部 全, 217쪽).

58 “世尊 我從今日 乃至菩提 於所受戒 不起犯心”, “世尊 我從今日 乃至菩提 若見孤獨幽繫疾病種種厄難困苦衆生 終不暫捨 必欲安穩 以義饒益 令脫衆苦 然後乃捨”(『勝鬘師子吼一乘大方便方廣經』 十受章第2, 위의 책, 217쪽).

59 “見毁戒人 起救護想 諸波羅蜜 爲父母想 道品之法 爲眷屬想 發行善根 無有齊限”(華公강설, 『유마경과 이상향 – 사바에서 부르는 不二의 노래, 민족사, 2014, 528쪽).

60 김도중 편, 『알기 쉬운 불교』(BBS 불교방송, 1992), 57쪽.

61 김유경, 앞의 책(2009), 305쪽.

62 길태숙, 앞의 책(2010), 422~423쪽.

63 梁柱東, 訂補版 『古歌硏究』(博文書館, 1960), 672쪽.

64 박노준, 『향가여요 종횡론』(보고사, 2014), 156쪽.

65 성호경, 『신라향가연구 –바른 이해를 위한 탐색』(태학사, 2008), 302쪽.

66 홍기문, 『향가해석』(조선민주주의인민공화국, 1956), 305~318쪽.

67 양희철, 『삼국유사 향가연구』(태학사, 1997), 759쪽.
68 길태숙, 앞의 책(2010), 422~423쪽.
69 韓國佛教大辭典編纂委員會, 『韓國佛教大辭典』 6(寶蓮閣, 1982), 728~729쪽.
70 "鶴山守通國之善歌者也 入山肄 每一闋 拾沙投屐 滿屐乃歸 嘗遇盜將殺之 倚風而歌 群盜莫不感激泣下者 此所謂死生不入於心"(朴趾源 저, 鍾北小選 炯言桃筆帖序, 신호열·김명호 옮김, 『燕巖集』 卷7, 別集(민족문화추진회, 2004), 167~168쪽).
71 길태숙, 앞의 책(2010), 406쪽.
72 "言心行者 略有二門 一教正行門 二誡惡行門"(太賢, 『梵網經古迹記』 卷1, 앞의 책(2012). 73쪽).
73 Christopher M. Bache 지음, 김우종 옮김, 『윤회의 본질』(정신세계사, 2017), 110~111쪽.
74 朴仁熙, 遇賊歌 研究, 『語文研究』 151(韓國語文教育研究會, 2011), 225쪽.
75 "有衆生於如來所生麁惡心 出佛身血起 五逆罪 至一闡提"(北涼天竺三藏曇無讖 譯, 『大般涅槃經』 卷9, 如來性品 ; 『高麗大藏經』 卷9, 76쪽).
76 Christopher M. Bache 지음, 김우종 옮김, 『윤회의 본질』(정신세계사, 2017), 110쪽.
77 "彼佛因中立弘誓 聞名念我總迎來 不簡貧窮將富貴 不簡下智與高才 不簡多聞持淨戒 不簡破戒罪根深 但使回心多念佛 能令瓦礫變成金"(法然上人 撰述, 須摩提 옮김, 『아미타불의 본원을 선택하라-選擇本願念佛集』, 비움과소통, 2016, 94~98쪽).
78 "若離殺生 卽得成就十離惱法 何等爲十", "八滅除怨結衆怨自解"(『十善業道經』 ; 『大正新修大藏經』 卷15, 經集部2, 158쪽).
79 柳孝錫, 「遇賊歌에 있어서 믿음과 상상의 가치」, 『신라가요의 기반과 작품의 이해』(보고사, 1998), 530쪽.
80 김승동, 『불교사전』(민족사, 2011), 1112쪽.
81 이재숙 옮김, 『우파니샤드』(Ⅰ)·(Ⅱ)(한길사, 1996), 56쪽, 120~121쪽, 342쪽, 889쪽.

역신疫神은 조용히 물러가소서

1 '처용랑 망해사'조에는 논란이 되는 몇몇 글자가 있는데, 헌강왕이 물가에서 쉬려 할 때의 '낮 주(晝)'는 원문 그대로 '꾀할 획(畫)'으로 읽고, 역신이 처용의 처를 찾는 구절 "變無人夜至其家竊與之宿"에서 '변(變)'을 "역신이 사람으로 변하여"라고 풀이하지 않고 "정기가 뭉치어 물(物)이 되고, 유혼(游魂)이 모여 변(變)이 된다."(주역 계사 상)의 '변'으로 보아 '역신'으로 읽어(洪在烋, 處容郎 望海寺 說話의 校訂字辨正－處容郎 夫妻의 寬容, 不貞說 辨正을 爲한 註釋的 考究, 『女性問題研究』 8, 효성여대 부설 한국여성문제연구소, 1979, 97쪽 참조) 이에 따라 배경설화를 풀이하였다.
2 "禮曰 顓頊氏有三子 生而亡去爲疫鬼"(王充, 『論衡』 訂鬼).
3 "疫神, 帝顓頊有三子 生而亡去爲鬼 其一者居江水 是爲瘟鬼 其一者居若水 是爲魍魎 其一者居人宮室 樞隅處 善驚小兒"(蔡邕 撰, 『獨斷』 卷上 ; 陶宗儀, 『說郛』 卷11 上).
4 金泰坤, 『韓國巫歌集』 1(集文堂, 1971), 345~349쪽.

5 "惟和漢三才圖會曰 推古天皇三十四年 日本穀不實 故三韓調進米粟百七十艘 船止於浪華 船中有三少年憂疱瘡者 一人則老夫添 一人則婦女添 一人則僧添居 不知孰人 國人問其名 添居者答曰 予等疫神徒 司疱瘡之病 予等亦元依此病死成疫神 此歲國人 始憂疱瘡"(李圭景, 痘疫有神辨證說, 『五洲衍文長箋散稿』 卷57, 人事篇1, 人事類2).

6 "予等疫神徒 司疱瘡之病 予等亦元依此病死成疫神 此歲國人 始憂疱瘡"(李圭景, 痘疫有神辨證說, 위의 책, 같은 곳).

7 "生問 君已死矣 何以復行於人世耶 其友答曰 吾於死後 爲痘神 行痘於世間 纔行於畿甸 將復行於嶺南 故今玆踰嶺 而所領小兒 皆畿甸痘化者也"(任埅 저, 정환국 역, 『天倪錄』, 성균관대학교출판부, 2005, 226~228쪽, 453~454쪽).

8 "卽以酒饌 祭于神位 讀其文而焚之 須臾 垂死之兒 頓然回蘇矣", "其一村將死者 一夜之間 莫不回甦 主人以生之事 言于其隣 一時相告 競來拜謝 以爲神人"(任埅 저, 정환국 역, 『天倪錄』, 성균관대학교출판부, 2005, 226~228쪽, 453~454쪽).

9 강상순, 『귀신과 괴물 –조선 유교사회의 그림자』(소명출판, 2017), 281~282쪽.

10 강상순, 위의 책(2017), 278~279쪽.

11 洪基元, 痘瘡의 疫學 및 臨床, 『대한의학협회지』 8권 3호(대한의학협회, 1965), 201쪽.

12 "凡疫類 皆有鬼如癘及痘疹之屬 淸染相傳 若有知覺行路偶値未必傳病 其功近通問親戚姻黨遍染"(李瀷, 『星湖僿說』 권6, 萬物門).

13 "痘之有神 又其好潔而惡穢 喜靜而忌囂 往往發見光景 肅然動人 殆若有物宰乎其間 則世俗之顚蹶虔奉 久矣 余又安知其必無也"(『麗韓十家文鈔』 卷9, 送痘神文).

14 "得效方曰 痘瘡 切忌諸般臭穢煎炒油煙 父母行房 梳頭等 觸犯未發而觸 則毒氣入心悶亂而死 已發而觸 則瘡痛如割 以至黑爛切宜深戒"(鄭鎬完, 『역주 諺解痘瘡集要』 卷下 禁忌).

15 "初虞世曰 痘瘡 勿親近狐臭漏液 房中淫慾 及婦人月候 醉酒葷穢硫黃蚊藥 一切腥臊燒頭髮等氣"(鄭鎬完, 위의 책, 같은 곳).

16 鄭鎬完, 위의 책, 321~322쪽.

17 "丙辰年春夏 疫氣連村落 初聞輕疹瘡 諦審乃痘疫 自遠漸近隣 爲兒先惕若 大事停祭先 小務廢織作"(李文楗 저, 이상주 역, 行疫嘆, 『養兒錄』, 태학사, 1997, 75쪽).

18 『石潭日記』 下, 萬曆5年 丁丑.

19 朴瀅雨, 『濟衆院』(몸과 마음, 2002), 238쪽.

20 Lillias H. Underwood, M.D, Fifteen Years among the Top-Knots or Life in Korea(American Tract Society, Boston, 1904) ; 신복룡·최수근 역주, 『상투의 나라』(집문당, 1999), 267~268쪽.

21 Lillias H. Underwood, M.D, 저, 신복룡·최수근 역주, 위의 책(1999), 268쪽.

22 조현범, 『문명과 야만』(책세상, 2020), 142~143쪽.

23 "世俗以兒疫帶神多尊奉之 忌諱之 只事祈禱 不用藥石"(柳夢寅, 『於于野談』).

24 金泰坤, 『韓國巫歌集』 1(集文堂, 1971), 351쪽.

25 金泰坤, 위의 책(1971), 33쪽.

26 金泰坤, 강릉지역무가2 개요, 『한국무가집』 4(집문당, 1980), 237~247쪽.

27 김유선 구연, 임재해 채록, 손님굿, 『한국구비문학대계』 7-2 경주 월성(한국학중앙연구원, 1980), 795쪽.

28 村山智順 저, 金禧慶 역, 『朝鮮의 鬼神』(東文選, 1990), 300쪽.

29 장경애 편, 『VIRUS』(동아사이언스, 2020), 50쪽.

30 천연두바이러스는 과거에 실제 무기로 사용됐다. 영국은 1700년대에 현재의 미국과 호주 대륙 원주민을 멸족하기 위해 천연두바이러스에 오염된 담요를 선물로 건네줬다는 기록이 여럿 남아 있다. 더불어 제2차 세계대전 때 영국, 미국, 일본에서 천연두바이러스를 무기로 개발하기 위한 연구가 이루어지고, 이후 옛 소련(러시아)에서도 체제가 붕괴하는 1991년까지 계속해서 천연두바이러스를 무기화하는 연구가 진행됐다고 한다.(장경애 편, 위의 책(2020), 7쪽).

31 장경애 편, 위의 책(2020), 50쪽.

32 "체념적이면서도 함축이 있는 悠遠한 정서"(梁柱東, 訂補版 『古歌研究』, 博文書舘, 1960, 431쪽).

33 "洪奉翊順 忠正公子也 常與李商書淳對碁李輸骨董書畵殆盡 以所寶玄鶴琴爲孤注 洪賭得之 李取其琴以與曰 此琴吾家靑氈也 相傳幾二百年 物旣久頗有神 公謹藏之 李特以洪性多畏忌 爲之戱耳 一日夜極寒 琴絃凍絶 琤然而響 忽念有神之語急炷燈用桃 荊亂擊琴 遭擊兪響 則愈惑喚 婢僕相守"(李齊賢, 『益齋亂藁』 卷10, 櫟翁稗說 前集 2).

34 황병익, 疫神의 정체와 신라 〈처용가〉의 의미 고찰, 『정신문화연구』 123(한국학중앙연구원, 2011년 여름), 133~145쪽.

35 "我東則痘神 曰胡鬼媽媽 又稱客至 嶺南稱西神 兒痘 則取淨盤 設井華水一碗 每日鐺飯甑餠 以供禱焉 及經痘終 盛其紙幡 杻馬 捆載 享神之物以餞之 名曰拜送 其始疫時多拘忌 一切事爲 竝寢閣 如或痘兒有他疾痛 以爲神祟 或有靈驗 俗傳老峯閔相公爲司痘之神 其說恍惚"(李圭景, 痘疫有神辨證說, 『五洲衍文長箋散稿』 卷57, 人事篇1, 人事類2).

36 김학성, 〈처용가〉와 관련설화의 생성기반과 의미, 『한국 고시가의 거시적 탐구』(집문당, 1997), 247쪽.

37 황경숙·배성한, 음양오행으로 본 처용무의 구성 원리, 『움직임의 철학 : 한국체육철학회지』 17권 3호(한국체육철학회, 2009), 208~209쪽.

38 "水火之所犯 猶不可救 而況天乎, 犯 害也"(『國語』 周語 下).

39 "季子皐 葬其妻 犯人之禾"(『禮記』 第4, 檀弓 下).

40 임재해, 처용 담론에 나타난 사회적 모순과 굿 문화의 변혁성, 『배달말』 24(배달말학회, 1999), 215쪽, 220쪽.

41 "類書 黃帝時 有兄弟二人 長名神荼 次名鬱壘 善能殺鬼 後人至滄海度朔山 見有大桃樹 蟠屈三千里 下有二神 竝執草索以縶不祥 卽此故也 俗於除夕 造桃符著戶 竝畫像於門 謂之門神 取其辟癘也"(李圭景, 痘疫有神辨證說, 『五洲衍文長箋散稿』 卷57, 人事篇1, 人事類2).

42 "謹按黃帝書 上古之時 有神荼與鬱壘昆弟二人 性能執鬼 度朔山上有桃樹 二人於樹下簡閱百鬼 無道理妄爲人禍害 神荼與鬱壘 縛以葦索 執以食虎"(應劭 저, 이민숙 외 옮김, 桃梗 葦茭 畫虎, 『風俗通義』 卷8, 祀典, 소명출판, 2015, 36~44쪽)

43 國立國樂院傳統藝術振興會, 鳳凰吟, 한국음악학자료총서 20(은하출판사, 1989), 195~207쪽.

44 이혜구 구술, 석현주 정리, 『補正 한국음악사』(국립국악원, 2011), 35~37쪽.

45 張師勛,『韓國傳統舞踊研究』(一志社, 1979), p.410.

향가 대중화의 길을 찾아서

1 박재민, 「향가 대중화의 기반에 대한 소고」, 『韓民族語文學』 68(韓民族語文學會, 2014), 10~33쪽.

2 "羅人尙鄕歌者尙矣 蓋詩頌之類歟"(『三國遺事』 卷5, 感通7, 月明師 兜率歌).

3 "右歌播在人口 往往書諸墻壁"(赫連挺 저, 崔喆·安大會 譯注, 『均如傳』, 새문사, 1986, 54쪽).

4 "知明之至德與至誠 能昭假于至聖也如此 朝野莫不聞知"(『三國遺事』 卷4).

5 "夫詞腦者 世人戱樂之具 願王者 學修行之樞"(赫連挺 저, 崔喆·安大會 譯注, 앞의 책, 45쪽).

6 金思燁,『鄕歌의 文學的 硏究』(啓明大學校出版部, 1979), 14~17쪽.

7 박노준,『옛사람 옛노래 향가와 속요』(태학사, 2003), 5쪽.

8 한국문학의 갈래와 흐름, 2015개정교육과정 고등 문학 교사용지도서(좋은책신사고, 2015), 178쪽.

9 향가 난이도에 대해 37.9%가 '보통이다'로 답했는데, 현재 교과서에서는 해독상 이견이 적은 작품만 소개하므로, 〈혜성가〉, 〈우적가〉 등을 범위에 넣으면 '어렵다'는 응답은 훨씬 늘어날 것으로 예상한다.

10 각주 8)과 같은 자료, 284~286쪽.

11 신재홍,『향가의 연구』(집문당, 2017), 133~134쪽.

12 Mariano Grondona, 이종인 옮김, 「경제 발전의 문화적 유형」,『문화가 중요하다 문화적 가치와 인류 발전 프로젝트』(책과함께, 2015), 111쪽.

13 백낙청,『주체적 인문학을 위하여』(서울대학교출판문화원, 2011), 25쪽.

14 임현진 글, 김동석 그림,『논술적 사고를 키우는 이야기 서동요』(열린 생각, 2005), 146쪽.

15 허암,『불교에서의 죽음 이후, 중음세계와 육도윤회』(예문서원, 2015), 5~8쪽.

16 웹툰과 영화 〈신과 함께〉는 "현재를 살아가면서 겪을 수 있는 억울함, 현세의 삶에서 느끼는 불공평함을 서로 다른 각도에서 보여준다. 이는 부정하고 돈과 권력이 팽배한 현실에서 평범한 소시민으로 사는 일이 손해를 보거나 억울한 일로 여겨질 때도 있지만, 결국 그 모든 것은 저승에서 합당한 보상, 혹은 처벌을 받을 것"임을 시사하고 있다.(강미선, 「웹툰에 나타난 신화적 상상력-〈신과 함께〉를 중심으로」,『인문 콘텐츠와 대중매체』, 소명출판, 2016, 198쪽). 이와 같이 문학교육은 자신의 현실을 대입하여 주체적으로 성찰하는 계기를 제공할 수 있어야 한다.

17 "사실 이 둘의 해독이 상당한 권위와 보편성을 가졌지만, 이후 다른 학자들의 연구 성과를 수렴하지 않음으로써 학습자에게 해독의 편협성과 도식성을 강요하는 느낌이 강하다."(김형태, 「중등교육과정의 향가교육 실태연구」,『향가의 깊이와 아름다움』, 보고사, 2009,

417~418쪽).

18 박형주, 『배우고 생각하고 연결하고』(해나무, 2018), 230쪽.

19 박노준, 『향가』(열화당, 1991)과 『옛사람 옛노래 향가와 속요』(태학사, 2003), 『향가 여요의 역사』(지식산업사, 2018), 이도흠, 『신라인의 마음으로 삼국유사를 읽는다』(푸른역사, 2000), 고운기 글, 양진 사진, 『길 위의 삼국유사』(미래 M&B, 2006), 이임수, 『향가와 서라벌 기행』(박이정, 2007), 박진환, 『향가 기행』(학연문화사, 2011), 김영회, 『천년 향가의 비밀』(북랩, 2019), 김용찬, 『옛 노래의 숲을 거닐다- 향가 고려가요 시조 가사 민요 등으로 만나는 우리의 고전 시가』(리더스가이드, 2013).

20 권영상 글, 황인옥 그림, 『초등학생이 꼭 알아야 할 향가와 고려가요』(살림어린이, 2008), 이형대, 『신라인의 마음, 신라인의 노래 –이야기와 함께 만나는 향가의 세계』(보림, 2012), 길진숙, 위의 책(2005).

21 "모래 가른 나루터에/기랑의 모습 같은 숲이여/수모내 조약돌에/낭이 지니고 계시던/마음의 끝이라도 좇고 싶습니다."(이임수 저, 김혜나 번역, 『한국의 고대시가–향가』, 나무기획, 2015, 203~204쪽).

22 길진숙, 『노래로 만나는 옛 풍경』(웅진싱크빅, 2005), 4쪽.

23 이형대, 앞의 책(2012), 1~6쪽.

24 장유정 구성, 민유이 그림, 『선화공주와 서동요』(재미북스, 2005), 120~187쪽.

25 임현진 글, 김동석 그림, 『이야기 서동요』(열린생각, 2005), 110~119쪽.

26 만화 ①〈헌화가〉과 ④〈모죽지랑가〉는 이대종·임승하 그림, 국사교육교재개발원 엮음, 『꽃보다 아름다운 수로부인』(킹덤하우스, 2008), 20쪽, 36쪽에 실리고, ②〈원왕생가〉는 하명수·정종석 그림, 국사교육교재개발원 엮음, 『극락으로 간 광덕과 엄장』(킹덤하우스, 2008), 23쪽, ③ 〈도솔가〉는 김홍선 그림, 국사교육교재개발원 엮음, 『월명사의 도솔가와 제망매가』(킹덤하우스, 2008), 20쪽에 실려 있다.

27 장유정 구성, 민유이 그림, 『선화공주와 서동요』(재미북스, 2005), 170~184쪽.

28 서정오, 『이야기로 읽는 우리 옛노래 –고대시가와 향가』(주니어랜덤, 2004), 131~133쪽.

29 정선희·이지양, 「매체적 관점에서 텍스트의 변환 양상 및 의의 고찰–'오늘이' 텍스트를 중심으로」, 『인문 콘텐츠와 대중매체』(소명출판, 2016), 232~233쪽.

30 권혁래, 「고전 대중화의 현재와 미래」, 『民族文化』 45(한국고전번역원, 2015), 8쪽.

31 권영상 글, 황인옥 그림, 『초등학생이 꼭 알아야 할 향가와 고려가요』(살림어린이, 2008), 4~5쪽.

32 《한국교육신문》, 2008.11.25.

33 김무한, 마음으로 가는 길(〈안민가(安民歌)〉), Remaster ver, RIAK, 2014.01.23.

34 이용탁, Drama concert 꽃을 꺾어 바치오리다, 국악춘추사, 2005.08.16.

35 송골매, 처용가(처용의 슬픔), 앨범 『송골매 7』, 1987.05.15, 장르 록/메탈.

36 G-Ma$ta, 〈신처용가(新處容歌)〉, 앨범 Story Of G-Ma$ta, 발매일 2003.04.12, 장르랩/힙합.

37 G-Ma$ta, 〈신처용가 2〉, 앨범 Memoir Of G-Ma$ta, 발매일 2010.03.19, 장르랩/힙합.

38 김영수, 「處容歌 硏究의 綜合的 檢討」, 『處容硏究全集』 Ⅳ 종합(역락, 2005), 90~95쪽.

39 신정훈, 『8세기 신라의 정치와 왕권』(한국학술정보, 2010), 115쪽.

40 김희동, 창작오페라 처용의 처, 현대인의 방황을 담다, 《경북연합일보》 2017.11.30일자.

41 〈散花歌〉(서울예술단, Music Dance Theatre The Heavenly Dance The Ritual of Flower Song, 2005.3.11.~13, 문예진흥원 예술극장 대극장).

42 2000.7.7.~22. LG아트센터 개관기념공연, 2000.9.1.~11.10 경주 세계문화엑스포 2000 백결극장.

43 김숙현, 「〈도솔가 –짜라투스트라는 이렇게 말했다〉의 상호텍스트성 분석」, 『한민족문화연구』 29(한민족문화학회, 2009), 339쪽.

44 이윤택, 이윤택희곡집 3 『도솔가』(평민사, 2000), 284~285쪽.

45 Silla 〈찬기파랑가〉(정동극장·경주세계문화엑스포 공동기획공연, 2014.03.20.~Open Run, 경주세계문화엑스포 문화센터공연장, 팸플릿 영어/중국어/일본어 번역.

46 "당신이 몰랐던 화랑 이야기 찬기파랑가"(정동극장·경주세계문화엑스포 공동기획, 2014), 9~17쪽.

47 문숙현 작사, 박경훈 작곡, 노래패 예쁜 아이들 노래.

48 김정희 기자, 회화 향기 더한 신라 '향가' 보러 오세요, 《서라벌신문》 2018년 04월 10일자.

49 경주세계문화엑스포 특별전, 경주예술의전당 라우갤러리 전시관.

50 엄태권 기자, 제3회 모죽지랑가 신라향가 그림그리기대회, 《경주신문》 2019년 09월 30일.

51 Howard Gardner 저, 김한영 옮김, 『창의성의 열쇠를 찾아서』(사회평론, 2018), 142~143쪽.

52 하워드 진 저, 강주현 옮김, 「예술가들은 사회적 변화를 위한 역할이 있다」, 『세상을 어떻게 통찰할 것인가』(랜덤하우스, 2008), 110~111쪽.

53 이범석, 『화랑의 유적지』(화랑교육원, 1992), 22~165쪽.

54 "及眞智王代 有與興輪寺僧眞慈 每就堂主彌勒像前 發願誓言 願我大聖化作花郞 出現於世 我常親近晬容 奉以周旋 其誠懇至 禱之情日益彌篤 一夕夢有僧謂曰 汝往熊川(今公州)水源寺得見彌勒仙花也"(『三國遺事』 卷3, 塔像 第4, 彌勒仙花 未尸郞 眞慈師).

55 "孝宗郞遊南山鮑石亭 門客星馳 有二客獨後 郞問其故", "芬皇寺之東里有女 年二十左右 抱盲母相號而哭 ... 乞緻而反哺有年矣 適歲荒 倚門難以藉手 贖賃他家 得穀三十石 寄置大家服役", "郞聞之 潸然 送穀一百斛 郞之二親亦送衣袴一襲 郞之千徒斂租一千石遺之", "時眞聖王賜穀五百石 幷宅一廛"(『三國遺事』 卷5, 孝善 第9, 貧女養母).

56 "在府西三十二里 文武王三年癸亥 築 石城 周三千六百尺 高七尺 內有四川一池九泉 有軍倉今廢"(민주면·이채·김건준 지음, 조철제 옮김, 국역 『東京雜記』, 민속원, 2014, 84~85쪽).

57 『三國史記』 卷41, 列傳 第1, 金庾信.

58 "時聞圓光法師入隋回 寓止嘉瑟岬", "二人詣門進告昌曰 俗士顓蒙 無所知識 願賜一言 以爲終身之誡 光曰 佛敎有菩薩戒 其別有十 若等爲人臣子 恐不能堪 今有世俗五戒"(『三國遺事』 卷4, 義解 第5, 圓光西學).

59 "觀音洗眼訣曰 '救苦觀世音 施我大安樂 賜我大方便 滅我愚癡暗 除却諸障礙 無明諸罪惡 出

我眼室中 使我視物光 我今說是偈 洗懺眼識罪 普放淨光明 願睹微妙相' 每清朝 持淨水一器 向水 誦此訣七遍 或 四十九遍 用以洗眼 凡積年障翳 近患赤腫 無不全愈"(柳重臨, 『增補山林經濟』 卷16, 雜方, 偶記 ; 古農書國譯叢書 6 『增補山林經濟』 III, 농촌진흥청, 2004, 634쪽).

60 〈우리말 천수경〉, 혜봉스님 불경 모음, 발매일 2018.05.14. 장르 불교.

61 김시열 편, 『병고에서 벗어나기 위한 진언』(운주사, 2014), 8쪽.

62 김시열 편, 『극락왕생을 위한 진언』(운주사, 2014), 9쪽.

63 김시열 편, 『재앙을 소멸하고 복을 부르는 진언』(운주사, 2014), 7쪽.

64 『삼국사기』 권48, 열전 제8, 向德 외.

65 〈불교공뉴스TV〉, 2018.10.15일자.

66 金勝東, 『佛教 印度思想辭典』(釜山大學校出版部, 2001), 199~200쪽.

67 지정 편, 『향가집』(장안사, 2002), 6~35쪽, 44~45쪽.

68 "이 늙은이 너희들 괴롭힐 날 얼마나 되랴. 일부러 짐승 잡으려 하지 말고, 술 준비나 부지런히 하렴. 천 꿰미의 지전(紙錢) 사르고 술 올려도 죽은 뒤에야 받는지 않는다. 헛되이 묘구 도둑 가져가게 할 뿐이다."(吾老何嘗溷汝久 不必擊鮮爲 但可勤置酒 紙錢千貫奠觴三 死後寧知受不受 厚葬吾不要 徒作摸金人所取)(李奎報, 『東國李相國集』 後集 제3, 古律詩), "향을 피우니 연기가 무늬를 뿜어내고, 지전은 바스락 바스락거리며 바람을 부르네."(嬰香噴作篆文曲 紙錢窣窣呼天風, 陳澕, 扈駕奉先殿夜醮, 『梅湖遺稿』 七言古詩 ; 『韓國文集叢刊』 2, 283쪽).

69 지전(紙錢)은 진언종(眞言宗)에서 칠성(七星)·천(天)에 제공할 때 사용했다. 또 선림(禪林)에서 기도하거나 우란분회(盂蘭盆會) 등에도 종이를 새겨 전의 모양과 같이 하고 수십 장을 서로 이어 심경(心經) 등과 같이 회를 마칠 때에 태워버리는데, 귀신에게 공양하는 까닭이다. "한(漢) 이래로 장사지내는 이가 모두 전을 묻었고, 후세 마을 풍속에서는 점점 종이로 돈을 만들어 鬼事를 했는데, 왕여(王璵)에 이르러 귀신에게 빌어 액을 막는 데 사용했다."(『당서』 왕여전(王璵傳)) 했다. "지전은 은(殷) 장사에서 일어났는데, 제(齊)나라 동혼사(東昏侯)가 귀신의 술을 좋아하여 종이를 가위질해서 돈을 만들어 속백(束帛)을 대신했는데 당에 와서 그 일이 성행했다." 『봉씨견문기(封氏見聞記)』 '지전'에 "후한(後漢)의 채륜(蔡倫)이 만든 것이다. 위진(魏晉) 이래로 처음 그 일이 있었다.", "옛날에는 혼백을 묻었으나 지금은 모두 태운다."(韓國佛教大辭典編纂委員會 편, 『韓國佛教大辭典』 6, 寶蓮閣, 1982, 298~299쪽).

70 金勝東, 앞의 책(2001), 1973쪽.

71 허암, 『불교에서의 죽음 이후, 중음세계와 육도윤회』(예문서원, 2015), 97~164쪽.

72 金勝東, 앞의 책(2001), 47쪽.

73 허암, 앞의 책(2015), 98쪽.

74 아래 그림에서 검수(劍樹)지옥은 잎사귀가 칼로 이루어진 지옥으로서, 죄인들이 아픔을 덜어주는 약을 서로 갖기 위해 싸우는 모습이다. 그러나 약병은 비어있다는 설정이다.(주호민, 『신과 함께 –저승 中』, 애니북스, 2011, p.85). 웹툰과 만화에서는 이 지옥과 함께 칼로 이루어진 산이란 의미의 도산(刀山)지옥, 무쇠 솥에 펄펄 끓이는 화탕(火湯)지옥, 주로

불효한 죄인을 꽁꽁 얼게 하는 한빙(寒氷)지옥, 입으로 지은 죄를 심판하는 발설(發說)지옥, 살인·강도 등 강력 범죄를 다스리는 독사(毒蛇)지옥, 남을 속여 이득을 취한 자를 톱으로 자르는 거해지옥으로 나누었다.(주호민, 『신과 함께 -저승 上』, 애니북스, 2011, 43~44쪽).

75 "閻魔法王 向此王鏡 鑑自心事 三世諸法 情非情事 皆悉照然 復圍八方 每方 懸業鏡 一切衆生共業增上鏡", 藏川 저, 김두재 옮김, 『佛說地藏菩薩發心因緣十王經』, 성문, 2006, 118쪽).

76 "南無阿羅訶 衆生苦業多 輪廻無定相 猶如水上波", 藏川 저, 김두재 옮김, 『佛說閻羅王授記四衆預修生七往生淨土經』, 위의 책, 28쪽), "冥塗受苦 極苦中苦"(藏川 저, 위의 책, 94쪽).

77 『中阿含經』卷12, 64 天使經 ; 김월운 옮김, 『중아함경 1』(동국역경원, 2006), 464~481쪽.

78 강미선, 웹툰에 나타난 신화적 상상력-〈신과 함께〉를 중심으로, 『인문콘텐츠와 대중매체』(소명출판, 2016), 192쪽.

79 서영일, 『신라 육상 교통로 연구』(학연문화사, 1999), 79~190쪽.

80 김흥술 글, 안광선 사진, 김경하 그림, 『강릉단오제』(주니어김영사, 2007), 4~51쪽 ; 안광선, 『강릉단오제가 유네스코로 간 까닭』(민속원, 2006), 12~126쪽 ; 장정룡, 「신라향가 헌화가의 배경론적 고찰」, 『정산유목상박사화갑기념논총』(중앙문화연구원출판부, 1988), 535~549쪽 ; 이창식, 「수로부인 설화의 현장론적 연구」, 석전이병주박사고희기념특집 『동악어문논집』 25(동악어문학회, 1990), 202쪽.

81 『三國遺事』卷5, 義解, 良志使錫.

82 정선희·이지양, 매체적 관점에서 텍스트의 변환 양상 및 의의 고찰-'오늘이' 텍스트를 중심으로, 『인문 콘텐츠와 대중 매체』(소명출판, 2016), 235~237쪽.

83 朴喜璡, 위의 책(1988), 18~19쪽.

84 윤석산, 『處容의 노래』(문학아카데미, 1992), 21쪽.

85 윤석산, 위의 책(1992), 46쪽, 36쪽, 49~50쪽.

86 기형도, 『기형도전집』(문학과지성사, 1999), 158~159쪽.

87 이향아, 「신곡조 향가 제망매가」, 『껍데기 한 칸』(오상사, 1986), 107~108쪽.

88 박경수, 「현대시의 고전시가 패러디 양상과 담론-〈제망매가〉와 〈청산별곡〉의 패러디를 중심으로」, 『국제어문』 38(국제어문학회, 2006), 86쪽.

89 고영섭, 「이 시대의 삼대목」, 『사랑의 지도』(지혜, 2017), 13쪽.

90 유성호, 「이 땅의 역사를 치열하게 읽어가는 사랑의 관법」, 『사랑의 지도』(지혜, 2017), 154~158쪽.

91 고영섭 외, 「가사 중의 가사 노래 중의 노래, 현대향가」1, 『노래 중의 노래』(연기사, 2018), 5~6쪽.

92 "왼 고을 안 사내가/모두/몽둥이를 휘두르고 나오게 할 만큼", "몸뚱이에서는/온갖 용궁 향내까지가/골고루 다 풍기어 나왔었느니라."(서정주, 『미당 서정주 전집 1』, 은행나무, 2015, 275~277쪽).

93 李鄕莪, 新曲調 鄕歌 〈處容歌〉, 『껍데기 한 칸』(오상사, 1986), 105쪽.

94 이창민, 「향가취재 현대시 유형론」, 『어문논집』 67(민족어문학회, 2013), 83~87쪽.

95 “여편네가 샛서방을 안고 누운 게 보인다고서/칼질은 하여서 무엇에 쓰노?/고소는 하여서 무엇에 쓰노?”(서정주,『미당 서정주 전집 3』, 은행나무, 2015, 121쪽).

96 “그대는 나의 노래 나의 춤이다.”, “그대는 내 발가락의 티눈이다.”(〈처용 삼장〉)(金春洙,『處容』, 민음사, 1974, 101~102쪽).

97 이윤택, 이윤택희곡집 3『도솔가』(평민사, 2000), 310~314쪽.

98 김숙현, 〈도솔가 – 짜라투스트라는 이렇게 말했다〉의 상호텍스트성 분석,『한민족문화연구』29(한민족문화학회, 2009), 341쪽.

99 이윤택, 이윤택희곡집 3『도솔가』(평민사, 2000), 250~251쪽.

100 박범신,『은교』(문학동네, 2010), 321~322쪽.

101 권타오 지음, 오승민 그림,『처용의 비밀 학교』(내인생의책, 2013), 27쪽, 61쪽.

102 현진건,『서동설화의 선화궁주』(BOOKK, 2019), 29쪽, 92쪽.

103 김동리, 수로 부인,『수로부인』(문이당, 2007), 135~143쪽.

104 김동리,「원왕생가」, 소설『신라열전』(청동거울, 2001), 129~144쪽.

105 김병익,『그래도 문학이 있어야 할 이유』(문학과지성사, 2005), 100~102쪽.

106 하워드 진 저, 강주현 옮김,「문화지도자들은 대중을 이끌 수 있다」,『세상을 어떻게 통찰할 것인가』(랜덤하우스, 2008), 65~67쪽.

107 Theodor W. Aderno·Max Horkheimer, 김유동 옮김,『계몽의 변증법』(문학과지성사, 2001), 192쪽.

108 김중철,『소설을 찾는 영화 영화를 찾는 소설』(월인, 2008), 15쪽. 방현석은 “소설이 위기를 맞이한다면 그것은 소설 장르가 지닌 고유한 언어와 양식을 포기하고 영상적 방식으로 경도되는 데서 비롯될 것”이라고 지적한다.(방현석,『소설의 길, 영화의 길』, 실천문학사, 2003, 265쪽).

109 권성우, 문학의 위기 (3) 영상 매체와 문학,『문화일보』2003년 5월 27일자.

110 서정오,『이야기로 읽는 우리 옛 노래 –고대시가와 향가』(주니어랜덤, 2004), 5쪽.

111 김선기,『시문학 공간과 문화콘텐츠』(전남대학교출판부, 2013), 154쪽.

112 그 유지 보수나 저작권 문제는 난항을 겪고 있는 것도 사실이다(신규진, 〈Inside & insight 전국 야외세트장 32곳 현주소〉,《동아일보》오피니언, 2019.10.28., A31면).

113 김희진·안태기,『자연테마파크』(학현사, 2018), 130쪽.

114 김희진·안태기, 위의 책(2018), p.iv, 74~77쪽.

115 심광현, 한국의 문화 산업이 가야 할 길, 인천문화재단/경인일보 공동기획,『지역문화, 길을 묻다』(소명출판, 2013), 204쪽.

116 김중철,『소설을 찾는 영화 영화를 찾는 소설』(월인, 2008), 23~24쪽.

117 경희대 문화관광산업학과의 〈스토리텔링과문화관광〉, 〈동아시아문화관광콘텐츠이해〉, 〈문화관광산업현장학습〉, 한양대 문화콘텐츠학과의 〈문화콘텐츠기획창작〉, 〈인문학으로 읽는 문화콘텐츠〉, 〈창의적 발상법〉 등이 그 예에 속한다.

118 권혁래, 고전 대중화의 현재와 미래,『民族文化』45(한국고전번역원, 2015), 6쪽, 25쪽.

119 박기수·안승범·이동은·한혜원,「문화콘텐츠 스토리텔링의 현황과 전망」,『인문콘텐츠』

27(인문콘텐츠학회, 2012), 16~22쪽 참조.

120 정선희·이지양, 매체적 관점에서 텍스트의 변환 양상 및 의의 고찰-'오늘이' 텍스트를 중심으로, 『인문 콘텐츠와 대중매체』(소명출판, 2016), 240쪽.

121 최혜실, 『문화콘텐츠, 스토리텔링을 만나다』(삼성경제연구소, 2006), 104쪽.

122 '통일성'은 "테마파크의 모든 환경과 시설물·프로그램 등을 산만하지 않게 하는 것"이고, '복합성'은 "창조적 유희공간으로서의 기능과 함께 오락·여가·문화·정보·교육 등의 요소들을 갖추어 다양한 소비자 욕구를 충족시키는 것이다.(김희진 외, 『문화예술 테마파크 아트파크』, 大旺社, 2017, 64쪽).

123 〈어서와, 저승은 처음이지〉("神과 함께" 저승여행 특별전, 보성 대원사 티벳박물관 기획전시실, 2018.4.9.~2019.4.8.)(《시사상조신문》 2018.4.10).

124 "우적우적 씹어 삼킨 재물이/지옥으로 떨어지는 근본임을 모른 채,/내 배 채우기 위하여 남의 등을 치는", "노래 알아들을 줄 아는 도둑이 되라/현자 앞에 무릎 꿇을 줄 아는 도둑이 되라/저 신라 시대 때 설쳤던 도둑의 무리처럼"(이승하, 『불의 설법』, 서정시학, 2014, 108~109쪽). 이외에 〈원가〉는 사회 반성, 〈원왕생가〉는 불교이론 전파에 도움이 될 만하다.

저자 황병익

경북 풍기에서 태어나 부모님께 "항상 사람을 우선으로, 따뜻하게 대하라", "내가 먼저 남을 사랑하고 공경하면, 남들도 나를 사랑하고 공경한다."는 가르침을 받고 자랐다. 대학원에서 고려가요 연구로 박사학위를 받은 후, 줄곧 향가 연구를 해 왔다. 현재 경성대학교에서 국어국문학 교수로 재직하면서, '고전시가론', '한국문학의 역사', '고전문학 이야기 문화유산', '한국인의 놀이문화' 등을 가르치고 있다. 고대시가 · 향가 · 고려가요 · 시조 장르를 집중적으로 연구하면서, 한국의 고전문학과 전통문화 유산에서 대중문화콘텐츠를 발굴하고 가공하는 일에 늘 관심을 가지고 있다. 단독 저서로 『고전시가 다시 읽기』(2006), 『고전시가 사랑을 노래하다』(2010), 『고전시가의 숲을 누비다』(2015), 『고전시가 시대를 노래하다』(2016), 『신라향가 천년의 소망』(2020)이 있고, 〈황조가〉, 〈서동요〉, 〈도솔가〉, 〈처용가〉, 〈청산별곡〉, 〈동동〉, 〈한림별곡〉, 〈도산십이곡〉 등을 주제로 학술 논문을 썼다.

노래로 신과 통하다

향가가 가진 신성한 힘

초판1쇄 인쇄 2021년 4월 5일
초판1쇄 발행 2021년 4월 11일

지은이 황병익
펴낸이 이대현
책임편집 권분옥
편집 이태곤 문선희 임애정 강윤경
디자인 안혜진 최선주 이경진
마케팅 박태훈 안현진

펴낸곳 도서출판 역락
출판등록 1999년 4월 19일 제303-2002-000014호
주소 서울시 서초구 동광로 46길 6-6 문창빌딩 2층 (우06589)
전화 02-3409-2060
팩스 02-3409-2059
홈페이지 www.youkrackbooks.com
이메일 youkrack@hanmail.net

ISBN 979-11-6244-642-3 03810